NICOLA MARNI

TODESFAHRT

THRILLER

PAGE & TURNER

MIX
Papier aus verantwortungsvollen Quellen
FSC® C014496

Verlagsgruppe Random House FSC-DEU-0100
Das FSC®-zertifizierte Papier *Super Snowbright* für dieses Buch
liefert Hellefoss AS, Hokksund, Norwegen.

Page & Turner Bücher erscheinen im
Wilhelm Goldmann Verlag, München,
einem Unternehmen der Verlagsgruppe
Random House GmbH.

1. Auflage

Redaktion: Regine Weisbrod
Gesetzt aus Janson Antiqua bei omnisatz GmbH, Berlin
Druck und Einband: GGP Media GmbH, Pößneck
Printed in Germany
ISBN: 978-3-442-20374-1

www.pageundturner-verlag.de

ERSTER TEIL

EIN NEUER AUFTRAG

EINS

Qusay hob den Kopf und starrte auf die Hügel, die das Dorf umgaben. »Aqil! Hast du das eben gehört?«

»Was denn? Da draußen ist alles ruhig«, behauptete sein Kamerad, griff aber dennoch zum Feldstecher und suchte den Horizont ab.

»Nichts«, bestätigte er sich selbst und grinste so, dass seine weißen Zähne im Mondlicht blitzten. »Wir brauchen uns keine Sorgen zu machen. Schließlich ist General Iqbals Brigade keine drei Meilen von hier stationiert. Da werden diese verdammten Mordbrenner nicht so verrückt sein, unser Dorf anzugreifen. Iqbals Kämpfer wären sofort hier und würden den Kerlen kräftig einheizen!«

Da Qusay immer noch beunruhigt schien, stieß er ihm lachend den Ellbogen in die Rippen, um ihn auf andere Gedanken zu bringen. »Ich habe gehört, du willst Jamanah zur Frau nehmen. Da brauchst du aber diese komischen Schuhe mit den hohen Absätzen, wie sie die Amerikanerinnen tragen. Sonst kann sie auf dich herabschauen.«

Der Hinweis auf die junge Frau, der er nicht einmal bis zum Kinn reichte, ließ Qusay theatralisch aufstöhnen. »Freiwillig würde ich die niemals heiraten! Aber mein Vater lässt mir keine Wahl. Ich sage ja nicht, sie sei hässlich. Aber warum muss sie so lang sein? Außer ihrem Vater überragt sie jeden Mann im Dorf!«

Aqil gluckste vergnügt, als er sich das Paar vorstellte. Er selbst war deutlich größer als sein Freund und doch nicht ganz so hochgewachsen wie die älteste Tochter des Dorfoberhaupts.

»Ihr müsstet die Rollen tauschen, sodass Jamanah als Mann auftritt und du als Frau«, spottete er.

Mit einem wütenden Aufschrei rammte Qusay ihm den Kolben seiner Kalaschnikow AK-47 in den Bauch.

»Bist du verrückt geworden?«, rief Aqil empört.

Sein Freund hob die Hand. »Sei still! Da tut sich etwas.«

Aqil glaubte, Qusay wollte ihn nur daran hindern, ihm den Stoß heimzuzahlen, und schüttelte den Kopf. Doch dann vernahm er es selbst. »Motorengeräusche! Wer kann das sein?«

»Vielleicht schickt General Iqbal jemand zu uns.«

»Hoffentlich!« Aqil lud seine Kalaschnikow durch und sah angespannt zu den Hügeln. Nichts. Doch mittlerweile bestand kein Zweifel daran, dass das Motorengeräusch rasch näher kam.

»Siehst du Scheinwerferlicht?«, fragte Qusay.

»Nein!«

»Dann kann es kein Bote Iqbals sein. Los, wir geben Alarm!« Qusay hob seine Kalaschnikow und gab drei Schüsse ab.

Während die Menschen im Dorf aus dem Schlaf schreckten, flammten keine tausend Meter entfernt zahlreiche Scheinwerferpaare auf. Gaspedale wurden durchgetreten, und etliche Pritschenwagen rasten auf das Dorf zu. Die auf den offenen Ladeflächen stehenden Männer feuerten die dort montierten Mörser und Maschinengewehre ab.

Qusay und Aqil sahen die Leuchtspurgarben auf sich zukommen. Ihr Wachturm wurde getroffen und ging in Flammen auf. Es gelang Qusay noch, herabzuspringen, aber er brach sich beim Aufprall das Bein. Seine Kalaschnikow als Krücke benutzend humpelte er auf das Dorf zu. Doch nach den ersten Schritten geriet er in den Lichtkreis eines Autos, und die Angreifer schossen auf ihn. Als es in seinem Rücken einschlug und er langsam nach vorne sank, fuhr ihm der absurde Gedanke durch den Kopf, dass er Jamanah nun nicht würde heiraten müssen.

ZWEI

Noch während die aus dem Schlaf gerissenen Männer ihre Waffen packten und die aus Lehm und Dornengestrüpp errichtete Wehrmauer des Dorfes zu erreichen versuchten, steckten die Angreifer das knochentrockene Gestrüpp in Brand und schleuderten Fackeln auf die einfachen Hütten und Zelte. Flammen loderten auf, und Frauen und Kinder flohen kreischend vor dem Feuer.

Gleichzeitig durchbrachen die Männer mit ihren Pritschenwagen das Tor der Siedlung und schossen auf alles, was sich bewegte. Die Dorfbewohner versuchten, das Feuer zu erwidern, doch ihre Abwehr kam zu spät und war wenig durchschlagskräftig. Zum einen verfügten sie nur über Kalaschnikows und alte Baikal-Karabiner, zum anderen gab ihnen der Feind keine Möglichkeit mehr, ihren Widerstand zu organisieren.

Als sie erkannten, dass sie auf verlorenem Posten standen, flohen die Ersten in der Hoffnung, im Schutz der Dunkelheit entkommen zu können. Doch die Scheinwerfer der Pritschenwagen tauchten die Umgebung des Dorfes in gleißendes Licht, und die Geschosse der Angreifer waren schneller als die Fliehenden. Männer, Frauen und Kinder wurden von Maschinengewehrgarben niedergemäht.

Etliche Dutzend Angreifer sprangen von den Pritschenwagen, durchkämmten den Ort und töteten alles, was vor die Läufe ihrer Waffen geriet. Alle Hütten wurden in Brand gesetzt.

Als das Gemetzel in vollem Gange war, rollte ein großer, moderner Geländewagen heran. Vor dessen Schiebedach war ebenfalls ein schweres Maschinengewehr befestigt. Allerdings wurde diese Waffe nicht von einem Mann im braungefleckten Tarnanzug bedient, sondern von einer jungen Frau, deren Kleidung nur ihr Gesicht von den Augen bis zum Kinn frei ließ. Sie feuerte mit tödlicher Präzision auf die wenigen Überlebenden des Dorfes, die vor Angst erstarrt in Ecken kauerten oder hilflos umherirrten.

Eben wollte sie eine junge Frau unter Feuer nehmen, die mit einem Säugling auf dem Arm im Zickzack zwischen zwei brennenden Hütten hindurchstürmte. »Halt, nicht schießen! Fahr sie um«, klang da eine befehlsgewohnte Frauenstimme aus dem hinteren Teil des Wagens auf.

Sofort gab die Fahrerin Gas und schoss so knapp an einer in Flammen stehenden Hütte vorbei, dass glimmende Holzstückchen durch die Dachluke ins Wageninnere fielen. Während die Frau auf dem Rücksitz schallend lachte, packten zwei ihrer Begleiterinnen die Stücke, bevor sie die Sitzpolster in Brand setzen konnten, und warfen sie ins Freie.

Unterdessen hatte die fliehende Frau ihre motorisierten Verfolger bemerkt und schlug einen weiteren Haken. Doch eine brennende Hütte versperrte ihr den Weg. Der Geländewagen streifte sie und schleuderte sie zu Boden, und bevor sie wieder auf die Beine kam, waren drei Männer über ihr und packten sie.

Der Geländewagen hielt an, die hintere Seitentür wurde geöffnet, und eine Frau in einem langen, dunkelroten Kleid und mit einem grünen Schal um den Kopf stieg aus.

»Stellt sie auf die Beine!«, befahl sie.

Die drei Männer gehorchten sofort. Einer entriss der Gefangenen das Kind, das diese an sich gepresst hatte, und schleuderte den schreienden Säugling ins Feuer.

»Nein!«, brüllte die Frau verzweifelt und wollte sich losreißen. Doch gegen drei Männer kam sie nicht an. Ein paar Augenblicke hallte das schmerzerfüllte Schreien des Kindes durch die Nacht, dann waren nur noch das Prasseln der Flammen und das Geräusch der im Leerlauf drehenden Motoren zu hören.

Nun nahmen die Männer ihre Gefangene näher in Augenschein. Sie waren gewiss keine Zwerge, doch keiner von ihnen reichte ihr weiter als bis an die Nasenwurzel.

»Das ist ja eine Riesin!«, rief einer.

»Darum habe ich sie ja auch nicht erschießen lassen«, erklärte seine Anführerin spöttisch.

»Weißt du, wer ich bin?«, fragte sie dann die Gefangene mit leiser, aber schneidender Stimme.

Diese schüttelte den Kopf. »Nein! Ich weiß nur, dass du eine elende Mörderin bist, die nicht einmal Kinder verschont. Du sollst in der siebten Hölle brennen, so wie mein Bruder verbrennen musste.« Der Gedanke an seinen Tod trieb Jamanah die Tränen in die Augen.

»Dann sperre die Ohren auf. Ich bin Sultana Sayyida, und das hier ist mein Land. Ihr elenden Isaaq habt hier nichts verloren. Sag das deinen Leuten! Wenn ich zurückkehre und diese Provinz es wagt, sich mir nicht zu unterwerfen, werden meine Krieger euren gesamten Stamm von dieser Erde fegen!«

Das Gesicht der hochgewachsenen Gefangenen war von Hass verzerrt, und sie spie Sayyida ins Gesicht. »Du lügst! Das hier war, ist und wird immer das Land des Isaaq-Volkes sein. Du wirst nicht einmal so viel Land bekommen, dass es für dein Grab reicht!«

Die Frau, die sich selbst als Sultana bezeichnete, wischte sich mit dem Handrücken das Gesicht ab. »Das wirst du mir bezahlen … Nehmt sie, Männer. Sie gehört euch!«

Der älteste der drei Männer, die die Gefangene festhielten, zog ein zweifelndes Gesicht. »Die Zeit werden wir nicht haben, Sultana. Mich wundert ohnehin, dass Iqbals Leute noch nicht hier sind. Sie müssen doch die Schüsse gehört haben und die Feuer sehen.«

»Iqbals Männer sind wie Hunde ohne Zähne. Sie wagen nicht einmal zu kläffen, wenn sie den Ruf des Löwen hören!« Sayyida machte eine verächtliche Geste, wusste jedoch, dass der Mann recht hatte. »Nehmt sie mit auf euren Wagen. Und nun fort von hier!«

Mit diesen Worten stieg sie in ihr Auto, dessen Fahrerin sofort losfuhr. Die drei Männer sahen sich kurz an. Im nächsten Moment setzte der jüngste von ihnen der Gefangenen die Mündung auf die Stirn. »Wenn du Zicken machst, drücke ich ab.«

»Tu's doch, du Feigling!«, zischte sie.

Er lachte nur und zerrte sie zusammen mit seinen Kumpanen zu ihrem Pritschenwagen. Die beiden Männer, die bereits oben standen, hoben die sich erbittert Wehrende hoch und hielten sie fest, bis ihre Kameraden aufgestiegen waren. Kaum hatte sich der Wagen in Bewegung gesetzt, warfen die Männer die Frau auf den Rücken und rissen ihr die Kleidung vom Leib. Schon warf sich der Erste auf sie und zwang ihr die Beine auseinander.

Jamanah war größer als er und für eine Frau recht kräftig. Aber von vier Männern festgehalten blieb ihr nichts anderes übrig, als das, was nun geschah, stumm zu ertragen. Sie vernahm das Keuchen ihres Vergewaltigers, sah sein verzerrtes Gesicht über sich und biss die Zähne zusammen. Den Triumph, sie um Gnade flehen zu hören, würde sie ihm nicht gönnen.

Doch als sie die Augen schloss, sah sie sogleich wieder die Szene vor sich, in der dieser Mann ihren kleinen Bruder ins Feuer geworfen hatte, und der letzte Schrei des Kindes hallte in ihrem Kopf wider, als wolle er nie wieder enden. Sie sah ihre Mutter, wie sie blutüberströmt in die Flammen fiel, sah all die verkrümmten, von Geschossgarben zerfetzten Leiber von Verwandten und Freunden vor sich, über die sie hatte springen müssen, in dem vergeblichen Versuch, den einzigen Sohn ihres Vaters zu retten.

Stumm verfluchte sie General Iqbal, der die Grenzregion hätte beschützen sollen. Seine Leute mussten die Schüsse vernommen haben, und der motorisierten Brigade wäre Zeit genug geblieben, zu ihrem Dorf zu fahren und wenigstens einen Teil der Einwohner zu retten.

Als ihr Vergewaltiger von ihr abließ und der Nächste sich auf sie wälzte, kehrten ihre Gedanken für einen Augenblick wieder in die Gegenwart zurück. Sie schlug die Augen auf, bis sich ihr die Gesichter der Banditen eingebrannt hatten. Diese Bestien, so schwor sie sich, würde sie niemals vergessen.

Der MG-Schütze, der wachsam geblieben war, deutete plötzlich nach hinten. »Ich sehe Fahrzeuge auf das Dorf zukommen. Wenn wir nicht schneller fahren, holen sie uns ein.«

Jamanah betete darum, dass dies geschah. Doch der Mann, der eben noch auf ihr gelegen hatte, stand sogleich auf. »Wir haben unser Vergnügen gehabt. Werft sie vom Wagen und haltet euch fest, damit wir rascher von hier fortkommen.«

»Runter mit ihr!« Einer der Männer öffnete die hintere Bordwand und versetzte Jamanah einen Stoß. Sie kollerte vom Fahrzeug und schlug hart auf der trockenen Erde auf. Gleichzeitig gab der Fahrer Gas, und sie sah die Rücklichter des Pritschenwagens schnell kleiner werden.

DREI

Jamanah schmerzte die linke Seite so, dass sie kaum atmen konnte. Während sie zusammengerollt auf dem Boden lag, drehten sich die Bilder in ihrem Kopf in einem wilden Reigen. Ganz deutlich sah sie Sayyida vor sich, eine junge Frau mit einem schönen hellbraunen Gesicht und geheimnisvollen dunklen Augen, der man niemals zugetraut hätte, dass sie ihre Leute gnadenlos zum Morden anstachelte.

Sie sah ihren kleinen Bruder vor sich, der von den gewissenlosen Mördern in die brennende Hütte geworfen worden war.

Nun war der kleine Ra'd ebenso tot wie ihr Vater, ihre Mutter und ihre Schwestern. Als der Schmerz über den Verlust ihrer Angehörigen unerträglich wurde, schrie sie vor Trauer und Wut, bis ihr die Stimme versagte.

Da hörte sie Motorengeräusche und glaubte, die Angreifer wären zurückgekommen, um auch sie zu töten. Sie blickte nicht einmal mehr auf, sondern wartete fast gleichgültig auf die tödliche Kugel. Ein Wagen blieb neben ihr stehen, und sie vernahm zornige Stimmen. Vorsichtig hob sie den Kopf und sah einen Jeep vor sich, der mit einem Maschinengewehr ausgerüstet war. Die Männer darauf trugen ebenfalls braungefleckte Tarnuniformen, doch auf ihren Ärmeln entdeckte sie das grün-weiß-rote Abzeichen mit dem schwarzen Stern, das sie als Angehörige der Streitkräfte von Somaliland kennzeichnete. Also handelte es sich um Soldaten von Iqbals Brigade, deren Aufgabe es gewesen wäre, ihr Heimatdorf zu beschützen.

»Die Frau lebt noch!«, hörte sie einen von ihnen rufen.

Jamanah stemmte sich auf die Ellenbogen und starrte die Männer mit tränenblinden Augen an. »Warum habt ihr uns nicht geholfen? Jetzt sind alle tot.«

»Wir sind so schnell gekommen, wie wir konnten«, antwortete einer der Soldaten. »Jemand hat uns mit einer offenbar fingierten Nachricht eines Überfalls fünfzehn Meilen nach Süden gelockt. Aber dort war alles ruhig. Auf dem Rückweg haben wir Schüsse gehört und den Widerschein des brennenden Dorfes gesehen. Auch unsere anderen Wagen werden gleich hier sein. Dann folgen wir diesen Schuften und werden ihnen alles heimzahlen.«

Der Soldat war außer sich vor Wut, dass er und seine Kameraden von Marodeuren an der Nase herumgeführt worden waren. Die Strecke, die sie von dem Dorf weggelockt worden waren, bedeutete bei diesen Wegverhältnissen fast eine Stunde Fahrt. Jamanah ahnte, dass der Überfall selbst höchstens die Hälfte der Zeit gedauert hatte.

Mit zusammengebissenen Zähnen stand sie auf und stolperte auf den Jeep zu. Für einen Augenblick sah es so aus, als wolle der Offizier sie zurückstoßen. Dann ließ er es zu, dass sie sich gegen das Fahrzeug lehnte und mit einer Hand nach der Uniformjacke griff, die einer seiner Männer abgelegt hatte.

Jamanah zog die Jacke mit schmerzverzerrtem Gesicht an und deutete dann auf ihre nackten Beine. »Habt ihr etwas, mit dem ich mich bedecken kann?«

Die Soldaten sahen sich kurz an, endlich warf ihr einer eine Decke zu. »Hier! Willst du auch etwas zu essen?«

»Nein! Hunger verspüre ich nicht mehr.« Nur Hass, setzte Jamanah für sich hinzu und taumelte in Richtung ihres Dorfes davon.

Der Wagen setzte sich wieder in Bewegung und folgte den Mördern, allerdings so langsam, dass er sie niemals einholen würde. Die Männer warteten wohl, bis die anderen Fahrzeuge der Brigade aufgeschlossen hatten, um die Bande in voller Stärke verfolgen zu können. Doch auch als sie die ersten Gelände- und Pritschenwagen auf sich zukommen sah, zweifelte Jamanah daran, dass General Iqbals Soldaten die Feinde noch einholen konnten. Sayyida und ihre Leute hatten wie ein Blitz zugeschlagen und waren genauso schnell wieder verschwunden.

Ein zweiter Jeep blieb neben ihr stehen. Jamanah erkannte General Iqbal an seiner braunen Uniform mit den mit Sternen besetzten Achselstücken.

»He, du da!«, sprach er sie an. »Haben euch puntländische Milizen überfallen oder die verdammten Warsangeli aus Sanaag?«

»Das müssen Sie diese Mörder schon selbst fragen«, gab Jamanah herb zurück. »Ich weiß nur, dass eine Frau sie anführt, die sich Sultana Sayyida nennt. Auf ihren Befehl haben diese Hunde alle im Dorf umgebracht!«

»Und warum bist du noch am Leben?«, fragte der General.

Jamanah richtete sich zu ihrer vollen Größe auf und sah ihn

schlucken. »Weil die Frau jemanden am Leben lassen wollte, um Ihnen zu sagen, dass Sultana Sayyida dieses Land als ihr Eigentum ansieht und wir Isaaq von hier verschwinden sollen.« Ihre Stimme wurde leiser. »Ich wollte, die Kerle hätten auch mich umgebracht.«

»Haben sie dich vergewaltigt?«, fragte Iqbal.

Jamanah schwieg, das war ihm Antwort genug. »Wir kriegen die Schurken. Das verspreche ich dir! Geh du zu Verwandten, die sich um dich kümmern sollen.«

Jamanah las in seinem Gesicht, was er dachte: Armes Ding! Mit deiner Körpergröße – und dann auch noch geschändet – wirst du dich wohl mit Betteln durchschlagen müssen.

Wie es aussah, betrachtete er sie bereits als Hure, die sich heimlich mit irgendwelchen Männern in die Büsche schlug, um nicht zu verhungern.

Sie ballte die Fäuste. Vorhin war sie mit Gewalt gezwungen worden, unter zwei Männern zu liegen. Freiwillig würde sie das niemals mehr in ihrem Leben tun. Kurz entschlossen griff sie in den Jeep, nahm einem der Männer die Waffe ab und zerrte an dessen Patronengurt.

»He! Was soll das?«, rief der Soldat empört.

»Ich will nicht länger hilflos sein«, antwortete Jamanah mit kalter Stimme.

Der Soldat wollte weder das Gewehr noch die Patronen loslassen, doch da machte sein Anführer eine wegwerfende Handbewegung. »Lass ihr die Waffe!«

»Einer Frau?«, rief der Soldat empört, warf aber nach einem kurzen Blick auf den General die Kalaschnikow und den Patronengurt Jamanah vor die Füße.

Während sie sich danach bückte, gab der General den Befehl zur Weiterfahrt. Unterdessen hatten die übrigen Fahrzeuge der Brigade aufgeholt, und die Verfolgungsjagd begann. Jamanah wünschte den Männern, sie würden die Mörder einholen und die Toten rächen. Doch sie fürchtete, dass der General dieser Blutsäuferin, die sich Sultana Sayyida nannte, und ihrer Bande nicht gewachsen war.

VIER

Als Jamanah ihr Dorf erreichte, stellte sie fest, dass nicht alle Bewohner durch die Mordbrenner umgebracht worden waren. Einige waren geistesgegenwärtig genug gewesen, sich während des Überfalls tot zu stellen, und hatten auf diese Weise überlebt. Die meisten waren jedoch verwundet, manche so schwer, dass sie kaum Chancen hatten durchzukommen.

Zunächst hatte Jamanah gehofft, dass sich wenigstens einer ihrer engsten Verwandten unter den Überlebenden befinden könnte. Doch als sie die lange Reihe der Toten abschritt, die von den Überlebenden zusammengetragen worden waren, fand sie ihre Eltern und alle ihre Schwestern unter ihnen. Anders als die übrigen Frauen, die ihre Trauer mit lauten Schreien und Wehklagen zeigten, weinte sie stumm, während sie den Lauf ihrer Kalaschnikow umklammerte.

Die Blicke, die man Jamanah zuwarf, waren eindeutig. Alle wussten mittlerweile, dass diese Teufelin sie ihren Schuften überlassen hatte. Sie las Mitleid in ihnen, aber auch Abscheu. Immerhin hatte sie unter den Männern gelegen, die hier für ein Blutbad gesorgt hatten.

Baha, der Vater ihres Verlobten Qusay, stieß bei ihrem Anblick ein Schimpfwort aus und kehrte ihr den Rücken zu. Er tut so, als hätte ich mich diesen Kerlen freiwillig hingegeben, nur um mein Leben zu retten, durchfuhr es Jamanah. Gewiss würde er dafür sorgen, dass die anderen ebenso dachten. Damit war der Krug ihres Lebens zweifach in Scherben gegangen. Ihre Familie war tot und sie selbst als Außenseiterin gebrandmarkt. Im Grunde war sie das immer gewesen, seit sie nicht aufgehört hatte zu wachsen und schließlich größer geworden war als alle Männer im Dorf mit Ausnahme ihres Vaters. Darunter hatte sie immer schon gelitten, doch wenn die anderen sie aus ihrer Gemeinschaft ausstießen, würde sie dies auch das Leben kosten.

Ihre Gedanken wurden unterbrochen, als der Soldat auf sie zuging, den General Iqbal im Dorf zurückgelassen hatte, um den Überlebenden zu helfen. Er zeigte auf ihr Schnellfeuergewehr.

»Kannst du damit überhaupt umgehen?«

Statt einer Antwort entsicherte Jamanah die Waffe und lud durch. Ihr Vater hatte sie das gelehrt. Mit dem Zeigefinger am Abzug hob sie die Waffe, bis sie auf den Bauch des Soldaten gerichtet war.

Der Mann hob abwehrend die Hände und wich ein paar Schritte zurück. »Mach keinen Unsinn, Mädchen!«, rief er, er schien zu befürchten, sie wäre im Begriff, durchzudrehen.

Jamanah senkte die Kalaschnikow und schob den Sicherungshebel vor. »Wie du siehst, weiß ich durchaus, wie ich mit dieser Waffe einen Mann töten kann – und auch eine Frau!«

Wieder tauchte die Anführerin der Mordbande vor ihrem inneren Auge auf, und sie spürte einen Hass, der sie schier versengte.

»Ich werde die Blutsäuferin töten«, erklärte sie dem Soldaten.

»Du meinst die Frau, die hier einige gesehen haben wollen?« Der Mann machte eine abfällige Handbewegung, denn er glaubte nicht, dass die feindlichen Krieger einer Frau gefolgt waren. In seinen Augen war deren Auftauchen nur ein Versuch der Warsangeli, Verwirrung zu stiften. Darauf deutete auch der Name hin, den sie genannt haben sollte. Fünf Überlebende hatten ihn anders verstanden. Nur den Begriff Sultana hatten alle bestätigt. Doch die Zeiten eines Sultans oder einer Sultana waren auch in Somalia schon lange vorbei.

Mit einem verächtlichen Grunzen ließ er das verrückt gewordene Mädchen stehen und schnauzte die Dorfbewohner an: »Begrabt endlich die Toten! Danach bringen wir euch nach Dhur Cilaan in Sicherheit, obwohl das gar nicht mehr nötig sein dürfte. Unser General wird diese Schurken stellen und vernichten. Verlasst euch drauf!«

Einige Dörfler nickten, doch Jamanah glaubte den Beteuerungen nicht. Die Sache war gewiss nicht so einfach, wie der Soldat behauptete. Doch es half nichts, darüber nachzusinnen, und so durchsuchte sie die niedergebrannten Reste der elterlichen Hütte. Sie fand jedoch nichts mehr, was des Mitnehmens wert gewesen wäre. Nun bestand ihr gesamter Besitz aus der Decke, die ihr als Rock diente, dem Militärhemd und der Kalaschnikow. Selbst die Ziegen und Schafe, die ihrem Vater gehört hatten, waren von den Banditen erschossen worden oder in die Steppe geflohen.

»Wenn ich nicht verhungern will, muss ich nach den Tieren suchen«, sagte sie sich.

Vorher aber galt es, ihre Pflicht gegenüber ihren Toten zu erfüllen. Daher suchte Jamanah so lange, bis sie eine noch brauchbare Hacke fand, und machte sich daran, eine Grube zu graben, in der sie ihre Eltern und Geschwister beerdigen konnte.

FÜNF

Franz Xaver Wagner blickte zornig auf Henriette von Tarow herab. »Meine Entscheidung steht, und Sie haben sie zu akzeptieren!«

Während Henriette enttäuscht die Lippen zusammenpresste, trat Torsten Renk neben sie. »Ich kann Leutnant von Tarow verstehen, Herr Major. Immerhin bilden wir ein erfolgreiches Team, und ich finde es nicht richtig, dass wir getrennt werden.«

»Die militärischen Ränge können Sie sich schenken, Herr Renk. Nach der letzten Umstrukturierung sind wir eine zivile Abteilung, die ihre Aufträge nur noch in Ausnahmefällen von der Führungsspitze der Bundeswehr erhält. In erster Linie sind wir dem Kanzleramt unterstellt. Dadurch haben sich auch unsere Aufgaben geändert, und wir müssen uns intern neu aufstellen. Also werden Sie morgen nach Afrika fliegen, während Frau von Tarow hierbleibt und zusammen mit Frau Waitl, Herrn Borchart und mir unser neues Hauptquartier einrichtet.«

Henriette hätte am liebsten mit dem Fuß aufgestampft, doch sie hielt sich im Zaum. »Ich bleibe dabei. Es ist nicht fair, dass ich nicht mitfliegen darf. Gerade bei diesem Auftrag hätte ich sehr viel lernen können.«

Wagner lief rot an. »Unfair oder nicht, Sie bleiben! Renk ist auf dem Weg in ein Hornissennest. Für Sie …«

Empört fuhr Henriette auf. »Jetzt sagen Sie nur, es wäre dort zu gefährlich für mich! Es scheint, ich bin für Sie doch nur das Generalstöchterlein, das man keiner Gefahr aussetzen darf.«

»Jetzt bist du ungerecht«, warf Torsten ein. »In Belgien bist du nicht nur einmal in Lebensgefahr gewesen.«

»Und warum muss ich ausgerechnet jetzt hierbleiben?«

Wagner verdrehte die Augen. »Aus sozialen Gründen! Renks Auftrag führt ihn in ein islamisches Land, und Moslems sind nun mal nicht begeistert davon, wenn eine Frau ihnen beibringen will, wie man andere Leute umbringt. Das sehen sie nämlich als ureigene Männerdomäne an. Wäre es anders, würde ich Sie unbesehen mitschicken, selbst wenn Ihr Vater der Kaiser von China wäre und nicht nur ein Generalmajor a. D. der Bundeswehr. Und jetzt ist Schluss! Wir haben hier anderes zu tun, als Ihre Empfindlichkeiten zu pflegen.«

Er deutete auf Torsten. »Renk, Sie fliegen morgen Mittag mit einer Linienmaschine von Frankfurt nach Addis Abeba. Von dort aus geht es mit einer einheimischen Airline weiter nach Dire Dawa. In dieser Stadt treffen Sie Ihren Gewährsmann. Er heißt Omar Schmitt und ist der Sohn einer Deutschen und eines Somali. Schmitt ist in Deutschland aufgewachsen, hat hier studiert und war zwei Jahre als Freiwilliger bei der Bundeswehr. Vor drei Jahren ist er in die Heimat seines Vaters ausgewandert, um beim Aufbau von Somaliland mitzuhelfen. Mittlerweile gehört er zum Beraterstab des Präsidenten und ist gleichzeitig unser Mann vor Ort. Sie werden ihm helfen, eine Antiterroreinheit aufzustellen. Bisher sind die Streitkräfte der Republik Somaliland beim Kampf gegen Terroristen überfordert, und das wollen wir ändern.«

Torsten nickte unwillkürlich. Diese Aufgabe war ebenso reizvoll wie gefährlich. Trotzdem hätte er sich gewünscht, Henriette an seiner Seite zu haben. Ihre Fähigkeiten im waffenlosen Kampf waren unerreicht und hätten auch dem stolzesten Somalikrieger Achtung abgenötigt. Er verstand jedoch, dass sein Vorgesetzter nichts unternehmen wollte, was ihre Verbündeten am Horn von Afrika verärgern könnte.

»Schätze, Petra wird mir bis morgen früh ein Dossier zusammenstellen, in dem ich alles über meinen Einsatz erfahre.«

Wagner nickte. »Sie hat schon damit angefangen. Sie werden die SD-Card, die Sie von ihr bekommen, allerdings erst in Dire Dawa in Ihren Laptop laden und die Informationen lesen. Aber damit Sie uns bei Ihrer Ankunft nicht blamieren, hat Frau Waitl einen kurzen Vortrag zusammengestellt, den wir uns alle zusammen anschauen werden. Vielleicht begreift Frau von Tarow dann, weshalb sie hierbleiben muss!«

Der letzte Satz klang reichlich bärbeißig, denn im Grunde gefiel es Wagner ebenfalls nicht, Henriette und Torsten, die sich als Team ausgezeichnet bewährt hatten, auseinanderreißen zu müssen. Seine Anweisung lautete jedoch, auf die Empfindlichkeiten der Somalis Rücksicht zu nehmen, und die Leute waren, wie er aus leidvoller Erfahrung wusste, wahrlich heikel.

Eine übergewichtige Frau mit kurzen schwarzen Haaren und wachen Augen trat in den Raum und kam ohne Begrüßung zur Sache. »Die Lehrstunde findet im Kino statt. Also kommt, Kollegen! Kann mir jemand schnell noch eine Dose Cola und eine Tüte Popcorn besorgen?«

Wagner stieß einen Laut aus, der wie das Knurren eines Dobermanns klang. »Soll das ein Witz sein, Frau Waitl? Dann werde ich später darüber lachen. Sie wissen genauso gut wie wir, dass wir bislang nur die notwendigste Ausrüstung im Haus haben – und dazu gehört nach Ansicht der Planer nicht einmal ein Getränkeautomat.«

»Die Versorgung mit Flüssigkeit und Kalorien ist für mein Gehirn lebensnotwendig!«, antwortete Petra Waitl. »Daher haben Henriette und ich die Initiative ergriffen und einen gebrauchten Kühlschrank und eine Espressomaschine besorgt. Bis die Küche eingerichtet werden soll, dauert es nämlich noch zwei Wochen.«

»Eigentlich hätte ich ja erwartet, Sie mit Ihren Fähigkeiten manipulieren die Computer des Küchenausstatters so, dass er diese Arbeit vorzieht«, konterte Wagner und freute sich, weil es ihm gelungen war, wenigstens bei ihr das letzte Wort zu behalten.

Petra drehte sich abwinkend um und ging vor den anderen in den Vortragsraum hinüber, während Henriette in der improvisierten Küche verschwand und mit mehreren Dosen Cola und einigen Tüten zurückkehrte.

»Wie Sie sehen, sind wir recht gut ausgestattet, Herr Wagner«, sagte sie spöttisch und reichte Cola und Erdnüsse an Torsten sowie an Hans Borchart weiter. Petra erhielt zu ihrer Cola einen großen Beutel Popcorn, und die letzte Dose behielt Henriette für sich.

»Und was ist mit mir?«, beschwerte Wagner sich.

»Tut mir leid, aber als ich Sie vorgestern fragte, ob Sie unserer Versorgungsgemeinschaft beitreten wollen, haben Sie gemeint, Sie hätten keine Zeit für einen solchen Unsinn«, gab Petra zuckersüß zurück.

»Ich dachte, Sie hätten Lottogemeinschaft gesagt«, knurrte Wagner verärgert. Ihr neues Hauptquartier befand sich am Rand eines Industriegebiets in einem der nordöstlichen Vororte Münchens. Von ihren Büros aus konnten sie den Flughafen Franz Josef Strauß mit dem Auto in wenigen Minuten erreichen. Eine Bäckerei aber war erst in mehr als zweitausend Metern Fußmarsch zu finden, und ein brauchbarer Supermarkt versteckte sich in vierfacher Entfernung hinter ausgedehnten Wohnvierteln, in denen man nur Tempo 30 fahren durfte.

»Ich werde mir eine Pizza samt Cola vom Pizzaservice bringen lassen!« Wagner versuchte, Souveränität zu zeigen, und brachte die beiden Frauen damit zum Kichern.

»Was ist jetzt schon wieder los?«

»Der nächste Pizzadienst fährt dieses Kaff erst ab einer Bestellmenge von fünfundzwanzig Euro an. Ob eine Pizza und eine Cola da reichen?«, antwortete Henriette vergnügt. Auch wenn es nur eine kindische Revanche dafür war, von Wagner für diesen Einsatz nicht mit ausgewählt worden zu sein, machte es ihr Spaß, ihren Vorgesetzten zu veralbern.

»Hier! Ich will ja nicht so sein.« Hans Borchart reichte Wagner seine Coladose und verschwand in Richtung Vorratsraum, um sich eine neue zu holen.

»Vergiss aber nicht, deinen Strich zu machen!«, rief Petra ihm nach und schaltete ihren Computer an.

»Also, Leute«, begann sie, »wie Major – oder, besser gesagt, Herr Wagner! – vorhin schon sagte, habe ich einen kleinen Vortrag über die Verhältnisse am Horn von Afrika und speziell über Somalia zusammengestellt. Hier seht ihr die Karte des

Landes nach seiner Unabhängigkeit im Jahr 1960. Das, was wir Somalia nennen, ist damals durch den Zusammenschluss der Kolonien Britisch-Somaliland im Norden und Italienisch-Somaliland im Süden entstanden.

Dem neuen Staat gehören jedoch nicht alle Somalis an. Deren Siedlungsraum war durch willkürliche koloniale Grenzziehungen so geteilt worden, dass der Issa-Teilstamm der Dir-Somalis in Djibouti lebt, andere Teile des Dir-Stamms sowie der Isaaq, der Daroud und der Hawije in Äthiopien und weitere Daroud in Kenia.«

Petra projizierte die Umrisse der Länder mit den Siedlungsgebieten der somalischen Stämme auf eine Leinwand und stärkte sich mit einer Handvoll Popcorn, bevor sie ihren Vortrag fortsetzte.

»Die Aufteilung der Somalis in mehrere Staaten ist seither ein Unruhefaktor und hat 1977 zu einem offenen Krieg zwischen Somalia und Äthiopien um die von Somalis bewohnte Provinz Ogaden geführt. Auch an Djibouti, damals noch Französisch-Somalia, und Kenia wurden Forderungen erhoben, die von Aufständischen – oder nach anderer Sichtweise von Freiheitskämpfern – in den vom Hauptteil des Siedlungsgebietes abgetrennten Teilen unterstützt worden sind.

Zu erwähnen ist vielleicht noch, dass in der Geschichte des Volksstammes der Somalis auch vorher kein Reich existiert hat, welches alle Teile dieses Volkes umfasste. Es gab ein paar kleine einheimische Sultanate an der Küste, einige arabische Enklaven und dann eben die Kolonialherren, die auch nicht gerade für ein gesamtsomalisches Bewusstsein sorgten. Trotzdem gab und gibt es großsomalische Tendenzen bis in die heutige Zeit.«

Petra machte erneut eine kurze Pause, um zu trinken, und präsentierte ihnen dann einen mit Fotos illustrierten Überblick über die Geschichte Somalias, bis dieser Staat Anfang der neunziger Jahre zu kollabieren begann.

Wagner ergänzte die Erläuterungen, hatte er doch 1994 als junger Soldat an dem völlig misslungenen UNO-Einsatz teilgenommen, der Somalia als Staat hätte erhalten sollen und in dessen völligem Zusammenbruch endete.

Da Torsten viele dieser Fakten bereits kannte, schüttelte er stöhnend den Kopf.

Wagner bedachte ihn mit einem mahnenden Blick. »Sie sollten die Chance nützen, so viel wie möglich über Ihr neues Operationsgebiet zu erfahren. Die heutigen Verhältnisse in Somalia sind nur mit Kenntnis der Vergangenheit zu begreifen.«

»Das gilt auch für den Beginn der Piraterie dort«, stimmte Petra ihrem Chef zu. »Die ersten Piraten waren Fischer, deren Gewässer von den Fangflotten der großen Fischereinationen leergefischt wurden. Sie begannen sich zu wehren, kaperten ein paar Trawler und merkten rasch, dass sie auf diese Weise leichter und schneller zu Geld kamen als mit ehrlicher Arbeit. Eine Zeit lang war die Piraterie in Somalia ein florierender Wirtschaftszweig, der von Häfen wie Laasqoray, Qandala, Abo, Caluula, Baargaal und anderen bis hinab nach Hobyo und Mereeg aus betrieben wurde. Zwar werden die Gewässer um Somalia jetzt besser bewacht als vor zwei, drei Jahren, dennoch gelingt es den Piraten gelegentlich noch, ein Schiff zu kapern. Dabei gehen diese zunehmend rücksichtsloser vor. Als letztens Schiffe der französischen Marine versuchten, einen im Golf von Tadjoura erbeuteten Frachter zu befreien, haben die Piraten den Kapitän und die Matrosen kurzerhand erschossen und sind mit ihren Schnellbooten entwischt.«

»Ihr Job ist es allerdings nicht, Piraten zu jagen, Renk«, erklärte Wagner. »Sie werden unseren heimlichen Verbündeten in Somaliland helfen, ihre Grenzen zu sichern.«

Petra nahm den Ball auf. »Damit sind wir bei den heutigen Verhältnissen in Somalia. Mittlerweile ist dieses Land in ein halbes Dutzend Teile zerfallen, die ihre Unabhängigkeit oder zumindest eine weitgehende Autonomie ausgerufen haben. Bis auf Somaliland, das eine gewisse eigenstaatliche Struktur aufweist und sich als Nachfolgestaat der ehemaligen Kolonie Englisch-Somaliland sieht, stellen die anderen Gebiete ein Konglomerat widerstrebender Kräfte dar. Puntland, das, wie ihr hier sehen könnt, östlich von Somaliland liegt, wird von mindestens zwanzig Warlords beherrscht, die ein wackeliges Bündnis miteinander eingegangen sind. Mindestens drei dieser Warlords unterstützen heimlich die Piraten, andere wiederum bekämpfen diese. Einig sind sich die maßgebenden Leute aus Puntland nur darin, sich weder von der Regierung in Mogadischu, die von Amerika und der UNO anerkannt wird, noch von den Islamisten etwas sagen zu lassen.

Letztere bestehen übrigens aus mindestens fünf Gruppen, von denen die drei radikalsten miteinander verbündet sind und sowohl die Regierung, die gemäßigten Islamisten wie auch die einzelnen somalischen Teilstaaten bekämpfen.«

Petra ließ in rascher Folge neue Bilder auf der Leinwand erscheinen und nannte die bekannten Anführer der einzelnen Gruppen sowie deren Verbündete im Ausland. »Eines der größten Probleme sind ebendiese *Freunde*«, erklärte sie. »Den meisten Einfluss übt Saudi-Arabien aus, und den wiederum versucht der Jemen einzudämmen. Des Weiteren sind Äthiopien, der Sudan, Ägypten, der Oman, die Vereinigten Arabischen Emirate und natürlich die Taliban aus Afghanistan und Pakistan in Somalia vertreten und unterstützen ihre Klientel mit Waffen und Geld.«

Wagner ergriff wieder das Wort. »Wie Sie wissen, Renk, haben wir in der Vergangenheit Somaliland heimlich mit Waffentransporten unterstützt. Trotzdem werden unsere Freunde dort mehr und mehr in die Defensive gedrängt. Daher haben wir uns entschlossen, nicht mehr zu kleckern, sondern zu klotzen. Der Frachter *Caroline* ist mit über dreihundert Containern an Bord auf dem Weg nach Somaliland. Da wir die Menschen dort nicht offen beliefern dürfen, solange die UNO an der Einheit Somalias festhält, hat das Schiff laut offiziellen Papieren zivile Güter für Neuseeland geladen. Die *Caroline* wird in fünf oder sechs Tagen in Berbera einlaufen. Dort werden Sie die Sendung zusammen mit Omar Schmitt in Empfang nehmen. Suchen Sie sich die Waffen und das Gerät heraus, die Sie für Ihre Aufgabe benötigen. Es sind auch mehrere von uns ausrangierte Schützenpanzer und andere Fahrzeuge dabei, die technisch aber in Ordnung sind.«

»Dann wollen wir hoffen, dass der Kahn nicht von Piraten gekapert wird!«, spöttelte Torsten.

Wagner nahm den Einwand ernst. »Die *Caroline* wird von der Fregatte *Sachsen* am Ausgang des Roten Meeres in den Golf von Aden erwartet und bis zu ihrem Zielhafen eskortiert. Da kann nichts passieren. Und jetzt bitte weiter im Text, Frau Waitl.«

Petra äugte traurig in ihre leere Coladose. »Erbarmt sich jemand und holt mir noch eine?«, fragte sie.

Als Torsten aufstehen wollte, machte Henriette eine beschwichtigende Handbewegung. »Bleib du hier und hör dir den Rest des Vortrags an. Du musst wissen, wie es dort aussieht. Ich darf ja nicht mit.«

Sie bemühte sich nicht, ihre Enttäuschung zu verbergen. Immerhin hatte sie sich von der Luftwaffe in Wagners Abteilung versetzen lassen, weil sie in jener Truppe nur harmlose Einsätze hatte fliegen dürfen. In ihrem neuen Job genauso behandelt zu werden ärgerte sie maßlos.

Trotz Henriettes bissiger Bemerkung wartete Petra, bis ihre Kollegin zurückgekehrt war, und spulte dann den Rest ihres Vortrags ab. »Von einzelnen Selbstmordanschlägen islamistischer Fanatiker abgesehen ist es den Behörden und dem Militär von Somaliland bislang weitestgehend gelungen, die Sicherheit in ihrem Territorium zu gewährleisten. Vor einer Woche jedoch wurde eine Brigade der Armee unter General

Iqbal im Grenzgebiet zu Puntland in die Falle gelockt und vollständig aufgerieben. Nur wenige sind dem Blutbad entronnen. Der General war nicht darunter.«

»Bei einer Brigade dürfen Sie nicht von unseren Verhältnissen ausgehen. Iqbal hat nicht mehr als zwei oder drei Kompanien befehligt, also weniger als ein Bataillon. Trotzdem war es eine Schweinerei«, ergänzte Wagner ihre Ausführungen, während Petra die Bildpräsentation beendete und Torsten eine SD-Card reichte.

»Hier! Das Ding ist supergeheim. Die Hülle enthält für den Notfall einen Selbstzerstörungsmechanismus. Du musst auf diese rote Aufschrift drücken. Mach's aber nicht aus Versehen!«

»Ich werde mich hüten.« Torsten steckte die Speicherkarte weg und sah dann mit einem etwas gezwungenen Lächeln in die Runde. »Dann werde ich mich jetzt verabschieden. Morgen haben wir keine Zeit mehr dazu.«

»Halt! Deine Ausrüstung ist noch nicht vollständig«, rief Petra aus. »Du brauchst noch einen Laptop.«

»Der liegt in meinem Zimmer.«

»Mit dem veralteten Ding kannst du in Afrika nicht arbeiten. Dort brauchst du ein Gerät, das Computer, Funkgerät, Kompass, Thermometer und so weiter in einem ist. Ich habe einen neuen Laptop extra für dich zusammengebaut. Mit dem kannst du von jedem Punkt der Erde aus Kontakt mit uns aufnehmen, wahrscheinlich sogar vom Mond.«

»Danke, aber dorthin will Herr Wagner mich ausnahmsweise mal nicht schießen«, gab Torsten zurück.

Sein Vorgesetzter musste lachen. »Ich glaube, Sie würden auf dem Mond derzeit gesünder leben als in Somaliland. Dort oben können Ihnen wenigstens keine Kugeln um die Ohren fliegen.«

Auch Torsten begann zu lachen, wurde aber von Petra energisch unterbrochen. »Hier ist das Gerät!«, sagte sie und steckte ihm einen flachen Gegenstand zu, der kaum größer war als ein Taschenbuch.

Torsten klappte den Minilaptop auf und starrte verdattert auf den winzigen Bildschirm. »Gibt es dazu auch eine Vergrößerungsbrille?«

»Ja, aber nicht auf Firmenkosten«, spottete Wagner und reichte ihm die Hand. »Viel Glück, Renk! Sie werden es brauchen.«

SECHS

Der Himmel überzog sich im Westen mit einem fahlen Gelb, das sich rasch ausbreitete. Kurz darauf erfassten die ersten Böen das Schiff. Feiner Sand wurde durch die offenen Fenster der Kommandobrücke geweht und ließ die Augen tränen.

Kapitän Wang grinste seinen Stellvertreter Arroso an. »Der Sandsturm kommt uns wie gerufen! Jetzt brauchen wir uns keinen Vorwand auszudenken, weshalb wir die saudische Küste anlaufen. Wir tun es, weil die Weiterfahrt sonst zu gefährlich wäre.«

»Wie weit ist es noch bis Mastâbah?«, fragte der Erste Offizier.

»Noch zwanzig Seemeilen. Ich werde den Sturm für das Logbuch noch ein wenig stärker machen, und schon kümmert sich niemand mehr um unseren kleinen Abstecher.«

Wang rieb sich die Hände, drehte sich um und blickte über die Container, die beinahe bis in Höhe der Brücke gestapelt waren. Gegen die Riesen unter den Containerfrachtern wie die *Emma Mærsk* und die *Cosco Asia* war die *Caroline* winzig. Sie fasste nicht einmal ein Zehntel der Last, die jene Containerriesen über die Ozeane schipperten. Dafür aber hatte sein

Schiff einen unbestreitbaren Vorteil: Es konnte all jene Häfen anlaufen, für die die Massenfrachter zu viel Tiefgang hatten und in denen zumeist nur ein kleiner Teil der Container abgeladen wurde. Der Abstecher in den saudischen Hafen Mastâbah war nicht von der Reederei geplant, würde sich aber bezahlt machen – vor allem für ihn selbst.

Wang legte das Ruder zwei Strich nach steuerbord und behielt das Radar im Auge. In Küstennähe waren die Gewässer schwierig zu befahren, denn hier zogen sich schier endlose Sandbänke entlang, auf die er nicht auflaufen durfte.

»Funkspruch von der Küstenwache. Sie wollen wissen, wer wir sind und weshalb wir Kurs auf Mastâbah nehmen«, meldete Arroso.

»Ich übernehme«, antwortete Wang angespannt.

Eine Begegnung mit der Küstenwache stellte immer ein Problem dar, vor allem, wenn die Ladepapiere so lückenhaft ausgefüllt waren wie in ihrem Fall. Offiziell war die *Caroline* nur mit dreihundertzwanzig Containern beladen, die sie für eine belgische Spedition nach Berbera bringen sollten. Da es von dort kaum Rückfracht gab, hatte Wang im Auftrag seiner Reederei in Catania noch siebzig Container für Mombasa geladen, diese allerdings nicht in die Liste eingetragen, da die Belgier darauf bestanden hatten, dass die *Caroline* nur ihre eigenen Container mitnehmen dürfe. Von vier weiteren Containern wussten nur er und seine Mannschaft. Die hatte Wang in Port Said übernommen, als er auf die Einfahrt in den Suezkanal hatte warten müssen. Sie waren für Mastâbah bestimmt und würden ihm bei Lieferung fünftausend Dollar Prämie bringen.

Vorher aber musste er verhindern, dass die Saudis auf ihrem Patrouillenboot allzu neugierig waren.

»Hier Frachter *Caroline* aus Panama«, meldete er sich per Funk. »Wir bitten um einen Lotsen nach Mastâbah. Haben Fracht für Sheikh Abdullah Abu Na'im an Bord.« Jetzt gilt es, dachte er. Entweder war der Auftraggeber wichtig genug, um die Marinesoldaten auf dem Patrouillenboot zu beeindrucken, oder er würde einen Teil seiner fünftausend Dollar opfern müssen, um die Männer zu bestechen.

Da kam auch schon der Rückruf. »Frachter *Caroline*, wir lotsen Sie auf Reede. Folgen Sie uns!«

Während Kapitän Wang erleichtert den Kurs änderte, um hinter dem Patrouillenboot herzufahren, krauste sein Stellvertreter die Stirn.

»Was meinen die mit Reede? Das ist doch ein ganz normaler Hafen, oder nicht?«

»Wenn es einer wäre, hätte der Saudi nicht von einer Reede gesprochen. Wie es aussieht, werden wir ankern und die Container auf einen Leichter umladen müssen, der sie an Land bringt.«

Arroso fuhr auf. »Aber das ist eine Hundsarbeit, und wir werden mindestens einen Tag verlieren! Dabei liegen wir jetzt schon hinter unserer Zielvorgabe zurück.«

»Ein Schiff ist nun einmal kein Eisenbahnzug, und auch die fahren ja nicht pünktlich. Außerdem sollten Sie an die tausend Dollar denken, die Sie für diese spezielle Fracht erhalten.«

Wangs Stimme klang scharf, und dem Ersten Offizier wurde klar, dass er zu weit gegangen war. Da die Reederei die Gehälter nur schleppend und selten in voller Höhe auszahlte, waren Wang und er darauf angewiesen, sich gelegentlich einen Zusatzverdienst zu verschaffen. Daher hatten sie die Gelegenheit, diese vier Container hierherzubringen, sofort ergriffen.

Nun fragte Arroso sich, weshalb sie die Fracht nicht in Djidda hatten löschen können, und gab sich selbst die Antwort. Wahrscheinlich wollte ihr Auftraggeber nicht, dass die dortigen Behörden den Inhalt der Container kontrollierten. Hier an dieser sandigen Küste, an der nur einzelne öde Orte lagen, die höchstens von Fischerbooten und altmodischen Dhaus angefahren wurden, reichte ein mehr oder weniger dezent gereichter Geldschein, um einen Beamten die Augen zudrücken zu lassen.

»Wenn der Sturm stärker wird, können wir die Container nicht umladen«, gab Arroso nun zu bedenken.

Dies bereitete auch Kapitän Wang Kopfzerbrechen. Einen längeren Aufenthalt durften sie sich nicht erlauben, da die Auftraggeber ihrer Hauptfracht einen rigiden Vertrag mit der Reederei geschlossen hatten und sie bereits zu viel Zeit verloren hatten. Die Belgier durch eine noch größere Verzögerung zu reizen würde sie in Schwierigkeiten bringen.

Kapitän Wang blickte wieder nach Westen und atmete auf, als er sah, dass der Sandsturm an Stärke verloren hatte.

»Vorsicht! Das Patrouillenboot steuert scharf nach backbord!«

Der Warnruf seines Ersten Offiziers machte Wang darauf aufmerksam, dass es im Augenblick wichtiger war, auf den Kurs zu achten. Wenn sie vor Mastâbah auf Reede lagen, hatte er genug Zeit, sich Gedanken über das zu machen, was danach kam. Er ließ die *Caroline* dem Patrouillenboot in Kiellinie folgen und starrte mit einem unguten Gefühl auf die Untiefen, die sich zu beiden Seiten der Fahrrinne erstreckten.

Auch Arroso war nicht wohl beim Anblick dieser Gewässer, und so atmeten sie beide erleichtert auf, als sie einige Zeit später von den Saudis die Anweisung erhielten, Anker zu werfen.

Nun hatten sie Zeit, das Land in Augenschein zu nehmen. Da Mastâbah hinter hohen Dünen lag, konnten sie selbst von der Kommandobrücke aus den Ort nur teilweise überblicken. Die Häuser waren gelbbraun wie der Sand, und am Rand des Ortes konnte man ein paar dunkle Beduinenzelte erkennen. Ziegen, Schafe und Kamele rupften an dem spärlichen Grün, und an der flachen Bucht, die eine von den Dünen fast ganz umschlossene Lagune bildete, tummelte sich eine Schar Kinder.

»Willkommen im Mittelalter!«, stöhnte Arroso beim Anblick der hölzernen Dhaus auf, die teilweise auf den Strand hinaufgezogen waren. Auch wenn die Schiffe von Dieselmotoren angetrieben wurden und größtenteils keine Masten mehr hatten, zeigten sie in seinen Augen die Rückständigkeit dieser Region.

Kapitän Wang meldete dem Ingenieur, dass er die Maschinen abschalten konnte. Danach schlug er seine Kapitänsmütze am rechten Oberschenkel aus und grinste Arroso an. »Sie übernehmen! Ich gehe an Land.«

»Soll ich ein Rettungsboot für Sie fieren lassen?«, fragte sein Stellvertreter spöttisch.

»Nicht nötig! Wie Sie sehen, werde ich abgeholt.« Wang zeigte auf ein Boot, das eben das Ufer verließ und auf die *Caroline* zuhielt. Neben dem mit Hemd und Wickelrock bekleideten Bootsführer saß ein Mann in dem typischen langen Gewand und dem Qahfiya der saudischen Oberschicht.

Wang wartete, bis das Boot längsseits gekommen war, befahl dann einem der Matrosen, die Jakobsleiter hinabzulassen, und fragte sich, ob der Saudi an Bord kommen würde. Da der Mann im Boot sitzen blieb, kletterte er kurzerhand zu ihm hinunter.

Der Bootsführer half ihm in den Kahn und stieß diesen an der stählernen Bordwand der *Caroline* ab.

»Guten Tag, ich bin Kapitän Wang. Ich habe vier Container für Herrn Abdullah Abu Na'im an Bord«, stellte Wang sich vor.

Der Mann am Steuer grinste nur, während der Saudi Wang mit einer Handbewegung befahl, auf der anderen Sitzbank Platz zu nehmen.

Als sie das Ufer erreicht hatten und dort wie durch Zauberhand eine schwere Limousine erschien, wandte der Saudi sich an Wang. »Sie haben die vier Container gut hierher gebracht?«

»Selbstverständlich, Herr …«, antwortete Wang.

Der Saudi schien es nicht für nötig zu halten, sich ihm vorzustellen, sondern sagte nur: »Gut!«

»Wenn Sie uns einen Leichter schicken, könnten wir gleich mit dem Umladen beginnen«, bot der Kapitän an.

»Das wird nicht nötig sein. Abdullah Abu Na'im – Allah lasse seine Gnade über ihm leuchten – hat die Fracht bereits weiterverkauft. Ich hoffe, Mombasa ist kein Umweg für Sie?«

Der Kapitän schüttelte den Kopf. »Ganz und gar nicht! Wir müssen diesen Hafen sowieso anlaufen.«

»Umso besser!« Der Saudi griff in das Auto und erhielt vom Fahrer eine lederne Brieftasche ausgehändigt.

»Abdullah Abu Na'im hat mich beauftragt, Sie zu bezahlen. Sie bekommen siebentausend Dollar. So war es doch abgemacht?«

»Ja, ja, das ist ganz richtig!«, beeilte Wang sich zu versichern.

Bei siebentausend Dollar blieben ihm fünftausend, tausend würde er seinem Ersten Offizier geben und weitere tausend an die Matrosen verteilen.

Der Saudi entnahm der Brieftasche diese Summe und reichte sie Wang. Danach zählte er noch einmal eintausend Dollar ab. »Das hier ist für den Umweg, den Sie machen mussten. Leider war es Abdullah Abu Na'im unmöglich, Sie unterwegs zu erreichen, sonst hätten Sie sich den Aufenthalt hier in Mastâbah ersparen können.«

»Oh, das war kein Problem«, erklärte Wang und beschloss, die zusätzlichen tausend Dollar für sich zu behalten. Mit Arroso teilen wollte er nicht, denn er hatte sich zu oft über den Mann geärgert.

Der Saudi wartete, bis Wang das Geld weggesteckt hatte, und zog dann einen Zettel aus seiner Brieftasche. »Das hier sind die Adresse und die Telefonnummer des Freundes von Abdullah Abu Na'im in Mombasa. Rufen Sie ihn an, sobald Sie dort sind, und melden Sie ihm, dass er die verlangte Ware am

Hafen abholen kann!« Er übergab den Zettel Wang, sorgsam bedacht, den Kapitän nicht zu berühren, stieg in den Wagen und befahl dem Chauffeur loszufahren.

Wang blickte hinter der Limousine her und fragte sich, wohin er geraten war. Aber solange seine Auftraggeber gut zahlten, konnte es ihm gleich sein, wie sie sich verhielten. Als er sich umwandte, um zu dem Boot zurückzugehen, damit es ihn zur *Caroline* brachte, stockte er mitten im Schritt.

Um das Boot herum hatte sich eine Gruppe von Frauen in langen Gewändern und Schleiern versammelt und redete mit schrillen Stimmen auf den Bootsführer ein. Dieser versuchte, sie zurückzutreiben, doch sie hörten nicht auf ihn, sondern kletterten auf das Boot und setzten sich überallhin, wo sie Platz fanden.

»He, was soll das? Ich will zu meinem Schiff zurück«, sprach Wang den Bootsführer an.

Dieser schüttelte den Kopf und zeigte auf seine Ohren. Gleichzeitig stieß er für Wang unverständliche Worte hervor.

»Ich verstehe Sie nicht!«, rief der Kapitän verärgert.

Als hätte er darauf gewartet, schlenderte ein junger Mann in einem langen hemdartigen Gewand und mit einem um den Kopf gewickelten Tuch auf ihn zu und blieb vor ihm stehen. Mit einer kurzen Bemerkung brachte er den Bootsführer zum Schweigen, und die Frauen verstummten ebenfalls.

Der Mann zeigte auf die Verschleierten und begann in stockendem Englisch zu berichten. »Arme Frauen! Viel Unglück. Haben in Djidda Schiff versäumt. Nur Dhau bekommen, was fahren hierher. Jetzt wollen weiter. Ziel Mombasa. Haben gehört, du wollen hin.«

»Das schon, aber die *Caroline* ist ein Frachtschiff und kein Ausflugsdampfer. Ich kann doch keine Frauen an Bord nehmen«, antwortete Wang ungehalten.

»Frauen fromme Pilgerinnen. Waren in Mekka! Ganz heilige Stadt. Jetzt wollen heim, aber Schiff weg. Zahlen gut. Mit

Schmuck!« Auf ein Zeichen des Mannes trat eine der Frauen näher und hielt dem Kapitän ein mit Perlen und Türkisen besetztes Goldcollier unter die Nase. Wang schätzte den Wert des Schmuckstücks auf mehr als tausend Dollar und wurde schwankend.

Da redete der junge Saudi auch schon weiter. »Frauen machen nix Probleme. Wollen für sich bleiben. Wollen nix Männer von Mannschaft sehen. Kochen auch selbst. Nehmen Vorräte mit.« Noch während er es sagte, kamen mehrere Träger in schlichten Lendentüchern und mit nackten Oberkörpern heran und luden einige Säcke in das Boot.

Kapitän Wang begriff, dass er die Frauen nur mit Gewalt loswerden würde, und beäugte noch einmal das Schmuckstück. Da er ohnehin nach Mombasa fuhr, konnte er sich dieses Collier ebenfalls verdienen. Daher nickte er. »Also gut, ich nehme die Frauen mit. Wir haben zwei freie Kabinen für den Fall, dass jemand von der Reederei an Bord bleibt. Die können sie haben. Aber sie sollen sich von meinen Matrosen fernhalten. Ich will keine Probleme!«

»Keine Probleme! Frauen machen genau so, wie Kapitän sagt«, versicherte der Araber und wandte sich nun an die Frauen, um ihnen Wangs Entscheidung mitzuteilen.

Sofort klang Jubel auf. Eine mittelgroße Frau in einem dunkelroten Kleid mit einem grünen Schleier, der den größten Teil ihres Gesichts verhüllte, bedankte sich wortreich bei dem Dolmetscher und auch bei Kapitän Wang, der, wie sie erklärte, direkt von Allah zu ihrer Rettung gesandt worden sein musste.

SIEBEN

Die Matrosen johlten, während die Frauen die Jakobsleiter hinaufkletterten und an Bord stiegen. Doch als sich einer von ihnen der rot gekleideten Anführerin näherte, trieb sie ihn mit einem zornigen Wortschwall zurück. Im nächsten Moment deutete sie gebieterisch auf die Säcke im Boot und machte unmissverständlich klar, dass diese an Bord gebracht werden sollten.

Nun kletterte auch Kapitän Wang an Bord und erteilte die entsprechenden Befehle. Kaum waren die Säcke nach oben gehievt, löste der saudische Bootsführer seinen Kahn von dem Schiff.

Wang wies zwei Männer an, das Gepäck der Frauen in die freien Kabinen zu bringen. Den unverhofften Passagierinnen machte er mit Gesten begreiflich, den Matrosen zu folgen, und begab sich selbst auf die Brücke.

Sein Erster Offizier Arroso erwartete ihn mit düsterer Miene. »Entschuldigen Sie, Kapitän, aber was soll das?«, fragte er und wies mit dem Kinn auf die Frauen, die gerade den Heckaufbau in Deckhöhe betraten.

»Es handelt sich um Mekkapilgerinnen, die ihr Schiff verpasst und mich gebeten haben, sie nach Mombasa mitzunehmen. Keine Sorge, sie werden uns keine Schwierigkeiten bereiten.«

»Mekkapilgerinnen, die in einem Land wie Saudi-Arabien ohne männliche Begleitung unterwegs sind? Da ist doch etwas faul!«, sagte Arroso nachdenklich.

Wang tat diesen Einwand mit einer Handbewegung ab. »Die Männer werden mit dem richtigen Schiff gefahren sein. Sie kennen doch die Frauen. Wahrscheinlich sind die Mädels zu lange im Basar geblieben, und als sie zum Hafen kamen, war ihr Schiff weg. Aber das soll uns nicht belasten. Die Sache bringt Ihnen übrigens zweihundert Dollar.«

Und dir tausend, fuhr es dem Ersten Offizier durch den Kopf. Wie schon oft bedauerte Arroso, als schlecht bezahlter Offizier auf diesem Schiff fahren zu müssen. Doch die Anteilseigner der Reederei wollten möglichst viel Geld verdienen, und da es auf den Philippinen, in China und anderswo genug ausgebildete Seeleute gab, die bereit waren, für Hungerlöhne zu arbeiten, musste er jeden Job annehmen, den er bekommen konnte.

»Wenn ich wenigstens selbst Kapitän wäre«, murmelte er vor sich hin. Für jeden Dollar, den er außer der Reihe erhielt, verdiente Wang fünf, war aber kein besserer Seemann als er.

»Anker lichten!« Die Stimme des Kapitäns durchbrach das Grübeln seines Ersten Offiziers.

Während Arroso seinen Aufgaben nachging, stand Wang am Steuer und folgte dem Patrouillenboot, das sie wieder auf die offene See hinausgeleitete. Zwar hätte der Kapitän das Ruder seinem Stellvertreter überlassen können, aber er traute Arroso nicht. Führe der Mann die *Caroline* auf eine Sandbank, käme er als Kapitän in Teufels Küche. Auch wenn die Reederei selbst nicht allzu ehrlich mit ihren Kunden umging, erwartete sie von ihren Schiffsführern absolute Loyalität. Dafür aber zahlte sie viel zu wenig Gehalt.

Eine Stunde später verabschiedete sich das saudische Patrouillenboot, und Wang richtete den Bug der *Caroline* auf die offene See. Nun konnte er Arroso unbesorgt ans Ruder lassen. Er atmete tief durch, klopfte seinem Ersten Offizier leutselig auf die Schulter und verließ die Brücke. Als er im Freien stand, spürte er den Fahrtwind heiß auf seiner Haut. Noch immer war die Luft voll feiner Sandkörner, die zwischen den Zähnen knirschten.

Auf dem Weg zu seiner Kabine machte er einen Abstecher auf das Deck, auf dem er seinen Passagierinnen Kabinen angewiesen hatte. Diese lagen am Ende des Flures und waren nicht miteinander verbunden. Aber die Frauen hatten sich zu helfen gewusst und vor ihrem Teil des Trakts eine Leine gespannt und Decken und Tücher darübergehängt.

Als Wang sich dem Vorhang näherte, steckte eine Frau den Kopf zwischen den Tüchern heraus und zischte ihn an. Zwar war sie noch immer von Kopf bis Fuß verhüllt, aber sie hatte auf den Gesichtsschleier verzichtet. Wang fand sie noch recht jung und sehr attraktiv.

Mit einer beschwichtigenden Handbewegung blieb er stehen und fragte, ob sie noch etwas benötigten. Wie erwartet verstand sie kein Englisch, sondern antwortete mit zornig klingenden Lauten, die ihm zeigten, dass er unerwünscht war.

»Ich gehe ja schon«, brummte er, schnupperte aber genießerisch. Ein verführerischer Essensduft machte ihm Appetit auf eine andere Mahlzeit als die, die der zum Kochdienst eingeteilte Matrose zubereiten würde. Doch er konnte sich weder bei den Frauen zum Essen einladen noch diese bitten, ihm etwas abzugeben. Seufzend drehte er sich um und suchte seine Kabine auf. Nach der Aufregung dieses Tages hatte er ein wenig Ruhe und Erholung bitter nötig.

ACHT

Die Frau lauschte, bis ein Geräusch ihr verriet, dass sich die Kabinentür hinter Wang geschlossen hatte. Dann drehte sie sich zu den anderen um. »Der gierige Kapitän hat sich zurückgezogen!«

Die Anführerin im roten Gewand nickte zufrieden. »Der Mann ist ein Narr und hat es uns sehr leicht gemacht. Kommt mit!« Sie drehte sich um und betrat die hintere der beiden Kabinen. Diese war nicht besonders groß, verfügte aber über vier Kojen sowie eine Anrichte, auf der ein Elektrokocher mit einem dampfenden Topf stand.

»Essen wir vorher, Sultana?«, fragte eine der Frauen.

Die Anführerin hob die Hand. »Wir ziehen die Sache gleich durch!« Sie griff in einen der Säcke und zog eine Cobray M-11/9 mit einem Dreißigschussmagazin hervor. Sie reichte die Maschinenpistole weiter und holte zwei weitere MPs aus ihrer Umhüllung. Währenddessen öffneten ihre Begleiterinnen die anderen Säcke und rüsteten sich ebenfalls mit Waffen dieses Typs aus. Darüber hinaus erhielt jede der acht Frauen ein Kampfmesser und eine Pistole. So bewaffnet verließen sie die Kabine und verteilten sich auf dem Gang.

»Es sind zwölf Männer auf dem Schiff, Sultana Sayyida«, erklärte Muna, die Wache gehalten hatte. »Vier davon befinden sich in ihren Kabinen, zwei weitere im Aufenthaltsraum, der Rest im Maschinenraum oder auf der Brücke.«

»Wir müssen als Erstes die Brücke und den Funkraum in unsere Gewalt bekommen«, erklärte Sayyida. »Kein Funkspruch darf dieses Schiff verlassen.«

»Was machen wir mit den Handys?«, fragte Muna.

»Von hier aus werden sie kaum eine Verbindung bekommen. Trotzdem müssen wir dafür sorgen, dass niemand ein Handy behält und verstecken kann. Die Brücke und das Funkgerät sind vorerst jedoch wichtiger.«

Sayyida trat zu dem provisorischen Vorhang, spähte hinaus und fand den Korridor leer.

»Folgt mir!«, flüsterte sie, stieg die Treppe hoch und schlich an den Türen der Kabinen des Kapitäns und der Mannschaftsmitglieder vorbei weiter nach oben zur Brücke. Zwei Frauen begleiteten sie, während die anderen sich zuerst um die Matrosen im Aufenthaltsraum kümmern sollten.

Jose Manuel Arroso hielt das Schiff auf Kurs, während ein Landsmann von den Philippinen das Radar überwachte. Die beiden nutzten die Gelegenheit, über den Kapitän und die Reederei herzuziehen. Dabei behielten sie den Eingang im Auge, um nicht von Wang überrascht zu werden.

Als die drei Frauen hereinkamen, zog Arroso die Augenbrauen hoch. »Entschuldigen Sie, aber das hier ist die Brücke, der Steuerraum. Hier haben Passagiere keinen Zutritt!«

Statt einer Antwort zog Sayyida ihre Cobray M-11 hinter dem Rücken hervor und zielte auf den Ersten Offizier.

»Von nun an nehmen Sie nur noch von mir Anweisungen entgegen! Jeder Versuch, Kontakt zu anderen Schiffen oder Ihrer Reederei aufzunehmen, ist verboten. Versuchen Sie es, ergeht es Ihnen wie diesem Mann hier!« Ihr Englisch wies einen Akzent auf, war aber gut verständlich.

Sayyida nickte einer ihrer Begleiterinnen zu. Sofort zielte diese auf den Mann am Radar und drückte ab.

Der Knall des Schusses hallte wie ein Donnerschlag durch die Brücke und ließ Arroso zusammenzucken. Mit weit aufgerissenen Augen sah er, wie sein Landsmann langsam von seinem Stuhl rutschte und auf dem Boden liegen blieb. Zwischen seinen Augen zeichnete sich ein schwarzes Loch ab, so groß wie der Nagel seines kleinen Fingers. Ein paar Tropfen Blut rannen heraus und versickerten in den Haaren.

»Ich hoffe, Sie haben die Warnung verstanden!«, erklärte Sayyida. Im nächsten Moment erklangen draußen weitere Schüsse.

»Was wollen Sie?«, würgte der Erste Offizier mühsam hervor.

»Wir übernehmen Ihr Schiff! Sie bringen es zu dem Hafen, den wir Ihnen nennen werden.«

Weiter im Süden, im Golf von Aden und im Indischen Ozean, war Piraterie nichts Ungewöhnliches. Doch noch nie hatte Arroso gehört, dass ein Schiff bereits im Roten Meer gekapert worden wäre – und noch dazu von Frauen! Dies minderte jedoch nicht seine Angst, die noch wuchs, als er durch die Fenster sah, wie ein paar Matrosen, von zwei Piratinnen überwacht, mehrere schlaffe Gestalten zur Bordwand schleppten und ins Wasser warfen.

»Wie viele Männer werden gebraucht, um dieses Schiff in Gang zu halten?«, fragte Sayyida, die ebenfalls hinunterblickte.

Alle, hatte Arroso schon sagen wollen, begriff aber im nächsten Moment, dass sie das nicht würde hören wollen. »Mindestens sechs«, stotterte er.

Sultana Sayyida hatte die Toten gezählt und gab einer ihrer Begleiterinnen einen Wink. »Damit sind noch zwei Männer überflüssig. Erschießt sie und werft sie ebenfalls den Haien zum Fraß vor.«

»Aber nicht den Ingenieur!«, rief Arroso erschrocken. »Den brauchen wir für die Maschinen.«

»Du hast es gehört. Ihr dürft nicht den Ingenieur erschießen! Nehmt zwei andere.« Mit diesen Worten setzte die Anführerin sich auf den Stuhl vor dem Radar und hielt den Ersten Offizier mit ihrer Waffe in Schach.

Kurz darauf musste Arroso mit ansehen, wie zwei weitere Leichen ins Meer geworfen wurden. Auch der Tote auf der Brücke wurde geholt und über Bord gehievt. Danach ließ Sayyida die überlebenden Matrosen sowie den Bordingenieur und den Kapitän auf der Brücke zusammentreiben. Von den zwölf Mann, die auf der *Caroline* angeheuert hatten, lebten noch sechs, und die waren von dem radikalen Vorgehen der Piratinnen so eingeschüchtert, dass einer sich sogar in die Hose gemacht hatte.

Die Anführerin setzte eine verächtliche Miene auf. »Die Kerle sind feige bis ins Mark! Selbst kleine Kinder hätten dieses Schiff in ihre Gewalt bringen können.« Sie hob die Stimme: »Zieht euch aus!«

»Ich verstehe nicht«, sagte Wang, der durch die Schüsse geweckt und beim Verlassen seiner Kabine von zwei Piratinnen mit vorgehaltener Waffe empfangen worden war.

Nun zielte die Anführerin auf ihn. »Zieht euch aus! Sonst werde ich mir überlegen, ob ihr dieses Schiff nicht auch zu fünft beherrschen könnt.«

Da die Mündung ihrer Maschinenpistole dabei von einem Mann zum nächsten wanderte, entledigten diese sich hastig ihrer Hemden und Hosen.

Der Kapitän aber streckte abwehrend die Hände von sich. »Das mache ich nicht!«

»Ich zähle bis drei! Eins!« Die Zahl Zwei musste Sultana Sayyida nicht mehr aussprechen, denn Wang riss sich hastig die Kleidung vom Leib. Auf ein Zeichen hin traten die Männer mehrere Schritte zurück. Zwei Piratinnen durchsuchten die Hemden und Hosen. Geldbeutel und Brieftaschen warfen sie achtlos beiseite, doch die vier Handys zeigten sie ihrer Anführerin. »Was sollen wir damit tun?«

»Werft sie ins Meer!« Danach betrachtete Sayyida die in Unterhosen dastehenden Männer mit einem höhnischen Blick. Der Kapitän hatte noch ein Unterhemd an, auf das die anderen wegen der Hitze verzichtet hatten. Auch seine Kapitänsmütze saß noch auf seinem Kopf.

Um die Lippen der Piratin zuckte es in verhaltenem Spott. »Zieht euch ganz aus!«

Die Männer warfen ihr fragende Blicke zu, doch als der Lauf ihrer Cobray M-11 sich ein wenig bewegte, ließen sie auch ihren letzten Stolz fahren und standen kurz darauf nackt vor den Frauen. Diese bedachten sie mit spöttischen Kommentaren, und eine hängte sich die Unterhose des Kapitäns wie eine Siegestrophäe an den Lauf ihrer Waffe.

»Bringt drei der Männer weg und sperrt sie ein! Jeden in eine Kabine, und keine davon darf neben der anderen liegen. Kümmert euch darum, dass die Räume vollkommen leer sind. Es bleiben auch keine Betten darin. Diese räudigen Hunde sollen auf dem Boden schlafen! Die anderen drei Gefangenen sorgen dafür, dass wir so rasch wie möglich an unser Ziel kommen.«

Kapitän Wang gehörte zu jenen, die in die Kabine gebracht werden sollten. Doch als eine der Frauen ihn mit einem Wink ihrer MP aufforderte, die Brücke zu verlassen, wandte er sich an die Anführerin. »Bitte, Madam, lassen Sie uns doch etwas anziehen. Es ist beschämend, nackt herumlaufen zu müssen!«

»In Abu Ghraib haben eure amerikanischen Freunde auch nicht gefragt, ob es für rechtgläubige Muslime beschämend ist, nackt den Blicken ihrer Frauen und den Hunden überlassen zu werden!«

Der Kapitän begriff, dass er nichts mehr ausrichten konnte, und schlurfte mit hängendem Kopf vor den Frauen her, die ihn und zwei andere wegbrachten. Fast noch schlimmer als die Tatsache, nackt herumlaufen zu müssen, waren die Bemerkungen der beiden Matrosen, die ihm vorwarfen, die Piratinnen an Bord gebracht zu haben.

NEUN

Der Flug nach Addis Abeba war für Torsten Renk eine neue Erfahrung, denn zum ersten Mal in seiner aktiven Zeit musste er sich für sein Gefühl nackt auf den Weg machen. Doch als angeblicher Geschäftsreisender konnte er nicht mit seiner Sphinx AT2000 im Schulterhalfter die Kontrollen am Flughafen passieren. Wagner hatte ihm zwar versprochen, die Waffe per Diplomatenpost an die deutsche Botschaft in Äthiopien zu schicken. Dennoch ertappte Torsten sich dabei, wie er sich immer wieder prüfend an die linke Schulter griff. Da gab es aber nur die leere Brusttasche der leichten Leinenjacke, die er anstelle seines gewohnten Lederblousons angezogen hatte. Selbst die beiden Kugelschreiber hatte er herausnehmen und in seinen Koffer stecken müssen. Seinen Laptop hatte er als Handgepäck mitgenommen, aber auf Wagners Anweisung hin die für seinen Auftrag wichtigen Daten noch nicht daraufgeladen. Diese hatte Petra auf eine SD-Card gezogen, die in einer Innentasche seiner Unterhose steckte. Um daran zu kommen, musste man ihn bis auf die Haut ausziehen, und das würde er zu verhindern wissen. Wenn ihm der Laptop während der Reise abhandenkam, konnte der Dieb nicht viel damit anfangen, während er selbst notfalls auf einen Computer der Behörden Somalilands zurückgreifen konnte.

Mit einem Seufzer lehnte er sich zurück und winkte die Stewardess herbei. »Können Sie mir bitte eine Flasche Mineralwasser bringen?«

»Selbstverständlich!« Sie ging lächelnd weiter und kehrte gleich darauf mit einem halbvollen Plastikbecher zurück. »Bitte sehr!«

»Danke!« Torsten hatte auf eine volle Flasche gehofft, denn für sein Gefühl war es im Flugzeug unerträglich heiß. Aber das war wohl zu viel verlangt.

Während er trank, lachte er insgeheim über sich selbst. Bequemer als eine rappelnde Transall war der Airbus allemal. Er versuchte, sich zu entspannen, merkte aber rasch, dass er die Wachsamkeit, die er sich in seinen Jahren beim Geheimdienst angewöhnt hatte, nicht so einfach abstreifen konnte. Dabei drohte hier keine Gefahr. Die anderen Passagiere waren zumeist Geschäftsleute, Angestellte der deutschen Botschaft in Addis Abeba oder deren Angehörige sowie einige Touristen, die ihren Gesprächen zufolge die Sehenswürdigkeiten in Axum und Lalibela besuchen wollten.

Sein Sitznachbar, ein älterer Herr, versuchte zum zweiten Mal, ein Gespräch mit ihm anzufangen. »Schon in Afrika gewesen?«

»Ja«, antwortete Torsten knapp.

»Geschäfte gemacht?«, bohrte der andere weiter.

»So kann man es nennen.«

»Sie reden wohl nicht gerne darüber?«

Torsten schüttelte den Kopf. »Damit haben Sie recht.«

So schnell gab der andere nicht auf. »Wohl nicht ganz koscher, Ihre Geschäfte?«

»Geht Sie das etwas an?« Allmählich wurde Torsten der Mann lästig.

Zu seiner Erleichterung wandte dieser sich zu seinem anderen Sitznachbarn. Doch Torsten konnte sich nicht darauf konzentrieren, über das nachzudenken, was ihn in Somaliland erwarten mochte, denn die beiden Männer begannen ein lebhaftes Gespräch und gaben dabei ihre bisherigen Erfahrungen mit Afrika zum Besten. Torsten, der zwangsläufig Zeuge wurde, ordnete sie als Geschäftemacher ein, die sich am Rande der Legalität bewegten und gelegentlich auch darüber hinausgingen. Sympathisch waren ihm beide nicht, und so war er froh, als die Maschine in Addis Abeba landete.

Mit wachsender Anspannung holte er sein Reisegepäck ab und durchschritt die Passkontrolle, die mit peinlich genauer Sorgfalt durchgeführt wurde. Danach musste er sein Gepäck von einem Zöllner durchwühlen lassen, der enttäuscht schien, weil er nichts Verfängliches fand. Dafür hatte er bei Torstens Sitznachbarn Erfolg und beschlagnahmte mit ernster Miene zwei Pornohefte, die dieser zwischen seinen Socken versteckt hatte. Torsten schritt grinsend davon.

Vor dem Flughafen herrschte ein Chaos aus Bussen, Taxis, Sammeltaxis und etlichen anderen Fahrzeugen, die hupend durcheinanderfuhren. Torsten wich einem Bus aus, der, ohne langsamer zu werden, auf ihn zufuhr, stand auf einmal vor einem Taxi und nutzte die Chance.

»Zur deutschen Botschaft!«, rief er dem Fahrer zu und stieg mitsamt seinem Koffer ein.

Der Taxichauffeur betätigte den Anlasser, und nach zehn Sekunden Orgeln sprang der Motor stotternd an. Die Zeit hatte Torstens Sitznachbarn gereicht, um ebenfalls das Flughafengebäude zu verlassen. Er sah das Taxi und stellte sich diesem in den Weg. »Ich will mitfahren!«

Zu Torstens Ärger nickte der Taxifahrer und wartete, bis der Mann ebenfalls eingestiegen war.

»Wie es aussieht, bleiben wir Platznachbarn«, meinte der lachend.

Torsten beschloss, sich nicht zu ärgern, sondern antwortete mit einer flapsigen Bemerkung und lehnte sich zurück. Sicherheitsgurte gab es keine. Dafür legte der Chauffeur einen Fahrstil hin, als gelte es, ein Formel-1-Rennen zu gewinnen. Er überholte Busse und Taxis und zog oft so knapp vor den anderen Fahrzeugen wieder auf die richtige Fahrspur, dass Torstens lästiger Mitfahrer mehrfach erschrocken zusammenzuckte.

»Dem Kerl sollte man ein paar um die Ohren geben«, sagte er wütend auf Deutsch.

»Warten Sie damit bitte, bis ich ausgestiegen bin. Sonst rammt der Bursche doch noch ein anderes Auto.«

»Keinen Humor, was?«

»Gab letztens keinen zu kaufen«, konterte Torsten und wartete, bis der Fahrer durch eine staubige Vorortstraße mit ebenso verstaubten Häusern fuhr. Kinder spielten mitten auf der Fahrbahn und dachten nicht daran, Platz zu machen. Trotz seines heftigen Hupens wurde der Taxifahrer zu einem wahren Slalom gezwungen. Kurz darauf hielt er vor einem schäbigen Gebäude an, das durch ein ausgebleichtes Schild als Hotel ausgewiesen wurde. Dann drehte der Äthiopier sich zu dem anderen Fahrgast um.

»Wir sind da, Mister. Macht achtzig Birr!«

»Kannst du keine zivilisierte Währung nennen? Woher soll ich eure Biere parat haben?«, moserte der Mann.

Zum Beispiel im Flughafen umgetauscht, dachte Torsten und lauschte gespannt dem Fortgang des Gesprächs.

»Wenn du haben Dollar, Mister, dann geben mir zwanzig!«

»Zwanzig Dollar? Das ist Wucher!«

»Steht so auf Taxameter«, antwortete der Fahrer und deutete auf die Anzeige.

Sein Fahrgast stieß die Luft durch die Zähne, zerrte seine

Brieftasche heraus und entnahm ihr eine Zwanzigdollarnote. »Hier! Aber Wucher ist es trotzdem.«

»Trinkgeld?«, fragte der Fahrer.

»Das kannst du dir in die Haare schmieren!« Mit dieser nicht gerade netten Aufforderung stieg der andere aus und stiefelte auf den Eingang des Hotels zu.

Der Fahrer startete seinen Wagen und reihte sich wieder in den fließenden Verkehr ein. Aus einer Laune heraus behielt Torsten das Taxameter im Auge und musste lachen, als er sah, dass dieses genau bei zwanzig stand. Ob das jetzt Dollars sein sollten, Euros oder äthiopische Birr, stand im Ermessen des Chauffeurs.

Dieser sah seinen fragenden Blick und grinste. »Ist kaputt! Mache Fahrpreis nach Gefühl. Wenn jemand nicht gefällt, zeige ich hin und verlange zwanzig Dollar.«

»Nimmst du auch hiesiges Geld?«, fragte Torsten.

»Natürlich! Nur ein Narr zahlt hier mit Dollar. Ist auch viel teurer.« Der Mann lachte und schlängelte sich durch eine Lücke auf die andere Fahrbahn.

Eine Viertelstunde später hielt er in der Yeka Kifle Ketema, Kebele 06, vor der deutschen Botschaft und drehte sich zu Torsten um. »Wir sind da, Mister, macht fünfzig Birr!«

Torsten reichte ihm einen Hundertbirrschein und hob die Hand, als der andere etwas herausgeben wollte. »Der Rest ist ein kleines Dankeschön, weil Sie dem aufgeblasenen Kerl vorhin gezeigt haben, dass andere cleverer sind als er.« Damit stieg er aus, nahm seinen Koffer an sich und ging auf die Botschaft zu.

Es war, als würde er einen Park betreten. Saftig grüne Bäume strebten in die Höhe, Bungalows mit sanft geneigten Dächern standen auf kleinen Lichtungen, und die Luft war nicht von Abgasen und dem Rauch der Herdfeuer erfüllt wie in den tiefer gelegenen Stadtteilen. Typisch, dachte Torsten. Die Europäer suchen sich immer die besten Stellen, als wäre die

Kolonialzeit noch immer nicht vorbei. Dann zuckte er mit den Schultern. Im Grunde konnte ihm gleichgültig sein, wo der deutsche Botschafter residierte. Er wollte nur seine Ausrüstung holen.

Die Polizisten, die das Botschaftsgelände bewachten, ließen ihn ungesehen passieren. Am Eingang wandte Torsten sich an den einheimischen Pförtner. »Guten Tag, mein Name ist Maier – mit ai. Ein Herr Wagner hat ein Paket für mich hierherschicken lassen, da ich ihm keine andere Adresse nennen konnte. Jetzt wollte ich fragen, ob es schon hier ist.«

»Einen Moment!« Der Mann nahm den Telefonhörer zur Hand und wählte eine Nummer. Als sich jemand meldete, gab er Torstens Anfrage weiter. Danach hörte er einige Sekunden zu, legte wieder auf und musterte den Agenten streng.

»Es ist ein Paket für Sie gekommen. Aus Surinam! Sie sollten den Absender darauf aufmerksam machen, dass er die Sachen beim nächsten Mal besser verpackt.«

Noch während Torsten zu verstehen versuchte, was der Mann damit meinte, brachte eine Botschaftsangestellte ein in Packpapier eingewickeltes Paket heraus, bei dem sie demonstrativ die Nase wegdrehte.

»Sie sind Maier?«, fragte sie nicht gerade freundlich.

Torsten nickte, obwohl er sich über den Tarnnamen ärgerte, den Wagner ihm aufgedrängt hatte.

»Haben Sie einen Ausweis?«

»Hier.« Torsten reichte ihr die Plastikkarte, die bereits ein wenig vergammelt aussah, obwohl sie erst kurz vor seinem Abflug hergestellt worden war. Doch Wagner hatte wie üblich nichts dem Zufall überlassen.

Die Frau kontrollierte die Daten und trug sie in ein Heft ein. Dann schob sie ihm das Paket zu. »Hier! Das nächste Mal sorgen Sie aber dafür, dass nichts kaputtgeht.«

»Ich bin leider nicht die Post, die solche Pakete transportiert«, antwortete Torsten ungehalten.

»Aber Sie können den Absendern sagen, sie sollen Flaschen besser verpacken. Hier sind mindestens zwei mit Schnaps zerbrochen. Riechen Sie nur, wie das stinkt!«

Torsten betrachtete das Paket, das tatsächlich so aussah, als hätte jemand es als Fußball benützt. Wie Wagner es geschafft hatte, es in diesem Zustand und noch dazu mit einer völlig aus der Luft gegriffenen Absenderadresse hierherzuschicken, vermochte er nicht einmal zu erraten. Sogar die Briefmarken und der Poststempel sahen original aus.

Er bedachte die empörte Frau mit einem amüsierten Blick. »Sehen Sie doch das Positive an der Sache. Schnaps, der ausgelaufen ist, kann keiner mehr trinken. Damit wird schon wieder jemand vor dem Alkohol gerettet.«

»Ich werde nach Feierabend über diesen Witz lachen«, fauchte die Frau und knallte ihm einen Vordruck hin. »Hier unterschreiben!«

Torsten tat ihr den Gefallen, nahm das Paket an sich und verließ, noch immer feixend, das Botschaftsgelände. Für sein Gefühl hatte Wagner es diesmal mit der Tarnung ein wenig übertrieben. Andererseits hatte sein Vorgesetzter sichergestellt, dass sich niemand an dem Paket vergriff.

Eine halbe Stunde später saß Torsten in seinem Zimmer im Hotel D'Afrique und schnitt den Bindfaden auf, mit dem das Paket umwickelt worden war. Obwohl er Wagner vertraute, war er doch in Sorge, ob seine Sphinx AT2000 die Reise gut überstanden hatte.

Henriette und Petra würden mich auslachen, könnten sie mich jetzt sehen, dachte er. Wahrscheinlich werden die beiden meine Beziehung zu dieser Waffe nie begreifen.

Als er das Paket öffnete, traf er zuerst auf die beiden zerbrochenen Rumflaschen. Diese steckten in einem engmaschigen Plastiknetz, um zu verhindern, dass er sich an den Scherben schnitt. Er legte sie ebenso beiseite wie mehrere zerquetschte Bananen und ein vom Rum verfärbtes Taschenbuch. Danach stieß er auf die eigentliche, in Plastikfolie eingeschweißte Sendung mit seiner im Schulterhalfter steckenden Waffe sowie einem dicken Bündel amerikanischer Dollars, die dafür gedacht waren, Freunde und Feinde bei guter Laune zu halten. Ein angeblich hier in Addis Abeba ausgestelltes Ticket für einen Flug nach Dire Dawa war ebenso dabei wie sein Kampfmesser und einige weitere Ausrüstungsgegenstände.

Torsten legte das Schulterhalfter um und zog seine Leinenjacke wieder an. Als er sich prüfend vor den Spiegel stellte, fletschte er die Zähne. Anders als bei seinem weit geschnittenen Lederblouson zeichnete sich die Waffe unter diesem Kleidungsstück ab.

So konnte er nicht in die Maschine nach Dire Dawa steigen. Er packte die Waffe und das, was für ihn wichtig war, in seinen Koffer. Die zerbrochenen Flaschen und die Bananen wanderten in den Abfallkorb, dann griff er zum Haustelefon und bestellte sich eine Flasche Mineralwasser.

Als er kurz darauf am Fenster saß und auf die Stadt hinausblickte, dachte er, dass sein Aufenthalt in Afrika abgesehen von einer verärgerten Botschaftsangestellten relativ harmlos begonnen hatte. Sein Gefühl sagte ihm jedoch, dass dies wohl kaum so bleiben würde, und er wartete gespannt auf das, was vor ihm lag.

ZEHN

Wagner hatte den Flug nach Dire Dawa bei Ethiopian Airlines gebucht, und so fand Torsten sich als einziger Europäer zwischen mehreren zusammengehörenden Gruppen wieder, die von der Hauptstadt in ihre Heimat zurückkehren wollten. Die meisten verstanden nur ihre eigene Sprache. Zwar konnte Torsten anhand der Wortmelodie verschiedene

Dialekte unterscheiden, hatte aber von keinem mehr als rudimentäre Kenntnisse.

Ein junger Mann jedoch verstand Englisch und schien es als seine Aufgabe anzusehen, den Fremden zu unterhalten und ihm Ratschläge für Aufenthalt und Unterkunft in Dire Dawa zu erteilen. Torsten erklärte ihm, dass ein Zimmer im Ras-Hotel für ihn reserviert sei.

»Ras-Hotel ist sehr gutes Hotel! Wird Ihnen gefallen, Mister. Aber wenn Sie etwas erleben wollen, kann ich Ihnen helfen. Ich kenne mich sehr gut aus in Dire Dawa. Gibt gute Bar dort und hübsche Mädchen. Sind jung und knackig. Können ganz helle haben oder auch schwarz wie die Nacht. Na, wie wäre es, Mister?«

Torsten nahm an, dass der Bursche Prozente bekam, wenn er Freier in diesen Puff schleppte, und schüttelte den Kopf. »Ich brauche keine Frauen!«

»Gibt auch Jungs. Sehr knackig«, bot der andere an.

»Ich brauche auch keine Jungs«, gab Torsten freundlich zurück.

Der junge Mann sah bereits seine Felle davonschwimmen. »Aber so was braucht man doch!«

Torsten lenkte das Gespräch auf das Thema, dem kaum ein Mann widerstehen konnte, nämlich auf Fußball. Sein Gegenüber kannte sich in der englischen Premier League besser aus als er und ging daher begeistert auf das Gespräch ein.

Als der Flieger schließlich gelandet war und sie das Flughafengebäude verließen, versuchte der Somali es erneut. »Sie brauchen wirklich kein Girl für die Nacht, Mister?«

»Nein.«

»Vielleicht morgen?«

»Wahrscheinlich auch nicht.« Torsten lächelte dem Burschen zu und trat zu einem Auto, das seine besten Zeiten erlebt haben musste, als Neil Armstrong den Mond betreten hatte. »Können Sie mich zum Ras-Hotel bringen?«, fragte er den Fahrer.

»Kostet fünfzig Birr oder zwanzig Dollar«, sagte der Mann in kaum verständlichem Englisch.

»Zwanzig Dollar ist hier wohl der Einheitspreis?« Torsten schüttelte den Kopf, zauberte aber eine Fünfzig- und eine Zehnbirrnote aus seiner Tasche.

»Hier! Dafür fährst du aber vorsichtig.«

Der andere grinste. »Du ängstlicher Mann?«

»Nur vorsichtig«, antwortete Torsten und blickte auf die Stadt hinaus, die ihm staubig und eintönig erschien.

Der Fahrer brachte ihn in kurzer Zeit zum Ras-Hotel. Dort nahm Torsten seinen Koffer aus dem Wagen und schritt über den verlassenen Parkplatz zum Hoteleingang.

An der Rezeption saß ein untersetzter Mann mit kurzen krausen Haaren. Er trug eine helle Hose und ein weißes Hemd, auf dem trotz der Hitze kein einziger Schweißfleck zu sehen war. Torsten bemerkte es mit Neid, denn ihm lief das Wasser bereits in Bächen den Rücken hinab.

»Wünschen Sie ein Zimmer?«, fragte der Mann auf Englisch.

»Mit Klimaanlage, wenn es geht«, stöhnte Torsten.

»Das ist leider nicht möglich. Die Klimaanlage ist heute Morgen ausgefallen, und da das Wochenende bevorsteht, wird es ein wenig dauern, bis sie repariert werden kann.« Der Hotelangestellte lächelte dabei so zuvorkommend, dass Torsten beinahe vergaß, dass erst Mittwoch war und damit genug Zeit, die Anlage noch vor Samstag zu reparieren. Da es aber nicht in seiner Macht lag, etwas an der Situation zu ändern, schrieb er sich als Maier in das Gästebuch ein.

Dann sah er zu dem Angestellten auf. »Es wird ein Herr nach mir fragen. Er heißt Schmitt. Informieren Sie mich, sobald er hier ist.«

»Oh, der Herr hat schon nach Ihnen gefragt. Er sagt, er will morgen wiederkommen!«

»Morgen also.« Torsten sah auf seine Armbanduhr, die

gerade zwei Stunden nach Mittag anzeigte, und fragte sich, was er mit dem angefangenen Nachmittag anstellen sollte. Nun vermisste er Henriette, mit der er hätte reden und Pläne schmieden können. Alternativ wäre ihm auch Petra willkommen gewesen oder besser noch Hans Borchart, der mit ihm in die Hotelbar gegangen wäre, um ein Bier zu trinken.

Er überlegte, ob er sich allein dorthin setzen sollte, doch angesichts der Hitze war es wohl klüger, sich an Mineralwasser zu halten. Daher bestellte er bei dem Mann an der Rezeption zwei Flaschen und folgte dem Pagen in sein Zimmer.

ELF

Der Anruf des Hotelportiers, dass ein Mr. Smith gekommen wäre, erlöste Torsten am nächsten Tag aus seiner Langeweile. Er bedankte sich, verließ sein Zimmer und betrat kurz darauf die Hotellobby. Ein junger Mann, der wie ein Einheimischer gekleidet war, saß auf einem der Sessel und blätterte in seiner Zeitung. Als er Torsten kommen sah, stand er auf und reichte ihm die Hand. »Hello, Mr. Maier mit ai! Willkommen im schönen Afrika.«

Torsten musterte den Mann, der in seinem karierten Wickelrock und dem bunten, kurzärmeligen Hemd nicht gerade wie ein Soldat wirkte. Seine Hautfarbe war etwas heller als die des Portiers, und die braunen Augen wiesen einen leicht grünen Schimmer auf, ansonsten sah man ihm die deutsche Mutter nicht an. Torsten bekam erste Zweifel, ob dies wirklich sein Gewährsmann war und nicht jemand von einem fremden Geheimdienst, der ihn aushorchen wollte.

»Die Freude ist ganz auf meiner Seite«, antwortete er in einem Tonfall, der bewusst reserviert blieb.

Als spüre er Torstens Bedenken, wechselte der andere von

der englischen in die deutsche Sprache über. »Es freut mich, dass Sie so rasch gekommen sind. Wir werden sicher gute Geschäfte miteinander machen.«

Torsten glaubte, einen hessischen Dialekt herauszuhören, und erinnerte sich, dass Omar Schmitts Mutter aus Idstein bei Frankfurt stammte. Und natürlich war ihm klar, dass sie nicht hier im Hotelfoyer über ihre wahren Absichten reden durften.

»Trinken Sie etwas mit mir?«, fragte er.

Schmitt nickte. »Aber nur Mineralwasser. Ich bin Moslem, müssen Sie wissen.«

»Ich bin zwar keiner, ziehe aber ebenfalls Wasser vor. Es ist verdammt heiß hier.« Zur Bekräftigung wischte Torsten sich den Schweiß von der Stirn.

»Wir sind hier nun einmal in Afrika, dem heißen Kontinent«, antwortete Schmitt grinsend.

Torsten bestellte beim Barkeeper zwei Flaschen Mineralwasser, wartete, bis diese serviert worden waren, und trank dann Omar Schmitt zu. »Auf Ihr Wohl!«

»Auf das Ihre! Und darauf, dass unsere Geschäfte gedeihen!«

In Schmitts Stimme schwang ein Unterton mit, der Torsten aufmerksam werden ließ. Er stellte jedoch keine Fragen, sondern trank die Flasche in einem Zug leer.

»Bei diesem Klima werde ich noch zum Kamel«, brummte er mehr für sich.

»Dann halten Sie es in der Wüste hoffentlich auch so lange aus wie eines dieser Tiere.«

Torsten hatte zunehmend das Gefühl, dass Schmitts vermeintlich heitere Stimmung große Sorgen verbarg. Neugierig geworden, fragte Torsten, wie es nun weiterginge.

»Wir sollten aufbrechen. Mein Wagen steht draußen«, schlug Omar Schmitt vor.

»Gut! Ich hole nur noch meine Sachen aus dem Zimmer.« Torsten stand auf.

Doch Schmitt hielt ihn auf. »Meinen Ausweis wollen Sie nicht sehen?«

Um Torstens Lippen spielte ein Lächeln. Wie es aussah, hielt der andere ihn für vertrauensselig. Er aber glaubte, seinem Instinkt trauen zu können. Ein so dialektgefärbtes Deutsch konnte nur jemand sprechen, der unter Einheimischen aufgewachsen war.

Dennoch würde er einige Sicherheitsmaßnahmen treffen. Die erste bestand aus seiner Sphinx AT2000, die er in seinem Zimmer umschnallte. Ein von Petra gefälschtes Dokument in amharischer Sprache bescheinigte ihm, dass er die Waffe tragen durfte. Zudem befestigte er die Scheide eines Kampfmessers mit einem Klettband am rechten Unterschenkel und setzte zwei Gasdruckfedern in seinen Koffer ein, die dessen Deckel mit Wucht hochschnellen lassen würden. Danach verließ er die Kammer, bezahlte an der Rezeption die Rechnung und folgte Omar Schmitt ins Freie.

Dessen Wagen entpuppte sich als japanischer Pritschenwagen, auf dessen Ladefläche Dutzende plastikumwickelte Pakete lagen. »Es könnte unterwegs ja regnen«, erklärte Schmitt auf Torstens fragenden Blick hin und öffnete die Beifahrertür.

»Dies hier ist mein Stellvertreter Al Huseyin«, stellte er den Mann hinter dem Steuer vor.

Dieser grinste Torsten an und startete den Motor. Da Torsten keine Anstalten machte, einzusteigen, da er dann zwischen den beiden Somalis gesessen hätte, schwang Omar Schmitt sich auf das Sitzpolster und zwinkerte Torsten zu. »Sie sind doch vorsichtig!«

»Wo kann ich meinen Koffer verstauen?«, fragte Torsten, ohne auf die Bemerkung einzugehen.

»Hinten auf der Ladefläche.«

Torsten ging um den Wagen herum und suchte nach einem Platz für sein Gepäck. Schließlich räumte er ein paar der Pakete um, die ohne Sicherung aufgestapelt waren, stellte seinen

Koffer ab und beschwerte ihn mit einem Paket. »Ich hoffe, wir verlieren den Koffer nicht. Das wäre fatal.«

»Keine Sorge. Herr Al Huseyin ist ein ausgezeichneter Fahrer!«, beruhigte ihn Schmitt.

Torsten sah sich Al Huseyin genauer an. Auch dieser war wie ein einheimischer Zivilist gekleidet, doch seine ganze Haltung und seine Bewegungen deuteten auf einen Angehörigen des Militärs hin. Offenbar konnte er sich im Gegensatz zu Schmitt nicht überzeugend tarnen. Daher war der Mann als Geheimdienstler denkbar ungeeignet. Wahrscheinlich hatte er einen Onkel, welcher einen Freund hatte, der jemand Wichtigen kannte, und auf diese Weise seinen Posten erhalten.

»Wie fahren wir?«, fragte er, da er nicht weiter über Al Huseyin nachdenken wollte.

»Wir nehmen den Weg über Harar und Jijiga nach Dugu und überqueren kurz danach die Grenze«, erklärte Schmitt. »Ab jetzt sollten wir Englisch sprechen, damit Major Al Huseyin nicht von der Unterhaltung ausgeschlossen ist.«

»Von mir aus gerne.« Torsten hatte sämtliche Karten der Gegend um das Horn von Afrika studiert, die Wagner hatte besorgen können. Dennoch konnte er die Reiseroute nicht nachvollziehen. Harar, das wusste er, lag südöstlich von Dire Dawa, und der Weg dorthin verlief in etwa parallel zur Grenze zu Somaliland. Daher würden sie unterwegs irgendwann nach Norden abbiegen müssen.

ZWÖLF

Sie fuhren durch eine Gebirgslandschaft, deren Gipfel bis auf dreitausend Meter hochstrebten. In den wenigen grünen Tälern weideten Schafe und Ziegen. Doch zumeist wirkte das Land wie ausgedörrt. Staubteufel stiegen auf und zogen

Hunderte von Metern dahin, bis sie in sich zusammenfielen. Die Straße selbst war vor Urzeiten einmal asphaltiert worden, doch mittlerweile sah der Belag aus, als sei er von Karies zerfressen. Ein Schlagloch reihte sich an das andere und zwang Al Huseyin ein Tempo auf, mit dem er selbst in einer Dreißigkilometerzone in einer deutschen Stadt als Verkehrshindernis angesehen worden wäre.

Während des ersten Teils der Strecke fiel zwischen den drei Männern kein Wort. Omar Schmitt schien in seine Gedanken versunken zu sein, Al Huseyin hatte genug damit zu tun, auf die Straße zu achten, und Torsten hielt die Umgebung ebenso scharf im Auge wie seine Begleiter, um jede Information aufzunehmen und jederzeit reagieren zu können. Immer wieder überquerten Hirten mit ihren Herden den Weg, und einmal musste Al Huseyin anhalten und kräftig hupen, bis die Ziegen, die dicht an dicht auf einem Abschnitt der Fahrbahn herumlagen und schliefen, endlich aufstanden und unwillig zur Seite staksten.

Als es endlich weiterging, wandte Torsten sich an Schmitt. »Werden hier viele Tiere überfahren?«

Schmitt schüttelte lächelnd den Kopf. »Ganz im Gegenteil! Da jeder Autofahrer weiß, dass die Hirten auf ihn schießen, wenn er nicht stehen bleibt und die Ziegen oder Schafe bezahlt, passen sie gut auf.«

»Warum muss unsere Mission so heimlich ablaufen?«, wollte Torsten jetzt wissen. »Soweit ich weiß, sind die Äthiopier eure Verbündeten.«

»Sie denken wie ein Europäer oder Amerikaner in festgefügten Kategorien. Hier in Afrika braucht man mehr Weitblick. Natürlich unterstützt Äthiopien Somaliland, damit es sich gegen die radikalen Islamisten der Al-Shabaab und gegen die puntländischen Warlords behaupten kann. Allerdings unterstützt Äthiopien auch einige der Warlords in Puntland, die Warsangeli-Rebellen in Sanaag und die Habirgedir in Mudug und Galmudug. Mit den Habirgedir sind wir ebenfalls verbündet.«

»Während die Rebellen in Sanaag und die Puntländer eure Feinde sind«, warf Torsten ein.

»Wieder wie ein Europäer gedacht! Wir sind mit einigen Gruppen in Sanaag ebenso verbündet wie mit etlichen Puntländern. Gegen die Al-Shabaab und die anderen Islamisten halten sogar sämtliche Puntländer, Sanaag-Rebellen, Galmudug-Separatisten und natürlich auch wir zusammen. Aber es gibt eben Zwistigkeiten, die sich nicht so einfach ausräumen lassen. Teilweise ist dies auch die Strategie der Äthiopier. Die wollen keine starken Somalistaaten an ihren Grenzen. Immerhin leben in der äthiopischen Provinz Somaliland, dem früheren Ogaden, mehr Somalis als in unserem Somaliland, Puntland und den Separatistengebieten zusammen. Sie werden es vielleicht nicht wissen, doch es gab schon einmal Krieg zwischen Somalia und Äthiopien um Ogaden.«

»Ganz unvorbereitet bin ich nicht in diesen Landstrich gekommen!« Für Torstens Geschmack benahm Omar Schmitt sich wie ein Oberlehrer, der einen besonders dummen Schüler vor sich hat. Dann aber sagte er sich, dass der Mann mit den hiesigen Verhältnissen vertraut war und es ihm selbst nicht schaden würde, so viel wie möglich aus der Sicht der Einheimischen zu erfahren. Aus diesem Grund ließ er Schmitt reden. Gelegentlich schaltete sich auch Al Huseyin ins Gespräch ein.

Auch wenn beide Torstens Fragen bereitwillig zu beantworten schienen, konnte sich Torsten des Gefühls nicht erwehren, sie würden ihm etwas Wichtiges verschweigen. Er beschloss, sie direkt darauf anzusprechen. »Was genau ist das für ein Job, den ich hier übernehmen soll?«

»Später«, beschied Schmitt ihn knapp und wies mit dem Kinn nach vorne.

Dort waren mehrere Geländefahrzeuge und ein Schützenpanzer der äthiopischen Armee aufgetaucht. Soldaten hielten jeden Reisenden an, um ihn zu kontrollieren. Dabei gingen sie teilweise recht rüde vor, sodass Torstens Hand sich unwillkürlich um den Griff seiner Pistole legte.

»Lassen Sie die Waffe stecken«, riet ihm Schmitt, dessen geschultem Auge die Geste nicht entgangen war. »Wenn Sie Glück haben, werden Sie nicht gefilzt. Und wenn, reichen fünfzig Birr, damit die Soldaten ein Auge zudrücken.«

»Irgendwie kostet hier alles fünfzig Birr«, spottete Torsten und lehnte sich scheinbar entspannt zurück.

Unterdessen wurde Al Huseyin von den äthiopischen Soldaten aufgefordert, bis zur Straßensperre durchzufahren.

»Ihre Pässe«, forderte ein Leutnant, während vier seiner Männer ihre Waffen auf die Insassen des Wagens richteten.

Torsten holte die Plastikkarte mit dem Namen Maier sowie einen klein zusammengefalteten Fünfzigbirrschein aus der Tasche und reichte dem Mann beides unauffällig. Von Schmitt und Al Huseyin erhielt dieser Papiere, die aussahen, als hätten diese sie bereits als Scheuerlappen benutzt.

Der Offizier überflog die Ausweise und musterte dann Torsten scharf. »Sind Sie Entwicklungshelfer, Missionar oder Archäologe?«

»Keines davon, sondern Geschäftsmann. Ich kaufe an einem Ort billig ein und versuche, es anderswo teuer zu verkaufen.« Torsten bemühte sich, dabei ernst zu bleiben. Kerle dieser Art konnten fuchsteufelswild werden, wenn sie glaubten, nicht für voll genommen zu werden.

»Und was kaufen Sie hier im Osten Äthiopiens?«, fragte der Leutnant.

»Kinder für Leute zu Hause, die welche adoptieren wollen.«

»Für Leute wie die Sängerin Madonna oder Angelina Jolie?« Der Leutnant verzog das Gesicht. Er mochte diese Typen nicht, die unter dem Mäntelchen der Wohltätigkeit auftraten und dabei die Herkunftsländer der Kinder als barbarisch und zurückgeblieben ansahen.

Der Stimmungsumschwung des Offiziers blieb Torsten nicht verborgen, und er machte eine beschwichtigende Geste. »Ich suche keine äthiopischen Kinder, sondern solche, die aus Somalia in Ihr Land gekommen sind und jetzt als Waisen in Flüchtlingslagern leben. Auch kaufe ich die Kinder nicht, sondern unterstütze die äthiopischen Stellen, die sich um die Flüchtlinge kümmern müssen, mit Geld.«

»Wenn das so ist, meinetwegen!« Der Offizier reichte Torsten den Ausweis zurück und trat neben die Ladeplattform des Pritschenwagens, auf dem bereits zwei seiner Männer die eingewickelten Pakete durchsuchten. Schließlich drehte sich einer zu seinem Vorgesetzten um und salutierte. »Keine Waffen, Herr Leutnant! Nur Plastikeimer, Säcke mit Reis und Zucker, Sandalen, zwei Säcke mit Kleidungsstücken …«

»Das reicht.« Der Offizier machte eine abschätzige Geste und sprach dann wieder Renk an. »Ihre Sachen?«

Torsten schüttelte den Kopf. »Mir gehört nur der Koffer. Wenn Sie sehen wollen, was ich eingepackt habe?« Er machte Anstalten, auszusteigen, doch der Leutnant hob abwehrend die Hand. »In Ihrem Koffer haben Sie wohl kaum Konterbande. Sind die beiden Ihre Fahrer?«

»Nein, dem Herrn hier gehört der Wagen, und das ist sein Chauffeur. Ich bin ihnen zufällig begegnet, und da sie in dieselbe Richtung fahren, in die ich will, habe ich sie gebeten, mich mitzunehmen.«

»Und wo wollen Sie hin?«

»In die Flüchtlingslager an der somalischen Grenze. Dort findet sich am schnellsten ein Objekt, das sich zu vermitteln lohnt.«

»Und Sie?«, fragte der Mann Schmitt.

Dieser deutete nach Südosten. »Nach K'ebri Dehar.«

»Und warum fliegen Sie nicht?«

»Wegen des Autos. Ich habe es neu gekauft«, erklärte Schmitt freundlich.

»Haben Sie die Steuern bezahlt?«

Schmitt nickte eifrig. »Selbstverständlich! Nur die Straßenmaut habe ich bislang vergessen.« Ein Fünfzigbirrschein blitzte kurz in seiner Hand auf und verschwand in der des Leutnants. Dieser trat nun zurück und wies seine Männer an, den Wagen passieren zu lassen.

Kaum hatten sie den Sperrposten weit genug hinter sich gelassen, begann Schmitt zu lachen. »Sie sind ausgezeichnet, Herr Maier mit ai. Der Trottel hat Ihnen tatsächlich abgenommen, dass Sie für Europäer kleine Kinder besorgen sollen. Mich wundert nur, dass er Ihnen kein Geld abgeknöpft hat.«

»Das hat mich auch überrascht.« Torsten musste grinsen. Wie es aussah, hatten weder Schmitt noch Al Huseyin die Banknote bemerkt, die er dem Leutnant zusammen mit seiner Ausweiskarte gereicht hatte. Ganz so clever, wie die beiden taten, waren sie also nicht.

DREIZEHN

Das letzte Stück des Weges an diesem Tag legten sie auf einer Piste zurück, die einem zerhauenen Wellblech glich und in Deutschland als Panzerteststrecke gute Dienste hätte leisten können. Selbst der geländegängige Pritschenwagen hatte Mühe, die Schlaglöcher zu passieren, und so kamen sie kaum noch im Schritttempo voran.

Torsten warf einen misstrauischen Blick nach Westen. Dort stand die Sonne bereits kurz über dem Horizont, und hier, so nahe am Äquator, würde die Dämmerung nur kurz sein.

»Es sieht aus, als müssten wir mitten in der Prärie übernachten«, meinte er zu Schmitt.

»Es sind nur noch ein paar Kilometer bis zu unserem ersten Stützpunkt. Dann sind Sie endgültig in unserem Somaliland.«

Kurz vor Sonnenuntergang erreichten sie tatsächlich ein staubiges Nest, das aus wenigen Hütten und einem guten Dutzend Nomadenzelten bestand. Als Al Huseyin den Wagen anhielt, wandte Omar Schmitt sich lächelnd an Torsten. »Wir sind da! Wie Sie sehen, haben wir alles gut geplant. Ab jetzt sind Sie kein windiger Geschäftsmann auf der Suche nach hübschen Babys mehr, sondern wieder der Geheimagent Torsten Renk.«

»Sie kennen also meinen richtigen Namen.«

»Natürlich! Immerhin sind Sie in gewissen Kreisen ein Held. Wenn ich da an die Sache in Tallinn denke, in der Sie einigen Leuten doch arg das Kraut verhagelt haben. Und dann Ihr Einsatz in Belgien! Mein Kontaktmann bei der Bundeswehr hat mir bei meinem letzten Besuch in Deutschland einiges über Sie erzählt. Sie sind genau der Mann, den wir hier brauchen. Wir haben nämlich ein Problem, Herr Renk.« Schmitt brach ab und wirkte bei weitem nicht mehr so zuversichtlich, wie er sich noch während der Fahrt gegeben hatte.

»Und was ist das für ein Problem?«, fragte Renk.

»Unbekannte Milizen! Sie überfallen unsere Dörfer im Grenzbereich und töten jeden, der ihnen vor die Läufe kommt. Wir wissen nicht, ob die Puntländer dahinterstecken, die Warsangeli-Rebellen oder doch die Islamisten der Al-Shabaab. In den letzten vier Wochen sind mehr als zweitausend Leute umgebracht worden, darunter die gesamte motorisierte Brigade von General Iqbal. Wir müssen bereits über zwanzigtausend Binnenflüchtlinge versorgen, die aus dem Grenzgebiet geflohen sind.

Die Informationen, die wir von den wenigen Überlebenden erhalten haben, sind widersprüchlich. Die einen nennen alle möglichen Clans in der Nachbarschaft oder islamistische Milizen als Täter, andere behaupten gar, sie seien von bewaffneten Frauen überfallen worden. Um es klar zu sagen, Renk: Wir tappen im Dunkeln! Aus diesem Grund will unsere Regierung eine Kampfeinheit aufstellen, die es mit diesen Banditen aufnehmen kann, und Sie sollen diese Männer ausbilden.«

Omar Schmitt sah Renk so hoffnungsvoll an, dass dieser die Bemerkung, die ihm auf der Zunge lag, wieder hinunterschluckte. In seinen Augen wäre jeder Unteroffizier in einer KSK-Einheit oder der GSG 9 besser geeignet gewesen, Männer im Kampf gegen einen aus dem Hinterhalt agierenden Feind auszubilden, als er. Aber da man ihm diesen Job aufgetragen hatte, wollte er ihn so gut erledigen, wie er es vermochte.

»Wie stellen Sie sich das Ganze vor?«

»Wir fahren morgen über Hargeysa nach Berbera. Dort wird in wenigen Tagen ein Schiff aus Deutschland anlegen, das mit militärischer Ausrüstung für unsere Armee beladen ist. Wir erhalten den ersten Zugriff darauf, und Sie werden alles heraussuchen, was für die Aufstellung einer Spezialtruppe benötigt wird. Dann werden Sie meiner Einheit beibringen, diese Geräte zu bedienen. Wir brauchen schnelle Fahrzeuge, Nachtsichtgeräte, leichte Raketen und so weiter. Wenn wir diese Mörderbanden nicht stoppen, verlieren wir den gesamten Osten unseres Staates an die heimtückischen Angreifer.« Trotz seiner Befürchtungen versuchte Omar Schmitt zu lächeln, doch es wurde zu einer Grimasse.

Der Mann zerfrisst sich innerlich vor Angst, fuhr es Torsten durch den Kopf. Aber noch vermochte er nicht einzuschätzen, ob Omar Schmitt sich vor den Mordbrennern fürchtete oder davor, bei dieser Aufgabe zu versagen.

»Wo sind Ihre Leute?«, fragte Torsten.

»Die meisten müssen wir noch rekrutieren. Es sollen Männer sein, denen Sie zutrauen, selbst dem Teufel ins Maul zu spucken.« Schmitt wirkte erleichtert, weil nicht er die notwendigen Entscheidungen treffen musste.

Torsten sah zu Al Huseyin. Dieser war gerade ausgestiegen, um die Kinder zu verscheuchen, die sich um sie versammelt hatten. Zwei Soldaten luden den Wagen ab und brachten die Pakete in das einzige größere Gebäude des Orts. Als ein Mann auch seinen Koffer packen wollte, riss Torsten die Beifahrertür auf und schnauzte ihn an.

»Den lässt du gefälligst hier!« Er sagte es auf Arabisch und merkte sofort, dass die Soldaten diese Sprache verstanden. Der Bursche, der seinen Koffer hielt, wechselte einen kurzen Blick mit Al Huseyin, sah diesen nicken und löste die Hand vom Griff.

»Gut!« Torsten stieg aus und nahm den Koffer an sich. »Wo kommen wir heute Nacht unter?«, fragte er Omar Schmitt.

Der wies auf das größere Gebäude. »Im Schlafsaal!«

»Zum Schlafen geht das. Aber jetzt benötige ich einen Raum für mich.«

»Die Toilette ist dort hinten!« Schmitt zeigte einen Anbau des Gebäudes, doch das hatte Torsten nicht gemeint.

Er benötigte dringend einen Raum, in dem er ungestört mit Wagner und Petra Kontakt aufnehmen konnte. Da er das den beiden Somalis nicht auf die Nase binden wollte, ging er ein Stück beiseite und wollte gerade den Koffer öffnen, als um ihn herum plötzlich ein Haufen Kinder auftauchte und ihm interessiert zusah. Ein paar Mädchen kicherten, während ein Junge ihn nachäffte und so tat, als müsse er einen großen Koffer schleppen.

Torsten gab es auf und kehrte zu dem Gebäude zurück. Als er es betrat, konnte er links in den Schlafsaal sehen, der für mindestens dreißig Leute eingerichtet war. Auf der anderen Seite befanden sich mehrere kleinere Räume. Einer davon schien ein Schlafzimmer zu sein, der zweite ein Büro. Da dieses leer war, trat Torsten an den Schreibtisch, öffnete mit aller Vorsicht den Koffer, um den Deckel nicht mit voller Wucht gegen den Kopf zu bekommen, und holte seinen Laptop heraus. Zwar hatte er das Gerät bisher erst ein Mal unter Petras Anleitung benützt, wusste aber, wie er das Programm aufrufen konnte, welches die Computerspezialistin als Leitfaden für ihn installiert hatte.

Kaum hatte er ihn eingeschaltet, spulte der Laptop mehrere Programme ab, ohne dass er eingreifen konnte, und kurz darauf erschien Petras feixendes Gesicht auf dem Bildschirm. »Hallo, Torsten! Du schaltest den Kasten fast auf die Minute genau zu dem Zeitpunkt ein, den ich vorausberechnet habe. Bist du gut in Somaliland angekommen?«

»Grüß dich, Petra! Ich hätte mir ja denken können, dass du dir diesen Spaß erlaubst. Ja, ich habe es bis hierher geschafft.«

»Ich sehe schon, du befindest dich dreißig Kilometer Luftlinie südlich der somaliländischen Hauptstadt Hargeysa. Also wirst du es morgen nach Berbera schaffen. Die letzte Positionsmeldung, die wir von der *Caroline* bekommen haben, besagt, dass sie morgen das Bab el Mandeb durchfahren wird. Dort wartet die *Sachsen* schon auf sie. Der Frachter wird also übermorgen im Lauf des Nachmittags in Berbera anlegen. Dann wird es ernst. Sieh zu, dass du eine schlagkräftige Truppe aufstellst. Uns geht es nicht nur um diese Mördermilizen, sondern auch darum, dort unten eine Eliteeinheit aufzubauen, die gegen die Piraten vorgehen kann. Zwar befinden sich eine Menge Kriegsschiffe in der Region, aber deren Besatzungen dürfen keine Aktionen an Land durchführen. Daher halten wir es für besser, wenn die Somalis selbst gegen die Piraten kämpfen.«

Torsten hörte jemand kommen. Daher flüsterte er Petra zu, dass er unterbrochen wurde, und schaltete den Laptop ab. Er konnte ihn gerade noch im Koffer verstauen, da trat Omar Schmitt mit einem älteren Mann im Tarnanzug ein.

»Der deutsche Agent Renk, Oberst Ali Tufayl.«

»Angenehm! Entschuldigen Sie, dass ich Ihr Büro okkupiert habe. Aber ich musste kurz an meinen Koffer.« Torsten streckte dem Offizier die Hand entgegen, die dieser eher zögerlich ergriff.

»Willkommen in Somaliland! Ich weiß zwar nicht, weshalb wir einen Deutschen brauchen, um mit unseren Feinden fertig zu werden, aber Sie werden sicher an Erfahrung gewinnen.«

Zuerst war Torsten über diese unverblümten Worte verblüfft, schloss aber aus Omar Schmitts betroffener Miene, dass Tufayl mit dem Deutschen auch den Halbsomali gemeint hatte. Wie es aussah, waren die im Land aufgewachsenen Militärs nicht gerade begeistert, dass ein Ausländer einen so wichtigen Posten in ihrer Armee einnahm, auch wenn dessen Vater von hier stammte.

»Ich bin hier, um Erfahrungen zu sammeln«, antwortete Torsten gedehnt und machte eine kleine Kunstpause, bevor er weitersprach. »Allerdings will ich auch meine Erfahrungen weitergeben.«

Oberst Tufayl schnaubte verächtlich. »Haben Sie etwa Erfahrung im Kampf gegen solche Banditen?«

»Ich war ein Jahr lang in Afghanistan. Da lernt man so einiges«, entgegnete Torsten kühl. »Jetzt aber wäre es schön, wenn Sie mir mein Quartier anweisen könnten. Wir werden morgen sicher früh aufbrechen.«

»Im Schlafsaal ist Platz genug!« Damit war für Oberst Tufayl die Sache erledigt.

Omar Schmitt zupfte Torsten am Ärmel. »Kommen Sie mit! Wir suchen uns ein stilles Eckchen und reden miteinander.« Dann wechselte er ansatzlos in die deutsche Sprache. »Sie dürfen es dem Oberst nicht übelnehmen. Unsere Militärs sind gereizt, weil sie diese Mordbrenner nicht stoppen können. Es sind alles stolze Somalis, müssen Sie wissen, deren Vorfahren gefürchtete Krieger waren. Sie hassen es, zu versagen.«

Torsten nickte, begriff aber auch, dass Omar Schmitt sich nicht so ganz zu diesen Männern zählte. Der Unterschied zwischen einem Nest in Hessen und den staubigen Steppen und Hügeln Somalias war wohl doch zu groß, um mit einem Schritt bewältigt zu werden.

VIERZEHN

Jamanah funkelte den Händler zornig an. »Ich lasse mich nicht betrügen! Meine Ziegen und Schafe sind viel mehr wert als die paar Schillinge, die du mir dafür geben willst.«

»Im Grunde sind sie gar nichts wert«, antwortete der Mann spöttisch. »Zum einen besitzt du kein Land, um sie weiden zu lassen, und zum anderen wollen auch andere ihre Tiere verkaufen. Entweder du akzeptierst meinen Preis, oder du lässt deine Viecher verhungern!«

Zu Jamanahs Leidwesen hatte der Händler recht. Dennoch war der Preis, den er ihr bot, unverschämt niedrig. Dafür bin ich nicht tagelang durch die Steppe gestreift, um die Tiere wiederzufinden, dachte sie und schüttelte den Kopf.

»Bevor ich dir mein Vieh zu diesem Preis überlasse, erschieße ich es und verkaufe das Fleisch.« Da Jamanah bei diesen Worten gegen ihre Kalaschnikow klopfte, glaubte ihr der Mann.

Er kam näher auf sie zu und mäßigte seine Stimme zu einem Flüstern. »Ich gebe dir um die Hälfte mehr. Aber das darfst du niemandem sagen, verstanden?«

Jamanah überlegte. Auch dieser Preis war noch jämmerlich gering, doch sie konnte mit den Tieren nichts anderes anfangen, als sie zu verkaufen oder zu schlachten. Die einheimischen Familien, die hier ihre Weidegründe besaßen, wollten diese nicht mit den Flüchtlingen teilen. Man neidete ihnen sogar die einfachen Zelte, in denen sie hausten. Daher waren sie und die übrigen Leute aus ihrem Dorf auf die Mildtätigkeit anderer angewiesen. Soldaten verteilten Lebensmittelpakete, die jedoch nicht ausreichten, um alle satt zu machen. Wer mehr Vieh besaß, als er schlachten konnte, verkaufte es für ein paar Schillinge und hoffte, für das Geld später, wenn sie wieder in ihre Heimat zurückkehren konnten, ein paar Ziegen erstehen zu können. Wer früher einmal eine große Herde besessen hatte, würde mit einer viel kleineren wieder anfangen müssen. Diejenigen jedoch, die nur wenig Vieh ihr Eigen genannt hatten, besaßen nicht einmal diese Aussicht. Sie würden arm bleiben und für andere als Hirten arbeiten müssen, wenn sie sich nicht, wie viele junge Männer, von der Armee anwerben ließen.

Diese Möglichkeit war ihr jedoch verwehrt. Nach kurzem inneren Kampf akzeptierte Jamanah daher den Preis und steckte das Bündel zerfledderter Scheine in die Brusttasche ihrer Uniformjacke. Danach ging sie zu dem Zelt weiter, über dem eine Fahne mit einem roten Halbmond wehte. Eine ausländische Ärztin versuchte dort, verletzten Flüchtlingen zu helfen.

Jamanah spürte immer noch die Prellungen, die sie sich beim Überfall auf ihr Dorf zugezogen hatte, und fragte sich, ob die Fremde auch ihr helfen konnte. Daher setzte sie sich in eine Ecke und sah der Frau interessiert bei ihrer Arbeit zu.

Nach einer Weile blickte die Ärztin sie an. »Was fehlt dir?«, fragte sie auf Englisch, merkte aber, dass Jamanah kein Wort verstand. Rasch rief sie ihren einheimischen Helfer zu sich und zeigte auf die junge Frau. »Frag sie, was sie will!«

Der Mann winkte verächtlich ab. »Die Banditen haben ihre Familie umgebracht und sie vergewaltigt. Seitdem ist sie nicht mehr ganz richtig im Kopf. Sie brauchen sich nicht um sie zu kümmern.«

Doch gerade diese Auskunft erweckte Dr. Anja Kainz' Interesse. Während sie weiterarbeitete, sah sie sich immer wieder zu Jamanah um. Als schließlich der letzte Verwundete versorgt war und auch die Frauen verschwunden waren, die ihre kranken Kinder zu ihr gebracht hatten, schickte sie ihren Helfer hinaus und bedeutete Jamanah, näher zu kommen.

Diese folgte misstrauisch ihren Gesten und wunderte sich, als die Ärztin sie aufforderte, auf der einfachen Liege Platz zu nehmen.

»Ich will sehen, ob du verletzt worden bist, als man dich vergewaltigt hat«, sagte sie und überlegte, wie sie das der jungen Frau erklären sollte. Zuletzt deutete sie auf ihren eigenen Schoß und dann auf den Jamanahs und tat dabei so, als würde sie diesen untersuchen.

Jamanah versuchte zu begreifen, was die andere wollte. Da sie immer wieder Schmerzen im Unterleib hatte, ließ sie es zu, dass die Ärztin ihren Wickelrock löste und auf ihre nackte Scham blickte.

Mit einer Geste machte die Ärztin der jungen Frau klar, dass diese die Beine spreizen sollte, und sah sich deren Scheide an. Sie war auf Schlimmes gefasst, denn bisher waren die Genitalien aller Patientinnen verstümmelt gewesen. Hier glaubte sie zunächst, das wäre nicht der Fall. Ein zweiter Blick bewies ihr jedoch, dass auch Jamanah Spuren einer Beschneidung aufwies, allerdings waren nur Teile der inneren Schamlippen und die Klitorisvorhaut entfernt worden.

Die junge Somali hätte ihr sagen können, dass ihr Vater sich hier gegen Jamanahs Mutter und die anderen Frauen des Dorfes hatte durchsetzen müssen, weil er das Mädchen als Ziegenhirtin gebraucht und nicht gewollt hatte, dass es durch eine zu starke Beschneidung länger ausfiel.

Die Ärztin stellte erleichtert fest, dass weder dieser barbarische Eingriff noch die Vergewaltigung größere Schäden hinterlassen hatte. Nur die Scheide selbst war immer noch leicht geschwollen und nässte an einer Stelle. Anja Kainz verstrich etwas Salbe und reichte Jamanah ein Tablettenröllchen. »Davon musst du jeden Tag eine nehmen, bis keine mehr da ist. Außerdem will ich morgen wieder nach deiner Verletzung sehen.«

Als sie merkte, dass Jamanah sie nicht verstand, wartete sie, bis die junge Frau ihre Decke wieder um die Hüften geschlagen hatte, und rief ihren Assistenten zurück.

Der Mann schüttelte den Kopf über die fremde Ärztin, die sich für sein Gefühl viel zu viel um die Frauen im Camp kümmerte, und übersetzte deren Worte in einem verächtlichen Ton. Als Jamanahs Augen dunkel vor Zorn wurden und sie zu ihrer Kalaschnikow griff, machte er, dass er aus dem Zelt kam.

Dr. Kainz begriff nicht so recht, was zwischen den beiden vorgefallen war, lächelte Jamanah aber beruhigend zu.

»Es wird alles wieder gut«, versprach sie ihr. Da mittlerweile die nächsten Patienten eingetroffen waren, fand sie in der nächsten Stunde keine Zeit, sich um die ungewöhnlich große Somali zu kümmern. Doch als der Abend hereinbrach und sie endlich ihre Instrumente wegpacken konnte, hockte die junge Frau immer noch in einer Ecke des Hospitalzelts und beobachtete aufmerksam, was sie tat.

»Die Sprechstunde ist zu Ende. Ich gehe jetzt in mein Zelt«, sagte sie und versuchte, sie zum Verlassen des Hospitalzelts zu bewegen. Doch erst, als sie selbst hinausging und sich daranmachte, den Reißverschluss des Eingangs zuzuziehen, stand die Somali mit einer geschmeidigen Bewegung auf und folgte ihr.

»Gut so!« Anja Kainz atmete auf und überließ es ihrem Assistenten, das Zelt ganz zu verschließen.

Da bereits die Nacht hereingebrochen war, erleuchteten mehrere Petroleumlampen das Küchenzelt. Die Soldaten, die dort mit der Essensausgabe beauftragt waren, sahen die Ärztin und füllten sofort eine Plastikschüssel mit Hirsebrei und legten mehrere Stückchen Hammelfleisch darauf.

»Guten Appetit, Mrs. Doktor«, sagte einer auf Englisch, während ein anderer eine große Flasche Mineralwasser neben die volle Schale stellte.

»Danke!« Die Ärztin lächelte den Männern kurz zu, nahm Schüssel und Flasche und lief mit müden Schritten zu ihrem Zelt.

Jamanah ging ihr nach, bis sie wusste, wo die Frau schlief, kehrte zurück und wandte sich dann an die Soldaten. »Essen und Wasser!«

»Sieh zu, dass du dir etwas kaufst«, antwortete einer, der sie beim Verkauf ihrer Schafe und Ziegen beobachtet hatte.

»Essen und Wasser«, wiederholte Jamanah.

Sie hatte schon die leidvolle Erfahrung gemacht, dass die Männer immer wieder versuchten, den Flüchtlingen ihre Macht zu demonstrieren. Wenn sie Pech hatte, würde sie heute nichts mehr zwischen die Zähne bekommen. Von dem Offizier, der ihre Gruppe hierhergeschickt hatte, wusste sie jedoch, dass alle Flüchtlinge umsonst Nahrung erhalten sollten. Daher war sie nicht bereit, ihre mühsam erworbenen Schillinge dafür auszugeben. Notfalls würde sie bis zum nächsten Morgen hier stehen.

Dies schienen die Männer zu ahnen, denn einer nahm eine Plastikschüssel, knallte einen Schöpflöffel Hirsebrei hinein und schob sie ihr zu. »Hier. Und jetzt verschwinde!«

Jamanah blieb jedoch stehen. »Und was ist mit Wasser?«

»Lauf doch zum nächsten Brunnen«, fuhr der Mann sie an.

Ein anderer winkte jedoch ab und streckte ihr eine Plastikflasche hin. »Nimm und geh endlich!«

Dann drehte er sich zu seinem Kameraden um. »Die ist verrückt, das weißt du doch. Wenn wir ihr nichts geben, fängt sie noch an zu schießen.«

»Man sollte ihr das Gewehr abnehmen«, antwortete der Mann verärgert.

Der andere Soldat lachte leise auf. »Versuch es doch! Aber ich weiß nicht, ob die Doktor-Frau danach alle Löcher in deinem Körper zustopfen kann.«

»Die Weiße ist genauso verrückt wie die da!«

Sein Kamerad tippte sich an die Stirn. »*Du* bist verrückt! Wir können froh sein, dass die Deutsche hier ist. Sie hat schon vielen von uns das Leben gerettet.«

Unterdessen schritt Jamanah durch das nächtliche Lager, bis sie das Zelt der Ärztin erreicht hatte. Es war kleiner als die Zelte, in denen die Flüchtlinge hausten, und von noch fremderer Bauart. Wie es geöffnet werden konnte, hatte Jamanah beobachtet. Sie klemmte sich die Wasserflasche unter den linken Oberarm, nahm die Schüssel in die linke Hand und zog mit der rechten den Reißverschluss auf.

Dr. Kainz schreckte im ersten Augenblick hoch, beruhigte sich aber, als sie ihre hochgewachsene Patientin erkannte. Diese schloss den Reißverschluss wieder, setzte sich in eine Ecke des Zeltes und begann zu essen. Dabei sagte sie kein Wort.

Vielleicht ist sie tatsächlich verrückt, fuhr es der Ärztin durch den Kopf. Immerhin hatte die Frau Entsetzliches durchlitten. Da die Somali sich jedoch friedlich verhielt, wandte sie sich wieder ihrem Hirsebrei zu, merkte aber rasch, dass sie mehr als das Doppelte von dem erhalten hatte, was sich in der anderen Schüssel befand. Sie trat auf Jamanah zu und schüttete einen Teil ihres Essens in deren Gefäß. Dabei achtete sie darauf, dass die fetten Hammelfleischbrocken, die sie selbst kaum über die Lippen brachte, bei ihrem ungebetenen Gast landeten.

Jamanah blickte überrascht auf. Freiwillig hatte ihr in der letzten Zeit niemand etwas gegeben. Während sie weiteraß, musterte sie die Fremde genauer. Gesicht und Arme waren zwar von der Sonne gebräunt, doch da sie den Kittel abgelegt hatte, konnte Jamanah die bleichen Oberarme sehen. Das schien die eigentliche Hautfarbe der Ärztin zu sein. Zwar hatte sie gehört, dass Leute in Europa und Amerika – wo auch immer diese Länder lagen – bleich wie Maden sein sollten, aber noch keinen Menschen aus dieser Gegend gesehen.

Neugierig stand sie auf, zog den Ausschnitt der Ärztin ein Stück herab und versuchte, den obersten Knopf zu lösen.

Dr. Kainz starrte sie zuerst verdattert an, hielt aber dann ihre Bluse fest. »Was soll das?«, fragte sie streng.

Doch da hob Jamanah das Kleidungsstück einfach und starrte auf den wie Elfenbein schimmernden Busenansatz. Die Brüste wurden vom BH verdeckt, und Jamanah verlockte es, zu sehen, ob diese auch so weiß waren. Aber sie begriff, dass die Frau das nicht mochte, und ließ sie los. Stattdessen zog sie sich in die Ecke zurück, legte sich mit der Kalaschnikow in der Armbeuge hin und ließ ihren Gedanken freien Lauf.

Wie schon so oft seit jenem entsetzlichen Tag stand ihr sofort wieder das fürchterliche Gemetzel vor Augen, und sie erlebte alles von neuem. Tränen liefen ihr die Wangen herunter. Nicht zum ersten Mal haderte sie damit, dass ihre Vergewaltigung nicht einmal geholfen hatte, einem anderen Menschen aus ihrer Familie das Leben zu retten. Geschändet worden zu sein und dann noch ihren Eltern und Geschwistern das Grab schaufeln zu müssen erfüllte sie mit glühendem Hass auf die Mörder.

Nun tauchte das Bild jener Frau, die sich Sultana Sayyida genannt hatte, so deutlich vor ihr auf, dass sie glaubte, sie anfassen oder besser noch auf der Stelle erschießen zu können. Nichts wünschte sie sich mehr, als dieser Blutsäuferin all das heimzuzahlen, was diese und ihre Handlanger ihr angetan hatten. Doch sie war nur eine Frau, die nun ganz auf sich gestellt war und nicht mehr besaß als ein Gewehr und eine Handvoll Schillinge. Wie sollte sie etwas gegen eine Person ausrichten, die mit fast einhundert Mann ihr Dorf angegriffen und zerstört hatte? Über dieser Frage schlief sie ein.

Die Ärztin aber lag noch lange wach und betrachtete ihren Gast im Schein einer Petroleumlampe. Noch wusste sie nicht, was sie von Jamanah halten sollte. Sie schätzte das Alter der jungen Frau auf zwischen sechzehn und zwanzig und deren Größe auf mindestens einen Meter neunzig. Dazu war die Somali schlank wie eine Palme und hatte ein hübsches, im Schlaf entspannt wirkendes Gesicht. Ihre Haut zeigte einen mittleren Braunton, während die nur leicht gekräuselten Haare das Schwarz einer Neumondnacht aufwiesen.

Die Ärztin fand die junge Frau attraktiv und empfand für einen Moment ein leises Bedauern, sie daran gehindert zu haben, sie weiter auszuziehen. Dann aber schüttelte sie den

Kopf. Sie war als Ärztin hier und konnte es sich nicht leisten, die Gefühle der Einheimischen zu verletzen. Auch wenn sie sich nach den langen Arbeitstagen nach ein wenig Zärtlichkeit und Entspannung sehnte, so hatte dies zu warten, bis sie wieder in ihre Heimat zurückgekehrt war. Mit diesem Gedanken löschte sie die Lampe und legte sich hin. Während sie die Augen schloss, lauschte sie den leisen Atemzügen der jungen Somali und fühlte sich zum ersten Mal, seit sie in diesem Camp lebte, beschützt.

FÜNFZEHN

Fregattenkapitän Diezmann ließ den Blick vom Radarschirm zum vorderen Sichtfenster wandern. Auch ohne Fernglas konnte er den Containerfrachter erkennen, der eben die letzte Engstelle des Bab el Mandeb passiert hatte. Erleichtert nickte er dem Funker der *Sachsen* zu.

»Sie können den Kasten anfunken, Jensen, aber schwächste Leistung! Ich möchte nicht, dass andere mithören.«

Der Funker schaltete sein Gerät auf Sendung. »Hallo, *Caroline*, können Sie mich hören? Hier ist Ihr Geleitschiff!« Mehr wagte er aus Sicherheitsgründen nicht zu sagen. Es durfte niemand erfahren, dass ein Kriegsschiff der Bundesmarine ein besonderes Interesse an einem Frachter aus Panama hatte. Er wiederholte den Spruch dreimal und sah dann verwundert zu seinem Kommandanten auf. »Die *Caroline* antwortet nicht!«

»Versuchen Sie es noch mal und drehen Sie ein bisschen weiter auf«, wies Diezmann ihn an.

Doch auch diesmal erfolgte keine Antwort.

»Da wird doch nichts passiert sein?«, fragte der Erste Offizier besorgt.

»Nun malen Sie nicht den Teufel an die Wand. Wahrscheinlich schläft der Funker drüben. Nun, wir können auch anders. Bringen Sie uns auf Rufweite an den Kasten heran!«

»Sollen wir Gefechtsalarm geben, Herr Kapitän?«

Diezmann schüttelte den Kopf. »Zu viel Aufwand! Lassen Sie aber für alle Fälle einen Bordhubschrauber besetzen.«

»Jawohl, Herr Kapitän!«

Während sein Stellvertreter die entsprechenden Anweisungen gab, nahm Diezmann sein Fernglas zur Hand und richtete es auf den Frachter. Das Schiff war mit mehr Containern beladen, als es hätten sein dürfen, und ein Teil davon trug nicht die Aufschrift der Spedition, über die der Waffentransport organisiert worden war. Noch während der Kapitän sich darüber wunderte, fiel ihm etwas anderes auf. Sonst waren an Bord der Schiffe, denen sie begegneten, immer Matrosen zu sehen, die neugierig herüberstarrten. Die *Caroline* aber wirkte wie ein Geisterschiff.

»Möchte wissen, was da drüben los ist«, murmelte er, während er darauf wartete, dass die *Sachsen* nahe genug an den Containerfrachter herangekommen war.

»Schalten Sie die Außenlautsprecher an, Jensen!« Er atmete noch einmal tief durch und rief dann zum anderen Schiff hinüber: »An *Caroline*! Hier ist die Fregatte *Sachsen* der multinationalen Schutzflotte am Horn von Afrika. Wir sind als Geleitschutz für Sie eingeteilt. Haben Sie verstanden?«

Drüben auf der *Caroline* durchlebte Kapitän Wang tausend Qualen. Verängstigt sah er zu der Piratenanführerin hoch, die mit entsicherter MP neben ihm stand und nur den Finger krümmen musste, um ihn ins Jenseits zu befördern.

»Was soll ich tun? Wenn ich nicht antworte, kommen die Leute an Bord.«

»Das werden die Ungläubigen da drüben schön bleiben lassen.« Auf einen Wink Sayyidas reichte eine ihrer Begleiterinnen dem Kapitän ein Blatt Papier mit einem vorgefertigten Text.

»Schalten Sie Ihre Funkanlage ein und geben Sie das durch!«, forderte die Piratin ihn in gut verständlichem Englisch auf.

Kapitän Wang schluckte, um seine trockenen Stimmbänder zu befeuchten, und begann langsam und mit zittriger Stimme zu sprechen.

»Sie sollten vorher die Funkanlage einschalten«, wies Sayyida ihn spöttisch zurecht.

Wang holte dies nach. »Hier spricht der Kapitän des Containerfrachters *Caroline*. An das fremde Kriegsschiff! Wir sind von Piraten gekapert worden. Diese haben unser Schiff unter Kontrolle. Wenn Sie sich nicht umgehend zurückziehen, werden die Piraten in fünf Minuten meinen Ersten Offizier Arroso erschießen und dann alle fünf Minuten einen weiteren Mann meiner Besatzung. Für den Fall, dass Sie trotzdem versuchen sollten, die *Caroline* zu behindern oder an Bord zu kommen, werden die Piraten eine Bombe zünden und das Schiff versenken!«

Als er fertig war, spürte er, dass seine Muskeln vor Anspannung vibrierten. Wie mochte die Besatzung des deutschen Marineschiffs reagieren? Wenn sie angriffen, würde er nur noch wenige Minuten zu leben haben.

Sayyida lächelte. Sie kannte die Europäer und war sich ihrer Sache völlig sicher.

Auf der *Sachsen* herrschte für einen Augenblick Ratlosigkeit. Dann wandte sich Kapitän Diezmann mit einer resignierenden Handbewegung an den Funker.

»Nehmen Sie Kontakt mit dem Hauptquartier in Djibouti auf, Jensen. Melden Sie, dass wir ein Problem haben, oder, um es ganz klar zu sagen, dass wir in der Scheiße sitzen.«

ZWEITER TEIL

FEHLSCHLAG

EINS

Während die gekaperte *Caroline* in den Golf von Aden einfuhr und Torsten Renk sich auf den Weg nach Berbera machte, waren Henriette von Tarow und Petra Waitl damit beschäftigt, ihre Büros einzurichten. Möbel und Computer standen bereits, nun ging es um die individuelle Ausstattung mit Bildern, Kalendern und Ähnlichem.

Petra suchte begeistert die Sachen für ihren Raum aus, aber Henriette stand meist im Weg und ließ ihrer Enttäuschung freien Lauf. »Da wäre ich ja noch besser bei der Luftwaffe geblieben! Jetzt bin ich die Zivilangestellte eines Ministeriums und hocke nutzlos hier herum.«

Petra schüttelte den Kopf. »Ich habe nichts dagegen, dass wir nicht mehr zur reitenden Gebirgsmarine gehören. Das Soldatspielen hat mir nie gepasst.«

»Mein Vater wird enttäuscht sein! Und was meine Brüder dazu sagen werden, mag ich mir gar nicht vorstellen.« Henriette kämpfte mit den Tränen. Generationenlang waren die von Tarows Soldaten gewesen und hatten ihren Dienst in guten wie in schlechten Zeiten verrichtet. Sie war zur Bundeswehr gegangen, um zu beweisen, dass sie nicht weniger taugte als all die von Tarows vor ihr. »Die hätten uns genauso gut beim MAD lassen können«, maulte sie weiter.

»Haben sie aber nicht! Und jetzt komm! Schauen wir uns dein Büro an. Du willst es doch auch gemütlich haben.«

Henriette zuckte mit den Achseln. »Ist mir doch egal, wie es aussieht.«

»Sieh es positiv! Du hast dein Büro genau wie früher mit Torsten zusammen. Aber der steckt in Afrika, und damit kannst du alles so einrichten, wie es dir passt.«

Auch diese Aufmunterung verfing bei Henriette nicht. »Wenn er zurückkommt, werde ich bereits nicht mehr bei diesem Verein sein. Wahrscheinlich gehe ich zur Luftwaffe zurück. Dort kann ich wenigstens als Pilotin arbeiten und sitze mir nicht den Hintern auf einem Bürostuhl breit.«

Petra warf einen kurzen Blick auf Henriettes kleines, wohlgeformtes Gesäß, das nicht so aussah, als hätte es sich bereits durch dauerndes Sitzen verformt. »Bei dir ist wirklich Hopfen und Malz verloren. Dabei habe ich gedacht, du würdest dich bei uns wohl fühlen.«

»Es ist ja nicht so, dass ich dich und die anderen nicht mag. Aber ich habe die Luftwaffe nicht deshalb verlassen, um mir …«

»… hier den Hintern plattzudrücken! So ist es doch, oder?« Franz Xaver Wagner hatte den letzten Teil der Unterhaltung mitgehört und machte sich nun bemerkbar.

Henriette sah ihn kämpferisch an. »Sind Sie etwa damit einverstanden, dass wir nicht mehr zur Bundeswehr zählen? Jetzt haben wir irgendeinen politischen Sesselfurzer als Chef, der von unserem Geschäft keine Ahnung hat. Wahrscheinlich wird er uns die meiste Zeit übersehen – und wenn etwas los ist, wird Torsten allein hingeschickt!«

»Auch bei der Bundeswehr war die Kanzlerin unsere höchste Kommandostelle. Das ist jetzt nicht anders. Nur unterstehen wir dem Kanzleramtsminister und nicht mehr dem Verteidigungsministerium. An unseren Aufgaben jedoch hat sich nichts geändert. Wir müssen eingreifen, wenn die Bundesrepublik Deutschland durch wen auch immer gefährdet wird!«

Wagner sprach leise, drückte seinen Ärger jedoch umso schärfer aus. Im Allgemeinen war Henriette vernünftig und befolgte ihre Befehle. Doch die Tatsache, dass sie nicht mehr in Uniform auftreten konnte, schien sie in Panik zu versetzen.

Empört winkte sie ab. »Wenn etwas Bedeutendes passiert, kümmern sich MAD oder BND darum, und wir bleiben außen vor. Torsten wurde ja auch nur nach Afrika geschickt, um ein paar Rekruten auszubilden.«

Bevor Wagner darauf eingehen konnte, stürzte Hans Borchart herein. »Ein dringender Anruf für Sie, Herr Major!«

»Danke! Und nennen Sie mich beim nächsten Mal gefälligst Herr Wagner. Den Major habe ich in Feldafing zurückgelassen.«

Henriette spürte nicht zum ersten Mal, dass Wagner insgeheim ebenfalls damit haderte, zu einer zivilen Dienststelle versetzt worden zu sein, und empfand ein wenig Schadenfreude. Während ihr Vorgesetzter in sein Büro eilte, seufzte sie und nahm die Bilder in Augenschein, die ihnen irgendeine Stelle im Kanzleramt hatte zukommen lassen. Schließlich trug sie einige in den Raum, der ihr und Torsten als Büro zugewiesen worden war.

»Eins muss man ihnen lassen: Wir können unser neues Hauptquartier auf jeden Fall besser ausstatten als unsere Räume in Feldafing«, meinte sie mit einem bitteren Auflachen zu Petra, die ihr gefolgt war.

Die Computerspezialistin nickte erleichtert. »Das kannst du laut sagen! In Feldafing mussten wir uns den Kaffee immer aus dem Automaten holen. Hier aber haben sie uns eine Supermaschine hingestellt. Auch der neue Herd und der Kühlschrank sind eine Wucht. In dem Gefrierschrank können wir übrigens vierzig Tiefkühlpizzen einlagern. Verhungern werden wir nicht!«

Bei diesen Worten zuckten Henriettes Mundwinkel. Die Gefahr zu verhungern bestand bei Petra wohl kaum. Sie fürchtete eher, ihre Kollegin hätte in letzter Zeit weiter zugenommen.

»Wir müssen unbedingt eine Strecke zum Joggen in der Umgebung auskundschaften. Du solltest auch ein wenig Sport treiben. Wenn du willst, trainiere ich dich!«

Der Gedanke an eine anstrengende körperliche Betätigung

war Petra zuwider, aber im Moment war ihr alles recht, was ihre Kollegin aufmunterte. »Können wir machen!«

Henriette schien sich wieder zu fangen, aber Petra wollte nicht darauf wetten, dass dies auch so blieb. Wenn es Wagner nicht gelang, ihr in den nächsten Wochen einen interessanten Auftrag zu verschaffen, würde Henriette aus ihrem Verein ausscheiden und zur Luftwaffe zurückkehren.

In dem Moment öffnete Wagner die Tür und trat ein. Seine Miene wirkte verkniffen.

»Ist etwas passiert?«, fragte Henriette.

»Ich habe soeben die Meldung bekommen, dass unser Waffenfrachter für Somaliland von somalischen Piraten gekapert worden ist.«

»Und was bedeutet das für uns?«, fragte Henriette hoffnungsvoll.

»Einen Haufen Arbeit! Frau Waitl, werfen Sie Ihren Computer an und informieren Sie Renk. Er soll sich umgehend auf die Socken machen und schauen, wo die *Caroline* hingebracht wird. Danach wird er den Einsatz der Sondertruppe koordinieren, die das Schiff zurückzuholen hat. Wenn bekannt wird, dass wir einen solchen Haufen Kriegsmaterial in diese Gegend geschickt haben, ist die Kacke am Dampfen.«

Da Wagner in dienstlichen Gesprächen normalerweise keine Fäkalausdrücke benutzte, begriffen Henriette und Petra, wie besorgt er war.

Die beiden Frauen wechselten einen kurzen Blick, dann sah Henriette Hans Borchart an. »Kannst du die Bilder aufhängen, die wir für dieses Büro ausgesucht haben? Petra und ich haben jetzt zu tun.«

»Von mir aus! Wo wollt ihr die Dinger hinhaben?«, fragte Hans.

»Such dir ein paar schöne Stellen aus.« Henriette verließ ihr Büro und eilte hinter Petra her. Auch wenn sie nicht vor Ort war, so brachte diese unerwartete Entwicklung in Afrika doch ein wenig Farbe in ihren eintönigen Alltag. Dann aber dachte sie an die Matrosen an Bord der *Caroline*, die jetzt wahrscheinlich Todesängste ausstanden, und schämte sich für ihre Sensationslust.

ZWEI

Sie hatten noch etwa sechzig Kilometer bis Berbera vor sich, als aus Torstens Koffer ein durchdringender Ton erschallte. Al Huseyin wurde durch das Geräusch so irritiert, dass er das Steuer verriss, während Omar Schmitt seine Heckler & Koch G3 hochriss und beinahe durch die Frontscheibe geschossen hätte.

»Was ist das?«, keuchte er.

»Einer von Petras Scherzen!« Torsten öffnete die Beifahrertür und hangelte sich nach draußen. Auf der Ladepritsche öffnete er seinen Koffer und hätte beinahe die scharfen Gasdruckfedern vergessen. Im letzten Moment zog er den Kopf zurück, damit der aufschnellende Deckel ihm keinen Kinnhaken verpassen konnte.

Er schob alles beiseite, was er über seinen Laptop gelegt hatte, und nahm das Gerät heraus. Dann setzte er sich zwischen die Pakete auf die Plattform und stützte sich mit den Beinen ab. Als er das Gerät aufklappte, sah ihm Petras angespannt wirkendes Gesicht entgegen.

»Endlich!«, rief sie. »Ich dachte schon, du hättest deinen Winterschlaf begonnen.«

»Dafür ist es hier zu heiß. Aber schieß los! Was gibt es?« Noch während Torsten dies sagte, fuhr der Wagen durch ein besonders tiefes Schlagloch, und er stieß mit dem Kopf gegen die Rückwand der Fahrerkabine.

»Verdammt«, stöhnte er, biss dann aber die Zähne zusammen, als er sah, dass Petra sein Missgeschick nicht entgangen war, sie aber nicht grinste. Das war ein äußerst schlechtes Zeichen. Er versuchte, eine sicherere Sitzposition einzunehmen, und wartete gespannt auf das, was seine Kollegin zu berichten hatte.

Petra stärkte sich mit einem Schluck Kaffee und blickte ihn durchdringend an. »Was ich zu sagen habe, wird dir nicht gefallen. Die *Caroline*, die nach Berbera unterwegs war, ist noch im Roten Meer von somalischen Piraten gekapert worden. Die Ladung darf auf keinen Fall in den Händen der Entführer bleiben. Aus dem Grund wollen unsere Obergurus das Schiff zurückholen. Sobald wir wissen, in welchen Hafen es die Piraten bringen, machst du dich auf die Socken und klärst vor Ort auf. Danach siehst du zu, dass du an Bord kommst und das Schiff in den eigentlichen Zielhafen bringst.«

»Um mich auf die Kommandobrücke eines Frachtschiffes zu stellen, bin ich bei der falschen Truppengattung … gewesen«, antwortete Torsten bissig. Auch er hatte es noch nicht verwunden, dass er nicht mehr beim Militär war, sondern zum Verantwortungsbereich des Kanzleramtsministers gehörte.

»Du musst dich nicht selbst ans Steuer stellen. Das macht die Besatzung – sofern sie bis dahin überlebt hat. Du sollst an Bord bleiben, damit du dich nicht erneut durchs Feindesland schlagen musst. Ich überspiele dir jetzt alle Informationen, die wir bisher sammeln konnten. Viel ist es allerdings nicht. Ich hoffe, dir beim nächsten Mal mehr erzählen zu können.« Nach diesem Versprechen verschwand Petras Gesicht vom Bildschirm.

Torsten sah, wie der kleine Farbbalken, der eine Datenübertragung anzeigte, kurz aufleuchtete und wieder erlosch, und sagte sich, dass er wohl kein Tausendseitendossier erhalten hatte. Als er die Datei aufrief, war außer den Plänen der *Caroline* nur noch der Funkspruch darin, den Kapitän Diezmann von der *Sachsen* aus geschickt hatte.

Einen Moment starrte Torsten auf den schwarz gewordenen Bildschirm, dann verstaute er seinen Laptop und kletterte in die Fahrerkabine zurück. Omar Schmitt sah ihn fragend an, und auch Al Huseyin riskierte trotz der elenden Straße einen neugierigen Blick.

»Gibt es Probleme?«, fragte der Major.

Torsten nickte. »Das kann man wohl sagen. Der Frachter *Caroline* ist von Piraten aufgebracht worden.«

»Aber ihr Deutschen wolltet dem Schiff doch eine Eskorte schicken«, rief Al Huseyin empört.

»Lassen Sie Renk reden, Major!«, wies Omar Schmitt ihn zurecht.

Torsten atmete kurz durch und gab dann weiter, was er von Petra erfahren hatte. »Die *Caroline* ist bereits im Roten Meer gekapert worden, bevor sie den Schutz der Fregatte *Sachsen* in Anspruch nehmen konnte, die den Frachter am Ausgang des Bab el Mandeb erwartet hatte.«

»Das ist eine Katastrophe!«, entfuhr es Al Huseyin. »Wenn die puntländischen Milizen die Waffen in die Hände bekommen, können wir unsere Grenzen nicht mehr verteidigen. Diese verdammten Hunde werden uns bis nach Äthiopien und Djibouti zurücktreiben.«

Torsten lachte hart auf. »Jetzt lassen Sie die Kirche oder meinetwegen auch die Moschee im Dorf! Die Piraten mögen die *Caroline* zwar gekapert haben, aber behalten werden sie sie nicht. Dafür sorgen wir.«

»Und wie? Wollen Sie etwa nach Laasqoray, Bacaad oder Qandala fahren, zu den Häfen, aus denen die meisten Piraten kommen, und die Kerle bitten, Ihnen das Schiff zurückzugeben?«

Auch wenn Torsten Al Huseyins Besorgnis nachvollziehen konnte, ärgerte es ihn, dass der Mann das Überleben von Somaliland von diesem Vorfall abhängig zu machen schien.

Omar Schmitt war der hysterische Ausbruch seines Stellvertreters peinlich. »Betreiben Sie doch nicht so eine Schwarzseherei, Major. Mit Jammern erreichen wir gar nichts. Renk sagte ja bereits, dass seine Leute das Schiff zurückholen werden.«

»Worauf Sie sich verlassen können!« Torsten entblößte die Zähne zu einem freudlosen Grinsen. Er hatte während der ganzen Reise darauf gewartet, dass etwas geschehen würde, aber er hätte nicht angenommen, einen so großen Bissen schlucken zu müssen. »Ich werde mich jetzt erst einmal um die *Caroline* kümmern. Dafür muss ich in das Piratengebiet«, erklärte er.

Al Huseyin schüttelte fassungslos den Kopf. »Nichts leichter als das! Ein Europäer fällt ja bei den Warsangeli oder in Puntland überhaupt nicht auf. Sie kommen keine Meile weit über die Grenze, dann haben Sie bereits eine Kugel im Leib.«

»Gibt es keine Möglichkeit, mich dort einzuschmuggeln?«, wollte Torsten wissen.

Während Omar Schmitt überlegte, nahm Al Huseyin eine Hand vom Steuer und machte eine verächtliche Handbewegung. »Ihretwegen werden wir unsere Spione in Puntland keiner Gefahr aussetzen.«

»Ich übernehme die Sache!«, erklärte sein Vorgesetzter scharf. »Irgendwie finden wir den Piratenhafen, zu dem das Schiff gebracht wird. Jetzt aber sollten wir zusehen, dass wir Berbera erreichen. Vielleicht wissen die maßgeblichen Leute dort schon mehr.«

DREI

Anja Kainz blickte bewundernd auf ihre neue Helferin. Jamanah hatte eine rasche Auffassungsgabe und eine Geduld, mit den Patienten umzugehen, die ihr selbst fehlte. Sie wollte alles so schnell wie möglich erledigen, um sich rasch dem nächsten widmen zu können. Die junge Somali aber sprach mit den Menschen und nahm auf deren Lebensweise Rücksicht. Nur eines störte die Ärztin. Selbst im Hospitalzelt legte Jamanah niemals ihre Kalaschnikow ab, sondern trug sie über der Schulter, als erwarte sie jeden Augenblick einen Angriff feindlicher Milizen.

»Gut machst du das!«, lobte sie, als Jamanah einem Kind den Verband so anlegte, wie sie es ihr gezeigt hatte. Der Blick der Somali bewies der Ärztin, dass sie ihre Worte anhand der Stimmlage verstanden hatte. Im Grunde war die junge Frau als Helferin in jeder Hinsicht besser als der Mann, der ihr als Assistent zugeteilt worden war. Zwar hatte dieser angeblich Medizin studiert, stellte sich aber reichlich ungeschickt an. Auch fehlte ihm das Einfühlungsvermögen, das Jamanah auszeichnete.

»Ich freue mich, dass du zu mir gekommen bist«, sprach Anja Kainz weiter. Dabei war sie sich der sexuellen Anziehungskraft der hochgewachsenen Frau durchaus bewusst, kämpfte jedoch dagegen an. Schließlich war sie nach Afrika gekommen, um über der Arbeit ihre gescheiterte Beziehung zu ihrer langjährigen Freundin zu vergessen. Auch diese war hochgewachsen und schlank gewesen, und die junge Afrikanerin erinnerte die Ärztin ständig an ihre frühere Liebe.

Dabei schien die Somali in ihr nur die europäische Ärztin zu sehen, denn nichts in ihrer Haltung deutete darauf hin, dass die junge Frau ähnlich empfand wie sie.

Laute Rufe vor dem Zelt brachten die Ärztin in die Realität zurück. Sie sah, wie Jamanah aus dem Zelt lief. Auch die Verletzte, die von ihr versorgt worden war, stand auf und humpelte hinter ihr her. Der noch nicht fixierte Verband löste sich und flatterte als langes weißes Band hinter ihr her.

Draußen stand Dr. Kainz' Assistent mit grauem, verzerrtem Gesicht, während im Lager immer mehr Frauen zu schreien und zu jammern begannen.

»Was ist los?«, fragte die Ärztin.

Ihr Helfer drehte sich zu ihr um, und sie bemerkte, dass er am ganzen Körper zitterte. »General Iqbals Brigade ist von den Feinden in eine Falle gelockt und bis auf den letzten Mann ausgelöscht worden. Jetzt steht kein einziger Soldat mehr zwischen uns und den mörderischen Milizen. Wir müssen sofort weg von hier!« Der Mann sah aus, als wolle er auf der Stelle davonlaufen.

Die Ärztin packte ihn am Ärmel. »Wir können die Leute hier nicht im Stich lassen.«

»Dann bringen die Mordbrenner uns alle um!«, rief der Mann und riss sich los. Die Ärztin folgte ihm ein paar Schritte, besann sich aber und kehrte ins Krankenzelt zurück. Dort traf sie auf einen jungen Offizier, dessen Gesicht zu einer Maske des Schreckens erstarrt war.

»Frau Doktor, packen Sie alles ein, was Sie mitnehmen müssen! Wir stecken nun mitten im Kriegsgebiet. Daher brechen wir dieses Lager umgehend ab und ziehen uns nach Xagal zurück. Aber wir werden es diesen verdammten Warsangeli und Dulbahante schon zeigen! Das hier ist unser Land, und wir werden es nicht diesen elenden Hunden überlassen.«

Die letzten Sätze klangen in Dr. Kainz' Ohren eher wie das Pfeifen eines Kindes im Wald. Der Mann schien nicht das Geringste über die mörderischen Angreifer zu wissen und klammerte sich daran, dass es sich bei ihnen um die Nachbarstämme der Isaaq handelte, mit denen sie sich bereits seit Jahrzehnten herumschlugen. Sie selbst kannte die Gegebenheiten in Somalia zu wenig, um sich ein Bild machen zu können. Doch eines war ihr klar: Der Weg nach Xagal würde für viele der verletzten und geschwächten Bewohner dieses Lagers zum Todesmarsch werden.

Um das Schlimmste zu verhindern, hielt sie den unruhig von einem Fuß auf den anderen tretenden Offizier am Ärmel fest. »Wir brauchen Fahrzeuge für die Ausrüstung, die Kranken und das ganze Gepäck einschließlich der Zelte.«

»Wir haben nur einen einzigen Geländewagen. Den brauchen wir selbst, um zu unserem neuen Quartier zu gelangen.«

»Aber Sie können diese armen Menschen doch nicht durch die Hitze laufen lassen! Viele können sich ja nicht einmal auf den Beinen halten«, rief die Ärztin empört.

Sie erntete jedoch nur ein Schulterzucken. »Ich kann Ihnen nicht geben, was ich nicht habe«, erklärte er. »Wir werden Sie und Ihre medizinische Ausrüstung mitnehmen und das Hospitalzelt in Xagal sofort wieder für Sie aufschlagen. Dann sind Sie in der Lage, die Leute zu behandeln, sobald sie dort ankommen. Das ist alles. Jetzt beeilen Sie sich! In einer halben Stunde fahren wir los.«

»Und lassen mehr als zweitausend Menschen ohne Schutz zurück. Wenn diese Verbrechermilizen hier auftauchen, haben sie leichtes Spiel!« Dr. Kainz kämpfte mit den Tränen, doch der Offizier beachtete sie nicht weiter. Mit schriller Stimme befahl er ihrem Assistenten und zwei seiner Untergebenen, das Hospitalzelt abzubauen und samt dem medizinischen Material auf seinem Geländewagen zu verstauen.

»Die Frau Doktor kommt mit uns. Die anderen müssen zu Fuß gehen. Sie sollen so viel mitnehmen, wie sie tragen können!«

Die Aufforderung war der reinste Hohn, da die geschwächten Menschen nur einen Bruchteil dessen, was sie benötigten, transportieren konnten. Dies war auch dem Offizier klar. Doch der Befehl lautete, die Flüchtlinge und die einheimischen Bewohner aus diesem Teil der Provinz zu evakuieren, damit die Armee ungehindert gegen die Feinde vorgehen konnte.

Da neben seinem Gepäck und dem weitaus umfangreicheren von Dr. Kainz nur noch zwei seiner Männer Platz im Wagen fanden, teilte er die drei anderen den Flüchtlingen als Eskorte zu. Die Soldaten nahmen den Befehl mit einer Miene hin, als schicke er sie auf ein Himmelfahrtskommando. Resigniert halfen sie den Flüchtlingen, die Zelte abzuschlagen und so viel von den vorhandenen Vorräten mitzunehmen, wie sie tragen konnten.

Kurz vor der Abfahrt fasste der Offizier die sich sträubende Ärztin um die Taille, setzte sie auf seinen Wagen und gab seinem Fahrer den Befehl, Gas zu geben. Erst als das Gefährt anrollte, erinnerte Dr. Kainz sich wieder an Jamanah und sah sich suchend um. Die junge Frau kniete an der Stelle, an der bis eben noch das Hospitalzelt gestanden hatte, und starrte wie entrückt auf die Erde. Die Ärztin empfand einen kleinen Stich, dass Jamanah keinen Blick mehr für sie hatte, doch vor allem anderen wünschte sie ihr, den Weg bis Xagal unversehrt zu bewältigen.

Jamanah hatte in diesem Augenblick tatsächlich keinerlei Gedanken übrig für die freundliche Ärztin oder das Los der Flüchtlinge. Die Nachricht, General Iqbals Truppen seien vernichtet worden, hatte den Panzer um ihre Seele gesprengt. Nun stieg die Trauer um ihre ermordeten Angehörigen mit aller Gewalt in ihr auf und vermischte sich mit der Wut auf jene, denen es nicht gelungen war, ihr Dorf vor den Feinden zu schützen.

Als eine Frau auf sie zutrat und sie mit lautstarker Stimme aufforderte, sich gefälligst eine Traglast zusammenzusuchen und sich in den Treck nach Xagal einzureihen, schüttelte sie den Kopf. »Dort leben andere Clans der Isaaq. Das Land meiner Leute liegt dort hinten. Da die Soldaten es nicht verteidigen wollen, werde ich es tun!« Wieder standen ihr die Gesichter der Männer, die ihr Gewalt angetan hatten, vor Augen, aber dann wurden sie ersetzt durch das der Anführerin jener Mordbrenner. Sie begriff, dass sie erst wieder Ruhe finden würde, wenn diese Ungeheuer vom Angesicht der Erde getilgt worden waren. Wie sie das erreichen konnte, wusste sie nicht. Aber sie kannte die Landschaft im Grenzgebiet besser als die Soldaten, die sich bei Xagal sammeln und das nun menschenleere Land verteidigen sollten.

Während die Frau sie beschimpfte, suchte Jamanah unter den Sachen, die von den anderen zurückgelassen worden waren, nach Gegenständen, die sie brauchen konnte. Ihr fielen ein Aluminiumtopf, ein Becher und ein Krummdolch in die Hände. Sie versah die Gegenstände mit Schnüren und befestigte sie an ihrer Hüfte. Aus dem nicht mehr bewachten Vorratslager nahm sie sich eine Packung Hirse, ein paar andere Lebensmittel und eine Flasche Mineralwasser. Dann machte sie sich auf den Weg.

Dr. Kainz' Assistent, der genau wie die anderen die achtzig Kilometer nach Xagal zu Fuß laufen musste, blickte kopfschüttelnd hinter ihr her, hinderte aber ein paar Frauen daran, ihr nachzulaufen. »Lasst die Verrückte gehen! Wenn sie unbedingt sterben will, soll sie es tun.«

Jamanah hörte es und bog die Lippen zu einem verächtlichen Lächeln. Sie ging nicht, um zu sterben, sondern um zu töten.

VIER

Ein paar tausend Kilometer von den Steppen Somalias entfernt scheuchte Major Dietrich von Tarow seine Untergebenen durch das Manövergelände.

»He, nicht so langsam!«, schrie er zwei Soldaten an, die hinter den anderen zurückgeblieben waren. Dann sah er, wie ein Soldat mit hochgerecktem Gesäß durch das Gras robbte. »Den Arsch runter, Fahrner! Im Ernstfall schießt ihn dir einer weg!«

Trotz seiner bissigen Bemerkungen war von Tarow mit dem Ausbildungsstand seiner Männer zufrieden. Mit ihnen konnte er in die Hölle eindringen und dem Teufel die drei goldenen Haare stehlen.

»Und jetzt ein bisschen Tempo! Schließlich seid ihr keine Schnecken. Los, los! Wenn ich vorne am Schießstand angekommen bin, will ich keinen von euch hinter mir sehen!« Mit diesen Worten begann Dietrich von Tarow zu rennen und legte die nächsten fünfhundert Meter samt seinem Gepäck in einer neuen Rekordzeit zurück.

Auch seine Leute rannten, was das Zeug hielt. Trotzdem gelang es niemandem, den Kompaniechef zu überholen. Von Tarow stoppte die Zeit, bis auch der Letzte angekommen war, und nickte zufrieden. »Nicht schlecht! Das nächste Mal könntet ihr trotzdem ein wenig schneller sein. Und jetzt kommt die Schießübung. Zehn Meter laufen, zu Boden werfen und feuern. Immer drei zusammen! Und los!«

Die ersten drei Mann sprinteten nach vorne, hechteten in das Schlammloch und beharkten die aufgestellten Ziele mit Dauerfeuer aus ihren Heckler & Koch MP5.

Von Tarow sah zufrieden, dass kaum ein Geschoss danebenging. »Gut. Und jetzt die nächste Gruppe!«

Innerhalb von fünf Minuten sahen die Soldaten aus, als hätten sie ein Schlammbad genommen. Sie grinsten jedoch und blickten ihren Anführer herausfordernd an.

»Na, Herr Major, wie gut können Sie schießen?«, fragte Leutnant Grapengeter.

»Wir können es ja ausprobieren!« Dietrich von Tarow spurtete aus dem Stand, warf sich in das Schlammloch und feuerte, noch während er stürzte.

Seine Untergebenen sahen verblüfft, wie präzise seine Schüsse trafen.

Fahrner kam nicht aus dem Kopfschütteln heraus. »Es gibt nichts, was unser Von nicht besser kann als jeder andere.«

In seiner Stimme schwang Neid. Jeder in dieser Kompanie hielt sich für einen Elitesoldaten. Doch im Vergleich zu Dietrich von Tarow fühlte sich selbst der Beste wie ein kleines Würstchen.

»Nur gut, dass ich am Wochenende frei habe. Unser Von ist in der Lage, unseren Trupp auch am Samstag und Sonntag zu schleifen. Wir könnten ja sonst Rost ansetzen«, raunte Leutnant Grapengeter einem Kameraden zu.

Dieser nickte. »Unser Von ist ziemlich ehrgeizig und will unbedingt General werden. Soll in der Familie liegen! Die waren bis zu Adam hinunter alle Generäle. Sogar die Schwester ist bei der Bundeswehr, allerdings bei der Luftwaffe.«

»Das Mädchen wollte wahrscheinlich nicht riskieren, von seinem Bruder geschliffen zu werden. Wir hätten auch zur Luftwaffe gehen sollen.« Grapengeter seufzte und stellte sich an die Spitze seines Zuges.

»Haben wir jetzt Feierabend, Herr Major?« Fahrners Frage war berechtigt, denn letztens hatte von Tarow den Trupp noch eine Runde auf dem Übungsgelände drehen lassen. Diesmal aber nickte er.

»Abtreten, Leute! Für heute ist Schluss. Putzt in der Kaserne als Erstes eure Waffen und bringt eure Sachen in Ordnung. Ich schaue mir heute Abend alles an.«

»Scheiße«, flüsterte Grapengeter. »Eigentlich wollte ich mich gleich in die Büsche schlagen, um meinen Zug zu erwischen. So komme ich erst morgen früh nach Hause.«

»Frag doch unseren Von, ob er dich gehen lässt«, schlug Fahrner vor.

»Sonst noch was? Der lässt mich zwar gehen, taucht mich dafür aber am Montag doppelt in die Scheiße, damit ich mir das Bier ausschwitze, das ich angeblich übers Wochenende getrunken habe. Dabei bin ich Antialkoholiker.«

Dietrich von Tarow entging nicht, wie seine Leute sich während des Rückmarsches zum Quartier leise unterhielten, und er kannte auch den Spitznamen, den sie ihm gegeben hatten. Für die Männer war er wegen seiner adeligen Herkunft der Von. Ihm war es gleich. Hauptsache, sie machten ihre Sache so gut, dass er und seine Vorgesetzten mit ihnen zufrieden waren.

»Ein bisschen schneller, wenn ich bitten darf! Ihr seid doch keine lahmen Enten«, rief er und begann wieder zu laufen.

Seine Soldaten fielen fast automatisch in denselben kraftsparenden Laufschritt. Obwohl er ihnen auch an diesem Tag ein hartes Pensum zugemutet hatte, blieb keiner zurück.

Nach einem Dauerlauf von etwa vier Kilometern erreichten sie die Kaserne und trabten in vorzüglicher Ordnung durch das Tor. Die beiden Wachtposten sahen sich kopfschüttelnd an. »Tarows Eisenköpfe ziehen mal wieder ihre Schau ab«, stellte einer von ihnen fest.

»Bin ich froh, dass ich nicht bei dem Haufen gelandet bin«, gab der andere mit einem etwas schief geratenen Grinsen zurück. »Tarow soll ein übler Schleifer sein. Ein Freund hatte ihn während seiner Grundausbildung als Vorgesetzten. Damals war der Major noch ein normaler Kompaniechef. Glaub mir, der Junge zittert heute noch, wenn er den Namen hört.«

Dietrich von Tarow wollte seine Leute gerade abtreten lassen, da stürzte eine Ordonanz des Stützpunktkommandeurs aus dem Verwaltungsgebäude und kam atemlos auf ihn zu. »Major von Tarow! Sie sollen sich unverzüglich beim Oberst melden. Für Ihre gesamte Kompanie wurde Alarmbereitschaft angeordnet. Urlaub und Ausgang sind vorerst gestrichen.«

Leutnant Grapengeter stöhnte auf. »Das ist wirklich nicht mein Tag! Da habe ich endlich Urlaub, und schon wird er gecancelt.«

Dietrich von Tarow kümmerte sich nicht um das Grummeln seiner Männer, sondern tippte kurz mit dem Zeigefinger an seine Feldmütze, die er dem Barett vorzog. »Melden Sie dem Oberst, ich komme gleich. Ich will mich nur noch ein wenig frischmachen!«

»Das würde ich Ihnen ja gerne gönnen, denn Sie sehen aus wie ein Ferkel. Aber der Alte hat ›unverzüglich‹ gesagt, und so meint er es auch. Er wollte mich schon losschicken, um Sie vom Gelände zu holen, aber da waren Sie bereits auf dem

Rückmarsch. Folgen Sie mir! Ich will Ihretwegen keinen Anpfiff kassieren.« Der Mann drehte sich um und stiefelte los.

Dietrich von Tarow wandte sich noch einmal an seine Leute. »Seht zu, dass ihr so schnell wie möglich sauber seid und eure Waffen gereinigt habt. Dann packt eure Sachen! Es sieht so aus, als stünde uns ein Ausflug bevor.«

Er folgte der Ordonanz und holte den Mann mit seinen langen Beinen ein, ehe dieser das Zimmer ihres Vorgesetzten erreicht hatte.

Von Tarow trat ein und salutierte. Dabei registrierte er mit einer gewissen Genugtuung, dass getrockneter Schlamm von seinem Kampfabzug abbröckelte und auf den Boden fiel. Wieso musste der Kommandeur ihn auch rufen lassen, bevor er sich hatte umziehen können?

Dann erst sah er die zweite Gestalt im Raum und erstarrte. Wenn der Generalmajor höchstpersönlich aus Potsdam kam, herrschte Alarmstufe Rot.

»Ich melde mich zur Stelle, Herr Oberst!«, sagte er mit gepresster Stimme und stand stramm.

»Stehen Sie bequem, Major. Ich würde Ihnen ja gerne einen Stuhl anbieten, aber dafür sind Sie mir nicht sauber genug.«

Dietrich von Tarow grinste. »Wir waren auf dem Übungsgelände, Herr Oberst. Da gilt es, den inneren Schweinehund auch mal in ein Schlammloch zu werfen.«

»Wenn es wenigstens beim inneren Schweinehund geblieben wäre. Aber Sie mussten ja unbedingt hinterherhüpfen.«

Der Tonfall seines Vorgesetzten verriet von Tarow, dass diese Bemerkung nicht als Scherz gemeint war. Oberst Hilbig trat neben seinen Schreibtisch. Darauf lag eine Landkarte, die das Horn von Afrika und die angrenzenden Seegebiete umfasste.

Generalmajor Martin bemerkte Dietrichs fragenden Blick. »Hier sehen Sie Ihr neues Einsatzgebiet, Major von Tarow. Sie und Ihre Leute werden noch heute mit einer A400 nach Djibouti fliegen und sich dort an Bord der Fregatte *Sachsen* begeben. Diese bringt Sie zu Ihrem Zielort, der erst kurz vorher festgelegt werden kann. Ihre Aufgabe ist es, ein Schiff zu befreien, das von somalischen Piraten überfallen und gekapert worden ist.«

»Handelt es sich um die *Lady of the Sea*?« Dietrich hatte am Morgen gelesen, dass das modernste Kreuzfahrtschiff der Welt auf seiner Jungfernfahrt mit einer ganzen Reihe an Prominenten unter den Passagieren an Bord den Suezkanal passiert hatte.

Sein oberster Kommandeur schüttelte den Kopf. »Gott sei Dank nicht! Es geht um den Containerfrachter *Caroline*. Sie werden ihn zurückholen und dabei ähnlich vorgehen wie die Piraten. Das heißt, Sie und Ihre Leute werden sich bei Nacht dem Schiff nähern, an Bord steigen und die Feinde mittels Ihrer überlegenen Ausrüstung niederkämpfen.«

»Aber wäre das wegen der als Geiseln gehaltenen Besatzung an Bord nicht eher ein Job für die GSG 9?«, fragte Dietrich verwundert.

»Dieser Auftrag wird Ihnen und Ihren Leuten übertragen. Oberste Priorität ist, dieses Schiff aus den Händen der Entführer zu befreien. Sehen Sie zu, dass so wenig Besatzungsmitglieder wie möglich dabei ums Leben kommen. Ihre Kompanie wird durch sechs Marineangehörige ergänzt, die in der Lage sein werden, die *Caroline* zu steuern. Weitere Informationen erhalten Sie in Djibouti.«

Als der General seine Erklärungen beendet hatte, trat Oberst Hilbig mit ernster Miene auf Dietrich zu. »Machen Sie sich so rasch wie möglich fertig, Major. Das Flugzeug wartet nicht. Notfalls müssen Sie als Dreckspatz an Bord steigen. Ob Sie aber in Djibouti Zeit finden, sich zu waschen, bezweifle ich.«

Dietrich salutierte und meldete sich ab. Das Letzte, was er noch hörte, war eine Bemerkung des Brigadegenerals. »Hoffentlich schafft von Tarow es mit seinen Leuten. Sonst holt uns alle der Teufel!«

FÜNF

Während Dietrich von Tarow sich in aller Eile wusch und umzog, durchpflügte das hochmoderne Kreuzfahrtschiff *Lady of the Sea* die Wellen des Indischen Ozeans. Der leichte Nervenkitzel, den die Passagiere und die Besatzung seit der Fahrt durch den Suezkanal verspürt hatten, verschwand allmählich. Ihr nächstes Ziel, die Malediven, war nur noch einen Tag entfernt, und diese Inseln galten als sichere Weltengegend.

Dabei, fand die Starreporterin Evelyne Wide, hatte sich das Schiff keinen Augenblick in einer gefährlichen Situation befunden. Die *Lady* war, seit sie das Bab el Mandeb passiert hatte, von drei Schiffen der multinationalen Flotte eskortiert worden. Auch jetzt konnte man die drei Kriegsschiffe noch vom Sonnendeck des Kreuzfahrers aus sehen, aber sie hielten bereits größeren Abstand und würden im Lauf des Nachmittags wieder in ihr eigentliches Operationsgebiet zurückkehren.

»Das war ein Abenteuer!« Sven Kunath, Exfußballstar und Teilnehmer des letztjährigen Dschungelcamps, musterte Evelyne lächelnd. Die Frau war blond und hübsch, und es wurde gemunkelt, sie hätte einige ihrer aufregendsten Interviews im Bett geführt. In jedem Fall kam sie ihm gerade recht, um die bisher eher langweilige Reise etwas aufzupeppen.

»Nun ja, so schlimm war es ja nun nicht gerade. Kein Pirat wäre so dumm, ein von drei Kriegsschiffen begleitetes Schiff anzugreifen«, gab die Reporterin kühl zurück.

Ihr passte es nicht, dass Kunath sie schon wieder anbaggerte. Er sah zwar gut aus und hatte einen durchtrainierten Körper, aber ihm fehlte der Touch des Besonderen, den sie bei ihren bisherigen Liebhabern immer gesucht und gefunden hatte.

Seine nächsten Worte ließen ihn nicht gerade in ihrer Achtung steigen. »Trotzdem gefällt es mir nicht, dass die Kriegsschiffe schon jetzt verschwinden. Sie hätten uns bis zu den Malediven eskortieren müssen!«

Evelyne Wide verzog spöttisch den Mund. »In diesem Seegebiet hat es seit über zwei Jahren keinen Überfall mehr gegeben. Außerdem überwachen die Kriegsschiffe die gesamte Umgebung. Da kommt nicht einmal ein Ruderboot unbemerkt durch.«

Sie lachte hell auf, um dem Exfußballer zu zeigen, wie wenig ernst sie seine Bedenken nahm, sah hinter ihm den Ersten Offizier des Schiffes auftauchen und gesellte sich zu diesem.

Immer ein bisschen dick auftragen, die Männer mögen das, schoss es ihr durch den Kopf, und sie sah lächelnd zu dem Mann auf. »Sie wollten mir doch die Reservebrücke zeigen, Herr Kapitän.«

Stefan Magnus fühlte sich geschmeichelt. »Das mache ich sehr gerne. Allerdings werden Sie ein wenig enttäuscht sein. Außer ein paar Bildschirmen und einigen Anzeigen ist dort nichts zu sehen. Unsere *Lady* ist nämlich ein ganz besonderes Schiff. Ein Mann allein könnte sie mit einem einzigen Hebel steuern!«

»Was Sie nicht sagen!« Evelyne gelang es, genau die richtige Dosis an Bewunderung in ihre Stimme zu legen.

Prompt gab der Erste Offizier ihr weitere Informationen. »Zu dem Zweck ist die *Lady* mit einem einzigartigen Computersystem ausgestattet, das alle Funktionen an Bord vollautomatisch kontrolliert. Selbst wenn die gesamte Führungsmannschaft ausfiele, würde unsere *Lady* Sie und die anderen Passagiere in den nächsten Hafen bringen. Es gibt sogar schon Überlegungen, ein kleineres Schiff mit dieser Computersteuerung testweise ohne Besatzung auf eine Reise um die Welt zu schicken. Heutzutage geht alles mit Sensoren, die andere Schiffe und jedes Hindernis sofort erkennen, und der Computer stellt sich umgehend auf die neue Situation ein.«

»Wenn das einmal die Norm wird, sind dann Bordoffiziere wie Sie überflüssig?«

»Schiffe werden immer eine Besatzung erhalten, denn jemand muss die Computer überwachen. Außerdem gibt es auch sonst viel zu tun. Oder wollen Sie beim Captain's Dinner mit einem Roboter anstoßen?«

»Natürlich nicht«, antwortete Evelyne lachend. »Viel lieber stoße ich mit Ihnen an. Wie wäre es heute Abend?«

»Gerne! Da habe ich nämlich frei.« Stefan Magnus betrachtete die Reporterin mit einem begehrlichen Blick.

Kunath, der die beiden beobachtete, knurrte gereizt. Noch war er nicht bereit, aufzugeben. Daher trat er, als der Offizier sich verabschiedete, sofort wieder neben Evelyne. »Und, was wollen Sie mit dem restlichen Nachmittag anfangen?«

»Mich ein bisschen ausruhen, damit ich am Abend fit bin. Auf Wiedersehen!« Mit diesen Worten ließ die Reporterin den Exfußballer stehen.

»Dumme Kuh!«, zischte er ihr nach und sah sich dann Maggie Dometer gegenüber, einer Industriellenwitwe, deren barocke Formen durch ein noch barockeres Bankkonto aufgewertet wurden.

Sie hatte Kunaths Bemerkung gehört und stieg mit Vergnügen darauf ein. »Die Wide ist ein aufgeblasenes Stück! Sie können sich nicht vorstellen, was die letztens über mich geschrieben hat. Am liebsten hätte ich diese Ziege verklagt.«

Die übergewichtige Frau entsprach nicht unbedingt Sven Kunaths Vorstellungen von Weiblichkeit, doch sein Selbstbewusstsein brauchte eine Bestätigung. Zudem würde eine Affäre mit dieser Frau ihn wieder in die Schlagzeilen bringen, die er seit seinem frühen Ausscheiden aus dem Dschungelcamp vermisste. Daher zwang er seinen Lippen ein strahlendes Lächeln auf und legte Maggie Dometer den Arm um die Schultern. »Vergessen wir die dumme Pute und gehen lieber an die Bar. Bei dieser Hitze bekommt man Durst.«

»Gerne.« Die Witwe und der Exfußballer vernachlässigten bei ihrem Flirt die Tatsache, dass es im Innern der *Lady of the Sea* angenehm temperiert war.

Keine zehn Minuten später saßen sie auf bequemen Sesseln in einer kaum einsehbaren Nische, hielten jeweils ein großes Glas mit einem stark alkoholischen Cocktail in der Hand und amüsierten sich prächtig. Maggie strich die Bedeutung der Firmen heraus, deren größte Anteilseignerin sie war, während Sven Kunath von seiner Zeit als Fußballspieler erzählte und dabei in seinem Fußballerlatein sogar beinahe quasi im Alleingang die Champions League gewonnen hätte.

Drei Cocktails später saß Maggie bereits auf Kunaths Schoß und spürte eine gewisse Härte unter ihren Pobacken, die ihr bewies, dass auch das volle Gewicht ihrer hundertundzwei Kilo einen Mann in Stimmung versetzen konnte.

»Mein lieber Sven, das alles ist tatsächlich hochinteressant. Weißt du, ich bin die Hauptsponsorin der TUS Weggenwehe, des Sportvereins meiner Heimatstadt. Leider sind die Ergebnisse nicht so, wie ich es mir wünsche. Da du den Trainerschein gemacht hast, wäre es doch schön, wenn du meinen Verein als Spielertrainer übernehmen könntest. Über dein Gehalt können wir uns, wenn du magst, anschließend in meiner Kabine unterhalten.«

Kunath wusste, dass es nicht beim Unterhalten bleiben und die Höhe seiner Gage wohl weniger von seinen fußballerischen Fähigkeiten abhängen würde. Aber da er Evelyne Wide nicht bekommen konnte, war diese Frau ein guter Ersatz. Letztlich traf er es mit ihr sogar noch besser, denn im Gegensatz zu Evelyne konnte Maggie ihm einen Job besorgen, der seinen Fähigkeiten entsprach. Mit dem festen Vorsatz, sie nicht zu enttäuschen, folgte er ihr in ihre Kabine und zog sie dort an sich, sobald die Tür hinter ihnen geschlossen war.

»Du bist aber ein Wilder«, gurrte sie und ließ es zu, dass er sie mit flinken Fingern entkleidete.

Als sie nackt vor ihm stand, sagte Kunath sich, dass er mit dieser Eroberung zufrieden sein konnte. Zwar war sie einige Jahre älter als er und alles andere als schlank, strahlte aber eine Sinnlichkeit aus, die es ihm leicht machte, sie zu lieben. Er überstürzte jedoch nichts, sondern zog sich langsam aus und hob sie dann so spielerisch leicht auf ihr Bett, als hätte sie das Gewicht eines Mannequins.

Als er zwischen ihre gespreizten Schenkel stieg und sie bereits nach wenigen Stößen zum ersten Orgasmus brachte, dachte er kurz an die Reporterin. Wahrscheinlich lag die Wide gerade unter dem Ersten Offizier. Aber ob sie so viel Spaß daran hatte wie er bei der üppig gebauten Maggie, bezweifelte er. Auf jeden Fall fand er das Leben wieder schön und freute sich schon darauf, das erste Mal mit dem Trikot der TUS Weggenwehe auflaufen zu können. Hinterher, sagte er sich, würde es bei Maggie in die Verlängerung gehen. Für beides musste er all sein Können aufwenden, aber dazu war er gerne bereit.

SECHS

Torsten Renk spürte Omar Schmitts Griff auf seinen Schultern und kroch noch tiefer zwischen die Säcke, mit denen der Wagen beladen war. Er wusste, dass sie sich auf ein gefährliches Spiel eingelassen hatten, und doch konnte er es nicht so recht ernst nehmen. Er lag unter zehn Säcken mit Hirse verborgen auf einem einachsigen Karren, der von einem Esel gezogen wurde, während Omar als einfacher Somali verkleidet neben dem Wagen ging und als Waffe nur einen uralten Lee-Enfield-Karabiner aus dem Zweiten Weltkrieg umhängen hatte. Die Kleidung des Halbsomali bestand aus Plastiksandalen, einem wadenlangen Wickelrock und einem karierten Holzfällerhemd, das durch eine Kleidersammlung in diese Weltgegend verschlagen worden war. Auf dem Kopf trug er eine schlichte Filzkappe, der man anzusehen schien, dass er damit seinen Esel tränkte.

Obwohl Omar sich gut getarnt hatte, verknoteten sich seine Magennerven beim Anblick der Straßensperre, die ihnen den Weg verlegte. Die Männer, die dort Wache hielten, sahen gut genährt aus und trugen Uniformen amerikanischen Zuschnitts. Auch ihre Waffen waren ein Geschenk von Uncle Sam und sollten ihnen bei der Abwehr der islamischen Al-Shabaab-Milizen helfen. Allerdings verwendeten die Warsangeli-Milizen diese Waffen auch im Kampf gegen ihre Nachbarstämme, insbesondere gegen die Isaaq von Somaliland.

Angesichts der Brutalität, mit der die letzten Angriffe gegen seine Heimat geführt worden waren, zwickte es Omar in den Fingern, es den Männern an der Straßensperre heimzuzahlen. Er zwang sich jedoch zur Ruhe und grüßte freundlich. »Salam alaikum! Ich bin Omar und bringe Hirse zu Sidhi Mohammed!«

Einer der Männer ging um den Wagen herum. Dabei betastete er mehrere Säcke, ohne zu merken, dass ein paar von ihnen kleiner waren als die anderen, um Torsten Platz zu bieten.

»Deine Papiere!«, forderte er Omar barsch auf.

Dieser griff in die Tasche und zog einen schmierigen Zettel hervor, in dem einige zerfledderte äthiopische Birrnoten steckten.

Der Freischärler nahm beides, ließ die Geldscheine mit einer geübten Bewegung verschwinden und reichte den Zettel wieder zurück.

»Kann passieren!«, rief er seinen Leuten zu. Diese traten beiseite und machten den Weg frei.

Omar verabschiedete sich mit ein paar Floskeln von den Kerlen, atmete aber erst auf, als er aus deren Schussweite gelangt war. »So, das hätten wir geschafft.«

Torsten schob den kleinen Sack, den er vor seinen Kopf

gezogen hatte, wieder beiseite und atmete ebenfalls kräftig durch.

»Das war jetzt die dritte Straßensperre. Wenn das so weitergeht, kommen wir nie ans Ziel.« Tatsächlich war der Hafen von Laasqoray, in dessen Nähe die *Caroline* vor Anker gegangen sein sollte, noch über einhundert Kilometer entfernt. Bis sie die mit dem Eselskarren zurückgelegt hatten, würde die geplante Befreiungsaktion längst vorbei sein, ohne dass er hatte eingreifen können.

»Keine Sorge, Renk. In der nächsten Stadt verkaufe ich die Hirse samt Wagen und Esel und miete uns einen Geländewagen. Spätestens morgen Mittag sind wir in Laasqoray und können uns dort umschauen. Passen Sie aber auf Ihre Sachen auf. So einen Computer, wie Sie ihn besitzen, gibt es in ganz Somalia nicht.«

»Ich werde mir Mühe geben. Kann ich jetzt hier raus? Langsam wird es mir unter der Hirse zu heiß.«

»Warten Sie noch ein paar Kilometer. Weiter vorne gibt es eine Senke, die nicht so leicht eingesehen werden kann. Dort können Sie Ihr Versteck für eine Weile verlassen.« Omar Schmitt grinste, auch wenn Torsten dies nicht sehen konnte. Der Gedanke, die Milizen der lokalen Warlords so leicht getäuscht zu haben, ließ ihn beinahe übermütig werden. Er wusste jedoch, dass sein und Renks Leben keinen Schuss Pulver mehr wert waren, wenn die Feinde ihnen auf die Schliche kamen.

SIEBEN

Leutnant Grapengeter lehnte sich zurück und sah Dietrich von Tarow grinsend an. »So lasse ich mir das Reisen mit der Air Bundeswehr gefallen. Der Kasten hier ist fast so gemütlich wie ein Ferienflieger.«

»Es ist nun einmal das modernste Transportflugzeug der Welt. Allerdings ist das hier extra für solche Jobs wie den unseren eingerichtet worden. Bei den anderen A400 gibt es keine Sitze wie in der Businessclass. Da sitzen Sie brav auf Ihrem eigenen Rucksack statt auf einem bequemen Sessel«, erklärte der Major, der zu angespannt war, um für Witze empfänglich zu sein.

Vor ihnen lag eine Aufgabe, die ihnen alles abverlangen würde. Er musste sich darauf einstellen, dass die Rückgewinnung des Frachters nicht ohne Verluste gelingen würde. Dies war zwar das Risiko jedes Soldaten, doch bei seinen bisherigen Aktionen war es ihm stets gelungen, alle seine Männer wieder heil nach Hause zu bringen.

Es geht mir zu hopplahopp, dachte er besorgt. Dabei wusste er selbst, dass die Zeit bei solchen Befreiungsaktionen eine große Rolle spielte. Doch ohne richtige Vorbereitung war eine Operation wie diese kaum mehr als ein Stochern im Nebel. Bislang wusste er nicht mehr als den Namen des gekaperten Schiffes. Er konnte nur hoffen, dass er in Djibouti mehr Informationen und vor allem genaue Pläne der *Caroline* erhalten würde. Auch musste ihm genug Zeit bleiben, seine Leute auf den Einsatz vorzubereiten.

Da der Major nicht an einer Unterhaltung interessiert schien, wandte Grapengeter sich leise an seinen anderen Sitznachbarn. »Unser Von macht sich anscheinend Sorgen.«

»Würde ich mir an seiner Stelle auch machen«, antwortete Fahrner. »Ist ein Scheißjob, ein Schiff zu kapern. Wenn die Piraten etwas merken und unsere Schlauchboote zusammenschießen, dürfen wir schwimmen. Und wie wir dabei noch schießen sollen, weiß ich nicht.«

»Dann werden Sie es lernen!«, warf Dietrich von Tarow ein. »Das war anscheinend ein Teil der Ausbildung, den Sie geschwänzt haben, Fahrner!«

Ein paar Soldaten um sie herum begannen zu lachen. »Das

kriegen wir schon hin, Herr Major. Wäre doch gelacht, wenn wir die Kerle nicht aufmischen könnten.«

»Genau! Wir holen uns diesen Kasten. Ich weiß auch schon, was ich mir als Belohnung wünsche«, stimmte Grapengeter in den Chor der Optimisten ein.

»Und was, Leutnant?«, fragte Dietrich, der sich nicht länger unguten Gedanken hingeben wollte.

»Eine Rückfahrt auf der *Lady of the Sea*! Die muss dort in der Gegend sein. Das Schiff ist das Feinste vom Feinen und topmodern. Gerade ist es auf seiner Jungfernfahrt und hat jede Menge Promis an Bord, darunter ein paar heiße Feger!« Grapengeter grinste herausfordernd. Dabei wusste er genauso gut wie die anderen, dass man sich für das Geld, welches eine einzige Fahrt auf diesem Kreuzfahrtkoloss kostete, einen nagelneuen Kleinwagen kaufen konnte.

Dem Leutnant war es gelungen, die Stimmung an Bord des Flugzeugs aufzuheitern. Die Männer dachten nicht mehr an das, was vor ihnen lag, sondern schwelgten in Urlaubserinnerungen, die teilweise nur in ihrer Phantasie existierten, und machten Pläne, was sie nach diesem Einsatz alles unternehmen wollten.

Sogar Dietrich von Tarow ließ sich von dem Übermut seiner Leute anstecken. Dann aber machte einer der Männer eine Bemerkung, die ihn schmerzhaft in die Wirklichkeit zurückholte. »Ich habe gehört, dass uns einer vom MAD von Land aus unterstützen soll. Hoffentlich weiß der Kerl, was er tut, sonst entern wir noch den falschen Kahn. Es liegen ja genug vor der Küste herum.«

»Wozu brauchen wir einen Reiseleiter an Land? Dort wollen wir doch gar nicht hin«, antwortete Grapengeter lachend.

Dietrich von Tarow war jedoch nicht zum Lachen zumute, denn er hatte von Oberst Hilbig erfahren, welcher Agent ihre Aktion unterstützen sollte. Und so war zu der Sorge um seine Männer noch eine sehr viel größere hinzugekommen: Seine

Schwester Henriette bildete nämlich mit Torsten Renk ein Team. Wenn sie sich ebenfalls in Somalia befand, war sie in höchster Gefahr. Ich bringe Renk um, wenn ihr etwas zustößt, schoss es ihm durch den Kopf. Dabei wusste er genau, dass der Mann am wenigsten dafür konnte, wenn Henriette in diese Weltgegend abkommandiert worden war.

ACHT

Ohne etwas von den Befürchtungen ihres Bruders zu ahnen, half Henriette ihrer Kollegin Petra, die Daten über den Verlust der *Caroline* auszuwerten. Um zu ermitteln, wie es zu der Kaperung des Frachters hatte kommen können, überprüften sie seine Fahrt vom Antwerpener Hafen bis zu dem Augenblick, an dem sein Kapitän der *Sachsen* mitgeteilt hatte, dass sie Piraten in die Hände gefallen seien. Petra hackte sich in einige fremde Computersysteme ein und kam schon bald zu überraschenden Erkenntnissen.

»Henriette! Schau dir das an. Die *Caroline* hat den Hafen von Catania angelaufen, obwohl es offiziell keinen Grund für diesen Umweg gab, und dort über siebzig Container an Bord genommen.«

Henriette sah ihr über die Schulter, las die Daten vom Bildschirm ab und schüttelte fassungslos den Kopf. »Wie kann das sein? Von der Spedition, die den Transport der Waffenlieferung übernommen hat, ist das Schiff vollständig und ausdrücklich nur für unsere Ladung gemietet worden. Also hätte die *Caroline* unterwegs keinen Hafen anlaufen dürfen.«

»Hat sie aber«, erklärte Petra mit Nachdruck. »Sie hat Ladung für … einen Moment! Ah! … für Mombasa an Bord genommen. Ich glaube, unsere Leute sollten sich einmal mit der Reederei unterhalten. Was die gemacht hat, ist eine Sauerei.«

»Was ist eine Sauerei?«, fragte Wagner, der eben den Kopf zur Tür hereingestreckt hatte.

»Kommen Sie her und sehen Sie es sich selber an. Die Reederei, die die Waffencontainer nach Somaliland schaffen sollte, hat unterwegs noch ein paar Zusatzgeschäfte abgewickelt.«

»Das darf doch nicht wahr sein!«, rief Wagner und beugte sich ebenfalls über den Bildschirm. Als er die Eintragung las, auf die Petra angespielt hatte, begann er zu fluchen. »Dabei hieß es, diese Reederei sei absolut zuverlässig!«

»Wir sollten den Geheimdienst wechseln, der uns mit Informationen versorgt«, spottete Petra. »Ich habe herausbekommen, dass die Reederei bereits vor drei Monaten zwielichtige Geschäfte gemacht hat. Kurz vorher haben sowohl der Eigner wie auch das Management gewechselt. Der neue Besitzer soll ein Drogenbaron aus Mexiko sein, der sein Geld über diese Reederei waschen will. Außerdem kann er seinen Stoff auf diese Weise in jede Weltgegend schmuggeln. In welchem Hafen wird schon jeder Container durchsucht, vor allem, wenn er sauber verplombt ist?«

Auch wenn die Informationen unangenehm waren, glänzte Petra vor Stolz, weil sie die Fakten herausgefunden hatte.

Doch Wagner war nicht in der Stimmung, zu loben. »Haben Sie auch schon ermittelt, wie die Piraten an Bord gekommen sind?«

»Ich bin eine unterbezahlte Computerspezialistin und nicht Jesus, der alles weiß. Erst muss ich mich durch den gesamten Datenwust wühlen und herausfinden, was für uns wichtig sein könnte und was nicht!«

Wagner sah sie scheinbar überrascht an. »Und ich dachte, Sie seien ein Genie!«

»Wenn, dann eines, das kurz vor dem Verhungern ist. Ich glaube, ich schalte den Kasten ab und gehe erst einmal Mittag essen. Was meinst du, Henriette?«

»Ich bestelle etwas beim Pizzadienst«, rief Wagner, der Angst hatte, Petra könnte tatsächlich Pause machen.

Die beiden Frauen sahen sich kurz an, dann nickte Petra und lächelte. »Tun Sie das, Herr Major. Ich könnte auch ein Pitabrot mit Zaziki als Vorspeise und hinterher ein Tiramisu vertragen.«

»Sie sind ja noch verfressener als früher«, stöhnte Wagner auf.

»Als Hauptgang hätte ich gerne eine Pizza Wurstel con Krauti, und wenn der Typ unterwegs an einem Supermarkt vorbeikommt, könnte er mir von dort eine Packung Pfefferminzdrops mitbringen«, fuhr Petra ungerührt fort.

Wagner schüttelte in gespieltem Entsetzen den Kopf. »Ich glaube, ich fahre lieber selbst. Und was wollen Sie, Frau von Tarow?«

»Nur eine Pizza Margherita. Übrigens sollten wir uns langsam selbst einen Vorrat anlegen. Wozu haben wir das schöne Gefrierfach und den Herd?«

»Das muss alles noch offiziell abgenommen werden. Und das dauert«, erklärte Wagner säuerlich.

»Dann sollten wir unsere Küche demnächst illegal in Betrieb nehmen. Sonst verhungert mein Genie noch!«

Wagner lächelte gequält und verschwand.

Bevor Petra sich wieder daranmachte, den Kurs der *Caroline* nachzuvollziehen, warf sie Henriette einen bewundernden Blick zu. Ihre Kollegin war vielleicht fünf Zentimeter größer als sie, wog aber um einiges weniger. Obwohl sie durchtrainiert war, hatte sie sehr weibliche Formen, und die leicht gebräunte Hautfarbe verlieh ihr in Kombination mit den strahlend blauen Augen und den schwarzen Haaren einen exotischen Touch.

»Ich weiß wirklich nicht, was mit mir los ist. Seit Anfang des Monats habe ich schon wieder zwei Kilo zugenommen. Dabei esse ich kaum etwas«, stöhnte Petra.

Henriette verdrehte die Augen. Ein Pitabrot, eine Riesenpizza und dazu noch Tiramisu zum Nachtisch konnte man beim besten Willen nicht »kaum etwas« nennen. Sie sagte jedoch nichts, um Petra nicht zu stören, die sich schon wieder in den Daten zu verlieren schien.

Gerade vergrößerte sie ein Satellitenbild, das den Hafen von Port Said zeigte. »Schau hier! Das ist die *Caroline*. Und was erkennst du noch?« Petras rechter Zeigefinger stach auf den Bildschirm zu.

Henriette beugte sich vor und kniff die Augen zusammen. »Wird da etwas auf das Schiff geladen?«

»Das kannst du laut sagen! Die Kerle nehmen erneut Container an Bord. Warte, ich durchforste noch einmal die Computer der Reederei.«

Für eine Weile war es bis auf das Klappern der Tastatur still im Raum, dann blickte Petra fassungslos zu Henriette auf. »Von dieser neuen Fracht weiß die Reederei nichts. Aber aus den Hafenunterlagen von Port Said geht hervor, dass es sich um vier Container handeln muss, die einem gewissen Abdullah Abu Na'im aus Saudi-Arabien gehören.«

»Dann sollten wir sehen, ob wir etwas über diesen Abdullah herausfinden«, schlug Henriette vor.

»Bin schon dabei!« Petra deutete auf eine Liste, die immer länger wurde. Schon bald zog sich auch ihr rundliches Gesicht in die Länge. »Es scheint, fast jeder zweite Saudi heißt Abdullah Abu Na'im. Bis ich die alle gefilzt habe, liegt Weihnachten hinter uns.« Ihrer eigenen pessimistischen Prophezeiung zum Trotz arbeitete sie konzentriert weiter und schränkte die Gruppe der Verdächtigen mehr und mehr ein.

»Na also! Es geht doch. Hier haben wir ein Mitglied des saudischen Herrscherhauses, das seine Finger in sehr vielen Geschäften stecken hat. Ich werde mal einen Suchlauf auf den Kerl machen. Dann habe ich noch zwei weitere interessant erscheinende Kandidaten. Es müsste doch mit dem Teufel zugehen, wenn wir nicht den richtigen Abu herausfinden!«

Sie machte sich ans Werk und bediente sich dank ihres ausgezeichneten Übersetzungsprogramms schamlos der Datenbanken des saudischen Geheimdienstes. Gerade als Wagner mit den bestellten Pizzen zurückkam, drehte sie sich triumphierend zu Henriette um.

»Na, wer sagt's denn! Dieser Abdullah Abu Na'im hier hat in Port Said vier Container bestellt. Die wurden allerdings nicht in Saudi-Arabien ausgeladen, sondern sollten ebenfalls nach Mombasa gebracht werden. Ich wette eine trockene Semmel gegen eine Pizza Superiore, dass er mit der Sache zu tun hat.«

»Wissen Sie schon, wie die *Caroline* gekapert worden ist?«, fragte Wagner, während er mehrere Einkaufstüten auf einem Beistelltisch ablegte.

Petra sah Henriette kopfschüttelnd an. »Da quäle ich meine kleinen grauen Zellen, um etwas herauszufinden, und unserem Chef ist das immer noch zu wenig. Ich glaube, ich kündige und suche mir einen Job, bei dem meine Fähigkeiten mehr gewürdigt werden.«

Wagner stellte die größten Schachteln auf Petras Schreibtisch, sodass ihr der Duft in die Nase zog. »Jetzt seien Sie doch nicht so empfindlich, Frau Waitl. Ich weiß, dass es außer Ihnen niemand gibt, der diese Sache aufklären kann. Was haben Sie also herausgefunden?«

Sie seufzte, nahm ein Pitabrot heraus, bestrich es mit Zaziki und begann zu essen. Mit einer Hand tippte sie weiter und zeigte schließlich auf den Bildschirm. »Bei dem Besitzer der Container handelt es sich um diesen Abdullah. Der Mann ist übrigens mit einer Somali verheiratet, besser gesagt, sie ist eine seiner drei Ehefrauen. Deren Schwester wiederum war die Frau des somalischen Warlords Nabil Ruh Atuf, der zu den führenden Kräften des Dulbahante-Stammes gehört hat.«

»Gehört hat? Ist er tot oder vertrieben?«, wollte Wagner wissen.

»Er ist so tot, wie ein Mann nur sein kann, unter dessen

Hintern fünfzig Kilo TNT hochgegangen sind. Jetzt führt sein Schwiegervater in seinem Machtbereich das Regiment, bis sein Enkel alt genug ist. Der nennt sich Sayyid Ruh Atuf. Den Vornamen hat er von seiner Mutter. Die heißt Sayyida.«

»Die Frau können wir vergessen. Mich interessiert, was deren Vater mit diesem – wie heißt er gleich wieder? – ach ja, diesem Abdullah zu tun hat!«

Auf Wagners Anweisung hin suchte Petra nun nach Informationen über Abdullah Abu Na'im und seinen somalischen Schwiegervater, während sie mit großem Appetit aß. Viel fand sie nicht heraus. Wafal Saifullah war ein alter Mann, der bereits seit Jahrzehnten zu den höchsten Würdenträgern seines Stammes gehörte, auch wenn er nie eine Miliz angeführt hatte. Auch der Saudi betätigte sich mehr als Geschäftsmann und Waffenhändler denn als Terrorist. Dennoch hätte Petra ein Stück trockenes Brot gegen ein Dutzend Pizzen gewettet, dass die beiden hinter der Entführung der *Caroline* steckten.

NEUN

Hinter einem Busch hockend blickte Jamanah zu den Ruinen ihres Dorfes hinüber. Sie hatte erwartet, dass die Feinde den Brunnen unbrauchbar machen würden, damit die Bewohner nicht mehr zurückkehren konnten. Stattdessen hatten einige Männer dieser Mordbande die Umgebung des Brunnens gesäubert und in der Nähe ein Zelt aufgeschlagen. Nicht weit davon stand ein Pritschenwagen mit einem darauf befestigten Maschinengewehr, dessen Lauf angriffslustig in den Himmel ragte. Zwei Freischärler durchsuchten gerade die Überreste des Dorfes und warfen alles, was aus Metall bestand, in einen Sack. Andere Gegenstände, die vom Feuer und von den Kugeln verschont worden waren, schichteten sie zu mehreren Haufen auf.

Es sah so aus, als wollten sie sich dauerhaft einnisten. Jamanah streichelte mit einer unbewussten Geste den Griff ihrer Kalaschnikow. Anscheinend fühlten die Kerle sich völlig sicher, weil ihre Kumpane die Brigade von General Iqbal geschlagen hatten. Aber sie lebte, und sie würde das Land ihrer Sippe gegen die Eindringlinge verteidigen. Auch wenn sie nur ein Mädchen war, wusste sie mit dem Sturmgewehr umzugehen. Der Vater hatte es ihr beigebracht, damit sie als Älteste ihre jüngeren Geschwister beschützen konnte. Zwar war ihr das bei dem Überfall nicht gelungen, doch nun würde sie Rache für ihre Toten nehmen.

Mit einer entschlossenen Handbewegung legte sie den Sicherungshebel um und schlug die Kalaschnikow an. Doch im nächsten Moment senkte sie die Waffe wieder. Der große Pritschenwagen und das Zelt sprachen dafür, dass noch mehr Männer hier waren. Daher wartete sie im Schatten des Busches ab und wurde nicht enttäuscht. Von der anderen Seite näherten sich zwei Freischärler, die mehrere Schafe vor sich hertrieben. Als die Tiere den Geländewagen erreichten, verließ ein Mann das Zelt. Seiner Uniform und seiner Ausrüstung zufolge handelte es sich um den Anführer.

Fünf Männer stellten einen harten Brocken dar, deswegen zögerte Jamanah und wollte sich schon zurückziehen. Dann aber erkannte sie in einem den Kerl, der ihren kleinen Bruder in die brennende Hütte geworfen und sie als Erster vergewaltigt hatte. Hass und Wut loderten wie ein versengendes Feuer in ihr auf.

Dennoch wartete sie geduldig, bis die Sonne gesunken war, und schlich dann langsam näher. Vor dem Zelt hatten die Freischärler ein Lagerfeuer entzündet. Vier saßen dort und unterhielten sich, während der fünfte wie ein wachsamer Hund um das Dorf kreiste und nach Feinden Ausschau hielt. Den Kerl, das war Jamanah klar, musste sie als Ersten erwischen, und das möglichst lautlos. Sie beobachtete ihn während einiger

Runden und huschte, als er auf der anderen Seite des Dorfes war, zu einer Stelle, an der er vorbeikommen musste. Ihre Kleidung war so dunkel, dass sie mit dem Boden verschmolz, und sie drehte den Kopf weg, damit er ihre Augen nicht im Feuerschein glänzen sah. Dann tastete sie nach ihrem Dolch.

Als der Freischärler näher kam, pochte ihr das Herz so laut, dass sie glaubte, er müsse es hören. Kurz bevor er die Stelle erreichte, an der sie lauerte, drehte er sich zum Lagerfeuer um und rief etwas hinüber. Er erhielt eine Antwort, lachte und ging weiter. Da seine Kumpane zu ihm herüberblickten, blieb Jamanah liegen und wartete auf die nächste Runde des Wächters.

Als er erneut auf sie zukam, waren die Männer am Lagerfeuer wieder mit sich selbst beschäftigt, und er lauschte dem Kläffen eines Schakals, das aus der Ferne zu ihnen drang. Daher bemerkte er den dunklen Umriss am Boden nicht, der plötzlich lebendig wurde.

Ehe der Freischärler begriff, was geschah, hatte Jamanah ihn von hinten gepackt und zog ihm den Dolch durch die Kehle. Er starb lautlos, und ebenso leise ließ sie den Körper zu Boden sinken und schritt an seiner Stelle die Runde ab. Da sie eine Uniformjacke und eine Waffe trug, hoffte sie, dass seine Kumpane sie im diffusen Licht des Mondes für den Wächter hielten. Der Plan schien aufzugehen, niemand kümmerte sich um sie.

Allmählich zog sie ihre Runden enger, bis sie keine dreißig Schritt mehr vom Lagerfeuer entfernt war. Einer der Männer schien anzunehmen, sein Kamerad wolle abgelöst werden, und stand auf. Noch während er sich nach seiner Waffe bückte, begann Jamanah zu feuern. Sie sah die vier Leiber am Feuer zucken und zusammenbrechen. Einem Einzigen gelang es noch, seine Waffe anzuschlagen, doch der Feuerstoß aus seiner Cobray M-11 ratterte hoch über Jamanah hinweg. Dann schlug auch er zu Boden und rührte sich nicht mehr.

Jamanah wollte ans Feuer treten, blieb aber stehen, bevor sie in den Kreis geriet, den die Flammen ausleuchteten. Hatte sich da einer der Männer leicht bewegt? Sie musterte ihn genauer und glaubte zu sehen, wie sich seine Finger um den Griff einer Maschinenpistole schlossen. Jamanah feuerte drei Schuss auf ihn ab, lud ihr Magazin neu und umschlich das Feuer wie ein misstrauischer Schakal.

Obwohl sich niemand mehr regte, schoss sie noch einmal auf jeden, wartete erneut und wagte sich erst an das Feuer heran, als es fast niedergebrannt war. Rasch nahm sie die vier MPs an sich und zog den Männern die Kampfmesser aus den Gürteln. Danach legte sie ein paar Holzstücke nach. Als das Feuer wieder heller brannte, war sie sicher, dass alle Freischärler tot waren. Zuerst erfüllte sie diese Tatsache mit Befriedigung und Stolz, dann brach sich die Erkenntnis Bahn, dass sie Menschen getötet hatte. Ihr wurde so übel, dass sie sich mehrmals übergab.

»Dummes Stück!«, beschimpfte sie sich selbst. »Diese Mordbrenner haben deine Familie und all deine Freunde umgebracht und dich geschändet. Es war deine Pflicht, Rache zu üben!«

Doch es dauerte lange, bis Jamanah sich beruhigt hatte. Erst dann durchsuchte sie mit zusammengebissenen Zähnen die vier Toten am Lagerfeuer und nahm deren Geld und persönliche Gegenstände an sich. Schließlich zog sie dem Größten die Hose aus, an der zum Glück kein Blut klebte, und legte sie anstelle des Wickelrocks an. Nun würde sie sich die Waden nicht mehr an dornigem Gestrüpp aufreißen. Da sie nachts in ihrer Jacke fror, nahm sie ein frisches Hemd und eine dickere Uniformjacke an sich, die ihr toter Besitzer über einen Stein gelegt hatte, und streifte sich beides über. Die Kleidung passte halbwegs und verfügte über so viele Taschen, dass sie ihre Beute darin verstauen konnte.

Zuletzt nahm sie sich ein passendes Paar Schuhe und vervollständigte ihren Aufzug mit einem Barett. Nun sah sie aus wie ein richtiger Soldat. Ihr Busen war noch recht klein und ihr Gesäß wenig ausladend. Da sie zudem einen Großteil der Männer überragte, würde niemand erkennen, dass sie eine Frau war. Endlich fühlte sie sich nicht mehr der Willkür anderer ausgeliefert.

Erst nachdem Jamanah den fünften Toten zum Feuer geschleift und auch seine Besitztümer an sich genommen hatte, ging sie zum Brunnen, holte Wasser herauf und trank, um den galligen Geschmack im Mund zu vertreiben. Noch immer schwankte sie zwischen Stolz und Ekel. Fünf Männer hatte sie getötet, ohne dass es einem von ihnen gelungen war, ihr einen Kratzer beizubringen. Aber es waren keine Menschen gewesen, sondern Mörder, Teufel ohne Herz. Außerdem hatte sie sich an einem der Kerle gerächt, die sie vergewaltigt hatten. Nun musste sie den anderen und dessen Anführerin finden und beide bestrafen.

ZEHN

Stefan Magnus' Gedanken beschäftigten sich mehr mit der aufregenden Stunde, die er mit Evelyne Wide verbracht hatte, als mit den Bildschirmen und Anzeigen der *Lady of the Sea*. Da riss ihn ein schabendes Geräusch aus seinen angenehmen Erinnerungen. Gleichzeitig klangen draußen erschreckte Rufe auf.

»Was ist da los?«, fragte er den Mann an der Steuerkonsole.

»Weiß ich nicht! Es klang so, als hätten wir ein großes Stück Treibgut gerammt, vielleicht einen Container, den ein Frachter bei einem Sturm verloren hat.«

Im nächsten Moment pochte jemand an die Tür der Kommandobrücke. »He, ihr da! Anhalten! Ihr habt eben ein Segelboot über den Haufen gefahren.«

»Geschwindigkeit verringern und Scheinwerfer an! Verdammt, warum hat das verdammte Radar nichts gemeldet?« Der Erste Offizier sprang auf und eilte nach draußen. Dort begannen sogleich etliche Passagiere auf ihn einzureden.

»Jetzt lasst mich doch erst einmal nachsehen, was überhaupt passiert ist! Auf alle Fälle besteht keine Gefahr für das Schiff.« Mit diesen Worten schob er sich durch die Menge und trat an die Reling. In dem Licht der Außenscheinwerfer der *Lady* konnte er ein kieloben treibendes Boot erkennen, das achteraus zurückblieb. Ein Stück davon entfernt schienen Menschen im nachtschwarzen Wasser zu schwimmen.

Verdammt!, dachte Magnus. Das gibt eine saumäßige Presse. Verärgert griff er zu seinem Funkhandy und rief die Brücke an. »Ist der Kapitän da?«

»Nein, der ist vorhin schlafen gegangen«, erhielt er zur Antwort.

Damit lag die ganze Verantwortung bei ihm. Magnus fluchte insgeheim. Am liebsten hätte er befohlen, die Fahrt mit voller Geschwindigkeit fortzusetzen und das Segelboot zu vergessen. Doch das war natürlich unmöglich. Daher gab er den entsprechenden Befehl. »Maschinen stopp und dann langsame Fahrt zurück. Wenn wir nach Hause kommen, gibt es ein Donnerwetter, weil die Radaranlage das Boot nicht erfasst hat.«

»Wie es aussieht, ist es doch nicht so gut, sich bei der Steuerung eines so großen Schiffes nur auf den Computer zu verlassen.« Evelyne Wide war durch den Lärm wach geworden und nur mit einem Morgenmantel bekleidet an Deck geeilt, um keine Story zu verpassen.

»Wahrscheinlich ist das Ding zu klein, um vom Radar erfasst zu werden.« Magnus lotste die *Lady* rückwärts in die Nähe der Stelle, an der er das gekenterte Boot gesehen hatte. Als die Scheinwerfer einen Schwenk machten, entdeckte er es wieder. Es war nicht groß, doch es schwammen mindestens acht Leute in seiner Nähe.

»Diese Idioten haben den Kahn wahrscheinlich auf den Malediven gechartert und wollten eine Mondscheinfahrt machen. Warum mussten sie ausgerechnet uns vor den Bug schippern? Das Meer ist doch groß genug!« Und warum musste das ausgerechnet während meiner Wache geschehen, fügte er im Stillen hinzu. Damit war ihm die ganze Jungfernfahrt versaut worden.

»Lasst ein Boot zu Wasser und holt die Leute raus!«, rief er einigen Matrosen zu.

Danach rief er die bordeigenen Sicherheitsleute zu sich. »Wahrscheinlich handelt es sich um harmlose Touristen, aber ich will auf Nummer sicher gehen.«

»Glaubst du, es könnte sich um Piraten handeln?«, fragte Evelyne Wide sensationslüstern.

»Wenn es welche sind, lassen wir ihnen keine Chance. Meine Damen und Herren, treten Sie zurück, damit wir die Verunglückten an Bord nehmen können.« Der Erste Offizier hätte die Passagiere am liebsten in ihre Kabinen oder in die Salons der *Lady* zurückgeschickt, doch er wusste, sie würden es sich nicht verbieten lassen, in dieser sternenklaren Nacht Fremde an Bord kommen zu sehen. Selbst die Möglichkeit, es könne sich um Piraten handeln, brachte niemanden dazu, seinen Platz zu räumen. Sie vertrauten dem jungen Offizier und den sechs groß gewachsenen, muskelbepackten Männern, die alle die rechte Hand unter ihre Jacken steckten, um sofort die Pistolen aus den Schulterhalftern ziehen zu können.

Magnus blickte nach unten und sah die Schiffbrüchigen auf die *Lady* zuschwimmen. Zwar trugen sie moderne Kleidung, aber es schien sich nicht um Europäer oder weiße Nordamerikaner zu handeln, denn der Vorderste hatte eine ziemlich dunkle Haut. Noch vor ihm fasste eine junge Frau nach der Jakobsleiter, die zwei Matrosen herabgelassen hatten, und kletterte mit Mühe hoch. Eine weitere Frau folgte ihr.

Magnus atmete auf. Unter den somalischen Piraten gab es

keine Frauen. Außerdem hatte die indische Marine die Banditen aus diesem Teil des Ozeans verscheucht.

»Sieht so aus, als wären es bloß harmlose Ausflügler«, sagte er zu seinen Sicherheitsleuten. Diese entspannten sich sichtbar, und zwei von ihnen halfen der jungen Frau an Bord. Es handelte sich um eine relativ hellhäutige Afrikanerin, die sofort Magnus' Hand schüttelte und ihm wortreich für ihre Rettung dankte.

Noch während der Erste Offizier sich fragte, weshalb es keine Vorwürfe wegen des Zusammenstoßes gab, griff sie in ihre Handtasche, die sie erstaunlicherweise noch bei sich trug, und richtete eine Pistole auf Magnus. Das ging so schnell, dass der Sicherheitsdienst völlig überrascht wurde.

Die Frau lächelte freundlich, doch der Lauf, der auf Magnus' Bauchnabel zielte, sprach eine andere Sprache.

»Sind Sie der Kapitän?«, fragte die Frau ihn auf Englisch.

Stefan Magnus schüttelte vorsichtig den Kopf. »Nein, ich bin der Erste Offizier.«

»Auf jeden Fall sind Sie mein Gefangener! Sorgen Sie dafür, dass die Passagiere in ihre Kabinen gehen und die Besatzung ihre Arbeit macht. Dann passiert Ihnen nichts. Ach ja, in der Beschreibung Ihres Schiffes im Internet war zu lesen, dass Sie Sicherheitsleute an Bord hätten. Diese Männer sollen hierherkommen und ihre Waffen abgeben. Tun sie es nicht, wird jede Viertelstunde ein Passagier erschossen.«

Die Stimme der Piratin klang bestimmt, und Magnus zweifelte nicht daran, dass sie ihre Drohung ernst meinte. Dies war auch den Sicherheitsleuten klar, die fieberhaft überlegten, wie sie die Piraten ausschalten konnten. Doch als zwei vortraten und ihre Pistolen auf den Boden legten, um die Frau abzulenken, sodass ihre Kollegen unauffällig in Schussposition kamen, wurden diese von den erschreckten Passagieren eingekeilt und beiseitegedrängt.

Unterdessen war auch die zweite Frau an Bord gestiegen.

Sie trug ebenfalls eine Tasche bei sich und entnahm ihr eine handliche Maschinenpistole, mit der sie auf die Passagiere und die unter ihnen versteckten Sicherheitsleute zielte. Diesen wurden nun ihre Größe und ihre einheitlichen beigen Sakkos zum Verhängnis. Im normalen Bordbetrieb war es sinnvoll, dass die Passagiere sie gleich erkennen konnten. Nun aber machte ihr Erscheinungsbild es den Piraten leicht, sie aus der Menge herauszuholen und zu entwaffnen.

Zwei von ihnen hatten sich noch in das Innere des Schiffes zurückziehen wollen, um Handlungsfreiheit zu gewinnen. Doch die Passagiere standen dicht an dicht und waren vor Angst wie erstarrt, sodass kein rasches Durchkommen möglich war. Damit war die letzte Chance vertan, die Kaperung des Schiffes zu verhindern.

Sayyida war zufrieden. Auch dieses Schiff hatte sie mühelos entern können, und das würde diesen aufgeblasenen Europäern wehtun. Nun hatte es sich für sie ausgezahlt, dass sie die *Caroline* noch während der Fahrt nach Laasqoray verlassen hatte und mit dem Flugzeug nach Male geflogen war. Der Rest war ein Kinderspiel gewesen. Sie hatten mehrere Boote gechartert, mit denen sie der *Lady of the Sea* entgegengefahren waren, und eines vor den Bug des Kreuzfahrtschiffes gelenkt. Wie erwartet, hatten die Europäer ihr Schiff angehalten und die vermeintlichen Schiffbrüchigen an Bord geholt.

Mit einem triumphierenden Blick musterte sie den Ersten Offizier. »Ich habe verlangt, dass die Passagiere in ihre Kabinen gehen! Weshalb sind sie noch da?«

»Ich muss es ausrufen lassen«, antwortete Magnus mit einer wachsenden Wut im Bauch, die niemand anderem galt als ihm selbst. Ich hätte weiterfahren und diese verdammten Piraten ersaufen lassen sollen, gleichgültig, was die Presse darüber geschrieben hätte, sagte er sich. Dafür aber war es nun zu spät. Von der Pistole in der Hand der Frau, die sich Sultana Sayyida nannte, und den Maschinenpistolen zweier ihrer Männer bedroht, bat er die Passagiere, Ruhe zu bewahren und ihre Kabinen aufzusuchen.

Evelyne Wide zögerte, da sie mehr über die Piraten erfahren wollte. Auch der Passagier Erlmann, ein pensionierter Major der NVA, und das Ehepaar Weigelt aus Staufen blieben noch an Deck, während der Bundestagsabgeordnete Dunkhase und die anderen sich durch die Eingänge quetschten, um in ihre Kabinen zu flüchten.

»Magnus hätte besser aufpassen müssen«, sagte Jürgen Weigelt leise zu Erlmann. »So hat er die Piraten ja regelrecht eingeladen, uns zu entern.«

»Sie sind nur zu acht! Die können wir überwältigen, wenn wir genug Männer von der Besatzung und den Passagieren zusammentrommeln können«, antwortete Erlmann flüsternd.

Motorengeräusche und weitere Boote, die jetzt auf die *Lady of the Sea* zukamen, ließen ihn den Gedanken an Widerstand jedoch rasch aufgeben. Gemeinsam mit dem Staufener Ehepaar stieg auch er die Treppe hinab und fragte sich auf dem Weg zu seiner Kabine, welche Szenen sich hier abspielen würden, wenn die Kriegsschiffe der multinationalen Schutzflotte den Versuch unternahmen, das Schiff zu befreien.

Unterdessen zwang die Anführerin der Piraten den Ersten Offizier, sie auf die Kommandobrücke zu bringen. Dort stand Kapitän Ganswig mit hochrotem Kopf. »Sie gottverdammter Idiot!«, schrie er Magnus sogleich an. »Ein kleines Kind hätte merken müssen, dass hier etwas faul ist. Aber Sie Schwachkopf mussten unbedingt den barmherzigen Samariter spielen!«

»Es … es tut mir leid«, stotterte Magnus.

Die Anführerin der Piraten stieß Kapitän Ganswig den Lauf ihrer Pistole so hart in den Leib, dass dieser aufstöhnte. »Ihr Schiff ist jetzt mein Schiff! Sie werden sofort Kurs auf den Golf von Aden nehmen. Jeder Kontakt zu einem anderen Schiff, mit Ihrer Reederei oder zu irgendjemand anderem ist strengstens verboten. Und damit Sie begreifen, dass ich es ernst meine …«

Sayyida beendete den Satz nicht, sondern gab einem ihrer Begleiter einen Wink. Der Mann richtete seine Waffe auf einen der Sicherheitsleute und schoss diesem eine Kugel in den Kopf.

»Nun wissen Sie, woran Sie sind«, erklärte Sayyida ungerührt und setzte sich auf den Sessel, der für den Kapitän reserviert war. Sie war euphorisch, weil es ihr gelungen war, auch dieses Schiff ohne Probleme in ihre Gewalt zu bekommen. Während die anderen Boote anlegten und weitere Piraten an Bord stiegen, formulierte sie im Kopf bereits das Ultimatum, welches sie der deutschen Regierung stellen würde.

ELF

Torsten Renk spähte mit Omars Fernglas von einem Hügel aus zu der etwa einen halben Kilometer vor der Küste liegenden *Caroline* hinüber. Dutzende kleinerer Boote umschwirrten den Containerfrachter, und es gingen immer mehr Leute an Bord. Dabei handelte es sich offenkundig nicht nur um Kämpfer der Piratenmilizen, sondern auch um Frauen und Kinder, die die Jakobsleitern hochstiegen und sich oben auf den Containern verteilten. Die Frauen stießen schrille Schreie aus und tanzten, während die Freischärler mit den Kolben ihrer Gewehre gegen die Container klopften und einen Höllenlärm verursachten.

»Wie es aussieht, feiern die Kerle ihren Erfolg«, sagte Torsten zu Omar Schmitt, der neben ihm lag und die Stadt im Auge behielt.

»Lange werden sie nicht feiern. Wann soll die Eliteeinheit eintreffen?«, fragte Schmitt.

»Laut meiner letzten Information morgen Nacht. Zwischen ein und drei Uhr soll die Sache laufen. Allerdings gefällt mir nicht, dass ich vorher keinen Kontakt mit dem Trupp aufnehmen kann. Doch unser Oberkommando ist der Ansicht, Funksprüche könnten die Piraten warnen. Daher muss ich mit meiner Kollegin Petra über die Satellitenleitung Verbindung halten. Sie gibt meine Informationen an den MAD weiter, dieser an das Hauptquartier der KSK, und von denen geht es über Djibouti zu den Männern, die den Angriff durchführen sollen. Ehrlich gesagt sind mir das ein paar Ecken zu viel.«

»Ich denke, diese Vorsicht tut not! Wenn unsere speziellen Freunde in Laasqoray herausbekommen, dass ein deutscher Agent vor Ort ist, werden Sie kaum schnell genug laufen können.« Omar Schmitt war mit der Anweisung der deutschen Militärführung zufrieden, versprach sie doch auch Sicherheit für Renk und ihn. »Es wird bald Nacht«, fügte er hinzu. »Wir sollten uns ein verstecktes Plätzchen suchen, an dem wir schlafen können. Allerdings müssen wir abwechselnd Wache halten. Diese Banditen schicken immer wieder Patrouillen aus, und die sollten uns besser nicht entdecken.«

Nach einem letzten Blick auf die *Caroline* zog Torsten sich kriechend zurück. Omar Schmitt folgte ihm nicht weniger vorsichtig. »Das ist ein Abenteuer wie von Winnetou und Old Shatterhand.«

»Ich würde eher sagen, wie von Kara Ben Nemsi und Hadschi Halef Omar!« Trotz seiner Anspannung musste Torsten lachen. Allerdings war das hier kein Abenteuer, das sich Karl May in einem beschaulichen Winkel Sachsens ausgedacht hatte, sondern blutige Wirklichkeit.

Nach einem Fußmarsch von etwa einem Kilometer gelangten sie im letzten Licht des sinkenden Tages an eine Mulde, die gegen die Stadt durch einige stachlige Büsche abgeschirmt wurde. Dort machten sie es sich so bequem, wie es in dem steinigen Sand möglich war, und teilten ihre Vorräte miteinander.

Während sie aßen, blickte Torsten zu den Sternen auf. »Es ist eine so wunderschöne Nacht! Warum müssen Menschen sie ausnützen, um zu töten und anderen Schmerzen zuzufügen?«

Omar Schmitt lachte kurz auf. »Sie sind ein Idealist, Renk! Ich glaube ja nicht, dass sich das lohnt. Man muss die Menschen nun einmal so nehmen, wie sie sind. Die meisten sind borniert und nur auf ihren Vorteil bedacht. So ist es in Deutschland und leider auch hier.«

Diesen bitteren Worten entnahm Torsten, dass Schmitt in Deutschland nicht nur Angenehmes erlebt hatte, aber er wollte nicht daran rühren. Er zog einen weiteren Riegel aus der Tasche, riss die Hülle auf und begann langsam zu kauen. Das Zeug schmeckte nach nichts und war zudem so trocken, dass er es kräftig einspeicheln musste, um es überhaupt schlucken zu können.

»Jetzt käme mir ein Bier gerade recht«, stöhnte er.

»Ich hätte auch nichts dagegen«, erklärte Schmitt.

»Obwohl Sie Moslem sind?«

»Ich bin kein Fanatiker. Außerdem verbietet der Prophet nur das, was betrunken macht, und das tut ein einziges Bier nicht. Hier ist Wasser. Denken Sie sich den Biergeschmack dazu. Allerdings müssen wir sparsam damit umgehen. Ich möchte morgen nicht noch einmal zum Brunnen gehen. Irgendjemandem könnte ich doch auffallen.« Bei den letzten Worten reichte Omar Schmitt Torsten die noch halbvolle Plastikflasche.

Obwohl dieser durstig war, musste er sich zwingen, die von der Hitze des Tages warme Brühe hinunterzuwürgen. Immer noch durstig, gab er die Flasche zurück. »Ich hoffe, mein nächster Einsatzort ist in Grönland. Dort ist es wenigstens nicht so heiß!«

»Wenn Sie es kalt haben wollen, müssen Sie nur noch ein wenig Geduld haben. Spätestens um Mitternacht werden Ihnen die Zähne klappern«, spottete Omar, obwohl er und Torsten bereits eine Nacht in der Steppe verbracht hatten und er selbst stärker gefroren hatte als sein Begleiter.

Torsten erhob sich, um die Umgebung ihres Lagerplatzes noch einmal mit dem Fernglas nach potenziellen Gefährdungen abzusuchen. Doch um sie herum regte sich nichts.

Da Schmitt die erste Wache halten sollte, setzte er sich auf und nickte seinem Begleiter zu. Torsten wickelte sich in seine Decke und legte sich hin. Doch er war noch zu angespannt, um schlafen zu können, daher gesellte er sich nach einer Weile zu dem Halbsomali.

Eine Zeit lang sagte keiner von ihnen ein Wort. Dann zeigte Omar zu den Sternen empor. »Sie haben recht, Renk. Es ist eine wunderschöne Nacht. Wenn ich mir das da oben ansehe, kann ich auch nicht begreifen, dass es so viel Neid und Missgunst auf der Welt gibt.«

Er holte tief Luft. »Ich bin vor drei Jahren von Deutschland weggegangen, weil ich das Gefühl hatte, nicht dorthin zu gehören. Doch in diesem Land, in dem ich wegen meiner Hautfarbe wirklich nicht auffalle, geht es mir nicht anders. Mein Vater hat sich zeit seines Lebens als Somali gefühlt, und auch ich bin mit der Überzeugung aufgewachsen, hierherzugehören. Aber als ich hier ankam, machte man mir schnell klar, dass ich vor allem der Sohn eines Mannes vom Stamm der Isaaq bin. Für Sie dürfte es schwer verständlich sein, wie es in Somalia aussieht.«

»Ich weiß es zumindest ungefähr.«

»Wirklich? Es ist, als würde Deutschland zunächst in seine sämtlichen Bundesländer zerbrechen und diese gegeneinander Krieg führen. Dann würden sich in Nordrhein-Westfalen die Westfalen vom Rheinland trennen. Im Süden des Rheinlands würden die Kölner ihre eigene Republik ausrufen, um von Düsseldorf unabhängig zu werden. Das wiederum würde die Aachener dazu bringen, sich von Köln loszusagen, und weil dies den Bewohnern des Kreises Heinsberg nicht passt, würden diese ihre eigene Selfkant-Republik gründen. Können Sie sich das vorstellen, Renk?«

»Ehrlich gesagt: nein!«

»Ich habe es mir auch nicht vorstellen können. Aber es ist so. Somalia zerfällt an seinen Stammesgrenzen, und einige der Stämme teilen sich in Unterstämme auf, die einander ebenfalls bekriegen. Auch in Somaliland haben wir etliche Probleme dieser Art. Im Osten des von uns beanspruchten Gebiets leben Teile der Warsangeli- und Dulbahante-Daroud, die wiederum mit den Majerten-Daroud von Puntland verwandt sind. Puntland will daher deren Gebiete für sich gewinnen. Doch die beiden Teilstämme haben in den Grenzgebieten ihre eigenen Republiken ausgerufen und kämpfen sowohl gegen die Majerten wie auch gegen uns Isaaq. Gerade das macht es uns so schwer, zu erkennen, wer derzeit unser Grenzland verheert.

Dazu leben in unserer westlichsten Provinz Leute vom Stamm der Dir-Somalis. Von diesen fordern viele ihre Unabhängigkeit und wiederum andere den Anschluss ihres Gebiets an Djibouti, das von den dort lebenden Dir-Somalis beherrscht wird. Ich frage mich wirklich, weshalb die Welt so verrückt ist.«

»Das glaube ich Ihnen. Ich hoffe sehr, dass die Menschen hier irgendwann zur Vernunft kommen und begreifen, dass Krieg und Feindschaft nichts bringen.«

»Sie sind wirklich ein Idealist, Renk.« Omar Schmitt lachte freudlos auf und winkte dann ab. »Wahrscheinlich müssen Sie das sein, um Ihren Job machen zu können. Auch ich habe die Hoffnung noch nicht verloren, in meinem etwas bewegen zu können. Aber jetzt sollten Sie sich hinlegen. Immerhin bekommen wir beide heute Nacht ohnehin nur den halben Schlaf!«

ZWÖLF

Dietrich von Tarow hatte gehofft, in Djibouti mehr über ihren Einsatz zu erfahren. Doch kaum war die A400 gelandet, wurde er mitsamt seinen Männern und der Ausrüstung zum Hafen gefahren, in dem die Fregatte *Sachsen* bereits auf sie wartete. An Bord des Schiffes wurde es eng, als neben den zweihundertfünfundfünfzig Frauen und Männern der Besatzung auch noch die vierundsechzig Mann von Tarows Trupp und weitere sechs Marineangehörige untergebracht werden mussten.

Leutnant Grapengeter brachte es auf den Punkt. »Entweder wir schlafen in Schichten oder in Schichten!«

»Hä?«, stieß Fahrner hervor.

»Ich meine, entweder schlafen wir abwechselnd oder in mehreren Schichten übereinander. Ich wusste schon, warum ich nicht zur Marine wollte. Ich brauche Ellbogenfreiheit!« Grapengeter zwinkerte Dietrich von Tarow zu, der sich mit seinen zwei Metern wie ein Taschenmesser würde zusammenklappen müssen, um Platz zu finden.

Doch der Major winkte ab. »Wir werden nicht viel zum Schlafen kommen, Leutnant. Wie Sie an den Maschinengeräuschen hören können, legen wir bereits ab. Es wird nicht lange dauern, bis wir in Aktion treten.«

»Zuerst muss der Kahn hier uns ans Ziel bringen. In der Zeit können wir schlafen. Ich bin nur ausgeruht gut.« Grapengeter stellte seinen Seesack und sein Sturmgepäck gegen die Wand, rollte seine Isomatte aus und legte sich hin. Doch da warf Fahrner ihm den Rucksack samt der MP5 und dem G22-Scharfschützengewehr auf den Bauch.

»He, Grapi, wir anderen brauchen auch noch Platz!«

»Leg dich doch auf ihn drauf. Er mag es, in Schichten zu schlafen«, rief ein anderer lachend.

Mit der Moral seiner Männer konnte Dietrich von Tarow zufrieden sein. Dennoch verspürte er eine innere Unruhe, die stärker war als bei jedem anderen Einsatz. Dabei hatte er in Afghanistan gegen Freischärler gekämpft und war mit seinen Leuten dort mehrfach in bedrohliche Situationen geraten. Wahrscheinlich lag es daran, dass er in einen Kasten aus Stahl gesperrt worden war und sich auf andere verlassen musste.

»Ich hätte mir was zum Lesen mitnehmen sollen«, murmelte er.

»Auf diesem Pott muss es doch so etwas wie eine Bordleihbücherei geben. Ob Ihnen die Bibliothekarin allerdings eine Verlängerung einräumt, bezweifle ich.« Grapengeter grinste, und einige seiner Kameraden lachten sogar.

Auch Dietrich von Tarow rang sich ein Lächeln ab. »Ich kann es ja versuchen. Auf alle Fälle gehe ich jetzt erst einmal an Deck, um frische Luft zu schnappen. Ihr lasst brav die Türen auf, damit es durchzieht. Nicht jeder von euch hat vor dem Abflug das richtige Deo erwischt!«

Nun hatte er die Lacher auf seiner Seite. Mit einer lässigen Handbewegung tippte er an den Schirm seiner Feldmütze und verließ den Raum.

»Das heißt nicht Tür, sondern Schott! Schließlich sind wir hier bei den Blaujacken«, rief Fahrner ihm nach.

Dietrich von Tarow achtete nicht mehr auf ihn, sondern stieg den nächsten Aufgang hoch und trat an die Reling des Kriegsschiffes. Djibouti lag bereits ein ganzes Stück hinter ihnen. Mehrere Kriegsschiffe schienen auf gleichem Kurs zu laufen. Leider waren sie zu weit entfernt, als dass er ihre Hoheitsabzeichen hätte erkennen können. Er fragte sich, ob sie an dieser Aktion beteiligt waren oder den Hafen von Djibouti nur zufällig zur gleichen Zeit verlassen hatten wie die *Sachsen*.

Da es viele Fragen gab, aber keine einzige Antwort, betrat er die Brücke des Schiffes und wandte sich an den Kapitän. »Gibt es schon neue Befehle oder Informationen?«

Diezmann schüttelte den Kopf. »Bis jetzt nicht. Aber wir werden alles früh genug erfahren.«

»Das will ich hoffen. Bis jetzt haben wir noch nicht einmal einen Plan der *Caroline*. Wie sollen wir sie angreifen und die Piraten niederkämpfen, wenn wir das Schiff nicht kennen? Jetzt hätten wir noch Zeit, uns die Pläne anzusehen.«

Dietrich von Tarow klang so drängend, dass Kapitän Diezmann sich an den Funker wandte. »Fragen Sie mal in Djibouti an, ob sie Lesestoff für unsere Passagiere haben. Aber codieren Sie den Spruch. Es darf nichts nach außen dringen.«

»Wird gemacht, Kapitän!« Jensens Finger flitzten über die Konsole, dann setzte er mit ruhiger Stimme den Funkspruch ab. Es dauerte nicht lange, bis die Antwort eintraf.

»Buchausgabe erscheint später. Jetzt sollen die Kindchen sich schlafen legen.«

»Kindchen! Wenn ich den Kerl erwische, poliere ich ihm die Fresse.« Dietrich von Tarow war sauer. In unzähligen Übungsstunden hatte er seinen Männern gepredigt, wie wichtig eine sorgfältige Vorbereitung für den Erfolg einer Aktion war. Einfach so ins Blaue geschickt zu werden war ihm zuwider.

»Wissen die Leute eigentlich, weshalb wir hier sind?«, fragte er Diezmann in ätzendem Tonfall.

»Ich glaube schon. Aber das Ganze ist eine verdammt heiße Angelegenheit. Selbst in Djibouti erfährt man nicht mehr, als dass ein Frachter gekapert worden ist«, antwortete der Kapitän.

»Die *Caroline* ist nicht der erste Frachter, der diesen Banditen zum Opfer gefallen ist. Ausgerechnet bei dieser Entführung sollen wir eingreifen und ihn zurückholen. Daher wüsste ich gerne etwas mehr über das Schiff.«

»Ich werde zusehen, was ich tun kann. Jensen, versuchen Sie über das Internet etwas über die *Caroline* herauszufinden.« Der Kapitän trat neben den Funker, doch der gab nach wenigen Versuchen auf.

»Tut mir leid, Kapitän. Aber wir sind gesperrt.«

»Was soll das heißen?« Auch Diezmann wurde langsam ärgerlich.

»Wir können von unserem Computer aus einige Stichworte nicht mehr aufrufen. Eines davon ist die *Caroline*. Sieht so aus, als wäre alles so geheim, dass nicht einmal wir etwas darüber erfahren dürfen. Vielleicht haben die maßgeblichen Personen Angst, die Piraten könnten die Server überwachen, auf denen die Informationen über das Schiff gespeichert sind.«

»Dann sehen Sie zu, dass Sie die Pläne eines möglichst baugleichen Schiffes finden. Drucken Sie die ein paarmal aus und übergeben Sie sie Major von Tarow. Er wird sich wohler fühlen, wenn er seine Leute beschäftigen kann.«

Dietrich lachte hart auf. »Das können Sie mir glauben, Kapitän! Danke für Ihre Mühe. Wann kommen wir an?«

»Morgen gegen Einbruch der Nacht. Wir müssen allerdings Abstand zur Küste halten, um die Kerle nicht zu alarmieren. Deshalb werden Sie gut fünfzig Kilometer mit Ihren Schlauchbooten zurücklegen müssen.«

»Hoffentlich müssen wir nicht die ganze Strecke paddeln«, gab Dietrich von Tarow missgelaunt zurück und verabschiedete sich, um zu seinen Leuten zurückzukehren.

DREIZEHN

Petra Waitl und Henriette von Tarow war es gelungen, Abdullah Abu Na'ims Wege in den letzten Wochen minutiös nachzuvollziehen. Obwohl dieser in der Zeit Saudi-Arabien nicht verlassen hatte, waren beide sich sicher, dass er mit dem Piratenüberfall auf die *Caroline* zu tun haben musste.

»Schau her«, sagte Petra und zeigte auf eine Bildschirmzeile. »Dieser Abdullah war an der Küste, als die *Caroline* diese passiert hat. Hier steht außerdem, dass der Frachter wegen eines Sandsturms Schutz im Hafen von Mastâbah gesucht habe. Dabei gibt es in Mastâbah keinen Hafen, sondern nur eine Reede. Die *Caroline* ist auch nicht lange dort gewesen, sondern hat nach weniger als einer Stunde ihre Fahrt fortgesetzt. Da war keine Rede mehr von einem Sandsturm.«

Henriette sah von ihrem eigenen Laptop auf. »Ich habe mir die Wettermeldungen aus dieser Region angesehen. Als die *Caroline* in Mastâbah angelegt hat, gab es einen ganz leichten Sandsturm. Der hatte jedoch keine Auswirkungen auf die saudische Küste.«

»Also war das nur eine Ausrede gegenüber der Reederei, um in Mastâbah ankern zu dürfen«, schloss Petra.

»Glaubst du, dass Kapitän und Besatzung der *Caroline* mit diesen Schurken unter einer Decke stecken?«

»Wenn das der Fall wäre, hätten unsere Geheimdienste gründlich versagt. Nun ja, die haben auch schon die Reederei der *Caroline* für koscher gehalten.«

Petra hackte sich erneut in die Computer der Reederei ein, fand aber keinerlei Hinweise auf eine Verbindung mit den somalischen Piraten. Kapitän Wang wurde als fähig, aber auch schwierig beschrieben, und über seinen Stellvertreter Arroso stand zu lesen, dass man ihm nicht zutraute, ein Schiff in eigener Verantwortung zu führen.

»Jetzt müsste man wissen, wie die beiden zueinander stehen. Einem sich benachteiligt fühlenden Ersten Offizier wäre es zuzutrauen, sich auf diese Weise an seinem Kapitän und der Reederei zu rächen. Immerhin haben die somalischen Piraten bergeweise Lösegeld erpresst und könnten diesen Arroso bestechen.« Petra krauste die Nase. Das klang zwar logisch, überzeugte sie jedoch selbst nicht.

Auch Henriette meldete Zweifel an. »In dem Fall hätte Arroso seinen Kapitän an die Wand spielen müssen. Doch das kann ich mir nicht vorstellen. Immerhin heißt es, dieser Wang wäre sehr von sich eingenommen.«

»Knackt ihr immer noch Nüsse?« Hans Borchart war ins Zimmer gekommen. »Eure Köpfe rauchen schon. Kommt lieber mit Onkel Hans ins Esszimmer. Ich habe Pizzen gebacken, da gehen euch die Augen über.«

Bei dem Wort Pizza begann Petras Magen laut zu knurren. Trotzdem sah sie Hans misstrauisch an. »Hast du etwa unseren neuen Herd eingeschaltet, ohne dass dieser offiziell abgenommen worden ist?«

»Das würde ich niemals tun«, erklärte Hans grinsend. »Daher habe ich den entsprechenden Leuten die Arbeit abgenommen und in ihre Verwaltungsdateien eingegeben, dass unser ganzer Bau ordnungsgemäß überprüft und freigegeben worden ist!«

Petra starrte ihn verblüfft an. »Sag bloß, du hast dich als Hacker betätigt!«

»Alles von dir gelernt! Keine Sorge, die Eintragungen sehen so echt aus, dass es keinem auffallen wird. Und wir können endlich unsere Küche benutzen. Jetzt folgt mir! Das Essen steht auf dem Tisch. Ihr wollt doch nicht, dass es kalt wird.«

Hans trat zur Tür hinaus, blieb aber stehen, als er Petras Stimme hinter sich vernahm. »Und was gibt es als Nachtisch?«

»Einen Haufen neuer Schwierigkeiten«, meldete sich in dem Moment ihr Vorgesetzter Wagner mit missmutiger Stimme.

»Was ist geschehen?«, fragte Henriette angespannt.

»Das Kreuzfahrtschiff *Lady of the Sea*, das gestern Abend in Male hätte anlegen sollen, ist aus unerfindlichen Gründen auf Westkurs gegangen und steuert die somalische Küste an. Da die Mannschaft auf Kontaktversuche nicht reagiert, ist davon auszugehen, dass das Schiff von Piraten gekapert worden ist. Jetzt drehen da oben alle durch. Renk soll die Aktion gegen die *Caroline* sofort abbrechen und sich nach Somaliland zurückziehen. Können Sie ihm das durchgeben, Frau Waitl?«

»Torsten wird sich freuen! Schließlich ist er tief ins Feindesland eingedrungen, um bei der Befreiung der *Caroline* zu helfen. Jetzt darf er die gesamte Strecke noch einmal zurücklegen.«

»Vielleicht sogar mehr als einmal. Kann sein, dass er sich noch um die *Lady of the Sea* kümmern muss. Jetzt soll er sich erst einmal in Sicherheit bringen.« Wagner sah Petra grimmig an. »Machen Sie sich keinen Kopf wegen Renk, sondern teilen Sie ihm mit, was Sache ist. Danach packen Sie alles ein, was Sie für einen Auslandsaufenthalt brauchen. Das gilt auch für Sie, Frau von Tarow, und für Herrn Borchart. Wir sollen uns vor Ort um die Sache kümmern, und zwar mit allen Kräften. Auf Deutsch: Wir fliegen nach Ostafrika!«

Henriette ballte die Rechte zur Faust. »Endlich bekommen wir richtige Arbeit! Ich wäre hier sonst noch versauert.«

»Sie werden sich bald in Ihre ruhige Dienststelle zurückwünschen«, antwortete Wagner säuerlich. »Das wird kein so gemütlicher Ausflug wie damals nach Belgien.«

»Na ja, so gemütlich war der auch nicht«, murmelte Henriette beleidigt.

Bevor es zu einem heftigeren Wortwechsel kommen konnte, griff Hans Borchart ein. »Also was ist jetzt? Wollt ihr Pizza essen oder nicht?«

»Wir wollen!« Petra hatte die Übertragung an Torsten beendet und schaltete ihren Computer auf Stand-by. Als sie aufstand, betrachtete sie das Gerät mit einem bedauernden Blick. »Leider kann ich den Kasten nicht mitnehmen. Dafür ist er sogar ohne Peripheriegeräte zu groß. Aber mir wird schon etwas einfallen.«

»Das hoffe ich doch«, erklärte Wagner grimmig. »Der Auftrag wird kein Zuckerschlecken. Wenn die *Lady of the Sea* tatsächlich in die Hand von Piraten gefallen ist, haben wir eine verdammt harte Nuss zu knacken. Da genügt es nicht, die Fünfte Kavallerie in Form der GSG 9 oder einer KSK-Einheit loszuschicken. Da muss Geheimdienstarbeit geleistet werden.«

»Dafür sind wir doch da.«

Henriettes Bemerkung entwaffnete Wagner für einen Augenblick, dann knurrte er wie ein gereizter Hund. »Sie werden auch anders reden, wenn wir erst einmal so richtig in der Scheiße sitzen! Und das wird nicht mehr lange dauern, das gebe ich Ihnen schriftlich.«

»Vorher sollten wir uns Hans' Pizzen widmen. Mit vollem Magen sitzt es sich besser!« Mit diesem Statement verließ Petra ihr Büro und eilte in die Küche, aus der ein verlockender Duft nach geschmolzenem Käse, Salami und Tomaten drang. Henriette folgte ihr auf dem Fuß, und Hans Borchart kam lächelnd hinter ihnen her.

Wagner sah ihnen nach und versuchte, gegen seine innere Unruhe anzukämpfen. Was hatten sich seine neuen Vorgesetzten nur dabei gedacht, ihn mit zwei Frauen und einem Mann loszuschicken, der in Afghanistan einen Arm und einen Fuß verloren hatte? Schließlich war er weder Superman noch James Bond.

VIERZEHN

Zum ersten Mal seit der Vernichtung ihres Dorfes hatte Jamanah wieder genug Wasser und Vorräte. Außerdem waren ihr fünf moderne Schnellfeuergewehre und Maschinenpistolen mit genügend Munition und zahlreiche weitere Ausrüstungsgegenstände in die Hände gefallen. Zuerst hatte sie überlegt, einen Teil davon in der Nähe zu vergraben. Doch schließlich lud sie alles auf den Pritschenwagen. Sie baute sogar das Zelt der Soldaten ab und zog diesen die restliche Kleidung aus. Was sie brauchen konnte, würde sie mitnehmen, und den Rest verbrannte sie.

Nach einem letzten Blick auf die Leichen, die nun nackt der

Sonnenglut ausgesetzt waren, stieg sie ins Auto und ließ es an. Zwar hatte sie noch nie ein solches Ding gefahren, aber sowohl in ihrem Dorf wie auch im Flüchtlingslager zugeschaut, wie man damit umging.

Der Motor ließ sich problemlos starten. Dann begannen die Schwierigkeiten. Es krachte erbärmlich, als sie einen Gang einlegen wollte. Nervös kniff sie die Augen zusammen und versuchte sich zu erinnern, wie die anderen das gemacht hatten. Da war doch etwas mit einem Pedal gewesen. Sie probierte es aus und entdeckte zuerst den Gashebel und dann die Kupplung. Jetzt konnte sie einen Gang einlegen. Doch als sie das Pedal losließ, ruckte der Wagen kurz, und der Motor ging aus.

Jamanah startete erneut, legte den Gang ein und trat dabei das Gaspedal durch. Kaum zog sie den linken Fuß vom Kupplungspedal zurück, da raste der Wagen wie von einem Katapult abgeschossen los. Jamanah sah einen großen Busch näher kommen und riss erschrocken die Arme vors Gesicht. Es krachte, als der schwere Pritschenwagen durch das Gebüsch brach und dann eine scharfe Wendung nach rechts machte und auf die zerstörten Häuser des Dorfes zufuhr.

Jamanah griff zum Lenkrad und kurbelte daran. Zu ihrer Erleichterung gehorchte der Wagen, aber als sie weiterfahren wollte, bewegte sich das Ding in so starken Schlangenlinien, dass sie es mit der Angst zu tun bekam. Doch noch war sie nicht bereit, das Auto stehen zu lassen und zu Fuß zu gehen. Zum einen würde sie dann nur einen kleinen Teil ihrer Beute mitnehmen können, zum anderen musste sie die Gegend so rasch wie möglich verlassen, um nicht den Kumpanen der Toten in die Hände zu fallen. Daher biss sie die Zähne zusammen und brachte den bockigen Pritschenwagen halbwegs unter Kontrolle.

Für einige Augenblicke erwog sie, hinter den anderen Flüchtlingen herzufahren und Frau Dr. Kainz in Xagal zu suchen. Diese würde sich gewiss freuen, denn mit diesem Fahrzeug wäre sie nicht mehr von der Gnade der Soldaten abhängig. Doch Jamanah ahnte, dass die Männer ihr das Auto und den größten Teil ihrer Beute abnehmen würden, ohne dass sie dafür etwas bekam. Sie hatte nicht ihr Leben riskiert und fünf Männer getötet, um hinterher mit leeren Händen dazustehen. Daher lenkte sie den Wagen nach Nordosten und hoffte, sich im Gebirge verstecken zu können, bis ihr eine andere Lösung eingefallen war.

FÜNFZEHN

Maggie Dometer und Sven Kunath hatten eine leidenschaftliche Stunde erlebt und erfuhren von der Kaperung des Schiffes erst, als die Lautsprecher im ganzen Schiff ansprangen.

»Hier spricht Kapitän Ganswig! Ich habe eine wichtige Mitteilung zu machen. Die *Lady of the Sea* befindet sich in der Hand fremder Kräfte. Ich fordere alle Personen an Bord auf, Ruhe zu bewahren und vorerst in ihren Kabinen zu bleiben. Ich wiederhole: Bleiben Sie in Ihren Kabinen und verlassen Sie diese nicht. Die Besatzung wird bis auf die Maschinenmannschaft aufgefordert, sich im unteren Salon zu versammeln und dort auf weitere Befehle zu warten. Leisten Sie keinen Widerstand und befolgen Sie die Befehle der Schiffsbesetzer unverzüglich. Ich wiederhole: Leisten Sie keinen Widerstand und gehorchen Sie den Piraten aufs Wort. Tun Sie das nicht, kann ich nicht für Ihre Sicherheit garantieren. Ende!«

»Was bedeutet das?«, fragte Maggie erschrocken.

Sven Kunath griff nach dem Glas Wein, das er sich von einem Steward hatte bringen lassen, und leerte es in einem Zug, während er einen klaren Gedanken zu fassen versuchte. »Anscheinend haben Piraten diesen Kahn gekapert.«

»Aber warum haben wir nichts gemerkt?«

»Wir waren beschäftigt! Außerdem hatten die Piraten anderes zu tun, als in jede Kabine zu schauen.« Kunath zog sich an und reichte auch Maggie ihre Kleidung.

»Wie es aussieht, bleibt uns nichts anderes übrig, als erst einmal abzuwarten. Wenn ich den Kapitän richtig verstanden habe, muss ich in meine eigene Kabine zurückkehren.«

»Du willst mich doch jetzt nicht allein lassen!«, rief Maggie erschrocken.

Kunath machte eine beruhigende Geste. »Natürlich bleibe ich bei dir. Aber ich werde trotzdem einmal hinmüssen, denn ich habe ja nur das Zeug dabei, das ich am Leib trage.«

»Aber warte bitte, bis der Kapitän sagt, dass es ungefährlich ist!«, rief Maggie erregt.

»Versprochen!« Sven Kunath versuchte zu lächeln und schlang einen Arm um die mollige Taille der Frau. »Schließlich bist du meine zukünftige Chefin bei der TUS Weggenwehe. Der Job interessiert mich nämlich – und du auch.«

»Wirklich?« Maggie war nicht mehr die Jüngste, und auch die Ehe mit einem Mann, dem das Lesen seiner Bankauszüge mehr Freude bereitet hatte, als eine zärtliche Stunde mit seiner Frau zu verbringen, hatte ihre Sehnsucht nach Romantik nicht versiegen lassen. Doch das, was nun um sie herum geschah, gehörte nicht zu den Dingen, die sie sich erträumt hatte.

»Wie konnte unser Schiff in die Hände der Piraten fallen? Wir sind doch von drei Kriegsschiffen eskortiert worden.«

»Das begreife ich auch nicht. Aber schließlich bin ich nur Fußballer von Beruf und kein Pirat.« Kunath versuchte zu lachen, um sie ein wenig aufzuheitern.

Das schien ihm zu gelingen. Maggie lehnte sich vertrauensvoll an ihn und erzählte von sich und ihren Plänen. »Wenn aus uns etwas werden soll, musst du schon einige Jahre bei mir in Weggenwehe bleiben. Gelingt es dir, unseren Fußballclub eine Liga höher zu bringen, werden die Leute dich lieben und es akzeptieren, wenn wir beide ein Liebespaar werden.«

Bis jetzt hatte Kunath sich vorgestellt, mit Maggie ein paar leidenschaftliche Stunden an Bord dieses Schiffes zu verbringen und dafür mit dem Posten des Spielertrainers ihres Vereins abgefunden zu werden. Doch was sie ihm da anbot, versprach Sicherheit und ein Leben in Wohlstand für etliche Jahre. Er würde nie mehr für ein paar Euros in irgendwelchen dämlichen Talkshows auftreten und im Dschungelcampschlamm nach Molchen und Kakerlaken wühlen müssen. Mit einem fröhlichen Lächeln, wie er es seit Jahren nicht mehr auf die Lippen gebracht hatte, streichelte er Maggies Wange.

»Keine Angst, das kriegen wir schon hin!« Für sich sagte er, dass er es für diese Zukunft mit sämtlichen Piraten der Welt aufnehmen würde.

SECHZEHN

Evelyne Wide war schließlich doch in ihre Kabine gegangen und hatte sich dort eingesperrt. Zwar hatten die Piraten verboten, vom Schiff aus Kontakt mit der Außenwelt aufzunehmen, doch sie war zu sehr Reporterin, um sich daran zu halten. Als Erstes griff sie zum Handy und wollte ihre Redaktion anrufen, doch dann fiel ihr ein, wie sie das Ganze noch dramatischer gestalten konnte. Sie packte den Laptop aus, schaltete ihn ein und wartete, bis die Verbindung über Satellit geschaltet war. Ein kurzer Blick in den Spiegel zeigte ihr, dass ihre Frisur noch richtig saß. Da sie nicht wie das blühende Leben erscheinen durfte, übte sie eine Miene ein, die gleichermaßen entsetzt wie ängstlich wirkte.

»Na, Evelyne, was gibt es Neues von deiner Kreuzfahrt?«,

fragte der Kollege, der ihre Meldung entgegennahm, mit einem gewissen Neid in der Stimme.

»Hier ist Evelyne Wide auf der *Lady of the Sea*. Wir befinden uns derzeit irgendwo westlich der Malediven. Unser Schiff ist von Piraten – vermutlich aus Somalia – besetzt worden. Ich melde mich unter Lebensgefahr, denn die Piraten haben streng verboten, Kontakt zur Außenwelt aufzunehmen.« Evelyne spulte ihren Bericht wie eine Maschine herunter und sah auf dem Bildschirm, wie ihr Kollege blass wurde.

»Das ist doch wohl ein Scherz? Oder?«, rief er, als sie eine Pause machte.

»Leider nein! Die Piraten gehen mit ungewöhnlicher Brutalität vor. Um die Besatzung und die Passagiere einzuschüchtern, haben sie als Erstes einen Sicherheitsmann erschossen! Ich befinde mich in meiner Kabine, die ich nur unter Lebensgefahr verlassen kann. Jetzt muss ich die Übertragung beenden, damit die Piraten nicht auf mich aufmerksam werden. Ich melde mich wieder, sobald es mir möglich ist!«

Das reicht erst einmal für die Schlagzeile, dachte Evelyne, während sie die Verbindung unterbrach. Zufrieden lächelnd holte sie aus dem Kühlschrank in ihrer Kabine eine kleine Flasche Sekt, öffnete sie und füllte ein Glas. Nach einem Schluck des prickelnden Getränks setzte sie sich mit untergeschlagenen Beinen auf ihr Bett, legte sich den Laptop auf den Schoß und machte sich daran, einen Bericht über die Kaperung der *Lady of the Sea* zu schreiben. Vielleicht würde sie dafür sogar den Pulitzerpreis bekommen, dachte sie, während sie aus zwei Frauen und sechs Männern eine wilde und blutdürstige Horde machte, die mehr einem Hollywoodfilm über die Piraten der Karibischen See entnommen war als der Realität.

SIEBZEHN

Ein leises Summen schreckte Torsten Renk aus dem Schlaf. Im Reflex griff er nach seiner Sphinx AT2000, merkte aber dann, dass das Geräusch von seinem Laptop kam. Er zog ihn aus seinem Rucksack und klappte ihn auf. Kaum wurde der Bildschirm hell, blickte er in Petras Gesicht. Sie sagte jedoch nichts, sondern hielt einen Zettel vor die eingebaute Kamera.

»Kann ich sprechen?«, stand darauf.

Torsten blickte in die Runde, sah aber nur Omar Schmitt, der etwa zwanzig Meter entfernt in der Deckung eines Busches hockte und ihm ein Zeichen gab, dass alles ruhig sei.

»Du kannst reden«, sagte er zu Petra.

»Gut. Es gibt neue Befehle. Du sollst die *Caroline* sausen lassen und dich auf einen weitaus härteren Einsatz gefasst machen. Die somalischen Piraten haben das neue Kreuzfahrtschiff *Lady of the Sea* in ihre Gewalt gebracht und werden spätestens übermorgen die somalische Küste erreichen. Bis jetzt gibt es noch keine Lösegeldforderungen, auch für die *Caroline* nicht. Aber ich schätze, dass die Herrschaften sich bald melden werden.«

Es dauerte einen Augenblick, bis Torsten das Ausmaß der Entführung begriff. »Auf der *Lady of the Sea* befindet sich doch ein Haufen prominenter Gäste, die zur Jungfernfahrt eingeladen worden sind. Das sind die idealen Geiseln für diese Gangster!«

»Du merkst aber auch alles. Übrigens ist auch jemand aus deinem Heimatort dabei, nämlich der ehemalige Fußballprofi Sven Kunath. Ich weiß nicht, ob du ihn kennst.«

»Und ob ich ihn kenne!«, rief Torsten. »Sven hat mir das Fußballspielen beigebracht. Er ist ein paar Jahre älter als ich und wollte unbedingt in der Bundesliga spielen.«

»Das hat er ja auch geschafft. Aber jetzt ist er eher ein

C-Promi als ein Star. Außer ihm haben wir noch die Sensationsreporterin Evelyne Wide, die Industriechefin Margarete Dometer, die Bundestagsabgeordnete Blauert, den …« Petra rasselte eine Reihe von Namen herunter, die Torsten alle schon einmal gehört hatte. Doch mehr als mit diesen Politikern, Stars und Sternchen beschäftigten seine Gedanken sich mit Sven Kunath. Der Fußballspieler war ein prima Bursche und trotz des Altersunterschieds für einige Zeit sein bester Freund gewesen. Mit achtzehn war Sven von einem Verein der Zweiten Bundesliga angeheuert worden und der Kontakt mit ihm abgebrochen. Doch Torsten glaubte jetzt noch immer sein drängendes »… und abspielen!« zu hören.

»Okay, und was soll ich jetzt nach Ansicht unserer neuen Bosse tun?«, fragte er, als Petra eine Pause machte.

»Unsere neuen Bosse, wie du sie so schön nennst, erwarten von dir, dass du erst einmal nach Somaliland zurückkehrst und dort ein paar harte Kerle rekrutierst. Mit denen sollst du dich auf die Suche nach der *Lady* machen, diese von Land aus überwachen und uns Informationen liefern. Übrigens ist unser ganzer Verein losgeschickt worden, um bei der Sache zu helfen.«

»Und was ist mit der *Caroline*?«, fragte Torsten.

»Die Aktion ist vorerst gecancelt. Die Regierung hat Angst, die Piraten könnten sich sonst an den Leuten auf der *Lady* vergreifen. Bei diesen prominenten Passagieren wollen sie nichts riskieren. Ich muss jetzt Schluss machen. Weitere Informationen gibt es, wenn wir mehr wissen. Bis dorthin viel Glück!«

Torsten starrte auf den dunkel werdenden Bildschirm und schüttelte den Kopf. Die Lage wurde immer verworrener. Nach einigem Nachdenken packte er seinen Laptop wieder weg und gesellte sich zu Omar Schmitt.

»Unsere Pläne wurden geändert. Wir sollen die *Caroline* erst einmal in Ruhe lassen. Die Piraten haben ein zweites Schiff gekapert, und das liegt unseren Bossen schwer im Magen.«

Der Halbsomali sah ihn entsetzt an. »Denen sollte besser die *Caroline* im Magen liegen – und zwar quer! Wenn deren Entführer herausfinden, was der Frachter geladen hat, werden hier sämtliche Milizenchefs aus dem erweiterten Umkreis zusammenkommen, um ihnen das Zeug abzukaufen. Bekommen die Kerle, die uns angegriffen haben, auch noch diese Waffen in die Hände, können wir unsere Ostgrenze nicht mehr verteidigen.«

»Ich habe Befehl, mich nach Somaliland zurückzuziehen und dort einen Trupp zusammenzustellen, mit dem ich erneut in das Piratengebiet vordringen kann. Ich hoffe, Sie helfen mir dabei.« Besorgt musterte Torsten seinen Begleiter.

Omar Schmitt seufzte. »Also gut! Ich werde Ihnen helfen. Dabei liegt die *Caroline* so nahe, dass es mich ärgert, sie zurücklassen zu müssen.«

»Wenn Sie wollen, können wir beide ja zur *Caroline* hinüberschwimmen und versuchen, sie im Alleingang zu befreien. Auf die Fünfte Kavallerie brauchen wir nicht mehr zu hoffen. Die bleibt brav zu Hause in ihrem Fort.« Nicht weniger angesäuert als sein Begleiter, begann Torsten, seine Sachen zu packen. »Sollen wir zu Fuß gehen, uns wieder einen Eselskarren besorgen, oder ziehen Sie ein moderneres Fortbewegungsmittel vor?«, fragte er, als er seinen Rucksack schulterte.

»Das werden wir unterwegs entscheiden«, antwortete Omar Schmitt und marschierte los.

ACHTZEHN

Dietrich von Tarow kontrollierte noch einmal seine Waffen und sah dann seine Männer an. »Also, Leute, es ist so weit. Hat jeder von euch den Plan der *Caroline* im Kopf?«

»Wenn es wirklich der Plan der *Caroline* war, dann ja«, wandte Leutnant Grapengeter ein.

»Das Schiff soll baugleich sein. Also wird er wohl stimmen!« Das klang weitaus zuversichtlicher, als Dietrich sich fühlte. Bis jetzt war kein Kontakt mit dem Agenten an Land zustande gekommen, und von ihrer Operationszentrale in Calw hatte er seit ihrer Abfahrt aus Djibouti ebenfalls nichts mehr gehört. Er konnte nur hoffen, dass seine Informationen korrekt waren.

»Liegt die *Caroline* noch vor Laasqoray?«, fragte er Kapitän Diezmann, als er an Deck stieg.

Dieser nickte. »Wir haben vorhin die Fotos einer amerikanischen Aufklärungsdrohne zugespielt bekommen. Die *Caroline* liegt etwa sechshundert Meter vor der Küste, und zwar leicht westlich von Laasqoray. Die Position wurde auf Ihren Karten vermerkt. Also können Sie den Kasten nicht verfehlen.«

»Sagen die Bilder der Amidrohne auch etwas über mögliche Verteidigungsmaßnahmen der Piraten aus?«, bohrte Dietrich weiter.

»Da war nichts zu erkennen. Allerdings konnte die Drohne nicht im Tiefflug über das Deck sausen. Sicher ist, dass die Kerle einen Haufen Frauen und Kinder an Bord gebracht haben.«

Dietrich verzog das Gesicht. »Hoffentlich sind die wieder weg, wenn wir ankommen. Ich traue den Brüdern zu, sie als menschliche Schutzschilde zu verwenden.«

Diezmann verstand seine Besorgnis, konnte ihm aber nicht helfen. »Der Befehl, den wir in Djibouti bekommen haben, lautet, die *Caroline* unter allen Umständen in unseren Besitz zu bringen.«

»Ich weiß! Das werden wir auch. Trotzdem gefällt es mir nicht, dass wir so überhastet und ohne gründliche Vorbereitung losgeschickt werden.«

»Das ist wohl Absicht. Die Piraten wissen, dass wir Deutschen im Allgemeinen eher zögerlich vorgehen. Mit einem schnellen, präzisen Schlag werden sie daher nicht rechnen!«

Diezmann klopfte Dietrich aufmunternd auf die Schulter und trat zurück.

Der Major war jedoch noch nicht fertig. »Schicken Sie uns die beiden Hubschrauber zur Unterstützung?«

»Ich habe keinen entsprechenden Befehl erhalten«, antwortete Diezmann. »Es heißt ausdrücklich, nichts zu unternehmen, was die Kerle warnen könnte. Ein Hubschrauber, der in der Nacht dort herumfliegt, würde alle Alarmsirenen anspringen lassen. Ich verspreche Ihnen aber, die beiden Sea Lynx loszuschicken, sobald Sie an Bord sind. Außerdem dampfen wir Ihnen mit Höchstgeschwindigkeit entgegen.«

»Das ist wenigstens etwas. Und jetzt los, Leute! Oder wollt ihr wieder einschlafen? Und noch etwas: Bis wir vor Ort sind, herrscht Funkstille. Habt ihr verstanden?«

»Jawohl, Herr Major«, scholl es ihm aus mehr als sechzig Mündern entgegen.

»Dann wollen wir mal.« Dietrich kletterte das Netz hinunter, das anstelle einer Jakobsleiter an der Bordwand befestigt war, und stieg in eines der großen Schlauchboote, die für ihre Aktion zur Verfügung standen. Jedes bot Platz für zwanzig Mann samt Ausrüstung und verfügte über einen Kombiantrieb aus einem modernen Dieselmotor für lange Strecken und einem Elektromotor zum leisen Anschleichen an ihr Ziel. Das Kunststoffmaterial war so zäh, dass es Streifschüsse überstehen konnte. Zudem waren die Auftriebskörper in mehr als ein Dutzend Luftkammern aufgeteilt, sodass auch ein direkter Treffer die Boote nicht zum Sinken brachte.

Die Soldaten stiegen an Bord und nahmen ihre Plätze ein. Dafür mussten sie sich zwar, wie Grapengeter spöttelte, in Ölsardinen ohne Öl verwandeln, aber für die knapp sechzig Kilometer, die sie noch von ihrem Ziel trennten, war dies kein Problem. Innerhalb weniger Minuten war jeder dort, wo er hingehörte, und es ragten nur noch die Köpfe und die Läufe ihrer Waffen über die wulstigen Bordwände hinaus.

Es handelte sich um vier Boote. Drei davon waren voll besetzt, während sich auf Dietrichs Kommandoboot außer ihm selbst nur zehn Personen befanden, aber dafür etliches an Ausrüstung und genug Waffen, um die *Caroline* nach der erfolgreichen Befreiung gegen Angriffe von Piratenbooten verteidigen zu können.

Dietrich ließ noch einmal jedes Teil kontrollieren und gab dann den Befehl, abzulegen. Grapengeter löste die Leine, die das Boot noch mit der *Sachsen* verband, und übernahm das Steuer. Ihr Boot fuhr als erstes los, die anderen reihten sich hinter ihnen so ein, dass immer drei Bootslängen zwischen ihnen lagen.

Die Dieselmotoren brachten es mit stärkster Leistung auf über neunzig Stundenkilometer, doch Dietrichs Einsatzplan gab vor, vorerst nur vierzig zu fahren, um das Motorengeräusch zu dämpfen. Daran hielt er sich, und dennoch blieb die *Sachsen* rasch hinter ihnen zurück. Nach einem kurzen Blick auf die Fregatte richtete er sein Augenmerk auf ihr Ziel, das noch jenseits des Horizonts lag.

»Nach zwanzig Kilometern drosseln wir auf dreißig, und nach dreißig auf zwanzig. Fünfzehn Kilometer vor der Küste schalten wir auf Elektroantrieb um«, gab er durch und sah, wie die Meldung von Boot zu Boot weitergereicht wurde. Damit hatte er getan, was möglich war, damit sie sich ihrem Ziel so unauffällig wie möglich nähern konnten. Dietrich ertappte sich jedoch dabei, dass er das Kreuzzeichen schlug und ein kurzes Gebet sprach. Vor einem solchen Einsatz, sagte er sich, war es sicher kein Fehler, die himmlischen Mächte um Beistand zu bitten.

NEUNZEHN

Auf der *Sachsen* ließ Kapitän Diezmann die Uhr nicht aus den Augen, während einer seiner Untergebenen die wahrscheinlich zurückgelegte Strecke der vier Boote in festen Zeitabständen in eine Karte eintrug.

»Jetzt müssten sie auf Elektroantrieb umgeschaltet haben«, sagte er, als sein Bleistiftstrich eine bestimmte Linie überschritt.

»Noch etwa zwanzig Minuten«, schloss Diezmann daraus, denn die Boote konnten nun schneller fahren als mit den gedrosselten Dieselmotoren. »Sind die Hubschrauber startbereit?«

»Sie sind bemannt, betankt und bewaffnet. Jetzt warten sie auf den Startbefehl«, antwortete der Erste Offizier.

»Die Hubschrauberpiloten sollen sich bereithalten. Wenn das Gefecht losgeht, kommt es auf jeden Augenblick an. Den Bildern der Aufklärungsdrohnen nach verfügen die Milizen in Laasqoray über mindestens fünfzehn Schnellboote. Mit denen können sie von Tarow und seinen Leuten mächtig Feuer unter dem Arsch machen!«

Während sein Stellvertreter den Befehl weitergab, saugte Diezmanns Blick sich an der Uhr fest. Fünf Minuten vor der Zielankunft der Boote ließ er die Geschwindigkeit der *Sachsen* erhöhen und das Schiff auf südlichen Kurs gehen, um der *Caroline* entgegenzufahren.

Da klang die Stimme des Funkers durch den Raum. »Herr Kapitän, die Basis in Djibouti meldet gerade, dass der Einsatz abgeblasen wurde. Major von Tarows Trupp soll auf der *Sachsen* bleiben!«

»Aber er ist doch längst unterwegs!« Diezmann schüttelte verwirrt den Kopf, während sich seine Gedanken überstürzten. In wenigen Augenblicken mussten die Boote die *Caroline* erreichen. Wenn er von Tarows Trupp jetzt anfunken ließ, würden die Piraten gewarnt und das Einsatzkommando auf dem Rückzug von feindlichen Schnellbooten gejagt werden. Diezmann hätte von Tarow am liebsten freie Hand gelassen. Aber Befehl war Befehl.

»Jensen, nehmen Sie Kontakt zu den Booten auf und teilen Sie von Tarow mit, dass er sofort ablaufen soll. Wir fahren ihm entgegen. Die Hubschrauber starten lassen!« Der letzte Befehl galt seinem Stellvertreter, der sofort grünes Licht für die beiden Sea Lynx gab.

Unterdessen stellte Jensen die Verbindung zu von Tarows Boot her und meldete dem Major, dass er die Aktion abbrechen sollte.

ZWANZIG

Im Mondschein glitzerte die sandige Küste gelblich, und die *Caroline* hob sich wie ein düsterer Schatten gegen den Hintergrund ab. Dietrich von Tarow versuchte, die Entfernung zum Schiff zu schätzen. Es konnte ein Kilometer sein, aber auch zwei.

»Motoren drosseln«, befahl er, um zu verhindern, dass die Piraten an Bord des Containerfrachters auf ihr schäumendes Kielwasser aufmerksam wurden.

»Macht die Granatwerfer und die Seilharpunen klar! Scharfschützen Achtung! Feuern, wenn Ziel erfasst!« In diesem Augenblick waren sämtliche Zweifel verflogen. Jetzt galt es nur noch, den Job gut zu machen.

Sie näherten sich der *Caroline* auf weniger als vierhundert Meter, da klopfte ihm Fahrner auf die Schulter.

»Was ist los?«

»Funkspruch von der *Sachsen*. Aktion abbrechen und zurückkehren!«

»Sind die verrückt geworden? Wir haben das Schiff …« Dietrich hatte den Satz noch nicht vollendet, als an Bord der *Caroline* plötzlich die Scheinwerfer aufflammten und ihre Lichtkegel nach einem suchenden Schwenk über die See auf seinen Booten stehen blieben. Im nächsten Moment ratterten Maschinengewehre los und schickten ihnen Leuchtspurgeschosse entgegen.

»Scheiße, die haben uns erwartet!«, schrie Grapengeter und zwang das Boot in eine scharfe Kurve, um einer Rakete auszuweichen.

Das Boot hinter ihnen hatte weniger Glück. Zuerst hieb eine MG-Garbe voll in den Bootskörper ein, dann explodierte eine Rakete mitten im Boot. Dietrich hörte Männer schreien und verspürte einen dicken Klumpen im Magen. Sein Gehirn arbeitete jedoch so scharf wie selten zuvor.

»Blendgranaten abschießen und Feuer erwidern!«, rief er und wies Grapengeter an, zu dem zerstörten Boot zu fahren.

»Aber dann erwischen sie uns ebenfalls!«

»Wir lassen unsere Kameraden nicht im Stich!« Dietrich packte eine AG36 und feuerte eine Blendgranate in Richtung *Caroline* ab.

Für ein paar Augenblicke hatte er Erfolg, denn die MG-Garben der Piraten irrten weit jenseits der drei noch einsatzfähigen Boote über die See. Doch dann geschah etwas, das alle Pläne zunichtemachte. Ein gutes Dutzend Schlauchboote, jedes mit mehr Mann besetzt als die eigenen, zogen in einer scharfen Kurve um den Bug des Frachters herum und nahmen Dietrichs Trupp unter Feuer.

Ein zweites Boot wurde getroffen, blieb aber seetüchtig. Dietrichs Boot bekam ebenfalls etwas ab, und er hörte hinter sich einen Mann aufschreien. Zeit, sich um den Verletzten zu kümmern, hatte er jedoch nicht. Er warf einen verzweifelten Blick auf das zerstörte Boot und sah Männer in dessen Nähe treiben. Ihnen zu helfen war unmöglich.

Schweren Herzens griff Dietrich zum Mikrophon und stellte den Lautsprecher an. »Von Tarow an alle! Rückzug! Seht zu, dass ihr gut nach Hause kommt!« Danach feuerte er die nächste Blendgranate auf die angreifenden Boote ab und gab Grapengeter einen Wink. »Wir müssen von der *Caroline* freikommen! Sonst setzen uns die Kerle mit ihren schweren MGs außer Gefecht!«

»Die Schweine haben auf uns gewartet! Die wussten genau, dass wir kommen.« Der Leutnant hätte heulen können vor Wut, befolgte aber Dietrichs Befehl und gab volle Kraft auf den Dieselmotor des Bootes. Doch als er den Bug auf die See richtete, verlegten ihnen die Piratenboote den Weg.

»Da müssen wir durch! Feuert mit allem, was ihr habt! Haltet auf die Motoren im Heck. Die Dinger werden mit Benzin betrieben. Wenn ihr trefft, gibt es bei denen ein Feuerwerk!« Dietrich riss das leichte Maschinengewehr hoch, zielte auf eines der Piratenboote und zog durch.

»Grapengeter! Übergeben Sie Ihrem Nebenmann das Steuer! Ich hoffe, Sie treffen mit Ihrem G22 im Einsatz genauso gut wie auf dem Schießstand.« Voller Wut schoss Dietrich mit dem MG, bis der Patronenkasten leer war, ersetzte ihn durch einen vollen und lud erneut durch. Aus den Augenwinkeln sah er, wie eines seiner Boote durch eine Lücke zwischen den Angreifern schlüpfte und mit Höchstgeschwindigkeit davonraste. Das war der erste Lichtblick in dieser Nacht, und er hoffte, es würde nicht der letzte bleiben.

Ein Blick auf das zweite Boot zeigte Dietrich jedoch, dass es von vier Piratenbooten in die Zange genommen worden war, während drei weitere ihm selbst den Weg verlegten.

»Im Zickzack! Wir hauen die Kameraden heraus!«, rief Dietrich und feuerte, was der Lauf hergab.

Während der Soldat, der von Grapengeter das Steuer übernommen hatte, dem Boot einen wild wechselnden Kurs aufzwang, schossen die Männer an Bord mit lange geübter Präzision. Dietrich sah, wie eines der feindlichen Boote sank und ein weiteres ausscherte und auf das Land zufuhr.

»Wir schaffen es!«, rief er, legte das MG ab und feuerte rasch hintereinander mehrere Blendgranaten auf die Piratenboote. Eine schlug in einem Boot ein, und er sah, wie dessen Besatzung erschrocken über Bord sprang. Für einen Augenblick tat sich eine Lücke auf, und das andere KSK-Boot schlüpfte hindurch. Doch als Dietrichs Steuermann ihm folgen wollte, schoben sich mehrere Piratenboote vor ihren Bug, und sie gerieten ins Kreuzfeuer. Etliche Geschosse schlugen in den Rumpf ein, und der Major glaubte, das Geräusch entweichender Luft sogar durch das Knattern der MGs und Sturmgewehre zu hören. Ihr Steuermann wollte ausweichen, sah sich aber weiteren Piratenbooten gegenüber und schrie auf. »Wir sitzen in der Falle!«

»Möglich. Halte voll auf die Kerle zu! Auf meinen Befehl drängt ihr euch alle ganz schnell im Heck zusammen, und wenn ich schreie, werft ihr euch nach vorn!« Dietrich übergab seinen Granatwerfer einem anderen Soldaten und wollte das MG wieder ergreifen. Doch dann entschied er sich dagegen und packte mit der Rechten seine MP5 und mit der Linken eine Handgranate.

»Jungs, gleich wird es rumpeln!«, schrie er und zählte die Sekunden, die sie bis zu den feindlichen Booten brauchten. Ihr Boot wurde erneut getroffen und tanzte unter der Wucht der Einschläge wie betrunken auf dem Wasser. Dann sah Dietrich ein Piratenboot genau vor sich.

»Nach hinten!«, schrie er und schob sich mit einem Ruck ins Heck. Die anderen folgten ihm. Vorne entlastet, hob sich der Bug über die Bordwand des feindlichen Bootes. Im nächsten Augenblick knallte der Boden gegen dessen Flanke und wurde vom Schwung weitergetragen.

»Jetzt nach vorne!«, brüllte Dietrich, um zu verhindern, dass das Boot sich zu stark aufbäumte und sich überschlug.

Ihre Geschwindigkeit ließ sie über die Piraten hinwegschlittern, und eine Sekunde später klatschten sie wieder ins Wasser.

Mit einer fast beiläufigen Handbewegung warf Dietrich seine Handgranate in das andere Boot. »Gib Gas!«, schrie er ihrem Steuermann zu und duckte sich. Einen Augenblick später explodierte hinter ihnen die See. Trümmer schossen um sie herum, und ein Teil bohrte sich in ihren Rumpf. Doch sie hatten freie Fahrt, und der Mann am Steuer drehte den Motor voll auf.

»Das war haarscharf! Aber wir haben es geschafft«, rief er Dietrich zu.

Dieser warf einen Blick nach hinten und nickte bedrückt. »Wir ja, aber unsere Männer von Boot zwei hat es erwischt.«

»Die Kerle müssen gewusst haben, dass wir kommen. Sonst wären sie nicht so gut vorbereitet gewesen.« Grapengeter stöhnte und tastete in der Dunkelheit nach seiner Schulter. »Tut mir leid, Herr Major, aber ich habe etwas abbekommen.«

»Gibt es weitere Verletzte?« Nach Toten wollte Dietrich erst gar nicht fragen.

Zwei weitere meldeten sich, meinten aber, dass es nicht so schlimm wäre.

»Der Leutnant blutet ziemlich stark«, warf Fahrner ein.

»Kümmert euch um ihn und die anderen Verletzten«, befahl Dietrich.

»Dafür brauchen wir Licht, und dann könnten uns die Schweine sehen!«, gab Grapengeter zu bedenken und stellte die Frage, die ihn am meisten bewegte. »Werden wir verfolgt?«

Dietrich blickte nach hinten. Einige Piratenboote kamen hinter ihnen her und schienen aufzuholen.

»Was ist denn los? Geht es nicht schneller?«, fragte er den Mann am Steuer.

»Nein, Major! Wir verlieren weiter an Geschwindigkeit. Die Hälfte der Luftkammern läuft voll Wasser, und die Steueranlage ist defekt. Außerdem driften wir immer weiter nach backbord ab und werden dadurch einen Bogen ausfahren, der uns wieder zur Küste trägt. Auf die *Sachsen* kommen wir auf jeden Fall nicht mehr zurück.«

Dietrich von Tarows Antwort war nicht druckreif. Ein Blick zurück zeigte ihm, dass die feindlichen Boote sich aufteilten. Zwei kamen in ihre Richtung, während die restlichen die beiden anderen Boote verfolgten. Er konnte die Piratenboote in der Dunkelheit nur anhand ihrer weißlich leuchtenden Kielspur erkennen.

Nun wusste er, was zu tun war, und packte den Steuermann an der Schulter. »Schalten Sie den Diesel aus und lassen Sie den Elektroantrieb auf schwächster Leistung laufen. Dann ziehen Sie das Boot scharf nach links!«

»Aber dann treffen wir noch schneller auf Land«, gab der Mann zu bedenken, befolgte aber den Befehl.

»Jetzt still, Leute! Wir spielen toter Mann«, raunte Dietrich den Männern zu und lud seinen Granatwerfer mit einer Blendgranate. Wenn es hart auf hart kam, konnte diese zum Zünglein an der Waage werden.

Als die Motorengeräusche der Verfolger näher kamen, bissen alle die Lippen zusammen und atmeten möglichst flach, um sich nicht zu verraten. Grapengeter, der vor Schmerzen kaum mehr denken konnte, biss in seinen Ärmel, um nicht zu stöhnen. Wer noch dazu in der Lage war, griff nach seiner Waffe und richtete den Lauf auf die Feinde.

»Nicht schießen, Leute!«, flüsterte Dietrich, der erkannte, dass die Piraten auf dem Kurs blieben, den ihr Boot bis eben noch mit schäumender Heckwelle eingeschlagen hatte. Etwa dreihundert Meter entfernt zogen sie mit Höchstgeschwindigkeit vorbei und entfernten sich rasch.

»Das war knapp!« Bewunderung für die rasche Reaktion ihres Anführers schwang in Fahrners Stimme mit.

Doch Dietrich von Tarow beschäftigte sich bereits mit einem anderen Problem. »Leute, ich möchte euch nichts vormachen. Wir sind zu nahe an Land, als dass die *Sachsen* uns herausholen könnte. Auch wäre ein Hubschraubereinsatz hier zu gefährlich. Die Somalis würden die Sea Lynx mit Raketen vom Himmel holen. Außerdem könnte der Rettungsversuch die Kerle auf uns aufmerksam machen, und das halte ich für ungesund.«

Unterdrücktes Lachen antwortete ihm. Fahrner, der eben versuchte, Grapengeter trotz der Dunkelheit zu verbinden, war mit dieser Entscheidung jedoch nicht einverstanden.

»Wir brauchen den Hubschrauber, Herr Major! Der Leutnant muss so rasch wie möglich ins Krankenrevier.«

»Du hast doch gehört, dass es zu gefährlich ist«, wies der Verletzte ihn zurecht. »Machen Sie sich meinetwegen keinen Kopf, Herr Major. Ich halte schon durch.«

»Das will ich hoffen, Leutnant. Ich brauche Sie! Ihr anderen sucht alles an Ausrüstung zusammen, was wir für die nächsten Tage benötigen könnten. Wir versuchen, ungesehen an Land zu kommen und uns dort zu verstecken. Irgendwie werden wir schon die Chance kriegen, den Hubschrauber zu rufen. Bis dorthin herrscht strikte Funkstille! Oder wollt ihr diese Banditen auf unsere Spur lenken?«

»Natürlich nicht, Herr Major«, sagte einer.

Fahrner brachte wieder einen Einwand. »Können wir die *Sachsen* denn nicht per Richtfunk informieren, Herr Major?«

»Wenn Sie mir sagen können, wo sie sich gerade befindet, mache ich es. Aber ohne die genaue Position der Fregatte wäre es ein Versuch, in der Nacht auf Krähen zu schießen. Zudem stehen Piratenboote zwischen uns und der *Sachsen*. Wenn es bei denen in einem Funkgerät auch nur knackt, wissen sie, dass wir uns hinter ihnen befinden, und dann geht die Hatz auf uns los. Jetzt beeilt euch! Ich will bei Tagesanbruch in einem sicheren Versteck sein.«

Dietrich von Tarow begann selbst, die seiner Ansicht nach

notwendigen Ausrüstungsgegenstände zusammenzupacken. Das meiste würden sie zurücklassen müssen. Sie waren zehn gewesen. Drei davon waren verletzt. Zwei weitere würden Leutnant Grapengeter schleppen müssen. Damit blieben außer ihm nur noch vier Mann übrig, die mit vollem Gepäck marschieren konnten.

»Wir nehmen alle Rationen und das gesamte Wasser mit, das wir an Bord haben, dazu für jeden eine MP oder ein Gewehr, genügend Munition, fünf Handgranaten pro Mann und unsere Kampfausrüstung. Zwei Granatwerfer und das MG kommen ebenfalls mit. Denkt auch an die Sprengstoffspürgeräte. Die Grenzgebiete zwischen den somalischen Teilstaaten sind oft großflächig vermint«, befahl er, während das Boot sich dem Ufer näherte.

»Haben Sie ein paar Kamele gemietet, denen wir das Zeug aufladen können?«, fragte Fahrner bissig.

Dietrich drehte sich zu ihm um. »Warum sollte ich? Hier sind genug Esel, die das Zeug schleppen können.«

Selbst Grapengeter fiel in das folgende Gelächter ein. »Ein Kamel wäre mir nicht so recht, Herr Major. Das schaukelt zu stark«, sagte er mit matter Stimme.

»Dann kannst du bloß hoffen, dass wir Esel dich nicht aus Versehen fallen lassen und vergessen aufzuheben«, antwortete Fahrner wenig belustigt.

»Ruhe!«, befahl Dietrich und richtete sich auf.

Kurz vor dem Strand wurde das Wasser flacher, und der Boden des Bootes schleifte bereits über die ersten Untiefen. Etwa zwanzig Meter vor dem Ufer saß es fest. Drei Soldaten sprangen mit angeschlagenen Waffen ins Wasser und wateten an Land, um zu sichern. Zwei halfen den beiden leichter Verletzten aus dem Boot, während der letzte eine Teleskoptrage auszog und Grapengeter mit Hilfe des Majors darauflegte.

Dietrich von Tarow half mit, den Schwerverletzten von Bord zu heben, reichte dann die Ausrüstungsgegenstände, die sie mitnehmen wollten, heraus und wandte sich an den Soldaten, der das Boot gesteuert hatte.

»Helfen Sie mir! Ich will das Boot wieder ins Meer schieben und losfahren lassen.«

»Weit wird es nicht kommen! Die zerstörten Luftkammern nehmen zu viel Wasser auf«, antwortete der Mann.

»Für das, was ich vorhabe, wird es reichen!« Dietrich nahm eine der kleinen Bomben, die sich an Bord befanden, stellte die Zündung auf zehn Minuten ein und stemmte sich gegen den Gummirumpf. Nun begriff der Soldat, was er vorhatte, und startete den Elektromotor. Dieser lief langsam und ruckartig an, war also ebenfalls beschädigt. Dennoch nahm das Boot Fahrt auf und verschwand schließlich in einer weit gezogenen Linkskurve aus ihrem Sichtfeld.

»Gut so«, rief Dietrich und stieg ans Ufer. Dort schulterte er seinen vollgeladenen Rucksack, hielt das Maschinengewehr schussbereit und stapfte an der Spitze seiner Männer landeinwärts. Auf einer Sanddüne hielt er noch einmal an, nahm sein Funkgerät und drückte auf eine Taste. Der Funkspruch, den er damit auslöste, dauerte keine Zehntelsekunde und enthielt nur ein einziges Symbol. Dennoch nickte Dietrich von Tarow zufrieden.

»Damit wissen die auf der *Sachsen*, dass es uns noch gibt. Lasst uns rasch von hier verschwinden! Für heute habe ich die Schnauze voll und kann keine Piraten mehr sehen.«

EINUNDZWANZIG

Die *Sachsen* durchpflügte mit einer Geschwindigkeit von mehr als sechsundzwanzig Knoten die See. Sämtliche Waffensysteme waren in Bereitschaft, und aus den Lautsprechern klangen die Funksprüche der beiden Hubschrauberbesatzungen und gelegentlich ein Hilferuf von den ausgesandten Booten.

Kapitän Diezmann konnte sich keinen Reim darauf machen, fluchte aber innerlich auf die Verantwortlichen, die den Befehl zum Abbruch der Aktion viel zu spät geschickt hatten. Wie es aussah, waren Major von Tarow und seine Männer in eine Falle gelaufen und wurden nun von den Piraten gejagt.

»Holt alles aus den Maschinen heraus!«, befahl er und wünschte seinem Schiff Flügel.

Die *Sachsen* wurde noch einen Tick schneller, aber es würde noch mindestens eine Viertelstunde dauern, bis sie die eigenen Boote und deren Verfolger erreichten.

»Was machen die Helikopter?«, fragte der Kapitän.

»Sind vor Ort und halten die Piraten von unseren Leuten fern«, gab Jensen durch. »Es wurden nur zwei der vier Boote gesichtet. Die anderen laufen entweder auf unbekanntem Kurs oder …«

»… wurden vernichtet oder aufgebracht«, setzte Diezmann den Satz seines Funkers fort. Er schüttelte sich und bleckte unbewusst die Zähne. »Die Helikopter sollen die Piraten nicht entkommen lassen. Wir brauchen Gefangene. Und ihr seht zu, dass der Kasten endlich Geschwindigkeit aufnimmt!«

Der Mann hinter dem Steuer lachte unfroh. »Gerne, Kapitän! Aber sagen Sie mir bitte, wie ich das fertigbringen soll. Alle Hebel stehen auf Anschlag, und zaubern kann ich nicht.«

Diezmann begriff, dass er sich seine Unruhe nicht länger anmerken lassen durfte. Er klopfte dem Mann auf die Schulter und rang sich ein Lächeln ab. »Sie machen das schon richtig, Antrop. Gleich haben wir es geschafft!«

Den optimistisch klingenden Worten zum Trotz zogen sich die Minuten wie zäher Schleim. Dann vernahmen sie das Knattern von Schüssen und einzelne Explosionen. Als Diezmann durch sein Nachtsichtglas schaute, sah er die beiden eigenen Boote langsam näher kommen. Ein ganzes Stück von ihnen entfernt führten die beiden Sea Lynx einen bizarren Tanz am Himmel auf, um den schweren MGs und Abwehrraketen der Piraten zu entgehen.

»Die sollen endlich Ernst machen, damit es den Schuften ins Fleisch schneidet!« Kapitän Diezmann sprach mehr zu sich, doch Jensen schien dies als Befehl zu verstehen und informierte die beiden Hubschrauber. Sekunden später leuchteten die Feuerschwänze mehrerer Raketen auf und schossen auf die vier Piratenboote zu. Die vier Explosionen klangen fast wie eine. Danach schwammen Trümmer, Leichen und wenige Überlebende im Wasser.

»Erledigt, Kapitän. Wir können die Reste aufsammeln«, meldete der Erste Offizier.

»Gut!« Diezmann atmete tief durch und suchte dann den Blick seines Stellvertreters. »Übernehmen Sie das. Aber passen Sie auf! Fanatiker kämpfen bis zum letzten Atemzug.«

»Keine Sorge, Herr Kapitän. Mit den Kerlen werden wir schon fertig«, versicherte der Erste Offizier und verließ die Brücke, um seine Mannschaft zusammenzurufen.

Während die beiden entkommenen Boote des Kommandounternehmens an Backbord anlegten und die ersten Verletzten an Bord gebracht wurden, bestieg der Erste Offizier mit seinen Begleitern an Steuerbord ein Boot und fuhr los. Fünf Minuten später erreichten sie die Stelle, an der die Piratenboote zerstört worden waren. Einer seiner Männer, der Arabisch konnte, ergriff das Megaphon und erklärte den im Wasser schwimmenden Somalis, dass sie sich umgehend zu ergeben hätten.

»Wenn auch nur ein Schuss fällt oder ein Messer gezogen wird, drehen wir ab und lassen euch elend ersaufen«, drohte er, während die ersten Piraten bereits in ihre Richtung schwammen.

»Die sterben auch nicht gerne«, meinte er zu seinem Vorgesetzten und streckte dem ersten Piraten den Lauf seines G36 entgegen.

»Sei ja brav, mein Guter, sonst kriege ich einen Krampf im Zeigefinger. Und jetzt komm an Bord!« Dann sprach er auf Deutsch weiter. »Ich hoffe, wir haben genug Kabelbinder dabei, denn da kommen mindestens dreißig Kerle auf uns zu. Fast genau so viele treiben verletzt oder tot im Wasser.«

»Die holen wir zuletzt heraus«, erklärte der Erste Offizier und funkte die *Sachsen* an, noch zwei weitere Boote zu schicken.

An Bord der Fregatte wurde Diezmann unterdessen die Liste mit den Namen der geretteten KSK-Männer gereicht. Von den vierzig Mann an Bord der beiden aufgenommenen Boote war zwar niemand ums Leben gekommen, doch beinahe die Hälfte hatte Verletzungen davongetragen, und sechs der Verwundeten befanden sich in kritischem Zustand.

»Befehl ans Krankenrevier: Sie sollen sich zuerst um unsere Leute kümmern und dann erst um verletzte Piraten! Wir haben schon genug Männer verloren.«

»Boot zwei hat einen Raketentreffer erhalten und ist explodiert. Wenn es Überlebende gab, sind diese jetzt in den Händen der Piraten«, erklärte einer der unverletzt gebliebenen KSK-Soldaten. »Vom Major wissen wir nur, dass er uns den Weg freigekämpft hat. Ohne ihn hätten die Schufte uns erwischt. Aber ob sein Boot entkommen konnte, weiß ich nicht.« Der Mann wischte sich über die Augen, die sich mit einem Mal feucht anfühlten, und bat dann, nach seinen Kameraden schauen zu dürfen.

»Tun Sie das«, antwortete Diezmann und setzte sich auf seinen Stuhl. »Dreißig Vermisste, und das nur, weil so ein Sesselpupser an höherer Stelle den Befehl zum Abbruch der Aktion zu spät gegeben hat. Der Teufel soll diesen Idioten holen!«

»Solche Typen werden meist weggelobt und auf einen Platz hochbefördert, an dem sie noch mehr Unsinn anstellen können«, warf der Funker ein. Dann zuckte er zusammen und starrte auf seinen Bildschirm, auf dem eben ein einzelner Buchstabe aufleuchtete.

»Herr Kapitän! Eben ist von Tarows Rufzeichen gesendet worden. Der Major lebt!«

Diezmann riss es herum. »Was?« Dann sah auch er das große T auf dem Bildschirm und fühlte, wie seine Hoffnung zurückkehrte.

»Von Tarow lebt, und er befindet sich in Freiheit, sonst hätte er das Signal Q gesendet. Leute, holt diese verdammten Piraten an Bord und sperrt sie ein. Ich will die *Sachsen* und die Helikopter so rasch wie möglich einsatzbereit wissen.«

DRITTER TEIL

DIE FORDERUNG

EINS

Sayyida hatte sich seit dem Tod ihres Mannes nicht mehr so zufrieden gefühlt. Es hatte sich ausgezahlt, schnell zu sein und unkonventionelle Wege einzuschlagen. Zwar waren ihre Erfolge auch dem Mann zu verdanken, der ihr Auge und Ohr im Zentrum der Feinde war, aber der war ein Verräter und sollte froh sein, wenn sie ihn später tatsächlich mit einem Posten betraute. Nun musste sie sich auf das konzentrieren, was im Augenblick zählte.

Sie befand sich im oberen Panoramasaal der *Lady of the Sea*, um sich mit den drei Männern zu beraten, die für ihre Pläne am wichtigsten waren. Zu ihrer Rechten saß ihr Vater Wafal Saifullah, einer der Clanältesten und der religiöse Führer ihres Stammes. Er hielt ein Glas Tee in der Hand, den ihm ein verängstigter Ober zubereitet hatte, und kaute in aller Bedächtigkeit Kat. Ihm gegenüber hatte Abdullah Abu Na'im, der saudi-arabische Ehemann ihrer Schwester Sahar, Platz genommen. Abdullahs Unterstützung war ihr wichtig, aber Sayyida lag noch mehr an dem dritten Mann, der zusammen mit ihrem Vater und ihrem Schwager von einem Hubschrauber an Bord abgesetzt worden war.

Diya Baqi Majid hatte einst als Pirat angefangen, war aber mittlerweile zu einem der mächtigsten Warlords in der umstrittenen Provinz Sanaag aufgestiegen. Nun verfügte er über eine gut gedrillte Privatmiliz von mehr als zweitausend Mann, die er mit den erzielten Lösegeldern ausrüsten und bezahlen konnte. Vor allem aber war er ein Angehöriger des Stammes der Warsangeli und fühlte sich weder Somaliland noch der schwachen puntländischen Zentralregierung in Garoowe verpflichtet. Zwar gefielen ihm ihre Aktionen nicht besonders, dennoch war er gekommen, um mit ihr oder, besser gesagt, mit ihrem Vater zu verhandeln, denn sein Stolz verbot es ihm, eine Frau als gleichrangig anzusehen.

»Ich bin bereit, mir deine Vorschläge anzuhören, Wafal Saifullah. Doch ich bestehe darauf, dass Laasqoray und das dort liegende Containerschiff mir übergeben werden. Außerdem verlange ich die Hälfte des Lösegelds, das du für dieses Schiff hier und dessen Passagiere erhältst«, erklärte er eben mit Nachdruck.

Sayyida nahm nicht an, dass der Mann wusste, was die *Caroline* geladen hatte, und selbst dann wäre sie keineswegs bereit gewesen, ihm auch nur ein Stück der Fracht auszuliefern. Mit den Waffen und Fahrzeugen an Bord des Frachters würde Diya Baqi Majid das Übergewicht erhalten und ihre Milizen verdrängen.

Obwohl sie wusste, dass der Mann es hasste, wenn sie anstelle ihres Vaters das Wort ergriff, sprach sie ihn an. »Du verlangst Unmögliches! Laasqoray ist in unserer Hand, und so wird es auch bleiben. Wir brauchen einen Hafen, wenn wir erfolgreich sein wollen. Du kannst ihn später haben, wenn Boosaaso und Berbera an uns gefallen sind.«

Diya Baqi Majid unterbrach sie rüde. »Boosaaso steht mir ebenfalls zu!«

Sayyida hätte ihn gerne daran erinnert, dass er sich auf ihrem Schiff und damit auch in ihrer Hand befand, doch sie hatte vor diesem Treffen ihren Onkel als Geisel stellen müssen. Riskierte sie dessen Leben, würde sie sich die eigene Sippe zum Feind machen.

»Über die Verteilung der Städte können wir später reden. Zuerst ist es notwendig, ein Bündnis zu schließen. Wenn du uns unterstützt, wirst du das Oberhaupt der Warsangeli und Gouverneur der Provinz Sanaag werden. Entscheidest du dich jedoch gegen uns, so gibt es andere Clanführer unter den Warsangeli, die unseren Vorschlägen positiv gegenüberstehen.«

Sayyida sah, wie das Gesicht des Warlords dunkel anlief. In ihm stieg die Wut hoch bei der Vorstellung, ihr Juniorpartner zu werden. Doch er kannte den Ruf ihrer Milizen, und ihm war klar, dass diese ihre Überfälle jederzeit auch auf sein Gebiet ausdehnen konnten. Er wusste genauso gut wie sie, dass sie bereits einen großen Teil ihres Stammes, der Dulbahante, durch eine gut dosierte Mischung aus Gewalt, Drohungen und Versprechungen davon überzeugt hatte, sich ihr anzuschließen. Wenn sie wollte, konnte sie zehntausend Krieger in den Kampf schicken.

»Was ist?«, fragte sie, als Diya Baqi Majid nicht sofort antwortete.

Dieser blickte ihren Vater an, der dem Gespräch ohne sichtbare Regung folgte. »Spricht deine Tochter in deinem Sinn, Ehrwürdiger?«

»Meine Tochter spricht, als wäre sie mein Mund«, erklärte der alte Herr mit sanfter Stimme. »Es ist mein fester Wille, die Unordnung und den Unfrieden in unserem Volk zu beseitigen. Dazu ist es nötig, jene zu vernichten, die sich diesem Ziel entgegenstellen, und die anderen mit fester, strenger Hand zu leiten.«

»Und wo bleibe ich bei dieser strengen und festen Hand?«, fragte der Warlord misstrauisch.

»Du wärst die rechte Hand meines Vaters in der Provinz Sanaag«, antwortete Sayyida. »Er wird der erste Sultan der Somalis sein. Um dieses Ziel zu erreichen, hat mein Vater diese beiden Schiffe erobern lassen.«

Es schmerzte die Frau, ihre eigenen Verdienste, die die ihres Vaters bei weitem übertrafen, nicht herausstreichen zu dürfen, doch weder Diya Baqi Majid noch die anderen Anführer würden eine Frau als Oberhaupt anerkennen.

»Aber warum gerade diese beiden Schiffe?«, fragte der Warlord verwundert. »Dieses hier, das kann ich ja verstehen. Damit hat dein Vater mehr als zweitausend Geiseln in seine

Hand gebracht und seinen Ruf unter den Somalis vermehrt. Doch was er mit dem kleinen Frachter will, kann ich nicht begreifen.«

Zum Glück!, fuhr es Sayyida durch den Kopf. Wüsste der Mann von den deutschen Waffen, würde er versuchen, sich zum Sultan eines möglichst großen Teils von Somalia aufzuschwingen.

»Die Kaperung der *Caroline* sollte die fremden Kriegsschiffe vor unseren Küsten von unserem eigentlichen Ziel ablenken. Außerdem konnten wir damit Abdullah Abu Na'im einen Gefallen tun. Er ist von dieser Reederei beleidigt worden.« Es ist immer gut, darauf hinweisen zu können, dass man einflussreiche Freunde hat, dachte Sayyida und verneigte sich in Richtung ihres Schwagers.

Diya Baqi Majid blickte den Saudi neugierig an. »Bist du ein Verwandter des ehrwürdigen Wafal Saifullah oder sein Verbündeter?«

»Beides«, erklärte Abdullah Abu Na'im. »Eine meiner Ehefrauen ist Wafal Saifullahs Tochter. Ich bin in der Lage, ihm über Freunde erfahrene Krieger zur Verfügung zu stellen, die den Kampfwert seiner Streitmacht um ein Vielfaches steigern werden. Mit ihrer Hilfe wird er das Sultanat Somalia errichten und halten.«

»Und was ist dein Preis?«, wollte der Warlord wissen.

Der Saudi lächelte ihn freundlich an. »Der Handel mit meiner Heimat wird durch meine Hand gehen, und keiner von jenen, die auf unserer Seite stehen, wird dabei zu kurz kommen. Allahs Gaben müssen gerecht verteilt werden.«

Damit war die Sachlage für Diya Baqi Majid klar. Wafal Saifullah wollte die Macht in Somalia mit Unterstützung von Saudi-Arabien ergreifen. Doch dies musste sich im Geheimen abspielen, da das Reich nicht in den Verdacht geraten wollte, mit Piraten zu paktieren. Über verdeckte Kanäle aber würden Geld, Waffen und Freischärler nach Somalia gelangen und den alten Mann und seine Tochter immer mächtiger werden lassen.

Der Warlord fragte sich, ob er zu diesem Zeitpunkt überhaupt noch in der Lage war, sich gegen Wafal Saifullahs Milizen zu behaupten. Selbst wenn es ihm gelänge, sie vorerst zurückzuschlagen, würde es ihm nicht helfen, da Wafal Saifullahs Freischärler auf die Unterstützung der Dulbahante und einiger Warsangeli-Gruppen bauen konnten. Da war es besser, sich erst einmal mit ihnen zu verbünden und zu versuchen, in ihrem Schatten ebenfalls mächtiger zu werden.

Er winkte dem deutschen Kellner, ihm ein Glas Wasser zu bringen, und trank es bedächtig, während er nach der richtigen Formulierung suchte. »Um unserem Volk Frieden zu schenken, bin ich bereit, deine Oberherrschaft anzuerkennen, ehrwürdiger Wafal Saifullah.« Damit verbeugte er sich vor dem alten Mann und überlegte dabei, welchen Preis er für seine Parteinahme fordern konnte.

Sayyida stellte zufrieden fest, dass der Warlord sich unterwarf, und klatschte in die Hände. Sofort eilte eine ihrer Leibwächterinnen mit umgehängter Cobray M-11 auf sie zu.

»Du befiehlst, Herrin?«

»Bring den deutschen Kapitän und den Funker auf die Brücke. Es wird Zeit, den Ungläubigen unsere Forderungen zu übermitteln!«

ZWEI

Kapitän Ganswig schrak hoch, als sich Schritte seiner Kabine näherten. Noch immer konnte er nicht begreifen, wie es den somalischen Piraten gelungen war, sein Schiff in die Hand zu bekommen. Immerhin waren drei Kriegsschiffe der multinationalen Flotte in der Nähe gewesen.

Seine Hoffnung, die Person auf dem Gang würde an seinem Gefängnis vorübergehen, erfüllte sich jedoch nicht. Starr vor Angst hörte er, wie eine Chipkarte eingesteckt wurde, und sah dann die Tür aufgehen. Vor ihm standen zwei Piraten mit angeschlagenen Maschinenpistolen, und der Wink mit ihren Waffen war eindeutig. Ganswig stolperte nach draußen, erhielt einen Kolbenhieb und wurde wie ein Stück Vieh den Gang entlang zum Aufzug getrieben. Kurz darauf stießen ihn die Piraten auf die Brücke, wo die schreckliche Frau auf ihn wartete, die einen seiner Sicherheitsleute hatte töten lassen.

Sie sah nicht aus wie ein blutrünstiges Scheusal, sondern wirkte mit ihrer braunen Haut und dem ebenmäßigen Gesicht mit den nachtdunklen Augen sogar anziehend. Wahrscheinlich hatte sein Erster Offizier nur die Frau angestarrt und deren Begleiter völlig außer Acht gelassen, dachte Ganswig bitter.

Sayyida ließ dem Kapitän einige Augenblicke Zeit, sie zu mustern, und deutete dann auf den Funker, der bereits vor seiner Anlage saß. »Du wirst jetzt die Erklärung verlesen, die ich dir gebe. Nur ein falsches Wort, und du bist tot!«

Auf ihren Wink hin versetzte einer ihrer Männer Ganswig einen Stoß, der ihn an die Funkanlage taumeln ließ. Ein anderer reichte ihm ein Blatt Papier, auf dem ihre Forderungen auf Englisch aufgelistet waren. Ganswig las sie kurz durch und schauderte. All das, was die Anführerin der Piraten hier androhte, würde sie auch in die Tat umsetzen. Davon war er überzeugt.

»Geh auf Sendung!«, befahl Sayyida dem Funker.

Dieser gehorchte verängstigt. Auf ein mahnendes Hüsteln der Piratin hin ergriff Kapitän Ganswig das Mikrophon, musste aber zweimal ansetzen, bevor er ein Wort herausbrachte.

»Hier spricht Daniel Ganswig, der Kapitän der *Lady of the Sea*. Ich rufe die deutsche Regierung! Mein Schiff ist von somalischen Freiheitshelden in Gewahrsam genommen worden. Diese Helden verlangen nun Folgendes:

1. Die deutsche Regierung wird jeden Versuch unterlassen, dieses Schiff oder den Frachter *Caroline* mit Gewalt zu erobern.

2. Die deutsche Regierung wird jede Unterstützung der rebellischen Separatistenhunde des sogenannten Somalilands sofort und für alle Zeiten einstellen.

3. Als Ersatz für die Schäden, die deutsche Kriegsschiffe und Soldaten in Somalia und seinen Hoheitsgewässern angerichtet haben, wird Deutschland den somalischen Freiheitshelden eine Entschädigung von einhundert Millionen Dollar zahlen.

4. Für die Freilassung des Kreuzfahrtschiffs *Lady of the Sea* wird …«

In dem Augenblick erscholl der Erkennungston des Handys an Sayyidas Gürtel und brachte den Kapitän aus dem Konzept. Aus den Augenwinkeln sah er, wie das Gesicht der Piratin zu einer Maske des Zorns erstarrte. Sie sagte jedoch nichts, sondern hörte nur zu. Als sie das Handy vom Ohr nahm, ließ sie sich ein Stück Papier reichen und beschrieb es mit fliegenden Fingern.

»Mach weiter!«, sagte sie dabei leise, aber mit einem scharfen Unterton, der Ganswig das Blut in den Adern gefrieren ließ.

Er blickte wieder auf sein Blatt, nannte noch einmal den dritten Punkt der Forderungen und kam dann erst zu der Lösegeldforderung für sein eigenes Schiff samt den Passagieren und der Besatzung.

»4. Für die Freilassung des Kreuzfahrtschiffs *Lady of the Sea* wird die deutsche Regierung den somalischen Freiheitshelden eine Entschädigung in Höhe von fünfhundert Millionen Dollar bezahlen.

5. Die deutsche Regierung wird alle Kriegsschiffe aus dem Golf von Aden und dem Indischen Ozean abziehen.

Sollten diese Bedingungen nicht umgehend erfüllt werden, übernehmen die somalischen Freiheitshelden keine Garantie für das Leben der an Bord der *Lady of the Sea* befindlichen Personen.«

Ganswig glaubte, er sei fertig, aber da schob ihm einer von Sayyidas Männern den Zettel hin, den diese eben beschrieben hatte. Er hatte Mühe, die Buchstaben zu entziffern, las dann aber deutlich vor, was darauf stand.

»Die deutsche Regierung wird die somalischen Freiheitshelden, die bei dem abgewehrten Versuch, die *Caroline* zu erobern, in ihre Hände gefallen sind, umgehend freigeben und nach Laasqoray bringen lassen. Sollte dies von jetzt an in drei Stunden nicht geschehen sein, wird jede halbe Stunde ein Mann der Besatzung der *Lady of the Sea* erschossen.«

DREI

Fregattenkapitän Diezmann starrte auf das Blatt in seiner Hand, auf dem sein Funker Jensen die Forderungen der somalischen Piraten notiert hatte, und tippte sich an die Stirn. »Sind die total übergeschnappt?«

»Ich kann Ihnen den Funkspruch noch einmal vorspielen«, bot Jensen an. »Ganswig von der *Lady* klingt nicht so, als würde es sich um einen Scherz handeln. Vielmehr scheint er unter riesigem Druck zu stehen.«

»Das würde ich an seiner Stelle auch. Verdammt, wie sollen wir in drei Stunden entscheiden, ob die Kerle, die wir aus dem Wasser gefischt haben, freigelassen werden sollen oder nicht? Los, Jensen, nehmen Sie Kontakt zur Basis in Djibouti auf und geben Sie den Funkspruch weiter. Die sollen sich beeilen. Diese Schurken sind in der Lage, ihre Drohung wahrzumachen. Bei über siebenhundert Besatzungsmitgliedern auf der *Lady* sind das ein Haufen halbe Stunden, in denen sie jemand erschießen können.«

Noch während Diezmann seine Anweisung gab, stellte Jensen die Verbindung zur Kommandozentrale in Djibouti her und überspielte Ganswigs Ansprache, obwohl die starken Empfangsantennen der Basis diese bereits empfangen haben mussten. Doch wie er wusste, war der militärische Stab in der Hafenstadt froh, die Einschätzungen der Leute vor Ort zu erhalten.

Diezmann wurmte das zu spät zurückbeorderte Kommandounternehmen der Sondereinheit immer noch, aber als er darauf zu sprechen kam, wurde er von dem Verbindungsoffizier in der Zentrale abgewimmelt.

»Wir haben den Befehl in dem Augenblick weitergegeben, in dem wir ihn erhalten haben. Also suchen Sie die Schuld nicht bei unserer Dienststelle. Außerdem ist die Sache im Augenblick belanglos. Wir müssen beschließen, wie wir auf diese Erpressung reagieren sollen.«

»Wir sollten verhandeln und die gefangenen Piraten nicht eher freilassen, bevor man uns von Tarow und dessen Leute übergeben hat«, schlug Diezmann vor.

»Das übernehmen wir! Sie bleiben vor Ort. Wie lange brauchen Sie längstens nach Laasqoray?«

»Mindestens eine Stunde. Allerdings gibt es dort keinen richtigen Hafen, sondern nur eine Reede. Wir müssten die Kerle in Boote umladen und an Land bringen. Das benötigt Zeit. Also sollten sich die maßgeblichen Herrschaften ein wenig beeilen. *Sachsen*, Ende.«

Diezmann stieß die Luft aus den Lungen und drehte sich zu seinem Stellvertreter um. »Bringen Sie uns zwanzig Meilen näher an Land und bereiten Sie alles vor, damit wir die Piraten so schnell wie möglich ausladen können.«

»Aber der Befehl lautet, vor Ort zu bleiben«, wandte der Erste Offizier ein.

»Wenn wir die zwanzig Meilen fahren, sind wir deutlich näher vor Ort als jetzt«, gab Diezmann zurück. »So wie ich das Spiel kenne, wird wieder alles auf den letzten Drücker entschieden. Dann ist es gut, wenn wir schneller in Laasqoray sind. Oder wollen Sie, dass das ebenso in die Hose geht wie bei von Tarow?«

Darauf wusste sein Stellvertreter nichts zu antworten. Mit bellender Stimme erteilte er seine Befehle, und während die *Sachsen* Fahrt aufnahm, ärgerte er sich nicht weniger als sein Kapitän, weil sie vor den Piraten kuschen mussten.

VIER

Während Dietrich von Tarows Kommandoeinheit mit einem neuen Airbus A400 nach Djibouti gebracht worden war, mussten Petra, Henriette, Wagner und Hans Borchart mit einem älteren Transportflugzeug ohne Komfort vorliebnehmen. Sie hockten auf ihren Seesäcken und hielten sich bei gelegentlichen Turbulenzen an Schlaufen fest, die an der Flugzeugwand befestigt waren. Vor allem Petra fiel es schwer, so zu sitzen, denn sie hatte die große Tasche mit einem von ihr selbst zusammengebauten Laptop samt einigen Peripheriegeräten auf dem Schoß und versuchte, ihre Ausrüstung vor dem Rütteln und Holpern der alten Transall zu schützen.

»Das nächste Mal fliege ich auf eigene Kosten mit einer Linienmaschine«, schimpfte sie, als das Flugzeug wieder einmal abrupt absackte und sich erst etliche Meter tiefer wieder fing.

»Was sollen wir eigentlich in Somalia?«, fragte Henriette, die insgeheim hoffte, sich dort Torsten Renk anschließen zu können.

»Ich habe noch keine genauen Anweisungen erhalten«, gab Wagner zu. »Es hieß lediglich, wir sollen uns so rasch wie möglich auf den Weg machen.«

»Die Zeit hätte ich besser zu Hause am Computer verbracht«, warf Petra bissig ein. »In dieser Klapperschaukel kann ich meinen Laptop nicht einschalten, weil die Chips sonst Polka tanzen.«

»Sie werden in Djibouti einen Raum bekommen, in dem Sie arbeiten können.« Wagner fühlte sich von ihrem andauernden Meckern genervt, ärgerte sich aber noch viel mehr über den mangelnden Kommunikationsfluss mit seinen neuen Ansprechpartnern im Kanzleramtsministerium. Die Anweisung, mit seinem gesamten Team nach Somalia zu fliegen, hielt er für ausgemachten Unsinn. Weder Petra Waitl noch Hans Borchart waren für Aktionen vor Ort geeignet. Statt in einem unbequemen Flugzeug Däumchen zu drehen, hätte Petra in Deutschland wertvolle Arbeit am Computer leisten können.

Wagner grummelte immer noch vor sich hin, als die Tür des Cockpits aufging und der Funker der Maschine den Kopf hereinstreckte. »Herr Major, eben ist eine Nachricht für Sie gekommen!«

»Bin schon unterwegs.« Wagner stand auf und ging nach vorne. Als er nach einigen Minuten zurückkam, war er so bleich, dass die drei ihn besorgt anstarrten.

»Ist etwas passiert, Herr Major?« In ihrer Anspannung fiel Henriette wieder in militärische Gepflogenheiten zurück.

Wagner blieb vor ihr stehen und atmete tief durch. »Es tut mir leid, Frau von Tarow. Ich habe soeben erfahren, dass es vor der somalischen Küste Probleme gegeben hat. Ihr Bruder Dietrich ist mit vier Booten und siebzig Mann losgefahren, um die entführte *Caroline* zu befreien …«

»Aber die Aktion ist doch abgeblasen worden!«, rief Henriette aus.

»Leider zu spät! Irgendjemand in der Übermittlungskette hat den Zeitunterschied zwischen Deutschland und Somalia nicht berücksichtigt. Daher kam der Befehl zum Abbruch erst, als die Aktion bereits angelaufen war. Beim Rückzugsgefecht mit den Piraten sind nur zwei Boote entkommen. Das Ihres Bruders war leider nicht dabei.«

»Nein!« Henriettes Lippen zitterten, und sie presste krampfhaft die Hände zusammen. In Bruchteilen von Sekunden lief ihr Leben vor ihrem inneren Auge ab, und sie erinnerte sich an so vieles, was sie ihrem ältesten Bruder zu verdanken hatte. Dietrich war immer für sie da gewesen und hatte sie gegen jeden verteidigt, der sie wegen ihrer halbphilippinischen Herkunft auch nur schief angesehen hatte.

»Es gibt aber Hoffnung«, fuhr Wagner fort. »Die *Sachsen* hat ein Funksignal Ihres Bruders aufgefangen. Möglicherweise lebt er noch und ist in Freiheit. Eine Aufklärungsdrohne, die von der *Sachsen* gestartet worden ist, hat jedoch nur einige Ausrüstungsgegenstände vom Boot Ihres Bruders entdeckt, die mehrere Kilometer vor der Küste im Meer trieben. Niemand vermag zu sagen, ob der Funkspruch nach der Landung an der somalischen Küste abgesetzt worden ist oder …« Den Rest ließ Wagner ungesagt.

Henriette schüttelte den Kopf. »Dietrich lebt und ist frei! Wenn er in fremder Gewalt wäre, hätte er die *Sachsen* um Unterstützung gebeten.«

»Das klingt logisch«, mischte sich Petra ein, öffnete ihre Riesentasche und holte ihren Laptop heraus.

Wagner sah sie verwundert an. »Was wollen Sie tun?«

»Ich schalte eine Verbindung zu Torsten. Vielleicht findet er etwas über Henriettes Bruder heraus.«

»Auch wenn die Chips Polka tanzen?«

»Wenn sie das tun, besorge ich mir einen neuen Laptop, und zwar auf Kosten der Bundeswehr. Sie hätte uns auch ein besseres Flugzeug organisieren können!«

Petra fauchte kurz in Richtung Pilotenkanzel, obwohl die Männer dort am wenigsten für die unbequeme Reise konnten, und schaltete ihr Gerät an.

Henriette beugte sich zu ihr hinüber und las die Informationen mit, die Petra aus verschiedenen Computersystemen herausholte. Eine Zeit lang schimpfte ihre Kollegin leise über das Kompetenzgerangel zwischen dem Kanzleramts- und dem Verteidigungsministerium, dem auch der Befehl für den rechtzeitigen Abbruch der Kommandoaktion zum Opfer gefallen war. Als die Forderungen der »Freiheitshelden von Somalia« auf dem Bildschirm erschienen, verschlug es ihr erst einmal die Sprache.

Das Ausmaß der Drohungen erschien auch Henriette so erschreckend, dass sie für ein paar Augenblicke sogar die Sorgen um ihren Bruder vergaß.

»Wollten Sie nicht Renk anrufen?«, fragte Wagner, der das Gefühl hatte, Petra würde nur im Internet surfen.

Die Computerspezialistin maß ihn mit einem tadelnden Blick. »Ich muss Torsten schließlich Informationen liefern können. Schätze, er hat dort, wo er sich jetzt aufhält, nicht einmal CNN zur Verfügung. Da wir gerade beim Fernsehen sind: Einer unserer heimischen Sender bringt eben einen Sonderbericht über die Kaperung der *Lady of the Sea*. Es scheint, als hätten die Brüder eine Reporterin vor Ort. Seht euch das an!«

FÜNF

Evelyne Wide blickte in die Kamera ihres Laptops und bemühte sich, adrett leidend auszusehen.

»Meine sehr geehrten Damen und Herren. Hier meldet sich Evelyne Wide von Bord der *Lady of the Sea*. Wie Sie bereits wissen, ist das Schiff vorgestern beinahe in Sichtweite der Malediven von somalischen Piraten gekapert worden. Dabei handelt es sich um eine bislang unbekannte Gruppierung, die sich die Freiheitshelden von Somalia nennt. Sie haben eine Kollision ihres Segelboots mit der *Lady of the Sea* provoziert und sind als angebliche Schiffbrüchige an Bord genommen worden. Nachdem die Gruppe das Schiff mit Drohungen und der Ermordung eines Besatzungsmitglieds in ihre Gewalt gebracht hat, sind in rascher Folge weitere Boote aufgetaucht, sodass sich jetzt mindestens einhundert Piraten auf dem Schiff befinden. Außerdem haben die Piraten mit Hubschraubern Verstärkung erhalten. Ich habe mehrfach Rotorgeräusche gehört.«

Evelyne unterbrach ihren Bericht, duckte sich, als hätte sie Angst, bemerkt zu werden, und fuhr etwas leiser fort. »Die Lage an Bord ist sehr angespannt. Wie ich von anderen Passagieren erfahren konnte, haben die Piraten inzwischen alle Männer des Sicherheitsdienstes exekutiert. Außerdem wurde der Teil der Mannschaft, der nicht dringend für den Betrieb der Maschinen und die Steuerung benötigt wird, auf den unteren Decks eingesperrt. Soweit ich es den Drohungen der Piraten entnehmen konnte, erhalten die Leute kaum Wasser und Verpflegung. Auch für uns Passagiere gibt es nur kaltes Essen in geringer Menge. Wasser erhalten wir lediglich einen Liter pro Tag. Die Zuleitungen zu den Kabinen sind ebenso abgeschaltet worden wie die Klimaanlage. Außerdem dürfen wir uns auf dem Schiff nicht mehr frei bewegen. Die Verhältnisse sind grauenhaft, und wir bitten die Reederei der *Lady of the Sea*, alles zu tun, um uns zu retten.«

Mit diesen Worten schloss die Reporterin und schaltete ihren Laptop ab. Ich bin gut gewesen, dachte sie und öffnete zur Belohnung eine der Coladosen, die sich im mittlerweile abgeschalteten Kühlschrank befanden. Die Flüssigkeit war lauwarm, aber sie trank, ohne abzusetzen. Mit dem Liter Mineralwasser, den die Piraten jedem Passagier zubilligten, kam sie bei der Hitze nicht aus.

SECHS

Misstrauisch musterte Dietrich von Tarow die Berge im Süden. Die Höhenzüge stellten ihre einzige Hoffnung dar, heil aus diesem Schlamassel herauszukommen. Hier an der Küste würden sie über kurz oder lang entdeckt werden. Also mussten sie ein sicheres Versteck suchen und von dort aus die *Sachsen* anfunken, damit die Hubschrauber der Fregatte sie abholen konnten.

»Wachwechsel!«, rief er seinen Männern zu. Die beiden, die Leutnant Grapengeter schleppten, setzten die Trage aufatmend ab. Zwei andere Männer entledigten sich ihrer Rucksäcke und eilten nach vorne, um die beiden Soldaten abzulösen, die vor ihnen sicherten. Diese mussten sich nun um Grapengeter kümmern, während die anderen beiden sich die Rucksäcke aufluden.

»Können wir nicht endlich einen Funkspruch losschicken, damit wir abgeholt werden?«, fragte Fahrner missmutig.

Dietrich drehte sich verärgert zu ihm um. »Gerne! Aber nur dann, wenn Sie eine Möglichkeit kennen, die uns die Somalis so lange vom Hals hält, bis die Hubschrauber uns aufgenommen haben. Noch sind wir zu nahe an Laasqoray. Sollten die Kerle dort unseren Funkspruch auffangen, wimmelt es hier innerhalb kürzester Zeit von Freischärlern. Die Hubschrauber müssten uns freischießen und würden selbst unter Feuer geraten. Nein, Fahrner, wenn wir zu früh funken, geraten wir in Teufels Küche. Also spielen wir weiterhin toter Mann und können nur hoffen, dass die Somalis auf unseren Trick mit dem Boot hereingefallen sind. Wenn die glauben, wir wären mehrere Kilometer vor der Küste abgesoffen, werden sie uns nicht im Land suchen. Und jetzt weiter! Solange wir in Küstennähe sind, kann uns jeder Ziegenhirte auf zehn Kilometer Entfernung sehen.«

Die Männer stöhnten zwar, aber sie begriffen, in welcher

Gefahr sie schwebten, und marschierten weiter. Dietrich achtete darauf, dass der Trupp jede Deckungsmöglichkeit ausnützte, die die karge Landschaft ihnen bot. Leider fehlten ihnen die passenden Tarnanzüge. Da ihr Operationsplan nur den Einsatz auf See vorgesehen hatte, war niemand auf die Idee gekommen, sie zur Sicherheit auch für eine Aktion an Land auszurüsten. Insbesondere die dicken Uniformen waren in der hier herrschenden Hitze fehl am Platz. Die Männer schwitzten heftig, und das war fatal in einem Land, in dem es nur wenige, von ihren Besitzern gut verteidigte Brunnen gab. Seine Männer in Unterhemden herumlaufen zu lassen, wagte er jedoch nicht, da die sengende Sonne jedes unbedeckte Stück Haut verbrannte. Medikamente, mit denen sie einen Sonnenbrand hätten behandeln können, fehlten ihnen ebenfalls.

»Fürchten Sie nicht, dass wir uns im Gebirge verlaufen?«, fragte einer der Männer an der Trage.

Dietrich schüttelte den Kopf. »Zu unserem Glück besitze ich noch meinen Kompass. Außerdem zieht sich der Gebirgszug in die Richtung, in die wir gehen müssen.«

Der Mann sah ihn erstaunt an. »Was ist denn Ihr Ziel?«

»Wir gehen nach Westen. Dort finden wir sicher einen Platz, an dem uns der Hubschrauber abholen kann, oder aber …« Er machte eine kurze Pause und sah seine Männer grinsend an. »Oder wir marschieren so lange in diese Richtung, bis wir auf Freunde stoßen.«

»Gibt es die in diesem Land überhaupt?«

»Nach etwa vierzig Kilometern müssten wir auf die ersten Vorposten von Somaliland stoßen. Da wir dort Verbindungsleute haben, werden die Brüder uns nicht gleich für Feinde halten.«

»Hoffen wir es!« Der Mann wirkte im ersten Augenblick erleichtert, wischte sich dann aber den Schweiß von der Stirn und starrte nach vorne. »Vierzig Kilometer bei der Hitze und ohne Wasser sind aber verdammt lang.«

»Vielleicht treffen wir unterwegs auf eine Kneipe, in der es kühles Bier gibt.« Obwohl er immer wieder in die Bewusstlosigkeit hinüberdämmerte, versuchte Leutnant Grapengeter, Optimismus zu verbreiten.

Dietrich winkte ihm dankbar zu und beschloss, das restliche Wasser in seiner Feldflasche für den jungen Mann zu reservieren. Die vierzig Kilometer, die sie bis zu den Grenzen Somalilands bewältigen mussten, hoffte er auch ohne Trinken durchzuhalten.

SIEBEN

Jamanah wäre der bockigste Esel lieber gewesen als dieses komische Gefährt, das einen Höllenlärm machte und bei dem sie ständig scharf aufpassen musste, dass es nicht in einen Busch oder gegen einen Felsen fuhr. Zweimal war sie schon mit der Flanke gegen ein Hindernis gekracht, und einmal wäre sie beinahe im Sand eines ausgetrockneten Bachbetts stecken geblieben. Erst als sie die erbeuteten Uniformjacken unter die Antriebsräder gelegt hatte, war es ihr gelungen, aus dieser Falle herauszukommen.

Aber das alles waren harmlose Probleme gegen das, was ihr nun entgegenkam. Es handelte sich um ein ähnliches Fahrzeug wie das ihre und war mit vier Männern besetzt, von denen drei mit ihren Gewehren in ihre Richtung zielten. Zwar konnte Jamanah die Hoheitszeichen an den Seiten des Wagens nicht erkennen, doch es handelte sich mit Sicherheit nicht um Somalis aus ihrem Stamm, sondern um Warsangeli oder Majerten.

Sie war sich der Gefahr bewusst, in der sie nun schwebte. Wenn sie nicht riskieren wollte, erschossen oder vergewaltigt zu werden, musste sie sich etwas einfallen lassen. Daher hob sie den Arm und winkte den Männern zu. Die vertrauliche Geste schien deren Misstrauen zu besänftigen, denn die Läufe der Waffen senkten sich, und der Fahrer hielt seinen Geländewagen an.

»Sie halten mich für einen der ihren«, sagte Jamanah leise zu sich selbst. Das lag wohl an der Soldatenkleidung, die sie trug. Da die Tarnfleckenuniformen aller Milizen einander ähnlich sahen und deren Mitglieder einander oft nur anhand der aufgenähten Symbole erkennen konnten, bot ihr dies eine Chance.

Einer der Milizionäre rief etwas, das sie nicht verstand.

»Was hast du gesagt?«, fragte sie mit vor Aufregung zu heller Stimme.

»Wie kommst du hierher, Kleiner?«

»Mit diesem Ding da!« Da Jamanah gleichzeitig über einen großen Stein fuhr, wurde ihr das Lenkrad aus der Hand gerissen, und der Wagen schwang scharf nach rechts. Mit einem Fluch brachte sie ihn wieder unter Kontrolle und hörte die Männer lachen. Dann aber merkte sie, dass der Zwischenfall ihr eine unerwartete Chance bot. Durch den Schwenk konnten die anderen ihren rechten Arm nicht mehr sehen. Vorsichtig griff sie nach unten, packte den Griff einer erbeuteten Cobray M-11 und löste die Sicherung. Dann wartete sie, bis sie den anderen Wagen fast erreicht hatte. In dem Augenblick drückte sie aufs Gas und feuerte gleichzeitig das gesamte Magazin auf die Männer ab.

Zwei Milizionäre sanken zusammen, bevor sie begriffen, was geschah. Ein weiterer gab noch ein paar Schüsse auf sie ab, verfehlte sie aber. Der letzte Freischärler duckte sich hinter einen seiner getroffenen Kameraden und zielte auf sie. Doch ehe er den Abzug seiner MP drücken konnte, explodierte die Munition in seinem Fahrzeug, und es gab einen Feuerball.

Der Knall ließ Jamanahs Ohren beinahe taub werden. Gleichzeitig packte sie die Angst. Diesen Krach hatten bestimmt auch andere Milizionäre gehört, und die würden sich gewiss nicht freuen, dass sie deren Kameraden getötet hatte. Ein Teil von ihr fragte sich, ob dies wirklich nötig gewesen war. Vielleicht hätte sie auch mit den Männern reden können. Was war, wenn es sich um Feinde der Sultana Sayyida gehandelt hatte, also um Verbündete?

Mit einem Mal war sie unendlich traurig. Offensichtlich war sie nicht zur Rächerin geboren. Doch sie war die Letzte ihrer Sippe, und sie wollte nicht mit dem Wissen weiterleben, dass die Mörder ihrer Familie ihrer Strafe entgingen. Gleichzeitig wurde das Gefühl in ihr stärker, eine aus der Art geschlagene Frau zu sein, die sich nicht in die Rolle schickte, die Allah ihr zugedacht hatte.

ACHT

Sie waren auf Wegen, die Torsten Renk nicht nachvollziehen konnte, wieder auf das Territorium der Republik Somaliland zurückgekehrt. Zwar wurde dieses Gebiet auch von den Warsangeli aus Sanaag sowie den Majerten von Puntland beansprucht. Doch trotz der Überfälle durch die unheimlichen Todesschwadronen war es den Soldaten Somalilands bis jetzt gelungen, die Kontrolle über diesen Landstrich zu behalten. Das änderte jedoch nichts an der Tatsache, dass die Dörfer leerstanden, weil die Bewohner getötet oder vertrieben worden waren.

»Irgendwann werden wir diese Mordbrenner erwischen und sie für alles bezahlen lassen«, erklärte Omar Schmitt, als sie mit einem in Laasqoray entwendeten Geländewagen an einem zerstörten Dorf vorbeifuhren.

Ein paar Kilometer weiter sah Torsten, wie somaliländische Soldaten das Gelände verminten.

»Wie wollt ihr diese Kerle bekämpfen, wenn ihr euch hinter Minen einsperrt?«, fragte er.

Omar Schmitt lachte kurz auf. »Es gibt Wege durch die Minenfelder, die nur wir kennen. Sollten diese Schurken weitere Dörfer angreifen, werden sie nicht über den Minengürtel hinauskommen. Wenn sie dann fliehen, folgen wir ihnen über die freien Korridore und fassen sie am Wickel.«

»Na, dafür wünsche ich euch viel Glück.« Torstens Begeisterung für seinen Auftrag in Somaliland hatte inzwischen mehr als einen starken Dämpfer erhalten. Die Situation in dieser Weltgegend war trotz seiner Erfahrungen in Afghanistan so verwirrend, dass er sich nur mühsam zurechtfand. Den Politikern und Militärs zu Hause, die in klimatisierten Räumen ihre Pläne machten, wünschte er einen mehrwöchigen Aufenthalt in dem Land, damit sie endlich begriffen, was sich hier wirklich tat. Vor Ort würden sie in fünf Minuten mehr lernen als daheim aus ihren ganzen schlauen Papieren.

Die Straße, die sie nun erreichten, wurde besser instand gehalten als die Pisten im östlichen Teil der Provinz Sanaag, und so konnte Omar Schmitt aufs Gas treten. »Heute Abend sind wir in Xagal. Dort werden wir mit Al Huseyin zusammentreffen und können besprechen, wie wir weiter vorgehen«, erklärte er zufrieden.

Torsten stieß die Luft aus. »Vor allem aber kann ich wieder Kontakt mit meiner Dienststelle aufnehmen und Informationen erhalten. Mal sehen, ob es Neues über die *Lady of the Sea* gibt. Ich kann noch immer nicht fassen, dass es den Piraten gelungen sein soll, dieses Schiff zu kapern. Immerhin ist es mit den modernsten Geräten ausgestattet und hat eigene Sicherheitsleute an Bord.«

»Die Piraten haben dort genauso überraschend zugeschlagen wie die Todesschwadronen bei uns. Allerdings können sie es in unserem Bereich nicht ohne die heimliche Zustimmung der Warsangeli und Dulbahante tun. Doch wenn wir gegen diese Stämme Krieg führen, mischen sich die Majerten ebenso ein wie die islamische Al-Shabaab.«

»Könnt ihr die Gegend nicht aus der Luft überwachen?«, fragte Torsten.

»Womit denn? Die beiden alten Transportmaschinen, die wir besitzen, holen die Kerle mit Raketen vom Himmel, die ein einzelner Mann tragen und abschießen kann. Und unser einziges Kampfflugzeug ist eine uralte MIG-17 – und die ist defekt.«

Torsten spürte eine mit Mutlosigkeit gepaarte Müdigkeit, die Omar Schmitt niederdrückte. Offensichtlich hatte der Mann damit zu kämpfen, dass seine Möglichkeiten einfach nicht ausreichten, um seinem Land zum Frieden zu verhelfen.

»Vielleicht wird es besser, wenn wir einige Dutzend Leute im Antiterrorkampf ausgebildet haben«, versuchte er Schmitt Mut zu machen.

Der Halbsomali nickte mit verkniffener Miene. »Das hoffe ich auch. Allerdings bräuchten wir dafür Zeit. Stattdessen müssen wir uns mit diesen verdammten Piraten herumschlagen. Ich hoffe nur, die Kerle merken nicht, was die *Caroline* wirklich geladen hat. Sonst hilft uns auch die beste Antiterroreinheit nichts mehr.«

»Wir kriegen das Schiff, Schmitt, und wenn wir beide uns allein auf die Socken machen müssen. Doch vorher sollte die *Lady of the Sea* freikommen. Wenn es auf dem Kreuzfahrtschiff zu einem Blutbad kommt, kann sich die Regierung in Deutschland einen Grabstein bestellen und einbuddeln.«

NEUN

Kurz darauf erreichten Torsten und Omar Schmitt den ersten Kontrollposten in Somaliland. Omar zeigte erleichtert auf die zerfledderte grün-weiß-rote Fahne über der einfachen Hütte. »Wie Sie sehen, Renk, haben wir es geschafft.«

Torsten sah nach vorne und krauste die Stirn. Vier Soldaten standen dort, drei von ihnen nur teilweise in Uniform, aber jeder mit einem Sturmgewehr in der Hand. Drei schlugen die Waffen auf den langsam heranrollenden Wagen an, während der vierte Warnschüsse in die Luft abgab.

»Ihre Freunde sind ja arg nervös«, sagte Torsten zu seinem Begleiter.

»Die Grenze ist unsicher. Da müssen die Männer wachsam sein. Halten Sie die Hände ruhig. Ich möchte nicht, dass Ihnen etwas passiert.« Dann hob Omar Schmitt die rechte Hand und winkte den Soldaten zu. »Wir sind Freunde!«

»Stehen bleiben!«, herrschte ihn der Uniformierte an, den seine Rangabzeichen als Sergeanten auswiesen.

Omar Schmitt stoppte den Wagen zwanzig Meter vor der Hütte und wartete, bis zwei der Männer herangekommen waren. »Ich bin Oberst Omar Salil von der Ersten Brigade der Nationalgarde, und das hier ist Oberstleutnant Torsten Renk aus Deutschland. Wir kommen gerade von einer Feinderkundung zurück.«

»Das kann jeder sagen. Steigen Sie aus und heben Sie die Hände. Wird's bald!« Ein kräftiger Stoß mit dem Lauf seiner Kalaschnikow verlieh der Forderung des Soldaten den nötigen Nachdruck.

»Ich sagte, ich bin Oberst Salil«, erwiderte Omar Schmitt grollend. »Die Parole ist Nasiye! Also lassen Sie uns durch!«

»Raus, sonst knallt es!« Der Soldat krümmte den Zeigefinger.

»Der Kerl meint es ernst«, raunte Torsten seinem Begleiter zu und stieg mit betont hochgehaltenen Händen aus dem Wagen. Auch Omar Schmitt verließ jetzt den Wagen, zog dabei jedoch ein Gesicht, als wollte er die Soldaten am liebsten roh verspeisen.

Die Männer zwangen sie, sich gegen den Wagen zu lehnen, und durchsuchten sie. Geldbeutel, Schlüssel und was sie sonst noch bei sich hatten, wanderten in die Taschen der Soldaten. Dann plünderten sie auch noch ihr Fahrzeug und nahmen Torstens Tasche mit dem Laptop an sich. Torsten stieß einen wütenden Fluch aus, hielt aber angesichts der auf seinen Rücken zeigenden Gewehre still. Omar Schmitt hingegen wurde laut.

»Das sind wichtige Unterlagen, die dringend nach Xagal gebracht werden müssen! General Mahsin lässt euch an die Wand stellen, wenn diesen Sachen etwas passiert!«

Obwohl er einen weiteren schmerzhaften Hieb erhielt, schienen seine Worte Eindruck zu machen. Die vier Kerle unterhielten sich leise miteinander, ohne ihre Gefangenen dabei aus den Augen zu lassen, und kamen schließlich zu einer Entscheidung.

»Hände auf den Rücken«, schnauzte der Sergeant Torsten und Omar Schmitt an. Zwei Soldaten traten auf sie zu und fesselten sie. Dann trieb man sie auf den Rücksitz des Geländewagens und knallte Omar Schmitt die Tasche mit dem Laptop auf die Oberschenkel. Während sich ein Soldat ans Steuer setzte, nahm der Sergeant auf dem Beifahrersitz Platz.

»Wenn ihr nur mit den Wimpern zucken solltet, erschieße ich euch, und die Sache hat sich erledigt!«

ZEHN

Dietrich von Tarow schätzte, dass sie etwa dreißig Kilometer weit gekommen waren. Laasqoray lag bereits ein ganzes Stück hinter ihnen, daher durften sie wohl davon ausgehen, dass die Piraten ihre Flucht nicht bemerkt hatten. Zu ihrer Linken ragte der über zweitausend Meter hohe Ard Miri in den Himmel, während rechts weit in der Ferne das Meer zu sehen war. Auf Menschen waren sie bisher nicht gestoßen, und so hatte Dietrich schon mehrfach mit sich gerungen, ob er die *Sachsen* anfunken oder noch damit warten sollte, die Hubschrauber zu rufen. Jedes Mal hatte ihm sein Instinkt davon abgeraten. Doch hier gab es nun, so weit er sehen konnte, nur nackte Felsen und kahle Hänge. Entschlossen griff er daher zu seinem Funkgerät.

Seine Begleiter atmeten auf. Da klang ein leiser Warnruf von weiter oben auf. Einer der beiden Männer, die als Aufklärer vorausgegangen waren, winkte heftig und rannte dann auf sie zu.

»Wir haben Kamelreiter entdeckt«, meldete er, als er bei Dietrich angelangt war. »Es sind mindestens zehn und alle bewaffnet!«

Der letzte Hinweis war eigentlich überflüssig, dachte Dietrich. In diesem Land gehörte ein Gewehr zu den üblichen Ausrüstungsgegenständen eines Mannes, ähnlich wie in Deutschland das Handy. »Sind es normale Hirten oder Milizionäre?«

Diese Frage war nicht leicht zu beantworten, da einzelne Uniformjacken oder -hosen auch in die Hände von Zivilpersonen geraten waren und andererseits nicht wenige Freischärler ihre Alltagskleidung trugen. Trotzdem war der Soldat sich sicher.

»Es sind Milizionäre! Sie tragen ausnahmslos Tarnuniformen und scheinen etwas oder jemanden zu suchen.«

»Dann sollten wir uns verstecken.« Dietrich winkte seinen Männern, ihm zu folgen, und lief auf einen großen Felsen zu, der ihnen Deckung versprach. Die anderen kamen hinter ihm her und machten ihre Waffen schussfertig.

»Verbergt euch! Geschossen wird nur auf mein Kommando«, befahl Dietrich.

Er hoffte, die Fremden würden an ihnen vorbeireiten, ohne sie zu bemerken. Auch wenn er sich und seinem Trupp gute Chancen gegen zehn Milizionäre ausrechnete, so würde der Schusswechsel jeder Person in weitem Umkreis verraten, dass sich Eindringlinge oder Flüchtlinge hier befanden. Ob man sie dann noch rechtzeitig mit einem Hubschrauber holen könnte oder sie nach Somaliland entkommen konnten, war höchst zweifelhaft.

»Wo ist Fahrner?«, fragte er den Mann, der die Reiter gemeldet hatte.

»Der wollte die Kerle weiter beobachten.«

»Hoffen wir, dass er auf seine Deckung achtet«, sagte Dietrich und schaute nach vorn.

Die Kamelreiter bildeten eine weit auseinandergezogene Linie mit dem vordersten Reiter etwa hundert Meter vor der Hauptgruppe. Gut einen halben Kilometer hinter dem Trupp ritten zwei Männer als Nachhut. Diese blickten sich immer wieder um und hielten die Gewehre schussbereit.

»Das sind keine heurigen Hasen«, raunte Dietrich seinen Männern zu. »Seid still!«

Im nächsten Augenblick erklang weiter oben das Geräusch eines fallenden Steines, und für einen Moment war das Bein eines Mannes zwischen den Felsen zu sehen.

Die Reiter reagierten sofort. Während zwei die Stelle unter Feuer nahmen, ließen die anderen ihre Kamele knien und sprangen aus den Sätteln.

»Das war Fahrner, dieser Idiot!«, stieß einer der Männer aus.

Dietrich war zwar der gleichen Meinung, raunzte ihn aber

leise an. »Maul halten! Oder willst du, dass die Kerle uns zu früh entdecken? Zwei Mann bleiben bei den Verwundeten. Die anderen drei kommen mit mir!«

Voller Wut, weil ihm nichts anderes übrigblieb, als zu kämpfen, wollte Dietrich dem in Bedrängnis geratenen Fahrner zu Hilfe eilen.

Da hielt Grapengeters Stimme ihn zurück. »Vielleicht sind es Freunde! Wir sind doch bald in Somaliland.«

»Für Freunde ist mir die Begrüßung der Kerle etwas zu bleihaltig.« Trotz dieser bissigen Worte überlegte Dietrich, ob er nicht doch versuchen sollte, Kontakt zu den Fremden aufzunehmen. Doch welche Sprache verstanden sie? Er kannte keines der hier gebräuchlichen Idiome. Schließlich versuchte er es in einem primitiven Englisch.

»Hello! We are friends. No shooting!«

Die Antwort bestand aus einem Kugelhagel in seine Richtung. Dietrich warf sich zur Seite und drückte den Abzugbügel seiner MP5 durch. Gleichzeitig begannen seine Männer zu schießen, und Fahrner schleuderte zwei Handgranaten auf die Feinde, die sich bereits nahe an ihn herangearbeitet hatten.

Auf so viel Widerstand waren die Freischärler nicht gefasst gewesen. Als zwei von ihnen getroffen liegen blieben, wichen die anderen zurück und versuchten, ihre Kamele zu erreichen.

»Kommt! Wir müssen die Viecher kriegen. Sonst sind wir im Eimer!«, schrie Dietrich und rannte los. Zwei Männer folgten ihm, während Fahrner von oben herabkletterte und dabei auf die Milizionäre schoss.

Diese hatten ihre Kamele fast erreicht und feuerten, als die Verfolger aus dem Felsgewirr auftauchten. Dietrich duckte sich, als mehrere Geschosse knapp über ihn hinwegpfiffen, schoss dann selbst und sah einen Mann, der bereits auf seinem Kamel saß, zusammenzucken. Dennoch blieb der Reiter im Sattel und trieb sein Tier an, das mit einer für die Deutschen erstaunlichen Geschwindigkeit verschwand. Auch den restlichen Freischärlern, die das erste Gefecht überlebt hatten, gelang es, auf die Kamele zu steigen und die Zügel der übrigen Tiere an sich zu raffen, sodass diese nicht in die Hände der Feinde fallen konnten.

Dietrich und seine Soldaten schossen noch ein paar Kugeln auf die Kerle ab, sahen sie aber ohne Ausnahme in der Ferne entschwinden.

»So ein Mist!«, schimpfte Dietrich, rot vor Wut. »Fahrner, ich könnte Sie in der Luft zerreißen. Warum konnten Sie nicht aufpassen?«

Der Soldat stand wie ein Häuflein Elend vor ihm. »Es tut mir leid. Mein rechtes Bein war eingeschlafen, und ich wollte es nur ein wenig bewegen. Dabei bin ich gegen diesen elenden Stein gestoßen.«

»Sie haben uns kräftig in die Scheiße geritten. Spätestens heute Abend wird es hier von Feinden wimmeln. Also müssen wir zusehen, dass wir bis dorthin noch ein paar Kilometer hinter uns bringen, und dann die *Sachsen* rufen!« Dietrich wollte zu dem Felsen zurück, um sein Gepäck zu holen, da hörte er aus der Ferne Motorengeräusche, die langsam näher kamen.

»Ich glaube, den Hubschrauber können wir vergessen!«, knurrte er und lud seine Waffe neu.

ELF

Einige Zeit war Jamanah einfach in die einmal gewählte Richtung gefahren, ohne sich über ein Ziel klar zu werden, doch nun wurde sie unsicher. Im Grunde war es kindisch, darauf zu hoffen, sie könnte irgendwo unterwegs auf die Sultana Sayyida treffen und die Frau erschießen. Wenn sie die Blutsäuferin tatsächlich traf, war diese von Leibwächtern umgeben, und mit so vielen Kriegern auf einmal würde sie nicht fertig.

Während sie die Landschaft aufmerksam musterte, um einen Platz zu finden, an dem sie ihr störrisches Gefährt wenden konnte, musste sie daran denken, wie viel Glück sie bis jetzt gehabt hatte. Ihr Vater hatte ihr erzählt, dass in der Grenzregion zwischen den Isaaq und den Warsangeli eine Unmenge Minen ausgelegt worden waren. Leicht hätte sie auf eine davon fahren und sterben können.

Bei dem Gedanken war sie kurz davor, den Wagen stehen zu lassen und zu Fuß in Richtung Heimat zu gehen. Doch noch während sie darüber nachdachte, hörte sie in nicht allzu großer Entfernung Schüsse krachen. Sie unterschied ohne Mühe zwei Arten von Waffen. Die einen klangen ähnlich wie ihre Kalaschnikow. Die anderen hingegen feuerten in einem schnelleren Takt, der sie an die Maschinenpistolen erinnerte, mit denen Sultana Sayyidas Mordbrenner ihr Dorf überfallen und ihre Familie und ihre Freunde getötet hatten.

Unwillkürlich neigte sich ihre Sympathie den Männern mit den langsamer schießenden Waffen zu. Gleichzeitig fragte sie sich, was sie tun sollte. Am sinnvollsten erschien es ihr, den Wagen zu drehen und den Ort des Kampfes so weit wie möglich zu umfahren. Aber wenn die eine Partei Freunde waren und die anderen Feinde, so war es ihre Pflicht, zu Gunsten jener einzugreifen. Sie besaß fünf Feuerwaffen, die alle geladen waren, und zudem den großen Wagen. Vielleicht konnte das den Ausschlag geben. Den Gedanken, selbst bei dieser Schießerei umzukommen, schob sie von sich. Allah hatte ihr Leben erhalten, während alle anderen gestorben waren, und das musste seinen Grund haben.

Mit diesem Gedanken schaltete sie in einen schnelleren Gang. Da sie vergaß, die Kupplung zu treten, krachte es fürchterlich. Dann aber ruckte der Wagen, und sie fuhr mit der höchsten Geschwindigkeit, die sie sich zutraute, auf die Stelle zu, an der das Feuergefecht stattfand.

Nach einer Weile ließ der Gefechtslärm nach und verstummte dann ganz. Die letzten Schüsse, die sie vernahm, waren jene aus den Maschinenpistolen, die sie so hasste.

Jamanah erreichte eine Anhöhe und bewältigte diese problemlos. Als sie über die Kuppe fuhr, sah sie in der Ferne einige Kamelreiter, die sich hastig davonmachten und dabei mehrere unberittene Kamele mit sich führten. Sie fühlte Tränen der Enttäuschung in sich aufsteigen. Sowohl die Richtung, in die diese Reiter verschwanden, als auch deren Kleidung deuteten nicht auf Leute ihres Stammes hin, sondern eher auf Milizionäre des Warsangeli-Anführers Diya Baqi Majid. Bei den Männern, mit denen sie vor einigen Stunden aneinandergeraten war, musste es sich ebenfalls um dessen Leute gehandelt haben. Nun wurde ihr klar, dass sie sich auf deren Territorium befand, und sie schalt sich, weil sie nicht eher daran gedacht hatte.

Eine Bewegung zwischen den Felsen zog ihre Aufmerksamkeit auf sich. Angespannt richtete sie ihre Kalaschnikow darauf, schoss aber noch nicht. Da tauchte auf einmal ein Mann vor ihr auf und fuchtelte mit den Armen. Im ersten Impuls stieg Jamanah auf die Bremse, wollte dann aber wieder Gas geben und den Mann überfahren. Da hechtete von der Seite ein anderer Mann auf ihren Wagen zu, riss die Tür auf und richtete den Lauf einer Maschinenpistole auf ihren Kopf. Dabei sagte er etwas, das sie nicht verstand. Seine Geste jedoch war eindeutig.

Für einen Augenblick schwankte Jamanah, ob sie gehorchen und den Wagen anhalten oder weiterfahren und sich erschießen lassen sollte. Der Wunsch, weiterzuleben, den sie seit jenen schrecklichen Stunden nur noch schwach gespürt hatte, erwachte zu ihrer eigenen Überraschung nun mit aller Macht. Sie trat auf die Bremse, kuppelte den Gang aus und hob die Arme. Gleichzeitig verfluchte sie sich wegen ihrer Schwäche und spürte, wie ihr die Tränen über die Wangen liefen.

Obwohl ihr Blick getrübt war, erkannte Jamanah, dass sie

es nicht mit Einheimischen zu tun hatte. Dafür sahen Waffen und Uniformen zu neu aus, und sie waren alle gleich gekleidet. Auch trugen die Männer Gürtel mit allen möglichen Ausrüstungsgegenständen und Helme, die die hellen, von der Sonne geröteten Gesichter beschatteten. Von solchen Leuten, sagte Jamanah sich, hatte sie wohl keine Gnade zu erwarten. Daher wollte sie nach ihrer Waffe greifen, um kämpfend zu sterben.

ZWÖLF

Dietrich von Tarow starrte seinen Gefangenen verwirrt an. War es schon seltsam, dass ein so blutjunger Bursche allein mit einem großen Wagen in einer unwirtlichen Gegend spazieren fuhr, so verwirrten ihn die Tränen, die dem Jungen über das Gesicht liefen. Dennoch blitzten die braunen Augen des Burschen zornig auf, und Dietrich las in ihnen die Bereitschaft, bis zum Äußersten zu gehen.

Nun bedauerte er es, auf der Fahrerseite zugegriffen zu haben, denn die Waffen des Jungen lagen auf dem Beifahrersitz, und an die kam dieser auf jeden Fall schneller als er. Um ihrer Sicherheit willen würde er seinen Gefangenen erschießen müssen, falls dieser versuchte, nach einer der MPs zu greifen.

»Fahrner! Machen Sie die Beifahrertür auf und holen Sie die Waffen heraus«, befahl er dem Soldaten und hielt die Mündung seiner MP5 gegen die Schläfe des jungen Burschen gepresst.

»Mach keinen Unsinn, Kleiner. Ich werde dich schon nicht fressen«, sagte er auf Englisch. Dem fragenden Blick seines Gefangenen nach zu urteilen, verstand dieser ihn nicht.

Dietrich griff um den Burschen herum, um dessen rechten Arm zu packen, und bemerkte dabei den ängstlichen Ausdruck auf dessen Gesicht. Mit einem Lächeln, das beruhigend wirken sollte, schüttelte er den Kopf. »Wir fressen dich wirklich nicht.«

»So, da bin ich!« Fahrner riss die Beifahrertür auf und griff nach den Waffen.

Als sich der Körper seines Gefangenen anspannte, zerrte Dietrich von Tarow ihn aus dem Wagen heraus. »So gefällst du mir schon besser. Die Spielzeuge dort sind nichts für kleine Jungs!«

»Was sollen wir mit dem Kerl machen?« Fahrner hatte Jamanahs Kalaschnikow und die vier Cobray M-11 an sich gebracht und zeigte sie dem Major. »Was sagen Sie zu dieser Ausrüstung? Eine uralte Knarre und modernste amerikanische MPs. Der Kleine hält sich anscheinend für eine ganze Armee!«

Dabei starrte er den Gefangenen an, der noch ein paar Zentimeter größer war als er. Er selbst maß mit nackten Sohlen einen Meter sechsundachtzig und war nach dem Zweimeterriesen von Tarow der Zweitgrößte in der Kompanie.

Auch Dietrich wunderte sich über die Statur seines Gefangenen, noch mehr aber über das hübsche, zart geschnittene Gesicht und die von langen schwarzen Wimpern beschatteten dunklen Augen. Ein Verdacht stieg in ihm auf, und ohne nachzudenken, griff er Jamanah an die Brust. Noch während er eines der kleinen Hügelchen mit den Fingern ertastete, riss die junge Frau ihr Knie hoch und traf ihn dort, wo es am meisten wehtut.

Er klappte keuchend zusammen, sah dabei aus den Augenwinkeln, wie Fahrner und ein anderer Soldat auf seine Gefangene anlegten, und hob die Hand.

»Nicht schießen, ihr Idioten!«, presste er mühsam hervor und zwang sich unter Aufbringung aller Willenskraft wieder in die Senkrechte. »Tut mir leid, dass ich dir an die Brust gefasst habe, aber musstest du mir deswegen gleich in die Klöten treten? Eine schlichte Ohrfeige hätte es doch auch getan.«

»Hä?«, sagte Fahrner und sah alles andere als intelligent aus.

»Wir haben keinen Gefangenen gemacht, sondern eine Gefangene. Also benehmt euch!«, erklärte Dietrich scharf.

Nun nahm er den Geländewagen unter die Lupe und wunderte sich, dass die Treibstoffanzeige fast auf null stand, obwohl auf der Ladepritsche mehrere Kanister standen, die, als er daran rüttelte, voll zu sein schienen.

»Fahrner, tanken Sie den Kasten nach. Die anderen holen Grapengeter und die restlichen Verwundeten. Seht zu, dass ihr alle auf der Ladepritsche unterkommt. Mit diesem Ding müssten wir Somaliland erreichen.«

Froh, dieser unwirtlichen und gefährlichen Gegend entkommen zu können, schleppten seine Leute die Trage mit dem schwerverletzten Leutnant und ihre Ausrüstung heran, luden alles auf den Wagen und schwangen sich auf die Ladepritsche.

Dietrich reichte ihnen Jamanahs Waffen und sah dann die junge Frau auffordernd an. »Es dürfte auch für dich zu gefährlich sein, hier zurückzubleiben. Daher solltest du mit uns kommen.« Weil Jamanah nicht sofort reagierte, schob er sie auf die Beifahrertür zu. Zwar machte sie eine abwehrende Geste, stieg aber dann doch ein.

Sie wollte sich schon hinter den Fahrersitz schwingen und den Motor anlassen. Dietrich aber schoss um den Wagen herum und hechtete hinein. »So haben wir nicht gewettet, Schwester! Jetzt fahre ich, verstanden?«

Natürlich verstand sie ihn nicht, dachte er bedauernd und wünschte sich, ihre Sprache wenigstens rudimentär zu beherrschen. Vorerst würden Gesten und Handzeichen ausreichen müssen, um ihr zu erklären, was er von ihr wollte. Zu seiner Erleichterung kehrte sie auf den Beifahrersitz zurück, verschränkte die Arme vor der Brust und starrte durch die Windschutzscheibe. Dietrich löste die Bremse, legte den ersten Gang ein und fuhr los. Nachdem er den Wagen gewendet hatte und durch das zerklüftete Gebiet Richtung Nordosten fuhr, beschäftigten seine Gedanken sich mehr mit der jungen Frau an seiner Seite als mit dem misslungenen Kommandounternehmen.

Jamanah wusste nicht, was sie von dem Ganzen halten sollte. Ein Somali hätte sie für den Stoß in seine empfindlichsten Teile umgebracht. Doch der Mann, der jetzt den Wagen steuerte, war anders als ihre Landsleute. Sie hatte noch nie jemanden gesehen, der so groß und dabei so breit gebaut war. Auch wirkte er auf sie trotz aller Lässigkeit wie ein zum Sprung bereiter Löwe. Sie hatte es mit einem gefährlichen Feind zu tun, dem sie wie ein zahmes Schaf in die Falle gelaufen war. Sie machte sich Vorwürfe, denn gerade hier im Grenzgebiet hätte sie besonders vorsichtig sein müssen.

Zu ihrer Verzweiflung kam noch ein körperlicher Schmerz in ihrem Unterleib hinzu. Ihr Vorsatz, sich nichts anmerken zu lassen, hielt nicht lange, da das Stechen schließlich so stark wurde, dass sie aufstöhnte.

Der Mann sah kurz zu ihr herüber, besorgt, wie sie zu ihrer Verwunderung bemerkte. Gleichzeitig klopfte einer der Soldaten, die sich hinten auf der Ladefläche befanden, gegen das Blech des Fahrerhauses. »Herr Major, nichts gegen Ihren Fahrstil, aber sollen die Grenzgebiete nicht vermint sein?«

Daran hatte Dietrich in seiner Erleichterung, ein passendes Fahrzeug gefunden zu haben, nicht gedacht. Er bremste ab und hielt den Wagen im Schatten einer Felswand an.

»Mit dieser Warnung haben Sie Ihren Schnitzer von vorhin wenigstens zum Teil wettgemacht, Fahrner. Wir haben doch zwei moderne Sprengstoffwarngeräte dabei, mit denen wir auf der *Caroline* nach versteckten Sprengfallen suchen sollten. Befestigt die Dinger rechts und links an der vorderen Stoßstange. Ich sehe inzwischen nach Grapengeter. Wenn es ihm zu schlecht geht, rufe ich doch einen Helikopter.«

»Dann brauchen wir das Gerät nicht an den Wagen zu schrauben«, wandte Fahrner ein.

»Ich fahre lieber zweigleisig«, antwortete Dietrich, der die junge Frau nicht aus den Augen ließ. Gerade öffnete sie vorsichtig die Beifahrertür und schlüpfte hinaus. Mit wenigen langen Schritten war er bei ihr.

»Halt, Schwester. Ich möchte nicht, dass du uns abhandenkommst und deine Freunde holst.«

Das Ziehen im Unterleib war mittlerweile so stark, dass Jamanah mit den Tränen kämpfte. Verzweifelt überlegte sie, wie sie dem Mann erklären konnte, dass sie einen Augenblick allein sein wollte. Schließlich hockte sie sich hin und hoffte, dass er diese Geste verstand.

Dietrich kniff die Augen zusammen und sah sich um. Etwa fünfzig Meter entfernt entdeckte er ein paar Felsbrocken, die groß genug waren, damit ein Mensch sich dahinter verbergen konnte. Kurz entschlossen fasste er seine Gefangene am Arm und zog sie dorthin. Dann zeigte er auf die Felsen und bedeutete der Frau, dass sie sich dahinter verbergen könnte.

»Keine Angst, wir lassen dich in Ruhe. Aber du wirst nicht verschwinden! Verstanden?« Damit drehte er sich um und setzte sich ein Stück entfernt auf einen kleineren Felsen.

Jamanah spürte seine Wachsamkeit. Sie würde keine Chance haben, wegzulaufen. Doch zunächst einmal forderte ihr Körper sein Recht. So rasch sie konnte, verschwand sie hinter dem größten Felsen und zog ihre Hose herab. An ihren Schenkeln klebte Blut. Zuerst erschrak sie, dann aber atmete sie erleichtert auf. Ihr Mond war zurückgekehrt. Damit war das Schlimmste, was ihr hätte geschehen können, nämlich von den Mördern ihrer Familie geschwängert worden zu sein, nicht eingetreten. Allerdings warf das neue Probleme auf. Sie hatte weder Tücher noch trockenes Gras, um sich eine Binde zu machen.

Schließlich zog sie ihre Jacke und ihr Hemd aus, riss einen

der Hemdsärmel mit Hilfe ihrer Zähne ab und verwendete diesen als Binde. Nachdem sie sich erleichtert und wieder angezogen hatte, fühlte sie sich besser. Mit einem Lächeln, das Dietrich nicht zu deuten wusste, kam sie hinter dem Felsen vor und ging wieder zu dem Pritschenwagen zurück.

Da sie die Jacke nur über die Schulter gelegt hatte, sah Dietrich das Hemd mit dem abgerissenen Ärmel und kratzte sich im Genick. Frauen waren doch seltsame Geschöpfe, dachte er und sagte sich, dass er sich weniger um seine Gefangene als vielmehr um die verletzten Männer seines Trupps kümmern sollte.

Grapengeter und die beiden weniger stark blessierten Soldaten waren so gut versorgt worden, wie es unter diesen Umständen möglich war. Trotzdem überlegte Dietrich erneut, den Hubschrauber zu alarmieren. Er ging davon aus, dass sie weit genug von den Stützpunkten der Piraten entfernt waren, um einen kurzen Funkspruch wagen zu können.

Er nahm sein Funkhandy zur Hand und drückte die Taste, die ihn mit der *Sachsen* verbinden sollte. Es dauerte keine drei Sekunden, da hörte er eine aufgeregte Stimme.

»Von Tarow, sind Sie es?«

»Höchstpersönlich. Wir sind inzwischen ein ganzes Stück westlich von Laasqoray in der Nähe eines ziemlich hohen Berges. Vor etwa zwei Kilometern haben wir einen Weg gequert, der aus den Bergen heraus zur Küste zu führen scheint.«

»Der Berg müsste der Shimbiris sein und die Straße die von Cheerigaabo nach Maydh. Von Maydh führt die Küstenstraße nach Westen. Etwa sechzig Kilometer hinter Maydh liegt bei Raguuda der erste Vorposten der Republik Somaliland.«

»Sie rattern die Daten herunter wie ein Lexikon«, sagte Dietrich leicht genervt. »Anstatt der Fahranweisung wäre uns ein Hubschrauber lieber.«

»Negativ! Wir können Ihnen keinen schicken, Herr Major.«

»Wir haben Verwundete, die dringend ins Krankenrevier gehören.«

Der Funker der *Sachsen* stieß ein bitteres Lachen aus. »Wir würden Ihnen wirklich gerne einen Hubschrauber schicken. Aber es gibt Probleme. Die Piraten haben das Kreuzfahrtschiff *Lady of the Sea* gekapert und drohen damit, Passagiere zu erschießen, wenn wir uns der somalischen Küste nähern. Tut mir leid, Herr Major. Sie werden sich auf eigene Faust durchschlagen müssen. Maydh müssen Sie im weiten Bogen umgehen. Die Stadt gehört mittlerweile zum Einflussgebiet des Warlords Diya Baqi Majid, und der wird mit den Piraten in Verbindung gebracht.«

»Danke für die Warnung. Wenigstens Sie haben sich die Mühe gemacht, uns zu helfen. Von Tarow Ende!« Dietrich schaltete das Funkgerät ab und sah seine Männer ernst an. »Wir kriegen keinen Hubschrauber, sondern sollen uns nach Somaliland durchschlagen. Also kontrolliert mal unsere Vorräte und vor allem den Diesel im Tank. Wenn der nicht reicht, sehen wir alt aus.«

»Scheiße! Was denken diese Arschlöcher sich eigentlich?«, fuhr Fahrner auf.

»Sicher mehr als Sie«, konterte Dietrich gelassen. »Die Piraten haben ein Kreuzfahrtschiff in ihre Gewalt gebracht und drohen damit, die Passagiere zu erschießen, wenn unsere Leute irgendetwas unternehmen. Unter diesen Umständen ist es klar, dass sie uns nicht helfen können. Und jetzt quatscht nicht länger, sondern seht zu, dass ihr auf der Plattform Verteidigungsstellung einnehmt. Es kann sein, dass uns ein paar blaue Bohnen um die Ohren fliegen, wenn wir auf die falschen Leute treffen.«

Dietrich trieb seine Männer an, alles zu kontrollieren. Dank Jamanahs Beute verfügten sie nun über genug Vorräte, auch wenn sie die Aufschrift auf den Dosen nicht lesen konnten. Allerdings drohte das Wasser knapp zu werden. Dietrich teilte den größten Teil den Verwundeten zu, reichte seiner Gefangenen eine Plastikflasche aus ihren eigenen Vorräten und trank selbst einen kleinen Schluck. Dabei musste er sich zwingen, die Flasche nicht auf einen Sitz zu leeren. Den Männern ging es nicht anders, und zwei von ihnen ließen sich dazu hinreißen, alles auszutrinken.

»Also, Leute, wir haben etwa zwanzig Kilometer bis zur Küste und dann im Höchstfall noch hundertzehn bis Somaliland. Dort werden wir Unterstützung erhalten.«

»Hundertdreißig Kilometer? Auf einer deutschen Autobahn hätten wir das in einer Stunde hinter uns«, sagte Fahrner seufzend.

»Vor allem kämen wir unterwegs zu einem Rasthof und könnten ein kühles Bier trinken – bis auf unseren Major. Als Fahrer kriegt der nur Wasser!« Trotz seiner Verletzung vermochte Leutnant Grapengeter noch Witze zu machen.

Dietrich legte ihm die Hand auf die Schulter und sah ihn lächelnd an. »Wenn Sie wieder auf dem Damm sind, Leutnant, dann trinken wir beide gemeinsam einen über den Durst!«

»Das machen wir, Herr Major, das machen wir!« Grapengeter schloss die Augen und stellte sich diese Szene vor, während Dietrich noch einmal um den Wagen herumging. Da alles in Ordnung schien, forderte er Jamanah zum Einsteigen auf und setzte sich wieder hinter das Steuer. Wenigstens hatte er jetzt ein Ziel, sagte er sich, auch wenn er den Weg nur nach den fernmündlichen Anweisungen des Bordfunkers der *Sachsen* suchen konnte.

DREIZEHN

Xagal war ein Nest von ein paar Dutzend Häusern und primitiven Hütten, die sich in der staubigen Landschaft duckten. Lediglich die in der Nähe liegenden Brunnen verliehen ihm eine gewisse Bedeutung. Nicht weit vom Dorf hausten die Flüchtlinge aus den Grenzgebieten in einfachen Zelten, die teilweise nur aus aufgespannten Decken bestanden. Ein primitiver Zaun umgab das Flüchtlingslager, und am Eingang stand ein schmutzig weißes Zelt mit aufgemaltem Roten Halbmond und direkt gegenüber ein kleineres in Tarnfarben, das als Hauptquartier der hier stationierten Truppen diente.

Der Sergeant, der Torsten und Omar Schmitt gefangen genommen hatte, befahl seinem Fahrer, den Geländewagen abzustellen. Während der Soldat die beiden mit seiner Kalaschnikow in Schach hielt, betrat sein Vorgesetzter das Militärzelt und kehrte kurz darauf mit einem Offizier zurück.

Sowohl Torsten wie auch Omar Schmitt atmeten auf, als sie Al Huseyin erkannten. Dieser musterte sie kurz und grinste. »Na, glücklich zurückgekommen? Allerdings sehen Sie etwas mitgenommen aus. Nun, wir können mit unseren Grenzposten zufrieden sein. Die halten jeden fest, der ihnen nicht geheuer ist. Ich werde den Sergeanten und seine Männer belobigen.«

»Bevor Sie das tun, könnten Sie Befehl geben, uns die Fesseln abzunehmen!« Torsten ärgerte sich zunehmend über die Selbstgefälligkeit des Mannes, der seinen Spaß daran zu haben schien, dass sein Vorgesetzter und er wie Verbrecher hierhergeschafft worden waren.

»Aber selbstverständlich!« Al Huseyin gab einem Soldaten einen Wink. Dieser trat hinter Torsten und nestelte umständlich an dem Knoten herum, mit dem der Strick gesichert war.

Mittlerweile hatte der Sergeant begriffen, dass seine Gefangenen keine Feinde und Spione waren, sondern hochangesehene Leute der eigenen Seite. Daher wich er immer weiter zu seinem Wagen zurück, schwang sich plötzlich hinter das Steuer und rief seinem Untergebenen zu, ebenfalls einzusteigen, was dieser sogleich tat.

Als der Motor aufheulte, drehte Torsten sich um und stieß einen Fluch aus. »Verdammt, der Kerl verschwindet mit meiner ganzen Ausrüstung.«

»Stehen bleiben!«, rief Al Huseyin dem Sergeanten nach, doch der drückte noch mehr aufs Gas. Das Geld, das er Torsten und Omar abgenommen hatte, war mehr, als er in sechs Jahren an Sold erhielt. Außerdem wollte er den übrigen Besitz der beiden Männer zu Geld machen und so ein reicher Mann werden.

Torsten streifte die restlichen Fesseln ab und rannte im ersten Impuls dem Geländewagen nach. Er merkte jedoch rasch, dass er keine Chance hatte, ihn einzuholen. Noch während er sich nach einem anderen Fahrzeug umsah, mit dem er den Kerlen folgen konnte, ließ Al Huseyin sich ein Gewehr reichen, legte an und feuerte.

Der flüchtige Sergeant wurde wie von einem heftigen Schlag nach vorne geschleudert und kam auf dem Lenkrad zu liegen. Gleichzeitig geriet der Wagen von der Piste ab und raste in ein Gestrüpp. Dort erst gelang es dem Beifahrer, den Schlüssel zu ziehen und so den Motor abzuwürgen.

»Jetzt können Sie Ihre Sachen holen, Renk. Sie haben sicher einiges mit Ihrer vorgesetzten Dienststelle zu besprechen. Der Einsatz in Laasqoray soll ja fürchterlich schiefgegangen sein.«

Der Mann freut sich regelrecht, dass wir Europäer von seinen Landsleuten eines auf die Nuss bekommen haben, fuhr es Torsten durch den Kopf. Er sagte jedoch nichts, sondern ging zu dem Wagen. Dort zogen gerade zwei Soldaten den Sergeanten und dessen Begleiter heraus.

»Er lebt noch«, rief einer der Männer Al Huseyin zu.

»Bringt ihn zur deutschen Ärztin. Wenn die ihn wieder zusammengeflickt hat, wird er seine Strafe erhalten!« Damit war für Al Huseyin die Sache erledigt, und er wandte sich Omar Schmitt zu. »Was gibt es Neues?«

Schmitt zeigte auf das Zelt. »Gehen wir hinein. Drinnen erzähle ich Ihnen alles, was ich erfahren habe. Vorher würde ich gerne etwas trinken – und Sie sicher auch, Renk.«

»Das können Sie laut sagen!« Torsten nahm seine Tasche mit dem Laptop und der restlichen Ausrüstung und folgte den beiden Somalis ins Zelt. Als er eintrat, hatte Omar Schmitt bereits mit seinem Bericht begonnen.

»Die Piratengruppe, mit der wir es zu tun haben, richtet sich gemütlich in Laasqoray ein. Viele der zerstörten Häuser in der Stadt sind wiederaufgebaut worden, und ich habe mehr als einhundert Milizionäre dort gezählt. Es sind zumeist Warsangeli, aber ich habe auch Dulbahante und Majerten unter ihnen gesehen. Es scheint, als wolle jemand diese Stämme vereinigen. Übrigens ist deren Ausrüstung ausgezeichnet. Alle Milizionäre tragen Uniform, und die meisten besitzen eine Cobray M-11. Wie solche Maschinenpistolen in die Hände dieser Männer geraten konnten, ist mir ein Rätsel. Auch die restliche Bewaffnung ist der unserer Soldaten überlegen. Zudem verfügen die Kerle über erstaunlich viele Geländewagen, von denen nicht wenige neu sind. Allerdings kauen die Männer zu viel Kat, denn sie haben nicht einmal gemerkt, wie ich ihnen diesen Kasten geklaut habe.«

Al Huseyin lachte auf. »Deren Gesichter hätte ich sehen mögen, als sie gemerkt haben, dass ihr Wagen weg ist. Aber dennoch gefällt mir nicht, was Sie zu berichten haben, Oberst Omar. Wir haben inzwischen einen Streifen von vierzig Meilen an der Grenze evakuiert, aber wir müssen dieses Land unbedingt halten, sonst besteht die Gefahr, dass sich die Warsangeli und Dulbahante dort einnisten und die Brunnen und Weideflächen für sich beanspruchen. Immerhin hat Diya Baqi

Majid, der Anführer der Warsangeli von Hadaaftimo, unsere Truppen aus Maydh vertrieben.«

»Ich bin sicher, dass der Kerl mit den Piraten von Laasqoray unter einer Decke steckt«, gab Omar Schmitt erregt zurück.

»Wir haben keinerlei Informationen, dass er zu den Banditen gehört, die unsere Grenzgebiete verwüsten«, wandte Al Huseyin ein. »Immerhin sind auch Warsangeli-Dörfer angegriffen worden.«

»Trotzdem müssen wir Diya Baqi Majid von unserem Gebiet fernhalten. Ist bereits etwas in dieser Richtung unternommen worden?«, fragte Omar Schmitt.

Al Huseyin holte eine Karte hervor und deutete auf den Grenzstreifen. »Wir haben damit begonnen, dieses Gebiet hier zu verminen. Im Süden sind die Minengürtel bereits fertig. Jetzt müssen wir noch die Straßen und Wege im Norden sichern. Kommen dann die Feinde, geraten sie auf die Minen, und es macht puff!«

»Schränken Sie damit Ihre eigenen Möglichkeiten zu Gegenschlägen nicht zu stark ein?«, fragte Torsten.

Al Huseyins Lächeln verriet, dass er den Deutschen nicht ernst nahm. »Natürlich haben wir in den Minengürteln Korridore gelassen, über die wir unsere Offensiven durchführen können.«

Torsten nickte zufrieden. »Also können wir mit einem kleinen Trupp drüben einsickern. Wie es aussieht, muss ich nämlich bald zurück in diese Gegend.«

»Wollen Sie einen zweiten Versuch unternehmen, die *Caroline* zurückzuholen?«, fragte Al Huseyin spöttisch.

»Vielleicht«, antwortete Torsten gedehnt. Er wusste selbst nicht, warum er eine so starke Abneigung gegen diesen Mann entwickelt hatte, doch keinesfalls wollte er von der *Lady of the Sea* erzählen. Dabei war Al Huseyin ebenso ein Verbündeter wie Omar Schmitt. Wahrscheinlich nahm ihn nur die arrogante Art, mit der der Major ihn und den Deutschsomali behandelte, gegen den Mann ein.

VIERZEHN

Kaum hatte Torsten das kleine Zelt bezogen, das Al Huseyin ihm zur Verfügung gestellt hatte, da wurde der Eingang geöffnet, und eine Frau in weißer Hose und einem weißen Kittel kam herein. Das Stethoskop in der Brusttasche und die teilweise mit Blutflecken bedeckte Kleidung wiesen sie als Ärztin aus.

Die Frau musterte ihn fragend und trat einen weiteren Schritt auf ihn zu. »Ich weiß nicht, wer Sie sind und was Sie hier tun, und ich will es auch nicht wissen. Aber wenn Sie eine Möglichkeit sehen, sich mit der Außenwelt in Verbindung zu setzen, bitte ich Sie, der Welt die unerträglichen Zustände in diesem Lager zu übermitteln. Ich bin die einzige Ärztin hier für weit über zehntausend Menschen, von denen viele verletzt oder krank sind. Meine Medikamente sind längst aufgebraucht, und es fehlt an Nahrungsmitteln. Wenn uns nicht geholfen wird, werden viele der Flüchtlinge hier im Lager sterben. Bitte helfen Sie mir, damit die Welt aufwacht und endlich eingreift.«

»Wer sind Sie überhaupt?«, fragte Torsten ungeduldig, weil die Frau ihn daran hinderte, mit Petra und Wagner Kontakt aufzunehmen.

»Entschuldigen Sie, ich habe vergessen, mich vorzustellen. Mein Name ist Anja Kainz. Ich bin Ärztin und seit einem guten halben Jahr in diesem Land.«

»Ich werde sehen, ob ich etwas für Sie tun kann. Aber jetzt bitte ich Sie, mich allein zu lassen.« Torsten wies fordernd auf den Zelteingang. Die Frau machte Anstalten, zu gehen, drehte sich dann aber noch einmal um.

»Sind Sie Waffenhändler?« Es klang so, als wollte sie ihn für all das Leid verantwortlich machen, das sich um sie herum abspielte.

»Hätte ich Ihnen dann versprochen, ein paar Leuten an

entsprechender Stelle von Ihren Problemen zu berichten?«, fragte Torsten gereizt.

Der gescheiterte Einsatz bei Laasqoray und die Entführung der *Lady of the Sea* belasteten ihn ebenso wie die Tatsache, dass er seinem eigentlichen Auftrag, zusammen mit Omar Schmitt eine schlagkräftige Antiterroreinheit aufzubauen, noch um keinen Deut nähergekommen war. Außerdem musste er erfahren, was Petra Neues zu berichten wusste.

Dr. Kainz musterte ihn durchdringend. Eine tiefe Falte zwischen ihren Augenbrauen zeigte an, wie erschöpft und verzweifelt sie sein musste.

Nun empfand Torsten Gewissensbisse, sie so unfreundlich abgefertigt zu haben. »Ich werde Ihnen helfen, versprochen.«

Ein Lächeln begleitete seine Worte und ließ die Ärztin mutiger werden. »Wer oder was sind Sie?«

»Sie haben eben gesagt, dass Sie das nicht wissen wollen. Dabei sollten wir es belassen. Auf jeden Fall bin ich niemand, der den armen Menschen dort draußen ein Leid zufügen will.«

Die Falte zwischen Dr. Kainz' Augenbrauen wurde noch tiefer. »Ihretwegen ist vorhin ein Mann niedergeschossen worden.«

»Hätte Major Al Huseyin ihn nicht aufgehalten, wäre er mit meinem Geld und dem Gepäck verschwunden, und ich hätte nicht den Hauch einer Chance gehabt, der Außenwelt Ihre Bitte zu übermitteln.« Torsten lächelte noch immer, doch nun fehlte jede Wärme darin.

Die Niederlage von General Iqbal und die steten Überfälle aus dem Nichts, gegen die es keinen Schutz zu geben schien, begannen an der Moral der Armee von Somaliland zu zehren, sonst hätte der Sergeant nicht versucht, mit seiner Beute zu entkommen. Dagegen musste bald etwas unternommen werden. Auch aus diesem Grund komplimentierte Torsten die Ärztin endgültig aus dem Zelt, verschnürte den Eingang und zog den Laptop aus der Tasche.

Da es keinen Stuhl gab, setzte er sich mit untergeschlagenen Beinen auf eine Decke und nahm das Gerät auf den Schoß. Kaum hatte er es angeschaltet, da erschien auch schon Petras Kopf auf dem Bildschirm. Sie schwitzte stark und wirkte erschöpft, aber auch erleichtert. »Torsten, endlich! Wir dachten schon, es hätte dich erwischt.«

»Unkraut vergeht nicht! Ich hatte während der letzten Stunden ein paar Probleme. Jetzt befinde ich mich in der Ortschaft Xagal, besser gesagt am Rande eines Flüchtlingslagers, in dem verheerende Zustände herrschen.« Da er Dr. Kainz versprochen hatte, ihre Bitte um Hilfe weiterzugeben, berichtete er Petra, was er von der Ärztin erfahren hatte. »Es wäre lieb von dir, wenn du diese Meldung an die entsprechenden Stellen weitergeben könntest. Aber jetzt zu unseren Aufgaben. Was gibt es Neues?«

»Einiges. Zum einen sind wir alle nach Djibouti gebracht worden, um näher vor Ort zu sein.«

»Ihr seid hier in Ostafrika?«, unterbrach Torsten sie. »Hat Henriette so lange gebohrt, bis unser großer Guru nachgegeben hat?«

»Nichts dergleichen. Wir sind geschickt worden, um dich zu unterstützen. Aber weiter im Text. Wir haben Informationen über Dietrich von Tarow. Er und seine Leute befinden sich auf dem Weg nach Berbera. Wir werden sie dort von einem neutralen Schiff abholen lassen.«

»Das ist eine gute Nachricht. Henriette wird erleichtert sein.«

»Natürlich bin ich das«, meldete sich jetzt Dietrichs Schwester. »Allerdings wäre es mir lieber, sie könnten den Trupp mit Hubschraubern abholen. Aber das trauen sie sich wegen der Drohungen der Piraten nicht.«

»Ich werde mich um deinen Bruder und seine Leute kümmern«, bot Torsten an.

Doch da schob Franz Xaver Wagner die beiden Frauen

beiseite. »Negativ, Renk! Dietrich von Tarow fällt nicht in Ihr Aufgabengebiet. Sie werden sich umgehend wieder in das Piratengebiet aufmachen und auf die *Lady of the Sea* warten. Nach Frau Waitls Berechnungen müsste sie in zwei Tagen bei Laasqoray eintreffen. Zwar glaubt dies niemand außer uns, aber bis jetzt hat Frau Waitl sich selten geirrt.«

»Eigentlich nie! Und wenn, dann war es mein Computer«, kommentierte Petra bissig.

Torsten ging nicht darauf ein. »Wenn ich nach Laasqoray zurückkehren soll, benötige ich eine bessere Ausrüstung.«

»Die befindet sich an Bord der *Caroline*. Doch die können wir nicht zurückholen, solange die Piraten die *Lady of the Sea* in ihrer Gewalt haben. Frau Waitl wird Ihnen erklären, wer sich alles an Bord dieses schwimmenden Luxushotels aufhält.« Wagner räumte den Platz vor dem Laptop und ließ Petra wieder an ihren Platz.

Diese stöhnte und wischte sich den Schweiß mit einem Taschentuch von der Stirn. »Langsam bereue ich es, bei diesem Verein angefangen zu haben. Weißt du, wo die uns untergebracht haben? In einem Zelt bei unserer Basis in Djibouti! Es ist wahnsinnig laut hier und so heiß wie in einer Sauna. Außerdem ist die Verpflegung grauenhaft. Es gibt nicht einmal einen Pizzadienst. Wenn Hans nicht unter der Hand ein paar Schlafsäcke besorgt hätte, müssten wir auf dem nackten Boden schlafen. Allerdings frage ich mich, ob das nicht besser wäre, denn die Schlafsäcke sind für Arktisexpeditionen gemacht. Ich schwitze fürchterlich darin. Hans kann kaum genug Wasser für uns besorgen. Es läuft oben rein und überall wieder heraus, so als wenn ich keine Poren, sondern Wasserhähne in der Haut hätte!«

Torsten ließ Petra schimpfen. Das war besser, als sie zu unterbrechen und sich dann anhören zu müssen, was für ein gefühlloser Stoffel er sei.

Schließlich hatte Petra sich ihren Frust von der Seele geredet und kam zu dem, was sie Torsten mitteilen sollte. »Unser großer Guru hat ja schon gesagt, dass sich etliche Hochkaräter an Bord der *Lady* befinden. Genau genommen handelt es sich um vier Bundestagsabgeordnete mit Ehefrauen – beziehungsweise einmal mit Ehemann – und einigen Kindern. Dazu kommen zwei Dutzend Regional- und Lokalpolitiker samt Anhang sowie ein Haufen Promis, Halbpromis und Viertelpromis wie dein früherer Kumpel Sven Kunath. Außerdem sind etliche gewichtige Großunternehmer und -unternehmerinnen auf dem Kahn. Die allein sind mehr als fünfeinhalb Milliarden Euro schwer. Der Star unter ihnen ist Margarete Dometer mit einem geschätzten Privatvermögen von gut zwei Milliarden. Du kannst dir also denken, dass in Deutschland der Teufel los ist. Die Regierung schwankt zwischen dem Einsatz der GSG 9 und der Erfüllung aller gestellten Forderungen, scheint aber noch weit von einer Entscheidung entfernt.

Stattdessen sollen wir nun die Kastanien aus dem Feuer holen. Zwar hat keiner eine Ahnung, wie das gehen soll, aber ich hoffe, dass unserem Guru bald etwas einfällt. Lange bleibe ich unter diesen Umständen nicht in dieser Gegend, sondern kündige.« Petra wischte sich den Schweiß von der Stirn und stöhnte.

Dann aber grinste sie Torsten an. »Wenn ihr nicht aufpasst, seid ihr Henriette und mich bald los. Sie fühlt sich arg unterbeschäftigt, und ich …«

»Ich *bin* unterbeschäftigt«, fiel ihr Henriette ins Wort. »Zu Hause könnte ich wenigstens noch unser Hauptquartier einrichten. Hier sitze ich nur herum und tauge höchstens dazu, Petra eine neue Flasche Wasser zu besorgen.«

»Keine Sorge! Sie kommen schon noch zu Ihrem Einsatz, und dann werden Sie sich in dieses gemütliche Zelt hier zurückwünschen.« Wagner war die Beschwerden und Klagen der beiden Frauen im Team allmählich leid. Doch als er in sich hineinhorchte, spürte er den gleichen Ärger wie Petra und Henriette. Sein neuer Vorgesetzter im Kanzleramt hatte ihm in einem Anfall von Panik den Befehl erteilt, mit allen Leuten hierherzukommen und alles für die Befreiung der *Lady of the Sea* vorzubereiten. Seitdem aber hatten sie keine einzige Anweisung mehr erhalten, und daher war Wagner kurz davor, auf eigene Faust zu handeln. Nun schob er sich wieder vor den Bildschirm und forderte Torsten auf, so rasch wie möglich nach Laasqoray aufzubrechen.

»Kann sein, dass wir uns dort treffen«, sagte er noch und überließ dann Petra das Feld, die Torsten die neuesten Daten zu den beiden Schiffsüberfällen übermitteln sollte.

FÜNFZEHN

Evelyne Wide starrte auf die Schlange vor sich und schätzte, dass sie mindestens noch eine halbe bis Dreiviertelstunde brauchen würde, bis sie die Essensausgabe erreicht hatte. Zwar verfügte die *Lady of the Sea* über einen Küchentrakt, der jedes Luxusrestaurant in den Schatten stellte, doch die Piraten hatten den Köchen untersagt, diesen zu nutzen. Die Kerle hatten sogar die teuren Messergarnituren aus den Schränken geholt und alles, was sie nicht selbst behalten hatten, ins Wasser geworfen. Nur der Backofen durfte verwendet werden, und als einziges Werkzeug waren den Köchen Kochlöffel erlaubt.

In Gedanken legte Evelyne sich bereits ihre nächste Reportage zurecht, die sie nach dem Essen absenden wollte. Zu ihrer Erleichterung waren ihr die Piraten noch nicht auf die Schliche gekommen, und so rieb sie sich trotz ihrer Angst die Hände. Schließlich würde die Tatsache, dass sie als einzige Reporterin live von Bord des gekaperten Schiffes berichten konnte, ihren Marktwert steigern.

Endlich rückte die Schlange weiter. Als Evelyne nicht sofort reagierte, versetzte ihr jemand einen heftigen Stoß in den Rücken. Sie drehte sich um und sah den Bundestagsabgeordneten Dunkhase hinter sich. Mit dem Vorsatz, dem Mann den Schlag publizistisch heimzuzahlen, ging sie zwei Schritte, bis ihre Nase beinahe den Rücken von Maggie Dometer berührte. Die korpulente Frau klammerte sich mit beiden Händen an Sven Kunath und bemühte sich, keinen der Piraten anzusehen, die die auf die Essensausgabe wartenden Menschen überwachten.

Evelyne empfand beim Anblick des Paares Neid. Auch sie hätte sich eine Schulter gewünscht, an die sie sich lehnen könnte. Doch der Erste Offizier Stefan Magnus, mit dem sie eine leidenschaftliche Stunde verbracht hatte, war zusammen mit der restlichen Mannschaft in einen Laderaum im Unterdeck gesperrt worden und durfte nur heraus, um den Kapitän auf der Brücke abzulösen.

Ein weiterer Stoß machte sie darauf aufmerksam, dass die Schlange vor ihr wieder zwei Schritte weitergewandert war. Langsam hasste Evelyne diesen Dunkhase. Unter Stress offenbarte der Kerl seine schlechtesten Charaktereigenschaften. Und so was will unseren Staat regieren!, dachte sie und beschloss, die Situation in ihrem kleinen Bericht nicht nur zu erwähnen, sondern auch aufzubauschen.

Um nicht nur an den Trottel hinter sich zu denken, musterte sie die Piraten um sich herum. Es handelte sich zumeist um junge Burschen, die aussahen, als bekämen sie nicht genug zu essen. Evelyne wusste, dass sie oben auf dem Promenadendeck für sich kochten und die Lebensmittel auf dem Schiff nicht anrührten, als wären diese vergiftet oder verseucht. Bekleidet waren die Kerle mit einem Räuberzivil aus eigenen, oftmals zerrissenen Hosen oder Wickelröcken und Klamotten, die sie in den bordeigenen Boutiquen erbeutet hatten. Unter anderen Umständen hätte man sie mit ihren Polohemden und T-Shirts mit dem Emblem der *Lady of the Sea* für bordeigene Hilfskräfte halten können.

Die Waffen in den Händen der Burschen ließen jedoch

keinen Zweifel an ihren Absichten, und ihre durch das ewige Kauen von Kat glasigen Augen erinnerten Evelyne daran, dass man die Kerle am besten nicht ansprach und ihnen in allem gehorchte. Einem Passagier, der zornig geworden war, hatten sie mit dem Kolben eines Sturmgewehrs die Zähne ausgeschlagen. Das Risiko wollte sie nicht eingehen.

»Geh endlich weiter, du doofe Kuh!« Diesmal beließ es der Bundestagsabgeordnete bei einem verbalen Rüffel. Das machte ihn Evelyne aber auch nicht sympathischer.

Auch dem Staufener Ehepaar Weigelt und Herrn Erlmann, die hinter Dunkhase standen, passte der Ton des Mannes nicht. »Ein wenig höflicher könnten Sie schon sein«, wies der Exmajor den Abgeordneten zurecht.

Jürgen Weigelt tippte sich mit dem Zeigefinger gegen die Stirn. »Unter Helmut Kohl wäre so einer nicht einmal zum Plakatekleben eingeteilt, geschweige denn für den Bundestag aufgestellt worden«, raunte er seiner Ehefrau zu.

»Sie, das ist eine Beleidigung!«, fuhr Dunkhase auf und wollte auf den alten Herrn losgehen. Er blieb jedoch sofort stehen, als ihm einer der Piraten den Lauf seines Gewehrs unter die Nase hielt.

»Not speaking!«, herrschte der ihn an und versetzte ihm einen Hieb gegen die Brust.

Evelyne bemühte sich gar nicht erst, ihre Schadenfreude zu verbergen. Seit sich das Schiff in der Gewalt der Piraten befand, herrschte an Bord demokratische Gleichheit unter den Passagieren, ganz gleich, ob es sich um Politiker handelte, die sich selbst übermäßig wichtig nahmen, um millionenschwere Wirtschaftsbosse oder die Gewinnerin eines Preisausschreibens einer Frauenzeitschrift. »In Gottes und in der Piraten Hand sind alle Menschen gleich«, murmelte sie und sah sich nun selbst dem Piraten gegenüber, der den Bundestagsabgeordneten geschlagen hatte.

Bevor der Mann etwas sagen konnte, senkte sie den Kopf

und nahm eine unterwürfige Haltung ein. Der Kerl grunzte nur und lehnte sich wieder gegen die Wand.

Langsam ging es weiter. In der Eingangstür zur Küche stand ein Tisch mit viereckigen Kastenbroten, Thunfischdosen und Mineralwasserflaschen. Unter den wachsamen Augen eines Piraten mühte sich ein Koch mit einem kleinen Taschenmesser ab, die Brote in gleich große Teile zu zerschneiden. Jeder Passagier, der an dem Tisch vorbeiging, erhielt ein halbes Brot, eine Dose Thunfisch und eine Wasserflasche als Ration für den ganzen Tag. Bei etwa zweitausend Passagieren dauerte die Essensausgabe mehrere Stunden, und das war von den Piraten so gewollt. Ihre Gefangenen sollten begreifen, dass sie in ihrer Gewalt waren und ihr Leben von ihrer Willkür abhing.

Als Evelyne den Tisch erreichte, schob ihr der Koch ihre Ration zu, während andere Köche und deren Gehilfen dafür sorgten, dass der Nachschub nicht ausging. Zusätzlich zu den Nahrungsmitteln erhielt Evelyne noch einen Zettel, auf dem in schlechtem Englisch stand, dass alle Passagiere sich anschließend in der im Achterdeck gelegenen Lobby einfinden und sich registrieren lassen mussten.

Wie sie die Kerle kannte, hieß dies noch einmal stundenlanges Anstehen, gepaart mit der Angst, wegen irgendeiner Bagatelle ausgesondert und erschossen zu werden. Ganz in Gedanken versunken hatte Evelyne nicht aufgepasst, und so schob sich Dunkhase samt seiner Sippe auf dem Weg zum Achterdeck an ihr vorbei.

Evelyne folgte ihm und unterdrückte ihren Ärger mit dem Gedanken, dass er ihr auf diese Weise keine Rippenstöße mehr versetzen konnte. Da gerade keiner der Piraten zu sehen war, wagte sie es sogar, ein paar Worte zu sprechen.

»Ach, Herr Bundestagsabgeordneter, darf ich mich vorstellen? Ich bin Evelyne Wide, Reporterin bei einem Fernsehsender und einigen überregionalen Zeitungen.«

»Sie sind Reporterin?«, würgte er hervor.

Sie musste lachen, als sie sah, wie die Gesichtszüge des Mannes entgleisten.

»Ich bin die Wide, die die angeblichen Dienstfahrten Ihres Bundestagskollegen Seigerschmidt aufgedeckt hat«, setzte Evelyne mit einem Lächeln hinzu, das an ein Krokodil kurz vor dem Zuschnappen erinnerte.

Zu einer Antwort kam Dunkhase nicht mehr, denn nun erwarteten sie mehrere Piraten, die genau darauf achteten, dass die Passagiere nicht miteinander sprachen.

Wie Evelyne befürchtet hatte, dauerte es auch diesmal endlos. Dabei knurrte ihr Magen, und die Zunge klebte langsam an ihrem Gaumen fest. Schließlich wurde der Bundestagsabgeordnete in die Lobby eingelassen. Seine Frau und die beiden halbwüchsigen Kinder drängten hinterher, um nicht allein warten zu müssen.

Evelyne bedauerte es, nicht Mäuschen spielen zu können. Würde der Herr Abgeordnete versuchen, seinen Rang auszuspielen, um eine bessere Behandlung zu erhalten, auch auf die Gefahr hin, dann als besondere Geisel zu gelten? Oder würde er sich für einen harmlosen Passagier ausgeben, der mit seiner Familie zufällig auf dieses Schiff geraten war?

Der Politiker blieb eine Weile in dem Raum, und mehrmals hörte Evelyne laute Stimmen, ohne etwas verstehen zu können. Als die Tür geöffnet wurde, trieben zwei Piraten Dunkhase mit vorgehaltenen Waffen vor sich her, während seine weinende Frau und die Kinder in eine andere Richtung geschafft wurden.

Noch während die Reporterin ihnen nachblickte, packte ein Pirat sie bei der Schulter und stieß sie in die mit weißen Ledersesseln möblierte Lobby. Zur rechten Hand erstreckte sich auf fast zwanzig Meter Länge die Bar, in der es fast jedes alkoholische Getränk der Welt gegeben hatte. Die langen Regale waren jedoch leer und die drei Barkeeper verschwunden. An ihrer Stelle stand ein Pirat hinter dem Tresen und notierte etwas in ein DIN-A4-Heft. Drei Piraten sorgten mit ihren Waffen dafür, dass keiner der Passagiere vergaß, wer hier das Sagen hatte.

Schließlich hob der Mann den Kopf. »Name!«, schnauzte er sie an.

Evelyne erschrak, konnte es aber nach außen verbergen. Wenn sie ihren Namen nannte, bestand Gefahr, dass die Kerle sie als diejenige erkannten, die vom Schiff berichtet hatte. Gab sie jedoch einen falschen an, würde dies in dem Augenblick auffliegen, in dem die Piraten ihre Aufzeichnungen mit der bordeigenen Datenbank verglichen. Jetzt nimm dich nicht so wichtig, zu glauben, du wärst auch hier am Horn von Afrika ein Begriff, verspottete sie sich selbst und lächelte den Piraten an. »Ich heiße Evelyne Wide!« Wohl zum ersten Mal seit Jahren sprach sie ihren Nachnamen wieder deutsch und nicht anglisiert als Waid aus.

»Deine Arbeit?«, fragte der andere weiter.

»Ich bin Angestellte«, erklärte Evelyne freundlich.

»Mann?«

»Nein, ich bin eine Frau«, verstand Evelyne ihn absichtlich falsch.

»Du …«, der Pirat suchte nach einem entsprechenden Begriff, »verheiratet?«

»Nein!« Evelynes Lächeln minderte sich um keinen Deut, obwohl sie vor Angst fast verging. Dabei half ihr die Disziplin, die sie sich in den beinahe zehn Jahren ihres Reporterlebens angeeignet hatte. Ihr größter Vorteil jedoch war die Meinung der Piraten über Frauen. Obwohl die Männer Sayyidas Befehlen gehorchten, sahen sie in ihr nur die Helferin ihres Vaters und ihres Sohnes, der noch zu jung war, sie anzuführen. Deshalb war Sayyida etwas Besonderes und mit keinem anderen weiblichen Wesen zu vergleichen, am wenigsten mit einer schwächlichen Deutschen, die bereits zusammenzuckte, wenn man nur mit den Fingern schnippte.

Evelyne fand sich daher schneller entlassen, als sie befürchtet hatte, und strebte mit ihrer Tagesration ihrer Kabine zu. Als Erstes trank sie dort einen Schluck Wasser. Dann riss sie die Thunfischdose auf und aß den öligen Fisch mangels Besteck mit den Fingern. Die leere Dose warf sie auf ihren überquellenden Papierkorb und wollte dann die Hände in ihrem Badezimmer waschen. Doch als sie den Hahn aufdrehte, erinnerte sie sich daran, dass die Wasserversorgung an Bord nur für eine Viertelstunde am Abend eingeschaltet wurde, damit die Toiletten durchgespült werden konnten. Ärgerlich leckte sie die Finger ab und rieb sie mit einem nicht mehr ganz sauberen Handtuch trocken.

Als sie anschließend den Laptop aufklappte, tröstete sie sich damit, dass ihr auch dieser Tag genug Stoff für eine gute Reportage bot.

SECHZEHN

Als Evelyne Wide wieder auf Sendung ging, wurde ihr Bericht auch von Petra Waitl empfangen. Diese nahm die Reportage auf und ließ sie dann mehrfach ablaufen. Dabei achteten sie und Henriette auf jede Einzelheit.

»Das sind ja Bedingungen!«, stöhnte Petra, während die Journalistin berichtete, wie die Passagiere behandelt wurden. Als ihr der Bericht über die Prügel und Demütigungen der Menschen an Bord zu viel wurde, rettete sie sich in ihren schrägen Humor. »Wenn ich mir vorstelle, dass ich am Tag nur etwas Brot und eine Dose Thunfisch bekommen würde und den öligen Fisch dann auch noch mit den Fingern essen müsste, wird mir schlecht.«

Henriettes Gedanken liefen in eine andere Richtung. »Was meinst du, können wir mit der Reporterin an Bord Kontakt aufnehmen?«

»Das ist kein Problem. Die E-Mail-Adresse kriege ich leicht heraus.« Petra klickte sich in die Datenbanken des Fernsehsenders und mehrerer überregionaler Zeitungen ein und suchte dort nach Informationen. Nach einer Weile sah sie vom Bildschirm auf.

»Die Wide gehört zur Abteilung Klatsch und Tratsch, geht allerdings Risiken ein. Ich glaube, sie könnte uns helfen, Informationen zu sammeln. Dummerweise hat sie seit der Kaperung der *Lady* mehrere hundert E-Mails erhalten. Also müssen wir dafür Sorge tragen, dass unsere Nachricht nicht im Spamordner verschwindet.«

»Du machst das schon«, sagte Henriette mit einem unternehmungslustigen Lächeln.

»Ich gestalte die Betreffzeile auf ihrem Gerät rot und blinkend, dann schaut sie mit Sicherheit nach. Was soll ich ihr schreiben? Am besten machst du das! Du kennst dich bei Außeneinsätzen besser aus als ich.« Petra räumte großzügig den Platz vor dem Laptop und sah zu, wie ihre Kollegin ihre Fragen in knappen Worten formulierte.

Nachdem Henriette den Text noch einmal gelesen hatte und ihr nichts mehr einfiel, was wichtig sein könnte, schickte sie die Mail ab. Sie drehte sich zu Petra: »Und was machen wir jetzt?«

»Erst einmal auf Hans warten und schauen, ob er etwas Nahrhaftes aufgetrieben hat. Ich habe Hunger. Außerdem könnte ich einen Kaffee brauchen. Meine kleinen grauen Zellen schlafen bald ein.« Petra nahm eine Mineralwasserflasche, trank sie leer, ohne einmal abzusetzen, und schüttelte sich wieder. »Puh, das Wasser ist ja beinahe so warm wie Suppe. Noch ein paar Grad mehr, und ich könnte mir eine Brühe machen.«

»Brühe wäre gar nicht so schlecht. Die ersetzt den Salzverlust beim Schwitzen«, erklärte Henriette.

»Aber dafür ist es viel zu heiß. Ich ziehe ein isotonisches Getränk vor.«

»Dann muss wohl entweder unser Guru den Leuten hier im Camp klarmachen, dass sie für unsere Versorgung zuständig sind, oder wir schicken Hans in die Stadt in der Hoffnung, dass er dort einen Supermarkt auftreibt, in dem er alles kaufen kann, was wir brauchen.«

Auch Henriette sehnte sich nach einem kühlen Schluck Wasser oder Eistee. Sie unterdrückte diesen Drang jedoch und konzentrierte sich wieder auf ihren Job. »Wir sollten versuchen, mehr über die Piraten herauszufinden. Gibt es Nachrichten von unserer Dienststelle?«

»Es gab eine weitere Pressekonferenz, auf der die Kanzlerin wieder einmal erklärt hat, es werde alles Menschenmögliche getan, um das Leben der Passagiere und der Besatzungsmitglieder auf der *Lady* zu schützen. Langsam könnte sie auch einen Papagei zu den Journalisten schicken, dann hätte sie mehr Zeit, sich um die Sache zu kümmern.«

Petra war die immer gleichen Bekenntnisse der Politiker leid, weil diese im Grunde nur eines aussagten, nämlich wie ahnungs- und hilflos sie waren. »Hier kommt gerade eine neue Meldung. Ein Sprecher des Bundeskanzleramts hat erklärt, dass es gelungen sei, den saudi-arabischen Geschäftsmann Abdullah Abu Na'im als Vermittler zu gewinnen. Dieser habe als Schwiegersohn eines somalischen Clanältesten und hohen religiösen Führers gute Verbindungen in das Land und könnte unter Umständen den Kontakt zu den Entführern herstellen.«

Henriette sprang wie elektrisiert auf. »Sagtest du Abdullah Abu Na'im? Aber das ist doch der, den wir in Verdacht haben, er könnte an der Entführung der *Caroline* beteiligt gewesen sein!«

»Ebender«, antwortete Petra lächelnd. »Weißt du was? Langsam formt sich ein Bild. Ich wette eine Pizza Gigante bei unserem neuen Italiener gegen ein Stück trockenes Brot, dass unser Freund Abdullah auch bei der Entführung der *Lady of the Sea* die Finger im Spiel hat.«

»Ich werde nicht gegen dich wetten. Und es nervt mich zunehmend, dass wir nach Djibouti geschickt worden sind. Wir sitzen hier genauso nutzlos herum wie zu Hause. Dabei muss es doch eine Möglichkeit geben, ins Geschehen einzugreifen.«

»Die gibt es, Frau von Tarow!« Wagner kam herein. Seine Zivilkleidung hatte er mit einer braungelben Tarnuniform mit dem Rangabzeichen eines Majors vertauscht. Als er die fragenden Blicke der beiden Frauen sah, lächelte er zufrieden. »Da wir uns unter Militärs bewegen, muss ich mich anpassen, um ernst genommen zu werden. Einem Zivilisten erzählen die Kommissköpfe nämlich gar nichts!«

»Und was haben Sie herausgefunden?«, fragte Henriette gespannt.

»Es gibt Pläne, die beiden Schiffe mit Gewalt zu befreien. Allerdings hat die Kanzlerin das vorerst verboten. Also haben die Herrschaften im Kanzleramtsministerium gemeint, unser Haufen sollte etwas tun – und das werden wir auch!« Wagner klang ausgesprochen unternehmungslustig. »Als Erstes müssen wir irgendwie Verbindung mit der *Lady of the Sea* aufnehmen«, erklärte er.

»Das haben wir bereits in die Wege geleitet. Es gibt an Bord doch diese Fernsehjournalistin, die immer wieder Livereportagen sendet.« Henriette war anzumerken, dass sie sich ein Lob erhoffte.

»Meinen Sie Evelyne Wide? Die liegt unserer obersten Führung schwer im Magen. Am liebsten würde man ihr den Mund stopfen, da ihre Reportagen die öffentliche Meinung in einer Weise beeinflussen, die nicht gern gesehen wird. Vor allem streicht sie die Hilflosigkeit unserer Regierung richtig fett heraus. Dabei wäre auch jede andere Staatsmacht der Welt in einer solchen Situation überfordert, es sei denn, sie löst die Sache mit einem Blutbad. Die *Lady* soll ebenso wie die *Caroline* vermint worden sein. Wenn da etwas passiert, gibt es Hunderte von Toten. Das kann keine Regierung riskieren. Ohne Hilfe von innen geht daher gar nichts – und die zustande zu bringen wird Ihre Aufgabe sein, meine Damen. Herr Borchart wird inzwischen versuchen, Kontakt mit Renk aufzunehmen und ihn zu treffen. Unser Star braucht noch einige Ausrüstungsgegenstände, um richtig eingreifen zu können.«

Petra und Henriette spürten, dass Wagner wieder in seinem Element war. In einer Situation, in der weder Politiker noch Militärs weiterwussten, waren seine Erfahrung und die Fähigkeiten seines Teams gefragt. Trotzdem sahen sie eine Menge Schwierigkeiten auf sich zukommen.

»Wie soll Hans Borchart sich unter den Eingeborenen bewegen? Mit seinen Hand- und Beinprothesen fällt er doch überall auf«, gab Petra zu bedenken.

»Da wird er sich etwas einfallen lassen müssen.« Wagner wirkte ganz so, als wüsste er mehr darüber.

»Dürfen wir vielleicht erfahren, was geplant ist?«, fragte Henriette zornig.

»Natürlich, alles zu seiner Zeit!« Wagner grinste, während er zu einer Wasserflasche griff, diese öffnete und trank. Als er sie wieder absetzte, verzog er das Gesicht. »Zu Hause haben sie uns sofort einen Kühlschrank besorgt. Aber hier müssen wir das Zeug pisswarm trinken. Entschuldigung, ich meine natürlich übertemperiert.«

Da quiekte Petra auf. »Wir haben eine Antwort!«

In dem Augenblick war das kleine Wortgefecht vergessen, und alle starrten auf den Bildschirm. Evelyne Wide hatte nur drei Worte gemailt: »Wer sind Sie?« Der Kontakt war hergestellt, und jetzt ging es darum, das Beste daraus zu machen.

SIEBZEHN

Maggie Dometer war einer Ohnmacht nahe, als sie und Sven Kunath vor der Lobby standen, in der die Passagiere der *Lady of the Sea* sich von den Piraten registrieren lassen mussten. Zwar hatte sie sich schon mehrmals erfolgreich gegen Erpresser zur Wehr gesetzt, doch diesmal sah sie keinen Ausweg. Wenn die Kerle erfuhren, wer sie war, würden sie sie auch dann nicht freilassen, wenn die Regierung auf die Bedingungen der Piraten eingegangen war, sondern weitere Lösegeldforderungen für sie stellen.

»Ich habe Angst«, flüsterte sie Sven zu und sah sich im nächsten Moment erschrocken um. Doch der nächststehende Pirat kaute auf seinen Katblättern herum und schien angenehmen Träumen nachzuhängen. Wahrscheinlich zählt er in Gedanken bereits die Geldscheine, die er als Beuteanteil bekommt, fuhr es Maggie durch den Kopf.

Auch Sven machte sich Gedanken. Zwar glaubte er nicht, so viel wert zu sein, dass die Piraten ihn wie einige andere aus der Masse der übrigen Passagiere herausholen würden, trotzdem spürte er einen harten Klumpen im Magen. Obwohl er ein bekannter Fußballspieler gewesen war, hatte er nie zu den ganz Großen seines Metiers gehört und in der Bundesliga nur bei nachrangigen Mannschaften gespielt. Im Grunde bin ich gescheitert, sagte er sich. Sein durch Fußballspielen verdientes Geld hatte er durch verfehlte Spekulationen seines Vermögensberaters verloren und musste nun froh sein, wenn er sich ein paar Euros bei Fernsehsendungen oder Auftritten in der Provinz verdiente.

Auch auf der *Lady of the Sea* war er nicht als zahlender Passagier mitgefahren, sondern sollte zum Gaudium der Zuschauer zeigen, dass er einen Fußball mehrere hundert Mal mit dem Kopf oder den Füßen jonglieren konnte, ohne dass dieser zu

Boden fiel. Wirkliche Verantwortung hatte er – außer auf dem Fußballplatz – in seinem ganzen Leben noch nicht übernehmen müssen. Nun aber klammerte sich eine zitternde Frau an ihn, als sei er ihr einziger Halt auf der Welt.

»Eintreten, vorwärts!« Einer der Piraten versetzte ihm einen Stoß in den Rücken. Bevor der Kerl auch Maggie schlagen konnte, schob Sven sie vor sich und nahm den zweiten Schlag mit einem leisen Stöhnen hin.

Maggie drehte sich zu ihm um und sah ihn dankbar an. Das entschädigte ihn für die Schmerzen, und er zwang sich jenes geschäftsmäßige Lächeln auf, das er vor der Kamera zeigen musste, selbst wenn ihm Vogelspinnen über den Arm und den Rücken liefen. Schließlich war es sein Job, in solchen Situationen den Helden zu spielen.

Als sie die Lobby betraten, die bis auf einen Mann hinter der Bar und drei bewaffnete Wächter leer war, hatte er sich so weit in der Gewalt, dass er alles, was um ihn herum geschah, als einen – wenn auch bösartigen Scherz – ansehen konnte.

»Salem aleikum«, grüßte er die Piraten frei nach Karl May.

Der Mann hinter der Theke sah auf und schien ihn mit seinem Blick durchbohren zu wollen. »Wer bist du?«

»Kunath, um es genau zu sagen, Sven Kunath.«

»Was machst du?«

»Im Moment stehe ich hier. Ich sehe, ihr habt die ganze Bar ausgeräumt. Habt ihr nicht irgendwo ein kleines Fläschchen Bier übrig? Allerdings hätte ich es gerne gut gekühlt.«

Bislang hatte der Pirat Passagiere erlebt, die entweder vor Angst geschlottert hatten oder in ihrer Wut ausfallend geworden waren. Doch ein Mann, der ihn nach einem kühlen Bier fragte, war ihm noch nicht untergekommen.

»Beruf«, erklärte er und überlegte, ob er seine Kumpane auffordern sollte, den übermütigen Deutschen ein wenig zurechtzustutzen. Der lehnte sich gerade gegen die Barumrandung und deutete mit der Rechten auf seine Füße.

»Ich war Fußballspieler! Bundesliga!«

Das Gesicht des Somali entspannte sich, und zum ersten Mal zeigte sich ein Lächeln. »Mein Name ist Hanif. Ich spiele auch Fußball mit meinen Kameraden im Camp. Ich will sehen, ob ich besser bin als du.«

»Gern! Machen wir es hier oder oben auf dem Promenadendeck? Aber wenn ich gewinne, kriege ich eine Flasche Bier, verstanden?«

Der andere nickte. »Wir spielen hier. Wenn du gewinnst, bekommst du dein Bier.«

Dann wandte er sich an einen seiner Kumpane und forderte ihn auf, einen Ball zu holen. Bis dies geschehen war, unterhielt er sich mit Sven Kunath über Fußball und wusste dabei erstaunlich gut über die englische Premier League und auch über die Bundesliga Bescheid.

»Kennst du Ballack?«, fragte er.

Sven nickte. »Ich habe ein paarmal gegen ihn gespielt. Einmal hat er keinen Stich gegen mich gemacht, mich dafür aber beim nächsten Mal zweimal getunnelt. Verloren haben wir aber jedes Mal.«

Maggie war auf einmal ganz nebensächlich. Nur einmal zeigte Hanif auf sie und fragte: »Wer ist sie?«

»Meine Managerin und meine Freundin!« Sven zwinkerte dem Somali dabei feixend zu.

Hanif machte eine entsprechende Eintragung in sein Buch, legte den Stift aber beiseite, als sein Gefährte mit dem Ball kam. Sie räumten gemeinsam die Sessel weg, dann begann das Spiel.

Der Somali war flink, das merkte Sven sofort. Dennoch gelang es ihm dank seiner Erfahrung, ihn gleich zu Beginn auszuspielen und den Ball zwischen zwei Sesseln, die das Tor markierten, zu versenken. Da er Hanif bei Laune halten wollte, tat er bei dessen Gegenangriff, als würde er stolpern, und ermöglichte ihm den Ausgleich.

Die erste Partie gewann Hanif mit fünf zu drei und grinste dabei vor Freude. Sven tat so, als wäre er bereits außer Puste, und stemmte sich auf den Knien ab. »Ihr Afrikaner habt ein ausgezeichnetes Gespür für den Ball. Da ist es kein Wunder, dass so viele von euch bei uns in Europa spielen und die großen Stars sind.«

Bisher hatte Hanif diese afrikanischen Spieler als Verräter bezeichnet, die zur Unterhaltung der Ungläubigen beitrugen. Als er sich jetzt mit Sven unterhielt und dabei erfuhr, welche Summen diese in Europa erhielten, wünschte er sich, zu ihnen zu gehören und mit dem Geld, das es dort zu verdienen gab, seinen Stamm unterstützen zu können. Das wäre ihm lieber gewesen, als dieses Schiff zu befehligen und seine Hände in Blut tauchen zu müssen.

Sie begannen ein zweites Spiel, das Sven den Somali ebenfalls gewinnen ließ. Zuletzt hob er die Hände. »Du bist heute einfach zu gut für mich. Aber ich möchte Revanche!«

»Wir werden sehen«, antwortete Hanif, der übergangslos wieder in die Rolle als Anführer seiner Stammesmiliz schlüpfte. Bevor er Sven und Maggie wegschickte, langte er jedoch nach unten und brachte eine gekühlte Flasche Bier zum Vorschein.

»Hier, nimm!«

Sven ergriff sie und steckte sie unter sein Hemd. »Danke!« Dann nahm er Maggies Hand und verließ mit ihr die Lobby. Draußen warteten noch etliche Passagiere, die von Minute zu Minute ängstlicher geworden waren. »Die zwei haben sie aber lange drinbehalten. Und hast du die klatschenden Geräusche gehört? Die sind sicher geschlagen worden«, raunte die Bundestagsabgeordnete Blauert ihrem Mann zu und wagte es kaum, einzutreten, als einer der Piraten sie dazu aufforderte.

Maggie und Sven kehrten in die Kabine zurück. Dort setzte sich die Frau erst einmal auf ihr seit Tagen nicht mehr gemachtes Bett und sah ihren Begleiter kopfschüttelnd an. »Ich begreife es noch nicht! Der Kerl hat dich ja fast wie einen Freund behandelt und von mir nichts mehr wissen wollen.«

»Das war ja auch der Sinn der Sache. Ich wollte Hanif von dir ablenken. Als ich merkte, dass er auf Fußball anspringt, war das ganz leicht.« Sven schwieg kurz und holte die Bierflasche unter seinem Hemd hervor.

»War ganz schön eisig auf den Rippen«, sagte er grinsend, wurde dann aber ungewöhnlich ernst. »An diesem Hanif kann man sehen, dass die Welt nicht einfach nur gut und böse ist. Unter anderen Vorbedingungen wäre er wahrscheinlich ein ganz patenter Kerl geworden.«

»Er ist ein Bandit, genau wie die anderen! Hast du nicht gehört, dass ein Deck tiefer zwei Frauen, die zusammen reisen, von diesen Schuften vergewaltigt worden sind? Wenn du nicht bei mir wärst, wären sie auch schon zu mir in die Kabine gekommen!«

Maggie brach in Tränen aus, und es kostete Sven einige Mühe, sie wieder zu beruhigen. Danach öffnete er die Bierflasche, goss den Inhalt in zwei Gläser, die er während der letzten Wasserzuteilung ausgewaschen hatte, und stieß mit ihr an.

»Auf uns beide und darauf, dass wir die Sache hier gut überstehen!«

ACHTZEHN

Die Gegend, durch die sie nun fuhren, war so vermint, dass Dietrich von Tarow nur im Schritt-Tempo vorwärtskam. Auch als sie ein Stück westlich von Maydh die Schotterpiste erreichten, die sich an der Küste entlangzog, änderte sich daran nichts. Immer wieder musste er Minen ausweichen und kam sich dabei vor wie ein Slalomfahrer bei seinem Tanz durch die Stangen. Diese Fahrweise kostete ihn so viel Konzentration, dass er darüber seine Kameraden auf der Ladefläche ebenso vergaß wie die junge Somali auf dem Beifahrersitz.

Jamanah wusste noch immer nicht, was sie von den Fremden halten sollte. Vor allem der Anführer verunsicherte sie. Obwohl sie seine Gefangene war, nahm er Rücksicht auf sie. Wenn sie Pause machten, ließ er sie allein, sodass sie ihre körperlichen Verrichtungen in aller Ruhe erledigen konnte. Dabei hätte sie mit Leichtigkeit fliehen können. In einer unbekannten Gegend und ohne Waffen erschien ihr das jedoch als zu gefährlich. Wenn sie an die Falschen geriet, würden diese ihr Gewalt antun und sie dann an die Araber drüben auf der Halbinsel verkaufen. Da erschien es ihr besser, bei den Fremden zu bleiben, zumal sich die Männer in eine Richtung bewegten, in der Teile ihres Stammes lebten. Dort würde sie hoffentlich eine Möglichkeit finden, sicher nach Hause zurückzukehren. Bei dem Gedanken erinnerte sie sich daran, dass ihre Heimat derzeit im Niemandsland lag und sich ihre Stammesverwandten mit anderen Flüchtlingen in dem Lager bei Xagal drängten. Dort war der einzige Ort, an dem sie Zuflucht finden konnte.

Erneut erklang ein schrilles Fiepen, und der Mann am Steuer riss den Wagen herum. Ein weiteres Geräusch ließ ihn sofort wieder gegensteuern, und dann fuhr er so langsam, wie der Wagen es gerade noch zuließ, zwischen den beiden Stellen hindurch, an denen die Warngeräte Minen ausgemacht hatten.

Zu Beginn hatte Jamanah den Sinn dieses Pfeifens und Fiepens nicht verstanden. Mittlerweile aber hatte sie begriffen, dass es etwas mit den Minen zu tun haben musste, und ihr wurde klar, wie viel Glück sie bei ihrer Fahrt gehabt hatte. Sie hätte jederzeit auf eine Mine stoßen und sterben können. Und sterben, so viel wusste sie jetzt, wollte sie nicht.

»Ich habe Hunger!«, sagte sie langsam und deutlich. Der Mann verstand inzwischen diesen Satz in ihrer Sprache und griff mit einer Hand in die Tasche seiner Uniformjacke. Er brachte einen länglichen, in knisterndes Papier gehüllten Gegenstand zum Vorschein.

»Hier! Aber vorher aufreißen«, erklärte Dietrich, weil seine Gefangene bei ihrer letzten Essenspause beinahe die Hülle mitgegessen hätte. Aus Erfahrung klug geworden, entfernte sie nun die Plastikhaut. Etwas zögernd steckte sie den Energieriegel in den Mund und kaute dann mit dem Ausdruck höchsten Entzückens darauf herum.

Sie ist verdammt hübsch, fuhr es Dietrich durch den Kopf. Bis jetzt hatten Frauen ihn wenig interessiert. Bei jenen, die in der Bundeswehr dienten, hatte er sich angewöhnt, sie als geschlechtslose Kameraden zu betrachten, und mit Zivilistinnen hatte er nichts anzufangen gewusst. Er versuchte sich damit herauszureden, dass Jamanah diesen exotischen Reiz besaß und ihm vor allem durch ihre Größe imponierte. Sie musste auf blanken Sohlen mindestens einen Meter neunzig messen und überragte damit alle Frauen, denen er bislang begegnet war.

Jetzt schalte dein Gehirn wieder ein, schimpfte er mit sich selbst. Im Grunde ist sie nichts anderes als ein kleines Wesen, das du irgendwo gefunden hast und um das du dich kümmern musst. Spätestens in ein oder zwei Tagen trennen sich ihre und deine Wege, und du wirst sie bald darauf vergessen haben.

Während er noch grübelte, griff Jamanah ins Steuer und riss es herum. Jetzt erst drang das Pfeifen des Minenwarngeräts in sein Bewusstsein, und er begriff, dass er sie beinahe alle ins Verderben gesteuert hätte.

»Danke«, sagte er zu Jamanah und nahm sich vor, besser aufzupassen.

NEUNZEHN

Kurz vor Raguuda trafen sie auf den ersten Vorposten von Somaliland. Die Wachen richteten ihre Waffen auf sie, erkannten dann aber die europäischen Soldaten und entspannten sich.

Ein junger Offizier kam ihnen ein Stück entgegen und salutierte. »Captain Ikrum. Sie sind sicher die Überlebenden der deutschen Einheit, die den Schuften in Laasqoray eingeheizt hat!«

Der freundliche Empfang erleichterte Dietrich. Er wusste zu wenig über Somalia, um über die politische Lage informiert zu sein. Von seinen Vorgesetzten hatte er nur erfahren, dass sie mit der befreiten *Caroline* nach Westen zum Hafen von Berbera fahren sollten.

»Major von Tarow«, stellte er sich vor. »Wenn Sie uns Ihren Arzt zur Verfügung stellen könnten, wären wir Ihnen dankbar. Wir haben Verwundete.«

»Ich bringe Sie zu unserem Hauptquartier. Dort finden Sie einen Arzt. Allerdings wird General Mahsin mit Ihnen sprechen wollen. Wir haben Sie schon eine ganze Zeit beobachtet und uns gewundert, dass Sie den Minen ausweichen konnten. Die bereiten uns derzeit arge Zahnschmerzen. Aber kommen Sie! Sie wollen Ihre Leute sicher rasch in ärztliche Obhut geben.«

Ikrum ging um den Wagen herum und quetschte sich neben Jamanah in die Fahrerkabine. Diese rückte mehr auf den Deutschen zu und kämpfte gegen die aufsteigende Panik, weil sie sich zwischen zwei Männern eingezwängt fand.

»Ab hier können Sie unbesorgt fahren. Hier haben wir bereits alle Minen entfernt«, erklärte Ikrum.

Die Löcher allerdings gelassen, fuhr es Dietrich durch den Kopf, denn vor ihm lag eine Achsen-und-Stoßdämpfer-Teststrecke, die es in sich hatte.

Als sie nach wenigen Kilometern Raguuda erreichten, atmete er auf. Der kleine Ort hatte sich in ein Heerlager verwandelt. Hunderte von Soldaten bewegten sich zwischen den kleinen Zelten oder hockten auf dem Boden und reinigten ihre Gewehre. Ein etwas größeres Zelt trug einen aufgemalten Roten Halbmond, der es als Lazarett kennzeichnete. Auf einen Ruf des Captains eilten mehrere Sanitäter und ein Arzt heraus. Dieser sah sich die drei Verletzten kurz an und befahl dann seinen Helfern, sie ins Hospitalzelt zu bringen.

Dietrich gab einem der Soldaten einen Wink. »Sie bleiben bei Grapengeter und den anderen Verwundeten. Informieren Sie mich sofort, wenn ihr Zustand sich ändert.«

Der Mann nickte und folgte dem Arzt. Unterdessen waren auch die übrigen Männer von der Ladefläche gestiegen und dehnten ihre Muskeln. Alle wirkten erleichtert, dass sie es bis hierher geschafft hatten. Auch er war froh darüber, obwohl ihm der misslungene Angriff auf die *Caroline* und der Verlust der dort gefallenen Kameraden noch immer schwer auf der Seele lagen.

Er verließ den Wagen, drehte sich um und blickte Jamanah an, die auf dem Beifahrersitz saß und sich nicht rührte. Waren die Leute, zu denen sie gekommen waren, etwa Feinde von ihr oder ihrem Stamm?, fragte Dietrich sich. Wenn das so war, durfte er sie nicht einfach hier zurücklassen. Mit dem Gefühl, sich eine Verantwortung aufgeladen zu haben, die ihn zusätzlich belastete, forderte er sie zum Aussteigen auf.

»Keine Angst! Ich sorge schon dafür, dass dich keiner frisst«, setzte er hinzu, obwohl er wusste, dass sie ihn nicht verstand.

Jamanah sah die Geste des fremden Anführers, zögerte aber. Am liebsten wäre ihr gewesen, wenn sie sich jetzt wieder selbst hinters Steuer setzen und den Weg nach Xagal hätte suchen können. Da ihr nichts anderes übrigzubleiben schien, als zu gehorchen, stieg sie aus und gesellte sich unbewusst zu dem hünenhaften Fremden.

Unterdessen kam Ikrum zurück, der seinen Kommandeur über die Ankömmlinge informiert hatte. »Der General würde gerne mit Ihnen sprechen, Major. Ihn interessiert brennend, auf welche Weise Sie den Minen ausweichen konnten.«

Die Frage erinnerte Dietrich an die Minenwarngeräte, die noch immer vorne an Jamanahs Wagen befestigt waren. Mit einer Handbewegung deutete er seinen Männern an, dass sie diese entfernen sollten, und folgte Ikrum zu einem etwas abseits gelegenen Zelt. Da Jamanah nicht wusste, was sie tun sollte, ging sie mit ihm.

General Mahsin saß auf einem Klappstuhl hinter einem einfachen Tisch, auf dem eine Karte der Region lag. Als Dietrich eintrat, wies er einen Soldaten an, einen weiteren Klappstuhl für den Gast zu bringen, und musterte den Deutschen mit einer gewissen Anspannung. »Ich freue mich, dass Sie unbeschadet bis hierher durchgekommen sind. Es wird nicht leicht gewesen sein, denn dieser elende Hund Diya Baqi Majid hat einen großen Teil seiner Leute bei Maydh zusammengezogen.«

»Wir haben Maydh umgangen und sind erst danach auf die Küstenstraße gestoßen. Das war etwa hier!« Dietrich zeigte auf ein auf der Karte eingezeichnetes Flussbett, das jedoch ausgetrocknet war. Dem war er mit dem Wagen gefolgt und hatte auf diese Weise die Küstenstraße erreichen können.

»Und was haben Sie hinter Maydh gesehen?«

»Wenig. Wir haben die Küstenstraße gemieden und uns an den Ausläufern des Gebirges entlangbewegt«, erklärte Dietrich.

»Mit dem Wagen?« General Mahsin klang ungläubig, denn die von Dietrich genannte Strecke war selbst für einen Geländewagen nicht zu bewältigen.

»Nein, da mussten wir noch zu Fuß gehen. Auf den Wagen und seine Besitzerin sind wir …«, Dietrich versuchte, die Karte zu lesen, und zeigte dann auf eine Stelle, »etwa hier gestoßen. Von da sind wir so weitergefahren.« Sein Zeigefinger fuhr über die Karte und blieb auf dem Namen Raguuda stehen.

»Sie sagen Besitzerin? Das ist eine Frau? Wer ist sie?«, fragte der General und betrachtete Jamanah misstrauisch.

»Das kann ich Ihnen nicht sagen. Sie hat uns ihren Wagen zur Verfügung gestellt, damit wir schneller vorwärtskommen konnten. Ach ja, kurz vorher sind wir auf eine Kamelpatrouille gestoßen und haben diese verscheucht.«

»Wir haben die Schüsse gehört«, erklärte Mahsin, ohne seinen Blick von Jamanah zu lösen. Es schien ihm kaum glaublich, dass es sich bei ihr um eine Frau handeln sollte. Obwohl er nicht gerade klein war, ragte sie, als er aufstand, noch einmal um eine Handbreite über ihn hinaus.

»Wer bist du?«, schnauzte er sie in seiner Muttersprache an.

»Ich bin Jamanah aus Afduuga«, antwortete die junge Frau. »Die Blutsäufer haben die meisten Bewohner unseres Dorfes umgebracht. Nur wenige kamen mit dem Leben davon.«

»Afduuga?« Der General überlegte kurz. »Die Leute sind doch nach Xagal evakuiert worden. Was machst du hier, und woher hast du das Auto? Das hast du sicher irgendwo gestohlen!«

Jamanah schüttelte empört den Kopf. »Ich habe den Wagen nicht gestohlen, sondern von den Blutsäufern erbeutet. Ich konnte die Männer überraschen und mit meinem Gewehr erschießen.«

»Du willst schießen können?« Mahsin begann zuerst zu lachen, hob dann aber die Hand, als wolle er Jamanah schlagen.

Dietrich hielt es für an der Zeit, einzugreifen. »Was ist mit dem Mädchen? Was sagt sie?«

Der General drehte sich mit spöttischer Miene zu ihm um. »Sie behauptet, mehrere Männer getötet und dabei das Auto erbeutet zu haben. Außerdem will sie schießen können.«

»Nun, das ist doch leicht zu beweisen. Sie haben doch sicher einen Schießstand.« Eigentlich könnte es mir gleich sein, was mit diesem seltsamen Mädchen passiert, dachte Dietrich. Trotzdem fühlte er sich verpflichtet, ihr beizustehen.

Nach kurzem Zögern nickte der General. »Sie soll uns zeigen, wie gut sie schießen kann.« Er wandte sich wieder an Jamanah. »Du wirst jetzt schießen. Kannst du es nicht, lasse ich dich wegen deiner Lügen auspeitschen!«

Jamanah nickte, trat auf Dietrich zu und versuchte ihm zu erklären, dass sie ihre Kalaschnikow bräuchte.

Da der Major nicht wusste, welche Waffe sie meinte, rief er einen seiner Männer herein und forderte ihn auf, alle Waffen zu bringen, die sie bei Jamanah gefunden hatten.

Als der Major die vier modernen Cobray M-11 sah, nahm er eine davon in die Hand und sah dann Dietrich an. »Wie kommt das Mädchen an diese Waffen?«

»Wahrscheinlich hat sie sie mit dem Wagen erbeutet. Auf alle Fälle ist es interessant, zu wissen, dass es diese Dinger hier in größerer Zahl gibt. Irgendjemand unterläuft das Waffenembargo und liefert das neueste Kriegsgerät.«

Unterdessen hatte Jamanah ihre Kalaschnikow an sich genommen, überprüfte das Magazin und wandte sich mit einer auffordernden Geste an den General. »Ich bin bereit!«

Mahsin knurrte, verließ dann aber das Zelt und deutete auf mehrere kleine Felsen, die etwa hundert Schritt entfernt standen. »Wenn du einen davon triffst, will ich dir glauben.«

Während er einen Schritt zurücktrat, als hätte er Angst, sie könnte versehentlich ihn treffen, hob Jamanah die Waffe, zielte und feuerte den ersten Schuss ab. Bei dem kleinsten Felsen stob eine kleine Splitterwolke auf.

Der General keuchte überrascht, doch da schoss Jamanah erneut und traf den Felsen ein zweites Mal. Als auch der nächste Schuss ein Treffer war, hob Dietrich die Hand. »Ich glaube, das reicht!«

Insgeheim war er nun froh, dass es ihm und seinen Männern gelungen war, Jamanah zu überraschen. Wäre das Mädchen gewarnt gewesen, hätte es einen Schusswechsel und wahrscheinlich Verletzte gegeben. Der Gedanke, dass er in dem Fall vielleicht sogar Jamanah mit eigener Hand erschossen hätte, ließ seine Knie weich werden.

Tief durchatmend klopfte er ihr auf die Schulter. »Gut gemacht! Ich hätte nicht besser schießen können.«

Obwohl Jamanah ihn nicht verstehen konnte, begriff sie, dass das ein Lob war, und lächelte ihn an.

Der General brummte ärgerlich. »Dem Kerl, der diesem Mädchen das Schießen beigebracht hat, sollte man das Fell gerben. Wo kämen wir hin, wenn auch noch die Frauen in den Krieg ziehen würden? Die ganze Disziplin wäre beim Teufel. Na ja, wenigstens hat sie sich damit die Peitsche erspart. Ihre Waffen werden jedoch konfisziert.« Da er am Ende in den gebräuchlichen Dialekt des Somalischen übergegangen war, hörte Jamanah, was er vorhatte, und wurde zornig.

»Dieses Auto und die Waffen sind meine Beute, mit allem, was noch auf dem Wagen geladen ist. Ich fordere es für mich!«

»Du hast gar nichts zu fordern«, fuhr Mahsin sie an.

Dietrich bemerkte den beginnenden Streit und griff ein. »Was gibt es, General?«

Mahsin blies verächtlich die Luft durch die Nase. »Das Mädchen meint, der Wagen und die MPs wären seine Beute. Doch was will es damit? Es soll froh sein, wenn wir ihm das alte Sturmgewehr lassen. Die anderen Waffen brauchen wir für den Krieg!«

»Trotzdem können Sie ihr nicht einfach alles wegnehmen.« Dietrich wollte nicht, dass Jamanah seinetwegen einen Schaden erlitt, und redete mit Engelszungen auf General Mahsin ein, ihr wenigstens eine Entschädigung zukommen zu lassen.

Der Somali brachte mehrere Einwände, nickte aber zuletzt. »Also gut, sie bekommt etwas. Aber nur Ihnen zuliebe! Dafür müssen Sie mir aber einen Gefallen tun.«

»Wenn es in meiner Macht steht, gerne«, sagte Dietrich.

»Es steht in Ihrer Macht. Captain Ikrum hat mir erzählt, dass Sie mit dem Wagen durch das Minenfeld der Warsangeli-Milizen gekommen sind. Diese verdammten Hunde haben vor ein paar Wochen Maydh besetzt. Wir müssen diese Stadt unter allen Umständen zurückgewinnen, Major! Sie ist das Symbol unseres Stammes, unsere heilige Stätte. Sie in der Hand des Feindes zu wissen, ist ein Schlag ins Gesicht unseres Volkes. Aber der verdammte Minengürtel davor macht es uns unmöglich, einen Angriff zu starten. Wir würden bei dem Versuch so große Verluste erleiden, dass Diya Baqi Majids Männer uns zurückschlagen können. Aber wenn wir eine weitere Niederlage erleiden, erlischt der Kampfgeist unserer Armee, und wir müssen die Provinzen Sanaag, Togdheer und Sool aufgeben. Das wäre mehr als die Hälfte unseres Stammesgebiets!«

Die Stimme des Generals klang beschwörend, und Dietrich verstand, was den Mann bewegte. Die politische Führung seines Landes hatte die gesamte Verantwortung für den weiteren Bestand Somalilands auf ihn abgewälzt. Scheiterte er, würde sein Name für immer mit dem Niedergang seines Volkes verbunden sein.

Doch wog ein gewisses Verständnis für Mahsins Motive es auf, sich ohne Befehl oder Erlaubnis aktiv an den Kämpfen in Somalia zu beteiligen?, fragte Dietrich sich. Nun fand er es doppelt ärgerlich, dass seine Vorgesetzten es unterlassen hatten, ihn über die hiesigen Zustände zu informieren. Wenn er sich jetzt falsch entschied …

Er dachte diesen Gedanken nicht zu Ende, sondern sah Jamanah an. Den Worten Mahsins zufolge war ihr Dorf von den Feinden jenseits der Grenzen überfallen und der größte Teil der Bewohner ermordet worden. Sie selbst hatte man mit den Überlebenden in ein Flüchtlingslager im Binnenland geschickt. Er wusste nicht, aus welchen Gründen sie diesen Ort wieder verlassen hatte, um ins Grenzgebiet zurückzukehren.

Eines aber konnte er mit hundertprozentiger Sicherheit sagen: Ohne sie hätten er und seine Leute es niemals bis zu General Mahsins Truppen geschafft. Wenn Leutnant Grapengeter am Leben blieb, so war dies ebenso ihr Verdienst wie die Tatsache, dass sie auf ihrer Flucht keine weiteren Verluste erlitten hatten.

Er sagte sich, dass er sich am besten revanchieren konnte, wenn er mithalf, ihre Heimat wiederzugewinnen. Daher wandte er sich an Mahsin. »Also gut, ich bin dabei! Allerdings möchte ich, dass meine verletzten Männer nach Berbera gebracht werden. Ich bleibe bei Ihnen und suche für Ihre Leute einen Weg durch die Minen.«

»Ich danke Ihnen!« Mahsin ergriff seine Hand und schüttelte sie. Dann wies der General auf Jamanah. »Ich habe derzeit nicht die Möglichkeit, das Mädchen in das Flüchtlingslager von Xagal zurückbringen zu lassen. Sie können es vorerst behalten.«

Dietrich gefiel der verächtliche Tonfall nicht, in dem Mahsin über Jamanah redete. Andererseits war es für sie wahrscheinlich besser, wenn sie in seiner Nähe blieb. Dann aber verdrängte er Jamanah wieder aus seinen Gedanken und sprach mit dem General den geplanten Angriff durch. Dieser brachte noch einen weiteren Punkt vor, um Dietrich die Zusammenarbeit schmackhaft zu machen.

»Wenn wir Maydh eingenommen haben, sind wir in der Lage, kurz darauf bis Laasqoray vorzustoßen. Die dortigen Milizen haben einige Ihrer Leute gefangen genommen und werden diese als wichtige Geiseln in der Stadt einsperren. Wenn alles gut geht, werden wir sie befreien!«

Das, sagte Dietrich sich, war wahrlich ein Grund, hierzubleiben. Um aber die gefangenen Männer von Boot zwei befreien zu können, benötigte er nicht nur die Unterstützung der hiesigen Somalis. Er musste auch die ihm verbliebenen Männer fragen, wer von ihnen bereit war, mitzumachen. Die anderen würde er zusammen mit den Verletzten evakuieren lassen. Doch vorher brauchte er etwas zu essen, denn Trockennahrung machte auf die Dauer nicht satt. Auch Jamanah schien hungrig zu sein, denn sie sah sich unruhig um, während ihr Magen hörbar knurrte.

ZWANZIG

Der Wagen war alt und verbeult, aber aufgetankt und mit einem schweren MG bestückt, das an einer Halterung neben dem linken Rücksitz eingebaut worden war. Außerdem stapelten sich im Gepäckraum Dieselkanister, Decken, Wasserflaschen und Vorräte für mehr als eine Woche.

Nachdem ihr erster Versuch, nach Laasqoray zu gelangen, unter dem Mangel an Wasser, Nahrung und Ausrüstung gelitten hatte, wollte Omar Schmitt diesmal kein Risiko eingehen. Das hieß allerdings auch, dass sie sich nicht auf den üblichen Wegen durch das Land des Feindes bewegen durften. Aus diesem Grund hatte er mit Al Huseyin zusammen eine Route ausgearbeitet, auf der sie das Gebirge umgehen und sich der Stadt von Süden her nähern konnten.

Den Weg kannten Omar Schmitt und die beiden Männer, die ihn und Torsten Renk begleiten würden, zur Genüge. Aber sie durften ihn nicht in der Uniform von Soldaten aus Somaliland antreten. Daher hatten sie sich als Stammesmilizionäre getarnt, wie sie zu Hunderten in den Warsangeli- und Dulbahante-Gebieten umherstreiften. Torsten Renk steckte in einer Art Räuberzivil, das aus einer verwaschenen Militärhose in Tarnfarben sowie aus einem einstmals weißen, kragenlosen Hemd bestand, das er über der Hose trug. Ein rotes Tuch als Gürtel, ein weiteres um den Kopf und dazu eine uralte Baseballmütze vervollständigten sein Kostüm. Bewaffnet war er neben seiner im Gürtel versteckten Sphinx AT2000 mit einem italienischen Beretta-Karabiner und einem unterarmlangen Krummdolch. Da Omar ihm Gesicht und Hände mit einer dunklen Paste eingerieben hatte, sah er zumindest auf den ersten Blick wie ein Einheimischer aus.

»Sie sollten den Leuten, denen wir begegnen, nicht ins Gesicht schauen. So helle Augen wie Sie hat in dieser Gegend keiner«, wies Al Huseyin Torsten in spöttischem Tonfall an, als der Trupp in den Wagen stieg.

Torsten ging nicht auf die Bemerkung ein, sondern überprüfte das Maschinengewehr. Nach einigen Zielübungen, bei denen der Lauf auch kurz auf Al Huseyin zeigte, nickte er zufrieden. »Das Ding ist zwar nicht gerade das modernste, dafür aber robust. Mit dem können wir uns einiger Neugiernasen erwehren.«

»Können Sie mit dem MG umgehen?«, fragte Omar Schmitt.

»Natürlich! Immerhin war ich bei der kämpfenden Truppe im Sudan und in Afghanistan, bevor ich zu den Schlapphüten gesteckt worden bin.« Torsten war gut gestimmt, denn nach der zermürbenden Warterei und einigen herben Rückschlägen tat sich endlich etwas.

»Dann sollten Sie es übernehmen. Meine Leute sind nicht so geübt darin«, sagte Omar Schmitt, der froh darüber war, dass weder Al Huseyin noch der Untergebene, der neben ihm stand, Deutsch sprachen. Die beiden hätten ihm vehement widersprochen, denn für sie war ein Somali grundsätzlich ein guter Krieger. Bei dieser Aktion galt es jedoch, die Stärken jedes Einzelnen auszunützen. Deshalb war ihm ein in Afghanistan erprobter Soldat am MG lieber als jemand, der nur gelegentlich zur Übung damit geschossen hatte.

»Sie sollten aufbrechen«, erklärte Al Huseyin, »sonst erwischt Sie die Nacht noch mitten in einem Minenfeld. Ich glaube nicht, dass Sie dort ruhig schlafen werden.«

Torsten ärgerte sich gegen seinen Willen erneut über die Überheblichkeit des Mannes. Irgendwann, sagte er sich, würde er eine Stecknadel nehmen und diesen aufgeblasenen Ballon zum Platzen bringen. Doch das hatte Zeit. Jetzt galt es erst einmal, nach Laasqoray zu kommen und zu erkunden, wie die *Lady of the Sea* befreit werden konnte.

Omar Schmitt setzte sich hinter das Steuer und winkte einem seiner Männer, auf dem Beifahrersitz Platz zu nehmen, während Torsten sich mit dem anderen Somali die Rückbank teilte. Nach einer flapsigen Bemerkung zu Al Huseyin, die mehr dazu diente, seine Anspannung zu verbergen, ließ Omar Schmitt den Motor an und fuhr los.

Die erste Strecke legten sie auf eigenem Gebiet zurück, und ihr vorerst einziger Feind waren die schlechten Straßen. Teilweise mussten sie die Betten ausgetrockneter Bäche benutzen und benötigten mehrmals die Seilwinde des Geländewagens, um sich wieder herauszuziehen. Ihre Durchschnittsgeschwindigkeit pendelte sich bei weniger als dreißig Kilometer in der Stunde ein. Bei dem Tempo, schätzte Torsten, würden sie Laasqoray erst erreichen, wenn die Lösegeldverhandlungen mit den Piraten bereits abgeschlossen waren.

»Geht es nicht schneller?«, fragte er Omar Schmitt.

Der schüttelte mit verkniffener Miene den Kopf. »Nicht wenn wir so unauffällig wie möglich nach Laasqoray gelangen wollen. Die Dulbahante und Warsangeli, durch deren Gebiet wir fahren, machen mit Spionen kurzen Prozess.«

»Das ist mir klar, Oberst. Aber muss ich mich darüber freuen, dass wir so langsam sind?«

Omar Schmitt lachte kurz auf. »Natürlich nicht! Doch wer in diesem Land überleben will, muss sich gut überlegen, wohin er seinen nächsten Schritt setzt. Ein Fehltritt, und es macht bum!«

»Wann werden wir das Minenfeld erreichen?«

»Wir müssten bald dort sein.«

»Hoffentlich bemerken wir es auch früh genug, und nicht erst, wenn uns bereits Flügelchen wachsen und wir in den himmlischen Chor eingereiht werden!«, gab Torsten bissig zurück.

»Keine Angst, Renk. Wir haben eine Karte, in der die Wege durch die Minenfelder verzeichnet sind. Wenn wir hindurch sind, werden wir sie allerdings verbrennen müssen, damit sie nicht durch einen dummen Zufall in die Hände unserer Feinde gerät. Oder ziehen Sie es vor, das Papier nach alter Agentensitte zu verspeisen?«

Torsten betrachtete die Karte, die Tamid, wie der Soldat auf dem Beifahrersitz hieß, eben ausbreitete, und lachte. »Das wäre eine zu große Portion. Aber was machen wir, wenn wir uns auf demselben Weg zurückziehen müssen?«

»Das sollten wir um jeden Preis vermeiden. Wir müssen die Karte vernichten. Wenn diese elenden Mordbrenner sie in die Hände bekommen, würden sie weitere Gebiete unseres Landes verheeren und einen Flüchtlingsstrom auslösen, der Hunderttausende mit sich reißen wird. Das wäre das Ende von Somaliland.«

Omar Schmitt war die Angst um sein Land anzumerken. Mit der Ruhe und der Sicherheit, die die Minenfelder Somaliland gewährten, wäre es dann vorbei, und das Land würde in den gleichen Teufelsstrudel geraten wie der Rest von Somalia. Doch ehe er etwas sagen konnte, vernahmen sie Schüsse.

»Dort drüben ist etwas im Gang«, rief Omar und hielt auf die Stelle zu.

Torsten erhob sich, um mehr zu sehen, und machte das MG schussbereit. Dabei erregte eine dunkle Rauchfahne seine Aufmerksamkeit.

»Dort vorne brennt es!«, rief Omar Schmitt und drückte so aufs Gas, dass der Wagen auf dem unebenen Gelände wild hin und her schaukelte. Doch keiner seiner Passagiere beschwerte sich. Alle starrten auf die Bodenwelle, in der nun ein in Flammen stehender Geländewagen in Sicht kam. Drei Soldaten mit dem Emblem Somalilands auf der Schulter lagen starr um ihn herum.

Mit einem Fluch bremste Omar ab und hielt in der Nähe des brennenden Autos an. »Das war eines unserer Minenleger-Teams! Jemand hat es angegriffen und die Leute umgebracht.«

»Hatten die Männer eine Karte mit den Minen bei sich?«, fragte Torsten.

»Ja, wenn auch nur für das Gebiet, in dem sie die Minen legen sollten. Doch selbst das ist fatal, denn unsere Feinde wissen jetzt, wie sie an dieser Stelle durchkommen können.« Omar befahl Tamid, sich um die Soldaten zu kümmern, auch wenn er kaum Hoffnung hatte, noch Leben in ihnen zu finden.

Er blickte angestrengt nach Norden. »Sehen Sie die Radspuren, Renk? Das waren mindestens drei schwere Geländewagen. Wie es aussieht, haben die Kerle noch nicht genug Unheil angerichtet, sondern wollen auf unsere restlichen Minenleger losgehen. Wir müssen den armen Hunden helfen. Gegen diese Mörderbande haben sie einzeln keine Chance.«

Omar wartete gerade noch ab, bis sein Beifahrer zurückkam und meldete, dass alle Männer tot seien und die Ausrüstung gestohlen oder zerstört sei. Dann folgte er den Spuren der Angreifer.

Torsten überlegte, ob er Einwände erheben sollte. Immerhin wollten sie nach Laasqoray fahren und sich nicht mit anderen Milizen herumschlagen. Dann aber dachte er an die Männer, die den Minengürtel legen sollten. Auch wenn sie durch die Schüsse gewarnt worden waren, hatten sie mit ihren altersschwachen Jeeps keine Chance gegen die modernen Fahrzeuge ihrer Gegner. Außerdem, so rief er sich ins Gedächtnis, war er hierhergeschickt worden, um den Menschen in Somaliland zu helfen, sich gegen solche Banden zu behaupten.

»Geht es nicht ein bisschen schneller? Die Kerle entkommen uns sonst«, forderte er Omar auf. Dieser nickte verbissen und schaltete in einen höheren Gang.

Torsten hob das Fernglas an die Augen und suchte den Horizont ab. Einen guten Kilometer voraus entdeckte er einen leichten Geländewagen, der in hohem Tempo über die Steppe raste. Drei schwere Fahrzeuge folgten ihm und holten mehr und mehr auf. Dabei versuchten sie, den Verfolgten in die Zange zu nehmen.

»Etwas mehr nach rechts«, befahl Torsten Omar und leitete diesen so, dass sie ein Stück des Weges abkürzen konnten.

»Hoffentlich halten unsere Männer durch, bis wir sie erreicht haben«, stöhnte der Mann neben ihm.

»Dann müssen wir noch schneller werden!« Omar trat jetzt das Gaspedal voll durch und verwandelte den Wagen in einen Gummiball.

»Hoffentlich halten die Stoßdämpfer und Achsen das aus«, warnte Torsten.

Omar lachte grimmig. »Keine Sorge, das tun sie! Ich habe mir ein robustes Gefährt ausgesucht. Da mache ich mir mehr Sorgen um unsere Leute, denn deren Kasten hält dieses Tempo nicht lange durch.« Es war, als hätte er das Unglück herbeigerufen, denn der verfolgte Wagen brach auf einmal nach rechts aus und überschlug sich mehrmals.

»Scheiße!«, schrie Omar auf Deutsch und raste auf die drei Geländewagen zu, die sich jetzt bei dem verunglückten Gefährt sammelten. Sie konnten allerdings nicht verhindern, dass die Kerle von ihren Fahrzeugen aus auf die verletzten oder bereits toten Somaliland-Soldaten schossen. Zuletzt rollte einer eine Handgranate unter den auf dem Kopf liegenden Jeep, und noch während diese explodierte, fuhren die Angreifer johlend los.

Einer der Schurken entdeckte nun den sich nähernden Geländewagen und gab mit einer kurzen Salve aus seinem Sturmgewehr Alarm. Alle drei Fahrer wendeten ihre Autos und rasten auf ihren Verfolger zu.

»Das wird haarig werden«, stöhnte Omar und steuerte nach links, um nicht in die Zange genommen zu werden. Ihre Gegner vollzogen ebenfalls eine Richtungsänderung und schwärmten aus, um ihnen von drei Seiten den Weg zu verlegen.

»Wir müssen es mit ihnen aufnehmen. Wenn wir wenden, verlieren wir zu viel Zeit und haben sie im Nacken.« Seinen Worten zum Trotz zwang Omar den Wagen in eine langgestreckte Linkskurve. Drüben begann das erste MG zu feuern, doch die Geschossgarbe strich weit an ihrem Fahrzeug vorbei.

Torsten fixierte den vordersten Angreifer und richtete das MG darauf aus. Doch als er den Abzugsbügel zog, verließen nur ein paar Geschosse den Lauf. Dann klemmte das Schloss.

»Wir haben Ladehemmung!«, schrie er wütend auf und hämmerte mit der Faust gegen die Waffe, um die Patrone zu lösen. Der neben ihm sitzende Soldat feuerte sein Sturmgewehr ab, doch gegen drei schwere MGs war dies ein ungleiches Duell.

Omar riss den Wagen erneut herum und raste in Richtung Osten. Für ihre Verfolger sah es so aus, als hätte er die Nerven verloren.

»Schau auf die Karte! Schau auf die Karte!«, schrie er Tamid an, während er auf einen bereits fertig ausgelegten Teil des Minengürtels zufuhr.

»Mehr nach links. Wir müssen direkt an diesem Felsen dort vorne vorbei!« Tamids Stimme zitterte vor Angst. Dennoch versuchte er, Omar trotz der hohen Geschwindigkeit des Wagens durch den Minengürtel zu leiten.

Auf ihrem Weg kamen sie ziemlich nahe am äußersten Verfolgerfahrzeug vorbei. Diesmal zielten die Kerle besser. Torsten zog den Kopf ein, als die Geschosse knapp über seinem Scheitel dahinsurrten, und er hörte, wie es zweimal ins Blech einschlug. Doch der Wagen fuhr noch immer. Omar verwandelte ihn nun in einen Haken schlagenden Hasen, um den ersten Minen zu entgehen. Er wagte nicht, die Geschwindigkeit zu verringern.

Erneut zogen Leuchtspurgeschosse über ihren Wagen hinweg, und jede Salve kam näher. Dann knallte es fürchterlich.

Als Torsten sich umdrehte, sah er, wie der vorderste Wagen ihrer Verfolger durch die Luft geschleudert wurde und dann so hart auf den Boden aufschlug, dass drei weitere Minen explodierten.

Der Mann neben Torsten stieß einen Jubelruf aus. Dadurch überhörte Omar beinahe Tamids Anweisung, scharf rechts zu fahren, und lenkte den Wagen gefährlich knapp an einer vergrabenen Mine vorbei, die jedoch nicht explodierte. Durch das Rütteln hatte sich die verklemmte Patrone im MG gelöst, und Torsten gelang es nun, sie zu entfernen und den Munitionsgurt neu einzulegen. Als er diesmal durchlud und feuerte, funktionierte die Waffe. Seine Salve traf den nächsten Wagen. Der fuhr weiter geradeaus, als sei nichts geschehen. Doch nach dreißig, vierzig Metern traf auch er auf eine Mine und wurde in Stücke gerissen.

»Jetzt haben wir nur noch einen am Hals«, murmelte Torsten.

»Oder auch nicht. Der Kerl will Fersengeld geben! Aber er darf uns nicht entkommen.« Omar wendete den Wagen in mehreren verwinkelten Kurven, die ihm sein Kartenleser vorgab, und machte sich an die Verfolgung. Da der andere nicht wagte, mitten im Minengebiet schnell zu fahren, holten sie trotz ihres schlingernden Kurses rasch auf. Torsten zielte auf den Wagen und gab drei kurze Feuerstöße ab.

Zuerst glaubte er, das Ziel verfehlt zu haben, doch da flogen die Einzelteile eines Hinterreifens davon, und das Gefährt neigte sich zur Seite.

»Gut gemacht! Vielleicht erwischen wir die Kerle jetzt lebend!« Omar wollte Gefangene machen, die er zum nächsten eigenen Stützpunkt zurückbringen konnte, und hatte dabei ganz vergessen, dass sie auf einer geheimen Mission waren. Noch während er sich die Fragen überlegte, die er den Kerlen stellen wollte, fuhr auch der andere Wagen auf eine Mine. Es knallte noch einmal kräftig, dann war nur noch das Brummen ihres Motors zu vernehmen.

»Schade! Ich hätte so gerne einen der Schurken verhört.« Omar seufzte kurz und wurde dann so langsam, wie es angesichts der Minen um sie herum angebracht war.

»Vielleicht gibt es einen, der nur verletzt ist«, wandte Torsten ein.

»Wollen Sie hingehen und riskieren, dass die anderen Minen um das Wrack herum auch noch explodieren?«, fragte Omar ihn ätzend. »Ich nicht! Ich gebe Al Huseyin Bescheid. Vielleicht kann sich ein Minenräumkommando um die Reste dort kümmern. Wir sehen zu, dass wir aus dem Feld herauskommen, und checken dann unser Fahrzeug. Ist es noch in Ordnung, fahren wir nach Laasqoray. Oder haben Sie etwas dagegen?«

Torsten schüttelte den Kopf. »Nein, das habe ich bestimmt nicht!«

Dabei kämpfte er mit dem Gefühl, dass dieses Scharmützel nicht das einzige bleiben würde, das er während seines Aufenthalts in Somalia ausfechten musste.

VIERTER TEIL

UNDERCOVER

EINS

Petra Waitl musterte ihr Gegenüber auf dem Bildschirm besorgt. Inzwischen sah man Evelyne Wide die Strapazen der Gefangenschaft deutlich an. Die Wangen der Fernsehreporterin wirkten eingefallen, die Lippen waren aufgesprungen, und die Augen glänzten wie im Fieber.

»Es ist die Hölle!«, berichtete sie. »Einige Piraten vergreifen sich immer wieder an weiblichen Passagieren. Viele von uns trauen sich nicht mehr aus ihrer Kabine. Ich versuche, meine Rationen so weit zu strecken, dass ich mich nur noch jeden zweiten Tag an der Essensausgabe anstellen muss. Aber lange halte ich das nicht durch. Wenn uns nicht bald geholfen wird, gibt es hier eine Katastrophe.«

Gerne hätte Petra ihr berichtet, dass die Geiselhaft nicht mehr lange dauern würde. In Berlin tagten die Krisenstäbe jedoch, ohne zu einem Ergebnis zu kommen. Daher konnte sie Evelyne im Moment nur gut zureden. Wagner hatte ihr zwar erklärt, sie würden bald zu tun bekommen, ihr aber nichts Näheres mitgeteilt. Und selbst wenn sie etwas gewusst hätte, wäre es zu gefährlich gewesen, Evelyne zu informieren. Jedes unbedachte Wort und ein darauffolgendes Verhör konnten die gesamte Aktion gefährden.

»Ich würde Ihnen gerne helfen, aber ich bin nur für den Kontakt mit Ihnen zuständig. Um etwas für Sie und die anderen Geiseln zu erreichen, müssen wir so viel wie möglich über die Zustände auf der *Lady* erfahren. Jede Information kann wichtig sein«, beschwor sie die Reporterin.

Evelyne nickte, ohne Petras Worte wirklich zu begreifen. Dafür war ihre Angst zu groß. Sie berichtete jedoch alles, was sie in Erfahrung gebracht hatte. »Es befinden sich etwa einhundert Piraten an Bord. Ihr Anführer ist ein gewisser Hanif, ein durchtriebener Kerl. Er lässt Einzelne, die er im Verdacht hat, falsche Angaben gemacht zu haben, immer wieder verhören. Auch hat er einige Passagiere, die er für besonders wichtig hält, aussortieren und in einem Extraraum einsperren lassen, darunter alle an Bord befindlichen Politiker. Ich kann leider nicht sagen, um wie viele Menschen es sich handelt, da uns jeder Kontakt untereinander verboten ist und wir sofort Schläge bekommen, wenn wir während des Wartens an der Essensausgabe miteinander reden.« Evelyne streckte sich und stöhnte auf, denn beim letzten Mal hatte sie einen Kolbenhieb abbekommen, der ihr immer noch wehtat.

»Wir tun alles, was uns möglich ist!«, versprach Petra und unterbrach die Verbindung.

Während sie mit verkniffener Miene eine Leitung nach Berlin zu ihrer vorgesetzten Stelle schaltete, um dem zuständigen Referenten des Kanzleramtsministers Bericht zu erstatten, hoffte sie auf eine Entscheidung zu Gunsten der Geiseln. Sie erhielt jedoch nur die Aufforderung, weitere Informationen einzuholen. Das tat sie dann auch, kaum dass ihr Gesprächspartner sich verabschiedet hatte. Noch während sie sich durch verschiedene Server und Dateien wühlte, kehrte Henriette zurück. Der missmutige Gesichtsausdruck, den sie die letzten Tage über gezeigt hatte, war verschwunden, sie lächelte sogar ein wenig.

Verwundert sah Petra sie an. »Was ist denn jetzt passiert?«

Henriettes Lächeln wurde zu einem breiten Grinsen. »Einer der jungen Offiziere im Camp hat sich für einen großen Judocrack gehalten und mich zu einem kleinen Wettkampf aufgefordert.«

»Und jetzt?«, fragte Petra.

»Jetzt hat er blaue Flecken, weil er so oft auf den Boden geknallt ist.«

»Schade, dass du mir nichts gesagt hast. Ich wäre gerne dabei gewesen. Hier gibt es doch sonst keine Abwechslung!« Petra seufzte und wies dann mit dem Kinn auf den Bildschirm. »Ich habe wieder mit Evelyne gesprochen. Die Bedingungen an Bord der *Lady* sind katastrophal. Wir müssen etwas unternehmen.«

»Das sagt unser großer Guru schon seit zwei Tagen, aber es geschieht trotzdem nichts!« Henriette zischte wie eine gereizte Schlange und stellte dann die Frage, die sie am meisten interessierte. »Hattest du Kontakt mit Torsten?«

Petra nickte. »Er ist mit drei Begleitern auf dem Weg nach Laasqoray und wird voraussichtlich morgen im Lauf des Tages dort eintreffen. Zu Beginn ihrer Reise hatten sie Probleme mit einigen Milizionären, aber seitdem läuft es, wenn man das bei den dortigen Straßenverhältnissen sagen kann. Die normale Bevölkerung traut sich nicht an bewaffnete Männer in einem mit einem MG ausgerüsteten Geländewagen heran, und die Milizen, die dort umherstreifen, halten sie für Abgesandte eines Warlords aus einer südlicher gelegenen Gegend, die … einen Moment …«, Petra blickte kurz auf ihren Bildschirm und klickte eine Seite im Internet an, »die ›Galmudug‹ heißt. Dieser Omar Schmitt hat die entsprechenden Unterlagen gefälscht.«

»Schade, dass der Mann nach Somalia gegangen ist. Er wäre eine gute Ergänzung für unser Team.« Henriette holte sich einen der Rollhocker heran, die man ihnen zur Verfügung gestellt hatte, und setzte sich neben Petra.

»Du hast gesagt, die Lage auf der *Lady* wäre schlecht. Können wir denn überhaupt nichts für die Geiseln tun?«

»Ich wollte mich in den Bordcomputer einhacken, aber den haben die Piraten ausgeschaltet. Ich kann nur auf ein paar nachrangige Geräte zugreifen und den Funk überwachen. Die Kerle schicken ihre Befehle allerdings anscheinend mit der Post.« Petra klang genervt, denn sie hatte alles getan, um sich virtuell auf dem Schiff einzuschleichen, doch solchen Versuchen hatten die Entführer einen Riegel vorgeschoben.

»Und was ist mit dem Ersatzcomputer? Haben die Piraten den auch abgeschaltet?«, wollte Henriette wissen.

»Die zweite Anlage ist während des normalen Bordbetriebs nicht online, und sie lässt sich nur durch einen Befehl über den Hauptcomputer oder per Hand einschalten. Beide Möglichkeiten habe ich nicht.«

»Um wirklich etwas unternehmen zu können, müssten wir also an Bord gehen.«

»Henriette, du hast wieder einmal vollkommen recht«, klang da Hans Borcharts Stimme auf. Doch als sie sich umdrehten, sahen die beiden Frauen einen dunkelhäutigen Mann mit grauen Haaren vor sich, der in einem Wickelrock und einem zerrissenen Hemd sowie einem um Schulter und Hüften geschlungenen Tuch steckte. Sein linkes Bein endete knapp vor dem Fußknöchel, und ihm fehlte auch die rechte Hand. Dennoch dauerte es einige Augenblicke, bis Henriette und Petra begriffen, dass sie tatsächlich Hans vor sich sahen.

Er stützte sich auf eine alte, wuchtig aussehende Holzkrücke und humpelte näher. Als die beiden Frauen in sein Gesicht blickten, stellten sie fest, dass er Kontaktlinsen von brauner Farbe trug.

»Gut siehst du aus!«, rief Petra bewundernd.

Hans grinste zufrieden. »Unsere französischen Kollegen haben mir dabei geholfen. Ich soll nach Laasqoray gehen und mich mit Torsten treffen. Vielleicht können wir dort etwas für die Soldaten des beim Angriff auf die *Caroline* zerstörten Bootes tun. Die Piraten haben einige von ihnen an Land gebracht.«

»Woher weißt du das schon wieder?«, wunderte Petra sich.

»Von unserem hiesigen Kontaktmann aus Somaliland. Die Brüder haben Spione bei unseren speziellen Kunden. Von einem von ihnen habe ich erfahren, dass es der Trupp von Henriettes Bruder bis nach Somaliland geschafft hat. Sie haben nur drei Verletzte zu beklagen. Bei einem ist zwar noch nicht ganz sicher, ob er durchkommt, aber die Ärzte sind zuversicht-

lich. Außerdem haben die Franzosen die Fregatte *Surcouf* losgeschickt, um unsere Leute zu holen. Unsere eigenen Pötte dürfen sich ja wegen des Ultimatums der angeblichen Freiheitshelden von Somalia nicht mehr in die Gegend wagen.«

Hans genoss es offensichtlich, endlich einmal mehr zu wissen, als Petra mit ihren Computern hatte herausfinden können.

Allerdings hatte er jetzt Henriette am Hals, die alles über ihren Bruder erfahren wollte. »Also kommt er bald nach Djibouti«, schloss sie aus seinen Worten.

Die Unsicherheit über Dietrichs Schicksal hatte sie bedrückt, und als sie nun hörte, dass es ihm gut ging, fiel ihr ein Felsbrocken vom Herzen.

Hans verzog das Gesicht. »Nur die Verletzten und ein Soldat, der sich um sie kümmern soll, sind auf dem Weg hierher. Dein Bruder und fünf weitere Soldaten bleiben in Somaliland. Für die Hilfe, die sie erhalten haben, mussten sie den dortigen Militärs versprechen, sie bei ihrer Gegenoffensive zu unterstützen.«

»Aber dürfen sie sich denn einmischen?«, fragte Petra. »Es liegt doch ein UNO-Boykott über ganz Somalia!«

»Was offensichtlich niemanden daran hindert, kräftig Waffen und Söldner hineinzuschmuggeln«, erklärte Hans. »Henriettes Bruder hat mehrere moderne Maschinenpistolen vom Typ Cobray M-11/9 bei den Feindmilizen erbeutet. Da die Amis die gewiss nicht selbst geliefert haben, müssen sie auf krummen Wegen ins Land gekommen sein.«

Noch während Hans dies berichtete, flitzten Petras Finger über die Tastatur. »Hier ist etwas«, rief sie nach ein paar Sekunden und zeigte auf eine Zeile. »Die USA haben die Cobray-MPs palästinensischen Polizeikräften zur Verfügung gestellt. Wenn ich die Zahlen hier richtig interpretiere, wurden etwa anderthalbmal so viele Maschinenpistolen geliefert, wie die Palästinenserpolizei Köpfe zählt.«

»Die überzähligen sind wohl Richtung Somalia gewandert«, schloss Henriette daraus.

»Nicht nur, aber zum Teil. So viel zur Wirksamkeit des Waffenembargos! Pritschenwagen und Geländefahrzeuge fallen gar nicht erst darunter, obwohl man sie mit schweren MGs und Granatwerfern ausstatten kann.«

Während Petras kurzem Vortrag ließ Henriette Hans nicht aus den Augen. Er grinste ihr spitzbübisch zu, und so fragte sie ihn, wie er nach Laasqoray kommen wolle.

»Unsere Freunde von der Grande Nation nehmen mich auf dem U-Boot *Émeraude* mit und schicken mich zusammen mit einem eigenen Agenten etwa achtzig Kilometer östlich von Laasqoray an Land.«

»Und die achtzig Kilometer humpelst du dann mit deiner Krücke durch den heißen Wüstensand«, stichelte Henriette.

Hans schüttelte den Kopf. »Die Franzosen haben mir versprochen, mich dort hinzubringen. Sonst könnte ich nicht alles schleppen, was ich mitnehmen soll.«

»Und was wirst du mitschleppen?«, fragte Petra.

»Einiges an Ausrüstung für Torsten wie eine moderne Funkanlage, eine MP5 mit entsprechender Munition, ein paar kleine Bomben und ähnliche Scherzartikel mehr.«

»Und wie bist du selbst ausgerüstet?«, bohrte Henriette weiter.

Hans griff in das Tuch, das er um sich geschlungen hatte, und brachte eine alte Beretta-Pistole mit hölzernen Griffschalen zum Vorschein. Die Waffe sah aus, als hätte sie bereits als Hammer gedient. Doch die beiden Frauen kannten Hans gut genug, um zu wissen, dass er die Pistole selbst präpariert hatte und diese ausgezeichnet funktionierte.

»Das ist aber noch nicht alles!« Hans steckte die Pistole wieder weg und hob seine Krücke. Mit zwei kurzen Drehungen schraubte er das untere Ende ab und zeigte auf die Mündungsöffnung, die zum Vorschein gekommen war.

»Das ist eine in die Krücke eingebaute Tula Dragunov SVD, ein halbautomatisches Scharfschützengewehr. Ich habe gestern schon trainiert, einarmig damit zu schießen. Wie ihr seht, bin ich ein harter Brocken für die Piraten. Außerdem habe ich noch ein paar Handgranaten dabei, die nicht als solche zu erkennen sind.«

Obwohl Hans den Auftrag, der vor ihm lag, nicht auf die leichte Schulter nahm, war er froh, sich trotz seiner Behinderungen als vollwertiges Mitglied des Teams erweisen zu können.

Henriette gönnte es ihm, auch wenn es sie wurmte, dass sie noch immer in Djibouti festsaß, während ihre beiden männlichen Kollegen bereits in Aktion waren oder es bald sein würden.

»Ich werde doch kündigen«, fauchte sie leise.

Über Hans' Gesicht huschte ein Grinsen. »Aber doch hoffentlich nicht vor deinem Einsatz!«

»Meinem Einsatz?« Henriettes Kopf ruckte herum, und sie starrte ihn fragend an.

Hans hob lachend die Arme. »Ich habe keine Ahnung, worum es geht! Unser großer Guru meinte vorhin nur, dass er die letzten Vorbereitungen treffen würde, damit ihr beide ebenfalls eingreifen könnt.«

»Wir beide?« Henriettes Stimme klang schrill. Wenn Wagner Petra mitschicken wollte, war es mit Sicherheit kein Job, der mit Torstens und Hans' Aufgaben zu vergleichen war.

»Wahrscheinlich schickt er uns wieder nach Hause, damit wir an unseren eigenen Computern Daten herausfiltern und außerdem die Hütte fertig einrichten können«, mutmaßte sie.

»Also, ich hätte nichts dagegen«, erklärte Petra, der die Hitze immer mehr auf den Geist ging, und sah sich von Henriettes zornblitzenden Augen buchstäblich durchbohrt.

ZWEI

Sayyida empfand nichts als Ärger. Dabei waren all ihre Pläne erfolgreich in die Tat umgesetzt worden, und sie verfügte mit der Beute auf der *Caroline* über genügend Waffen, um den Kampf im Norden Somalias zu ihren Gunsten entscheiden zu können. Außerdem hielt sie mit den Passagieren und Besatzungsmitgliedern des Kreuzfahrtschiffs mehr und vor allem wichtigere Geiseln in der Hand, als es je einem anderen Warlord an der Küste gelungen war. Doch ausgerechnet von ihrer Schwester Sahar zu hören, dass ihr Handeln schlecht sei, hätte sie nicht erwartet.

»Du vergisst, dass ich alles auf den Rat und die Anweisungen unseres Vaters hin getan habe«, antwortete sie scharf.

Sahar sah sie mit traurigen Augen an. »Unser Vater hätte einen seiner Unteranführer damit beauftragen sollen und nicht dich. Du bist nur eine Frau!«

Sayyida fand es beschämend, sich verteidigen zu müssen. »Sag mir, Schwester, weshalb sollte eine Frau nicht ebenso Krieger befehligen können wie ein Mann? Außerdem ging es nicht anders. Hätte Vater, wie von dir gefordert, einen seiner Männer zum Anführer unserer Truppen gemacht, so würde dieser sich irgendwann zu seinem Nachfolger aufschwingen. Doch nach dem Geblütsrecht steht die Herrschaft über unsere Sippe nur meinem Sohn zu! Ich tue das alles nur für ihn!«

Doch Sahar gab nicht auf. »Vater hätte nach dem Tod deines Mannes einen neuen Anführer eurer Krieger bestimmen und dich mit ihm verheiraten sollen. Ob nun Nabil Ruh Atufs Sohn der neue Stammesführer wird oder ein Sohn, den du deinem zweiten Mann geboren hättest, bleibt sich doch gleich.« Sahar verstand nicht, wie eine Frau sich in Dinge einmischen konnte, die ihrem Geschlecht versagt waren. Doch Sayyida hatte schon als Kind ein rebellisches Wesen an den Tag gelegt und war nicht zuletzt deswegen der Liebling ihres Vaters gewesen.

Auch jetzt schnaubte ihre Schwester nur verächtlich und wechselte unvermittelt das Thema. »Wann kommt dein Mann aus Riad zurück?«

»Abdullah Abu Na'im pflegt uns nicht mitzuteilen, wohin er geht und wann er kommt«, antwortete Sahar gelassen.

»Ich habe ihm erklärt, dass er heute hier sein soll, und ich lasse mich nicht gerne versetzen!«, fauchte Sayyida.

»Beruhige dich doch, Schwester. Wenn Abdullah Abu Na'im heute nicht kommt, so kommt er eben morgen.«

»Ich habe die *Lady of the Sea* nicht mit dem Hubschrauber verlassen, um hier vergeblich auf deinen Mann zu warten. Was macht er überhaupt in Riad? Ich brauche ihn hier! Er soll für mich mit den Deutschen verhandeln.«

»Deswegen – so habe ich wenigstens gehört – wollte er auch nach Riad fliegen. Er muss mit einem der Prinzen reden, denn er braucht die Erlaubnis des Königs, wenn er den Vermittler spielen soll.«

Sahar verstand weder die Absichten ihrer Schwester noch deren Ungeduld. Für sie war das Leben, das sie selbst führte, das Maß aller Dinge. Solange sie der Mutter ihres Mannes gehorchte und er selbst in regelmäßigen Abständen zu ihr kam, konnte sie ihrer Meinung nach zufrieden sein. Gefahr für Leben und Leib, Hunger und materielle Not musste sie auf diese Weise nicht befürchten.

Da jede der Schwestern ihren eigenen Gedanken nachhing, versandete das Gespräch. Bald aber hielt Sayyida es nicht mehr aus. »Ich hoffe, dein Mann kann mit den Deutschen in meinem Namen verhandeln. Es wird sich auch für ihn lohnen. Ein Fünftel des Lösegelds erhält er, ein weiteres Fünftel die Familien meiner Krieger und eines die mit uns verbündeten Sippen. Mit dem Rest …«

»… wirst du Waffen kaufen, mit denen du noch mehr Sippen der Dulbahante, Warsangeli, Majerten und Isaaq bedrohen und unterwerfen kannst«, unterbrach Sahar sie bitter.

Auf Sayyidas Lippen trat ein selbstzufriedenes Lächeln. »Die Dulbahante und Warsangeli brauche ich nicht mehr zu unterwerfen, denn sie gehorchen mir bereits. Als letzter Anführer hat sich Diya Baqi Majid mir angeschlossen. Auch die ersten Sippen der Majerten stehen auf unserer Seite. Jetzt sind wir stark genug, um die Isaaq zu unterwerfen. Wir haben sie inzwischen mehr als fünfzig Meilen zurückgedrängt und ihnen ihre heilige Stadt Maydh abgenommen, in der ihr angeblicher Stammvater begraben liegen soll. Schon bald werden wir auf Berbera vorstoßen. Sobald diese Stadt in unserer Hand ist, sind die Isaaq geschlagen.«

Sahar sah sie seufzend an. »Ich weiß nicht, was in dir vorgegangen ist, Schwester. Du hast zwar den Leib einer Frau, doch deinem Kopf entspringen Gedanken, wie sie nicht einmal Männer denken. Uns Dulbahante ist es stets nur um die Freiheit unseres Stammes gegangen. Wir wollten niemals andere beherrschen.«

»Das verstehst du nicht!«, fuhr Sayyida sie an. »Unser Stamm ist zu schwach, um sich allein zwischen Majerten, Warsangeli und Isaaq behaupten zu können. Wir benötigen ein Bündnis mit allen, die wir auf unsere Seite ziehen können, und den Rest müssen wir mit eiserner Faust niederringen. Nur mit militärischer Macht und äußerster Strenge wird es uns möglich sein, ein somalisches Sultanat zu errichten und zu halten.«

»Nennst du dich deswegen nicht einfach Sayyida, sondern Sultana Sayyida?«, fragte ihre Schwester mit bitterem Spott.

»Ich habe diesen Namen angenommen, damit die Männer wissen, dass ich die rechte Hand unseres Vaters und meines Sohnes bin. Du magst vielleicht zufrieden sein, hier in diesem prachtvollen Haus zu leben.« Sayyida wies auf den Plasmabildschirm mit eingebautem Blue-ray-Player, den weichen Diwan, auf dem sich unzählige Kissen türmten, und das Tischchen mit kostbaren Elfenbeineinlagen. »Ich habe selbst während meiner Ehe niemals vor Männern gekuscht und werde dies auch jetzt nicht tun. Doch um mir Achtung zu verschaffen, muss ich härter sein als der härteste Mann. Wenn ich nur die geringste Schwäche zeige, werden die Unteranführer unseres Vaters diesen auffordern, einen der ihren als seinen Nachfolger einzusetzen und mich – genau, wie du vorhin gesagt hast – mit diesem zu verheiraten. Das werde ich niemals zulassen.«

»Du bist verrückt! Verrückt!«, rief Sahar aus und drehte Sayyida den Rücken zu.

Beide begriffen, dass es zwischen ihnen keine Gemeinsamkeit mehr gab, und so atmete die jüngere Schwester auf, als eine Dienerin hereinkam und berichtete, dass Abdullah Abu Na'im von seiner Reise zurückgekehrt sei und Sayyida zu sprechen wünsche.

DREI

Als Sayyida auf die Terrasse hinaustrat, wo ihr Schwager sie erwartete, nahm sie sich einen Augenblick Zeit, das Haus zu betrachten. Das Gebäude war einstöckig, dicke Wände hielten die Hitze fern. Nach außen gab es kaum ein Fenster. Doch der mit Palmen bewachsene Innenhof, in den die Dienerin sie führte, wurde von Schatten spendenden Arkaden eingefasst, unter denen sich große Glastüren nach außen öffneten. Ein kleiner Brunnen in der Mitte des Innenhofs erfrischte die Luft, und auf der gegenüberliegenden Seite ruhte die zweite Ehefrau ihres Gastgebers, von einem großen Schirm vor den Strahlen der Sonne geschützt, nackt auf einer Liege.

Bei Sayyidas Anblick verzog sie verächtlich die Lippen. Als Araberin aus einem einflussreichen Stamm fühlte sie sich weit über die dunkelhäutige Somali erhaben. Daher machte sie auch keine Anstalten, sich zurückzuziehen, als diese auf einem Kissen Platz nahm.

Abdullah Abu Na'im wollte jedoch das, was er Sayyida zu berichten hatte, nicht an andere Ohren dringen lassen und klatschte in die Hände. »Geh ins Haus, Tahira.«

Mehr sagte er nicht, doch sein Tonfall ließ die Frau ohne jeden Widerspruch gehorchen. Auf ihrem Weg zur Tür ging sie so nahe an ihrem Mann vorbei, dass sie mit der Hüfte sein Gewand streifte.

»Du kommst doch heute Abend zu mir, mein Gebieter?«, fragte sie mit zuckersüßer Stimme, während ihre Gedanken sich überschlugen. Was mochte er mit der Schwester der dritten Frau zu besprechen haben? Diese war Witwe und attraktiv. Also war es möglich, dass Abdullah Abu Na'im sich überlegte, sie als vierte Frau ins Haus zu nehmen. Dann würde sie gegen zwei Schwestern stehen, und das war nicht gerade nach ihrem Geschmack.

»Ich werde kommen«, versprach ihr Ehemann, dem Tahira die liebste seiner Gemahlinnen war. Ihr oder seinen anderen Frauen Geheimnisse anzuvertrauen, war er jedoch nicht bereit. Nur seine Mutter erfuhr alles, was er plante, und hatte ihm schon den einen oder anderen guten Rat gegeben, darunter auch den, es bei der einen Somali als Ehefrau zu belassen.

Zudem war Sayyida in seinen Augen keine Frau, sondern ein eher unheimliches Wesen. Sie bot ihm jedoch die Möglichkeit, mehr Einfluss zu gewinnen und gute Geschäfte zu machen. Außerdem, sagte er sich, konnte er durchaus dafür sorgen, dass einmal ein Sohn, den Sayyidas Schwester Sahar ihm gebar, anstelle des kleinen Sayyid Ruh Atuf der neue Anführer des Stammes und erster wahrer Sultan von Somalia werden würde.

Er ließ sich seine Absichten jedoch nicht anmerken, sondern tat so, als wäre er ein Händler, den nur der Gewinn interessierte, den er mit Sayyidas Hilfe erzielen konnte.

»Ich habe in Riad mit mehreren Prinzen gesprochen«, berichtete er. »Der König ist einverstanden, dass ich zwischen den Freiheitshelden Somalias und der deutschen Regierung vermittle. Zu diesem Zweck werde ich noch heute nach Berlin fliegen.«

»Sehr gut! Vergiss bei den Verhandlungen nicht, dass ein Fünftel der erzielten Summe in deine Truhe fließt. Du würdest dir nur selbst schaden, wenn du zu wenig herausschlägst.«

»Das weiß ich«, sagte Abdullah Abu Na'im mit einem sanften Lächeln.

Insgeheim aber nahm er sich vor, die deutsche Regierung davon zu überzeugen, ihm ein Viertel oder ein Drittel des Geldes auszuzahlen, das sie von Sayyidas ursprünglicher Forderung herunterhandeln konnte. Zwar durfte er seine Schwägerin mit keiner geringen Summe abfinden, aber er wollte sie auch nicht zu mächtig werden lassen. Nur wenn er weiterhin Einfluss auf sie behielt, würde er seine eigenen Pläne in die Tat umsetzen können.

Sie sah ihn auffordernd an. »Ich brauche so viel Geld wie möglich! Daher werde ich diejenigen Geiseln, die besonders wichtig oder reich sind, dazu zwingen, Lösegeld für sich selbst zu zahlen. Das darf die Regierung der Deutschen aber nicht erfahren.«

»Das ist ein guter Schachzug!« Abdullah Abu Na'im lächelte noch immer, obwohl er Sayyida am liebsten den Hals umgedreht hätte. Mit solchen spontanen Einfällen machte sie ihm das Verhandeln schwer.

»Die Deutschen können einen Teil des Lösegelds auch in Waffen zahlen«, fuhr seine Schwägerin fort. »Wichtig wären vor allem ein paar Kampfflugzeuge. Sobald ich eine Luftwaffe aufbauen kann, sind unsere Feinde am Ende. Weder Somaliland noch die Milizen im Süden haben etwas Vergleichbares. Geben die Deutschen mir mehrere davon und dazu ein paar Kampfhubschrauber, bin ich bereit, meine Geldforderungen zu reduzieren.«

Gegen seinen Willen musste Abdullah Abu Na'im die Frau bewundern. Sie hatte einen klugen Kopf, der jeden Mann ausgezeichnet hätte. Doch um sich wirklich durchsetzen zu können, saß dieser Kopf auf dem falschen Körper.

»Waffen und Kampfflugzeuge wären gewiss nicht schlecht. Allerdings befürchte ich, dass die Machthaber in Somaliland die äthiopische Armee zu Hilfe rufen werden, wenn du Flugzeuge einsetzt.« Diesen Einwand schob Abdullah Abu Na'im vor, um Sayyida nicht zu verärgern.

Seine Schwägerin winkte ab. »Die Äthiopier sind mit sich selbst beschäftigt. Ihr Grenzkonflikt mit Eritrea kann jeden Augenblick wieder ausbrechen, und die Zentralregierung muss sich überdies mit Aufständen in den Regionen Afar, Oromo und Somali herumschlagen. Ich brauche das Geld der Deutschen nicht zuletzt, um unsere Freunde dort zu unterstützen.«

»Ich sehe, du hast alles ausgezeichnet geplant!« Nun schwang leichter Ärger in Abdullah Abu Na'ims Stimme mit. Gleichgültig, wie er es anfing – Sayyida war ihm stets einen Schritt voraus. Wenn er sie überflügeln wollte, würde er sie in eine Falle locken und töten müssen. Vorerst aber konnte er sie als Werkzeug benützen, um die Macht in Somalia zu erringen. Was danach kam, lag in Allahs Hand.

VIER

Auf den Satellitenaufnahmen hatte Laasqoray gewirkt, als wäre ein Bombenteppich auf die Stadt niedergegangen. Von den meisten Häusern hatten nur noch Mauern gestanden, und am Strand und in dem kleinen Hafen war kein einziges Schiff zu sehen gewesen. Schon bei Torstens letztem Aufenthalt in dieser Gegend war ihm aufgefallen, dass diese Aufnahmen veraltet waren. Dieser Eindruck wurde jetzt bestätigt. Als sich ihr Jeep der Straßensperre näherte, an der die hiesigen Milizen kontrollierten, wer die Stadt betreten oder sie verlassen wollte, war deutlich zu erkennen, dass die Kriegsschäden zum größten Teil beseitigt worden waren. Auch schwamm nicht nur die *Caroline* in den Gewässern vor Laasqoray, sondern auch eine ganze Menge kleinerer Schiffe einschließlich einiger Küstenfrachter und hölzerner Dhaus. Hier wird kräftig Ware umgeschlagen, dachte er, und darunter dürften etliche Waffen für die Piraten sein.

Omar Schmitt lenkte den Wagen zum Kontrollposten, an dem mehrere Kat kauende Freischärler in khakifarbigen Uniformen standen, und hielt vor ihnen an. Bevor einer der Männer etwas sagen konnte, streckte er ihnen einen zusammengefalteten Zettel hin, der aus ihm und seinen Männern Habirgedir-Söldner machte und aus dem mehrere äthiopische Fünfzigbirrscheine herausragten.

Der junge Offizier starrte beides an, ergriff es dann und reichte den Zettel ohne das Geld wieder zurück. »Weiterfahren!«

»Allah sei mit dir!« Omar tippte kurz an sein ausgebeultes rotes Barett und ließ den Wagen anrollen. Er machte nicht den Fehler, schneller zu fahren als ein gemächlich zu Fuß gehender Mann, und zeigte dabei auf einige der größten und am besten restaurierten Gebäude. Für die Freischärler an dem Kontrollposten wirkte er wie ein Provinzler, der aus einem Dorf mit Hütten und Zelten kam und zum ersten Mal eine richtige Stadt vor sich sah.

Torsten hatte bei der Straßensperre die Augen niederschlagen müssen, sah sich nun aber sorgfältig um. »Die Kerle haben hier einiges auf die Beine gestellt«, sagte er mit widerwilliger Anerkennung.

»Nachdem sie uns vor über einem Jahr von hier vertrieben hatten, war Zeit genug für sie, sich hier einzurichten. Trotzdem ist es seltsam, dass ausgerechnet Laasqoray so aufgeblüht ist. Die Stadt hat heute mindestens doppelt so viele Einwohner wie früher, und neben den Warsangeli, die hier zu Hause sind, sind ungewöhnlich viele Milizionäre mit dem Stammesabzeichen der Dulbahante hier unterwegs.« Omar Schmitt verzog das Gesicht. Ein Bündnis der beiden Nachbarstämme, deren Gebiet bis vor wenigen Jahren noch die östlichen Provinzen Somalilands gebildet hatte, verhieß nichts Gutes.

»Es sieht aus, als würde jemand alle Daroud-Stämme hier im Norden vereinigen wollen. Nun, offiziell darf ich es nicht sagen, aber meinetwegen könnten die ihren eigenen Staat aufmachen. Aber sie gehen weit über ihr Gebiet hinaus und verjagen unsere Leute aus dem Grenzland. Wenn uns nicht bald etwas einfällt, knallt es in Nordsomalia bald ganz gewaltig.«

Torsten kannte die Verhältnisse aus seinen Unterhaltungen mit Omar besser als die Herrschaften in Berlin, die sich ein sehr einseitig gefärbtes Bild gemacht hatten und zu sehr in Gut- und Böse-Kategorien dachten. Wirklich gut waren in diesem Land nur wenige, und richtig böse auch nur eine Minderheit. Die überwiegende Masse duckte sich und hoffte, dass der aufziehende Sturm an ihnen vorüberging.

Unterdessen bog Omar in eine Seitengasse ein. Tamid und der zweite Somali stiegen aus dem langsam fahrenden Wagen und verschwanden im Menschengewühl. Als Torsten ihnen überrascht nachblickte, warnte Omar ihn leise. »Vorsicht! Keine Neugier zeigen.«

Torsten nickte und blieb auf der Rückbank sitzen, bis Omar den Wagen vor einer Herberge abstellte und auf die Hupe drückte. Sofort kam ein junger Mann heraus und redete eifrig auf Omar ein. Dieser antwortete scheinbar gereizt und startete den Motor. Die Gesten des anderen wurden heftiger, und er wies mehrmals auf das Gebäude. Dann eilte er zu einem Tor, das mit seinem frischen blauen Anstrich von der sandfarbenen Wand abstach, und öffnete es. Omar, der bereits den

Rückwärtsgang eingelegt hatte, schaltete jetzt in den ersten Gang und fuhr langsam durch das Tor in einen Innenhof, in dem bereits mehrere Autos standen, darunter zwei recht neue Geländewagen. Ein Bursche, der kaum älter als fünfzehn Jahre alt sein konnte, saß auf einer umgedrehten Getränkekiste, hielt die unvermeidliche Kalaschnikow in der Hand und grinste ihnen entgegen.

»Kannst du Arabisch?«, fragte Omar den Hoteldiener, der ihnen gefolgt war, da Torsten des Somalischen nicht mächtig war. Der nickte und wechselte etwas stockend in diese Sprache über. »Rais wird Auto bewachen. Kostet nicht viel. Ist aber besser. Werden immer wieder Autos geklaut!«

Bei diesen Worten wechselten Torsten und Omar einen beredten Blick. Bei ihrem letzten Vorstoß in diese Gegend hatten auch sie einen Wagen an sich gebracht. Zu hören, dass dies öfter geschah, erleichterte sie, denn es wäre nicht in ihrem Sinne gewesen, wenn man Spione aus Somaliland verdächtigt hätte.

»Ich bin schon einmal vor ein paar Jahren hier gewesen. Aber damals war die Stadt stark verödet, und es gab kaum Autos. Die Fischer fuhren nur noch selten aufs Meer hinaus, und die Fischfabrik stand leer«, sagte Omar, um den jungen Mann zum Reden zu bewegen.

Dieser begann sofort zu erzählen. »Schlechte Zeit damals! Viel Krieg zwischen Puntland und Somaliland. Wir jetzt eigener Staat. Wir wollen nichts mehr wissen von Punt- und Somaliländern. Laasqoray ist Hauptstadt des Sultanats. Wichtiger als Laascaanood, Badhan oder Cheerigaabo.«

»Gehört die Stadt zum Machtbereich von Diya Baqi Majid, dem größten Kriegsherrn der Warsangeli?«, fragte Omar weiter.

Der junge Mann schüttelte heftig den Kopf. »Der ist im Süden in Hadaaftimo und im Westen in Maydh. Aber auch er erkennt Kadi Wafal Saifullah als Oberhaupt an. Das ist guter

Mann! Bringt Frieden und sorgt dafür, dass Puntland und Somaliland uns in Ruhe lassen.«

»Dann wollen wir hoffen, dass es so auch bleibt. Mit den Puntländern wollen wir nämlich nichts zu tun haben!« Omar gab sich ganz als Habirgedir-Söldner, der in diese Gegend gekommen war, um sich den hiesigen Milizen anzuschließen. Zusammen mit Torsten folgte er dem Hoteldiener, blieb aber am Eingang des Hotels noch einmal stehen und drehte sich zu dem Jungen mit der Kalaschnikow um.

»Pass gut auf unseren Wagen auf. Wenn auch nur eine Patrone fehlt, bekommst du es mit mir zu tun.« Dabei klopfte er auf sein Sturmgewehr und ging dann weiter. In der Kammer, die als Rezeption diente, trugen er und Torsten sich unter den Phantasienamen ein, die in den gefälschten Papieren standen. Dann bestellten sie ihr Abendessen, eine große Kanne Kaffee und Katblätter und ließen sich von dem Angestellten zu ihrem Zimmer führen.

Dort angekommen wartete Omar, bis der Hoteldiener gegangen war, und wollte etwas sagen. Torsten hob jedoch warnend die Hand und begann, das Zimmer zu durchsuchen. Sein Instinkt hatte ihn nicht getrogen, denn hinter einer an der Wand stehenden Truhe entdeckte er ein kleines Mikrophon, dessen Kabel im Mauerwerk verschwand. Torsten überlistete es mit einem Handtuch, das er so zwischen die Truhe und die Wand stopfte, dass es das Mikrophon verdeckte.

»So, jetzt können wir uns unterhalten, allerdings piano. Wenn wir zu laut sind, können die Brüder uns trotzdem hören.«

»Glauben Sie, wir werden bereits überwacht?«, wisperte Omar besorgt.

Torsten schüttelte den Kopf. »Jetzt noch nicht. Die Hotelangestellten müssen erst weitermelden, dass Fremde gekommen sind. Danach werden sie es sicher versuchen. Ich schätze, das machen sie mit allen, die in die Stadt kommen. Bei den

Verhältnissen in diesem Land muss es hier von Spionen nur so wimmeln.«

»Aber was sollen wir tun? Wenn es hier in der Kammer die ganze Zeit ruhig bleibt, werden die Kerle ebenfalls misstrauisch«, fragte Omar nervös.

»Wenn wir die Kammer verlassen, müssen wir das Handtuch ohnehin wegnehmen. Auch sollten wir das in unregelmäßigen Abständen tun und uns über unverfängliche Themen unterhalten.«

Ein Klopfen an der Tür unterbrach Torstens Vortrag. Omar schnappte sich sein Sturmgewehr und rief erst dann: »Herein!«

Der Angestellte trat ein und brachte ein Tablett mit einer dampfenden Kupferkanne, zwei Tassen, einem Stapel Fladenbrot und einer Schüssel mit einer Art Eintopf. Außerdem befand sich eine kleine Kupferschale mit getrockneten Katblättern auf dem Tablett.

»Hier ist das Abendessen. Mag es euch munden!«, sagte er.

Torsten spürte, dass dem Burschen an einem kleinen Trinkgeld gelegen war, und zog ein paar Scheine hervor. Es handelte sich um Somali-Schillinge, auf die in Arabisch die Aufschrift »Islamische Republik Galmudug« aufgestempelt worden war. Obwohl die Banknoten nur ein paar Cent wert waren, steckte der Mann sie mit einem zufriedenen Grinsen ein und verließ das Zimmer.

»So, jetzt haben wir endlich unsere Ruhe«, erklärte Omar und schenkte die beiden Tassen voll.

Torsten schlich auf leisen Sohlen zur Tür und öffnete sie vorsichtig. Niemand stand draußen. Entweder waren die Angestellten des Hotels nicht vom hiesigen Geheimdienst vereinnahmt worden, oder sie verließen sich auf die Abhöranlagen.

Nachdem Torsten die Tür wieder geschlossen hatte, nahm er eines der Fladenbrote, strich etwas von dem Eintopf darauf und rollte es zu einer länglichen Wurst zusammen. »In meinem Job habe ich gelernt, dass man essen und schlafen sollte, wenn man Zeit dazu hat«, sagte er und biss das erste Stück von dem Fladenbrot ab. Es schmeckte überraschend gut. Auch der Kaffee war keiner von der schlechtesten Sorte.

»Der kommt wahrscheinlich aus Kenia«, mutmaßte Omar, während er sich ebenfalls ein Fladenbrot belegte und es zusammenrollte.

»Warum sind wir beim letzten Mal nicht auf die gleiche Weise nach Laasqoray gekommen, sondern mussten einen Eselskarren nehmen?«, wollte Torsten jetzt wissen.

»Wir hatten nicht die Zeit, alles vorzubereiten. Außerdem musste es schnell gehen, und wir wollten auch nicht länger hierbleiben, sondern uns nur zur *Caroline* durchschlagen und mit dem Frachter abdampfen.«

Es war nicht zu übersehen, dass sich Omar immer noch über das Scheitern der KSK-Mission ärgerte. Und auch Torsten wurde bei dem Gedanken an den Befehlswirrwarr, der damals geherrscht hatte, wütend. »Wären wir jene Nacht vor Ort geblieben, hätten wir die vorbereitete Falle bemerkt und Major von Tarow warnen können. So aber ist er mit seinen armen Hunden voll in die Scheiße getappt!« Dann kniff er die Augen zusammen. »Wissen Sie, Schmitt, was mich am meisten wundert?«

Der Halbsomali schüttelte den Kopf.

»Ich frage mich, weshalb die Piraten eine Befreiungsaktion erwartet haben. Wir Deutschen sind eigentlich nicht für schnelle Entschlüsse bekannt.«

»Wahrscheinlich haben sie die Container unter die Lupe genommen und dachten, wir würden wegen der brisanten Ladung der *Caroline* rasch handeln«, gab Omar zurück.

Obwohl seine Worte schlüssig klangen, bezweifelte Torsten diese Version. Er hatte jedoch nicht die Zeit, sich länger mit diesem Rätsel zu befassen. Während sie weiteraßen, besprachen sie die nächsten Schritte. Dann holte Torsten seinen Laptop heraus, um Verbindung mit Petra aufzunehmen.

Seine Kollegin schien im Stress zu sein, denn sie haspelte ihre Informationen atemlos herunter und erklärte, dass Hans Borchart bald Kontakt mit ihm aufnehmen werde. Noch bevor Torsten fragen konnte, wie sein Kollege in diese Gegend gelangen wollte, unterbrach sie die Leitung und ließ ihn mit vielen Fragezeichen zurück.

FÜNF

Jamanah hockte in einer Ecke des kleinen Zeltes und beobachtete den fremden Anführer, der seine Maschinenpistole zerlegte und reinigte. Der Geruch von Waffenöl erfüllte die Luft und erinnerte sie daran, dass ihr Sturmgewehr ebenfalls gepflegt werden musste. Sie war jedoch nicht so tief in die Geheimnisse der Waffe eingeweiht, dass sie sich getraut hätte, die Kalaschnikow auseinanderzunehmen. Daher wartete sie, bis Dietrich seine MP wieder zusammengebaut hatte, und schob ihm ihr Gewehr vorsichtig hin. »Sidhi, kannst du mir zeigen, wie ich sie reinigen muss?«, fragte sie in der Hoffnung, er werde ihre Gesten verstehen.

Tatsächlich nahm Dietrich die Waffe an sich, zerlegte sie in ihre Einzelteile und widmete sich als Erstes dem Schloss. Er säuberte die Kalaschnikow und ölte sie so flink ein, dass Jamanah den einzelnen Handgriffen nicht mehr zu folgen vermochte. Um die Waffe auch selbst versorgen zu können, bat sie den Mann, langsamer zu machen.

Dietrich begriff zuerst nicht, was sie wollte, doch als sie pantomimisch vorführte, wie sie selbst eine Waffe zerlegte, lächelte er. »Lass mich das erst fertig machen. Danach zeige ich dir genau, was du zu tun hast.«

Obwohl Jamanah seine Worte nicht verstand, las sie deren Sinn an seiner Mimik ab. Inzwischen hatte sie sich an das in ihren Augen arg breitflächige Gesicht gewöhnt und ebenso an die hellen Geisteraugen, die so durchdringend blicken konnten, als sähen sie ihr bis auf den Grund des Herzens.

Er war der größte Mann, der ihr je begegnet war, und der einzige, der sie noch um die Breite einer Hand überragte. Sein Körper war muskulös und strotzte vor Kraft. Sie hatte selbst gesehen, wie er eines der schweren Maschinengewehre mit einer Hand aufgehoben und wieder schussfertig gemacht hatte. Außerdem war er ein großer Anführer, dem sogar General Mahsin Achtung zollte.

Sie wusste trotzdem nicht, warum sie ihm weiterhin folgte. War es, weil seine Nähe ihr Schutz vor Belästigungen durch andere Männer bot? Oder war es, weil sie mehr über ihn erfahren wollte? Es reizte sie, hinter das Geheimnis zu kommen, warum er so anders war als die Männer ihres Volkes. Natürlich gab es auch sanfte Männer unter ihren Leuten. Doch kein Somali hätte sich so weit herabgelassen, selbst zur Essensausgabe zu gehen und ihr das Essen mitzubringen.

Die Europäer sind schon seltsame Menschen, sagte sie sich, während sie zusah, wie er die Kalaschnikow wieder zusammenbaute und sie dann ganz langsam und mit vielen erklärenden Gesten von neuem zerlegte.

Als die Waffe wieder funktionstüchtig vor ihr lag, versuchte Jamanah es selbst. Er half ihr und berührte dabei einmal ihre Hände. Sie zuckte zurück, schalt sich dann eine Närrin und versuchte trotz ihrer Anspannung zu lächeln. Es war wichtig, dass sie lernte, mit ihrer Waffe umzugehen, denn ihr Herz schrie nach Rache. Außerdem empfand sie Hass auf jene, die ihrem Volk das Heiligtum in Maydh weggenommen hatten. Als sie noch klein gewesen war, hatte ihre Familie zweimal eine Pilgerreise an das Grab Isaaqs, des Ahnherrn ihres Volkes, unternommen und dort gebetet. Zu wissen, dass nun

Warsangeli dort herrschten, war schmerzhaft. Obwohl sie nur eine Frau war, wollte sie alles tun, um die heilige Stadt zu befreien.

Dietrich musterte sie und schüttelte den Kopf. »Ich würde einiges dafür geben, wenn ich deine Gedanken lesen könnte.«

Mit einer entschiedenen Geste klopfte Jamanah gegen ihr vor Waffenöl glänzendes Sturmgewehr und richtete es nach Osten. »Wir werden die Warsangeli verjagen und Maydh zurückerobern«, rief sie kämpferisch.

Die Begriffe Maydh und Warsangeli kannte Dietrich bereits, und den Rest ihres Satzes konnte er ihren Gesten entnehmen. Wie es aussah, wollte das Mädchen kämpfen. Dabei war sie, wie er von Captain Ikrum erfahren hatte, noch keine achtzehn Jahre alt und hatte niemals eine militärische Ausbildung erhalten.

»Du wirst brav hierbleiben und warten«, erklärte er ihr. Aber er hatte das Gefühl, dass seine Worte auch dann, wenn sie sie verstanden hätte, durch das eine Ohr hinein- und durch das andere wieder hinausgegangen wären.

SECHS

Die Entfernung zwischen dem Aufmarschgebiet bei Raguuda und Maydh entsprach etwa achtzig Kilometern, schätzte Dietrich anhand der Karte, die er von General Mahsin erhalten hatte. Der erste Teil der Strecke bis Mulaax war noch leicht zu bewältigen. Dahinter aber begannen die Minensperren, mit denen Diya Baqi Majids Milizen einen Gegenangriff verhindern wollten.

»Das wird eine haarige Sache«, meinte Dietrich zu Fahrner, der nach Leutnant Grapengeters Ausfall sein Stellvertreter geworden war.

»Aber wir sind doch auch bis hierher durchgekommen«, erklärte der Soldat.

»Wir haben ein schönes Stück der Minenfelder abgekürzt, weil wir aus den Bergen gekommen sind, und das Gebiet dort ist noch nicht vermint. Doch in Richtung Westen hat Diya Baqi Majid geklotzt. Sie haben ja die Slalomfahrt noch im Gedächtnis, die wir zwischen Xiis und Mulaax hinlegen mussten. Zwischen Xiis und Maydh wird das noch viel schlimmer werden.«

»Keine Sorge, Herr Major! Das schaffen wir schon. Außerdem müssen wir ja nicht kämpfen, sondern nur Pfadfinder für unsere Freunde spielen.« Fahrner grinste, als wäre das Vorhaben nur ein einziger großer Scherz.

Dietrich verzog das Gesicht. »Sie sollten wissen, Fahrner, dass gerade die Pfadfinder an der Spitze eines Heeres marschieren und daher zumeist als Erste in Kampfhandlungen verwickelt werden. Ich würde die Sache lieber allein durchziehen, aber ich glaube nicht, dass ich die einheimischen Soldaten so schnell anlernen kann, dass sie mir zur Hand gehen können. Dafür sprechen zu wenige von ihnen Englisch.«

»Und wir für ihren Geschmack zu wenig Somalisch. Aber wir kriegen das trotzdem hin. Im Gegensatz zu den armen Kerlen hier haben wir Helme und schussfeste Jacken. Wir werden darin zwar schwitzen wie die Sau, haben aber eine bessere Chance, durchzukommen. Außerdem können wir zurückschießen, wenn es knallt, und seien Sie versichert, Herr Major, wir werden treffen. Es wird mir sogar doppelten Spaß machen, wenn ich an unsere Kameraden von Boot zwei denke.«

Dietrich nickte nachdenklich. Obwohl die Disziplin einem Soldaten verbot, auch nur an Rache zu denken, brachte er die Bilder des explodierenden Nachbarboots nicht mehr aus dem Kopf. Die Piraten hatten sogar noch auf die im Wasser treibenden Männer geschossen. Auch deswegen hatte er sich dazu entschlossen, für Mahsins Männer einen Weg durch die Minen zu suchen.

»Wir werden drei Tage brauchen, vielleicht auch vier. Sehen Sie zu, dass Sie genug Wasser und Nahrungsmittel für uns alle auftreiben können, und teilen Sie es in sechs Portionen auf.«

»Und was ist mit ihr?« Fahrner wies auf Jamanah, die mit der Kalaschnikow in der Armbeuge in ihrer Ecke saß und ihrem Mienenspiel zufolge an einem anderen Ort oder in einer anderen Zeit zu weilen schien.

»Sie muss hierbleiben«, erklärte Dietrich.

Mit diesem Ausruf brachte er Fahrner zum Lachen. »Das glauben Sie doch selber nicht, Herr Major. Die Wilde hat einen Narren an Ihnen gefressen. Jede Wette, die kommt mit!«

»Ich will keine abwertenden Äußerungen über irgendeinen der Einheimischen hören, Fahrner. Die Menschen hier haben ihren eigenen Stolz, und wir sollten uns hier nicht wie Kolonialherren aufführen!«

Dietrich war laut geworden und hatte damit auch Jamanah aufgeschreckt. Sie erkannte jedoch rasch, dass nicht sie gescholten worden war, sondern der andere Europäer. Trotzdem achtete sie jetzt mehr auf die beiden Männer. Wie es aussah, machte Taro, wie sie den Major nannte, weil ihr dieses Wort besser über die Lippen ging als Dietrich, sich Sorgen. Das war gut, denn als Anführer musste er alles bedenken, was geschehen konnte. Auch deswegen fühlte sie sich in seiner Gegenwart sicher. Ein Lächeln stahl sich auf ihr Gesicht.

Dietrich achtete nicht auf sie, sondern erteilte seine letzten Anweisungen. »Wir brauchen mehrere hundert Stäbe, die wir in die Erde stecken können, um den Weg zu markieren. Ich hoffe, die Somaliländer sind dabei, sie zu organisieren.«

»Sie tun ihr Bestes, Herr Major. Nur ist es mit Holz in dieser Gegend nicht so einfach. Ikrum hat uns mehrere Dosen Farbe besorgt, damit wir Steine oder auch den Boden markieren können. Sie haben auch einige Stecken gemacht. Aber die sind eher kurz geraten!« Fahrner deutete die Länge seines Unterarmes an.

»Hauptsache, wir können den Weg kennzeichnen. Sind unsere beiden Sprengstoffwarngeräte fertig?«

»Die haben wir auf anderthalb Meter lange Stangen montiert und können sie wie normale Minensuchgeräte verwenden.«

Dietrich nickte zufrieden. »Sehr gut! Was ist mit unserer internen Kommunikation?«

»Wir haben zwei defekte Geräte gegen die intakten unserer Verletzten ausgetauscht und die Sendeleistung auf das absolute Minimum eingestellt. Bei einer Entfernung von fünfzig Metern ist Schluss.« So ganz war Fahrner mit dieser Lösung nicht einverstanden, doch Dietrich nickte zustimmend.

»Wir müssen eben zusammenbleiben. Da wir ohnehin nur zu sechst sind, dürfte das kein Problem sein. Und jetzt sehen Sie zu, dass alles in Schwung kommt. In einer Stunde brechen wir auf, und wir werden erst wieder hierher zurückkommen, wenn unser Job gemacht ist.«

»Glauben Sie, dass man uns deswegen in Deutschland vor ein Militärgericht stellen wird? Immerhin verstoßen wir mit dieser Aktion gegen das Waffenembargo und etliche andere UNO-Vorschriften.«

Dietrich winkte ab. »Wenn Sie sich deswegen Sorgen machen, sollten Sie lieber bei unseren Verletzten bleiben!«

»Natürlich bin ich dabei! Aber ich würde es halt gerne wissen.«

Dietrich zuckte mit den Achseln. »Wenn es dazu kommt, nehme ich das Ganze auf mich. Ihr seid nur meinen Befehlen gefolgt in der festen Überzeugung, ich würde im Rahmen meiner Vorschriften handeln.«

»So war das nicht gemeint, Herr Major«, wandte Fahrner ein. »Wenn die uns dafür eins auf den Deckel geben wollen, dann sollen sie es tun.«

»Ich lasse keinen meiner Männer für etwas bestrafen, was ich ganz allein zu verantworten habe«, antwortete Dietrich schnaubend. »Und jetzt machen Sie sich an die Arbeit! Und vergessen Sie das Wasser und das Essen nicht. Ich glaube nämlich nicht, dass wir unterwegs an einem plätschernden Bächlein rasten können und uns dabei gebratene Tauben in den Mund fliegen.«

Damit brachte er Fahrner zum Lachen. Immer noch schmunzelnd verließ dieser das Zelt, um die letzten Vorbereitungen zu treffen.

Auch Dietrich schulterte seine Ausrüstung und trat ins Freie. Aus den Augenwinkeln sah er, wie Jamanah ihm mit katzenhaften Bewegungen folgte. Trotz ihrer Größe ist sie eine sehr anmutige Frau, sagte er sich. Aber sie bereitete ihm eine Menge Kopfzerbrechen.

Er rief Captain Ikrum zu sich. »Können Sie Jamanah sagen, dass sie hier im Lager warten soll?«

Der Somali nickte und redete dann eifrig auf das Mädchen ein. Zuletzt wurde er laut, gab aber schließlich auf. »Es tut mir leid, Major von Tarow. Doch dieses renitente Mädchen will unbedingt mit Ihnen kommen und sagt, es hätte keinen Sinn, sie daran zu hindern.«

»Störrisches Ding!«, fluchte Dietrich und überlegte, was er tun sollte. Die einzige Möglichkeit wäre, sie hier im Lager festzubinden, und dagegen würde sie sich wahrscheinlich mit Händen und Füßen wehren.

Er musterte sie finster und wandte sich wieder an Ikrum. »Also gut, Captain. Ich nehme sie mit. Aber nur auf ihre eigene Verantwortung! Erklären Sie ihr, dass sie immer in meiner Nähe bleiben muss und jeden Wink von mir augenblicklich zu befolgen hat!«

Ikrum hoffte, Jamanah doch noch davon zu überzeugen, auf dieses gefährliche Abenteuer zu verzichten. Doch statt einer Antwort stellte sie sich direkt neben Dietrich und sah diesen mit unternehmungslustig funkelnden Augen an. An deiner Seite, besagte ihr Blick, kann mir nichts passieren.

Dietrich hätte gerne darauf verzichtet, sich bei seiner Aktion auch noch um Jamanah kümmern zu müssen, sah aber keine Chance, ihr dieses Vorhaben auszureden. »Haben Sie ihr gesagt, dass sie mir unbedingt gehorchen muss? Wenn sie eine Mine lostritt, geht es nicht nur ihr schlecht, sondern auch uns. Dann wird der Feind gewarnt! Ich habe keine Lust, uns einen Weg durch ein Minenfeld zu suchen, wenn mir die MG-Garben um die Ohren fliegen.« Mit diesen Worten drehte er sich um und ging zu dem Platz, an dem sich die fünf ihm verbliebenen Soldaten bereits versammelt hatten. Die Männer waren dabei, ihre Vorräte aufzuteilen, als Jamanah zu ihnen trat und interessiert zusah.

Fahrner grinste. »Sie werden das Mädchen wirklich nicht mehr los, Herr Major.«

»Ich müsste ihr schon ins Bein schießen, damit sie zurückbleibt«, knurrte Dietrich.

»Wenn sie mitkommt, kann sie auch was tragen!« Fahrner verschwand und kehrte kurz darauf mit dem Rucksack eines der Verwundeten zurück. Diesen packte er so voll, dass selbst ein Mann unter der Last gekeucht hätte. Doch als er Jamanah mit Gesten klarmachte, dass sie den Rucksack schultern sollte, tat sie es bereitwillig und blickte dann Dietrich an, als hoffe sie auf Lob.

Mit einer resignierenden Geste sah Fahrner Dietrich an. »Es war ein letzter Versuch, sie davon abzubringen, mit uns zu gehen. Aber sie ist offensichtlich sehr anhänglich.«

Dietrich nahm sein eigenes Gepäck und schritt auf den Pritschenwagen zu, mit dem sie gekommen waren. Da die ersten Kilometer frei von Minen waren, konnten sie diese Strecke mit dem Auto zurücklegen. Als er einstieg, nahm Jamanah wie selbstverständlich auf dem Beifahrersitz Platz, während die fünf Soldaten auf die Ladepritsche stiegen. Sie lächelte, als läge ein gemütlicher Ausflug vor ihnen, kein Job, bei dem sie sich nicht den geringsten Fehler leisten durften.

Vier als Militärtransporter umgebaute Lastwagen biblischen Alters folgten ihnen, jeder mit zwanzig Somalis besetzt, die sie während der Aktion beschützen sollten. Dietrich wäre es zwar lieber gewesen, wenn er und seine Männer den Job allein hätten erledigen können, doch General Mahsin hatte darauf bestanden, dass seine Leute sie begleiteten.

SIEBEN

Bei Mulaax trafen Dietrich von Tarow und seine Begleiter auf den letzten Vorposten. Von diesem erfuhren sie, dass sich kein feindlicher Soldat hatte sehen lassen. Einige ihrer Männer hatten bereits begonnen, mit primitiven Mitteln die ersten Minen zu suchen und auszugraben.

Captain Ikrum, der den Trupp begleitete, redete mit ihnen und drehte sich anschließend zu Dietrich um. »Wir deaktivieren die Minen und bringen sie nach Süden, um sie für unseren eigenen Minengürtel zu verwenden.«

Dietrichs Achtung vor den in verschlissenen Uniformen steckenden Einheimischen stieg. Minen auszugraben, zu deaktivieren und woanders wieder einzusetzen war etwas, das er selbst nur im äußersten Notfall tun würde und bestimmt nicht ohne Verwendung modernster Hilfsmittel. Es gehörten Nerven wie Drahtseile dazu und wohl auch ein gehöriges Vertrauen in Allah, Minen mit der Hand zu suchen und mit einem Stückchen Eisendraht den Sicherungsbolzen zu ersetzen.

»Ihre Leute sind wirklich gut«, lobte er und fragte dann, ob sie ihn bis zu der Stelle bringen konnten, an der die Minen ausgelegt waren.

»Natürlich!« Captain Ikrum rief mehrere Männer zu sich. Zwei von ihnen waren hager und hatten faltige Gesichter, die drei anderen wirkten fast noch wie Schulbuben. Als der Offizier ihnen erklärte, sie sollten die Deutschen zu den Minen bringen, verzogen sie in unbewusster Abwehr die Lippen. Bis jetzt waren sie die Helden ihrer Einheit gewesen und überzeugt, die Minen selbst beseitigen zu können.

Dies sagten sie Ikrum auch, doch der schüttelte ärgerlich den Kopf. »Natürlich könnt ihr das. Aber es dauert zu lange! General Mahsin will Maydh so rasch wie möglich befreien. Die Warsangeli und ihre Dulbahante-Söldner sollen das Grab unseres Stammvaters nicht länger schänden.«

»Und du glaubst, diese Europäer finden die Minen eher als wir?«, fragte einer der älteren Soldaten skeptisch.

»Immerhin haben sie den Minengürtel mit ihrem Fahrzeug durchquert, ohne eine Sprengung auszulösen. Könnt ihr das auch?«, schnauzte Ikrum sie an.

»Nein! Wie machen die das?«

»Sie haben Geräte, die ihnen die Minen anzeigen. Und jetzt los! Oder braucht ihr einen Befehl des Generals persönlich?«

Die Männer begriffen, dass es besser war zu gehorchen und gingen zu Dietrich hinüber. Einer erklärte den Deutschen mit Gesten, ihm zu folgen.

Dietrich nahm eines der an einer Stange befestigten Warngeräte an sich, während Fahrner nach dem zweiten griff.

»Wir schalten die Geräte gleich ein. Es könnte ja sein, dass unsere Freunde eine Mine vergessen haben«, befahl Dietrich und setzte sich an die Spitze des kleinen Trupps.

Noch verzichteten sie darauf, ihre internen Kommunikationsgeräte einzuschalten. Eine Stunde verging und dann eine zweite. Dietrich schätzte die zurückgelegte Strecke auf etwa acht Kilometer, als sein Warngerät zu piepsen begann.

»Achtung, da ist eine!«, rief er den anderen zu und versuchte, die Mine genauer zu lokalisieren. Er fand sie so nahe an der Straße, dass sie bei den Erschütterungen, die ein Fahrzeug verursachte, hochgehen würde. Diese Mine war den einheimischen Minenräumern offensichtlich entgangen.

Einer der älteren Männer, der anscheinend der Anführer der Gruppe war, schimpfte zuerst mit den anderen und kniete sich dann behutsam neben die Mine. Während er diese vorsichtig ausgrub, versetzte Fahrner Dietrich einen Stoß.

»Wir sollten weitergehen. Sonst fliegen uns, wenn das Ding hochgeht, die Därme des Burschen an den Kopf!«

An der Warnung fand Dietrich nichts auszusetzen, nur an der Ausdrucksweise. Er sagte jedoch nichts, sondern winkte Jamanah mitzukommen und schritt angespannt weiter. Hinter ihnen blieb alles ruhig, und kurz darauf gesellte sich der Somali, über alle Falten im Gesicht lächelnd, wieder zu ihnen.

Kurz darauf erreichten sie das Ende des geräumten Weges, und beide Warngeräte schlugen an. Dietrich befahl Jamanah, stehen zu bleiben, und suchte die Mine. Sie lag mitten auf dem Weg unter einem großen Stein vergraben, den zu entfernen die Vorsicht verbot. Da genug Platz war, markierte Dietrich einen Weg um die Mine herum. Diese würde, sobald die Sache hier erledigt war, gesprengt werden müssen.

Zunächst lagen die Minen noch einzeln und konnten leicht umgangen werden. In einem kleinen Hohlweg brauchten sie jedoch die Fähigkeiten der einheimischen Minenräumer. Während diese den Sprengsatz mit aller Sorgfalt ausgruben, kratzte Fahrner sich im Nacken.

»Als wir hier durchgefahren sind, war das Ding noch nicht da. Wenigstens kann ich mich nicht daran erinnern.«

»Vielleicht sind wir so über sie drübergefahren, dass sie nicht gezündet hat«, wandte einer der anderen Deutschen ein.

Dietrich schüttelte den Kopf. »Nein, das Ei wurde erst später gelegt. Wahrscheinlich sind wir während unserer Fahrt beobachtet worden, und unsere Freunde wollten das Schlupfloch stopfen. Auf alle Fälle müssen wir scharf aufpassen. Wer auch immer uns gesehen hat, kann sich hier noch herumtreiben.«

»Wenn wir schießen, alarmieren wir den Gegner. Er weiß dann, dass sich hier etwas tut«, gab Fahrner zu bedenken.

»Sobald wir seinen ersten Vorposten erreichen, erfährt er es ohnehin. Ich schätze, die letzten fünfhundert Meter werden uns am meisten Bauchschmerzen bereiten. Ich kann mir Schöneres vorstellen, als unter Beschuss einen Weg durch die Minen suchen zu müssen!« Dietrich zeigte kurz die Zähne, sah, dass die Mine beseitigt war, und winkte seinen Männern, weiterzugehen.

ACHT

Das französische U-Boot *Émeraude* tauchte etwa zehn Kilometer vor der Küste aus der Tiefe des Meeres auf, blieb aber mit dem Rumpf unter Wasser, um den Radargeräten der Piraten kein erkennbares Ziel zu bieten. Die folgende Aktion fand in einer Geschwindigkeit statt, die Hans Borchart überraschte. Kaum war die Turmluke geöffnet, sprangen vier Froschmänner hinaus, nahmen das Paket mit dem Schlauchboot entgegen und öffneten die Ventile der Druckbehälter, sodass die Luft einströmen konnte. Im Gegensatz zu den Booten, mit denen Dietrich von Tarow und seine Männer beinahe ins Verderben gefahren wären, war dieses nur halb so lang und bot gerade den beiden Männern, die an Land geschafft werden sollten, und fünf Matrosen Platz. Diese waren bewaffnet und befestigten zusätzlich ein MG am Bug.

Ein leichter Klaps auf die Schulter erinnerte Hans daran, dass er an der Reihe war, in das Schlauchboot zu steigen. Der Mann, für den diese Aktion in erster Linie durchgeführt wurde, folgte ihm auf den Fuß. Es handelte sich um einen Soldaten, dessen Vater Fremdenlegionär gewesen war und dessen Mutter eine Issa aus Djibouti war. Obwohl keiner seiner Ahnen jemals seine Füße in der Seine oder der Loire gewaschen hatte, fühlte er sich ganz als Franzose. Er war dunkelhäutig genug, um in Somalia nicht aufzufallen. Auch sprach er ausgezeichnet die Landessprache und hatte in Boosaaso und anderen Küstenstädten genügend Freunde, die ihn für ein paar diskret überreichte Geldscheine unterstützten.

Hans hatte sich mit dem Mann während der Tauchfahrt der *Émeraude* unterhalten und einige Tipps bekommen, wie er sich an Land verhalten sollte. Nun hockten sie beide eng aneinandergekauert in der Mitte des Bootes, das von seinem Mutterschiff ablegte und mit einem elektrisch angetriebenen Motor auf die Küste zuhielt.

»Es kann sein, dass wir die letzten hundert oder zweihundert Meter schwimmen und unsere Ausrüstung mit einem Seil an Land ziehen müssen. Ich hoffe, Sie können ohne Hand und Fuß schwimmen?«, sagte der Franzose, den Hans nur unter dem Namen Jabir kannte.

Hans grinste, obwohl der andere dies in der Dunkelheit nicht sehen konnte. »Ich werde schon nicht untergehen! Allerdings hoffe ich, dass ich bald weiterreisen kann. Ich muss so rasch wie möglich meinen Kollegen in Laasqoray treffen.«

»Sprechen Sie nicht darüber! Je weniger ich weiß, umso weniger kann ich darüber erzählen, wenn sich … äh, liebe Freunde um mich kümmern sollten.« Jabir lachte leise und steckte sich eine Zigarette an.

»Was ist, wenn jemand die Flamme des Feuerzeugs oder die brennende Zigarette sieht?«, flüsterte Hans besorgt.

»Keine Sorge. Wir liegen so tief im Boot, dass uns niemand von außen sehen kann.« Jabir blies eine Rauchwolke in Hans' Richtung und amüsierte sich, als dieser hustete.

»Geräusche«, fuhr er fort, »sind viel gefährlicher! Ihr Husten kann man auf dem offenen Meer mehr als einen Kilometer weit hören. Näher an Land wird es jedoch von der Brandung übertönt. Trotzdem sollten wir leise und sehr schnell sein, wenn wir an Land kommen. Auf dem ersten Stück werde ich Sie stützen. Mit Ihrer Krücke kommen Sie da nur schlecht voran. Allerdings sind Sie auf diese Weise ausgezeichnet getarnt. Selbst der misstrauischste Pirat wird einen Krüppel niemals für einen deutschen Spion halten. Sie müssen sich nur entsprechend verhalten. Können Sie überhaupt Somali?«

Hans schüttelte den Kopf und erinnerte sich dann, dass sein Gegenüber die Geste nicht sehen konnte. »Nein! Nur ein paar Sätze, die ich zum Betteln brauche. Allerdings kann ich halbwegs Arabisch.«

»Mich interessiert mehr Ihr somalischer Wortschatz. Los, sprechen Sie ein paar Sätze!«, forderte Jabir ihn auf.

»Ehrenwerter Herr, eine milde Gabe. Allah wird es dir im Paradies vergelten. Meine Dame, bitte eine milde Gabe für einen Mann, der seine Gliedmaßen im Kampf gegen die Ungläubigen geopfert hat. Mächtiger Krieger, bedenke auch du, dass Elend und Not dein Kismet sein könnten, und gib mir, wie dir gegeben werden soll! Und dann natürlich noch: Allah möge es dir segnen und danken!« Hans schwitzte, denn diese Sätze waren nicht unbedingt für eine mitteleuropäische Zunge gedacht.

Jabir war trotzdem zufrieden mit ihm und verbesserte nur hie und da seine Aussprache. »Sie sollten immer ein paar arabische Brocken mit einfließen lassen, dann wirken Sie authentischer«, erklärte er noch.

Als der Bootsführer ihnen mitteilte, dass sie sich dem Ufer näherten, schwiegen sie.

Zwei Soldaten hielten den Strand mit Nachtsichtgläsern unter Beobachtung. »Niemand zu sehen«, flüsterten sie, während das Boot sich nun langsamer durch die auflaufenden Wellen schob. Der Elektroantrieb war so leise, dass nur jemand, der direkt am Ufer stand, die Schraubengeräusche vernehmen könnte.

»Gleich laufen wir auf«, warnte der Bootsführer.

Die Soldaten packten die Ausrüstungsgegenstände, die an Land gebracht werden sollten, und sprangen in dem Augenblick, in dem das Schlauchboot Bodenkontakt bekam, von Bord.

Auch Jabir und Hans verließen das Boot. Schwimmen mussten sie zu Hans' Erleichterung nicht. Allerdings tat er sich trotz seiner Krücke und der Hilfe des Franzosen schwer, an Land zu stapfen, da ihm das wegfließende Wasser immer wieder den Boden unter dem gesunden Bein fortschwemmte.

Endlich war es geschafft, doch auch der sandige Strand bereitete Hans Schwierigkeiten. Zwei Soldaten sahen sich kurz an, packten ihn dann unter den Achseln und trugen ihn zu einer Stelle, von der aus er mit seiner Krücke besser vorankommen konnte. Dann liefen sie lautlos wie Schatten zum Strand zurück und erschienen kurz darauf mit Jabir und der Ausrüstung.

»Macht es gut!«, flüsterte ihnen einer der Matrosen noch zu, bevor sie wieder in Richtung Boot verschwanden. Kurz darauf schoben die Männer es in tieferes Wasser, kletterten hinein und starteten den Antrieb. Wenig später kündete nichts mehr davon, dass hier Fremde an Land gegangen waren.

Jabir versetzte Hans einen Klaps. »Wie viel Ihrer Sachen können Sie selbst tragen?«

»Alles«, antwortete Hans leise. »Das ist auch besser, falls wir getrennt werden sollten.«

»Sie denken mit.« Mit einem zufriedenen Lachen schob Jabir Hans den schmutzigen Beutel zu, in dem dessen Ausrüstung versteckt war, und schnallte sich selbst einen zwar abgegriffenen, aber modernen Rucksack auf den Rücken.

Dabei schüttelte er den Kopf. »Mich wundert, dass ihr Deutschen immer noch denkt, in Afrika leben Wilde, die gerade das Feuer entdeckt haben. Sie hätten ruhig einen Rucksack verwenden können. Hier wäre das keinem aufgefallen. Aber des Menschen Wille ist eben sein Himmelreich.«

Hans hängte sich den Beutel so über die Schulter, dass er ihm beim Krückengehen nicht im Weg war, und humpelte los.

»Vorsicht, Kamerad! Der Weg ist nicht besonders eben. Ich

möchte nicht, dass Sie auf die Nase fallen und sich etwas brechen. Sonst müsste ich Sie in den nächsten Ort schleppen, und das würde eine verdammt hohe Anforderung an mein Mitleid stellen.«

Da in diesem Moment der Mond zwischen den Wolken hervorlugte, konnte Hans sehen, dass Jabir grinste. Dem Franzosen schien das Ganze einen Heidenspaß zu machen. Er selbst aber war so nervös, dass ihm die Finger zitterten, mit denen er seine Krücke umklammerte.

NEUN

Nachdem Hans aufgebrochen war, lief Henriette immer wieder nervös durch das Militärlager von Djibouti, meist auf dem Weg zwischen ihrem Zelt und der Kantine der Marinesoldaten. Nie zuvor hatte sie sich so überflüssig gefühlt wie in diesen Tagen, die sich dehnten und klebrig waren wie Spinnenseide. Die beiden Männer aus Wagners Team waren im Einsatz, Petra verließ kaum ihren Computer, und Wagner eilte von einem Meeting zum anderen. Nur sie hockte nutzlos herum, wenn sie nicht gerade ihre Kollegin mit Ess- und Trinkbarem versorgte.

Gerade betrat sie ihre gemeinsame Unterkunft mit einer aufgewärmten Fertigpizza und stellte sie auf den Tisch. Eine Flasche Cola, auf die Petra trotz der sengenden Hitze nicht verzichten wollte, und eine mit Wasser folgten.

»Der Tisch ist gedeckt«, erklärte sie und reckte den Hals, um einen Blick auf den Bildschirm erhaschen zu können.

Petra stand gerade mit Evelyne Wide in Kontakt. Die Reporterin sah schmutzig und verzweifelt aus und flüsterte so, dass Petra den Lautsprecher auf volle Leistung stellen musste, um sie zu verstehen.

»Die Lage wird von Stunde zu Stunde unerträglicher«, klagte Evelyne Wide. »Seit anderthalb Tagen haben die Piraten die Wasserversorgung nicht mehr angestellt. Außerdem bekommen wir nur noch unregelmäßig zu essen. Die Vergewaltigungen dauern an. Gestern bin ich ein paar Kerlen nur ganz knapp entkommen. Übrigens sind die Schufte immer noch dabei, Leute auszusondern und an Land zu bringen. Zu den Betroffenen gehören einige Schiffsoffiziere, die drei Bundestagsabgeordneten und der Ehemann der Abgeordneten Blauert. Sie selbst ist mit ihren Kindern noch an Bord, ebenso Maggie Dometer, was mich wundert, weil die Frau ja millionenschwer ist. Dafür haben sie aus mir unverständlichen Gründen den ehemaligen NVA-Offizier Erlmann weggebracht. Ich habe Angst, dass sie mich ebenfalls verschleppen, wenn sie herausfinden, wer ich bin.«

»Was können wir ihr berichten?«, fragte Henriette ihre Kollegin, als Evelyne Wide eine Pause einlegte.

Petra klopfte wie wild auf ihre Tasten ein und lächelte dann Henriette an. »Auf jeden Fall wird Evelyne sich gleich waschen und einen Vorrat an Trinkwasser anlegen können. Ich habe die Versorgungsleitung zu ihrer Kabine wieder aktivieren können.«

»Das heißt, du kannst auf einzelne Bereiche der *Lady* zugreifen? Gestern hast du doch gesagt, du hättest keine Möglichkeit dazu«, rief Henriette erstaunt.

Petra nickte. »Die Piraten haben die Wasserversorgung auf Stand-by geschaltet, daher konnte ich mich da einklinken. Aber um mehr in Gang zu setzen, müsste ich an Bord sein.«

»Das sind Sie schneller, als Sie sich vorstellen können«, hörten sie Wagners Stimme hinter ihnen aufklingen. Bevor sie nachfragen konnten, wies er Petra an, die Verbindung mit Evelyne Wide zu unterbrechen.

»Sie darf nicht erfahren, was ich euch zu sagen habe«, erklärte er, als der Bildschirm dunkel wurde. »Vorhin habe ich noch einmal mit Berlin telefoniert. Die Kanzlerin war selbst am Apparat und hat mir freie Hand gegeben, alles in unserer Macht Stehende zu tun, um den Leuten an Bord der *Lady of the Sea* zu helfen.«

»Den Befehl erhalten wir täglich neu, aber wir sitzen trotzdem immer noch hier herum«, antwortete Henriette bissig.

»Jetzt tut sich tatsächlich etwas. Wir haben aus Deutschland ein elektronisches Teil erhalten, das auf der *Lady of the Sea* eingebaut werden muss. Mit dem Ding kann man die Schiffssteuerung überbrücken und die *Lady* von einem externen Computer aus beherrschen. Das ist eine diffizile Angelegenheit, die ich nur einer Person zutraue, nämlich Ihnen, Frau Waitl!«

Während Petra nicht wusste, ob sie sich über das Lob freuen oder die Zumutung zurückweisen sollte, sich an Bord des Kreuzfahrtschiffes zu schleichen, zählte Henriette langsam rückwärts und beschloss, bei null zu explodieren. Wenn jetzt auch noch Petra auf eine Mission geschickt wurde und sie nicht, hatte sie bei diesem Verein nichts mehr zu suchen.

Sie war gerade bei fünf angelangt, als Wagner sich lächelnd zu ihr umdrehte, als habe er ihre Gedanken gelesen. »Jetzt können Sie beweisen, was Sie wert sind, Frau von Tarow. Sie werden mit Frau Waitl gehen und sie sowohl bei ihrer Arbeit unterstützen als auch beschützen. Das ist ein Job, den ich nicht einmal Renk zutraue, und der ist zu vielem fähig.«

»Endlich!«, jubelte Henriette, während Petra ein entsetztes »Oh Gott!« entfuhr. Eine solche Aktion war alles andere als nach ihrem Geschmack.

»Und wie sollen wir an Bord kommen? Werden wir mit einem U-Boot hingebracht?«, wollte Henriette wissen.

Wagner verzog das Gesicht. »Das wäre mir am liebsten. Aber unsere Erkundungsdrohnen haben herausgefunden, dass die Piraten die See vor Laasqoray scharf unter Beobachtung halten. Außerdem haben sie über diffuse Kanäle modernes

Equipment erhalten und auch Männer, die es bedienen können. Die Aktion muss absolut im Verborgenen ablaufen. Kein Pirat darf ahnen, dass Sie beide sich an Bord schleichen. Sonst würden die Geiseln es sofort ausbaden müssen.«

»Wollen Sie uns vielleicht hinbeamen wie in einem Science-Fiction-Film?« Henriettes Stimme klang ätzend, denn sie sah schon wieder Hindernisse vor sich, die einen Einsatz womöglich verhindern konnten.

»Wäre die Technik vorhanden, würde ich nicht Sie beide, sondern einige Kompanien der KSK hinversetzen. Da dies aber nicht geht, werden Sie Ihr ureigenes Element benützen«, antwortete ihr Vorgesetzter.

Da Henriette keine besonders intelligente Miene aufsetzte, wies Wagner mit dem Daumen nach oben. »Ich meine die Luft. Sie beide werden mit einem Fallschirm abspringen und in der Nähe der *Lady* im Wasser landen. Sie, Frau von Tarow, haben die nötige Ausbildung für dieses Manöver. Da dies bei Frau Waitl nicht der Fall ist, werden Sie einen Tandemsprung machen. Zu diesem Zweck werden Sie beide mit einem kleinen Transportflugzeug mit Flüstermotor zu Ihrem Einsatzort gebracht.

Die Piraten werden wahrscheinlich annehmen, es käme eine der Aufklärungsdrohnen, die von den Amerikanern, den Franzosen und uns immer wieder losgeschickt werden. Allerdings müssen Sie bei Nacht abspringen, und das geht nur, wenn es so dunkel ist, dass Ihr Fallschirm nicht vom Schiff oder Land aus gesehen werden kann. Ihre Ausrüstung tragen Sie in einem wasserdichten Behälter mit sich. Dieser wird in die Hülle eines kleinen Schlauchboots eingewickelt, das sich beim Kontakt mit dem Wasser selbst aufbläst. Es verfügt über einen elektrischen Antrieb, den Sie auch als Tauchscooter verwenden können, wenn es notwendig sein sollte. Sobald Sie im Wasser gelandet sind, schwimmen Sie zu Ihrem Boot, steigen hinein und fahren zur *Lady*.«

»Und wissen Sie auch schon, wie wir an Bord kommen, oder sollen wir die Piraten freundlich bitten, uns ein Seil herabzulassen?«

»Auch darüber haben wir uns Gedanken gemacht!«, wies Wagner sie zurecht. »Es gibt am Heck eine Notluke, die vom Computersystem unabhängig ist und mit einem Funkbefehl von außen geöffnet werden kann. Dort werden Sie das Schiff auf traditionelle Weise mit einem Hakenseil entern. Der Haken ist aus Kunststoff und macht kaum Geräusche, wenn Sie ihn in die offene Luke werfen. Wie es drinnen weitergeht, entnehmen Sie gleich den Schiffsplänen, die hoffentlich schon als E-Mail-Anhang gesendet worden sind. Frau Waitl, sehen Sie nach und drucken Sie die Blätter aus. Anschließend sollten Sie die ebenfalls beigefügte Computersimulation des Schiffes ablaufen lassen, damit Sie das Innere des Schiffes auch visuell in sich aufnehmen können. Am besten wäre es, wenn Sie die Pläne auswendig lernen. Sie haben nur dann eine Chance, den Piraten ein Schnippchen zu schlagen, wenn Sie sich an Bord so gut auskennen wie in Ihrer Westentasche. Gelingt Ihnen das nicht, schicken die da oben mich umgehend in den Ruhestand.«

»Und das wollen wir Ihnen doch nicht antun«, spottete Henriette und drehte sich zu Petra um. Die saß bereits wieder am Bildschirm und rief die Pläne des Kreuzfahrtschiffs auf.

ZEHN

Als die drei Piraten auf sie zukamen, drängte Maggie Dometer sich enger an Sven Kunath und sah diesen ängstlich an. Sven schob sich vor sie und versuchte zu lächeln. Mit Aggressivität, das wusste er bereits, war bei den Kerlen nichts auszurichten.

»Wollen Frau!«, sagte einer der Männer grinsend in schlechtem Englisch und wollte Sven beiseiteschieben.

Dieser blieb stehen und schüttelte den Kopf. »Nicht gut! Wir müssen zu Hanif. Er will uns sehen.« Es war die einzige Ausrede, die ihm einfiel. Da Hanif ihn schon mehrmals auf das Promenadendeck hatte rufen lassen, um mit ihm und ein paar anderen Piraten Fußball zu spielen, hoffte er, die drei Kerle würden ihm glauben.

Die drei sahen sich an und schienen zu schwanken. Während einer auf Maggie zeigte und nicht bereit schien, auf sein Vorhaben zu verzichten, zogen sich die beiden anderen ein wenig zurück. Schließlich packte einer von ihnen den dritten Mann an der Schulter und sagte etwas in seiner Muttersprache. Sven konnte nur »Hanif« heraushören. Wie es aussah, hatte dieser Mann genug Ansehen, dass allein sein Name die Kerle zum Einlenken bewegte. Sie kehrten um und kletterten auf ein anderes Deck hinab.

Maggie sah den ehemaligen Fußballstar bewundernd an. »Sven, das hast du ausgezeichnet gemacht. Ich bin beinahe gestorben vor Angst, diese Kerle würden mich in die nächste freie Kabine zerren.«

»Wahrscheinlich suchen sie sich gerade ein anderes Opfer«, antwortete Sven düster. Dann atmete er tief durch und bleckte die Zähne. »So kann es nicht weitergehen! Die Zustände an Bord sind nicht mehr zu ertragen. Komm, wir sehen zu, dass wir Hanif finden. Er ist doch der Anführer hier. Also soll er dafür sorgen, dass seine Leute sich anständig benehmen.«

Sven wusste, dass er Maggie auf Dauer nicht schützen konnte. Daher fasste er nach ihrer Hand und zog sie hinter sich her. Als sie auf einen Piraten trafen, sprach Sven ihn an, noch bevor dieser ihnen seine MP unter die Nase halten konnte. »Wir müssen zu Hanif. Verstehst du? Hanif!«

Der Mann verstand zwar kein Englisch, aber der Name machte Eindruck auf ihn, und er wies nach hinten.

Sven ging weiter, ohne Maggie loszulassen, und wurde schließlich von einem jüngeren Piraten, der zu den wenigen gehörte, die richtige Uniformen trugen, zu Kapitän Ganswigs Kabine geführt.

Hanif saß auf einem bequemen Sessel und spielte mit seiner Pistole. Als er Sven und Maggie sah, zog er erstaunt die Augenbrauen hoch.

»Heute kein Fußball«, sagte er mit einem gewissen Bedauern. »Wir kommen gleich ans Ziel.«

»Ich bin nicht wegen des Fußballs gekommen!« Sven musste sich räuspern, weil seine Stimmbänder wie ausgedörrt schienen. »Es geht um die Frauen. Immer wieder werden welche vergewaltigt. Das ist nicht gut.«

Hanif zuckte mit den Achseln. »Was soll ich tun? Meine eigenen Leute habe ich im Griff, aber mehr als zwei Drittel der Männer gehören zu Milizen, die mit uns verbündet sind. Sie machen mit, weil sie Beute wollen. Leider gehören in deren Augen auch Frauen dazu. Wollte ich ihnen verbieten, sich an ihnen zu vergreifen, würde es hier zu einer üblen Schießerei kommen.« Dann musterte er Maggie und begriff den Grund, aus dem die beiden zu ihm gekommen waren.

»Ist sie vergewaltigt worden?«, fragte er.

Sven schüttelte den Kopf. »Noch nicht! Ich konnte ein paar Kerle davon abbringen, indem ich sagte, Sie hätten nach mir geschickt.«

»Gute Ausrede!« Hanif lächelte geschmeichelt, nahm ein Stück Papier und schrieb ein paar Zeilen darauf. Dann reichte er es Sven.

»Gib es der Frau. Wenn meine Männer sie belästigen, soll sie es ihnen vorzeigen. Dann wird ihr nichts geschehen.«

»Können die Leute alle lesen?«, wunderte Sven sich, denn die Piraten, die in besseren Lumpen an Bord gekommen waren und sich danach ausgiebig im bordeigenen Shop bedient hatten, sahen nicht gerade so aus, als hätten sie in ihrer Jugend eine Schule besucht. Nur Hanifs uniformierte Begleiter sprachen zumindest ein rudimentäres Englisch, und von denen hatte sich bisher keiner aus eigenem Antrieb an den Geiseln vergriffen.

Hanif lachte leise auf. »Die wenigsten. Doch der Zettel zeigt ihnen, dass die Frau wichtig ist und ihr nichts geschehen darf. Aber jetzt muss ich euch auffordern, in eure Kabine zurückzukehren. Das Schiff wirft bald Anker, und dann kommen weitere Leute an Bord.«

Oder werden von Bord geschafft, verriet Hanifs Miene. Trotzdem blieb Sven stehen. »Es ist noch etwas anderes: Wir bekommen nicht genug zu essen. Noch schlimmer ist es mit dem Trinkwasser. Mit einer Flasche Wasser, die teilweise zwei Tage lang reichen muss, kommen wir bei der hier herrschenden Hitze nicht aus. Bitte schalten Sie wenigstens die Klimaanlage wieder ein.«

»Das ist unmöglich«, erklärte Hanif kalt. »Auf einen von uns kommen zwanzig von euch. Wir müssen euch schwach halten, um euch beherrschen zu können. Außerdem darf die Computeranlage des Schiffes nicht eingeschaltet werden, damit sie nicht von der Reederei oder den deutschen Behörden benutzt werden kann, um Informationen einzuholen.« Dann aber wurde der Pirat wieder zugänglicher und griff nach hinten.

»Hier! Für euch beide«, sagte er und stellte einen Sechserpack Wasserflaschen und eine große Schachtel mit Keksen auf den Tisch. »Nehmt es und jetzt geht!«

Sven begriff, dass er nicht mehr erreichen konnte, und nahm die Sachen an sich. »Danke«, sagte er zu Hanif und schämte sich gleichzeitig, weil mehr als zweitausend Leute an Bord schlechter dran waren als Maggie und er.

Als er zur Tür ging, drehte er sich noch einmal zu Hanif um. Der Somali hielt wieder seine Pistole in der Hand und schien seine ungebetenen Besucher bereits vergessen zu haben. Auf dem weiteren Weg konnten Maggie und Sven einen kurzen Blick nach draußen werfen. Die *Lady of the Sea* näherte sich in langsamer Fahrt einer Küste, hinter der sonnendurchglühte Berge in den Himmel ragten.

Etwa drei Kilometer entfernt entdeckten sie einen kleinen, vor Anker liegenden Containerfrachter, der so aussah, als wäre er gleich ihnen in die Hände der Piraten gefallen.

ELF

Um Abdullah Abu Na'ims Lippen spielte ein verstehendes Lächeln. Insgeheim aber spottete er über die Bundeskanzlerin, die ihm gegenübersaß und in den letzten Tagen um mindestens zehn Jahre gealtert war.

»Sie bringen keine guten Nachrichten, Herr Na'im«, sagte sie eben.

Der Saudi hob bedauernd die Hände. »Ich hätte Ihnen gerne eine bessere Botschaft überbracht, Euer Exzellenz. Leider aber befinden sich die Geiseln an Bord der *Lady of the Sea* in keiner beneidenswerten Lage. Sie werden, wie ich erfahren habe, sehr schlecht versorgt, weil die Piraten sie möglichst schwach halten wollen, um sie besser kontrollieren zu können. Es befinden sich lange nicht so viele Somalis wie Gefangene an Bord. Würde es dem Kapitän gelingen, die männlichen Besatzungsmitglieder zu einem Aufstand zu bewegen, gäbe es ein Blutbad. Daher tun die Piraten alles, um solch eine Situation von vornherein zu verhindern.«

»Ich habe auch von Vergewaltigungen gehört«, sagte die Kanzlerin voller Abscheu, während ihr Gegenüber die Narren auf der *Lady of the Sea* verfluchte, denen es nicht gelang, die Übertragungen von Bord des Schiffes zu unterbinden.

»Davon weiß ich nichts«, behauptete er. »Allerdings stehe

ich nicht direkt mit den Piraten in Kontakt, sondern mit dem ehrenwerten Kadi Wafal Saifullah, meinem Schwiegervater. Dieser kann auch nicht persönlich mit den Piraten verhandeln, sondern muss Mittelsmänner in Anspruch nehmen. Das dauert leider seine Zeit. Für die armen Menschen an Bord, die so schrecklich leiden müssen, ist das natürlich fatal.«

Die Kanzlerin nickte unwillkürlich. Dann raffte sie sich auf und blickte Abdullah Abu Na'im ins Gesicht. »Wir sind bereit, Lösegeld für die *Lady of the Sea* zu zahlen und für die Menschen, die sich darauf befinden. Die Summen, die von den Piraten verlangt werden, sind jedoch illusorisch. Zehn Millionen sind das Äußerste!«

Bei diesen Worten klang die Kanzlerin so entschlossen, dass Sayyidas Abgesandter sich auf lange und harte Verhandlungen einstellte. Da war es vielleicht doch ganz gut, wenn die Bereitschaft der deutschen Regierung, möglichst bald einzulenken, durch Informationen über die schlechte Behandlung der Geiseln verstärkt wurde. »Ich wage nicht, dieses Angebot weiterzuleiten«, sagte er deshalb mit leiser Stimme. »Die Freiheitshelden Somalias würden mit Sicherheit Geiseln erschießen, um zu beweisen, wie ernst es ihnen mit ihren Forderungen ist. Schließlich geht es dieser Gruppierung nicht nur um Geld!«

»Politische Zugeständnisse kann Deutschland nicht machen.« Die Kanzlerin fühlte sich wie an einem Bratspieß, der über einem immer heißer lodernden Feuer gedreht wurde. Die Öffentlichkeit verlangte von ihr ein rasches Ende der Geiselnahme. Daher war sie bereit, ihr Angebot notfalls zu verdoppeln und zu verdreifachen. Doch die Forderung nach über einer halben Milliarde Euro konnte sie nicht erfüllen.

Abdullah Abu Na'im genoss die Situation. Noch sträubte sich die Deutsche, aber wenn die Bilder von erschossenen Matrosen und Passagieren durch die Weltpresse gingen, würde sie kapitulieren müssen.

»Den Freiheitshelden Somalias sind ihre politischen Forderungen womöglich noch wichtiger als das Geld. Selbst meinem Schwiegervater ist bekannt, dass Deutschland den Rebellen in Somaliland Waffen geliefert hat, mit denen die Isaaq auch seinen Stamm bekämpft haben. Deshalb ist die Forderung auch so hoch. Mein Schwiegervater verlangt eine Wiedergutmachung für die Schäden, die seinen Leuten durch deutsche Waffen zugefügt worden sind, und die anderen Stammesältesten der Dulbahante empfinden das ebenso. Auch muss ich die Vertrauensleute entschädigen, die mich in meinen Verhandlungen unterstützen, und zuletzt kommen natürlich die Forderungen der Piraten selbst.«

Das klingt ganz danach, als würde sehr viel Geld in undurchsichtigen Kanälen verschwinden, dachte die Kanzlerin, und sie überlegte, ob sie versuchen sollte, Abdullahs Schwiegervater und die anderen Stammesanführer zu bestechen. Doch auch dafür brauchte sie den Saudi, und der würde eine nicht unbeträchtliche Summe als Lohn für seine Bemühungen verlangen.

»Ich muss Sie bitten, den Piraten mitzuteilen, dass ihre derzeitigen Forderungen nicht annehmbar sind. Auch bestehe ich darauf, dass die Geiseln an Bord der *Lady of the Sea* anständig behandelt und versorgt werden und die Vergewaltigungen aufhören. Sollte dies nicht geschehen, bleibt mir nichts anderes übrig, als den Befehl zu erteilen, das Schiff mit Gewalt zu befreien!« Die Bundeskanzlerin versuchte, Stärke zu zeigen, obwohl sie wusste, dass sie kaum die Möglichkeit hatte, ihre Drohungen in die Tat umzusetzen. Ein ähnlicher Angriff wie der auf die *Caroline* würde in einem Blutbad und damit in einem politischen Desaster enden.

Dies war Abdullah Abu Na'im genauso bewusst wie ihr, daher nahm er ihre Worte nicht ernst. Es war jedoch klar, dass die deutsche Regierung im Augenblick zu keinen weiteren Zugeständnissen bereit war und erst durch die Umstände zum Nachgeben gezwungen werden musste. Dafür würden die Krieger seiner Schwägerin schon sorgen. Mit dem Gefühl, am Ende doch Sieger zu bleiben, verabschiedete er sich von der Kanzlerin und kehrte in sein Hotel zurück. Dort führte er als Erstes ein längeres Handygespräch mit seinem Schwiegervater und wies ihn darauf hin, dass die deutsche Regierung augenscheinlich eine Informationsquelle auf der *Lady of the Sea* besaß.

Vielleicht, sagte er zu sich selbst, sollte man diese nicht so schnell versiegen lassen. Dramatische Appelle von Betroffenen würden den Widerstand der Deutschen schneller aushöhlen als alle Drohungen der Welt.

Während Abdullah Abu Na'im sich bereits auf der Gewinnerstraße sah, starrte die Bundeskanzlerin auf das Telefon auf ihrem Schreibtisch und streckte zögernd die Hand danach aus. Als sie die eingespeicherte Nummer ihres persönlichen Referenten anwählte, zitterten ihre Finger. Ihre Stimme klang jedoch fest, als sie den Befehl gab, Wagner und seinem Team von nun an völlig freie Hand zu lassen.

Ob dies zu einem Erfolg führen würde, stand in den Sternen. Doch alles war besser, als machtlos darauf zu warten, was die Piraten sich als Nächstes einfallen lassen würden.

ZWÖLF

Schüsse weckten Torsten, und er griff in einer Reflexbewegung zu seiner Schweizer Sphinx. Erst dann erkannte er, dass er sich allein im Zimmer befand und auch niemand auf ihn schoss. Trotzdem blieb er misstrauisch. Omar Schmitt war seit zwei Stunden unterwegs, um sich mit Gewährsleuten zu treffen, und mochte in eine Falle geraten sein.

Da draußen immer noch geschossen wurde, schlich Torsten vorsichtig zum Fenster. Es war zwar klein, und er konnte nur einen wenige Meter breiten Ausschnitt der Straße erkennen, doch was er sah, genügte. Die ganze Stadt schien außer Rand und Band zu sein. Warsangeli und Dulbahante, die bisher nicht mehr geeint hatte als der Wille, sich weder von den Isaaq in Somaliland noch von den Majerten aus Puntland beherrschen lassen zu wollen, tanzten gemeinsam auf den Straßen und feuerten Freudenschüsse ab.

Torsten hielt es nicht mehr in seinem Zimmer. Er warf sich die einheimische Kleidung über und sah kurz prüfend an sich herab. Dann steckte er die Sphinx AT2000 in das improvisierte Schulterhalfter und verließ das Hotel. Auf der Straße winkten ihm wildfremde Leute zu. Frauen und Kinder mischten sich schreiend und tanzend in die Menge, und alles floss wie ein träger Strom in Richtung Hafen.

Dort angekommen, sah Torsten, was die Freudentänze ausgelöst hatte. Ein schneeweißer Traum von einem Schiff näherte sich langsam der Küste und warf etwa einen Kilometer vom Ufer entfernt Anker. Dutzende Boote lösten sich vom Strand und fuhren ihm entgegen. Für einen Augenblick überlegte Torsten, ob er einfach auf eines der Boote steigen und mitfahren sollte. Aber das erschien ihm dann doch zu riskant.

Mit etwas Mühe gelang es ihm, sich bis zum Ufer durchzukämpfen. Nun hatte er freie Sicht auf die *Lady of the Sea* und sah, dass ein großes Schlauchboot von ihr ablegte. Darin befanden sich sechs Piraten, teils in Uniform, teils in Räuberzivil, und eine Gruppe von Männern und Frauen, die in der Mitte des Bootes kauerten.

Während Torsten die Arme hochwarf und einigen Kerlen, die ihn und andere umarmten, lachend auf die Schulter klopfte, arbeitete sein Gehirn auf Hochtouren. Petra hatte bereits gemutmaßt, dass die Piraten die wichtigsten Geiseln vom Schiff holen und an Land bringen würden. Dies hier waren womöglich die ersten. Nun galt es, sie zu zählen und festzustellen, wohin man sie brachte.

Daher bewegte er sich zu der Stelle hin, an der das Schlauchboot anlanden würde, bis er in der ersten Reihe stand. Zwei Piraten sprangen ans Ufer und befahlen den Gefangenen in bruchstückhaftem Englisch, das Boot zu verlassen. Weitere Bewaffnete kamen hinzu und bedrohten die Geiseln mit Gewehren und Pistolen. Ein Mann in arabischer Kleidung filmte die Szene, ein anderer stellte den Zuschauern Fragen.

Plötzlich hielt er Torsten das Mikrophon vor die Nase. »Und was sagst du dazu?«

Zum Glück sprach er Arabisch, sodass Torsten ihn verstand. »Ein großer Sieg über die Ungläubigen!«, stieß er hervor und versuchte dabei den südarabischen Dialekt nachzuahmen, wie er im Jemen und in den angrenzenden Gebieten Saudi-Arabiens gesprochen wurde.

»Hast du nicht Angst, dass die Völker des Westens nach dieser Entführung einen neuen Krieg gegen die Gläubigen des Islam beginnen könnten?«, fragte der Reporter weiter. Wie es aussah, war er bei weitem nicht so begeistert wie die Menge um ihn herum.

Torsten schüttelte den Kopf. »Diese Hunde haben den Krieg längst begonnen. Doch mit Allahs Hilfe werden wir ihn siegreich beenden!«

Der Reporter starrte ihn kurz an und ging dann weiter, um den Nächsten zu interviewen.

Inzwischen befanden sich alle Gefangenen an Land. Torsten zählte achtzehn Personen, von denen er fünfzehn bereits aus dem Fernsehen oder aus Zeitungen kannte. Die drei männlichen Bundestagsabgeordneten gehörten dazu, ebenso ein paar Landespolitiker und einige hohe Tiere aus der Wirtschaft und dem Kulturleben. Obwohl sich bei der Gruppe auch fünf weibliche Geiseln befanden, fehlten zwei Frauen, die er unter ihnen erwartet hatte. Die eine war Evelyne Wide, eine in Deutschland recht bekannte Reporterin, mit der Petra bis vor kurzem noch Kontakt hatte halten können, und die andere

Maggie Dometer, die wohl reichste Frau an Bord. Sein Jugendfreund Sven Kunath war ebenfalls nicht darunter. Aber der hatte den Höhepunkt seiner Karriere längst überschritten und wurde von den Piraten wohl als nicht wichtig genug eingestuft, um in ein gesondertes Gefängnis gesperrt zu werden.

Noch während sich seine Gedanken mit dem ehemaligen Fußballstar beschäftigten, folgte Torsten dem Zug der Gefangenen durch die Stadt. Da nahezu jeder Einwohner zuschauen wollte, wurde erbittert um die besten Plätze gerungen, und Torsten bekam etliche Stöße mit dem Ellbogen ab. Allerdings teilte er auch kräftig aus und konnte so in der Nähe der Wachen bleiben, die die Geiseln umringten wie Hütehunde ihre Schafe.

Manche bewarfen die Geiseln mit Steinen und Erdbrocken. Torsten sah einige der gefangenen Frauen weinen. Die Männer zogen die Köpfe ein und hoben die Hände vors Gesicht, um sich zu schützen.

Ein Kerl tat sich besonders hervor und feuerte einen Regen von Staub und Dreck auf die eingeschüchterten Deutschen ab. Torsten war nicht wenig erschrocken, als er Tamid erkannte, einen der beiden Isaaq, die ihn und Omar Schmitt hierher begleitet hatten. Gerade als Torsten sich fragte, ob der Kerl die Seite gewechselt hatte, stand dieser für den Bruchteil einer Sekunde vor ihm und zwinkerte ihm zu. Dann hüpfte er mit wahren Bocksprüngen um die Gefangenen herum und verspottete sie.

Die Wachen lachten über ihn und ließen ihn gewähren. Zuletzt tanzte er vor ihnen her und deklamierte ein altes Gedicht, in dem der Heldenmut der Somalis und ihre Bereitschaft gepriesen wurden, sich gegen alle Fremden zu behaupten.

Die Piraten brachten ihre Geiseln in eine leere Halle in der Nähe der Fischfabrik, deren Fenster nicht einmal für ein Kind groß genug waren, und ließen den Bewohnern von Laasqoray noch ein paar Minuten Zeit, die Gefangenen zu verspotten.

Danach gaben sie Schüsse an die Decke ab und scheuchten die Leute wieder hinaus. Torsten sah noch, wie sie Tamid dazu zwangen, mehrere große Plastikeimer in die Halle zu bringen, in die die Gefangenen ihre Notdurft verrichten sollten, dann schloss sich das eiserne Tor, und er stand inmitten der aufgeputschten Menge auf der Straße.

DREIZEHN

Wagner sah so entschlossen aus, dass es Henriette in den Fingerspitzen kribbelte. »Wir haben jetzt das endgültige Okay bekommen«, sagte er. »Ab jetzt handeln Sie nach eigenem Ermessen. Geben Sie das auch an Renk durch, Frau Waitl. Danach machen Sie sich für den Einsatz fertig.«

Petra nickte unglücklich, stellte eine verschlüsselte E-Mail für Torsten zusammen und schickte sie ab.

Zweifelnd blickte sie zu Wagner auf. »Glauben Sie nicht, dass wir erst noch weitere Informationen sammeln sollten, bevor wir uns auf den Weg machen?«

»Den Rest können Sie sich an Bord der *Lady* besorgen. Jetzt haben wir keine Zeit mehr dafür. Jede Stunde, die wir vergeuden, kann den Tod von Geiseln bedeuten. Wir haben es hier nicht mit Hollywoodpiraten zu tun, sondern mit Banditen, die über Leichen gehen.«

Wagner war laut geworden. Dabei konnte er Petra gut verstehen. Immerhin war sie nie für einen Außeneinsatz ausgebildet worden. Aber sie war nun einmal die einzige Person, die an Bord der *Lady* etwas ausrichten konnte.

Henriette trat auf Petra zu und legte den rechten Arm um sie. »Du brauchst keine Angst zu haben. Ich bin bei dir und werde nicht zulassen, dass dir etwas passiert.«

»Außerdem sind Renk und Borchart in der Nähe und können euch im Notfall unterstützen«, erklärte Wagner in dem Bemühen, Petras Besorgnis zu zerstreuen.

»Ich habe keine Angst«, behauptete die Computerspezialistin alles andere als wahrheitsgemäß. »Aber ich bin noch nie mit einem Fallschirm abgesprungen – und dann auch noch ins Wasser! Ich kann zwar schwimmen, aber …«

»Kein Aber!«, unterbrach Wagner sie. »Sie schaffen das! Und jetzt machen Sie sich fertig. Die Maschine wartet bereits. Sie müssen spätestens um Mitternacht über der Absprungstelle sein. Sonst haben Sie nicht genug Zeit, an Bord zu gehen und sich ein Versteck zu suchen. Haben Sie sich die Pläne der *Lady* eingeprägt?«

Die beiden Frauen nickten. Vor allem Henriette hatte sich so intensiv mit dem Innenleben der *Lady of the Sea* beschäftigt, dass sie, wenn sie die Augen schloss, die Korridore und Kabinen des Schiffes vor sich sah. Dennoch steckte sie eine verschlüsselte SD-Card, deren Informationen sie für Aktionen auf dem Schiff benutzen wollte, mit den Plänen und anderen Informationen in ihren Brustbeutel.

»Wir machen das schon, Herr Wagner«, erklärte sie und warf Petra einen aufmunternden Blick zu. »Bist du so weit?«

Petra schaltete den Laptop ab und schob ihn in die Hülle. »Ich hoffe, dem Kasten passiert unterwegs nichts. Ich habe keinen Ersatz dabei. Wenn er im Meer versinkt …«

»Das wird er nicht«, beruhigte Henriette sie. »Außerdem habe ich mir ein kleines Notebook besorgt, in der Art, wie Torsten eins hat. Das Ding ist zwar nicht größer als ein Taschenbuch, kann aber über Satellit empfangen. Wenn Not am Mann ist, musst du eben damit auskommen.«

»Woher haben Sie das Gerät?«, fragte Wagner verblüfft.

Henriette sah ihn lächelnd an. »Von einem Luftwaffenpiloten, der diese Woche abgelöst wird. Wir haben unsere Ausbildung zusammen absolviert, und da konnte er die Bitte, mir dieses Ding zu überlassen, nicht abschlagen.«

»Die Kosten dafür stellen Sie dem Ministerium in Rechnung. Wir können schließlich nichts dafür, wenn unsere Ausrüstung nicht vollständig geliefert worden ist.« Wagner ärgerte sich, hatte er doch für die geplante Aktion etliche Klinken putzen müssen und dennoch nicht alles bekommen, was sie dringend benötigten.

»Auf geht's«, sagte er und stapfte los. Henriette und Petra sahen sich kurz an, hoben ihre Ausrüstung auf und folgten ihrem Chef ins Freie.

Ein Geländewagen brachte sie zum Flugfeld, auf dem eine Do 228 NG für sie bereitstand. Zwei Soldaten halfen ihnen in das Flugzeug, wirkten aber ein wenig überrascht, als sie hörten, dass die zierliche Halbphilippinerin Henriette und die dickliche Petra mit dem Fallschirm abspringen würden, und nicht Wagner, dem der harte Brocken auf fünf Meilen gegen den Wind anzusehen war.

VIERZEHN

Die Maschine flog in mittlerer Höhe ostwärts. Zuerst sprach niemand ein Wort. Henriette und die beiden Soldaten überprüften noch einmal die Fallschirme und das Ausrüstungspaket. Nach einer Weile reichte einer den beiden Frauen je einen gefütterten, mit einer Gummihaut überzogenen Overall.

»Die werden Sie brauchen«, erklärte er. »Sie müssen aus größerer Höhe abspringen, und da ist es auch hier in Afrika saukalt. Die Dinger sind so gemacht, dass Sie damit schwimmen können.«

»Aber was ist, wenn das Schlauchboot weit von uns entfernt landet?«, fragte Petra mit dünner Stimme.

»Das kann nicht passieren. Der Packen mit dem Boot ist

durch eine Leine mit Ihnen verbunden. Sie müssen nur aufpassen, dass Sie nicht schneller fallen als Ihr Gepäck. Sonst knallt das Ding Ihnen beim Landen auf den Kopf!« Der Mann grinste, als hätte er einen guten Witz erzählt, und half Petra in den um die Taille arg knapp sitzenden Overall hinein.

Henriette brauchte keine Hilfe. Sie zog die Gummisocken über die Schuhe, ebenso die wasserdichte Kappe und die Handschuhe. Dann folgte eine Schutzbrille, die auch als Taucherbrille verwendet werden konnte.

Nun ging es Schlag auf Schlag. Beiden Frauen wurde ein Beutel mit der persönlichen Ausrüstung umgeschnallt. Dann folgten die beiden Fallschirme. Der große Hauptschirm kam auf Henriettes Rücken, während der Ersatzfallschirm auf Petras Brust befestigt wurde. Zuletzt wurden sie mit einfach zu lösenden Schnappverbindungen miteinander verbunden, und einer der Männer hakte die Leine des Ausrüstungspakets an Henriettes Gürtel fest.

»Das Ding hier«, sagte er und klopfte leicht auf den Packen, »hat zwei kleine Bremsfallschirme, die mit dieser Taste zu öffnen sind. Das Ganze geht per Funk, aber mit einem so schwachen Signal, dass selbst der misstrauischste Pirat auf der *Lady* nichts mitbekommt.«

»Wie kommen wir eigentlich in die Nähe des Schiffes? Wenn wir vom Wind abgetrieben werden …«

»Müssen Sie eben ein bisschen weiter paddeln«, unterbrach der Soldat sie lächelnd. Der Blick, mit dem er seinen Kameraden streifte, verriet jedoch, dass er sich fragte, wieso man zwei Frauen, von denen eine auch noch übergewichtig war und ungelenk wirkte, auf eine solch gefährliche Aktion schickte.

Henriette beteiligte sich nicht an dem Gespräch, sondern konzentrierte sich auf den bevorstehenden Absprung. Es war nicht ihr erster, und sie hatte auch schon einige Tandemsprünge absolviert. Allerdings war sie noch nie in finsterer Nacht und mit Zusatzgepäck belastet gesprungen. In diesem Augenblick zweifelte auch sie daran, dass sie die *Lady of the Sea* erkennen und in deren Nähe landen konnten.

Wagners Rechte legte sich schwer auf ihre Schulter und ließ sie zusammenzucken. »Es ist bald so weit«, sagte er mit belegter Stimme. »Passen Sie gut auf sich und auf Frau Waitl auf. Ich würde euch beiden das Ganze nicht zumuten, wenn es nicht nötig wäre.«

»Keine Sorge, Herr Wagner. Wie sagt Torsten immer? ›Unkraut vergeht nicht!‹ Irgendwie werden wir die Sache schon schaukeln.« Henriette bemühte sich, optimistischer zu klingen, als sie sich fühlte.

In einem Anfall von Mutlosigkeit fragte sie sich, was Petra und sie gegen einen Haufen zu allem entschlossener Piraten ausrichten konnten. Selbst zusammen mit Torsten wären ihre Chancen verteufelt gering gewesen. Wahrscheinlich war dieser Einsatz nur eine Geste der Regierung, um hinterher sagen zu können: Wir haben alles getan, was wir konnten. Doch leider hatten wir keinen Erfolg …

Mit einer heftigen Bewegung des Kopfes schüttelte Henriette ihre Zweifel ab und sah Wagner an. »Gibt es eine Möglichkeit, die Position des Schiffes während des Sprungs auszumachen, oder müssen wir auf gut Glück runter?«

Statt ihres Chefs antwortete einer der beiden Soldaten. »Wir lassen Sie genau über der Stelle heraus, an der das Schiff zuletzt lokalisiert wurde, berechnen dabei die Windrichtung und die Windstärke mit ein. Passen Sie aber auf, dass Sie nicht auf dem Promenadendeck der *Lady* landen. Dort braten die Piraten, den Fotos der Aufklärungsdrohnen nach zu urteilen, ihre Hammel. Sie wollen sicher nicht mitgegrillt werden.«

Jetzt musste sogar Petra trotz ihrer Angst kichern. »So schnell will ich auch wieder nicht abnehmen. Aber …«

»Gleich geht's los!« Der Mann öffnete eine Seitenluke, und sie blickten in eine samtweiche Schwärze hinaus, in der die Sterne wie winzige Glühwürmchen leuchteten. Als Henriette schräg nach unten sah, lag das Land wie eine diffuse, dunkle Masse schräg unter ihr, während das Meer eigenartig hell schimmerte. Wie sie die *Lady of the Sea* hier ausmachen sollte, entzog sich ihrer Kenntnis.

»Dort unten ist sie«, hörte sie einen der Soldaten sagen und folgte der Bewegung seiner Hand.

Mitten auf dem Meer war ein rötliches Glühen zu erkennen. Noch während Henriette sich fragte, was das zu bedeuten hatte, klopfte ihr der Mann auf die Schulter.

»Sie haben Glück! Unsere Freunde da unten feiern eine Deckparty mit Lagerfeuer. Das gibt Ihnen einen sicheren Anhaltspunkt. Und jetzt nehmen Sie Ihre Plätze ein. Sobald wir das Ausrüstungspaket abwerfen, müssen Sie springen. Sonst reißt das Ding Sie mit sich, und Sie kommen in Teufels Küche!«

»Keine Sorge«, sagte Henriette mit vor Aufregung heiserer Stimme. Während Petra und sie sich an den Rand der offenen Luke stellten, ließ sie den kleinen Lichtpunkt, der ihr Ziel darstellte, nicht aus den Augen.

»Jetzt!«

Henriette sah, wie der Mann den Packen aus dem Flugzeug warf, schob Petra vor sich her und sprang. Zunächst wirbelten sie durch die Luft und gerieten in Gefahr, sich in der Leine des Ausrüstungspakets zu verfangen. Mit äußerster Konzentration gelang es Henriette, ihren Fall zu stabilisieren. Während des Absprungs hatte sie das kleine Licht auf der *Lady* aus den Augen verloren und suchte jetzt wieder danach. Es dauerte eine Weile, dann entdeckte sie es und steuerte darauf zu.

Irgendwann hörte sie Petra etwas rufen, konnte sie aber nicht verstehen. Zu ihrer Erleichterung nahm ihre Kollegin die Haltung ein, die sie ihr gezeigt hatte, und zappelte nicht so herum wie einer der Männer, mit denen sie den Tandemsprung trainiert hatte.

Die Mahnung ihres ersten Flugausbilders kam ihr in den

Sinn: Wenn du einen bestimmten Punkt anpeilen willst, musst du ihn genau im Auge behalten! Willst du aber in einem gewissen Abstand von etwas landen, darfst du nicht darauf starren. Du steuerst sonst gnadenlos darauf zu und verfehlst dein eigentliches Ziel.

Henriette zwang sich, das Feuer nur noch aus den Augenwinkeln heraus zu betrachten, und suchte nach der Stelle, an der sie wassern wollte. Doch das war nicht einfach. Die Klappe, durch die sie in die *Lady* eindringen wollten, lag am Heck. In dieser Dunkelheit vermochte sie nicht zu erkennen, wo Bug und Heck lagen. Sie konnte noch nicht einmal die Umrisse des Schiffes ausmachen. Wenn sie Pech hatten, landeten sie auf der entgegengesetzten Seite und mussten um das ganze Schiff herumpaddeln.

»Jetzt konzentrier dich!«, rief sie sich selbst zur Ordnung. Der Bug eines ankernden Schiffes zeigt meist auf Land zu, und dessen Küstensaum konnte sie erkennen.

Mit einem Fiepen in ihrem Ohr erinnerte der Höhenmesser sie daran, dass sie den Fallschirm öffnen musste. Henriette zählte bis fünf und zog die Reißleine. Aufatmend spürte sie, wie der Fallschirm sich öffnete und ihr Sturz nach einem kurzen, heftigen Ruck in ein sanftes Gleiten überging. Nun löste sie die beiden Bremsfallschirme ihres Ausrüstungspakets aus und richtete dann den Blick wieder auf die Stelle, an der sie landen wollte.

Die Meeresoberfläche kam rasch näher. Henriette hörte das Ausrüstungspaket aufs Wasser klatschen und steuerte ihren Fall so, dass sie nicht darauf landeten. Im nächsten Moment tauchten Petra und sie ins Wasser. Mit einer Bewegung löste sie die Verbindungen zwischen ihnen, hielt aber ihre Kollegin fest.

»Kannst du alleine schwimmen, oder muss ich dir helfen?«, fragte sie gerade so laut, wie sie es zu verantworten können glaubte.

Petra spuckte Wasser. »Wo ist das Boot?«

Henriette zupfte an der Leine, die sie mit der Ausrüstung verband, und schwamm auf sie zu. Ihre Kollegin folgte ihr planschend wie ein junger Welpe.

Als Henriette das Schlauchboot erreichte, kroch sie an Bord und hielt nach ihrer Freundin Ausschau.

»Da bin ich«, hörte sie Petra neben der wulstigen Bordwand keuchen. Sie streckte ihr die Hand entgegen und zerrte sie ins Boot. Danach fühlten sich beide so ausgelaugt, dass sie einige Minuten brauchten, um wieder zu Atem zu kommen.

Henriette raffte sich als Erste auf und begann, den Fallschirm ins Boot zu ziehen.

Da Petra sie nur als Schattenriss erkennen konnte, fragte sie immer noch heftig atmend: »Was machst du da?«

»Hilf mir! Dann geht es schneller.« Henriette hätte sich Licht gewünscht, doch das wäre zu gefährlich gewesen.

Ihre Kollegin schüttelte verwundert den Kopf. »Was willst du mit dem Fallschirm? Den können wir doch nicht mitnehmen.«

»Wir müssen!«, antwortete Henriette. »Oder willst du, dass er von der Strömung an Land geschwemmt wird und alle Piraten wissen, dass jemand heimlich und bei Nacht in dieser Gegend abgesprungen ist?«

»Natürlich nicht! Aber das heißt, wir müssen die gesamte Ausrüstung auf die *Lady* schaffen, einschließlich des Gummiboots.«

»So ist es! Ich habe mir auch schon ein Versteck für die Sachen ausgesucht. So, der Fallschirm ist geborgen! Jetzt können wir losfahren.« Henriette versuchte, das nasse Kunststofftuch, das nun fast das ganze Boot einnahm, so weit zur Seite zu schieben, dass sie den Elektroantrieb starten konnte. Da sie Petra dabei unter dem Fallschirm begrub, maulte diese ein wenig, hielt aber auf Henriettes scharfe Warnung hin den Mund.

Diese lauschte auf das leise Geräusch des Elektromotors

und schaltete den Vorwärtsgang ein. Doch als sie auf die *Lady* zuhalten wollte, entdeckte sie das Schiff nicht. Erschrocken stoppte sie den Antrieb und sah sich um. Da war kein Lichtpunkt mehr zu sehen.

»Scheiße«, flüsterte sie und sah sich schon bis zum Morgen nach dem Kreuzfahrtschiff suchen.

»Was ist los?«, fragte Petra verwundert.

»Ich sehe die *Lady* nicht. Dabei hat das Feuer an Deck vorhin noch gebrannt«, antwortete Henriette. Im nächsten Moment schüttelte sie leise lachend den Kopf. »Bin ich blöd! Das Feuer war ja auf dem Promenadendeck. Von oben konnte man es gut sehen, aber jetzt wird es von den Aufbauten des Schiffes verdeckt. Trotzdem müsste es einen leichten Widerschein am Himmel erzeugen!«

Da sie nun wusste, wonach sie suchen musste, entdeckte sie das leichte Flimmern auf Anhieb und konnte nun auch die Umrisse des großen Schiffes gegen den nur leicht helleren Hintergrund des Meeres ausmachen.

Sie waren näher an der *Lady*, als Henriette erwartet hatte. Es mochten etwa sechshundert Meter sein, und sie zweifelte daran, dass sie tatsächlich unbemerkt geblieben waren. Mit der Vorstellung, dass die Piraten bereits auf dem Schiff in Stellung gingen, um sie abzufangen, schaltete sie den Antrieb an und drehte an dem kleinen Handrad, das aus Platzgründen anstelle einer Ruderpinne als Steuer diente.

Ein Flitzer war das Schlauchboot nicht gerade, doch der Elektromotor war kaum zu vernehmen. Auch die Schraube war so geformt, dass sie möglichst wenig Lärm machte. Es gelang Henriette, fast bis unter das Heck der *Lady* zu kommen. Dort schaltete sie den Antrieb ab und griff zum Paddel.

Als Petra das andere Paddel nehmen wollte, hielt sie sie auf und raunte ihr »Tu's nicht!« ins Ohr. Sie durfte nicht riskieren, dass ihre unsportliche Freundin das Paddel zu stark ins Wasser klatschte.

Sie hatten noch etwa fünfzig Meter bis zu der Luke zurückzulegen, doch die Strömung stand gegen sie, und so wurde es für Henriette neben der körperlichen Anstrengung auch eine Nervenprobe, weil sie sich ihrem Ziel mit der Geschwindigkeit einer gemütlich kriechenden Schnecke näherten.

Endlich ragte der Rumpf der *Lady of the Sea* dicht vor ihnen auf. Petra öffnete den Beutel mit ihrer Ausrüstung und zog das kleine Funkgerät heraus, mit dem sie die Torverriegelung steuern konnte.

»Soll ich?«, wisperte sie Henriette zu.

»Ja«, kam es ebenso leise zurück.

Petra tastete mit dem Daumen nach dem Knopf und strahlte den vorprogrammierten Code ab.

Einige Sekunden lang tat sich über ihnen nichts, dann ertönte ein Geräusch, das an ein Schmatzen erinnerte, und etwa drei Meter über ihnen schwang ein etwa ein mal ein Meter großes Luk auf.

Jetzt kam der schwierigste Teil, nämlich ein Hakenseil so in der Luke zu befestigen, dass sie hinaufklettern konnten. Zwar hatte Henriette in Djibouti eine Zeit lang mit einem solchen Ding trainiert, doch als sie den Haken in die Hand nahm und ein entsprechend langes Stück Seil abmaß, hatte sie das Gefühl, alles wieder verlernt zu haben. Mit zusammengebissenen Zähnen schwang sie den Kunststoffhaken im Kreis und ließ ihn dann los. Er schoss fast gerade in die Höhe, neigte sich im Bogen über das Luk und schlug mit einem leichten Geräusch drinnen auf.

Henriette wartete einen Augenblick, um sicherzustellen, dass niemand auf sie aufmerksam geworden war. Schließlich zog sie an dem Seil und betete, dass der Haken irgendwo hängen blieb. Ein kaum hörbares Klacken ertönte, und das Seil straffte sich. Henriette amtete erleichtert auf, hielt aber sofort die Luft an, weil sie vor dem Geräusch erschrak. Dann befestigte sie das andere Ende des Seils am Boot, damit dieses nicht abtreiben konnte, und zog Petra so nahe an sich heran, dass ihr Mund deren Ohr berührte. »Ich gehe als Erste«, raunte sie.

Petra sah nach oben und schüttelte den Kopf. »Das schaffe ich nicht. So hoch kann ich nicht klettern!«

»Keine Sorge, ich kriege dich schon nach oben.« Henriette suchte nach einer Leine, schlang sie Petra unter den Achseln durch und verknotete sie vor ihrer Brust. Das andere Ende befestigte sie an ihrem Gürtel. Erst als sie sich ihr Kampfmesser in den Stiefel schieben wollte, fiel ihr auf, dass sie und Petra noch immer die unförmigen Overalls trugen. Sie hier draußen auszuziehen erschien ihr jedoch zu riskant. Daher klemmte sie sich den Messergriff zwischen die Zähne und kletterte nach oben.

Nach ein paar kräftigen Armzügen hatte sie die Luke erreicht. Sie lauschte kurz und schwang sich, als sie nichts hörte, lautlos hinein. Innen war es so dunkel wie in einer Neumondnacht, doch als sie ihre Umgebung tastend erkundete, merkte sie rasch, dass sie sich in einer kleinen, höchstens zwei auf drei Meter großen Kammer befand. Was vor der massiven Tür los war, die diesen Raum versperrte, konnte sie nicht feststellen. Im schlimmsten Fall lag dort ein Dutzend bis an die Zähne bewaffneter Piraten auf der Lauer, die nur darauf warteten, dass die Tür aufging. Henriette hoffte allerdings, es sei nur ein leerer Wartungsgang, der weiter vorne in einen der Maschinenräume mündete.

Ein Zupfen an dem Seil, das sie mit Petra verband, erinnerte sie an ihre Kollegin. Da sie ihr nicht zurufen konnte, dass sie sie jetzt hochziehen würde, zupfte sie ebenfalls kurz und begann, das Seil einzuholen. In den nächsten Minuten verfluchte sie jede einzelne Pizza, jeden Muffin und jeden Hamburger, die Petra in den letzten zehn Jahren verspeist hatte.

Diese versuchte zwar mitzuhelfen, aber für Henriettes Gefühl hing sie wie ein mit Sand gefüllter Sack am Seil. Zuletzt klammerte sich die Computerspezialistin erschöpft an den unteren Rand der Luke, ohne sich hochziehen zu können. Erst als Henriette sie unter den Armen packte und ein letztes Mal mit ganzer Kraft zog, rutschte sie ins Innere des Schiffes und blieb nach Luft ringend liegen.

»Versuch bitte, leiser zu atmen!«, flüsterte Henriette ihr zu. »Du hörst dich an wie ein blasender Wal.«

»Ich kündige – und zwar auf der Stelle«, stöhnte Petra.

»Abgelehnt! Komm jetzt, wir müssen unser Zeug hochziehen.« Henriette packte die andere Leine und holte das Paket mit der Ausrüstung herauf. Als sie den Fallschirm nach oben zog, kämpfte Petra sich mühsam auf die Beine und half mit. Zuletzt kam das Schlauchboot an die Reihe. Beide befürchteten schon, es könnte zu breit sein und sie würden die Luft herauslassen müssen, selbst auf die Gefahr hin, dass die Piraten das Zischen hörten. Doch dann stellten sie fest, dass Wagner offenkundig auch daran gedacht hatte. Sie mussten das Boot nur leicht schräg stellen und dann in die Kammer ziehen. Nun wurde es schlagartig so eng, dass sie sich kaum noch rühren konnten.

Henriette wollte sich noch einmal bis zur Luke durchquetschen, um diese zu schließen, doch Petra hielt sie auf. »Das geht nicht mit der Hand! Ich muss den Mechanismus per Funksteuerung auslösen.« Bei diesen Worten drückte sie auf den Knopf, und die Luke schwang fast geräuschlos zu.

»Endlich«, stöhnte Henriette und lehnte das Schlauchboot so hoch an die Wand, dass es die Decke berührte. Auf diese Weise bekamen sie und Petra wieder etwas Luft. Dann holte sie die Taschenlampe aus dem Ausrüstungspaket und schaltete sie ein. Nun konnten sie die grau gestrichenen Wände und die niedrige Decke der kleinen Kammer erkennen.

Henriette fand einen Lichtschalter und streckte bereits die Hand danach aus, zog sie aber rasch wieder zurück. »Lieber nicht! Vielleicht wird dadurch auch das Licht auf dem Wartungsgang eingeschaltet. Wenn das die falschen Leute bemerken, könnte es für uns unangenehm werden.«

»Einen Moment!« Zitternd vor Anspannung holte Petra ihren Laptop aus dem Sicherheitsbeutel und klappte ihn auf. »Gleich werden wir sehen, ob das Ding den Fallschirmsprung überstanden hat«, flüsterte sie.

Nicht nur ihr fiel ein großer Stein vom Herzen, als der Bildschirm aufleuchtete und die Eingangsmaske erschien. Während Petras Finger über die Tasten flitzten, nahm Henriette eine Wasserflasche aus ihrem Gepäck, öffnete sie und trank.

»Haben wir auch Cola?«, fragte ihre Kollegin.

Henriette schüttelte den Kopf und reichte ihr die gut halbvolle Flasche. »Hier! Hoffentlich können wir uns bald Ersatz besorgen. Unsere Vorräte reichen nicht länger als zwei Tage.«

»Mit meinem Lappy finde ich alles auf diesem Schiff!« Da der Teil der Aktion, den Petra am meisten gefürchtet hatte, hinter ihnen lag, bekam sie Oberwasser. Kurz darauf drückte sie einen Knopf, und eine blau eingefärbte Lampe begann zu leuchten.

»Die ist nur für hier«, erklärte sie und stellte eine Satellitenverbindung zu Wagner her, um ihm mitzuteilen, dass sie glücklich an Bord der *Lady* gelangt waren.

FÜNFZEHN

Dietrich von Tarow blieb stehen und drehte sich zu Fahrner um. Im Licht der blau abgedunkelten Lampe auf seinem Helm konnte er seinen Untergebenen grinsen sehen.

»Bis jetzt haben die Kerle uns nicht entdeckt, Herr Major!«

Das war hauptsächlich ein Verdienst der Speziallampen, die extra für den Einsatz bei Nacht in Feindesnähe entwickelt worden waren. Deren Licht verlor sich schon nach wenigen Metern, sodass der Träger keine weithin sichtbare Zielscheibe für den Feind bildete. Zwar konnten sie selbst auch nur ihre nächste Umgebung wahrnehmen, doch das war allemal besser, als sich mühsam vorantasten zu müssen.

»Wie viele, meinen Sie, sind es?«, fragte Fahrner jetzt.

Mit verkniffener Miene blickte Dietrich zu den Ruinen des Ortes hinüber. Bevor Diya Baqi Majids Warsangeli-Milizen das Dorf Xiis überrannt hatten, war es von Isaaq bewohnt gewesen. Diese waren mittlerweile vertrieben oder umgebracht worden, die wenigen noch unzerstörten Häuser beherbergten einen Vorposten der feindlichen Milizen.

»Schwer zu sagen«, antwortete er. »Dafür müssen wir schon näher heran. Passen Sie aber auf, dass Sie auf keine Mine treten.«

»So nahe an ihrem eigenen Quartier haben die Kerle keine gelegt. Hatten wohl Angst, sie würden sich beim Pissen selbst hochjagen!«

»Trotzdem sollten wir vorsichtig sein. Ich hätte zumindest einzelne Minen ausgelegt.« Dietrich hoffte, dass sein Begleiter sich den Ratschlag zu Herzen nahm. Da hörte er dicht hinter sich ein Geräusch und schnellte herum. Gleichzeitig griff er zum Kampfmesser. Bevor er jedoch zustoßen konnte, sah er weiße Zähne blitzen, und dann tauchte im Schein seiner abgedunkelten Lampe Jamanahs unnatürlich blau schimmerndes Gesicht auf. Sie winkte ihm lächelnd zu. Ihn aber packte die Wut, und er hätte am liebsten ein Donnerwetter losgelassen.

»Bist du verrückt?«, fauchte er sie an. »Ich hatte schon mein Kampfmesser in der Hand. Hätte ich dich nicht rechtzeitig erkannt, hätte ich dich abgestochen!«

Für einen Augenblick verdüsterte sich ihre Miene, dann grinste sie erneut und zeigte mit einer Hand zu den Ruinen von Xiis hinüber. Die andere hielt sie ihm so vors Gesicht, dass drei Finger zu sehen waren.

Zunächst begriff Dietrich ihre Geste nicht, doch als sie mehrfach auf Xiis zeigte und »Warsangeli« flüsterte, dämmerte es ihm. »Willst du sagen, da drüben sind nur drei Männer?«

»Drei Männer!« Jamanah nickte heftig. So viel Deutsch hatte sie mittlerweile gelernt.

»Woher willst du das wissen?«, fragte Dietrich.

Jamanah deutete auf sich, machte dann das Zeichen heimlichen Schleichens und legte dabei eine Hand ans Ohr und die andere über die Augen.

»Wenn es stimmt, ist das Mädchen recht brauchbar«, erklärte Fahrner, der ebenfalls auf den Trichter gekommen war.

»Sie ist vollkommen verrückt«, stöhnte Dietrich. »Die Kerle hätten sie entdecken und erschießen können. Oder einer von uns hätte sie umgebracht.«

»Ich glaube, Sie unterschätzen Jamanah, Herr Major. Die ist uns ganz ohne Lampe so dicht auf den Pelz gerückt, dass sie uns hätte abmurksen können. Ich hoffe, sie ist kein Prototyp der Freischärler da drüben. Sonst wird die Sache haarig werden. Aber was machen wir jetzt? Erledigen wir die Angelegenheit selbst, oder schicken wir die Somalis vor?«

Dietrich dachte nach. Sie waren nicht in diese Weltgegend gekommen, um sich in die internen Kämpfe einzumischen. Andererseits waren die Kerle drüben Verbündete der Piraten, die die *Caroline* und die *Lady of the Sea* gekapert hatten, und damit automatisch Feinde. Doch nicht allein das gab den Ausschlag.

»Wenn wir die Sache selbst erledigen, wissen wir, dass es richtig gemacht wird. Ich glaube nicht, dass Mahsins und Ikrums Leute eine ähnliche Ausbildung genossen haben wie wir!« Dietrich nickte seinem Untergebenen kurz zu und schaltete die Lampe auf seinem Helm aus, damit sie zwischen den Häusern nicht zu Zielscheiben wurden. Im Dorf mussten ihnen die Restlichtverstärker ihrer Nachtsichtbrillen genügen.

»Schade, dass wir sie nicht fragen können, wo sie die Burschen entdeckt hat«, sagte Fahrner, während er sein Kampfmesser halb aus der Scheide zog, um zu prüfen, ob es locker genug saß.

Als hätte Jamanah ihn verstanden, zeigte diese auf zwei Häuser am Rand von Xiis, die sich in einem besseren Zustand zu befinden schienen als der Rest. Mit Gesten deutete sie an, dass sich in dem einen zwei und in dem anderen ein Freischärler aufhielt.

»Sehr gut, Mädchen, danke!« Dietrich klopfte ihr auf die Schulter, und nur der Nacht war es zu verdanken, dass er nicht sehen konnte, wie sie bei seiner lobenden Geste errötete. Dann wandte er sich Fahrner zu und wies ihn an voranzugehen.

»Du bleibst hier und wartest auf uns«, erklärte er Jamanah mit Gesten, dann folgte er Fahrner, der in der Deckung eines Busches angehalten hatte und mit seiner MP die Umgebung sicherte.

SECHZEHN

Kurze Zeit später erreichten Fahrner und der Major das erste der beiden Häuser, auf die Jamanah gewiesen hatte, und verständigten sich kurz mit Gesten. Dietrich hielt es für das Beste, zuerst den einzelnen Freischärler auszuschalten, damit der Mann ihnen nicht in die Quere kam. Auf seinen Wink hin schlich Fahrner zur Tür und öffnete sie. Er vernahm ein leises Schnarchen, dann zeigte die Nachtsichtbrille ihm eine Gestalt, die zusammengerollt auf einer Matte schlief.

Fahrner zog sein Messer, schlich zu dem Mann und hielt ihm mit der freien Hand den Mund zu. Gleichzeitig stieß er ihm die Klinge zwischen die Rippen. Der andere starb, ohne noch einmal zu erwachen. Trotzdem wartete der Deutsche, bis er sicher sein konnte, dass der Freischärler tot war. Er verließ die Hütte und zeigte dem Major draußen den erhobenen Daumen.

»Erledigt«, flüsterte er und schlich zu der anderen Hütte.

Als er das Ohr gegen die Tür legte, hörte er, dass die beiden Männer darin sich unterhielten.

»Das wird nicht so leicht«, meinte er leise zu Dietrich.

Der nickte und zog sein Kampfmesser. Bevor er etwas unternahm, überprüfte er, ob die Tür nach innen aufging. Denn dann hätten sie buchstäblich mit der Tür ins Haus fallen können. Doch zu seiner Enttäuschung ging sie nach außen auf, und so mussten sie sich etwas anderes ausdenken. Dietrich befahl Fahrner mit einer Handbewegung, ein wenig zurückzutreten, und klopfte leise gegen die Tür.

Sofort erstarb das Gespräch, und eine fragende Stimme klang auf. Dietrich klopfte erneut und begann zu stöhnen.

Im nächsten Augenblick öffnete sich die Tür, und ein Freischärler trat mit einem Sturmgewehr im Anschlag ins Freie. Dietrich stieß ihn Fahrner in die Arme und hechtete in die Hütte. Dabei prallte er gegen den anderen Freischärler und schlug ihm die Kalaschnikow aus der Hand. Gleichzeitig stieß er mit dem Messer zu und spürte, wie der andere erschlaffte.

»Brauchen Sie Hilfe, Herr Major?«, hörte er Fahrner fragen, der seinen Mann ebenfalls getötet hatte.

»Die Sache ist erledigt! Jetzt müssen wir nur noch General Mahsin Bescheid geben, dass seine Leute vorrücken können!«

Da sie den Vorposten eingenommen hatten, schaltete Dietrich seine Lampe wieder ein und sah sich um. Auf einem halbhohen Kupfertisch in der Ecke entdeckte er mehrere Papiere und nahm sie zur Hand. Die meisten waren mit arabischen Schriftzeichen, aber in somalischer Sprache beschrieben, die für ihn ein Buch mit sieben Siegeln war.

»Das müssen sich Ikrum und Mahsin ansehen«, erklärte er und deutete dann auf eine Art Landkarte, die von einem bestimmten Symbol förmlich übersät schien. Dietrich sah sie sich genauer an und reichte sie anschließend an Fahrner weiter.

»Nehmen Sie dasselbe an wie ich?«, fragte er.

Fahrner lachte hart auf. »Das ist der Plan, nach dem unsere Freunde ihre Minen gelegt haben. Dieses Stück hier haben wir bereits ausgeräuchert. Das sind gute Nachrichten für den General und seine Leute!« Er zeigte auf die Strecke von Mulaax nach Xiis und deutete dann auf das letzte Stück Weges nach Maydh. »Hier sind nur noch ein paar einzelne Minen verlegt. Wenn Mahsin will, kann er ohne weitere Verzögerung bis Maydh vorrücken.«

»Dann sollten wir uns beeilen«, sagte Dietrich und wollte die Karte wieder an sich nehmen. In dem Augenblick hörte er ein Geräusch. Er drehte sich um und blickte in die Mündung einer Maschinenpistole.

SIEBZEHN

Jamanah hatte sich fest vorgenommen, an dieser Stelle sitzen zu bleiben und zu warten, bis die Männer wieder zurückkehrten. Dieser Entschluss hielt jedoch keine drei Minuten. Dann wurde sie unruhig und ertappte sich dabei, wie sie sich langsam und immer wieder Deckung suchend auf das Dorf zuarbeitete. Irgendwann sah sie Dietrich und Fahrner als dunkle Umrisse neben der etwas helleren Wand einer Hütte stehen und verfolgte mit den Augen, wie Fahrner einen Freischärler, der zur Tür herauskam, lautlos tötete und Dietrich in die Hütte hineinhechtete. Auch er schien sein Opfer gefunden zu haben, denn es blieb alles ruhig, und kurz darauf hörte sie die beiden Deutschen miteinander reden.

Offenbar war alles gut gegangen. Jamanah atmete erleichtert auf und wollte wieder zu der Stelle zurückkehren, an der Dietrich sie zurückgelassen hatte. Da nahm sie eine Bewegung im Dorf wahr. Kurz darauf sah sie den Schatten eines Mannes vor der hellen Wand der Hütte auftauchen. Er schien zu lauschen, nahm dann seine Waffe von der Schulter und trat durch die offene Tür.

In dem Moment rannte Jamanah wie von der Sehne geschnellt los. Schießen durfte sie nicht, um nicht die in Maydh stationierten Feinde zu warnen. Daher zog sie ihren Krummdolch, verlangsamte kurz vor der Hütte ihre Schritte und bewegte sich nun so lautlos wie eine Maus.

Als sie die Tür erreicht hatte, sah sie den Rücken des Milizionärs direkt vor sich. Dieser stand breitbeinig vor den beiden Deutschen und hielt sie mit seiner MP in Schach. Dietrich sah dennoch so aus, als wolle er auf den anderen losgehen. Um zu verhindern, dass er einen Fehler beging, hob Jamanah kurz die rechte Hand, machte noch einen Schritt nach vorne und zog dem Freischärler ihren Dolch durch die Kehle.

Der Mann stand einen Augenblick still und versuchte noch, den Zeigefinger zu krümmen. Doch da war Dietrich bei ihm, entriss ihm die Waffe und stieß ihn gegen die Wand. Dort sank er in sich zusammen und blieb regungslos liegen.

Dietrich atmete auf und sah Jamanah lächelnd an. »Danke!«

Doch die junge Frau empfand nichts als Scham. Sie hatte den Deutschen erklärt, es befänden sich nur drei Feinde im Ort, dabei waren es vier gewesen. Mit dem Gefühl, Dietrich damit nicht nur in Gefahr gebracht, sondern auch schwer enttäuscht zu haben, setzte sie sich auf den Boden und fing an zu schluchzen. Gleichzeitig bat sie ihn stockend um Verzeihung.

»Was hat sie denn jetzt schon wieder?«, fragte Fahrner kopfschüttelnd.

»Ist es für dich leicht, einen Menschen zu töten?«, fuhr Dietrich ihn an.

Fahrner sah ihn verwundert an. »Aber der Kerl ist doch nicht der erste Freischärler, den sie umgelegt hat!«

»Bis jetzt hat sie wahrscheinlich noch keinen mit dem Messer töten müssen.« Ohne sich weiter um seinen Untergebenen zu kümmern, hob Dietrich den Dolch auf, den Jamanah fallen gelassen hatte, säuberte ihn und reichte ihn ihr. Dabei hielt er ihre Hände fest und zwang sie, ihm ins Gesicht zu sehen.

»Du hast uns eben das Leben gerettet. Das werde ich dir nie vergessen!«

Obwohl Jamanah nicht verstand, was er sagte, erkannte sie, dass er nicht zornig auf sie war. Trotzdem entschuldigte sie sich wortreich und hörte erst auf, als er ihr sanft die Hand auf den Mund legte.

»Ist ja schon gut«, sagte er und suchte in seinen Taschen nach einem Schokoladenriegel.

»Ich habe noch einen«, erklärte Fahrner, als Dietrich keinen fand. »Allmählich sollte man uns Nachschub schicken. Mit was sollen wir sie sonst noch bezahlen?«

Er rief Jamanah ein »Gut gemacht« zu, reichte ihr den Schokoladenriegel und wandte sich zur Tür. »Nachdem die Kleine sich eben verzählt hat, schaue ich nach, ob noch so ein Bruder draußen rumläuft!«

Jamanah sah ihm nach, als er verschwand, und wandte sich an Dietrich. »Warum Kleine? Ich doch größer als er!«

»Das ist seine Art von Humor«, erklärte Dietrich und forderte sie auf, ihren Schokoladenriegel zu essen.

Kurz darauf kam Fahrner wieder herein. »Draußen ist alles in Ordnung«, sagte er und begann die Hütte, die drei Toten und die Leiche im Nebenhaus zu durchsuchen.

»Will mir nur ein kleines Souvenir mitnehmen«, erklärte er Dietrich, der ihn misstrauisch beäugte.

Dieser winkte ab und wandte sich an Jamanah. »Kannst du General Mahsin und Captain Ikrum hierherbringen?« Er begleitete seine Worte mit den entsprechenden Gesten und war erleichtert, als Jamanah eifrig nickte und dann eilig davonlief.

»Die hat einen Narren an Ihnen gefressen, Herr Major«, sagte Fahrner, während er den Besitz der Toten auf dem dreibeinigen Kupfertisch ausbreitete.

»Sie ist ein armes Ding, das keine Heimat mehr hat.« Dietrich zeigte auf die Sachen des Milizionärs, den sie getötet hatte. »Das solltest du für Jamanah übriglassen. Die Menschen hier haben einen eigenen Ehrenkodex, und sie wird das als ihre persönliche Beute ansehen.«

»Passen Sie auf, sonst werden Sie noch zu ihrer persönlichen Beute, Herr Major«, spottete Fahrner. Dann suchte er sich drei Kleinigkeiten aus und steckte sie in die Tasche. »Die lege ich zu Hause in eine Schublade und sehe sie mir gelegentlich an, um mich an diesen Einsatz zu erinnern.«

Dietrich ließ ihn machen und trat an die Tür. Stimmen und Geräusche verrieten ihm, dass General Mahsins Männer näher kamen. Kurz darauf entdeckte er Ikrum. Unbewusst hielt er Ausschau nach Jamanah und sah diese hinter Ikrums Vorhut gehen. Sie wirkte angespannt, als sie auf ihn zutrat und vor ihm niederkniete. Erneut redete sie auf ihn ein, und diesmal hatte Dietrich mit Captain Ikrum jemand, der ihm ihre Worte übersetzen konnte.

»Das Mädchen bittet Sie um Verzeihung, weil es nicht richtig aufgepasst hat und Sie dadurch in Gefahr geraten sind!«

Dietrich schüttelte den Kopf. »Ich habe ihr nichts zu verzeihen, außer dass ich nicht selbst aufgepasst habe. Jamanah hingegen hat ihren Fehler – wenn man es so sehen will – selbst bereinigt und den Mann getötet, den wir übersehen haben.«

Ikrum sah die Toten und fragte mit ungläubiger Miene: »Hat sie wirklich Messerarbeit geleistet?«

»Kalt wie ein Eisberg in der Antarktis, wenn Sie so etwas kennen«, erklärte Fahrner grinsend und erntete dafür einen spöttischen Blick des Somali.

»Ich habe drei Jahre in Ägypten studiert! Außerdem gibt es sogar hier in diesem Land Fernsehen. Television Somaliland sendet jeden Tag acht Stunden und berichtet dabei nicht nur über Stammeskriege, sondern auch über die Welt.«

Dietrich freute sich, dass Fahrners Überheblichkeit einen

Dämpfer erhalten hatte, und reichte Ikrum den erbeuteten Minenplan. »Können Sie damit etwas anfangen?«

Der Captain richtete den Kegel seiner Taschenlampe auf die Karte und stieß einen überraschten Ruf aus. »Damit können wir noch heute Nacht ohne Probleme bis Maydh durchbrechen. Morgen früh werden wir die Stadt stürmen und Diya Baqi Majids Warsangeli zum Teufel jagen.«

»Dann wünsche ich Ihnen viel Erfolg!« An der Schlacht wollte Dietrich nicht teilnehmen, auch wenn Fahrner ein wenig enttäuscht wirkte. Doch auch sein Untergebener musste lernen, dass sie nur dann töten durften, wenn es keine andere Option gab. Sie hatten sich General Mahsin gegenüber verpflichtet, ihm den Weg bis Maydh zu öffnen, und das war geschehen. Nun lag es an den Isaaq, etwas aus dieser Möglichkeit zu machen.

»Ich muss weiter! Meine Leute haben noch zwei Minen zu beseitigen, aber die finden wir mit diesem Plan auch ohne Ihre Hilfe. Auf jeden Fall danke ich Ihnen für die Unterstützung, die Sie uns geleistet haben.« Captain Ikrum berührte sein ausgewaschenes Barett mit zwei Fingern und schritt davon.

Fahrner schnallte seine Feldflasche ab und schüttelte sie, um zu sehen, wie viel noch darin war. »Ein kühles Bier wäre mir zwar lieber als diese lauwarme Brühe, aber man muss sich an das halten, was man hat«, meinte er und sah den abmarschierenden somaliländischen Soldaten nach. »Wenn die Brüder jetzt keinen Scheiß machen, kriegen die Piraten und ihre Freunde bald kräftig eins auf die Mütze!«

»Hoffentlich.« Dietrich atmete tief durch und beschloss, sich ein ruhiges Plätzchen zum Schlafen zu suchen.

Doch noch war Fahrner nicht fertig. »Wissen Sie, was mich wundert, Herr Major?«

»Nein, was?«

»Wir sind während unserer Flucht doch auch hier vorbeigekommen. Aber keiner der Freischärler hat auf uns geschossen!«

»Sie hatten wahrscheinlich Angst, es darauf ankommen zu lassen. Das Maschinengewehr hätte die Mauern der Hütten durchschlagen. Zudem dürften sie gehofft haben, dass sie uns leichter loswerden, wenn sie uns durch das Minenfeld fahren lassen.«

»Da haben wir ihnen wohl einen dicken Strich durch die Rechnung gemacht. Selbst schuld, kann man da nur sagen. Aber jetzt sollten wir eine Mütze voll Schlaf nehmen, Herr Major. Wenn das Feuerwerk morgen früh beginnt, werden wir nicht mehr dazu kommen.«

»Gelegentlich haben sogar Sie Geistesblitze, Fahrner«, antwortete Dietrich lachend und begrüßte die anderen vier Soldaten seiner Kompanie, die ein wenig neidisch waren, weil sie ausgerechnet an diesem Teil der Aktion nicht hatten teilnehmen können.

»Was tun wir, wenn Maydh eingenommen worden ist, Herr Major?«, fragte einer.

Dietrich zuckte mit den Achseln. »Dann werden wir wahrscheinlich nach Berbera fahren und auf ein Taxi warten, das uns abholt. Oder seid ihr so scharf darauf, bei Mahsins Truppen zu bleiben?«

»Wir denken an unsere Kameraden in Laasqoray, Herr Major, und würden dieses Land ungern ohne sie verlassen.« Fahrner sprach damit das Problem an, das auch Dietrich beschäftigte. Allerdings wusste der Major, dass zwischen Maydh und Laasqoray fast einhundert Kilometer auf einer schlechten Straße lagen, die zumindest teilweise vermint war. General Mahsin würde nur dann auf Laasqoray vorrücken, wenn es ihm gelang, seine Flanke gegen das Gebirge zu schützen, insbesondere gegen die Warsangeli-Milizen, die oben in Cheerigaabo lagen und ihm jederzeit in den Rücken fallen konnten.

Über all das wollte Dietrich in dieser Nacht nicht mehr nachdenken. Er nahm sich eine der Decken, die in der Hütte lagen, suchte sich einen Platz an einer Hauswand und rollte sich dort zusammen. Bereits im Halbschlaf, merkte er, dass irgendetwas gegen seine Füße stieß, öffnete noch einmal die Augen und sah Jamanah, die sich dort in eine Decke wickelte. Es freute ihn, dass sie ihm so vertraute, und mit diesem Gedanken schlief er ein.

ACHTZEHN

Als Torsten Renk in sein Hotelzimmer zurückkehrte, tanzten die Leute noch immer auf den Straßen von Laasqoray. Da Omar Schmitt immer noch nicht zurückgekehrt war, setzte er sich mit dem Rücken zur Wand auf das Bett und dachte nach. Leicht würde es nicht werden, an diesem Ort etwas zu unternehmen. Wenn er versuchte, die in der Stadt eingesperrten Geiseln zu befreien, würden die Piraten sich an ihren Gefangenen auf der *Lady* vergreifen. Genauso aber hatte jeder Versuch, das Schiff zurückzuholen, fatale Auswirkungen auf die Gefangenen in Laasqoray.

Nicht zuletzt dieses Dilemmas wegen hoffte Torsten darauf, dass die Verhandlungen der deutschen Regierung und der Reederei mit den Piraten erfolgreich verlaufen würden. Doch wenn dies nicht der Fall war, musste er eingreifen, auch wenn die Folgen nicht absehbar waren.

Ein Geräusch an der Tür schreckte ihn auf. Gleich darauf trommelte jemand im Takt dagegen. Torsten musste grinsen, als er die Melodie von »Hänschen klein« erkannte.

»Sie können hereinkommen!«, rief er, nahm aber sicherheitshalber die Sphinx AT2000 zur Hand.

Omar Schmitt trat hastig ein und schloss die Tür hinter sich. »Das war ein erfolgreicher Abend, meinen Sie nicht auch?«

»Etwas leiser!«, warnte Torsten ihn und wies mit der Hand zu der Truhe, die das Mikro der Abhöranlage verbarg.

»Entschuldigung! Aber ich hatte mich zu sehr darüber gefreut, dass wir erfahren konnten, wo die prominenten Geiseln hingebracht worden sind. Außerdem ist es Tamid gelungen, sich bei den Bewachern lieb Kind zu machen. Sie haben ihn als Faktotum behalten. Auf diese Weise hat er sowohl Kontakt zu den Piraten wie zu den Geiseln.«

»Die werden ihm nach dem Tanz, den er vor ihnen aufgeführt hat, sicher nicht vertrauen«, wandte Torsten ein.

»Sollen sie auch nicht, sonst würden sie Tamid gefährden. Aber da er etwas Deutsch versteht, kann er sie belauschen. Wichtiger ist allerdings, dass er mitbekommt, was sich die Piraten erzählen.«

»Ich hoffe, Tamid enttäuscht Sie nicht.« Torsten hatte den hasserfüllten Auftritt des jungen Mannes nicht vergessen.

»Ganz gewiss nicht«, antwortete Omar lächelnd. »Tamid ist mein bester Mann! Doch das darf Al Huseyin nicht hören. Der ist einfach zu sehr Soldat, um andere Rollen spielen zu können. Tamid aber kann in viele Masken schlüpfen.«

»Okay! Jetzt werde ich kurz mit Petra Kontakt aufnehmen und meine Kollegin fragen, was es Neues gibt. Hoffentlich jammert sie mir nicht wieder die Ohren voll, wie entsetzlich heiß es in Djibouti ist und wie schlecht das Essen! Danach sollten wir das Tuch wieder vom Mikrophon wegnehmen und uns über ein paar belanglose Dinge unterhalten, damit die Lauscher an der Wand auch auf ihre Kosten kommen.« Torsten holte den Beutel mit dem Notebook unter seiner Kleidung hervor und zog das Gerät heraus. Als die Verbindung stand, kniff er verwundert die Augen zusammen.

Petra kauerte dicht neben Henriette auf einem kunststoffbeschichteten Fußboden zwischen einem großen Paket und einem aufgeblasenen Schlauchboot. »Grüß dich, großer Krieger«, begann sie, bevor er ein Wort sagen konnte.

»Hi, Petra! Wohin hat es dich denn verschlagen?«, fragte Torsten erstaunt.

»Das errätst du nie!« Nach diesen Worten hob Petra ihren Laptop, sodass ihr Gesicht aus dem Bildschirm wanderte und eine Art Plakette oder Aufkleber darauf erschien.

Torsten hielt den Atem an, als er die Aufschrift *Lady of the Sea* las. »Wie kommt ihr dahin?«

»Das war eine äußerst unangenehme Angelegenheit. Deswegen bin ich auch nur noch pro forma beim Team. Innerlich habe ich schon gekündigt!«

Da Torsten nichts auf das Gejammer seiner Kollegin gab, fragte er, ob sie sonst noch etwas Neues wüsste.

Petra nickte. »Hans ist auf dem Weg zu dir, um dir ein paar Sachen zu bringen. Henriette und ich werden uns, wenn wir uns wieder erholt haben, hier ein wenig umschauen und dann zusehen, welche Maulwurfsarbeit wir leisten können. Deswegen sollten wir in der nächsten Zeit auch enger in Kontakt bleiben als bisher. Es kann sein, dass sich hier auf dem Schiff kurzfristig etwas tut, und dann bist du gefragt.«

»Gern! Mir wird allmählich langweilig.« Torsten brachte es so trocken hervor, dass Petra zu kichern begann.

»Die Langeweile wird dir bald vergehen. Wir haben grünes Licht für jegliche Aktion bekommen. Selbst wenn wir die halbe Stadt da drüben abfackeln, um die Gefangenen zu befreien, ist das von oben gedeckt. Ich überspiele dir jetzt die neuesten Daten auf deinen Laptop, und dann wünsche ich dir eine gute Nacht. Wir haben noch viel zu tun.«

Petra drückte einige Tasten, und nach kurzer Zeit erschien auf Torstens Gerät die Nachricht, dass Daten empfangen worden wären.

»Also dann, Superheld! Mach's gut!«, verabschiedete sie sich und schaltete die Verbindung ab, bevor er eine passende Antwort geben konnte.

Stattdessen zupfte Omar Schmitt ihn am Ärmel. »War das eben nicht zu gefährlich, so offen zu senden? Die Piraten sind verdammt gut ausgerüstet, und sie haben ausländische Helfer.«

»Die Dinger hier laufen über Satellit. Das Programm dafür und die Verschlüsselung hat Petra höchstpersönlich erstellt. Wenn jemand dahinterkommen will, muss er ein Genie sein.«

Noch während er es sagte, rief Torsten die erste Datei auf und geriet in ein Interview der Bundeskanzlerin, die an die Entführer der *Lady of the Sea* appellierte, die Geiseln und das Schiff freizugeben.

»Damit wird sie nichts bewirken«, kritisierte Omar den Auftritt. »Die Piraten werden es als Schwäche ansehen und noch unverschämter werden. Diese Schurken erkennen nur eines an, und das ist nackte Gewalt.«

»Ich habe aber keine Lust, mich auszuziehen«, konterte Torsten.

Omar sah ihn zuerst irritiert an und begann dann zu lachen. »Sie möchte ich wahrlich nicht zum Feind haben, Renk.«

»Ich mich auch nicht! Aber etwas ganz anderes: Reden Sie im Schlaf?«

»Nicht dass ich wüsste«, antwortete Omar.

»Sehr gut! Dann kann ich das Abhörmikro wieder freilegen, damit die Kerle, wenn sie ein Ohr auf uns haben, unser Schnarchen hören können.«

Während Torsten das vor das Mikro gestopfte Handtuch entfernte, galten seine Gedanken mehr Henriette und Petra als seiner Situation, und er fragte sich, was die beiden auf der *Lady of the Sea* erreichen wollten.

FÜNFTER TEIL

DAS GEISTERSCHIFF

EINS

Henriette von Tarow tippte Petra an. »Wenn wir uns ein besseres Quartier suchen wollen, haben wir nicht mehr viel Zeit. Sonst müssen wir den ganzen Tag in dieser Enge sitzen bleiben, und das kann eine anrüchige Sache werden – wenn du weißt, was ich meine.«

»Ich kann es mir denken!« Da Petra schon eine ganze Weile zur Toilette musste, hatte sie nichts dagegen, die Kammer zu verlassen. Doch als Henriette die Hand ausstreckte, um die Tür, die ins Innere des Schiffes führte, zu öffnen, hielt sie sie zurück: »Einen Moment!«

»Was ist?«, fragte Henriette, doch da löste ihre Freundin bereits eine fast unsichtbare Abdeckung mit einem Allzweckwerkzeug, das einem Schweizer Offiziersmesser glich. Unter der Platte kam ein USB-Anschluss zum Vorschein. Petra stöpselte ein Kabel in den Port, verband ihren Laptop damit und betätigte einige Tasten. »Schau hier!«

Henriette kniete sich neben sie und starrte auf die Bilder, die Petra eines nach dem anderen aufrief.

»Das ist der Korridor hinter der Tür. Wie du siehst, ist er leer«, erklärte diese.

»Das Licht ist seltsam«, wandte Henriette ein.

»Eigentlich ist da gar kein Licht. Die Überwachungskamera arbeitet auch auf Infrarotbasis. Wäre da ein Pirat, würden wir ihn als hellen Fleck sehen können. Hier ist die Kammer, die wir erreichen müssen. Sie liegt beinahe zweihundert Meter weiter vorne ein Stück unterhalb der Notsteuerzentrale. Zum Glück treibt sich dort ebenfalls niemand herum.«

Petra suchte, bis sie drei Decks weiter oben den ersten Somali entdeckte. Der Mann patrouillierte einen langen Korridor entlang und machte sich dabei den Spaß, mit dem Kolben seines Sturmgewehrs immer wieder gegen die Kabinentüren zu schlagen.

»Wie du siehst, ist die Luft rein. Allerdings möchte ich mir noch etwas anschauen, bevor wir losziehen.«

Ein neues Bild erschien auf dem Schirm, und Henriette sah einen großen Raum, in dem palettenweise Mineralwasserflaschen standen und große Kartons, die ihren Aufschriften nach Lebensmittel enthielten.

»Schließlich müssen wir uns zuerst einmal verproviantieren«, sagte Petra augenzwinkernd. »Mein Gehirn arbeitet nicht, wenn es keinen Brennstoff bekommt. So, jetzt können wir aufbrechen.« Sie entfernte das Kabel, schraubte die Plakette wieder an und nahm ihre Ausrüstung an sich.

»Was machen wir mit dem Boot, dem Fallschirm und unseren Wärmeanzügen?«, fragte sie dabei.

»Das Zeug lassen wir hier. Allerdings brauchen wir die Gummiüberschuhe, um uns geräuschlos bewegen zu können. In den unteren Decks bestehen die Fußböden meist aus Gitterplatten. Das knallt ganz schön, wenn man mit Straßenschuhen darüberläuft!«

Petra kicherte. »Dann hören wir wenigstens, wenn uns ein Pirat zu nahe kommt!«

»Schön wär's! Aber die meisten hörst du nicht, denn die Somalis dürften barfuß gehen.«

»Bei den Gitterplatten bräuchten die Kerle schon eine zentimeterdicke Hornhaut an den Füßen, um schmerzfrei darüberlaufen zu können.«

Henriette hatte keine Lust, die ins Unsinnige abdriftende Unterhaltung fortzuführen, sondern schulterte ihren Rucksack, nahm den Rest ihres Gepäcks in die linke Hand und holte mit der rechten ein futuristisch aussehendes Schießgerät heraus.

»Was ist das? Ein Laserstrahler?«, wollte Petra wissen.

»Nein, eine moderne Gasdruckpistole. Sie verschießt kleine Giftbolzen, die sich im Körper auflösen. Da außer einem kleinen roten Punkt auf der Haut nichts zu erkennen ist, sieht es so aus, als wäre der Getroffene nach einem Herzinfarkt umgekippt.«

»Schießt das Ding auch durch Stoff?«

»Tut es«, antwortete Henriette und forderte Petra ungeduldig auf, die Tür zu öffnen.

Sie schlüpfte als Erste hinaus. Sofort stand sie in undurchdringlicher Schwärze. Im ersten Moment erstarrte sie. Dann ärgerte sie sich, weil sie in ihrer Anspannung vergessen hatte, die Nachtsichtbrille aufzusetzen. Sie holte dies nach und wollte auch Petra dazu auffordern.

Doch ihre Kollegin hatte selbst daran gedacht und lächelte sie fröhlich an. »Ich sagte doch, dass niemand hier ist!«

Henriette nickte unbewusst und schlich vorsichtig durch den Gang. Licht einzuschalten wagte sie nicht, doch das Nachtsichtgerät reichte aus, um sich zurechtzufinden.

Am Ende des Wartungsgangs mussten sie über eine Treppe nach unten steigen, bis sie jenes Deck erreichten, in dem ihr anvisiertes Versteck lag. Danach ging es über hundertundfünfzig Meter weiter bis zu einer Wand, in der eine Luke, die einem Wartungsschott glich, mehr zu ertasten als zu erkennen war.

Auch hier half Petras kleiner Sender weiter. Die Luke schwang automatisch auf, und Henriette konnte sich ins Innere der Kammer zwängen. Diese war groß genug, um einem Dutzend Leute Platz zu bieten, und verfügte in der hinteren Ecke sogar über eine Hygienezelle mit Dusche und Toilette.

»Wie die Luke, durch die wir ins Schiff gelangt sind, ist das hier ein geheimer Einbau, der solche Aktionen wie die unsere ermöglichen soll. Allerdings haben die Planer nicht mit über hundert Piraten gerechnet. Gegen die bringt auch ein Sonderkommando bis an die Zähne bewaffneter Elitesoldaten nichts. Deshalb sind wir gefragt«, erklärte Petra, die sich zur Vorbereitung auf diesen Auftrag intensiv mit der Planung des Schiffes befasst hatte.

Henriette nickte angespannt. »Die Kerle sollen Sprengsätze installiert haben.«

»Das ist dein Job! Aber erst morgen. Jetzt solltest du uns als Erstes etwas zu essen besorgen. Ich hätte gerne Pizzen, Hot Dogs, Sauerkraut und, wenn du sie findest, auch ein paar Salzheringe. Außerdem könnte ich einige Tafeln Schokolade vertragen, sozusagen als Nachbrenner für meinen Gehirnmotor.«

Bei dieser Auswahl schüttelte es Henriette. Ihrer Meinung nach waren Petras Essensvorlieben in den letzten Wochen noch extremer geworden. Sie sagte jedoch nichts, sondern lud ihren Packen und den Rucksack ab und verschwand wieder nach draußen. Petra hingegen eilte, so rasch sie konnte, zur Toilette und öffnete aufatmend ihre Hose.

ZWEI

Henriette fand den Lagerraum auf Anhieb. In normalen Zeiten hätte sie die Tür mit einer Magnetkarte öffnen können, doch die Piraten hatten auch die Stromkreise abgeschaltet, an denen die dafür notwendigen Geräte hingen. So blieb ihr nichts anderes übrig, als die Tür mit Hilfe eines Nachschlüssels zu entriegeln und mit der Hand so weit aufzuschieben, dass sie hineinschlüpfen konnte. Zuerst wollte sie Pakete von den nächststehenden Paletten nehmen, sagte sich dann aber, dass dies möglicherweise auffallen würde, und drang tiefer in den Lagerraum ein. Schließlich entnahm sie mehreren hinten stehenden Paletten je einen Packen und stapelte diese neben der Tür auf.

Sie selbst hätte sich mit Wasser, Milch und Haferflocken begnügt, aber der Gedanke, die ganze Zeit mit einer nörgelnden Petra auf engstem Raum zu leben, brachte sie dazu, eine größere Auswahl an verschiedenen Lebensmitteln zusammenzusuchen, die man kalt aus der Packung essen konnte.

Als sie ihre Beute begutachtete, stöhnte sie auf. Sie hatte so viele Vorräte bereitgestellt, als gingen Petra und sie auf eine mehrmonatige Expedition. Für einen Augenblick überlegte sie, den größten Teil wieder zurückzubringen. Doch ein Blick auf die Uhr verriet ihr, dass die Piraten bald wieder durch das ganze Schiff patrouillieren würden.

Mit einem leisen Fluch packte sie die ersten Schachteln und verließ den Kühlraum. Unterwegs musste sie mehrere Leitern in engen Schächten hinabsteigen. Dabei dachte sie sehnsüchtig an die großen Freitreppen, die es in den von Passagieren bewohnten Decks gab. Hier in den Tiefen des Schiffes, die nur von Besatzungsmitgliedern betreten wurden, hatte die Reederei auf solchen Luxus verzichtet.

Schwitzend kam sie zu ihrem Versteck und klopfte gegen die Luke. Petra öffnete sofort, hielt aber eine der Luftdruckpistolen in der Hand. Bei Henriettes Anblick entspannte sich ihre Miene. »Endlich! Ich war schon in Sorge.«

Da Henriette kaum mehr als eine Viertelstunde weg gewesen war, schob sie Petras Besorgnis auf deren Nervosität und lächelte sie an. »Ich habe ein paar Sachen hergerichtet, die ich noch holen muss. Schaff du inzwischen die Pakete hier hinein.«

Sie stellte ihre Last ab und lief eilig los. Bevor die ersten Piraten auftauchten, musste sie alles in den Raum geschafft haben, der ihnen in den nächsten Tagen als Versteck dienen sollte. Dabei durfte sie keine Spuren hinterlassen, die die Somalis auf ungebetene Eindringlinge aufmerksam machen würden. Den Vormittag wollte sie mit Petra dazu nutzen, die geheimen Überwachungskameras an Bord anzuschalten und damit die Quartiere ihrer Gegner auszuforschen.

Als sie mit den nächsten Paketen auftauchte, warnte Petra sie. »Einer der Kerle ist nur ein Deck über dem Lager. Wenn er etwas hört …«

»Ich bin so leise wie eine Maus, die die Speisekammer plündert«, versprach Henriette und sauste davon.

Sie musste noch zweimal gehen, dann konnte sie den Lagerraum verschließen und in ihr Versteck zurückkehren. Als sie durch die Luke kroch und diese hinter sich zumachte, saß ihre Freundin auf einem Karton, hatte ihren Laptop auf einem zweiten abgestellt und schaufelte sich heißhungrig Schokolade in den Mund. Dies hinderte sie nicht daran, kräftig in die Tasten zu greifen.

»Unsere Freunde haben ausgeschlafen und sind in Aktion«, erklärte sie Henriette und rief hintereinander mehrere Bilder auf. Auf einem war eine Frau zu sehen, die sich gerade mit einem jungen, schlanken Burschen auf dem Bett wälzte. Da eine Kalaschnikow an der Wand lehnte, konnte es sich bei dem Mann nur um einen Piraten handeln. Ob die Frau Passagierin oder Besatzungsmitglied war, war nicht zu erkennen.

»Die macht freiwillig mit! Eine Vergewaltigung ist das jedenfalls nicht«, stieß Henriette überrascht aus.

Petra schüttelte den Kopf. »Im Grunde doch! Die Frau macht es entweder, weil sie hofft, der Mann würde im Gegenzug seine Kumpane davon abhalten, ebenfalls über sie herzufallen, oder sie hat das Stockholmsyndrom.«

»Du meinst, sie identifiziert sich bereits mit den Besetzern des Schiffes?«

»Es wäre möglich. Sie sind bereits seit ein paar Tagen Geiseln und haben wahrscheinlich das Gefühl, die Regierung würde sie im Stich lassen. Daher sind nicht mehr die eigentlichen Schurken der Gegner, sondern die, die zu wenig tun, um sie freizubekommen. Das ist traurig, aber leider wahr.«

Petra schaltete auf eine andere Überwachungskamera um. Nun sahen sie ein Urlauberpaar, das apathisch in seiner Kabine hockte und nicht einmal mehr die Gegenwart des anderen wahrzunehmen schien.

Erneut wechselte Petra die Kamera und geriet in einen größeren Raum, in dem mindestens dreißig Frauen zusammengepfercht waren. Anhand ihrer Kleidung ordneten die beiden Freundinnen sie als Angehörige der Besatzung ein.

»So, das wird in den nächsten Stunden unsere Arbeit sein«, sagte Petra. »Wir sehen uns einen Raum nach dem anderen an und notieren, was wir dort sehen. Während ich damit beginne, könntest du mir eine Pizza warm machen.«

»Pizza ist nicht! Wir haben hier keinen Herd. Du wirst dich mit Würstchen und Käse zufriedengeben müssen. Dazu habe ich Kekse, Schokolade und Räucherlachs.«

»Würstchen, Käse und Räucherlachs wären ein schöner Pizzabelag!« Petra leckte sich die Lippen, zeigte dann aber auf einen Karton Sauerkraut und forderte ihre Freundin auf, ihr eine Dose aufzumachen. »Haben wir Besteck?«

»Das hier!« Henriette holte ein Gerät aus ihrer Tasche, das Messer, Gabel und Löffel in einem war. »Du hast auch so ein Ding«, setzte sie hinzu, als Petra danach griff.

Sie musste ihrer Freundin suchen helfen. Dann sah sie verblüfft zu, wie Petra sich quer durch die Dosenvorräte futterte und sich fast gleichzeitig zu den Essiggurken und dem Sauerkraut Schokoladenstücke in den Mund schob.

»Du isst, als wenn du schwanger wärst«, platzte es aus ihr heraus.

Petra lachte hell auf. »Du hast ja eine lebhafte Phantasie!« Dann wurde sie plötzlich ernst und zählte stumm nach, wie viele Monate seit dem Urlaub auf Mallorca vergangen waren, den sie mit Torsten verbracht hatte.

»Wahrscheinlich ist es bloß der Stress«, murmelte sie und steckte sich den nächsten Schokoriegel in den Mund.

Auch Henriette bekam nun Hunger. Zuerst aber benützte sie die Toilette, spülte mit Mineralwasser nach, da die Wasserversorgung nicht funktionierte, und wusch sich mit dem Wasser auch die Hände. Dann wählte sie aus den Essensvorräten etwas aus, was ihr nicht so schwer im Magen liegen würde. Während sie Wasser mit ein wenig Fruchtsaft vermischt trank, sah sie Petra zu, die mit akribischer Genauigkeit jeden Raum notierte, in den sie mit Hilfe der Überwachungskameras hineinschauen konnte.

»Zum Glück werden die Dinger nicht vom Bordcomputer gesteuert«, kommentierte sie ihre emsige Tätigkeit. »Die Reederei wollte sichergehen, dass ein Befreiungskommando an Bord kommen und sich informieren kann. Eine Schlamperei gab es dabei allerdings, und die wird uns noch zu schaffen zu machen.«

Sie zeigte auf eine flache Schachtel, die sie auf eine der Vorratskisten gestellt hatte.

»Was ist da eigentlich drin?«, bohrte Henriette nach.

»Eine Platine, die von Anfang an in den Computer der Notsteueranlage hätte eingebaut werden sollen. Da dies nicht geschehen ist, müssen wir in den Raum, in dem sich die Notsteuerung befindet, und dieses Teil dort anbringen. Das dürfte nicht leicht werden. Jedes Mal, wenn ich den Raum aufgerufen habe, war mindestens ein Pirat drin, und ich glaube nicht, dass uns die Kerle unbehelligt dort arbeiten lassen!«

Henriette grinste schief. »Das werden sie gewiss nicht tun.« Dabei überlegte sie, wie sie den Wächter am unauffälligsten ausschalten konnte.

DREI

Dietrich von Tarow und seine Männer lagen auf einem Hügel, von dem aus sie Maydh unter Beobachtung halten konnten. Auch wenn sie sich nicht an dem Angriff beteiligten, so wollten sie wenigstens sehen, was dort geschah. Jamanah hockte in Dietrichs Nähe auf der Erde und streichelte ihre Kalaschnikow. Der Major konnte ihr ansehen, dass es ihr nicht leichtfiel, zurückzubleiben, während die somaliländischen Soldaten gegen die Feinde vorrückten, die ihnen die heilige Stadt weggenommen hatten.

»Gleich geht's los«, berichtete Fahrner, der das Geschehen mit seinem Fernglas verfolgte.

Jetzt nahm auch Dietrich sein Glas zur Hand und sah General Mahsins Leute auf Maydh zuschwärmen. Noch war kein Alarm gegeben worden, doch nach dem ersten Schuss würde dort die Hölle los sein.

»Was meinen Sie, Herr Major? Sollten wir nicht doch ein bisschen mitmischen?«, fragte Fahrner.

Dietrich schüttelte den Kopf. »Das ist nicht unser Krieg. Etwas anderes wäre es, wenn in dem Ort unsere vermissten Kameraden oder andere Geiseln gefangen gehalten würden. So aber ist es eine Auseinandersetzung zwischen zwei somalischen Milizen, und in die mischen wir uns nicht ein.«

»Schade! Dabei bin ich gerade so richtig in Form.« Fahrner grinste und zeigte nach vorne. »Jetzt sind die Kerle endlich aufgewacht. Wer wettet mit mir, dass die Verteidiger den ersten Treffer machen?«

»Sie reden, als wäre das ein Spiel mit Halmakegeln. Allerdings werden die Toten und Verletzten Ihren Spaß nicht verstehen!« Dietrich wurde ein wenig laut, denn Fahrner war zwar ein guter Soldat, nahm es aber mit den Grenzen, die ihm als Angehörigem der Bundeswehr gesetzt waren, nicht allzu genau. Fast bedauerte er es, ihn nicht mit den Verletzten nach Berbera geschickt zu haben. Andererseits war er nach Grapengeters Ausfall der beste Einzelkämpfer in der Kompanie und bewahrte auch in schwierigen Lagen die Übersicht.

Fahrner hatte gemerkt, dass er zu weit gegangen war. »Entschuldigung, Herr Major! So habe ich es nicht gemeint. Mir tun die armen Hunde dort drüben leid – und zwar auf beiden Seiten! Die, die für diesen Krieg verantwortlich sind, sitzen mit ihren breiten Ärschen zu Hause auf einem bequemen Stuhl und überlegen sich, wie sie weitere arme Irre dazu bringen können, sich verheizen zu lassen.«

»Ich glaube kaum, dass alle freiwillig bei der Truppe sind, und wenn es nur die Stammestradition ist, die sie zum Kämpfen zwingt«, warf ein anderer Soldat ein.

Jamanah war der kurzen Diskussion gefolgt, ohne sie zu verstehen. Eines aber begriff sie. Der Mann, der sich Fahrner nannte, hatte seinen Anführer erzürnt. Anstatt ihn jedoch dafür niederzuschießen, hatte Taro es bei einigen zornigen Worten belassen. Sie schüttelte den Kopf über die eigenartigen Männer aus der Fremde. Trotzdem mochte sie zumindest den Anführer ein wenig. Zwar hatte er sie gefangen genommen, ihr aber nichts getan. Außerdem hatte er sie gegen General Mahsin verteidigt, der sie hatte berauben und nach Xagal zurückschicken wollen.

Bei dem Gedanken verspürte sie eine gewisse Bitternis.

Die Überlebenden ihres Dorfes hatte man nach Xagal gebracht, und daher würde man auch sie dazu zwingen, dorthin zu gehen. Dann würde sie niemals mehr die Gelegenheit erhalten, sich an dem zweiten Kerl, der ihr Gewalt angetan hatte, und an jener Frau zu rächen, die sich Sultana Sayyida nannte.

Diesen Namen hatte sie auch General Mahsin und Hauptmann Ikrum genannt, war aber von beiden ausgelacht worden. Eine Frau als Anführerin somalischer Freischärler war in den Augen der Männer ebenso wenig denkbar, wie ein Mädchen unter ihre Soldaten aufzunehmen. Dabei wäre ihr dies lieber gewesen, als zu ihren Leuten zurückkehren zu müssen.

Die ersten Schüsse rissen Jamanah aus ihrem Sinnieren, und sie blickte nach Maydh hinüber. Aus den Fenstern einiger halbzerstörter Häuser ragten die Läufe von Sturmgewehren und Maschinenpistolen sowie einzelner leichter MGs. Im ersten Moment sah es so aus, als würde das Abwehrfeuer der Milizionäre, die zu Diya Baqi Majid gehörten, die Angreifer daran hindern, weiter vorzurücken.

Fahrner schnaubte. »Mahsins Leute gehen ja ziemlich zögerlich vor. So nehmen sie die Stadt niemals.«

»Warten Sie ab!« Dietrich zeigte auf Hauptmann Ikrum, der in der Deckung eines Felsens in ein Funkgerät sprach und dabei mit der anderen Hand Gesten vollführte, als gebe er jemandem Anweisungen. Dann klang das bellende Tackern eines schweren Maschinengewehrs auf, das seine Salven gegen die Lehmwände der Häuser hämmerte, welche den Verteidigern nur eine schwache Deckung boten. Weiter zeigte ein wummerndes Geräusch an, dass auf Seiten der Somaliland-Soldaten leichte Artillerie in den Kampf eingriff.

»Na, Fahrner, sagen Sie jetzt immer noch, dass Mahsin zu zögerlich vorgeht?«, fragte Dietrich mit leisem Spott.

»Ich wusste doch nicht, dass der General so viel aufbieten kann. Mit den 37-Millimeter-Kanonen hauen seine Leute die ganzen Hütten zusammen.«

»Die Verteidiger setzen sich ab!« Dietrich kniff die Augen zusammen, da er die Bewegungen der Milizionäre nicht richtig einordnen konnte. Die Männer, die die Häuser am Stadtrand hatten verteidigen sollen, zogen sich nämlich nicht ins Stadtinnere zurück, sondern in Richtung der nach Laasqoray führenden Straße. Ikrums Soldaten schossen hinter ihnen her und drangen dann in einem blitzschnellen Angriff in die Stadt ein, in der nun der Nahkampf begann.

In dem Wissen, dass Diya Baqi Majids Warsangeli-Milizen mit den Mörderbanden, die ihre Dörfer in der Grenzregion verheerten, unter einer Decke steckten, kämpften die Soldaten aus Somaliland verbissen und warfen die Verteidiger immer weiter zurück. Diesen halfen zuletzt auch ihre Panzerfäuste und Handgranaten nichts mehr, da sie jedes Mal, wenn sie sich irgendwo festgesetzt hatten, von General Mahsins Artillerie unter Beschuss genommen wurden.

Schließlich gaben die Warsangeli auf und verließen in wilder Flucht die Stadt. Ikrums Kompanie verfolgte sie ein Stück weit, während andere Somaliland-Soldaten die Stadt durchkämmten. Sie trafen nur noch auf wenige versprengte Feinde, von denen keiner überlebte. Die Wut der Isaaq über die heimtückischen Überfälle war zu groß.

Fahrner war immer noch nicht zufrieden. »Ikrum hätte die Fliehenden mit der Artillerie beharken sollen, anstatt ihnen mit seinen Männern zu folgen. Jetzt sind sie außer Reichweite, und viele hat er nicht erwischt.«

»Seien Sie nicht so blutrünstig!«, antwortete Dietrich. »Der Kampf war auch so hart genug. Ich schätze, dass über hundert Verteidiger gefallen sind. Mahsin hingegen hatte verdammt viel Glück. Mehr als ein paar Tote und Verwundete dürfte er nicht haben. Seine Gegner sind überrascht worden und haben die Stadt nicht wirksam verteidigen können. Wahrscheinlich hatten sie sich zu sehr auf ihre Minensperren verlassen.«

»Die hätten ihnen Mahsins Truppe noch lange vom Leib gehalten, wenn es uns nicht gegeben hätte!« Fahrner grinste jetzt und schulterte das G22, das er von Grapengeter übernommen hatte. »Was meinen Sie, Herr Major? Sollen wir uns zur Siegesparty einladen?«

»Erwarten Sie aber kein kühles Bier und auch keinen Korn«, spöttelte Dietrich und machte sich auf den Weg. Er hatte General Mahsin entdeckt, der auf einem mit einem schweren MG bestückten Pritschenwagen auf die Stadt zurollte.

»Dann können wir ihm ja gleich sagen, seine Leute hätten den Feind vollends in die Pfanne hauen können, wenn sie es richtig angefangen hätten.«

Fahrner folgte dem Major, wurde aber von Jamanah überholt, die an Dietrichs Seite blieb.

Als die Gruppe die Stadt erreichte, erstattete Hauptmann

Ikrum seinem Kommandeur gerade Bericht. Bei Dietrichs Anblick salutierte er. »Dank Ihrer Hilfe haben wir Maydh zurückgewonnen, Major. Hätten Sie uns nicht den Weg durch die Minenfelder gezeigt, wäre es für uns blutig geworden, und wir hätten es möglicherweise gar nicht geschafft.«

»Was machen Sie jetzt? Rücken Sie weiter vor?«, fragte Dietrich, ohne auf die Bemerkung des Hauptmanns einzugehen. Dieser wechselte einen kurzen Blick mit dem General und schüttelte den Kopf.

»Die meisten sind in die Berge geflohen und werden sich wahrscheinlich bei Cheerigaabo sammeln. Diese Stadt können wir derzeit nicht angreifen, weil dort der Haupttrupp der Warsangeli-Milizen steht. Wenn wir jetzt weiter auf Laasqoray vorrücken, würde diese Einheit in unseren Rücken kommen und uns gemeinsam mit den Piraten in die Zange nehmen. Unsere Brigade könnte dabei ebenso vernichtet werden wie die von General Iqbal. Das dürfen wir nicht riskieren. Also werden wir vorerst in Maydh bleiben und unsere Stellungen ausbauen.«

Diese Entscheidung hielt Dietrich für vernünftig. Fahrner hingegen stieß verächtlich die Luft aus den Nasenlöchern, hielt aber zur Erleichterung seines Vorgesetzten den Mund.

Dietrich salutierte. »Benötigen Sie uns noch weiterhin, General?«

Der Somali schüttelte den Kopf. »Sie haben uns gute Dienste geleistet, Major, und ich hätte gerne jemanden wie Sie in meiner Truppe. Aber in der nächsten Zeit gibt es für Sie hier nichts zu tun. Daher ist es das Beste, wenn Sie zu Ihren Leuten zurückkehren.«

»Ein guter Gedanke! Nicht wahr, Leute? Bei uns zu Hause gibt es wenigstens Bier.« Fahrner leckte sich unwillkürlich die Lippen und grinste die anderen deutschen Soldaten an.

»Unser Von wird schon wissen, was zu tun ist«, meinte einer von ihnen. Ihn drängte es ebenfalls, zu den Kameraden zurückzukehren. Da General Mahsin nicht weiter auf Laasqoray vorrücken wollte, wo man ihre Kameraden gefangen hielt, war eine Befreiungsaktion ohnehin nur von der See aus möglich.

Dietrich sah dies genauso, doch bevor er nach Berbera fahren wollte, um sich von dort abholen zu lassen, hatte er noch ein Problem zu lösen.

»Was machen wir mit ihr?«, fragte er den General und zeigte auf Jamanah.

Mahsin hatte nicht die Absicht, sich viele Gedanken um eine Frau zu machen, und winkte ab. »Die bekommt ein paar Schillinge in die Hand gedrückt und ein wenig Proviant. Dann lasse ich ihr den Weg nach Xagal zeigen. Dort leben ihre Leute im Flüchtlingslager. Sollen die sich um sie kümmern.«

So abgeschoben zu werden hatte Jamanah nach Dietrichs Meinung nicht verdient. »Sie sollten sie wenigstens hinbringen lassen«, sagte er und sah die junge Frau dabei nachdenklich an. »Wissen Sie was? Xagal liegt doch fast auf meinem Weg. Ich begleite sie selbst. Immerhin haben meine Männer und ich ihr unser Leben zu verdanken. Wenn Sie mir einen Wagen zur Verfügung stellen könnten, wäre ich Ihnen dankbar.«

Der General rollte die Augen, nickte aber. »Wie Sie wünschen! Da ich in die Hauptstadt zurückkehre, um dem Präsidenten Bericht zu erstatten, führt mein Weg ohnehin über Berbera. Also kann ich Ihre Leute mitnehmen. Ihnen stelle ich einen Geländewagen und einen Chauffeur zur Verfügung, der Sie nach Xagal bringt.«

»Danke, Herr General!« Dietrich salutierte und drehte sich zu seinen Männern um. »Ihr habt es gehört! General Mahsin sorgt dafür, dass ihr nach Berbera gebracht werdet. Dort wartet ihr auf mich. Ich werde höchstens einen Tag brauchen, um Jamanah abzuliefern.«

Fahrner konnte sich ein Grinsen nicht verkneifen. »Passen Sie gut auf das Mädchen auf. Sie war zwar arg lästig, aber ich will trotzdem nicht, dass ihr etwas passiert.«

Jamanah entnahm den Wortfetzen und den Blicken der Deutschen, dass über sie gesprochen wurde. Neugierig geworden, ging sie auf Dietrich zu und bat Hauptmann Ikrum, zu übersetzen, was er ihr sagen wollte.

»Die Deutschen werden dieses Land bald verlassen«, erklärte dieser. »Vorher aber wird ihr Anführer dich zu deinen Leuten nach Xagal bringen.«

Jamanah fühlte Trauer in sich aufsteigen, weil Dietrichs Weg und der ihre sich bald trennen würden. Zu Beginn hatte sie ihn als Feind angesehen, aber mittlerweile hatte er ihr das Gefühl vermittelt, dass er der einzige Mensch auf der Welt war, der sie ernst nahm. Dazu hatte er ihr eine Geborgenheit geschenkt wie noch niemand zuvor. Doch es half nichts, sich viele Gedanken darüber zu machen. Er war ein Fremder in diesem Land und würde in seine Heimat zurückkehren. In diesem Augenblick empfand sie den Verlust ihrer Familie doppelt, denn ihr selbst blieb nichts anderes übrig, als nach Xagal zu gehen und sich den Überlebenden ihres Dorfes anzuschließen.

Was sie dort erwartete, wusste sie nicht. Ohne den Überfall, der ihr ganzes Leben verändert hatte, wäre sie wohl schon mit Bahas Sohn Qusay verheiratet worden. Doch Qusay war ebenso tot wie die meisten jungen Männer ihres Dorfes. Von denen aber, die überlebt hatten, wollte gewiss keiner eine Frau, die auf ihn herabblicken konnte. Wenn sie viel Glück hatte, würde Baha sie in seinen Haushalt aufnehmen und zu einer seiner nachrangigen Frauen machen.

Nicht zum ersten Mal bedauerte Jamanah ihre Größe. Ihre Mutter war zwar auch groß gewesen, hatte aber zu ihrem Mann aufschauen müssen. Dieser war nicht nur der Anführer, sondern auch der längste Mann im Dorf gewesen, vielleicht sogar ebenso hochgewachsen wie Taro. Möglicherweise tat es ihr deswegen weh, den Deutschen scheiden zu sehen. Neben ihm hatte sie sich nicht als Monster gefühlt, wie die anderen Mädchen sie genannt hatten, sondern als ganz normale Frau.

Dietrich sah, wie es in Jamanah arbeitete, konnte sich aber keinen Reim darauf machen. Sie war ein beherztes Mädchen und würde sicher ihren Weg gehen. Trotzdem tat es auch ihm ein wenig leid, dass sie sich trennen mussten. Immerhin wirkte sie selbst in ihrer Militärhose und dem Uniformhemd sehr attraktiv. Er zuckte mit den Schultern. Es brachte nichts, sich überflüssige Gedanken über Dinge zu machen, die er nicht ändern konnte.

Entschlossen reichte er Ikrum die Hand. »Weiterhin viel Erfolg, Captain! Passen Sie auf sich auf.«

»Danke, Major! Das werde ich tun. Wenn Sie nichts dagegen haben, kümmere ich mich jetzt um den Wagen. Dann können Sie die Lange da nach Hause bringen und kommen nicht viel später nach Berbera als Ihre Männer.«

Hauptmann Ikrum salutierte und ging. Einen Moment lang sah Dietrich ihm nach und trat dann zu Mahsin, der eben den Bericht eines Untergebenen entgegennahm.

Der General hob nur kurz den Kopf und legte Zeige- und Mittelfinger an den Rand seines Baretts. »Eine gute Reise, Major, und sorgen Sie dafür, dass die Ladung der *Caroline* nicht in den Händen unserer Feinde bleibt. Wenn die das Kriegsmaterial gegen uns einsetzen können, nützt uns unser Erfolg hier gar nichts. Wir müssten den gesamten Osten unseres Landes aufgeben und könnten wahrscheinlich nicht einmal mehr Berbera und Hargeysa halten. Das wäre das Ende von Somaliland.«

»Ich werde mich bemühen, General!« Dietrich zeigte einem imaginären Feind die Zähne, denn Mahsins Bemerkung hatte ihn wieder an seinen Fehlschlag erinnert. Sie mussten die *Caroline* unter allen Umständen zurückerobern. Wenn man ihm die Chance dafür bot, würde er es erneut probieren. Auf seltsame Art erleichtert, dass seine Gedanken sich wieder mit etwas anderem beschäftigten als mit der jungen Somali, salutierte er vor Mahsin, winkte dann Jamanah zu sich und rief: »Mitkommen!«

Das verstand sie. Sie bemühte sich, mit ihm Schritt zu halten, als er auf den Wagen zuging, der ein Stück entfernt auf sie wartete. Unterwegs entdeckte Dietrich eine Schirmmütze, die einer der Warsangeli auf der Flucht verloren hatte. Er hob sie auf, fand, dass sie noch halbwegs sauber aussah, und schlug den daran haftenden Staub an seinem Hosenbein ab. Dann reichte er die Mütze Jamanah.

»Hier, die ist besser als das Tuch, das du dir neuerdings um den Kopf wickelst.«

Jamanah nahm die Mütze entgegen und presste sie gegen die Brust. Die würde sie als sein Geschenk behalten.

Weiter vorne warteten Fahrner und die anderen Deutschen auf sie. »Viel Glück, Herr Major! Und passen Sie auf Minen auf. Diese Dinger hätte man längst verbieten sollen«, rief Fahrner ihm zu.

»Die sind verboten! Aber wie meistens kümmert sich keiner darum.« Dietrich reichte jedem der Männer die Hand und schärfte ihnen noch einmal ein, sich so zu benehmen, dass sie bei den Somalis nicht aneckten. Dann tippte er mit zwei Fingern der Rechten an seine Feldmütze und stieg in den Wagen, den Hauptmann Ikrum für ihn und Jamanah besorgt hatte. Die junge Somali nahm auf dem Rücksitz Platz.

Der Fahrer konnte recht gut Englisch, und so entspann sich rasch eine angeregte Unterhaltung zwischen ihm und Dietrich.

Jamanah saß schweigend hinter den beiden und wünschte sich, diese Fahrt würde niemals enden.

VIER

Mittlerweile begann Hans Borchart, seine Prothesen zu vermissen. Obwohl er in Djibouti mit der Gewehrkrücke geübt hatte, kam er sich so unbeholfen vor, dass er nicht glaubte, auch nur hundert Schritte damit zu bewältigen. Dabei waren es von Durduri, in dessen Nähe der französische Agent ihn verlassen hatte, noch mehr als achtzig Kilometer bis Laasqoray. Zwar hatte Jabir versprochen, eine Beförderungsmöglichkeit für ihn zu organisieren, doch nachdem ein ganzer Tag vergangen war, glaubte er nicht mehr, dass der Franzose seine Zusage einhalten würde.

Verunsichert setzte er sich in den Schatten eines Hauses und streckte die Hand aus. Dabei murmelte er ein paar somalische und arabische Brocken und flehte die Vorübergehenden um Almosen an.

Die meisten kümmerten sich nicht um ihn. Nur eine jüngere Frau blieb kurz stehen und sah ihn an. Dann aber winkte sie ab und ging weiter. Während die Sonne immer höher stieg, sank Hans' Laune immer mehr. Der Durst quälte ihn, und als er mühsam zum Dorfbrunnen humpelte, stießen ihn zwei Männer von dort weg.

Er stolperte und fiel in den Staub. Während er sich mühsam wieder aufrappelte, juckte es ihn in den Fingern, es den beiden Kerlen zu zeigen. Verprügeln konnte er die jedoch nicht, und sie zu erschießen hätte nur unliebsames Aufsehen erregt.

Wütend auf sich selbst, weil er sich so leicht aus der Fassung bringen ließ, wollte er zu der Hauswand zurückkehren, die ihm Schatten geboten hatte. Doch da tauchte einer der Männer, die ihn zu Fall gebracht hatten, neben ihm auf und reichte ihm einen vollen Becher Wasser.

»Allah möge es dir vergelten«, krächzte Hans mit rauer Stimme.

»Du bist nicht von hier?«

Hans schüttelte den Kopf und antwortete auf Arabisch. »Ich bin auf Reisen nach Orten, an denen ich mich setzen kann und Wasser und Brot erhalte.«

»Hier wirst du kein Glück haben. Das Dorf ist erst vor wenigen Tagen von puntländischen Milizen überfallen worden. Die haben uns fast alles an Nahrungsmitteln weggenommen und auch einige junge Männer als Rekruten für ihre Armee mit fortgeschleppt. Verflucht sollen sie sein, diese Majerten! Da sind mir ja fast noch die Isaaq von Somaliland lieber. Bei ihnen herrscht wenigstens Ordnung und Disziplin!«

Das Arabisch des Mannes war fast zu gut für Hans, der sich in dieser Sprache nur sehr einfach ausdrücken konnte. Daher fragte er flehend: »Was soll ich machen? Ich hatte die Hoffnung, irgendjemand könnte mich armen Kerl nach Laasqoray mitnehmen. Dort sollen reiche Emire herrschen, die einen Hungernden speisen und einem Dürstenden Wasser geben.«

Der Mann schlug schwärmerisch die Augen zum Himmel, schien Hans aber trotzdem abzuschätzen. »Laasqoray war einst eine Perle an der Warsangeli-Küste. Inzwischen leben dort fast mehr Dulbahante als Leute meines Stammes. Trotzdem würde ich auch gern mein Glück dort versuchen. Warum sollte ich es nicht tun? Ich könnte dich mitnehmen, denn ich besitze zwei Esel, die ich nicht hierlassen will.«

Hans wusste nicht, was er darauf antworten sollte. Mit Eseln würden sie mit Sicherheit drei Tage brauchen, um Laasqoray zu erreichen, und in dieser Zeit konnten wichtige Entscheidungen fallen. Allerdings sah er wenig Sinn darin, noch länger auf die Hilfe des Franzosen zu warten, die vielleicht nie kommen würde.

»Ich würde mich freuen, wenn du mich nach Laasqoray bringen würdest. Zwar habe ich die Stadt noch nie gesehen, aber sie soll wunderbar sein!«, sagte er und lächelte den anderen dankbar an.

»Warte einen Augenblick, mein Freund. Ich hole nur meine Esel!« Mit diesen Worten verschwand der Mann und ließ den vermeintlichen Bettler allein zurück. Ein wenig zweifelte Hans doch, ob der Mann sein Angebot ernst meinte. Doch nach wenigen Minuten kehrte der Somali mit zwei dürren Grautieren zurück.

»Steig auf, mein Freund«, bat er und zeigte auf den etwas weniger mageren Esel.

Hans benötigte seine Hilfe, um auf das Tier zu kommen, bemerkte dann aber, dass der andere völlig ohne Gepäck erschienen war. Auch besaß er keine andere Waffe als einen langen, geraden Dolch.

»Viel nimmst du ja nicht gerade mit«, meinte er.

Der Mann zuckte mit den Achseln. »Wer nicht viel hat, kann nicht viel mitnehmen. Alles, was ich besaß, haben mir die Majerten geraubt.«

»An deinen Eseln hatten sie anscheinend kein Interesse«, sagte Hans mit einem Anflug von Misstrauen.

»Die waren gut versteckt!« Der Mann trieb die beiden Tiere lachend an. Die aber erweckten den Anschein, als würden sie lieber die dürren Halme rupfen, die gelegentlich auf der braun verbrannten Erde wuchsen.

Hans erkannte rasch, dass selbst die drei Tage, die er den Eseln für den Weg nach Laasqoray zugebilligt hatte, zu optimistisch geschätzt waren. In dem müden Trott, den die Tiere einschlugen, würden sie nicht mehr als zehn, maximal fünfzehn Kilometer am Tag bewältigen.

»Geht es nicht schneller?«, fragte er seinen Begleiter.

Der winkte lachend ab. »So Allah will, werden wir bald in Laasqoray ankommen oder eben später. Vielleicht aber auch gar nicht!«

Ein Unterton in der Stimme des Mannes ließ Hans aufhorchen. Zwar glaubte er nicht, dass dieser ihm gefährlich werden konnte, aber trotzdem beschloss er, vorsichtig zu sein.

Zunächst sah es so aus, als hätte sein Begleiter wirklich nichts anderes vor, als mit ihm zusammen nach Laasqoray zu reisen. Er erzählte unentwegt Geschichten, als wäre er froh, endlich wieder einmal Arabisch reden zu können. Dabei verfluchte er die Majerten von Puntland ebenso wie die Dulbahante im Süden und die Isaaq in Somaliland. Nachdem Hans auch noch erfahren hatte, dass die Frau seines Vetters diesen mit einem Freischärler aus Diya Baqi Majids Miliz betrogen hatte, aber von einem bestechlichen Richter freigesprochen worden war, hielt sein Reisegefährte die beiden Esel an.

»Für heute sind wir weit genug geritten und sollten jetzt für die Nacht Rast machen.«

»Aber es ist doch noch mindestens drei Stunden hell!«, beschwerte Hans sich.

Der Somali stieg ab, zerrte ihn vom Esel und band dann beiden Tieren die Vorderbeine so zusammen, dass sie zwar ein wenig hoppeln, aber nicht davonlaufen konnten.

»Jetzt können sie fressen«, erklärte er und setzte sich neben der Straße auf einen Felsen.

Hans humpelte auf seiner Krücke zu einem anderen Felsen und ließ sich dort nieder.

»Warum kommst du nicht zu mir?«, fragte der Somali. »So muss ich ja schreien, wenn ich mit dir reden will!« Er erhob sich und kam auf Hans zu. Dieser sah, wie dessen Rechte sich dem Dolchgriff näherte, und machte sich bereit.

»Sag, was hast du auf deinem Weg schon alles erbettelt? Ich habe gesehen, dass du einen vollen Beutel bei dir trägst!« Noch während er es sagte, machte er einen letzten langen Schritt und zog im gleichen Augenblick den Dolch.

Doch als er zustoßen wollte, rammte Hans ihm das obere Ende der Krücke unter das Kinn, schwang sie durch die Luft und traf den anderen genau zwischen den Beinen. Der Kerl ließ mit einem Schrei den Dolch fallen und sank stöhnend und würgend zu Boden.

Mit einem Schlag seiner Krücke beförderte Hans den Dolch aus der Reichweite des verhinderten Räubers und sah diesen dann kopfschüttelnd an. »Musste das sein?«

»Du bist ein Teufel!«, keuchte der und presste die Hände gegen den Unterleib.

»Ich würde sagen, du bist ein verdammt armer Teufel.« Hans wusste nicht, was er mit dem Kerl anfangen sollte. Im Grunde war es zu gefährlich, ihn am Leben zu lassen, doch er scheute davor zurück, ihn kaltblütig zu erschießen. Noch während er überlegte, klang aus der Richtung, aus der sie gekommen waren, das Knattern eines Zweitaktmotors auf.

Mit einer raschen Bewegung löste Hans den unteren Teil der Krücke, um sie notfalls als Gewehr einsetzen zu können. Ein Motorrad mit Beiwagen bog weiter hinten um die Kurve, kam auf ihn zu und hielt schließlich bei ihm an. Der grinsende Kerl darauf war niemand anders als Jabir.

Hans senkte erleichtert die Waffe und begrüßte den Franzosen. Dieser starrte den Besitzer der Esel an, der sich langsam wieder erholte. »Wer ist das?«

»Er hat mir angeboten, mich nach Laasqoray zu bringen, und wollte mich hier ausrauben.«

»Und Sie haben ihn am Leben gelassen?« Jabir schüttelte den Kopf, stieg von seinem Motorrad und packte den Kerl. »Los, mitkommen!«, schnauzte er ihn an und stieß ihn vor sich her.

Ein paar Minuten später kam er wieder zurück und steckte seinen Dolch in die Scheide. »Das wäre erledigt. Es hätte fatal ausgehen können, wenn der Bursche den falschen Leuten erzählt hätte, hier würde sich ein einbeiniger und einarmiger Krüppel herumtreiben, der einen gesunden, kräftigen Mann mit Leichtigkeit zusammenschlagen kann. Außerdem müssten Sie mit seiner Rachsucht rechnen. Die Leute hier gehen nicht zum Richter, wenn sie glauben, ihnen wäre Unrecht geschehen. Die nehmen die Kalaschnikow zur Hand!«

»Aber werden seine Leute jetzt nicht Rache suchen?«, fragte Hans besorgt.

Jabir lachte kurz auf. »Wenn Sie länger hierbleiben, haben Sie die Kerle am Hals! Deshalb sollten wir rasch verschwinden. Wieso sind Sie auf den verrückten Gedanken gekommen, mit dem Burschen nach Laasqoray zu reisen? Ich hatte doch gesagt, ich würde dafür sorgen, dass Sie dorthin gelangen.«

Hans senkte betroffen den Kopf. »Es tut mir leid, aber nachdem Sie bis heute Morgen nicht gekommen waren, dachte ich, Sie hätten die Sache aufgeben müssen.«

»Ihr Deutschen denkt einfach zu viel! Jetzt kommen Sie. Steigen Sie ein! Ich habe mir extra ein Gefährt besorgt, das für Sie geeignet ist. Das hat eben ein wenig gedauert.«

Während Hans seine Krücke wieder zusammenschraubte und zum Motorrad humpelte, sprach Jabir munter weiter. »Der Kerl hat wohl Ihren Beutel gesehen und Lust bekommen, den Inhalt zu kassieren. Übrigens handelte es sich um einen Zuträger der hiesigen Machthaber und Piraten, den ich ohnehin aus dem Weg hätte räumen müssen. Das ist nun geschehen, und alle werden denken, Sie wären es gewesen!«

»Damit haben Sie mir jetzt auch noch die Oberschurken im Land zum Feind gemacht, was?« Hans machte aus seiner Verärgerung keinen Hehl, da die lockere Art, mit der Jabir über die Sache hinwegging, an seinen Nerven zerrte.

Der Franzose half ihm, sich in den Beiwagen zu setzen, und startete den Motor. Als er losfuhr, musste er schreien, damit Hans ihn verstehen konnte. »Bis die Bosse in Laasqoray Bescheid wissen, werden ein paar Tage vergehen. Sie sollten trotzdem nicht zu lange in der Stadt bleiben. Da Sie im Gegensatz zu mir das Land bald wieder verlassen, ist es mir lieber, der Tod dieses Kerls wird mit Ihnen in Zusammenhang gebracht als mit mir.«

Das wiederum verstand Hans. Tatsächlich hätte er Jabir durch seine Ungeduld beinahe in große Schwierigkeiten gebracht. Außerdem schüttelte er über sich selbst den Kopf. Der Kerl hatte ihn beim Brunnen zu Boden gestoßen. Wie hatte er nur annehmen können, der andere wäre plötzlich vom ruppigen Saulus zu einem hilfsbereiten Paulus geworden? Auch die Tatsache, dass der Kerl kein Gepäck mitgenommen hatte, hätte ihn misstrauisch machen müssen.

Nun kämpfte Hans mit dem Gefühl, sich gleich bei seinem ersten Einsatz in Wagners Team außerordentlich dumm angestellt zu haben, und nahm sich vor, in Zukunft besser achtzugeben.

FÜNF

Die Straße war in einem bemitleidenswerten Zustand und zudem, wie Jabir berichtete, stellenweise vermint. Dies hinderte den Franzosen jedoch nicht daran, mit einer Geschwindigkeit darüberzubrettern, dass Hans sich nicht nur der Minen wegen Sorgen machte.

»Glauben Sie, die Stoßdämpfer werden das noch länger durchhalten?«, fragte er, als Jabir etwas langsamer fahren musste.

Der Franzose nickte. »Bis Laasqoray sicher! Dort gibt es einen Mechaniker, bei dem ich sie nachsehen lassen kann.«

»Wenn wir bis dahin kommen und nicht vorher auf eine Mine fahren!« Hans' Stimme klang düster und reizte Jabir zum Lachen.

»Ihr Deutschen macht euch wirklich über alles und jeden Gedanken. Aber wenn es Sie beruhigt: Ich weiß ungefähr, wo die einzelnen Konfliktparteien ihre Minen verlegt haben. Der wichtigste Minengürtel, mit dem die Majerten von Puntland den Vormarsch der Truppen von Somaliland und später den der Mordmilizen verhindern wollten, liegt bereits hinter uns. Jetzt müssen wir nur noch durch ein einziges Minenfeld, und dort ist die Straße zum größten Teil bereits geräumt. Wenn wir an der Stelle auf eine Mine fahren, haben wir Pech gehabt. Genauso gut können Sie ein Lotterielos kaufen und damit gewinnen.«

»Was mir im Endeffekt lieber wäre«, gab Hans trocken zurück.

»Mir auch.« Jabir lachte hart auf und drehte den Gashebel wieder bis zum Anschlag.

Hans hatte Mühe, die Strecke zu schätzen, die sie bereits zurückgelegt hatten, als Jabir das Motorrad von der Straße lenkte und zwischen zwei Hügel hineinfuhr. »Hier werden wir lagern«, erklärte der Franzose. »Wir sind jetzt mehr als anderthalb Stunden gefahren und haben dabei über dreißig Kilometer geschafft. Morgen werden wir in Laasqoray zu Mittag essen.«

»Oder in der Hölle«, murmelte Hans, dem durch das ewige Schlagen und Stoßen des Beiwagens jeder Knochen im Leib wehtat. Dann aber dachte er an Torsten, der händeringend auf ihn wartete, und war froh, dass sie gut vorwärtskamen.

Plötzlich fielen ihm die Esel ein, die sie einfach neben der Straße zurückgelassen hatten. Als er Jabir darauf ansprach, winkte dieser ab.

»Die werden sich einmal satt fressen und dann bald gefunden werden. Weit seid ihr ja nicht gekommen. Ihr hattet ja kaum die Hälfte der Strecke zurückgelegt wie wir jetzt. Steigen Sie aus und suchen Sie sich ein Plätzchen zum Ausruhen. Mit einem Lagerfeuer kann ich Ihnen allerdings nicht dienen, denn ich will niemanden auf uns aufmerksam machen. Die meisten Bewohner der Dörfer der Umgebung sind geflüchtet, und wer sich jetzt noch hier herumtreibt, gehört zu unseren ganz speziellen Freunden.«

Hans hinkte zu einem von der Sonne erwärmten Felsen und lehnte sich seufzend dagegen.

Mit einem aufmunternden Lächeln in seine Richtung holte der Franzose zwei Flaschen Mineralwasser und mehrere Fladenbrote aus seiner Gepäcktasche und teilte sie mit ihm. »Um die Zeit sieht die Steppe ganz friedlich aus. Trotzdem muss im Osten geschossen worden sein. Schätze aber, dass es nicht in Laasqoray war. Dafür klangen die Schüsse zu dünn.«

»Ich habe nichts gehört!«, sagte Hans und musterte Jabir fragend.

»Sie waren zu dem Zeitpunkt noch im Dorf, da dürfte der Schall durch die Berge abgelenkt worden sein. Außerdem war es sehr früh am Tag, und ich hatte mein Motorrad noch nicht angeworfen. Jetzt interessiert mich natürlich brennend, was da los war. Es kann von einem kleinen Grenzscharmützel bis zu einer Generaloffensive der Warsangeli gegen die Isaaq von Somaliland alles sein. Vielleicht sogar ein Gegenangriff der Isaaq, die sich nicht mit dem Verlust ihrer heiligen Stadt Maydh abfinden wollen. Das Gebiet hier ist nun einmal ein Hexenkessel, aus dem alle Beteiligten ihre Suppe löffeln wollen. Neben den hier lebenden Stämmen der Majerten, Warsangeli, Dulbahante und Isaaq mischen auch die radikal-fundamentalistische Al-Shabaab und die kaum weniger radikale Allianz für die Befreiung Somalias mit.

Die Fronten wechseln laufend, die Bündnisse ebenso. Seit neuestem aber sammelt sich hier eine Gruppierung, die mit brutaler Gewalt gegen jeden vorgeht, den sie als Feind ansieht. Bis jetzt weiß noch niemand, wer dahintersteckt. Manche meinen gar, es wäre eine Frau, die als Blutsäuferin bezeichnet wird.« Jabir verzog das Gesicht. »Das ist natürlich ein Märchen! Kein somalischer Krieger würde sich dem Kommando einer Frau unterstellen. Wahrscheinlich handelt es sich um die Ehefrau, Schwester oder Tochter eines Warlords, die die Freischaren begleitet und Verwirrung stiftet, damit der eigentliche Blutsäufer, wenn wir ihn so nennen wollen, im Hintergrund bleiben kann.«

»Sie kennen sich verdammt gut hier aus«, sagte Hans bewundernd.

Jabir blickte zum Himmel hoch, der innerhalb weniger Minuten dunkel geworden war und auf dem die ersten Sterne wie kleine Leuchtkäfer wirkten.

»Es ist mein Job, mich auszukennen, mein Freund. Ich gebe zu, es ist ein verdammt einsamer Job. Deshalb genieße ich einen Abend doppelt, an dem ich mit jemandem zusammensitzen kann, der meine Ansichten teilt. Zwar ist mein Job nicht ungefährlich, aber in ein paar Jahren kann ich damit aufhören. Dann werde ich in La France auf einem Bürostuhl sitzen und nach Feierabend zu meiner Familie nach Hause fahren und zum Abendessen Rotwein trinken.«

»Haben Sie eine Familie?«, fragte Hans.

»Derzeit noch nicht. Aber es gibt ein paar hübsche Mädchen in Djibouti, die genau wie ich einen Fremdenlegionär zum Vater und eine Issa als Mutter haben. Unter denen finde ich schon eine, die mit mir gehen will.«

Obwohl Jabir lachte, spürte Hans, dass es dem Franzosen mit der Sehnsucht nach einem geregelten Leben sehr ernst war. Sein Ehrgeiz war es jedoch, nicht in irgendeinem verrufenen Vorort zu enden, sondern in einem hübschen kleinen Viertel mit Einfamilienhäusern, in denen er als Monsieur Jabir seine Kinder auf eine gute Schule schicken konnte.

»Ich habe eine Frau und ein Kind«, sagte Hans leise. »Ich hätte Ihnen gerne ein Bild gezeigt, aber in dieser Verkleidung konnte ich solche Erinnerungen nicht mitnehmen.«

Jabir klopfte Hans auf die Schulter. »Andere mögen dies für unsentimental halten, aber ich hätte es auch nicht getan. Sieht jemand durch Zufall so ein Bild, kann es den Unterschied zwischen einer gesunden Heimkehr und einem Erdloch bedeuten, in dem man verbuddelt wird.«

»Es ist auf jeden Fall ein Risiko, das ich nicht eingehen wollte. Ich möchte halbwegs heil zu meiner Frau und meiner Tochter zurückkehren! Außerdem habe ich ihr Bild hier.« Hans klopfte sich mit dem Knöchel gegen die Stirn und kämpfte gleichzeitig gegen die Sehnsucht nach seiner Familie an.

»Sie sind ein tapferer Mann, Borchart. Ich hoffe, dass ich, sollte ich einmal in dieselbe Lage kommen wie Sie, meinem Land ebenso dienen kann. Aber jetzt sollten Sie sich schlafen legen. Ich wecke Sie gegen Mitternacht. Dann halten Sie bis vier Uhr Wache, und den Rest übernehme ich wieder. Morgen bringe ich Sie dann nach Laasqoray und sehe zu, dass ich an Informationen über die Schießerei von heute Morgen komme.«

Hans musste bei seinen Worten an Torsten, Petra, Henriette und deren vermissten Bruder denken. Möglicherweise konnte Major von Tarow aus einem dummen Zufall heraus genau in dieses Gefecht geraten sein, sagte er sich und machte sich noch mehr Sorgen.

SECHS

Sayyida starrte verärgert auf den Vorhang, der sie von den Männern im Raum trennte. Eigentlich hätte sie gleichberechtigt unter ihnen sitzen müssen, doch die Vertreter der radikalen Islamisten hatten sich strikt geweigert, eine Frau als Gesprächspartnerin zu akzeptieren. Daher saß sie in einem abgetrennten Teil im Dunkeln, sodass sie die Männer durch den Vorhang belauschen konnte, aber selbst nicht gesehen wurde.

Zwar konnte sie gelegentlich ihrem Vater ein paar Worte zuflüstern, damit er in ihrem Sinne antwortete, doch ansonsten hatte sie keinen Einfluss auf das Gespräch. Diese Situation empfand sie als demütigend. Um ihren Ärger zu kanalisieren, überlegte sie sich, was sie mit den Anführern der Al-Shabaab und den anderen aufgeblasenen Clanführern und Warlords anstellen würde, wenn sie endlich über die Macht im Land verfügte.

Eben forderte einer der radikalislamistischen Abgesandten, dass ihr Vater das Gebiet, welches er kontrollierte, für ihre Milizen öffnen und sich mit ihnen verbünden sollte.

»Gemeinsam werden wir die Isaaq-Separatisten niederwerfen und eine islamische Republik errichten, die einmal das gesamte von uns Somalis bewohnte Gebiet umfassen wird«, rief er aus.

»Das bedeutet Krieg mit Äthiopien und Kenia«, wandte Abdullah Abu Na'im ein. Der Saudi war mit seinem Privatjet tief in der Nacht auf dem Flugfeld von Laasqoray gelandet, um seiner Schwägerin von seinen Verhandlungen mit der deutschen Regierung zu berichten. Diese zogen sich länger hin, als er erwartet hatte, doch ebenso wie Sayyida war er sicher, dass die Deutschen nachgeben würden. Jeder Tag, den die Geiseln sich länger in der Gewalt ihrer Männer befanden, würde den Widerstand der deutschen Kanzlerin weiter schwächen.

»Wir müssen unsere Stammesbrüder in Äthiopien und Kenia befreien, die Sklavenregime, die der Westen dort eingerichtet hat, vernichten und ihre Länder ebenfalls zu islamischen Republiken machen«, erklärte der Al-Shabaab-Vertreter soeben großspurig.

Der Saudi hielt wenig von islamischen Republiken, vor allem, wenn diese sich jene Länder als Vorbild nahmen, zu denen sein Heimatland in Konkurrenz stand. Noch weniger nach seinem Geschmack war ein großer Krieg, der ganz Ostafrika erschüttern würde.

»Das sind doch Hirngespinste!«, antwortete er mit einer wegwerfenden Handbewegung. »Uns geht es um jene Dinge, die man erreichen kann. Nach dem Mond zu greifen ist erst dann sinnvoll, wenn man die Rakete dafür hat. Solange Somalia aus einem Dutzend miteinander im Streit liegender Gruppierungen und Provinzen besteht, muss man sich damit begnügen, erst einmal diese zu unterwerfen. Und selbst das ist seit mehr als zwanzig Jahren niemandem mehr gelungen.«

»Wir werden es schaffen! Aus diesem Grund fordern wir euch auf, euch mit uns zusammenzutun. Gemeinsam können wir die Isaaq und die anderen rebellischen Stämme bezwingen.« Der Vertreter der Al-Shabaab ließ keinen Zweifel daran, wer in einer solchen Allianz das Sagen haben sollte, und stieß mit dieser Forderung die gemäßigteren Männer in der Runde vor den Kopf.

Diya Baqi Majid, der erst vor wenigen Stunden die Meldung erhalten hatte, dass die Minenfelder seiner Truppen nicht ausgereicht hatten, General Mahsins Männer an der Rückeroberung von Maydh zu hindern, verspürte am wenigsten Lust, sich den Radikalislamisten zu unterwerfen. »Meine Männer sind Warsangeli, und sie werden niemandem folgen, der sie in einen Kampf mit Äthiopien verwickeln will. Wir schützen unser Land, und wir wollen unsere eigene Provinz, in der weder Majerten noch Isaaq noch sonst einer uns etwas sagen will!« Den Namen Dulbahante verkniff Diya Baqi Majid sich, um Sayyida nicht zu verärgern.

Diese nahm es lächelnd zur Kenntnis. Auch sie hatte bereits von Diya Baqi Majids Rückschlag in Maydh erfahren und sagte sich, dass er ihrer Hilfe nun noch dringender bedurfte. Es gab einige Anführer unter den Warsangeli, die gerne seine Stelle einnehmen würden.

Während Frauen Tee servierten und Wasserpfeifen hereinbrachten, ging die Diskussion weiter. Einige Abgesandte erklärten, dass sie zwar zu Bündnissen bereit seien, aber zu ihren eigenen Bedingungen. Mit den Radikalislamisten wollten auch sie nichts zu tun haben.

Der Vertreter aus Galmudug, der als Habirgedir zwar ebenfalls der Stammesgruppe der Hawije angehörte wie der Degodia, brachte es schließlich auf den Punkt. »Du und deine Leute, ihr habt unseren Stamm seit Jahren bekämpft, unsere Männer getötet und unser Vieh fortgetrieben. Warum sollen wir euch jetzt vertrauen?«

Sayyida klatschte dem Sprecher insgeheim Beifall. Die Radikalen der Al-Shabaab würden ihr ärgster Gegner sein, wenn sie ihr Einflussgebiet in den Süden Somalias ausdehnen wollte. Die Islamisten hatten sich mit Terror und Gewalt ein Gebiet unterworfen, das von der kenianischen Grenze bis zum Fluss Shabeelli reichte. Doch die Al-Shabaab bestanden aus verschiedenen Gruppierungen, die sich gegenseitig nicht grün waren, und so kam es immer wieder zu Gefechten zwischen ihnen. Da sie bei ihren Aktionen keine Rücksicht auf Stammestraditionen nahmen, war Sayyida sicher, die gemäßigten Stämme und Milizen auf ihre Seite ziehen und mit ihnen gemeinsam die radikalen Islamisten vernichten zu können.

Verliere über dem zweiten Ziel nicht das erste aus den Augen, rief sie sich zur Ordnung. Zuerst ging es darum, Somaliland zu erobern und zu verhindern, dass andere Milizen ihr die Beute streitig machten. Daher beugte sie sich vor und berührte durch den Vorhang die Schulter ihres Vaters.

»Mach ihnen klar, dass der Norden uns gehört. Wer hier etwas erreichen will, kann dies nur mit unserer Zustimmung tun.«

Wafal Saifullah hob zögernd die Hand. »Ich habe euch zusammengerufen, um die Bedingungen auszuhandeln, unter denen ihr euch uns anschließen dürft.«

»Mit uns meinst du wahrscheinlich dich und deine Tochter?«, unterbrach ihn der Mann von Al-Shabaab spöttisch und erntete unwirsches Murmeln. Sogar die Vertreter anderer islamischer Milizen funkelten ihn zornig an. Keiner von ihnen wollte den Stammesältesten der Dulbahante verärgern, denn sie wussten, wie dessen Todesschwadronen im Feindesland wüteten. Nicht umsonst hatte man diesen den Beinamen »Blutsäufer« gegeben.

Der Abgesandte der radikalen Islamisten begriff, dass er auf verlorenem Posten stand. Einen offenen Zwist mit dem Gastgeber und dessen Verbündeten konnte sich seine Organisation nicht leisten, solange sie den Süden Somalias nicht vollständig kontrollierte.

»Ich entschuldige mich bei dir, Wafal Saifullah. Du bist nicht nur ein Ältester der Dulbahante, sondern auch ein berühmter Wadad und Rechtsprecher!« Es fiel dem Mann nicht leicht, diese Worte auszusprechen, denn die in uralten Stammestraditionen verhafteten Anführer wie Wafal Saifullah setzten seiner Gruppierung den heftigsten Widerstand entgegen. Außerdem hatte der Mann, wie er an Abdullah Abu Na'im ersehen konnte, Freunde und Verbündete in Saudi-Arabien, die ihn unterstützten. Ihn sich zum Feind zu machen, konnte die Al-Shabaab sich zum jetzigen Zeitpunkt nicht leisten.

»Ich verzeihe dir!« Wafal Saifullah lächelte freundlich und begann wieder Kat zu kauen, während die anderen Milizchefs eifrig weiterverhandelten und nicht wenig stritten. Da es dabei aber nur um nachrangige Dinge wie die Herrschaft über einzelne Dörfer und Wasserstellen ging, brauchte Sayyida ihren Vater nicht noch einmal aufzufordern, das Wort zu ergreifen. Ihr genügte es, den Einfluss der Al-Shabaab im Norden von Somalia vorerst beschnitten zu haben. Bis die Islamisten begriffen, welche Pläne sie tatsächlich verfolgte, würde es für sie zu spät sein. Sobald Dia Baqi Majid ihr Laasqoray ganz übergeben hatte, würde sie die deutschen Waffen auf dem Frachtschiff an Land bringen lassen und damit eine ganze Armee ausrüsten. Anwerben würde sie diese Kämpfer mit dem Lösegeld für die Passagiere und Besatzungsmitglieder der *Lady of the Sea*.

Mit diesem Gedanken lehnte sie sich auf ihrem Diwan zurück und dachte darüber nach, welche Belohnungen ihr Vater den anwesenden Anführern in persönlichen Gesprächen versprechen sollte. Außerdem musste sie sich die Antwort an die deutsche Kanzlerin überlegen. Mit einem Mal empfand sie brennenden Neid auf diese Frau, die offen und unangefochten an der Spitze ihres Volkes stehen konnte. Ihr selbst würde dies für immer verwehrt bleiben.

SIEBEN

Petra Waitl blickte von ihrem Laptop auf und grinste. »Wie schön, dass unsere Freunde mit den Hühnern schlafen gehen. Jetzt können wir loslegen!«

»Da ist doch noch einer auf der Ersatzbrücke«, wandte Henriette von Tarow ein.

»Der wird auch gleich müde werden.« Petra zog eine kleine Gaspatrone aus dem Ausrüstungspaket und zeigte sie Henriette. »Die musst du auf dem Deck unter der Ersatzbrücke in der Zuleitung der Klimaanlage anbringen und öffnen. Pass aber auf! Das ist ein speziell für solche Aktionen entwickeltes Gas. Wenn du nur ein Nanogramm einatmest, darf ich dich hierherschleppen und für die nächsten sechs bis acht Stunden schlafen lassen. Wach kriege ich dich dann nicht mehr!«

»Haben wir keine Gasmasken dabei?« Jetzt wühlte Henriette in dem Ausrüstungspaket und brachte eine Nasenklemme mit Mundstück zum Vorschein. »Na ja, zur Not geht auch so ein Ding«, meinte sie nicht sonderlich überzeugt.

»Die konnten uns nicht zentnerweise Zeug mitgeben. Wie hätten wir das schleppen sollen?« Petra seufzte, denn wie es aussah, war die Unzufriedenheit ihrer Freundin noch immer nicht geschwunden. Dabei hatte sie gehofft, Henriette würde bei dieser Aktion wieder so schwungvoll vorgehen wie in Belgien. Möglicherweise fehlte ihr Torsten oder ein anderer Mann, gegen den sie sich behaupten musste.

Henriette schob sich die Klemme über die Nase und nahm das Mundstück zwischen die Zähne. Das Atmen mit dem Ding fiel ihr leichter, als sie es erwartet hatte. Mit einer energischen Bewegung schob sie das Kampfmesser, mit dem sie vorhin eine Dose geöffnet hatte, in den Gürtel und nahm die Gasdruckpistole in die Hand. Sie hatte sich bereits nach ihrer Fourageaktion umgezogen und trug nun einen hautengen schwarzen

Dress mit Kapuze, der nur das Gesicht frei ließ. Damit glich sie, wie Petra behauptet hatte, einer Eisschnellläuferin. Allerdings schleppte eine solche keine tödlichen Waffen mit sich herum.

»Ich werde deinen Weg mit den Kameras überwachen und dich notfalls anleiten«, versprach Petra.

»Sehr gut!« Da Henriette endlich selbst eingreifen konnte, ging ein Ruck durch sie. Aller Ärger war verflogen, und sie fühlte sich wieder der langen Reihe der von Tarows würdig, die ihr Leben für ihr Land eingesetzt hatten. Ein kurzer Blick auf Petras Bildschirm zeigte ihr, dass der Korridor vor ihrem Versteck ebenso leer war wie jener, in dem sie die Gaspatrone platzieren musste. Sie öffnete die Luke und schlüpfte hinaus.

Henriette war bereits mehrmals auf Fähren ähnlicher Größe gefahren. Diese hatten sich mit ihrem Motorenlärm und all den anderen Geräuschen beinahe wie ein lebendes Wesen angefühlt. Hier aber umfing sie eine fast schmerzhafte Stille. Die Piraten hatten die meisten Aggregate abgeschaltet, die für den Bordbetrieb notwendig waren, darunter auch die Klimaanlage. Dieser Gedanke brachte sie dazu, sich noch einmal umzudrehen und den Kopf durch die Luke zu stecken.

»Wieso können wir den Wächter in der Ersatzbrücke betäuben, wenn die Luftversorgung nicht funktioniert?«

»Das Gas schießt durch den Druck, mit dem es aus der Patrone herauskommt, nach oben und wird durch die Einlass-Schlitze der Klimaanlage in die Ersatzbrücke gepresst. Der Kerl wird so schnell bewusstlos werden, dass er nicht einmal mehr einen Alarmknopf drücken kann. Sobald das geschehen ist, komme ich mit der Platine nach, und wir können sie einbauen.«

»Dann sieh zu, dass du ebenfalls so eine famose Nasenklemmen-Gasmaske aufsetzt, sonst darf ich dich hierher zurückschleppen, und der ganze Aufwand war umsonst. Ich weiß nicht, wo ich dieses Ding anbringen soll!«

Während Petra in das Ausrüstungspaket griff, um eine Gasmaske herauszuholen, schlich Henriette den Gang entlang und stieg dann vorsichtig ein Deck höher. Kurz darauf erreichte sie die Stelle, die Petra ihr genannt hatte. Die Abdeckung, hinter der sie die Patrone anbringen musste, war mit vier Schrauben gesichert, die sie mit Hilfe ihres Kampfmessers losdrehen konnte. Sie stellte die Abdeckplatte auf den Boden, leuchtete mit ihrer Taschenlampe in den Schacht und fand den Anschluss-Stutzen auf Anhieb. Schnell klappte sie den Deckel auf, schraubte die kleine Gaspatrone darin fest und prüfte anschließend, ob die Nasenklammern ihrer Gasmaske auch richtig saßen. Dann drehte sie sowohl das Ventil der Patrone wie auch das des Anschluss-Stutzens auf und wich ein paar Schritte zurück.

Zu hören und zu sehen war nichts. Sie wurde auch nicht müde, wie sie insgeheim befürchtet hatte. Stattdessen vernahm sie Petras Stimme in ihrem Kopfhörer. Das Funkgerät war auf schwächste Leistung eingestellt, und das Signal reichte nicht weit. Daher war ihre Kollegin kaum zu verstehen.

»Ich bin unterwegs. Komm nach oben!«

Henriette nickte, obwohl Petra die Geste nicht mehr sehen konnte, und machte sich auf den Weg. Als sie die Tür der Notbrücke erreichte, stand ihre Kollegin schon davor und mühte sich mit einem Nachschlüssel ab. »Die Kerle haben die Tür doch auch aufgebracht«, stöhnte sie, als es ihr nicht gleich gelang.

Mit einem nachsichtigen Lächeln nahm Henriette ihr den Schlüsselbund ab, suchte einen anderen Schlüssel heraus und steckte ihn ins Schloss. Jetzt ließ die Tür sich ohne Mühe öffnen.

»Wie hast du das gemacht?«, flüsterte Petra verblüfft.

»Nur den richtigen Schlüssel genommen. Seine Nummer hat als letzte Ziffern eine Neun und eine Drei. Du hast den Schlüssel mit der Endung Drei und Neun genommen, also die Zahlen verdreht. Aber still jetzt! Sonst finden die Piraten, wenn sie nachschauen kommen, neben ihrem schnarchenden Kumpel uns zwei ebenfalls süß und selig schlummernd vor.«

»Wir hätten richtige Gasmasken gebraucht!« Petra stöhnte, legte aber die Nasenklammer und das Mundstück wieder an und schlüpfte, als Henriette die Tür weit genug aufgezogen hatte, in die Notbrücke hinein. Hier waren die gleichen Instrumente angebracht wie auf der richtigen Brücke, allerdings auf weitaus kleinerem Raum. Da Petra sich intensiv mit den Plänen dieser Steuerzentrale befasst hatte, deutete sie sogleich auf die Stelle, an der sie den Einbau vornehmen musste. Genau dort hatte das Gas den Piraten überrascht.

Mit einer Handbewegung machte sie Henriette klar, dass diese ihr helfen sollte, den Kerl wegzuziehen. Danach legte sie sich vor der Verkleidung der Steuerkonsole auf den Boden und löste die Platten mit einem Schraubenzieher. Henriette trat unterdessen neben die Tür und hielt Wache. Nun war sie froh, dass die Piraten die bordeigene Computeranlage abgeschaltet hatten. Damit hatten die Banditen sich selbst der Möglichkeit beraubt, die unteren Decks von der Brücke aus mit Kameras zu überwachen. Gerne hätte sie die Chancen, die sich dadurch für sie ergaben, mit Petra durchgesprochen. Doch zum Reden waren ihre Gasmasken nicht geeignet.

Das machen wir später, beschloss sie und warf Petra einen kurzen Blick zu. Ihre Kollegin hatte inzwischen die Abdeckplatte entfernt und kroch nun fast bis zur Taille in die Konsole hinein. Nach wenigen Sekunden kam sie wieder zum Vorschein, reckte Henriette den erhobenen rechten Daumen entgegen und schraubte die Abdeckplatte fest.

So schnell, wie ihre Figur es erlaubte, schoss sie aus dem Raum, wartete auf dem Gang, bis Henriette ihr gefolgt war und die Tür wieder versperrt hatte, riss sich die Nasenklammer ab und atmete hastig durch.

»Puh! Zuletzt hat meine Phantasie mir beinahe einen

Streich gespielt«, bekannte sie. »Ich hatte das Gefühl, als würde ich das Betäubungsgas riechen, und hatte Angst, bewusstlos zu werden.«

»Daran sind die Filter dieser Minigasmasken schuld. Sie hinterlassen einen ekligen Geschmack auf der Zunge. Wir sollten beantragen, dass sie nächstens nach Pfefferminze schmecken.« Henriette hatte nur einen Scherz machen wollen, doch ihre Freundin sah sie sehnsüchtig an.

»Was gäbe ich im Augenblick für ein Pfefferminzdrops!«

Da sie sich bereits an die eigenartigen Anwandlungen ihrer Kollegin gewöhnt hatte, grinste Henriette. »Geh du schon vor! Ich schaue noch einmal in die Vorratsräume, ob ich etwas für dich finde.«

»Danke! Aber vergiss unterwegs nicht, die Gaspatrone wieder abzubauen. Nicht dass einer der Kerle sich fragt, warum sein Kumpel so schläfrig geworden ist, und der Sache auf den Grund geht.«

»Klar!«, versprach Henriette und sauste los.

Als sie nach etwa zehn Minuten in ihr Versteck zurückkehrte, saß Petra vor ihrem Laptop und gab die ersten Daten ein. »Mehr können wir heute nicht unternehmen«, sagte sie zu Henriette, ohne ein einziges Mal aufzuschauen. »Du solltest ein wenig schlafen. Ich wecke dich, wenn ich mit dem mir vorgenommenen Pensum fertig bin.«

»Okay!« Zwar war Henriette nicht danach, sich so einfach hinzulegen, doch da sie Petra nicht bei der Arbeit stören wollte, rollte sie sich in der oberen Koje zusammen. Zuerst wirbelten ihre Gedanken noch, aber schon nahm sie sich Torsten Renks Aussage zu Herzen, dass man in ihrem Job zusehen müsse, dass man genug Schlaf bekäme. Daher versuchte sie, sich zu entspannen, und schlief schließlich tatsächlich ein.

ACHT

Am Morgen nach Petras und Henriettes Aktion zwangen Hunger und Durst Evelyne Wide, ihre Kabine zu verlassen und die Essensausgabe aufzusuchen. Dort hatte in den drei ersten Tagen ihrer Entführung reges Treiben geherrscht, aber an diesem Vormittag standen nur wenige Leute an. Hauptsächlich Männer, die eingeschüchtert von dem martialischen Auftreten der Piraten waren und zitternd um etwas zu essen baten. Sie wirkten erschöpft und rochen nach Schweiß. Dennoch zählten sie gewissermaßen zu den privilegierten Geiseln, die bislang in ihren Kabinen hatten bleiben dürfen. Die Mannschaft und ein Teil der anderen Passagiere waren in Salons und Lagerräumen eingepfercht worden.

Evelyne gehörte ebenfalls zu jenen, die nicht aus ihren Kabinen herausgeholt worden waren, aber sie rechnete jeden Augenblick damit, anderswo eingesperrt zu werden. Die Atmosphäre an Bord hatte sich verändert, seit die *Lady* vor Anker lag. Weitere Piraten waren an Bord gekommen und dachten sich neue Schikanen aus, um die Geiseln zu demütigen. Verzweifelt fragte sie sich, welcher Hass diese Männer antrieb. Keiner der Menschen, die in ihre Gewalt geraten waren, hatte ihnen oder ihrem Land je etwas getan.

Ein rüder Kolbenstoß beendete Evelynes Gedankengang, und sie stolperte weiter. Vor ihr bat ein verzweifelter Mann um Milch für das Kind, das er auf dem Arm trug. Es wirkte apathisch, und seine Augen glänzten im Fieber.

Evelyne bedauerte, dass der Sender ihr verboten hatte, noch einmal live auf Sendung zu gehen. Zwar konnte sie ihre Eindrücke an die Fernsehanstalt weitergeben, doch diese wurden zuerst von Experten der Geheimdienste gesichtet, die nur das freigaben, was sie für unverfänglich hielten. Informationen über Erschießungen, Vergewaltigungen und todkranke Kinder gehörten nicht dazu, da die deutsche Regierung die Entführer der *Lady of the Sea* nicht durch Nachrichten dieser Art gegen sich aufbringen wollte.

Die Reporterin schrak hoch, als ein Pirat dem Familienvater eine Flasche Mineralwasser hinwarf, zusammen mit einem Viertel Brotlaib und einer Konservendose, die geschälte Tomaten enthielt.

»Ist genug!«, schnauzte er den Mann an.

»Wir brauchen mehr«, flehte der verzweifelte Vater. »Wir sind zu viert, meine Frau, ich und noch ein Kind. Die Kleine hier muss dringend Milch bekommen. Sie ist krank.«

»Schreib an deutsche Regierung, dass sie dir schickt Milch«, antwortete der Pirat und versetzte ihm einen Stoß. Der Passagier stolperte zwei Schritte und fiel dann samt Kleinkind hin.

Während ein paar Entführer lachten, sah Evelyne, dass andere angewidert das Gesicht verzogen. Ein älterer Somali nahm rasch einen Tetrapak Milch an sich und verließ die Küche durch eine andere Tür.

Als der gestürzte Passagier sich wieder aufrappelte und mit hängendem Kopf davonschlich, traf er beim nächsten Quergang auf den Somali, der ihm wortlos die Milchpackung in die Hand drückte und so schnell verschwand, als löse er sich in Luft auf.

Inzwischen war Evelyne an der Reihe. Bisher hatte man ihr die Ration immer so hingestellt, dass sie sie hatte wegnehmen können. Nun aber sah der Mann an der Ausgabe sie mit höhnischer Miene an. Er war hellhäutiger als ein Somali und hatte einen langen, dunklen Bart. Der Farbe seiner Augen nach hielt Evelyne ihn für einen Europäer. Möglicherweise war er sogar ein Deutscher. Obwohl der Kerl sich bemühte, gebrochen zu reden, kamen die einzelnen Worte zu flüssig und vor allem in einem Akzent aus seinem Mund, der sie an das Ruhrgebiet erinnerte.

»Du wollen?«, fragte er. Dann weiteten seine Augen sich

vor Überraschung, und er grinste, als wäre ihm ein guter Gedanke gekommen.

»Ich brauche etwas zu essen und zu trinken«, erklärte Evelyne mit matter Stimme.

Der Mann fasste sie am Kinn. »Was zahlst du dafür?« Diesmal verstellte er seine Stimme nicht mehr.

Er ist Deutscher, und er hat mich erkannt, durchfuhr es Evelyne. Laut sagte sie: »Ich habe kein Geld mehr. Man hat uns gleich zu Beginn alles abgenommen.«

»Ich dachte auch an eine andere Bezahlung. Du bekommst Essen für …« Die Hüftbewegung, die er dabei machte, ließ an seinen Absichten keinen Zweifel.

Hunger und Durst brachten Evelyne dazu, sich zu überlegen, ob sie dazu bereit war. Dann schüttelte sie den Kopf. »Der Preis ist mir für ein deutsches Schwein, das es mit diesem Gesindel hält, zu teuer!«

Im gleichen Augenblick schlug der andere zu. Evelyne flog gegen die Wand und stieß so mit dem Kopf dagegen, dass sie Sterne sah. Blut rann ihr von den Lippen. Du dummes Stück, dachte sie. Warum hast du dem Kerl nicht versprochen, die Beine für ihn breitzumachen? Dann hättest du wenigstens etwas zu essen bekommen. Doch ihre Selbstachtung war noch nicht so weit gesunken, sich diesem Schurken auszuliefern.

Zwei weitere Tage, sagte sie sich, würde sie auch ohne Essen aushalten. Wasser konnte ihr vielleicht jene dickliche Frau verschaffen, mit der sie in Kontakt stand. Ohne den Kerl noch einmal anzusehen, drehte sie sich um und machte sich wieder auf den Weg zu ihrer Kabine.

Sie sah nicht, dass der deutsche Pirat seinen Posten an der Essensausgabe einem Somali überließ, der in gewohnter Weise eine Flasche Wasser, ein halbes Brot und eine Konservendose ausgab, und ihr folgte.

In ihrer Kabine ging sie als Erstes ins Bad und musterte ihr Gesicht im Spiegel. Die Lippe hatte zu bluten aufgehört, und es würde wohl auch kein Veilchen zurückbleiben. Beinahe hätte sie sich eines gewünscht, um bei der nächsten Schaltung zum Sender die Leute zu Hause schockieren zu können. Aus diesem Grund beschloss sie auch, den eingetrockneten Blutfaden, der sich über Kinn und Hals zog, nicht zu entfernen. Stattdessen trank sie ein wenig von dem abgestanden schmeckenden Wasser, zu dem Petra ihr verholfen hatte. Da hörte sie auf einmal, wie an der Tür ihrer Kabine gerüttelt wurde, und zuckte zusammen.

Sie drehte sich um und trat aus dem Bad. Im gleichen Augenblick rammte jemand mit dem ganzen Körpergewicht die Tür. Evelyne versuchte noch, von innen dagegenzuhalten. Doch das Schloss brach, und die Tür flog mit einem Knall auf. Die Wucht des Schlags warf Evelyne gegen den Schrank. Entsetzt sah sie, wie der Kerl, der sie eben an der Essensausgabe angegangen war, breitbeinig auf sie zukam.

»Ich wollte schon immer mal eine Prominente pimpern! Hier auf dem Schiff habe ich gleich eine hübsche Auswahl von euch Ludern. Los, ausziehen!«

Evelyne wich bis ans Fenster zurück und überlegte fieberhaft. »Warum tun Sie so etwas?«, fragte sie, weil sie hoffte, ihn vielleicht durch Reden dazu zu bringen, sie in Ruhe zu lassen.

»Weil ich Lust darauf habe, die berühmte Fernsehreporterin Evelyne Wide durchzuziehen. Du bist doch das Miststück, das die Reportagen über die Kaperung dieses Kastens gesendet hat. Darum kümmere ich mich hinterher. Finde ich in dieser Kabine irgendetwas Verdächtiges, dann …« Er deutete mit beiden Händen an, wie er ihr diese um den Hals legen und sie erwürgen würde.

Am Ausdruck seiner Augen erkannte Evelyne, dass er es genau darauf anlegte, und sie spannte die Muskeln für den letzten Kampf ihres Lebens an. »Sie sind doch Deutscher. Warum helfen Sie diesen Leuten?« Selbst im Angesicht des Todes konnte sie die Reporterin nicht verleugnen.

»Steck dir dein Scheißdeutschland in den Arsch! Dort durfte ich nur malochen und ›Aber natürlich, Herr Gruppenleiter‹ und ›Das ist doch selbstverständlich, Herr Gruppenleiter‹ sagen. Dabei war der Kerl so dumm wie ein Kamel und hat sein Gehalt nur deshalb bekommen, weil ich und die anderen Trottel den Karren immer wieder aus dem Dreck gezogen haben. Zum Dank hat der Kerl dann dafür gesorgt, dass ich auf die Straße geflogen bin, als die Firma mit einer anderen fusioniert wurde. Abfindung gab's nicht, und von Hartz IV wollte ich nicht leben. Also habe ich mir andere Freunde gesucht, Leute, bei denen ich der Massa bin!«

Bei den letzten Worten trat er auf sie zu und packte sie. Evelyne wollte sich verteidigen, konnte aber gegen den kräftig gebauten Mann nichts ausrichten. Er riss sie hämisch lachend hoch, warf sie auf das Bett und zerriss ihr die Bluse. Sie versuchte ihn zu beißen, erhielt dafür aber eine Ohrfeige, die sie Sterne sehen ließ. Der Mann öffnete ihren Gürtel, packte ihre Jeans an den Hosenbeinen und zerrte sie ihr vom Leib.

Evelyne strampelte mit ihren Beinen, erhielt eine weitere Ohrfeige und sah dann wie durch einen Schleier zu, wie ihr Peiniger grinsend seine Hose öffnete.

»Jetzt werde ich es dir besorgen, du Luder«, sagte er und wollte auf sie steigen.

In dem Augenblick klang eine helle Stimme hinter ihm auf.

NEUN

Henriette war aufgewacht, als Petra sie an der Schulter packte und rüttelte. Ein kurzer Blick auf ihre Armbanduhr zeigte ihr, dass es bereits acht Uhr morgens war. Doch bevor sie etwas sagen konnte, zeigte ihre Kollegin erregt auf den Bildschirm.

»Es geht um Evelyne. Willst du eingreifen?«

Statt einer Antwort sprang Henriette auf, zog ihre Gasdruckwaffe und rannte los. Wo Evelyne Wides Kabine lag, hatte sie sich mit Hilfe des Schiffsplans bereits eingeprägt.

»Beeil dich!« Petras drängender Ruf brachte Henriette dazu, noch schneller zu laufen. Sie verließ sich darauf, dass ihre Freundin sie rechtzeitig vor Piraten warnen würde, und hastete die Treppen hoch zu dem Deck, auf dem Evelyne Wides Kabine lag. Zu ihrer Erleichterung war auf dem Flur niemand zu sehen. Während sie an den Kabinentüren vorbeilief, zählte sie mit, bis sie vor der richtigen stand. Die Tür war nur angelehnt und ließ sich mühelos öffnen. Innen sah Henriette die Reporterin nackt auf dem Bett liegen, halb verdeckt von einem bulligen Kerl mit ungewaschenen, fettigen Haaren und Schlangen-Tattoos auf den Unterarmen.

»Jetzt werde ich es dir besorgen, du Luder«, hörte sie ihn sagen und trat voller Wut ein.

»Das glaubst aber auch nur du, du Halunke!«

Der Kerl drehte sich um und wollte nach ihr greifen.

Henriette drückte ab. Ein kurzes, schmatzendes Geräusch klang auf, und sie sah, wie der Kopf der auf dem rechten Unterarm eintätowierten Schlange getroffen wurde. Der Mann hob den Arm und starrte darauf. Doch außer einem winzigen roten Punkt wie von einem Mückenstich war nichts zu sehen.

»Mit deiner Spielzeugpistole kannst du jemand anderen erschrecken, mich nicht!«, spottete er.

Henriette begriff, dass er sie für eine der asiatischen Angestellten hielt und sie nicht ernst nahm. Während sie ihn nicht aus den Augen ließ, streckte er die Oberarme aus, um sie zu packen.

»Umsonst hast du das aber nicht getan, du dreckige kleine Hure.«

Henriette fürchtete schon, dass das Gift wirkungslos blieb, und wollte ein zweites Mal schießen. Da riss der Mann die

Augen auf und rang nach Luft. Um zu verhindern, dass er losschrie, wollte sie ihm den Mund zuhalten, da brach ein halberstícktes Gurgeln über seine Lippen. Er kippte um und blieb starr liegen.

Ein Blick verriet Henriette, dass er tot war. Sie musste schlucken. Gleichzeitig hörte sie Petras Stimme erneut in ihrem Knopf im Ohr.

»Ihr müsst schnell verschwinden! Die Kerle gehen von Kabine zu Kabine. Sie scheinen alle in den Salons und Lagerräumen einsperren zu wollen.«

»Halt!«, setzte sie hinzu, als Henriette zu Evelyne eilen und ihr aufhelfen wollte. »Sie dürfen den Toten nicht finden, sonst wissen sie, dass sich jemand an Bord versteckt hat, und filzen den Kasten vom Schornstein bis zum Kiel.«

»Und wie stellst du dir das vor? Ich kann den Kerl nicht in Luft auflösen«, gab Henriette ärgerlich zurück.

»Ich öffne euch eine Luke drei Decks tiefer und leite euch dorthin. Jetzt beeilt euch! Die Piraten werden gleich euren Gang betreten.«

Henriette nickte in die Richtung, in der sie die verborgene Überwachungskamera vermutete, und wandte sich Evelyne zu. Diese hatte sich aufgerafft und zog ihre Hose an.

»Können Sie allein gehen?«, fragte Henriette.

»Ja! Aber ich brauch noch ein paar Sachen.«

»Dazu bleibt keine Zeit!«, fauchte Henriette sie an. »Wenn die Piraten uns hier finden, sind wir geliefert.« Sie steckte ihre Waffe weg, packte den Toten unter den Achseln und zerrte ihn zur Tür.

Evelyne sah ihr einen Augenblick lang zu, raffte dann mit einer fahrigen Bewegung ihre Bluse an sich und schlüpfte hinein. Da der Kerl die Knöpfe abgerissen hatte, knotete sie das Kleidungsstück über der Brust und wollte Henriette folgen. Auf dem Weg zur Tür erinnerte sie sich an ihren Laptop und nahm ihn samt der Tasche an sich.

Unterdessen schleifte Henriette ihr Opfer in Richtung des nächsten Niedergangs, wurde aber von Petra über eine Nottreppe umgeleitet: »Vor euch sind Piraten. Dieser Weg hier ist noch sicher. Ihr könnt von Glück sagen, dass der Bursche nicht blutet. Sonst würde er eine Spur hinterlassen, der selbst ein Blinder mit dem Krückstock folgen kann.«

»Quassle nicht so viel, sondern gib lieber acht, dass uns keiner über den Weg läuft.«

»Keine Sorge. Ihr müsst den nächsten Korridor nach links gehen und dann wieder den Notabstieg nehmen. Die Kerle filzen wirklich das ganze Schiff«, sagte sie angespannt.

Unterdessen wurde Evelyne sich wieder mehr ihrer Umwelt bewusst und sah, wie sich Henriette mit dem schweren Mann abmühte.

»Warten Sie, ich helfe Ihnen«, flüsterte sie der Halbphilippinerin zu und fasste nach den Beinen des Toten. Auf diese Weise ging es schneller.

Sie erreichten auf Petras Anweisungen hin eine Ladeluke, die von oben nicht eingesehen werden konnte. Vorsichtig löste die Computerspezialistin per Fernsteuerung die Verriegelung der Luke und ließ sie so weit aufschwingen, wie sie es glaubte verantworten zu können.

»Schnell!«, drängte sie.

Henriette warf einen kurzen Blick nach draußen und sah den Meeresspiegel nur wenige Meter unter sich. Trotzdem würde es klatschen, wenn sie den Toten einfach ins Freie warfen.

»Wir müssen den Kerl vorsichtig hinunterlassen«, wies sie Evelyne an. Diese nickte und hielt den Kerl an einem Bein fest. Henriette ergriff das andere, dann schoben sie ihn langsam zur Luke hinaus. Als nur noch die Füße über deren unteren Rand herausragten, ließen sie los.

Es platschte leicht, als der Tote im Wasser aufschlug. Sogleich schloss Petra die Luke wieder, damit niemand erkennen konnte, woher das Geräusch gekommen war. Nun blieb Henriette und Evelyne nicht viel Zeit, sich selbst in Sicherheit zu bringen. Sie hasteten los und erreichten wenige Minuten später das Versteck.

Petra öffnete die Luke, als die beiden Frauen noch drei Schritte davon entfernt waren, und half der zitternden Reporterin in den Raum.

»Du kannst reinkommen! Es ist niemand in unmittelbarer Nähe«, rief sie ihrer Kollegin zu, die den Gang mit der Gasdruckpistole sicherte.

Henriette nickte und stieg mit einem Bein in ihr Versteck, ohne ihre Umgebung aus den Augen zu lassen. Kaum stand sie drinnen, verschloss Petra die Luke und machte ein Siegeszeichen. »Das hätte auch Torsten nicht besser hingekriegt!«

»Ich habe einen Menschen umgebracht«, antwortete Henriette tonlos.

»Tut mir leid! Aber der Kerl hat es verdient.« Petra deutete auf Evelyne, die mit erstaunten Blicken die aufgestapelten Lebensmittel musterte, und sagte mit ruhiger Stimme: »Der Pirat hätte sonst Frau Wide umgebracht, verstehst du!«

Evelyne drehte sich zu ihnen um. »Das war kein Somali, sondern ein Deutscher, der sich den Piraten angeschlossen hatte.«

Henriette hieb mit der Hand durch die Luft. »Ich weiß, dass ich keine Wahl hatte, aber ich hätte es lieber gesehen, wenn wir den Kerl gefangen nehmen und vor ein Gericht hätten stellen können.«

Dann seufzte sie und zuckte mit den Achseln. »Ich bin nicht so abgebrüht, dass ich jemanden umlegen kann, ohne mit der Wimper zu zucken!«

»Und wenn dem so wäre, könntest du deinen Job nicht mehr machen. Dennoch wirst du nicht umhinkommen, den einen oder anderen Piraten aus dem Weg zu räumen. Ich kann erst die Kontrolle über den Kasten übernehmen, wenn ein paar Schalter im Maschinenraum überbrückt worden sind – und das musst du machen.«

Evelyne starrte sie und Henriette kopfschüttelnd an. »Wie sind Sie eigentlich hier auf das Schiff gekommen? Ich dachte, Sie sind in Deutschland. Und Sie wollen dann auch noch zu zweit dieses Schiff kontrollieren?«

»Vielleicht nicht das Schiff selbst, aber seine Maschinen und die Steuerung.« Petra fasste sich an die Stirn. »Langsam kriege ich Kopfweh. Ich hätte nicht die ganze Nacht durcharbeiten sollen. Andererseits hätte ich dann nicht gesehen, dass der Kerl zudringlich geworden ist. Henriette, bist du so lieb und hältst das Schiff unter Bewachung, während ich ein wenig schlafe? Du kannst Frau Wide dann erklären, wie wir hierhergekommen sind.«

»Ersteres mache ich gerne, das Zweite ist geheim!« Henriette hatte keine Lust, einer neugierigen Journalistin Rede und Antwort zu stehen. Daher setzte sie sich vor den Laptop und klickte der Reihe nach die einzelnen Überwachungskameras an. Eine Zeit lang sah ihr Evelyne zu, dann erinnerte sie sich an ihren Rechner und holte ihn heraus.

»Was haben Sie vor?«, fragte Henriette.

»Dem Sender kurz Bescheid geben, was hier passiert ist!« Die Reporterin wollte eben ihr Gerät einschalten, da legte sich Henriettes Hand auf ihren Unterarm.

»Das würde ich an Ihrer Stelle bleiben lassen. Die Kerle hören mit Sicherheit die deutschen Fernseh- und Radiosender ab, um auf dem Laufenden zu bleiben. Auf keinen Fall dürfen die mitbekommen, dass wir an Bord sind.«

»Aber das ist mein Job!«, protestierte Evelyne.

»Wenn Sie nicht tun, was ich Ihnen sage, bleibt mir nichts anderes übrig, als Ihnen den Laptop abzunehmen. Oder glauben Sie, ich erschieße Ihretwegen einen Mann, um dann durch Ihre Dummheit hopszugehen?« Ein warnender Blitz aus Henriettes blauen Augen begleitete ihre Worte.

Jetzt erst erinnerte Evelyne sich daran, dass der Kerl, der sie hatte vergewaltigen wollen, von ihren Reportagen gewusst hatte, und zog den Kopf ein. »Entschuldigen Sie bitte! Ich will Sie natürlich nicht gefährden.«

»Sie gefährden auch sich selbst, oder glauben Sie, diese Banditen machen einen Unterschied zwischen meiner Kollegin, mir und Ihnen?«

»Das ist mir klar. Aber sehen Sie, ich bin ganz verwirrt. Ich hatte ja darauf gehofft, dass etwas zu unserer Befreiung unternommen wird. Nur das hätte ich niemals erwartet.« Evelyne fand ihren letzten Satz nicht ganz gelungen und lächelte Henriette zu. »Ich bin unendlich froh, dass Sie gekommen sind, und zutiefst dankbar, dass Sie mich vorhin gerettet haben. Der Kerl hätte mich vergewaltigt und danach umgebracht.«

»Solche Verräter sind immer die Schlimmsten«, antwortete Henriette und konzentrierte sich wieder auf den Bildschirm.

Evelyne tröstete sich über die verweigerte Liveschaltung nach Köln mit einem ausgiebigen Frühstück hinweg, das sie sich aus den aufgestapelten Nahrungsvorräten zusammenstellte, und vergriff sich auch an Petras Cola.

ZEHN

Nun lag Xagal vor ihnen, und die Gefühle, mit denen Jamanah und Dietrich von Tarow die armseligen Hütten des Ortes und die etwas abseits gelegenen Zelte des Flüchtlingslagers betrachteten, unterschieden sich stark.

Die junge Somali spürte, dass sie nicht mehr die Kraft aufbringen würde, sich noch einmal allein auf den Weg zu machen, um Rache zu suchen. Beim ersten Mal war sie an den deutschen Soldaten gescheitert. Zwar war sie froh, dass sie den Männern hatte helfen können, doch dies wog nicht den Verlust ihrer Freiheit auf, die ihre eigenen Leute nun beschneiden würden.

In Dietrich überwog die Erleichterung, dieses Land bald verlassen zu können. Dennoch hoffte er, noch einmal den Befehl zu einem Angriff auf die *Caroline* oder gar auf die *Lady of the Sea* zu erhalten, um die Scharte vom letzten Mal auszuwetzen.

Er warf einen Blick auf Jamanah und spürte leises Bedauern, dass sie sich trennen mussten. Sie hatte sich als mutige und interessante junge Frau erwiesen, aber ihm würde nicht mehr bleiben, als sich später an diese nur wenige Tage währende Freundschaft zu erinnern.

Der Fahrer hielt vor dem Zelt des Kommandeurs. Aus dem gegenüberliegenden Zelt mit dem Roten Halbmond sah eine Frau in weißer Hose und weißem Kittel heraus. Bei Dietrichs Anblick kniff sie die Augen zusammen und kam auf ihn zu.

»Sie sind doch ein deutscher Soldat, nicht wahr?«, fragte sie verwundert.

»Dietrich von Tarow, Major der Bundeswehr«, antwortete Dietrich, ohne seine Einheit zu nennen.

»Von Tarow?« Die Frau lachte kurz auf. »Sind wir denn wieder in der Kaiserzeit, dass adelige Offiziere herumstolzieren und den Menschen hier beibringen, strammzustehen?«

»Ich darf Ihnen versichern, dass wir von Tarows fest auf dem Boden der Bundesrepublik Deutschland und des Grundgesetzes stehen und keinen Umsturz zu Gunsten der Hohenzollern vorbereiten«, antwortete Dietrich und unterdrückte ein Kopfschütteln.

Die Ärztin hatte jedoch nur noch Augen für Jamanah und fasste sie bei den Händen. »Bist du es wirklich? Ich bin so froh, dich gesund und munter wiederzusehen!« Dabei sah sie die junge Somali so besitzergreifend an, dass Dietrich einen Anflug von Eifersucht verspürte. Er schüttelte innerlich den

Kopf über sich und sagte sich, dass er den Abschied von Jamanah rasch herbeiführen und kurz halten sollte.

Diese blickte unterdessen von der Ärztin zu ihm und wieder zurück. Von der überschwänglichen Begrüßung hatte sie kein Wort verstanden. Dr. Kainz hatte ihr vor ihrer Flucht aus dem Lager angeboten, als ihre Helferin zu arbeiten. Vielleicht war dies gar nicht so schlecht, sagte sie sich. Doch dazu musste sie die Erlaubnis ihres Beinaheschwiegervaters Baha erbetteln. Da nur wenige Männer aus ihrem Dorf dem Gemetzel entkommen waren, hatte er sich zum Anführer des Dorfes aufgeschwungen. Als solcher würde er auch von ihr Gehorsam verlangen.

Sie begrüßte die Ärztin mit einer gewissen Distanz und wies auf die Zelte der Flüchtlinge. »Ich muss zu meinen Leuten«, sagte sie und ging mit unglücklicher Miene davon.

Dietrich sah ihr nach und wusste nicht, ob er ihr folgen sollte. Die Ärztin nahm den Blick wahr, den er der Somali hinterherwarf, und hielt ihn auf. »Wenn Sie ein deutscher Offizier sind, haben Sie sicher die Möglichkeit, die Öffentlichkeit über die katastrophalen Verhältnisse in diesem Land aufzuklären. Es ist ebenso schlimm – wenn nicht sogar schlimmer! – wie die Katastrophe in Darfur. Menschen werden umgebracht, Dörfer angezündet und Frauen vergewaltigt. Selbst das Vieh wird sinnlos getötet, nur weil dessen Besitzer einem anderen Stamm angehören als dem der Angreifer. Letztens war schon einmal ein Deutscher hier, und ich habe ihn ebenfalls gebeten, etwas zu tun, aber seitdem habe ich nichts mehr von dem Mann gehört.«

»Sie meint Oberleutnant Renk von der Abteilung Spezialaufgaben«, mischte sich ein einheimischer Militär in das Gespräch ein. Es handelte sich um einen Mann mittlerer Größe um die dreißig, der schneidig auf Dietrich zutrat und die rechte Hand kurz an sein Barett führte.

»Ich bin Major Al Huseyin, Angehöriger der Streitkräfte

von Somaliland. Meine Aufgabe ist es, diese Gegend vor den feindlichen Todesschwadronen zu schützen. Ich bin, wenn Sie so wollen, Renks Verbindungsmann.«

»Darüber sollten wir unter vier Augen reden«, sagte Dietrich mit einem Seitenblick auf die Ärztin.

»Natürlich!« Al Huseyin lächelte verständnisvoll und zeigte auf das große Zelt gegenüber dem Hospital. »Sie finden mich dort.«

»Ich komme sofort nach.« Dietrich wandte sich noch einmal Dr. Kainz zu und hob bedauernd die Hände. »Es tut mir sehr leid, Frau Doktor, aber im Moment habe ich keine Verbindung zu meinen vorgesetzten Stellen. Ich verspreche Ihnen aber, Ihr Anliegen weiterzuleiten, sobald ich dazu in der Lage bin.«

»Mehr kann ich von Ihnen nicht verlangen.« Dr. Kainz war enttäuscht, fragte sich dann aber, was sie erwartet hatte. Militärs dachten in anderen Kategorien als sie. Kranke und vertriebene Menschen interessierten die Soldaten nur dann, wenn sie ihren Plänen hinderlich waren. Immerhin hatte Major von Tarow ihr versprochen, ihre Bitte um weitere humanitäre Hilfe weiterzugeben, sobald es ihm möglich war. Damit musste sie sich zufriedengeben.

Dietrich hatte die Ärztin bereits wieder aus seinem Gedächtnis gestrichen, als er in das Kommandozelt trat. Obwohl es groß genug war, um fünfzig Soldaten Quartier zu bieten, befand sich nur Al Huseyin darin. Er saß an einem Tisch vor einer Karte, auf der er mit Bleistift Linien zog. Bei Dietrichs Eintreten hob er den Kopf. »Es gibt sehr viel zu tun. Wir müssen uns nicht nur gegen die Todeskommandos, sondern auch gegen die Stammesmilizen der Warsangeli und Dulbahante verteidigen und gelegentliche puntländische Attacken zurückweisen.«

»Ich will Sie nicht aufhalten, Major. Aber Sie nannten vorhin den Namen Renk. War dieser allein hier?« Da seine

Schwester Henriette zum selben Stall gehörte wie Renk, befürchtete Dietrich, dass sie den MAD-Mann in den Hexenkessel Somalia begleitet hatte.

Zu seiner Erleichterung nickte Al Huseyin. »Renk kam allein. Wir mussten ihn in Dire Dawa abholen. Das liegt in Äthiopien«, setzte er hinzu, als er Dietrichs fragenden Blick bemerkte.

»Und wo kann ich ihn finden?« Dietrichs Wut auf die Piraten, die ihn und seine Männer in eine Falle gelockt hatten, war noch immer groß genug, um im Land zu bleiben und notfalls gemeinsam mit Renk etwas gegen diese zu unternehmen.

»Renk ist mit meinem Vorgesetzten Omar Schmitt erneut nach Laasqoray aufgebrochen. Beim ersten Mal hätte er Ihren Angriff auf die *Caroline* überwachen sollen, ist aber vorher zurückgekehrt. Warum er das tat, entzieht sich meiner Kenntnis!«

Al Huseyins Bericht war für Dietrich ein eisiger Guss. »Renk war in Laasqoray? Verdammt, warum hat er uns nicht vor dieser Scheißfalle gewarnt! Wir sind hineingetappt wie heurige Hasen.«

Al Huseyin zuckte mit den Achseln. »Der Mann hat mich nicht in seine Pläne eingeweiht. Er wird seine Gründe gehabt haben.«

»Dieser Gründe wegen ist eines unserer Boote zerstört worden, und es hat Tote und Verwundete gegeben. Renk wird mir einiges zu erklären haben, wenn ich ihn sehe!« Dietrichs Stimme klang eisig.

»Ich hätte Ihnen gerne eine bessere Nachricht überbracht«, sagte der Somali nach kurzem Zögern. »Allerdings werden Sie Renk in Deutschland zur Rede stellen müssen. Es war schon schwer genug, ihn über die Demarkationslinie zu schmuggeln. Bei einem Mann Ihrer Größe und Ihres Aussehens ist das unmöglich.«

Das sah Dietrich ein. Er überragte Renk noch um gut zehn

Zentimeter und war um einiges wuchtiger gebaut. Außerdem verstand der MAD-Mann es durch seinen Job, sich unauffällig zu bewegen.

»Er wird auf jeden Fall etwas von mir zu hören bekommen. Doch erlauben Sie, dass ich mich verabschiede. Ich will nur noch kurz Jamanah auf Wiedersehen sagen, dann fahre ich nach Berbera, um von dort abgeholt zu werden.«

»Ich wünsche Ihnen eine gute Reise!« Al Huseyin streckte Dietrich die Hand hin. Dieser ergriff sie, drückte sie kurz und wandte sich dem Ausgang zu, während der Somali sich wieder über seine Karte beugte.

ELF

Als Jamanah auf den Teil des Lagers zuschritt, in dem ihre Leute Zuflucht gefunden hatten, wurde sie mit Blicken empfangen, die nichts Gutes verhießen. Die Frauen schnaubten verächtlich, und die jüngeren Männer zogen wütende Gesichter.

Dann stand sie vor Baha, dem Vater ihres toten Verlobten. Der alte Mann saß auf einem niedrigen Hocker und hatte sich in das weite Gewand eines Stammesanführers gehüllt. Neben ihm hatten andere alte Männer auf Decken und Fellen Platz genommen. Es handelte sich dabei nicht nur um frühere Bewohner ihres Dorfes, sondern in der Mehrzahl um Überlebende anderer Dörfer, die sich unter Bahas Führung zu einer neuen Stammesabteilung zusammengeschlossen hatten. Unter anderen Bedingungen wäre Jamanah froh gewesen, dass ihre Leute den Kern der neuen Gruppe bildeten. Der Gedanke aber, jetzt auch noch Fremden Rede und Antwort stehen zu müssen, erbitterte sie.

Baha sah die junge Frau, die beinahe die erste Ehefrau seines Sohnes geworden wäre, durchdringend an. Sie würde der härteste Prüfstein werden, den er auf seinem Weg zum Anführer des neuen Clans bewältigen musste. Hier durfte er sich keine Schwäche erlauben. Jamanah war zwar die Tochter ihres früheren Dorfhäuptlings, doch da dieser tot war, fiel ihm die Aufgabe zu, das schreckliche Mädchen zum Gehorsam zu zwingen.

»Was ist das für eine Art, das Lager ohne die Erlaubnis des Stammesoberhaupts zu verlassen?«, fuhr er sie an, als sie vor ihm stand.

Jamanah hob den Kopf und sah – so schien es ihm – verächtlich auf ihn herab. »Das Stammesoberhaupt war mein Vater! Er starb, während er unseren Stamm verteidigte. Als ich dieses Lager verließ, war noch kein neues Stammesoberhaupt gewählt. Daher konnte ich auch nicht gegen dessen Willen verstoßen.«

Damit hatte sie zwar recht, doch Baha ließ diese Begründung nicht gelten. »Nach dem Tod deines Vaters war ich als der Vater deines Verlobten dein Vormund. Du hättest mich fragen müssen, ob du gehen darfst, und ich hätte es dir untersagt!«

Zustimmende Rufe erklangen. Jetzt, da die Schrecken des Überfalls hinter ihnen lagen und sie wieder mehr an die Zukunft dachten, sehnten sich die Menschen nach Ordnung, und diese wurde in ihren Augen durch Jamanahs ungebührliches Benehmen gestört.

»Das ist noch nicht alles!«, fuhr Baha mit seiner Anklage fort. »Du hast nicht nur das Lager ohne Erlaubnis verlassen, sondern kleidest dich auch noch wie ein Mann, ja, sogar wie ein Krieger.«

Das böse Zischen der Frauen bekräftigte seine Worte. Jamanah begriff, dass niemand für sie sprechen würde, und straffte die Schultern. »Ich trage die Kleidung, die ich mit meiner Waffe erbeutet habe. Da die Milizionäre unserer Feinde keine

Röcke tragen, ist mir nichts anderes übriggeblieben, als deren Hosen und Hemden anzuziehen. Meine Kleidung ging bei dem Überfall auf unser Dorf verloren.«

Bevor Baha seine Macht ausgebaut hatte, hätte Jamanah sich auf diese Weise verteidigen können. Doch mehr als die Hälfte der Männer, die nun über sie zu Gericht saßen, stammten aus anderen Dörfern. Sie kannten weder die genauen Verhältnisse in ihrem Dorf, noch waren sie bereit, einen Verstoß gegen die Regeln zuzulassen, die sie sich selbst gegeben hatten.

»Es ist eine Schande, wenn eine Frau in Männerkleidung herumläuft! Dafür muss sie bestraft werden«, erklärte einer von ihnen.

»So soll es sein!«, nahm Baha den Ball auf, der ihm zugespielt wurde. »Schon der Prophet, Allah segne ihn allezeit, hat bestimmt, dass keine Frau sich wie ein Mann kleiden soll …«

»Das stimmt nicht!«, unterbrach Jamanah ihn erregt. »Auf der Flucht von Mekka nach Medina haben mehrere Frauen in Mohammeds Begleitung die Kleidung von Männern getragen, um die Verfolger über die Zahl seiner Krieger zu täuschen.«

»Das ist ein Kindermärchen«, tat Baha ihren Einwand ab. »Dein Aufzug ist gegen das Gesetz und muss bestraft werden. Daher verurteile ich dich zu fünfzig Peitschenhieben. Danach wirst du in mein Zelt gebracht und mir vorerst als Magd dienen, bis ich dich für wert erachte, eine meiner Ehefrauen zu werden!«

Obwohl Baha keine Frau mochte, die mehr als einen halben Kopf größer war als er, musste er in diese saure Frucht beißen. Zwar war Jamanah nur eine wertlose Frau, aber es galt, ihre Abstammung in gerader Linie vom Stammesgründer Isaaq zu berücksichtigen. Aus diesem Grund hatte er für seinen Sohn Qusay bei ihrem Vater um sie angehalten. Mit dieser Heirat hatte er seine Bedeutung im Dorf stärken und gleichzeitig die Chancen seines Sohnes erhöhen wollen, einmal der neue

Häuptling zu werden. Jamanahs Bruder war noch klein gewesen und hätte keine Chance gehabt, innerhalb der nächsten zwei Jahrzehnte seinem Vater nachzufolgen.

Obwohl die Männer, die zum neuen Ältestenrat zählten, ihre Zustimmung bekundeten, sahen nicht alle Stammesmitglieder so aus, als wären sie mit diesem Urteilsspruch einverstanden. Doch als ein Mann etwas zu Jamanahs Gunsten sagen wollte, zischte ihn Bahas Frau an. »Halte den Mund. In dieser Person steckt ein Dämon, der ihr ausgetrieben werden muss. Los jetzt, macht schon!« Während sie und die um sie versammelten Frauen rhythmisch klatschten, kamen mehrere junge Männer auf Jamanah zu und wollten sie ergreifen.

»Zurück!«, fauchte diese und hob ihre Kalaschnikow. »Der Erste von euch, der versucht, mich zu berühren, wird sterben!«

»Das ist unerhört!«, rief Baha wütend. »Du widersetzt dich dem Rat des Stammes und deinem Oberhaupt!«

»Wenn du es so siehst, ja! Welches Recht hast du eigentlich, dich zum Richter über mich aufzuschwingen? Welche Verdienste kannst du aufweisen? Als die Blutsäufer über uns gekommen sind, habe ich dich nur rennen sehen, während mein Vater und andere unser Dorf verteidigt haben und tapfer gestorben sind.«

»Ich bin der Vater des Mannes, den du hättest heiraten sollen, und daher dein Vormund!« Baha war klar, dass er dieses renitente Mädchen unbedingt zähmen musste, denn sonst wären seine Aussichten, Stammesanführer zu bleiben, sehr gering.

»Ach ja?«, antwortete Jamanah voller Wut. »War dein Sohn Qusay, mein Verlobter, denn nicht in jener Nacht der Wächter, der das Dorf behüten sollte? Warum hat er uns nicht rechtzeitig vor den Angreifern gewarnt? Sie sind mit Autos gekommen, daher hätte er sie hören müssen! Hat dein Sohn, mein Verlobter, vielleicht gar nicht gewacht, sondern in dieser

Nacht geschlafen und damit den Untergang unseres Dorfes verschuldet?«

Die Anklage saß. Diejenigen, die aus Jamanahs Dorf entkommen waren, mussten an die Toten denken, die sie dort hatten zurücklassen müssen und die bei einer rechtzeitig erfolgten Warnung vielleicht nicht gestorben wären.

Baha bemerkte, wie ihm das Heft entglitt, und schrie die jungen Männer an. »Entwaffnet sie!«

Diejenigen, die Jamanah kannten, traten unwillkürlich einen Schritt zurück, doch vier der Fremden verständigten sich mit Blicken und stürmten auf Jamanah los.

Diese brachte es nicht über das Herz, auf ihre Landsleute zu schießen. Stattdessen rammte sie dem Vordersten den Kolben ihrer Kalaschnikow in den Leib und einem weiteren den Lauf. Während die beiden ächzend zusammensanken, gelang es den beiden anderen, sie zu packen. Jetzt fassten auch die Übrigen Mut und kesselten Jamanah ein. Jemand zerrte am Lauf ihres Sturmgewehrs, um es ihr zu entreißen, und zwei versuchten, ihr die Arme auf den Rücken zu drehen, um sie zu fesseln.

Ich hätte doch schießen sollen, durchfuhr es Jamanah, als sie von ihren Angreifern zu Boden gerissen wurde. In dem Augenblick klang ein wütendes Gebrüll auf, das sie nicht weniger erschreckte als ihre Angreifer und die Zuschauer.

ZWÖLF

Auf der Suche nach dem Teil des Flüchtlingslagers, der Jamanahs Sippe beherbergte, traf Dietrich von Tarow auf den einheimischen Assistenten von Dr. Kainz und fragte ihn, ob er ihm helfen könne.

»Mister, Sie müssen zu den Zelten dort hinten gehen«, antwortete der Mann in passablem Englisch.

»Danke!« Dietrich wollte schon weitergehen, als ihm etwas einfiel. »Entschuldigen Sie! Könnten Sie vielleicht mitkommen und für mich übersetzen?«

»Gerne«, antwortete der Somali neugierig und führte Dietrich zu der Stelle, an der Jamanah den Stammesältesten Rede und Antwort stehen musste.

Dietrich blieb außerhalb der versammelten Menschenmenge stehen und sah den Sanitäter fragend an. »Können Sie mir erklären, was da los ist?«

Der Mann hörte eine Zeit lang zu und wiegte nachdenklich den Kopf. »Das ist eine üble Sache. Die junge Frau wird beschuldigt, gegen die Stammesgesetze verstoßen zu haben, und soll bestraft werden.«

»Sagten Sie bestraft?« Dietrich schnaubte empört. Jamanah war eine tapfere junge Frau und hatte gewiss keine Strafe verdient.

»Der neue Anführer will ihren Trotz brechen, weil sie seine Autorität missachtet hat. Deshalb soll sie fünfzig Peitschenhiebe erhalten!«

»Peitschenhiebe?« Dietrich konnte es nicht glauben. Als jedoch mehrere junge Männer auf Jamanah losgingen und sie niederrangen, packte ihn die Wut. Niemand hatte das Recht, einen anderen Menschen auf eine so barbarische Weise zu bestrafen. Er durchbrach den Ring um die kämpfende Gruppe mit der Wucht eines Panzers, packte zwei Angreifer auf einmal und schleuderte sie beiseite.

Jamanah merkte, wie sich die Hände, die sie niederpressten, lockerten, und setzte erneut den Kolben ihrer Kalaschnikow ein, um sich zu befreien. Ihre Angreifer verschwanden so rasch, als würde ein Sturmwind über sie hinwegfegen.

Als sie nur noch einen Mann vor sich sah und zuschlagen wollte, packte dieser sie am Arm. »He, das bin ich!«

»Taro!« Sie starrte Dietrich an, als könne sie nicht begreifen, dass ausgerechnet er ihr zu Hilfe geeilt war.

»Ich lasse nicht zu, dass sie dich auspeitschen«, rief er grollend. »Eher nehme ich dich mit nach Deutschland. Als Somali wirst du dort sicher Asyl bekommen.«

Jamanah verstand zwar nicht, was er sagte, aber es war ein gutes Gefühl, jemanden zu haben, der ihr half. Denn eines war ihr unmissverständlich klar geworden: Der Weg zu ihrem Volk war ihr durch Baha und dessen anmaßendes Verhalten für immer versperrt.

Als sie sah, dass einige Männer nach ihren Waffen griffen, hob sie ihre Kalaschnikow und feuerte ein paar Warnschüsse über deren Köpfe hinweg. »Lasst das, es sei denn, ihr wollt sterben!«, rief sie und gab dann Dietrich einen Stoß. »Wir sollten verschwinden, Taro, bevor die Männer ihre Überraschung überwunden haben. Sonst könnte es übel für uns ausgehen.«

Dietrich verstand zwar nur die zwei, drei deutschen Worte, die sie einmischte, aber ihre Gesten waren deutlich genug. Lächelnd nickte er. »Lass uns gehen!«

Er fasste sie am Arm und führte sie aus dem Rund. Die Frauen, deren Ring sich in der Zwischenzeit wieder geschlossen hatte, wichen widerwillig, aber auch ängstlich vor dem weißen Riesen zurück. Die meisten Anwesenden schienen jedoch heilfroh zu sein, Jamanah auf so leichte Weise loszuwerden. Aufgrund ihrer Größe und ihrer Erziehung wäre sie ein Störfaktor in ihrer Gemeinschaft geblieben. Auf Baha, der aufgesprungen war und wie ein Wahnsinniger zeterte und schimpfte, achtete keiner mehr.

Kurz danach erreichten Jamanah und Dietrich ihren Wagen und stiegen ein. Der Fahrer sah sie grinsend an. »Na, wo soll's denn jetzt hingehen?«

»Nach Berbera«, antwortete Dietrich. Dort würde er mit Fahrner und den anderen zusammentreffen und auf das Schiff warten, das sie nach Djibouti bringen würde.

DREIZEHN

Hans Borchart sah Jabir herausfordernd an, lächelte aber dabei. »Na, was sagen Sie jetzt?«

Der Franzose schüttelte staunend den Kopf. »Ohne Sie hätte ich die letzte Strecke bis Laasqoray wohl zu Fuß gehen müssen.«

»Es ist doch ganz gut, wenn man außer dem Soldatsein noch einen anderen Beruf gelernt hat.« Hans war höchst zufrieden, denn die Reparatur des Motorrads war knifflig gewesen, und er hatte sich dabei mehrmals seine Handprothese zurückgewünscht. Doch jetzt lief die Maschine wieder, und sie konnten die letzten Kilometer ihres Weges in Angriff nehmen.

Die Straße war nun besser in Schuss. Offensichtlich waren die neuen Herren von Laasqoray überzeugt davon, die Stadt auf Dauer halten zu können, und taten etwas für die Infrastruktur. Dies wurde noch deutlicher, als der Ort vor ihnen auftauchte. Hatte er in früheren Zeiten knapp zehntausend Einwohner gezählt, lebte jetzt mindestens die doppelte Anzahl darin. Die bei den Kämpfen zwischen Somaliland, Puntland und den Warsangeli-Milizen zerstörten Häuser waren wiederaufgebaut und Dutzende neu errichtet worden. Das Geld dafür stammte weniger von der Handvoll Industriebetriebe wie der Fischfabrik, sondern von den Einnahmen, die die Herren von Laasqoray als Piraten erzielten.

Hans und Jabir sahen die *Lady of the Sea* keinen Kilometer vor der Stadt liegen. Der weiße Schwan, wie das riesige Kreuzfahrtschiff auch genannt worden war, wirkte selbst auf die Entfernung schmutzig und heruntergekommen, genau wie die *Caroline*, die ein Stück weiter ankerte.

»Zeigen Sie Freude, dass es den Kämpfern des Islam gelungen ist, die Ungläubigen zu demütigen«, rief Jabir Hans zu.

Der nickte mit verkniffener Miene. Auch er wusste, dass es

besser war, mit dem Strom zu schwimmen. Als sie die erste Straßensperre erreichten, sprach er den dortigen Offizier auf Arabisch an und entnahm dem Getuschel im Hintergrund, dass man ihn für einen Veteranen der unzähligen Kämpfe hielt. Die Männer am Kontrollposten wollten nicht einmal seinen Ausweis sehen, sondern forderten nur Jabir den seinen ab. Dieser reichte ihnen ein sorgfältig in Plastikfolie eingewickeltes Papier mit einer Unmenge an Stempeln. Der Offizier warf einen Blick darauf, stellte einige Fragen und reichte ihn dann lächelnd zurück.

»Du kommst wahrscheinlich, um an diesem Schiff da drüben zu verdienen?« Er wies in Richtung der *Lady*.

Jabir nickte. »Auf diesem Schiff gibt es vieles, was man zu Geld machen kann, wenn man die entsprechenden Leute kennt. Ein Viertel des Erlöses würden eure Anführer bekommen.«

Damit war das Angebot auf dem Tisch. Jabir ging es weniger um die Teller, Decken und elektrischen Geräte an Bord des Kreuzfahrtschiffes, sondern vielmehr darum, als harmloser Händler von den Piraten Informationen zu erhalten, die wichtig sein konnten.

»Da musst du mit Hanif reden. Der führt das Kommando an Bord«, antwortete der Freischärler.

»Allah möge es dir danken!« Jabir legte den Gang ein und gab Gas.

Nach einer Weile hielt er an und drehte sich zu Hans um. »Wo soll ich Sie absetzen?«

»Da ich keine Ahnung habe, wo Renk zu finden ist, kann ich gleich hier aussteigen!« Hans quälte sich aus dem engen Beiwagen, nahm seinen Beutel mit der Ausrüstung und seine Krücke an sich und verließ Jabir unter tausend Dankesworten.

Er humpelte etwa hundert Meter weit, ließ sich vor der Moschee nieder und streckte die Hand aus wie ein gewöhnlicher Bettler, der um Almosen fleht.

Ein paar einheimische Bettler sahen ihn schief an, einer kam auf ihn zu. »He, was fällt dir ein, dich einfach an unseren Platz zu setzen?«

»Ich bin ein Pilger zu heiligen Stätten, der an diesem Ort von den Gläubigen ein paar Schillinge oder ein Stück Brot erbitten will, um meinen Weg fortsetzen zu können.« Hans hatte sich diesen Ausspruch auf Somalisch eingeprägt, wiederholte ihn aber noch einmal auf Arabisch.

Der andere verzog das Gesicht, trollte sich aber und berichtete seinen Freunden, dass der Fremde nur für kurze Zeit hierbleiben würde. »Vermutlich ein Jemenit, der für einen der Kriegsherren gekämpft hat. Dabei hat er eine Hand und einen Fuß verloren und zieht jetzt bettelnd durch die Lande.«

»Er soll verschwinden!«

»Wenn er nach drei Tagen nicht weitergezogen ist, werden wir ihn uns vornehmen. Bis dahin sollten wir ihn in Ruhe lassen.« Damit war für den Sprecher die Sache erledigt.

Hans hingegen stand vor dem Problem, wie er sich mit Torsten in Verbindung setzen konnte. Da er nicht auf den Zufall setzen konnte, blieb nur die Möglichkeit, Petra zu informieren, damit diese Torsten Bescheid gab. Daher nahm er den winzigen Funksender, der auf einer ungebräuchlichen Frequenz arbeitete und die Signale zusätzlich verschlüsselte, so in die Hand, dass niemand ihn sehen konnte, schaltete ihn ein und begann möglichst deutlich, Allah auf Arabisch zu danken, dass er Laasqoray unversehrt erreicht habe. Zwar verstanden weder Petra noch Henriette diese Sprache, doch Petras Übersetzungsprogramme waren ausgezeichnet und würden ihr zeigen, dass er angekommen war.

VIERZEHN

Petra hatte ein wenig geschlafen, um sich von den Anstrengungen der Nacht zu erholen. Da sprang auf einmal ihr Empfangsgerät an. Sie schreckte hoch und lauschte verwirrt den unbekannten Worten.

»Hans hat anscheinend aus Versehen seinen Sender eingeschaltet und überträgt jetzt den Ruf des Muezzins«, spottete sie.

»Das glaube ich nicht! Hör doch hin, das ist Hans' Stimme, und er hat eben zum zweiten Mal das Wort Laasqoray erwähnt. Er ist hier!« Henriette sprang wie elektrisiert auf und riss das Funkgerät an sich. Sie wollte schon antworten, als ihr einfiel, dass Hans eventuell nicht allein war und ihn eine Stimme aus dem Nichts in höchste Gefahr bringen konnte.

Daher klopfte sie mit dem Zeigefinger im Morsetakt auf das Gerät. Das Geräusch war nicht laut, würde Hans aber auf sie aufmerksam machen.

Kaum hatte sie »Hier ist Henriette« gemorst, kam die Antwort auf gleiche Weise zurück. »Hier Hans! Bin an der Moschee, richtet es Torsten aus.«

Henriette morste »Okay« zurück und sah dann zu Petra. »Du kannst Torsten informieren, dass er zur Moschee gehen soll. Sag ihm, ein einarmiger und einbeiniger Bettler wartet dort auf ihn.«

Petra ließ die Finger über die Tasten flitzen. Es dauerte eine Weile, bis Torsten sich meldete. Er befand sich immer noch im Hotel und hatte erst das Mikrophon abdecken müssen.

»Hallo, Petra, was gibt es?«

»Hans ist in Laasqoray angekommen. Er befindet sich in der Nähe der Moschee und hat einiges für dich dabei, darunter auch einen speziellen Funksender, damit du dauerhaft mit uns in Kontakt bleiben kannst. Das ist wichtig, denn hier kann es mit einem Mal sehr schnell gehen. Wir müssen nur noch ein paar Sicherheitsschalter überbrücken, dann haben wir die *Lady* unter Kontrolle.«

»Kannst du mir ein Bataillon kampfkräftiger Soldaten zu Hilfe schicken, oder soll ich die Sache im Alleingang durchziehen?«, antwortete Torsten bissig. »Inzwischen haben die Piraten beinahe hundert Geiseln von der *Lady of the Sea* an Land geholt und in der nach Fisch stinkenden Halle eingepfercht. Dort werden sie von einem guten Dutzend schwer bewaffneter Freischärler bewacht, und in der Stadt halten sich noch etliche hundert weitere Freischärler auf. In meinen Augen ist es unmöglich, die Geiseln zu befreien.«

»Das Wort unmöglich gibt es in unserem Job nicht. Das siehst du ja an Henriette und mir. Wir beide haben ganz allein die *Lady* gekapert«, wies Petra Torsten zurecht. Sie und Henriette hatten in den letzten Stunden mit ansehen müssen, wie Passagiere gruppenweise von Bord geholt worden waren, und sich schrecklich hilflos gefühlt. Jetzt hofften sie, dass Torsten etwas einfiel.

Der zwang sich zu einem Lächeln. »Vergiss das Bataillon, Petra. Wir wollen hier ja kein Blutbad anrichten. Macht ihr euren Job! Ich erledige den meinen.«

»Wir brauchen noch eine oder zwei Nächte, dann sind wir so weit. Sieh zu, was du erreichen kannst. Wenn es nicht geht, müssen wir im Notfall auf die Geiseln an Land verzichten.« Noch während Petra das sagte, wusste sie, dass Torsten dazu niemals bereit sein würde. Doch weder sie noch Henriette konnte ihm helfen.

»Viel Glück, alter Junge«, sagte sie mit einem Lächeln, das aufmunternd sein sollte.

»Danke! Ich werde es brauchen. Jetzt mache ich mich auf den Weg zu Hans.« Torsten unterbrach die Satellitenverbindung und sagte sich, dass er froh sein würde, wenn er eines der neuen, abhörsicheren Funkgeräte in der Hand hielt.

Mit wachsender Anspannung packte er alles zusammen, was

Verdacht erregen konnte. Sollten sich die falschen Leute hier im Zimmer umsehen, durfte nichts von seiner Ausrüstung zurückbleiben. Zuletzt legte er das Mikro wieder frei und verließ das Hotel in seiner Tarnung als Einheimischer.

Omar Schmitt war unterwegs, um sich mit seinen beiden Untergebenen zu treffen. Dabei hoffte der Deutschsomali auf weitere Informationen. Da Torsten gewohnt war, seine Aktionen selbst vorzubereiten und durchzuführen, wollte er auf keinen Fall nur auf Omar und dessen Männer angewiesen sein. Ihm steckte der misslungene Befreiungsversuch der *Caroline* noch in den Knochen, obwohl er selbst nicht daran beteiligt gewesen war.

Soweit er inzwischen erfahren hatte, war von Tarows Trupp in eine Falle gelockt worden. Zwar mochte es sein, dass die Entführer eine Kommandoaktion der Deutschen erwartet hatten, doch das hielt Torsten für unwahrscheinlich. Als er am Hafen vorbeigegangen war, lagen die meisten Boote der Piraten am Strand, und jeder überraschend über das Meer kommende Gegner hätte die *Lady of the Sea* kapern können, bevor die Milizen von Laasqoray in der Lage gewesen wären, darauf zu reagieren.

Warum also hatten die Piraten Dietrich von Tarow erwartet? Dieser Gedanke verfolgte ihn, seit er von der Katastrophe gehört hatte, der ein Teil der KSK-Kompanie zum Opfer gefallen war, und er zerbrach sich erneut darüber den Kopf, bis er die Moschee erreicht hatte.

Das Gebäude war ebenfalls erst vor kurzem renoviert worden und hielt jedem Vergleich mit Moscheen in anderen Ländern stand. Wie es aussah, lohnte sich das Piratenwesen trotz aller Anstrengungen westlicher und asiatischer Länder, es zu unterbinden.

»Eine Gabe, eine milde Gabe!« Ein Bettler streckte ihm die linke Hand entgegen, ebenso den Stumpf des rechten Unterarms. Ohne diesen hätte Torsten Hans nicht erkannt, denn sein Kollege steckte in einer idealen Verkleidung. Allerdings spürte er, dass auch Hans sich nicht ganz sicher war, ob er tatsächlich Torsten vor sich sah oder einen Einheimischen, der eine gewisse Ähnlichkeit mit ihm aufwies. Daher tat er zunächst so, als wolle er ihm mehrere Schillinge reichen, steckte diese dann aber wieder weg.

Während die anderen Bettler bereits grinsten, bückte Torsten sich und packte Hans unter der Achsel. »Ein großer Krieger weiß sicher viel zu erzählen. Erlaube daher, dass ich dich zum Essen einlade!«

Jetzt erkannte auch Hans ihn und zwinkerte ihm kurz zu. Dann ließ er sich unter Stöhnen und Ächzen aufhelfen und humpelte auf seiner Krücke hinter Torsten her. Inzwischen hatte Hans sich an diese Art, zu gehen, gewöhnt und konnte, wenn auch mühsam, mit seinem Kollegen Schritt halten. Als sie das Hotel erreicht hatten, befahl Torsten dem Mann an der Rezeption, für ein reichhaltiges Mahl zu sorgen, und half Hans die Treppe hinauf.

In seinem Zimmer angekommen, legte er kurz den Zeigefinger auf seine Lippen und blockierte das Abhörmikrophon.

Hans sah ihm mit hochgezogenen Augenbrauen zu. »Die Leute hier sind anscheinend sehr neugierig.«

»Das kannst du laut sagen! Es ist aber nicht festzustellen, wer diese Stadt wirklich beherrscht. Einige sagen, es wären Diya Baqi Majids Warsangeli-Milizen, andere behaupten, es wären Majerten-Piraten, und wieder andere bezeichnen den Dulbahante-Anführer Wafal Saifullah als Chef. Aber das tut nichts zur Sache. Wir haben einhundert Geiseln, die es zu befreien gilt.«

»Nur wir beide?«, fragte Hans entgeistert.

»Wir haben noch drei verbündete Somalis aus Somaliland, die uns helfen werden. Wenigstens hoffe ich das.«

»Fünf gegen fünfhundert? Das ist ein Verhältnis, bei dem wahrhaft Freude aufkommt.« Hans lachte kurz auf, entschuldigte sich dann aber dafür. »Tut mir leid, das ging nicht gegen dich.«

»Wenn überhaupt, solltest du unsere vorgesetzte Stelle rügen, die uns in dieses Schlamassel geschickt hat, ohne uns entsprechend auszurüsten!«

Kaum hatte Torsten das gesagt, holte Hans den Beutel unter seinem weiten Gewand hervor und öffnete ihn. »Ein paar brauchbare Gegenstände habe ich dabei. Hier sind eine MP5 mit entsprechender Munition und dein Sender. Er ist auf die Geräte von Petra, Henriette und mir eingestellt. Außerdem habe ich noch ein paar andere Sächelchen, die uns weiterhelfen können.« Dabei zog er mehrere Sonnenbrillen und ein paar hühnereiergroße Kugeln hervor.

»Das sind Blendbomben. Deswegen auch die Sonnenbrillen. Die Dinger sollen verdammt stark sein. Dazu haben wir noch Schallbomben, die wir mit einer speziellen Treibmunition verschießen können. Die Dinger sollten wenigstens fünfzig, besser hundert Meter von uns entfernt explodieren, denn sie erzeugen einen Ultraschallstoß, der alle in der Umgebung auf die Bretter legt.«

Torstens Miene hellte sich bei jedem Gegenstand, den Hans auspackte, weiter auf. »Wie es aussieht, gibt es in unserem Verein doch noch ein paar Leute mit Verstand. Mit diesen Dingern haben wir eine Chance.«

»Das sage ich doch!« Seine zu Beginn geäußerten Zweifel hatte Hans bereits vergessen. Torsten dachte nicht daran, ihn daran zu erinnern, sondern lud die MP5 mit Treibmunition, um damit Blend- und Schallbomben verschießen zu können. Ein normales Feuergefecht konnte er mit der Kalaschnikow führen, die er von Omar erhalten hatte, und mit seiner Schweizer Sphinx. Mit dieser Bewaffnung war er auch für die erfahrensten Piraten ein harter Brocken.

Hans zeigte ihm die Beretta und sein Krückengewehr, mit denen er ebenfalls in die Kämpfe eingreifen wollte.

Doch Torsten war damit nicht einverstanden. »Du kannst nicht gleichzeitig mit der Krücke schießen und dich auf sie stützen. Daher werde ich die Sache mit Omar und seinen Leuten allein durchziehen.« Als er Hans' Enttäuschung sah, klopfte er ihm auf die Schulter. »Du bist an einer anderen Stelle weitaus wertvoller für mich.«

Bevor er Hans erklären konnte, was er meinte, vernahm er auf dem Flur Geräusche und zog rasch eine Decke über die Sachen, die Hans ihm gebracht hatte. Doch es war nur Omar Schmitt, der von den Treffen mit seinen Männern zurückkam und den vermeintlichen Bettler misstrauisch beäugte.

»Das ist mein Kollege Hans Borchart und das Omar Schmitt, unser hiesiger Gewährsmann«, stellte Torsten die beiden einander vor.

Omars angespannte Miene machte einem breiten Lächeln Platz. »Ich freue mich, Sie kennenzulernen.«

Er streckte Hans die Hand hin und wunderte sich, als dieser sie mit der linken ergriff. Dann erst bemerkte er den Grund und sog scharf die Luft ein. »Euer Verein ist ja verdammt gerissen. Einen solchen Mann hält wirklich niemand für einen feindlichen Spion.«

»Ich würde eher sagen, unser Verein ist verdammt verzweifelt, weil er sich auf solche Spielchen einlassen muss. Wir werden es ausbaden müssen, und ich weiß auch schon, wo ich das Badewasser einlassen werde.« Torstens Augen blitzten kämpferisch.

FÜNFZEHN

Dietrich von Tarow und Jamanah erreichten Berbera, die größte Hafenstadt Somalilands, am späten Nachmittag. Hier schien der Krieg, der den Osten des Landes verheerte, weit weg zu sein. Durch die Straßen wälzten sich Somalis verschiedener Stämme, dazu Amharen und Tigray aus Äthiopien, arabische Händler und Schiffer sowie etliche Europäer, die Dietrichs Jeep entweder neugierig hinterherstarrten oder sich hinter die nächste Ecke drückten, um nicht gesehen zu werden.

Berbera war ein Sammelbecken verschiedener Kulturen und Völker und sich der Wichtigkeit, die die Stadt für Somaliland und darüber hinaus für Äthiopien besaß, durchaus bewusst. Dennoch entdeckte Dietrichs geübter Blick Anzeichen, dass die hiesigen Machthaber darauf vorbereitet waren, sich und ihre Stadt gegen einen gnadenlosen Feind verteidigen zu müssen. Auch eilten weitaus mehr Menschen zum Hafen, um dort auf Schiffe zu steigen, als von dort zurückkamen.

Auch Dietrichs Fahrer wählte den Weg zum Hafen und zeigte, als er an einem Kontrollposten anhalten musste, auf den Major.

»Ich komme von General Mahsin. Ich soll diesen deutschen Offizier zu einem Schiff bringen, das ihn und seine überlebenden Kameraden evakuieren wird.«

Der kontrollierende Soldat warf Dietrich einen kurzen Blick zu, erkannte in ihm einen hochgewachsenen Europäer in Uniform und trat beiseite. Dann sah er zu Jamanah. »Und wer ist das?«

»Die soll den Deutschen begleiten!«, erklärte der Fahrer.

»Wenn er meint.« Der Soldat winkte ihm zu, weiterzufahren, und vertrat dem nächsten Reisenden den Weg.

Im Hafenbecken lagen zahlreiche Schiffe dicht an dicht. Nur ein einzelnes in Tarnfarben gestrichenes befand sich etwas abseits allein an einem Kai. Am Heck flatterte die Trikolore, und als der Jeep anhielt, las Dietrich den Namen *Surcouf*.

Nun wusste er nicht, ob er erleichtert sein sollte, weil der Irrweg durch Somalia zu Ende war, oder sich ärgern, weil er dieses Land wie ein Hund mit eingekniffenem Schwanz verlassen musste, ohne zu wissen, ob es für ihn noch eine Chance geben würde, die Scharte auszuwetzen und vor allem etwas für seine gefangenen Kameraden zu tun. Beinahe beneidete er Jamanah. Obwohl sie, wenn sie mit ihm das Schiff betrat, ihre Heimat verlor, schien sie es mit stoischer Ruhe hinzunehmen. Sie betrachtete den Hafen und die Schiffe, die am Kai lagen, mit den staunenden Augen eines Kindes, das so etwas noch nie gesehen hatte. Ihrem Gesichtsausdruck zufolge wunderte sie sich über die Masse an Rindern, Ziegen und Schafen, die als Lebendvieh an Bord von kleinen Frachtern gebracht wurden. Man schien diese Schiffe nur selten auszumisten, denn von dort wehte der Gestank von Dung und abgestandenem Tierurin herüber.

Dietrich fasste Jamanah am Arm. »Wir sollten an Bord gehen!« Mit der anderen Hand zeigte er auf die *Surcouf*. Sie nickte, verabschiedete sich von dem Fahrer und machte ein paar Schritte auf die französische Fregatte zu. Dietrich reichte dem Chauffeur die Hand und ein paar Euroscheine, von denen er hoffte, der andere könne sie verwenden.

»Herzlichen Dank und weiterhin viel Glück!«

»Danke, Major. Ich werde es brauchen können. Ihnen und Ihren Leuten wünsche ich viel Erfolg. Nehmen Sie diesen Schurken in Laasqoray das Schiff wieder ab.«

»Ich werde sehen, was ich tun kann!« Dietrich folgte Jamanah, die bereits die Gangway der *Surcouf* erreicht hatte und vor dem dortigen Posten stand. Dieser schien nicht so recht zu wissen, was er mit einer in Soldatenkleidung steckenden Somali anfangen sollte, und atmete auf, als Dietrich auf ihn zutrat.

»Sind Sie Major Tarow?«, fragte er und musste den Kopf in den Nacken legen, um zu Dietrich aufschauen zu können.

»Derselbe! Sind meine Leute bereits an Bord?« Da der Soldat auf Französisch gefragt hatte, antwortete Dietrich ebenfalls auf Französisch.

»Wir warten im Grunde nur noch auf Sie, um ablegen zu können.«

Ein leichter Vorwurf lag in diesen Worten, denn die Fregatte hatte mehrere Stunden länger als geplant im Hafen bleiben müssen.

Dietrich ging nicht darauf ein, sondern reichte Jamanah die Hand und führte sie an dem Wachtposten vorbei auf das Schiff.

»Äh, wer ist das?«, wollte der noch wissen.

»Jemand, der mich nach Deutschland begleiten wird«, antwortete Dietrich kurz angebunden. Im Grunde wusste er selbst nicht so recht, was er mit Jamanah tun sollte. Er fühlte sich für sie verantwortlich und wollte alles tun, damit sie den Übergang in einen ihr völlig fremden Kulturkreis bewältigen konnte.

Ein französischer Marineleutnant empfing sie auf dem Schiff. Auch er warf Jamanah einen misstrauischen Blick zu, konzentrierte sich dann aber auf Dietrich. »Willkommen an Bord, Major von Tarow. Wenn Sie erlauben, bringe ich Sie zu Ihren Leuten. Die Verletzten haben wir mit dem Hubschrauber ausfliegen lassen. Die letzte Information, die wir empfangen haben, lautet, dass es ihnen allen gut geht. Auch Leutnant Graponschetér hat die Sache gut überstanden.«

»Danke!« Dietrich atmete auf, wenigstens auf seinem Boot hatte es keinen Toten gegeben. So konnte er sogar ein wenig darüber lächeln, wie der Franzose den Namen Grapengeter aussprach.

»Meine Begleiterin benötigt ebenfalls ein Quartier«, erklärte er.

»Der Platz an Bord ist etwas beengt, Major. Sie werden Ihre Kajüte mit ihr teilen müssen.«

Dietrich wollte schon ablehnen, dachte dann aber daran, dass Jamanah auch in den vergangenen Nächten zu seinen Füßen geschlafen hatte, und nickte. »Also gut! Wenn es nicht anders geht. Es wird ja nur für ein, zwei Tage sein, bis das Schiff wieder in Djibouti anlegt.«

Der Franzose lächelte – Dietrich meinte sogar eine gewisse Schadenfreue darin zu erkennen. »Bedauerlicherweise sind wir nicht in der Lage, Sie sofort nach Djibouti zu bringen. Unser Auftrag ist es, vor der somalischen Küste zu patrouillieren. Wir haben diese Fahrt nur kurz unterbrochen, um Sie und Ihre Leute aufzunehmen. Daher werden Sie sich auf zwei Wochen auf See einrichten müssen.«

»Ich werde es überleben«, sagte Dietrich und hoffte, dass Jamanah es ähnlich sah.

Im nächsten Augenblick tauchte Fahrner auf und kam lachend auf Dietrich zu. »Sie sind also doch noch rechtzeitig angekommen. Unsere französischen Waffenbrüder haben schon gedroht, sie würden ablegen, wenn Sie bis heute Abend noch nicht an Bord sind.«

Als er Jamanah sah, fiel ihm die Kinnlade herunter. »Die ist ja immer noch bei Ihnen!«

»Das ist eine längere Geschichte, die ich nicht zwischen Tür und Angel erzählen will. Außerdem habe ich Hunger. Können Sie mir sagen, wo ich etwas zu beißen kriege?«

»Keine Sorge, Herr Major. Das habe ich schon ausgekundschaftet. Allerdings würde ich dem Typen an der Ausgabe gerne die Zähne einschlagen. Der macht ganz auf harter Kerl und verspottet uns jedes Mal, wenn wir zu ihm kommen, weil unsere Aktion gegen die *Caroline* so in die Hosen gegangen ist. Sie – die Franzosen meint er – hätten den Kasten auf jeden Fall befreit.«

Dietrich verstand Fahrners Unmut, wollte aber keinen Ärger mit den Franzosen und legte ihm daher die Hand auf die Schulter. »Was würden Sie zu Franzosen sagen, die ihren Auftrag ebenso versaubeutelt haben wie wir den unseren?«

»Oh, die bekämen von mir etwas zu hören.« Dann erst begriff Fahrner, was er gesagt hatte, und lachte. »Der Franzmann kann wegen mir seine Zähne behalten. Stinken tut es mir aber trotzdem, dass wir uns so etwas anhören müssen.«

»Da sind Sie nicht allein, Fahrner!« Dietrich bedankte sich

bei dem französischen Leutnant und sah dann Jamanah an. »Ich würde gerne etwas essen. Hast du auch Hunger?«

So viel Deutsch, um diese Frage verstehen zu können, hatte Jamanah bereits von ihm und seinen Leuten aufgeschnappt. Mit dem Gefühl, dass sie sich auf ihn verlassen konnte, strahlte sie ihn lächelnd an und antwortete auf Deutsch: »Ja, ich Hunger!«

SECHZEHN

Henriette wünschte sich, unsichtbar zu sein und am besten auch unhörbar. Zwei Piraten standen unter ihr und erweckten nicht den Eindruck, als würden sie in absehbarer Zeit verschwinden. Dabei versperrten die Kerle ihr den Weg zu einer Wartungsluke, von der eine Leiter ein Deck tiefer zu dem Verteilerkasten führte, der in Petras Plänen eine entscheidende Rolle spielte. Ihre Hand griff fast wie von selbst zu ihrer Gasdruckpistole, und erst als sie bereits auf einen der beiden Kerle zielte, fragte sie sich, ob sie in ihrem Job bereits zu einer kaltblütigen Mörderin geworden war.

Ein Teil ihrer selbst gab Antwort. Die Männer waren Feinde, und es ging darum, das Schiff und die Geiseln darauf zu befreien. Im Guten war dies nicht möglich, also konnte nur Gewalt helfen. Da die Piraten nach dem Verschwinden ihres deutschen Söldners ruhig geblieben waren, hoffte sie, dass auch der Verlust zweier weiterer Männer sie nicht misstrauisch machen würde.

Ein Risiko war es trotzdem, und sie zögerte. Da sagte einer der Männer lachend etwas zu dem anderen und schlenderte davon.

Nur noch einer, sagte Henriette sich und zählte bis dreißig. Dann würde der andere weit genug weg sein. Der Pirat setzte sich jetzt auf den Sessel des Chefingenieurs, nahm seine MP, eine moderne Cobray M-11, in den Arm und starrte ins Leere.

Henriette überlegte, ob sie ihn auf eine andere Weise ausschalten konnte, doch jede Alternative barg in ihren Augen ein zu großes Risiko. Zudem war der Raum zu groß für den Einsatz einer Gaspatrone. Der Pirat brauchte nur eine einzige Kugel abzufeuern, dann war hier der Teufel los. Daher wartete sie, bis sie das Gefühl hatte, der Mann würde dösen, legte an, atmete einmal tief durch und drückte ab.

Der Somali zuckte zusammen und griff sich mit der Rechten an den Hals, als hätte ihn dort ein Insekt gestochen. Ein paar Sekunden lang keuchte er schwer, dann erschlafften die Glieder, und er hing im Sessel, als schlafe er.

Henriette unterdrückte ihre Gewissensbisse, huschte in den Raum, öffnete die Luke und stieg in die Tiefe. Der Verteilerkasten war riesig, und für einen Moment bezweifelte sie, dass sie ihre Aufgabe zu Petras Zufriedenheit erledigen konnte. Mit zusammengebissenen Zähnen öffnete sie die Abdeckung des Kastens und suchte in dem Gewirr der Kabel nach der richtigen Leitung. Als sie diese gefunden hatte, kontrollierte sie mit einem Phasenprüfer, ob sie unter Strom stand. Das war nicht der Fall, denn die Piraten hatten die meisten Generatoren an Bord abgeschaltet.

Erleichtert löste Henriette die Schrauben der Klemme, in der die vier Drähte der Leitung befestigt waren, zog diese heraus und begann, einen nach dem anderen in einer anderen Klemme wieder festzuschrauben. Als sie damit fertig war, funkte sie Petra kurz an.

»Alles okay!«, kam es leise zurück.

Henriette schraubte die Verkleidung wieder an und stieg nach oben. Bis auf den toten Piraten herrschte im Maschinenraum gähnende Leere. Für einen Augenblick überlegte sie, ob sie den Mann verschwinden lassen sollte, sagte sich dann aber, dass sie damit mehr Unruhe auslösen würde, als wenn die Kumpane des Kerls glaubten, er wäre auf natürliche Weise ums Leben gekommen.

Auf Schleichwegen kehrte sie zu Petra und Evelyne Wide zurück und genehmigte sich dort erst einmal eine Flasche Mineralwasser, um den unangenehmen Geschmack zu vertreiben, der sich in ihrem Mund breitgemacht hatte.

»Jetzt wären wir so weit. Henriette, du kannst Torsten das Signal senden. Ich fange nämlich an!« Petra hatte ihren Laptop in eine Buchse hinter einer Wandverkleidung gestöpselt und zusätzlich eine Art Joystick angeschlossen. Sie probierte diesen aus und nickte zufrieden.

»Jetzt geht's los«, sagte sie leise und gab über die Tasten eine Ziffernkombination ein. Auf dem Bildschirm erschien ein Frame, der Henriette an die Anzeigenkonsolen eines Flugzeugs erinnerte. Es handelte sich um die Steuerung der *Lady of the Sea*, die Petra eben auf ihren Laptop umgeleitet hatte.

Erneut drückte Petra mehrere Tasten. Ein Aufröhren im Bauch des Schiffes und ein leichtes Vibrieren zeigten ihnen an, dass die Maschinen der *Lady* anliefen. Mit einem weiteren Tastenbefehl betätigte Petra die Ankerwinden. Danach schloss sie sämtliche Schotten an Bord. Nun konnten die Piraten nicht mehr ungehindert von einem Teil des Schiffes in einen anderen gelangen. Sie versperrte auch die Zugänge zu den Lagerräumen, in denen die Mannschaftsmitglieder und der größte Teil der Passagiere eingesperrt worden waren, sodass diese es nur noch mit ihren Wächtern zu tun hatten. Auf diese Weise, so hoffte sie, würde es nicht zu einem größeren Blutbad kommen. Dann schaltete sie auf ein anderes Bild um, das ihr die wieder funktionierende Radaranlage lieferte, und nahm den Joystick in die rechte Hand.

»Kurs Nordnordost«, murmelte sie mit vor Aufregung zitternder Stimme.

Evelyne hatte ihr verständnislos zugesehen und wandte sich jetzt an Henriette. »Was macht sie da?«

Petra antwortete selbst. »Kapitänin zur See Petra Waitl geht auf große Fahrt!«

»Und was heißt das?«

Henriette versuchte zu lächeln. »Wir haben die Steuerung des Schiffes und die Kontrolle über sämtliche Maschinen in diesen Raum umgeleitet und die *Lady* übernommen. Die Piraten müssten jetzt schon die Maschinen in die Luft sprengen, um uns zu stoppen. Das zu verhindern wird meine Aufgabe sein.«

SIEBZEHN

Hanif saß an Deck, blickte zu den Sternen und fragte sich, weshalb diese nicht auf ein friedliches und glückliches Volk der Somalis scheinen konnten. Allmählich bezweifelte er, dass der Weg, den Wafal Saifullah unter dem Einfluss seiner Tochter eingeschlagen hatte, zum Frieden führen würde.

Sie hatten Tod und Verderben über die Majerten, die Warsangeli und die Isaaq gebracht. Zwar würden sie deren Gebiete erobern, aber diese Stämme niemals für sich gewinnen können. Irgendwann würden die Unterworfenen sich erheben und sich gegen die Dulbahante wenden, obwohl diese im Grunde die ersten Opfer der fanatischen Witwe geworden waren. Ihr Vater und ihr verstorbener Mann hatten nur einen kleinen Teil des Stammes beherrscht. Unter ihrem Einfluss aber war der Rest mit Drohungen und Versprechungen zu einem Bündnis gezwungen worden. Dabei war noch jeder gescheitert, der die Somalis mit Gewalt hatte beherrschen wollen, ob dies ein Diktator wie Siad Barre gewesen war, Warlords wie Mohammed und Hussein Aidid oder die Fanantiker der islamischen Al-Shabaab.

»Werden auch wir so enden?«, fragte Hanif sich und dachte unwillkürlich an das Schicksal der Geiseln auf dem Schiff. Was würde Sayyida tun, wenn die deutsche Regierung kein Lösegeld zahlte? Sie brauchte das Geld dringend, um ihre Anhänger bei der Stange zu halten. Was würde werden, wenn die Deutschen statt Geld Soldaten schickten, um die Entführung der Schiffe und den Tod der Geiseln zu rächen? Dann würden Tausende Somalis sterben, weil eine einzige Frau vom Ehrgeiz zerfressen war und ihren Willen hatte durchsetzen können.

Hanif wünschte sich, mit Sven Kunath Fußball spielen und sich mit ihm über Sport unterhalten zu können, anstatt ein Schiff und über zweitausend Geiseln bewachen zu müssen. Wenn Sayyida befahl, die Gefangenen zu töten, würde auch dieser Mann sterben. Dabei konnte Sven Kunath ebenso wenig wie die meisten anderen Geiseln etwas dafür, dass ihre Regierung die Isaaq in Somaliland unterstützte.

Bei dem Gedanken sah Hanif zur *Caroline* hinüber und schüttelte verwundert den Kopf, als er den Frachter nicht mehr an der Stelle fand, an der er ihn vorhin noch gesehen hatte. Nun wurde er auf einen leichten Luftzug aufmerksam, der über das Deck strich, und glaubte, ein Geräusch wahrzunehmen, das aus dem Bauch des Schiffes drang.

Erschrocken sprang er auf und sah sich um. Es war die *Lady of the Sea*, die sich bewegte! Das Schiff hatte Kurs auf die offene See genommen. Aber das war unmöglich! Sie hatten alle Maschinen abgeschaltet und die Brücke lahmgelegt, um der Besatzung keine Möglichkeit zu bieten, das Schiff wieder an sich zu bringen. Verwirrt eilte er zum Heck und starrte mit aufgerissenen Augen auf den weiß fluoreszierenden Streifen, zu dem die Schiffsschrauben das Wasser verwirbelten.

In dem Augenblick schob Hanif alle Zweifel beiseite, die ihn eben noch bedrückt hatten, und riss seine Cobray M-11 hoch. Die Geschossgarbe raste wie glühende Funken in den Himmel und weckte auch den letzten Piraten auf.

»Alarm! Jemand hat das Schiff in seine Gewalt gebracht

und steuert es auf das offene Meer hinaus!«, rief er seinen Männern zu.

Diese sahen sich erschrocken um und stürmten davon. Doch schon bald kamen die meisten wieder zurück.

»Die Türen sind verschlossen und lassen sich nicht mehr öffnen!«, meldeten sie.

»Dann sprengt sie auf! Wir müssen die Kerle erwischen, die das Schiff steuern. Oder wollt ihr draußen auf dem Meer von den fremden Kriegsschiffen aufgebracht werden?« Hanif kämpfte gegen seine Panik an, denn ihm war klar geworden, dass Sayyida und ihre Leute die Entschlossenheit der Deutschen fatal unterschätzt hatten.

SECHSTER TEIL

DIE NINJA

EINS

Sayyida musterte ihre Gäste mit großer Zufriedenheit. Mit Hilfe dieser drei Männer würde sie ihre Ziele erreichen. Da war zum einen ihr Vater. Er saß auf dem Diwan, kaute Kat und stellte seine geborgte Wichtigkeit als Anführer der Krieger und Herr des im Entstehen begriffenen Sultanats Somalia zur Schau. Sayyida wusste wohl, dass er bis zu dem Zeitpunkt, an dem sie die Dinge in die Hand genommen hatte, nur ein nachrangiger Stammesältester und einer von mehreren religiösen Lehrern und Richtern der Dulbahante gewesen war. Erst ihr Ehemann Nabil Ruh Atuf und sie selbst hatten dafür gesorgt, dass der alte Mann ein bedeutender Anführer geworden war.

Der zweite Gast war ihr Schwager Abdullah Abu Na'im. Dieser führte die Verhandlungen mit der deutschen Regierung derzeit per Videokonferenz, würde aber am nächsten Tag wieder nach Berlin fliegen. Inzwischen hatte die deutsche Kanzlerin ihr Angebot auf fünfzig Millionen Euro erhöht, und das war die größte Summe, die jemals für ein entführtes Schiff geboten worden war. Sayyida wollte aber mindestens das Doppelte allein für sich herausschlagen, insgesamt also mindestens zweihundert Millionen Euro, da ihr Schwager und andere ebenfalls ihren Anteil haben wollten.

Wie weit aber konnte sie dem Saudi trauen? Er hatte ihre Schwester mitgebracht und damit ihren Vater in Entzücken versetzt. Sahar entsprach in weitaus höherem Maße seinem Frauenbild als sie, das wusste Sayyida nur allzu gut. Anders als zu der Zeit, in der sie ein Kind gewesen war, bevorzugte der alte Mann nun ihre Schwester. Wie sie ihren Schwager kannte, tat er nichts ohne Hintergedanken. Bestimmt wollte er ihrem

Vater nachdrücklich vor Augen führen, dass dieser nicht nur eine Tochter und einen Enkel hatte, sondern Sahar ihm ebenfalls welche gebären konnte.

Sayyidas Gedanken glitten zu ihrem Sohn Sayyid Ruh Atuf, der ihrem Willen zufolge einmal Sultan von Somalia werden sollte. Für dieses Ziel lebte sie, und sie würde jeden vernichten, der sich ihr dabei in den Weg stellte, selbst wenn es die eigene Schwester und deren Brut wären.

Eine Bemerkung ihres dritten Gastes lenkte Sayyida von ihren mörderischen Gedanken ab. Diya Baqi Majid klang sehr unzufrieden. Der kleine, agile Mann hatte bei ihrem Vater schon mehrfach anklingen lassen, dass er eine Heirat zwischen dessen ältester Tochter und ihm als die beste Lösung ansähe. Dazu aber war sie nicht bereit. Er war nur einer von mehreren Warsangeli-Warlords und niemand, den zu heiraten sich lohnte. Außerdem hatte er derzeit mit erheblichen Schwierigkeiten zu kämpfen.

»Die verdammten Isaaq haben es tatsächlich geschafft, unbemerkt den Minengürtel zu überwinden und die in Maydh stationierten Krieger zu überraschen. Natürlich haben meine Männer wie Löwen gekämpft und Mahsins Söldlinge bluten lassen, aber sie mussten schließlich der Überzahl weichen«, erklärte Diya Baqi Majid gerade.

Sie haben ein paar Schüsse gehört und sind gerannt wie flüchtende Gazellen, rückte Sayyida seine Aussagen für sich selbst zurecht. Ihren Informationen zufolge hatten sich die Warsangeli zu sehr auf ihre Minensperre verlassen und jeden Mut verloren, als die Feinde diese wie durch Zauberei durchquert hatten. Ihr spielte Diya Baqi Majids Niederlage in die Karten, denn der Mann war jetzt verstärkt auf sie und ihre militärische Macht angewiesen.

»Wir müssen die Isaaq wieder aus Maydh vertreiben!«, fuhr der Warlord fort.

Sayyida sah ihn scharf an. Wenn hier jemand Forderungen stellte, dann war sie es. »Die Isaaq wissen, dass sie ohne Verstärkung nicht weiter vorstoßen können, und werden sich einigeln. Nur wird ihr Minengürtel dichter sein als der deine, und sie werden sich nicht überraschen lassen. Ein Angriff auf General Mahsins Brigade würde zu großen Verlusten führen. Zwar würden wir Maydh zurückgewinnen, wären aber nicht mehr in der Lage, die Offensive weiterzuführen. Ich sage, wir lassen den Isaaq die Stadt und greifen sie im Süden an. Dort sind sie verwundbar!«

»Auch dort legen die Isaaq Minen«, wandte ihr Vater ein.

»Aus diesem Grund benötigen wir Geräte, mit denen man Minen suchen kann.« Und ich weiß auch schon, woher ich die bekomme, dachte Sultana Sayyida. An Bord der *Caroline* gab es sowohl Minensuchgeräte wie auch Räumpanzer. Sie musste die Ladung bald an Land schaffen lassen, damit sie die Ausrüstung ihrer Truppen verbessern und neue Kompanien aufstellen konnte.

Unbeirrt kam Diya Baqi Majid auf seine Forderung zurück. »Wenn wir Minenräumgerät haben, könnten wir doch auch Maydh angreifen.«

Sayyida bedachte ihn mit einem nachsichtigen Blick. »Genau das werden die Isaaq erwarten! General Mahsin kommandiert die größte Brigade ihrer Armee. Außerdem weiß ich aus sicherer Quelle, dass Oberst Tufayls Bataillon von der äthiopischen Grenze abgezogen worden ist, um sich Mahsin anzuschließen.«

»Dann wollen sie noch weiter vorstoßen!«, rief der Warlord erregt.

»Das werden sie ganz sicher nicht tun«, erklärte Sayyida und lächelte. Die Krieger aus Somaliland wussten, dass das für sie vorgesehene militärische Material in die Hände ihrer größten Feinde gefallen war und jederzeit gegen sie eingesetzt werden konnte. Außerdem würde ihr Spion es früh genug mitteilen, falls die Isaaq etwas Größeres planten.

»Du solltest deine Pläne weniger mit Gewalt als vielmehr mit Verhandlungen betreiben!« Abdullah Abu Na'im hatte sich eine Weile nicht an der Diskussion beteiligt und brachte sich nun wieder in Erinnerung.

»Die Somalis erkennen nur eine Sprache an – und das ist nackte Gewalt. Jedes Einlenken bedeutet Schwäche und reizt sie zum Widerstand!«, antwortete Sayyida giftig. In ihren Augen hatte ihr arabischer Schwager mit den Deutschen zu verhandeln und sich aus innersomalischen Angelegenheiten herauszuhalten.

»Siad Barre und Mohamed Aidid haben ebenfalls auf Gewalt gesetzt und sind gescheitert«, antwortete der Saudi in überheblichem Ton.

»Die haben sich nur auf ihre eigenen Clans und die ihrer Verwandten gestützt. Meine Milizen bestehen bereits aus Dulbahante, Warsangeli, Majerten, Dir und anderen Stämmen. Schon bald werden weitere Krieger zu uns stoßen, weil sie begreifen, dass nur ich sie zu neuer Größe führen kann.«

»Sie werden keiner Frau folgen«, stichelte Abdullah Abu Na'im.

»Mein Vater wird der erste Sultan von Somalia sein und mein Sohn der zweite. Ich werde stets im Hintergrund bleiben« – und die Zügel in der Hand behalten, setzte Sayyida stumm hinzu.

»Ich brauche eine Hafenstadt!«, warf Diya Baqi Majid ein und klang dabei wie ein kleiner Junge, der unbedingt dieses und kein anderes Spielzeug haben will.

Sayyida betrachtete ihn im Gefühl ihrer geistigen Überlegenheit. »Als einer meiner Unteranführer kannst du jederzeit über den Hafen von Laasqoray verfügen, ebenso über die anderen Küstenorte, über die ich herrsche.«

Damit waren die Verhältnisse ihrer Ansicht nach geklärt. Sie war die Herrin, und Diya Baqi Majid hatte ihr zu gehorchen. Wie sehr ihn dies wurmte, war ihm am Gesicht abzulesen.

Nach dem Verlust von Maydh konnte er jedoch nicht wagen, ihren Herrschaftsanspruch in Frage zu stellen. In dieser Hinsicht hatte der Isaaq-General Mahsin ihr sogar einen Gefallen getan.

»Rede du mit deiner Tochter und bringe sie zur Vernunft«, verlangte Abdullah Abu Na'im von Sayyidas Vater.

Während die Augen seiner Schwägerin Blitze schleuderten, hob Wafal Saifullah in einer unbestimmten Geste die Hände. »Ich rede oft mit Sayyida, und ihr Rat erscheint mir weise. Hat sie mich doch zum Sultan der Dulbahante gemacht und nun auch zum Sultan der Warsangeli!«

Entweder ist der Alte zu sehr vom Kat berauscht oder von den Erfolgen, die ihm ohne sein Zutun in den Schoß gefallen sind, dachte der Saudi. Auf jeden Fall wusste er jetzt, dass er auf seinen Schwiegervater nicht zählen konnte. Der alte Mann stand so sehr unter dem Einfluss seiner älteren Tochter, dass er keinen eigenen Gedanken mehr fassen konnte.

Im nächsten Moment platzte eine der Frauen aus Sultana Sayyidas Amazonenleibgarde in den Raum.

»Herrin, das große Schiff hat die Anker gelichtet und Fahrt aufgenommen!«

Für Augenblicke herrschte Stille. Dann fuhr Sayyida zornig auf. »Die *Lady of the Sea*? Das ist unmöglich!«

Sie sprang von ihrem Sitzkissen auf und eilte ans Fenster. Das Licht der Mondsichel reichte aus, um ihr zu zeigen, dass das Kreuzfahrtschiff nicht mehr dort lag, wo es geankert hatte. »Wie konnte das geschehen?«

Die Frau zog ängstlich den Kopf ein. »Das weiß ich nicht. Hanif hat es eben gemeldet. Er und die Männer an Bord wurden vollkommen überrascht!«

»Sie sollen das Schiff unter allen Umständen stoppen, verstanden? Gib ihm das sofort durch! Und du, mein Schwager, wirst dich umgehend mit der Großwesirin der Deutschen in Verbindung setzen und ihr erklären, dass wir die wertvollsten

Geiseln an Land gebracht haben und jede halbe Stunde eine davon erschießen lassen werden, wenn die *Lady of the Sea* nicht umgehend stoppt und die Kontrolle wieder meinen Leuten übergeben wird. Erkläre ihr auch, dass meine neue Lösegeldforderung bei einer Milliarde Dollar liegt und ich keinen lumpigen Schilling davon abgehen werde.«

Abdullah Abu Na'im war froh, den Raum verlassen zu können. Sayyida schien nicht mehr bei Verstand. Der Weg, den sie eingeschlagen hatte, konnte nur ins Verderben führen. Nun, da ihr das Kreuzfahrtschiff mit mehr als zweitausend Geiseln abhandenzukommen drohte, wollte sie das Blatt mit Hilfe der an Land gebrachten Gefangenen wenden. Der Saudi wusste aus den Gesprächen mit der Kanzlerin, dass diese eine Beendigung der Geiselnahme ohne Blutvergießen vorgezogen hätte. Allerdings hatte er auch den Willen der Deutschen gespürt, notfalls mit Härte zu reagieren. Die Berichte über die miserablen Verhältnisse an Bord der *Lady* und Sayyidas übertriebene Forderungen hatten sie offenbar dazu gebracht, die zweite Lösung zu wählen.

Allerdings konnte Abdullah Abu Na'im sich nicht vorstellen, dass die Kanzlerin ausgerechnet die wertvollsten Geiseln opfern würde. Er überlegte schon, ob er zu Sayyida zurückkehren und sie darauf aufmerksam machen sollte. Dann aber schüttelte er den Kopf. Ihm war es wichtiger, sich den Deutschen als unparteiischer Mittelsmann zu präsentieren, als seiner Schwägerin zu sagen, dass ihr Verstand vielleicht doch nicht so überlegen war, wie sie immer tat.

ZWEI

In Laasqoray nickte Torsten grimmig, als Henriette meldete, Petra habe die Steuerung der *Lady* unter Kontrolle. »Macht es gut!«, antwortete er. »Jetzt sind wir dran.«

Mit einer energischen Bewegung wandte er sich an Omar Schmitt. »Ist Ihr Mann so weit?«

»Tamid wartet auf unser Signal.« Omar wies auf die Halle, in der die Geiseln eingesperrt waren. Die winzigen Fenster waren mit Brettern zugenagelt worden und die Türen versperrt. Daher waren die Bewacher sich ihrer Gefangenen so sicher, dass sie auf dem Vorplatz ein Lagerfeuer entzündet und es sich dort bequem gemacht hatten. Während die Reste eines Hammels über der Flamme brutzelten, berauschten sich die Männer an ihren Erfolgen und am Kat und sangen Heldenlieder.

»Schätze, die Burschen werden sich gleich wundern«, stieß Torsten aus und sah Omar und dessen zweiten Untergebenen auffordernd an. »Setzt die Brillen auf!«

Er selbst steckte wieder in seinen europäischen Kleidern, die Omar in einem bunten Gemisch verschiedenster Kleidungsstücke verborgen mitgenommen hatte, und musste seine Schutzbrille nur nach unten schieben. Als er es tat, wurde es um ihn herum so dunkel wie in einem fensterlosen Keller. Selbst das Lagerfeuer der Wachen war nur noch als roter Punkt zu erkennen.

Torsten hob seine MP5, auf die er eine Blendgranate gesetzt hatte, zielte in Richtung des Feuers und drückte ab. Das Zünden des Treibsatzes fiel kaum auf, da die hiesigen Milizen aus Übermut immer wieder Schüsse in die Luft abfeuerten.

Eine Sekunde später explodierte das Geschoss in einem gleißenden Lichtblitz. Für die Piraten war es die Hölle. Von einem Augenblick zum anderen konnten sie nichts mehr sehen. Gleichzeitig bekamen sie fürchterliche Kopfschmerzen, und einige von ihnen übergaben sich sogar. Selbst Torsten musste trotz der Schutzbrille die Augen zukneifen, so stark blendete das Geschoss.

Omar keuchte überrascht auf. »Das Ding ist ja teuflisch!«

Dann grinste er und stieß Torsten in die Rippen. »Wissen Sie, wie ich mir vorkomme? Wie die beiden Typen aus den ›Men in Black‹-Filmen. Wie hießen sie gleich wieder? Ach ja, Agent J und Agent K! Auf jeden Fall haben Sie die Wachen ganz schön geblitzdingst!«

»Halten Sie keine Volksreden! Die Kerle werden sich bald erholt haben. Vorwärts, holen wir die Gefangenen heraus!« Torsten rannte los und schob, da die Blendgranate ausbrannte, die Schutzbrille wieder nach oben. Im nächsten Augenblick setzte er eine Ultraschallgranate auf und feuerte sie in die Richtung ab, in die sie mit den Befreiten fliehen wollten.

Obwohl das Geschoss in einiger Entfernung detonierte, spürte er einen dumpfen Druck auf den Ohren und ein Gefühl leichter Übelkeit. Diejenigen, die direkt von der Auswirkung der Granate betroffen waren, würden sich vor Schmerzen krümmen. Torsten war sich im Klaren darüber, dass zu den Opfern leider auch Frauen und Kinder zählen würden, die von den Piraten an Bord gebracht worden waren. Die Erfahrungen in Somalia und auch in anderen Ländern hatten ihm gezeigt, dass einheimische Freischärler gerade die Wehrlosesten ohne Gewissensbisse als lebende Schutzschilde verwendeten. Trotzdem wollte er alles daransetzen, um diese möglichst nicht zu verletzen.

Während ihm diese Gedanken durch den Kopf schossen, rannte Torsten auf den Schuppen zu. Die Piratenwachen waren immer noch blind, hatten aber begriffen, dass sie angegriffen wurden, und feuerten ziellos in die Gegend. Dabei trafen sie auch die eigenen Leute.

Unter diesen Umständen würden die Geiseln bei einer

Flucht in Gefahr geraten, von den Piraten verletzt oder getötet zu werden. Da es nicht möglich schien, die Wachen zu entwaffnen, schossen Omar Schmitt und sein Begleiter gezielt auf sie. Bevor auch nur einer von ihnen begriff, woher der unerwartete Feind kam, lagen sie reglos am Boden.

»Sucht so viele Waffen zusammen, wie ihr könnt«, rief Torsten seinen beiden Begleitern zu und klopfte an die Tür.

»Tamid, hören Sie mich?«

»Klar und deutlich«, klang es lachend zurück. Im nächsten Augenblick öffnete der junge Somali die Tür. In der Hand hielt er eine Cobray M-11. Der Lauf rauchte, und weiter hinten sah Torsten drei Piraten am Boden liegen.

»Gut gemacht«, lobte er Tamid und las im Vorbeigehen die beiden übrigen MPs auf. Als er die Taschenlampe einschaltete, entdeckte er die Geiseln in einer Ecke der Halle, so eng aneinandergedrängt wie ängstliches Vieh.

»Aufstehen! Seht zu, dass ihr alles mitnehmt. Wir müssen zum Hafen!«, brüllte Torsten und packte einen Mann, der vor ihm zurückweichen wollte, es aber nicht mehr konnte, weil die anderen hinter ihm zu dicht standen.

»Haltung, Mann! Wir sind hier, um Sie und die anderen zu befreien. Wer von Ihnen hat in der Bundeswehr gedient?«

»Wir!« Fünf ausgemergelt aussehende Männer traten auf ihn zu und deuteten einen militärischen Gruß an. »Wir waren bei der Aktion gegen die *Caroline* dabei«, sagte einer. »Wissen Sie etwas über unseren Kommandeur und die anderen Kameraden?«

»Glaube nicht, dass dieser Platz für Unterhaltungen geeignet ist. Nur so viel: Die drei anderen Boote sind davongekommen. Und jetzt los!« Auf Torstens Wink reichte Tamid jedem der fünf Soldaten ein Sturmgewehr.

Unterdessen schob sich ein untersetzter Mann in einem arg mitgenommenen Hawaiihemd und Bermudashorts nach vorne und blieb vor Torsten stehen.

Dieser drückte ihm kurzerhand eine Cobray in die Hand. »Vorsicht, das Ding ist entsichert. Sie haben zweiunddreißig Schuss im Magazin. Verfeuern Sie nicht alles auf einmal.«

Der Mann reichte ihm die Waffe angeekelt zurück. »Hören Sie, ich bin der Bundestagsabgeordnete Dunkhase. Ich …«

»Können Sie mit dem Ding umgehen oder nicht?«, schnauzte Torsten ihn an, froh darüber, nicht mehr in seiner somalischen Kleidung zu stecken, denn dann hätte er sich wohl kaum durchsetzen können.

»Ich will wissen, wer Sie sind und was Sie hier wollen.«

Torsten glaubte, nicht richtig zu hören. »Was ich will? Sie alle hier herausholen! Wir haben nicht viel Zeit.« Während er von Dunkhase abgelenkt worden war, hatten einige Geiseln die Initiative ergriffen und die anderen dazu gebracht, aufzustehen und geordnet auf das Tor zuzugehen. Einer von ihnen kam auf Torsten zu.

»Erlmann! Ich war Major bei der Nationalen Volksarmee. Würden Sie mir eine Waffe anvertrauen?«

»Gerne!« Torsten streckte ihm die Cobray hin, die Dunkhase verschmäht hatte. Unterdessen hatte der Abgeordnete Tamid entdeckt und stieß einen Wutschrei aus.

»Diesen Schweinehund lege ich um!« Er wollte Torsten dessen MP5 entreißen, doch dieser versetzte ihm eine Ohrfeige, die ihn gegen die Wand taumeln ließ.

»Das ist einer von uns, Sie Idiot! Er musste sich das Vertrauen der Schurken erschleichen. Wie ging es eigentlich, Tamid?«

»Ganz leicht, Herr Oberst«, antwortete dieser in verständlichem Deutsch. »Als Ihre Blitzbombe hochging, konnte ich einem der Kerle die MP abnehmen und die Wachen hier drinnen erschießen. Aber jetzt sollten wir rennen!«

»Sie haben Leutnant Tamid gehört. Also raus hier! Und lasst niemanden zurück.« Torsten brüllte wie ein Feldwebel auf dem Kasernenhof.

Auf sein Drängen hin verließen die Geiseln die Halle. Torsten leuchtete noch einmal alles ab und entdeckte ganz hinten ein kleines Kind. Er eilte hin, hob es auf und drückte es Dunkhase in die Arme.

»Nehmen Sie es! Auf die Weise können Sie wenigstens etwas für die Bevölkerung tun.«

Der andere maß ihn mit einem zornigen Blick. »Wenn ich wieder zu Hause bin, werde ich dafür sorgen, dass Sie auf die richtige Größe zurechtgestutzt werden.«

Ein älterer Herr, der Torsten ebenfalls als Politiker in Erinnerung geblieben war, trat dazwischen. »Und wenn ich wieder zu Hause bin, werde ich dafür sorgen, dass Sie bei der nächsten Bundestagswahl nicht mehr aufgestellt werden!«, brüllte er Dunkhase an, nahm das kleine Mädchen und reichte es seiner Mutter, die bereits verzweifelt nach ihrem Kind gesucht hatte.

»Geben Sie mir bitte eine Waffe«, sagte er zu Torsten. »Es ist zwar schon ein paar Jahrzehnte her, dass ich so ein Ding in der Hand hatte, aber in der Not frisst der Teufel Fliegen.«

Torsten reichte ihm ein Sturmgewehr und wies dann auf Omar Schmitt und die beiden Somaliländer. »Passt auf diese Männer auf und folgt ihren Gesten. Die drei sind Freunde und gehören zu uns!«

Unterdrücktes Lachen antwortete ihm. Einige Männer hatten sich unterdessen bei den Waffen der vor dem Eingang erschossenen Piraten bedient und bildeten nun zwei Gruppen, von denen sich die größere an die Spitze der Geiseln setzte, während die anderen die Nachhut übernahmen.

»Ich will eine große Schießerei unter allen Umständen vermeiden, verstanden?«, rief Torsten ihnen zu. »Und jetzt dreht die Köpfe weg und kneift die Augen zu! Dort drüben wird es gleich sehr hell werden!«

Er schoss mehrere Blendgranaten rasch hintereinander nach vorne. Im Schein des durch seine Schutzbrille gedämpften Lichtes sah er, dass dort ein paar Dutzend Freischärler aus anderen Stadtteilen zusammengelaufen waren. Um sie völlig kampfunfähig zu machen, setzte Torsten ihnen noch zwei Ultraschallgranaten vor die Füße und trieb dann seine Schutzbefohlenen an, schneller zu laufen.

DREI

Hans Borchart lag neben einem der großen Piratenboote im Sand und kümmerte sich scheinbar nicht um die Piraten und Freischärler, die nur wenige Schritte entfernt um ein Feuer saßen und Kaffee tranken.

Einer der Männer brachte ihm einen Becher. »Für einen tapferen Krieger.«

»Allah möge es dir vergelten!« Hans nahm den Becher und trank das heiße, übersüße Getränk mit vorsichtigen Schlucken. Ihm taten die Männer leid, die in eine Zeit hineingeboren worden waren, die aus ihnen Banditen gemacht hatte. Die meisten hätten ein besseres Leben verdient, stattdessen würden viele von ihnen sterben, ohne je richtig gelebt zu haben.

Er verbannte die philosophischen Gedanken aus seinem Kopf und blickte über den Rand des Bechers hinweg in Richtung Stadt. Die Lagerhalle der Fischfabrik war in der Dunkelheit nur zu erkennen, weil die Bewacher der Gefangenen ebenfalls ein Feuer entzündet hatten. Nun bedauerte Hans es, dass er keine Uhr bei sich hatte. Er musste warten, bis Torsten das Signal gab, und saß wie auf glühenden Kohlen.

Unbeobachtet von den anderen schraubte er den Fußteil seiner Krücke ab und lud die Dragunov SVD durch. Diese Waffe war weitaus zielgenauer als die Kalaschnikows oder die handlichen Cobray M-11, mit denen die Freischärler und Piraten ausgerüstet waren. Zwar hatte er nur zehn Patronen im

Magazin, doch zusammen mit dem Magazin seiner Beretta würde dies für seine Zwecke ausreichen.

Ein blendender Blitz über der Stadt ließ Hans aufatmen. Er zog sich an der Bordwand des Schiffes hoch, wobei er seine Krücke so hielt, dass niemandem das abgeschraubte Ende auffallen konnte. Gerade noch rechtzeitig erinnerte er sich daran, dass er das andere Teil auch noch brauchen würde, hob es auf und steckte es in den Gürtel. Dann starrte er wieder auf die Silhouette der Stadt.

Die Freischärler am Strand waren aufgesprungen und schwangen ziellos ihre Waffen. Was sie sagten, konnte Hans nicht verstehen, doch die Gesten ihrer Anführer verrieten ihm genug. Vierzig, fünfzig Männer stürmten los, während ein knappes Dutzend bei den Booten blieb. Das waren ein paar zu viel, fand Hans und fuchtelte wütend mit dem freien Arm.

»Diese elenden Hunde wollen die Gefangenen befreien!«, kreischte er auf Arabisch.

Nicht alle Somalis verstanden diese Sprache, doch ein paar rannten erregt hinter den anderen her. Zu Hans' Erleichterung war auch der Mann dabei, der ihm Kaffee gebracht hatte. Ihn zu erschießen wäre ihm schwergefallen.

Ein starker Druck in den Ohren zeigte ihm, dass Torsten die Ultraschallgranaten einsetzte. Die Kerle, die vom Strand aus in die Stadt gerannt waren, gerieten in den Wirkungsbereich dieser Waffe und brachen schreiend zusammen.

Kurz darauf detonierten weitere Blendgranaten und schalteten die Freischärler endgültig aus. Jetzt sah Hans eine Gruppe europäisch gekleideter Menschen in Richtung Strand laufen. Torsten und einige Somalis begleiteten sie und sicherten nach allen Seiten. Einige Geiseln waren bewaffnet, aber es fiel kein Schuss. Die Piraten und ihre Verbündeten waren blind oder zu benommen, um etwas unternehmen zu können.

Bei den Booten aber gab es noch sechs Wachen, die handlungsfähig waren. Als diese ihre MPs und Sturmgewehre auf die herankommende Gruppe richteten, feuerte Hans in rascher Folge seine Dragunov ab. Ehe die Piraten begriffen, woher die Schüsse kamen, stürzten sie tot oder kampfunfähig zu Boden.

Hans humpelte zu zweien hin, die noch ihre Waffen umklammerten, entriss sie ihnen und hängte sie sich über die Schulter. Dann schwang er seine Krücke und begann zu rufen: »Hierher, Leute! Zu den Booten!«

Torsten winkte ihm kurz zu und wies Erlmann und einige weitere Männer an, den anderen Geiseln in die Boote zu helfen. Er selbst schoss weitere Blend- und Ultraschallgranaten in die Richtung, aus der er Geräusche vernahm, und sah zufrieden, wie die Freischärler, die ihnen folgten, außer Gefecht gesetzt wurden.

»Ausgezeichnete Arbeit, Hans!«, rief er seinem versehrten Kameraden zu, der sich jetzt ebenfalls an Bord eines Bootes schwang.

»Nicht alle auf einmal einsteigen! Wir müssen die Boote noch ins Wasser schieben«, rief Torsten.

Der Bundestagsabgeordnete Dunkhase ließ sich davon jedoch nicht beeindrucken, sondern kletterte in das größte Schlauchboot und stieß dabei jene junge Frau zurück, die in der Aufregung von ihrem Kind getrennt worden war.

Torsten schüttelte den Kopf über so viel Selbstsucht, stellte aber zufrieden fest, dass die meisten Geiseln vernünftig reagierten. Die Männer halfen zuerst den Frauen und Kindern an Bord, schoben dann ein Boot nach dem anderen ins Wasser und verteilten sich so, dass jedes Boot von mindestens drei Bewaffneten begleitet wurde. Andere starteten die Motoren und setzten sich ans Steuerruder. Torsten stieg an Bord eines Bootes, in dem etliche Waffen lagen. Da einige Schiffe leer blieben, nahm Hans eine der Minihandgranaten, die er ins Land geschmuggelt hatte, und schleuderte sie in das nächstliegende Boot. Torsten feuerte ebenfalls mehrere Sprenggranaten ab und sah, wie diese in den am Strand liegenden Dhaus explodierten und die hölzernen Rümpfe in Brand setzten. Die letzten noch unversehrten Schlauchboote nahm Hans mit seiner Dragunov unter Beschuss. Auch wenn diese nicht so effektvoll in Flammen aufgingen, hatten sie eine mögliche Verfolgung vorerst durchkreuzt.

VIER

Als der Widerschein der brennenden Dhaus hinter ihnen zurückblieb, wandte Hans sich an Torsten. »Es hat tatsächlich geklappt.«

»Mit mehr Glück als Verstand!«, gab Torsten zurück. »Unsere Freunde haben gewiss eher eine Aktion erwartet, wie sie Dietrich von Tarow durchführen sollte. Doch auf den Gedanken, wir könnten die Sache von innen heraus lösen, ist wohl keiner gekommen.«

»Sie und Ihre Leute haben eine exzellente Aktion durchgeführt, Herr Oberst«, lobte einer der Politiker an Bord Torsten und Hans.

»Oberst? Bist du befördert worden?«, fragte Hans kichernd.

»Tamid hat mich zum Obersten ernannt, weil er dachte, die Leute hören mehr auf einen solchen als auf einen schlichten Zivilisten«, gab Torsten feixend zurück.

»Sie sind kein Militär?«, fragte der Politiker verwundert.

»Wir beide sind derzeit vom Dienst beurlaubt, um andere Aufgaben zu erfüllen.«

Der Mann sah ihn jetzt genauer an. »Sie sind doch Renk, oder nicht? Da war doch was mit Tallinn und auch mit Brüssel.«

Torsten legte den Zeigefinger auf die Lippen. »Pst! Das ist alles streng geheim.«

»Entschuldigen Sie!« Der Mann atmete tief durch und nickte dann der Frau mit dem Kind aufmunternd zu. »Sie brauchen jetzt keine Angst mehr zu haben. Dieser Mann hier wird uns alle retten!«

Torsten lächelte. »Ihr Wort in Gottes Ohr! Allerdings sollten wir im Konvoi fahren. Sonst verlieren wir noch ein Boot.«

Dann gab er mit einem Leuchtstab Signal und sah erleichtert, wie sich sieben weitere Boote hinter seinem einreihten. Ein kurzes Abzählen zeigte, dass alle Geiseln aus der Fischfabrik mitgekommen waren. Die Männer und Frauen, die sich ans Steuer gesetzt hatten, zeigten Fähigkeiten als Bootsführer. Obwohl die Angst umging, die Piraten könnten sie verfolgen und versenken, überwog doch die Erleichterung, fürs Erste entkommen zu sein.

Torsten setzte einen Notruf auf einer Nato-Frequenz ab. Kurz darauf meldete sich die französische Fregatte *Surcouf*.

»Wer sind Sie? Sie senden auf einer für den Zivilfunk gesperrten Frequenz. Wenn Sie keine guten Gründe dafür haben, machen Sie sich strafbar!«

»Genügt es Ihnen, wenn ich sage, dass wir eben die an Land gefangen gehaltenen Geiseln in Laasqoray befreit haben und jetzt dringend Unterstützung brauchen?«, gab Torsten zurück.

»Wer sind sie?«

»Torsten Renk, Oberleutnant der Bundeswehr a. D., Ritter der französischen Ehrenlegion. Sie müssten mich in Ihrem Bordcomputer haben. Ach ja, wenn Sie schon in der Gegend sind, sollten Sie sich auch um die *Lady of the Sea* kümmern. Die hat nämlich die Anker gelichtet und steuert aufs offene Meer hinaus. Ich glaube allerdings nicht, dass die etwa einhundert Piraten an Bord davon begeistert sind.«

Der Franzose japste. »Die *Lady* ist befreit?«

»Die Steuerung befindet sich in unserer Hand. Allerdings wird sich das sehr bald ändern, falls unsere Leute keine Hilfe erhalten.« Torsten war in großer Sorge um Henriette und

Petra und wünschte sich, selbst an Bord der *Lady* zu sein, um den beiden beistehen zu können. Da schoss ihm ein Gedanke durch den Kopf.

»Sagen Sie Ihrem Kapitän, dass wir der *Lady* folgen. Wir treffen uns in ihrer Nähe.« Mehr konnte Torsten vorerst nicht tun. Er nahm das kleine Funkhandy, stellte die Verbindung zu Petra her und forderte sie auf, ihm zu sagen, welchen Kurs er und seine Schutzbefohlenen einschlagen mussten, um das Kreuzfahrtschiff zu erreichen.

Niemand kritisierte seine Anordnungen. Sogar der Bundestagsabgeordnete Dunkhase hielt den Mund. Die meisten der Befreiten waren in Sorge um Verwandte und Freunde an Bord der *Lady*, und diejenigen, die eine Waffe in der Hand hielten, wünschten sich, tatkräftig bei der Befreiung der übrigen Geiseln mithelfen zu können.

FÜNF

Hilfe von außen hatten Petra und Henriette bitter nötig. Nach dem ersten Schock darüber, dass sich die *Lady of the Sea* in ein Geisterschiff verwandelt hatte, begannen die Piraten, nach der Ursache zu forschen. Sie sprengten die verschlossenen Automatiktüren, und bei jenen Schotten, die diesen Explosionen widerstanden, setzten sie Panzerfäuste ein.

Da Petra ihren Laptop zur Steuerung des Schiffes benötigte und Henriette jederzeit bereit sein musste einzugreifen, wurde Evelyne dazu verpflichtet, das Innere des Schiffes unter Beobachtung zu halten. Zu diesem Zweck hatte Petra deren Laptop ebenfalls an die Datenleitung angeschlossen und lauschte nun besorgt den Kommentaren der Reporterin.

»Die Banditen haben soeben die Brücke erreicht und wollen den Eingang aufsprengen«, meldete Evelyne.

Henriette sah ihr über die Schulter. Von Hanif geführt brachten die Piraten eine Sprengladung an und zündeten diese. Die Erschütterung lief durch das ganze Schiff und ließ selbst sie zusammenzucken.

»Die armen Geiseln! Es muss schrecklich für sie sein«, entfuhr es Henriette. Sie warf Petra einen fragenden Blick zu. »Soll ich oben an der Brücke eingreifen?«

»Nein! Wir müssen damit rechnen, dass du an anderen Stellen dringender gebraucht wirst, zum Beispiel dort, wo wir Piraten und Geiseln gemeinsam einsperren mussten. Du solltest dafür sorgen, dass sie den Leuten nichts antun können.«

»Bin schon dabei!« Während Henriette ihre Ausrüstung überprüfte, die sie um eine MP5 und mehrere Minihandgranaten ergänzt hatte, beobachtete sie aus den Augenwinkeln, wie Hanifs Piraten in die Brücke eindrangen.

Dort fanden sie aber nur drei ihrer eigenen Leute vor, die nicht begreifen konnten, was um sie herum geschah. Fluchend nahmen die Kerle nun die Steuerkonsolen unter Feuer. Das brachte zwar nichts, doch der Schaden, den sie mit ihren Geschossen anrichteten, war immens.

»Wenn die so weitermachen, muss die Reederei ihr hübsches Schiffchen hinterher verschrotten«, kommentierte Henriette die Szene.

»Dann sollte man ihr wünschen, dass die *Lady* gut versichert ist. Für uns geht der Schutz der Passagiere und Mannschaften auf jeden Fall vor«, antwortete Petra mit vorgetäuschter Gelassenheit.

Henriette lud ihre MP5 durch und klopfte gegen den Griff. »Ich bin schon unterwegs. Ist draußen alles ruhig?« Die Frage galt Evelyne, die sofort auf die Kamera umschaltete, die den Flur überwachte.

»Niemand zu sehen«, meldete sie.

»Gut!« Henriette öffnete die Tür und schlüpfte hinaus. Draußen drehte sie sich noch einmal zu der Reporterin um.

»Sie müssen mich leiten. Ich verlasse mich auf Ihre Angaben!«

Evelyne nickte unglücklich, denn sie fühlte sich dieser Aufgabe nicht gewachsen. Dennoch schaltete sie mit flinken Fingern von einer Kamera auf die nächste um und suchte einen Weg, auf dem Henriette gefahrlos zu einem Raum gelangen konnte, in dem sich mittlerweile ein Drama anbahnte.

SECHS

Maggie Dometer und Sven Kunath waren schließlich doch aus Maggies Kabine geholt und mit anderen Geiseln zusammen in einen Lagerraum gesperrt worden. Die Männer, die sie bewachten, hatten alle Gefangenen gezwungen, sich im hinteren Teil des Raumes mit untergeschlagenen Beinen hinzusetzen, und wurden fuchsteufelswild, wenn jemand sich bewegte.

Durch einen Zufall befand sich die Bundestagsabgeordnete Blauert direkt neben Maggie. Obwohl Frau Blauert selbst vor Angst schier verging, tat sie alles, um die etwa zweihundert Leute im Lagerraum zu beruhigen. Als sie ihre Stimme einmal nicht dämpfte, trat einer der Piraten neben sie und versetzte ihr einige heftige Stöße mit dem Kolben seiner Kalaschnikow, sodass sie bewusstlos zu Boden sank.

»Wir werden alle sterben!«, schluchzte Maggie.

»Das werden wir nicht«, raunte Sven ihr zu, obwohl er sich nicht weniger hilflos fühlte als sie. Er wusste jedoch, dass er seine Angst nicht zeigen durfte.

»Es wird alles gut, Maggie! Du wirst sehen, es wird alles gut«, setzte er leise hinzu.

Obwohl die Piraten die Geiseln gezwungen hatten, die Köpfe zu senken, wagte er einen kurzen Blick in die Runde.

Sie hatten nur drei Banditen vor sich, die alle drei Stunden abgelöst wurden. Da sich unter den Geiseln mindestens sechzig Männer befanden, die körperlich in der Lage gewesen wären, Widerstand zu leisten, hielten die Piraten diese mit Drohungen in Schach. Es sah so aus, als könnten sie es kaum erwarten, auf ihre Geiseln zu schießen, und so wagte keiner, sich zu rühren.

Hinter Sven rief ein kleines Mädchen: »Mama, ich muss mal!«

Die Frau hob verschüchtert den Arm, um die Piraten auf sich aufmerksam zu machen.

»Was?«, fragte einer der Kerle.

»Meine Tochter muss zur Toilette«, antwortete die Frau.

»Nicht gehen, sitzen bleiben!«

»Aber …«, begann die Frau, verstummte jedoch, als der Pirat seine Waffe auf sie richtete.

Das Mädchen begann zu weinen. »Mama, ich kann nicht mehr!«

Frau Blauert, die wieder zu sich gekommen war, stieß die Luft aus den Lungen und drehte mit schmerzerfüllter Miene den Kopf. »Du brauchst nicht krampfhaft zu versuchen, dich zu beherrschen. Lass es rinnen! Hier wird dir keiner einen Vorwurf machen.«

»Ich muss aber nicht nur Pipi«, wimmerte die Kleine.

»Mach dir keine Sorgen. Niemand schimpft, wenn es hinterher ein bisschen riecht!«

Zwar versuchte die Bundestagsabgeordnete, munter zu klingen, doch ihr traten selbst die Tränen aus den Augenwinkeln. Es waren weniger die Schmerzen, die an ihrer Kraft zehrten, als die Behandlung durch ihre Bewacher. Diese taten alles, um das Selbstwertgefühl der Geiseln zu zerstören. Sie hörte das leise Fluchen eines Mannes, der ebenfalls gegen seinen Stuhldrang ankämpfte. Es endete mit einem Stöhnen, und dann klang seine um Entschuldigung bittende Stimme auf.

»Es tut mir so leid, aber ich konnte nicht mehr. Am liebsten würde ich diese Schufte gegen die Wand klatschen und wieder abkratzen.«

»Da sind Sie nicht der Einzige«, antwortete Sven so leise, dass die Wachen es nicht hören konnten.

Der Mann, dem das Malheur passiert war, hatte weniger Glück. Einer der Kerle trat zu ihm und rammte ihm den Lauf seines Sturmgewehrs in den Bauch. Der Mann sackte zusammen und übergab sich geräuschvoll.

»Stinkendes Schwein!«, spottete der Pirat.

In dem Augenblick vernahmen sie den scharfen Knall einer Explosion.

»Was war das?«, fragte Maggie erschrocken.

Sven zuckte mit den Schultern. »Keine Ahnung!« Dabei behielt er die sichtlich nervös werdenden Entführer im Auge.

»Auf den Boden legen. Alle!«, brüllte deren Anführer und feuerte Schüsse über die Köpfe der Geiseln ab. Keine zwei Sekunden später lagen alle flach auf dem Boden und verschränkten, wie es der Pirat forderte, ihre Hände im Nacken.

Einer der Kerle sprach hektisch in ein Funkgerät und bellte zuletzt wie ein gereizter Hund. Weitere Warnschüsse fielen. Frauen und Kinder begannen zu weinen, auch Maggie klammerte sich schluchzend an Sven, der leise vor sich hin fluchte.

»Schnauze!«, brüllte der Pirat mit dem Funkgerät, und diesmal schlugen seine Kugeln zwischen den Geiseln auf dem Fußboden ein. Damit erreichte er jedoch das Gegenteil, denn die meisten schrien und kreischten vor Entsetzen so laut, dass es von den Wänden zu hallen schien.

Bevor die Situation eskalierte, begann Frau Blauert mit lauter Stimme zu beten. Maggie fiel unwillkürlich in das Vaterunser ein, Sven und weitere folgten, und schließlich erstarb das Schreien. Selbst die, die das Gebet nur rudimentär kannten, sprachen es mit.

Die drei Piraten sahen aus, als wüssten sie nicht, was sie von dem Ganzen halten sollten. Immer wieder feuerten sie gegen die Wand oder in den Boden. Zum Glück flogen die meisten Querschläger über die Köpfe der Geiseln hinweg, doch es gab weitere Verletzte. Aber selbst die Getroffenen sprachen das Gebet zu Ende und fingen dann wieder von vorne an.

Der Anführer setzte einer Frau die Mündung seiner Cobray M-11 auf die Stirn. »Maul halten, sonst tot!«, schrie er voller Wut.

»Bitte, tut es!«, flehte die bedrohte Frau.

Mitten im Satz verstummten die meisten Geiseln. Nur ein paar von ihnen murmelten noch ein paar Worte, dann schwiegen auch sie.

Als Sven einen Blick nach vorne riskierte, sah er ihrem Peiniger ins Gesicht und wünschte sich, diesem Mann einmal allein und ohne eine Waffe in dessen Hand zu begegnen. Plötzlich zuckte er zusammen, denn im Rücken der Piraten öffnete sich ein Wartungsschott, und eine kleine, in ein schwarzes, hautenges Kostüm gekleidete Person tauchte auf. Ihr Gesicht wurde von einer seltsamen Brille verdeckt, dazu hielt sie in einer Hand eine Pistole und in der anderen eine MP.

SIEBEN

Henriette war der Aufruhr von Evelyne berichtet worden, und ihr war bewusst, dass sie sehr rasch handeln musste. Kaum ging die Wartungsluke vor ihr auf, schnellte sie in den Raum und eröffnete das Feuer. Zwei Piraten sanken ohne einen Laut zu Boden. Der dritte drehte sich noch zu ihr um und richtete seine Waffe auf sie. Bevor er jedoch abdrücken konnte, trafen ihre Kugeln. Die Waffe rutschte ihm aus den Händen. Mit einem fassungslosen Blick starrte er die Angreiferin an und sackte dann vornüber zu Boden.

Im nächsten Augenblick brüllten zahlreiche Geiseln auf, mehrere machten sich nun ebenfalls in die Hosen.

Henriette hatte keine Zeit, sich darum zu kümmern. »Ist hier noch jemand bei Verstand?«, schrie sie.

»Hier! Ich.« Die Abgeordnete Blauert stand schwankend auf und sah die um einen halben Kopf kleinere Gestalt in ihrem schwarzen Dress ungläubig an.

Henriette nahm die Waffen der drei toten Piraten auf und streckte eine davon Frau Blauert hin. »Können Sie damit umgehen?«

Die Abgeordnete schüttelte den Kopf. »Nein.«

»Dann lernen Sie es, und zwar schnell! Ist hier jemand, der der Dame helfen kann?«

»Ja, ich«, meldete sich Sven Kunath, der liebend gerne eine Waffe in der Hand gehalten hätte, um Maggie besser beschützen zu können. Auch ein älterer Herr mit Stirnglatze und Menjoubärtchen kam auf Henriette zu. »Mein Name ist Jürgen Weigelt, vor Urzeiten Hauptmann bei der Bundeswehr, und das hier ist meine Frau Charlotte.« Während der Hauptmann a. D. die Kalaschnikow entgegennahm und sie nach einer kurzen Besinnungspause frisch lud, drückte Henriette die beiden anderen Waffen Sven Kunath und der Abgeordneten Blauert in die Hände.

»Ich muss weiter! Die Tür wird wieder versperrt und kann vorerst nur aufgesprengt werden. Es ist möglich, dass einige Piraten das versuchen, um sich Geiseln zu besorgen. Schießen Sie, wenn es nötig ist. Die Kerle gehen über Leichen!«, wies Henriette die Leute noch an. Sie durfte diese Menschen nicht in trügerischer Sicherheit zurücklassen.

Jürgen Weigelt, der das letzte Mal vor mehr als dreißig Jahren eine scharfe Waffe in der Hand gehalten hatte, nickte ihr mit ernster Miene zu. »Verlassen Sie sich auf uns! Wir tun, was wir können.«

Da Weigelt die Lage unter Kontrolle zu haben schien, verließ Henriette den Raum und lud ihre MP5 draußen nach. Aus dem Kopfhörer klang Evelynes Bericht. Wie sie sagte, brannte es überall auf dem Schiff, und Henriette hätte sich gewünscht, an all diesen Orten gleichzeitig sein zu können. Da das nicht ging, überlegte sie kurz, wo ihre Anwesenheit am dringendsten erforderlich war, und rannte los.

ACHT

In der ersten Wut hatte Hanif zusammen mit seinen Leuten die Kommandobrücke verwüstet. Langsam aber dämmerte es ihm, dass er auf diese Weise nicht weiterkam.

»Hört auf!«, brüllte er seine Männer an. »Das Schiff wird von woanders gesteuert. Der Kapitän muss uns sagen, wie das möglich ist.«

Es dauerte etliche Sekunden, bis er den Letzten seiner Leute dazu gebracht hatte, nicht mehr auf die Steuerkonsole und die Panoramascheiben zu schießen. Als sie die Brücke verließen, warfen einige Männer Handgranaten hinein und lachten, als diese krachend explodierten.

»Idioten!«, schimpfte Hanif. »Wir brauchen die Handgranaten, um Türen aufzusprengen. Es bringt uns nichts, wenn wir vor dem Lagerraum stehen, in dem der Kapitän und seine Leute eingesperrt sind, und wir können nicht hinein, weil ihr die letzte Handgranate vergeudet habt.«

»Unsere Brüder halten die Ungläubigen in Schach. Sie werden uns öffnen«, gab einer der Männer großspurig zurück.

Hanif begriff, dass die Männer ihm die verfahrene Situation anlasteten und seine Autorität im Schwinden war. Daher packte er den Sprecher beim Kragen des im Bordshop der *Lady* erbeuteten Polohemds.

»Und was ist, wenn der Kapitän und seine Männer unsere

Leute überwältigt haben? Kennst du dann das ›Sesam, öffne dich‹, mit dem die Tür aufgeht?«

Das leuchtete den Männern ein, und sie stürmten fluchend weiter. Doch schon bald wurden sie von einer weiteren Tür aufgehalten. Bevor Hanif ihn daran hindern konnte, rollte einer der Männer eine entsicherte Handgranate nach vorne und grinste, als es die Tür förmlich zerriss.

»So wird es allen ergehen, die sich uns entgegenstellen!«

»Diese Tür hätten wir aus den Angeln schießen und die Handgranate besser verwenden können«, tadelte Hanif ihn.

Tatsächlich ließen sich die Männer immer weniger von ihm sagen. Schon jetzt sonderten sich die Warsangeli der Küste von den Dulbahante ab, die zu den Milizen der Sultana Sayyida gehörten. Diese waren gewohnt, aus dem Hinterhalt anzugreifen und jeden Widerstand bereits im Keim zu ersticken. Hier fanden sie sich in einer völlig anderen Situation wieder, für deren Bewältigung sie nur ein Mittel kannten, und das war rohe Gewalt.

Hanif gab es auf, die Männer unter Kontrolle halten zu wollen, und sah nur zu, wie diese wahllos Kabinentüren aufrissen und hineinschossen, obwohl sich niemand mehr darin aufhielt. Dabei verloren sie Zeit, aber er beruhigte sich damit, dass sie wohl kaum so rasch auf ein feindliches Kriegsschiff stoßen würden. Ihre Freunde in der Radaranlage von Laasqoray würden eine solche Annäherung früh genug bemerken und sie warnen.

Unterwegs kamen sie an der Essensausgabe vorbei. Ein paar Konservendosen und Wasserflaschen standen noch auf der Theke. Die Männer schossen darauf und kicherten, als die Dosen durch die Luft flogen und die Flaschen zerplatzten.

»So wird es allen ungläubigen Hunden ergehen!«, rief einer.

Hanif wurde klar, dass die Männer Blut sehen wollten. Ihnen war das Schiff entglitten, das sie unter ihrer Kontrolle geglaubt hatten, und dafür musste jemand bezahlen.

Ein Feuerschutz-Schott verlegte ihnen den Weg zum nächsten Niedergang, und diesmal benötigten sie tatsächlich eine Handgranate, um den Durchgang zu erzwingen. Zwei Männer standen zu nahe an der Explosionsstelle und bekamen Splitter ab. Ihre Wut war jedoch so groß, dass sie keine Schmerzen zu spüren schienen, denn sie stürmten trotz blutender Wunden als Erste weiter.

Hanif folgte ihnen etwas langsamer und fand die nächste Tür bereits aufgesprengt vor. Nun mussten sie nur noch ein Deck tiefer steigen, um den Lagerraum zu erreichen, in den sie den Kapitän und seine Offiziere gesperrt hatten.

Einige Männer wollten auch diese Tür aufsprengen, doch da schob Hanif sich nach vorne und nahm sein Funkgerät zur Hand. »Halt! Erst will ich sehen, ob unsere Männer noch die Kontrolle über die Gefangenen haben. Noch etwas: Ich will nicht, dass der Kapitän und der Bordingenieur erschossen werden. Wir brauchen sie, um das Schiff wieder unter Kontrolle zu bringen. Richtet euch danach!«

Das leuchtete seinen Begleitern ein, und sie bekundeten Zustimmung. Nun funkte Hanif die Wachen im Lagerraum an und atmete erleichtert auf, als einer von ihnen sich meldete.

»Was ist eigentlich los?«, wurde er gefragt.

»Später! Jetzt haben wir keine Zeit für Erklärungen. Geht von der Tür weg! Wir müssen sie aufsprengen. Und sorgt dafür, dass auch der Kapitän und die wichtigsten Bordoffiziere in Sicherheit sind.«

Sein Gegenüber räusperte sich, als lägen ihm noch etliche Fragen auf der Zunge, versicherte ihm aber nur, dass er gleich sprengen könne.

Hanif zählte in Gedanken bis zwanzig, dann gab er seinen Leuten einen Wink. Da die Tür ziemlich massiv wirkte, wurden zwei Handgranaten direkt davorgelegt, dann suchten alle Deckung.

Ein donnernder Schlag hallte durch das Schiff, und eine

heiße Wolke zog über Hanif und seine Leute hinweg. Als sich der aufgewirbelte Staub und der Dunst der Explosion verzogen hatten, wies die Tür zwar einige Dellen auf, versperrte ihnen aber weiterhin den Weg.

»Für die brauchen wir eine Panzerfaust«, rief einer der Piraten.

»Wie soll das gehen?«, fragte Hanif ätzend. »Du müsstest dich direkt vor das Schott stellen. Wenn wir die Waffe vom Gang aus abschießen, trifft sie im falschen Winkel auf und prallt ab. Dann reißt es zwar weiter vorne ein Loch in die Wand, aber die verdammte Tür ist immer noch zu.«

»Das wird sie nicht!« Der andere nahm eine Panzerfaust, stellte sich vor den Lagerraum und richtete das Geschoss auf die Tür. Bevor Hanif auch nur »Vorsicht« rufen konnte, drückte er ab.

Diesmal krachte es, als ginge die Welt unter. Trümmer und die zerfetzten Körper der zu nahe stehenden Piraten flogen durch die Luft und verletzten weitere Männer. Ein Splitter streifte Hanif und zog eine blutige Spur über seine Wange.

Die Tür existierte nicht mehr. Kaum sahen die Piraten die Öffnung, quollen sie in den Raum und schossen in Decke und Wände.

Hanif rieb sich mit der Hand über die Wange und starrte für einen Augenblick auf das Blut auf seinen Fingern. Bei allen Überfällen, die er bis jetzt mitgemacht hatte, war er mit heiler Haut davongekommen. Diese Verletzung aber bestätigte ihm, dass ihm diesmal ein härterer Kampf bevorstand und er womöglich scheitern konnte.

NEUN

Kapitän Ganswig spürte das feine Vibrieren, das von den Maschinen der *Lady of the Sea* erzeugt wurde, und fragte sich, weshalb die Piraten das Schiff in Marsch gesetzt hatten. Dann hörte er Schüsse und in unregelmäßigen Abständen Detonationen.

Wird das Schiff angegriffen?, fragte er sich und sah zu den fünf Männern hin, die ihn und die anderen Besatzungsmitglieder bewachten. Die Piraten nahmen beinahe die Hälfte des Lagerraums für sich in Anspruch, während ihre knapp vierhundert Gefangenen sich auf dem Rest der Fläche zusammendrängen mussten. Seit einem Tag hatte es weder zu essen noch zu trinken gegeben. Ganswig wusste von Kollegen, die bereits in die Hände der Piraten gefallen waren, wie unberechenbar die Kerle sein konnten. Sie zu reizen war der schnellste Fahrschein ins Himmelreich. Daher bemühte er sich, nicht aufzufallen.

Die Bewacher wurden von den Schüssen und dem Knallen aufgeschreckt und feuerten in Decke und Wände, um die Geiseln einzuschüchtern. Danach eilte einer von ihnen zur Tür und wollte sie öffnen. Doch sie rührte sich nicht.

Mit einem für die Gefangenen unverständlichen Redeschwall wandte der Pirat sich an den Mann, der das Kommando führte. Dieser stieß etwas aus, das wie ein Fluch klang, und nahm sein Funkgerät zur Hand. Als er erregt hineinsprach, bekam er zunächst keine Antwort. Dann drang das Geräusch von Schüssen aus dem Gerät, und zwei, drei Leute sprachen durcheinander.

Noch verwirrter als vorher steckte der Pirat das Funkgerät weg und befahl seinen Leuten, Handgranaten zu nehmen. »Werft sie, wenn auch nur eine der Geiseln sich rührt«, rief er ihnen in seiner Sprache zu und wiederholte es auf Englisch, damit es die Besatzungsmitglieder verstanden.

Danach war es in dem Raum so still wie in einer Gruft, während es draußen immer lauter wurde. Irgendwann klang das Funkgerät wieder auf. Der Anführer riss es heraus, lauschte und gab Antwort. Offensichtlich erleichtert befahl er seinen Leuten, von der Tür wegzutreten und auch die Geiseln zurückzutreiben.

Im nächsten Moment explodierte draußen etwas, und die Tür bog sich wie unter einem harten Schlag nach innen. Aber sie gab nicht nach. Noch während die Piraten ihre Gefangenen in Schach hielten, krachte es infernalisch, und das Metall wurde in Stücke gerissen.

Splitter flogen umher und verletzten Piraten und Geiseln. Heißer Qualm drang herein und reizte die Lungen. Kurz darauf stürmten mehr als dreißig Piraten den Raum.

Hanif, den Ganswig für den Anführer hielt, stellte sich breitbeinig vor die Gefangenen, wippte leicht auf seinen Sohlen vor und zurück und tätschelte seine MP. »Kapitän, Erster Offizier und Bordingenieur vortreten!«, befahl er mit rauer Stimme.

Ganswig, der fürchtete, sie sollten alle drei erschossen werden, drückte sich noch tiefer zwischen die anderen Gefangenen, und sein Stellvertreter Stefan Magnus wagte es ebenfalls nicht, auf die Piraten zuzugehen.

Zwei Schüsse knapp über die Köpfe der Geiseln hinweg brachten diese jedoch dazu, von ihrem Kapitän und dem Ersten Offizier zurückzuweichen. Daher sah Ganswig sich schutzlos dem Piratenhäuptling gegenüber und starrte in den Lauf der MP, die dieser auf ihn richtete.

»Du wirst das Schiff stoppen!«, erklärte Hanif.

»Stoppen? Was ist geschehen? Ich weiß von nichts!« Ganswig wollte zurückweichen, doch da packten ihn zwei Piraten und schleppten ihn zu Hanif.

»Das Schiff fährt. Das darf es nicht. Du wirst es verhindern!« Hanif schien sein ganzes Englisch verlernt zu haben, das verriet, wie verunsichert er war.

Der Kapitän starrte ihn an in dem Wissen, dass man ihn, ohne zu zögern, erschießen würde, wenn der Pirat auch nur annahm, er würde gegen ihn arbeiten. In dem Augenblick verfluchte Kapitän Ganswig jene Leute, die sich vermutlich in die Notbrücke geschlichen und das Schiff von dort aus unter Kontrolle gebracht hatten.

»Ich tue alles, was Sie wollen«, stieß er hervor und setzte ein »Aber lassen Sie meine Mannschaft in Ruhe!« hinzu, um vor seinen Leuten nicht als rückgratloser Feigling dazustehen.

»Stopp das Schiff!«, befahl Hanif.

»Dafür müssen wir auf die Notbrücke!«, erklärte Ganswig, blieb aber steif stehen.

Hanif nahm ihm die Entscheidung ab. »Mitkommen! Auch Ihr Stellvertreter und der Ingenieur!«

Die Angesprochenen wagten es ebenfalls nicht, den Gehorsam zu verweigern, sondern schlichen mit hängenden Köpfen hinter Hanif her. Dieser drehte sich in dem zerfetzten Türrahmen noch einmal um und gab zweien seiner Männer einen Wink. Schüsse peitschten, und die Schmerzensschreie mehrerer getroffener Besatzungsmitglieder gellten durch den Raum.

»Wenn das Schiff nicht schnell aufhört zu fahren, passiert mit euch das Gleiche!« Hanif hob seine Maschinenpistole und jagte einen kurzen Feuerstoß knapp an Ganswigs Kopf vorbei in die Wand.

Der Kapitän verdrängte jeden Gedanken an seine verletzten und vielleicht sogar toten Besatzungsmitglieder und eilte voraus. Auf dem Weg zur Notbrücke mussten sie zwei weitere Türen sprengen, aber da Ganswig sie führte, erreichten sie bald das richtige Deck. Dort wurden sie von einem massiven Schott aufgehalten, das den Zugang zu dem Raum versperrte.

Handgranaten waren an dieser Stelle nutzlos. Daher drehte sich Hanif zu seinen Leuten um, ob es erneut einen Freiwilligen gab, der sich für die anderen opfern wollte. Doch als einer von ihnen mit der vorletzten Panzerfaust, die sie mit sich führten, vor die Tür trat, äußerte Ganswig Protest.

»Wenn Sie das Ding hier abschießen, geht drinnen alles kaputt!«

Gerade das war nach Hanifs Sinn. Wenn dieser elende Stahlkoloss endlich still lag, konnten sie ihn mit den Schiffen, die ihnen sicher bereits folgten, wieder nach Laasqoray zurückschleppen. Daher stieß er Ganswig, der verzweifelt versuchte, die Tür mit seiner Magnetkarte und der Eingabe seines Kapitänscodes zu öffnen, zurück und nickte dem Mann mit der Panzerfaust zu.

»Tu es!«

Da sie die Auswirkungen des ersten Schusses mit einer solchen Waffe erlebt hatten, schoben die Piraten den Kapitän und dessen Begleiter in einen kleinen Raum, der weit genug entfernt lag, zwängten sich ebenfalls hinein und warteten auf die Detonation.

Es dauerte etwas, so als würde ihr Kumpan sich überlegen, ob die Sache es wert war, sein Leben dafür zu opfern. Dann aber hallte das Donnern der Explosion durch das Schiff. Einige Piraten rannten los und gerieten in die Flammen eines Feuers, das sich mit rasender Geschwindigkeit ausbreitete.

»Scheiße! Jetzt sehen Sie, was Sie angerichtet haben«, schrie Ganswig panikerfüllt.

»Wo sind die Feuerlöscher?«, fragte Hanif.

Ganswig und der Ingenieur deuteten auf eine Abzweigung und wurden sofort von einigen Piraten dort hineingestoßen. Stefan Magnus zögerte. Erst vor wenigen Tagen hatte er in der Notbrücke mit der bekannten Fernsehreporterin Evelyne Wide eine süße Stunde verbracht, doch das schien zu einer anderen Zeit zu gehören und zu einem anderen Leben.

Ein Kolbenstoß brachte ihn in die Gegenwart zurück. »Los, löschen!«, herrschte Hanif ihn an.

Jetzt setzte auch Magnus sich in Bewegung.

Ganswig hatte bereits eine der aus zwei großen Hochdruckflaschen bestehenden Feuerlöschgarnituren geholt und richtete den Schlauch auf die Flammen. Für einen Augenblick dachte er daran, dass er mit der scharfen Chemikalie auch die Piraten außer Gefecht setzen könnte. Doch dafür waren es zu viele, und er fühlte sich auch nicht zum Helden berufen. Daher drückte er den Hebel nieder, sah, wie die Flüssigkeit aus der Spritze schoss und sich noch in der Luft in einen festen Schaum verwandelte. Zwar reichte das eine Gerät nicht aus, um den Brand zu löschen, doch er vermochte das Feuer so weit einzudämmen, dass Magnus und der Ingenieur mit ihren Feuerlöschern die restlichen Flammen ersticken konnten.

Es stank fürchterlich, und ein Teil des Löschschaums war in die Notbrücke gedrungen. Als Ganswig eintrat, reichte ihm der Schaumteppich im vorderen Teil bis zu den Hüften. Würde er in die Masse stürzen, würde er unweigerlich darin ersticken.

Bereits der erste Blick auf die Konsole stellte ihn vor ein Rätsel. Keine einzige Kontrolllampe leuchtete, und außer einem Wächter, der anscheinend auf einem Sessel geschlafen hatte und bei der Explosion getötet worden war, befand sich niemand im Raum.

Hanif trat fluchend auf den Mann zu und durchsuchte seine Taschen, bevor er sich mit wütender Miene zu seinen Untergebenen umdrehte. »Da seht ihr, was passiert, wenn ihr vergesst, euer Funkgerät mitzunehmen.«

Im Stillen beschloss er, alle seine Leute an Bord, die er per Funk erreichen konnte, zusammenzurufen und das Schiff bis auf die letzte Schraube auseinanderzunehmen.

»Irgendwo müssen diese Mistkerle sein! Ich hoffe, es fällt dir ganz schnell ein«, sagte er zu Ganswig.

Der Kapitän starrte in die leere Notbrücke und hob hilflos die Arme. »Ich weiß nicht, was hier vorgeht. So etwas habe ich noch nie erlebt.«

»Vielleicht spornt das dein Gedächtnis an!« Ohne mit der Wimper zu zucken, setzte Hanif Ganswigs Stellvertreter die Mündung seiner Waffe auf die Stirn und zog durch. Der Schuss knallte misstönend, und Stefan Magnus sank mit durchschossenem Schädel zu Boden.

»Ich weiß es wirklich nicht.« Ganswigs Stimme hatte nichts Menschliches mehr an sich, als Hanif sich ihm zuwandte und die Waffe in seine Richtung hielt.

»Vielleicht kann man den Antrieb vom Maschinenraum aus abschalten«, stieß der Ingenieur hervor.

Hanif zog seine Waffe zurück. »Dann macht das! Sonst folgt ihr eurem Freund in die Hölle.«

Ganswig warf einen letzten Blick auf seinen toten Stellvertreter, der in den Schaumwolken gebettet lag wie in einem offenen Sarg, und spürte, wie eine eisige Hand nach seinem Herzen griff. Gleichzeitig verfluchte er die Leute, die ihn und seine Besatzung so in Gefahr brachten, und schwor sich, alles zu tun, um Hanif und den anderen Piraten zu helfen. Den Kerlen ging es doch nur um Geld, und das mussten er und alle anderen, die sich an Bord befanden, ihrer Reederei und dem deutschen Staat doch wert sein.

ZEHN

Die Kerle wollen in den Maschinenraum! Henriette muss sie daran hindern!« Evelynes Stimme vibrierte vor Angst, denn wenn die Piraten die Anlagen zerstörten, würde die *Lady* wie ein toter Wal im Wasser treiben.

»Keine Panik! Henriette weiß, was sie zu tun hat.«

Da das Kreuzfahrtschiff mittlerweile die offene See erreicht hatte und keine Untiefen mehr drohten, schaltete Petra nun selbst auf die Überwachungskameras um und entdeckte ihre

Kollegin, die gerade an den Zuluftleitungen des Maschinenraums mehrere Betäubungsgaspatronen anbrachte.

»Beeil dich, Mädchen! Die Piraten kommen gleich bei dir vorbei«, rief sie in ihr Funkgerät.

»Bin schon so weit«, antwortete Henriette, ohne in ihrer Arbeit innezuhalten. Kaum hatte sie die Patronen an den Anschluss-Stutzen festgeschraubt, streifte ihr Blick das Hauptventil der Löschanlage. Wenn sie das im richtigen Augenblick betätigte, würde der Maschinenraum schlagartig unter Kohlendioxid gesetzt, und dann würde niemand, der sich darin aufhielt, lebend herauskommen.

Henriette atmete tief durch. Der Tod der gut vierzig Piraten, die sich um Hanif geschart hatten, würde zwar einige Probleme beseitigen, aber sie würde sich zeit ihres Lebens als Massenmörderin fühlen, insbesondere weil auch der Kapitän und der Bordingenieur dabei umkommen würden.

»Nein!« Mit einer energischen Bewegung wandte sie sich ab, hängte die Abdeckplatte provisorisch ein und kletterte die Notleiter zum nächsttieferen Deck hinab. Dort wartete sie angespannt auf ihre Chance.

Lichtfetzen, die oben herumgeisterten, zeigten ihr, dass die Piraten im Anmarsch waren. Stimmen klangen zu ihr herab, unverständlich zwar, aber hektisch und drohend. Dann hörte sie den Kapitän antworten und spürte beinahe körperlich die Angst, die ihn in den Klauen hielt. Er überschlug sich vor Eifer, seinen Entführern zu Diensten zu sein, und machte mehrere Vorschläge, wie man die Maschinen stoppen könne.

»Nicht wenn ich es verhindern kann«, murmelte Henriette leise vor sich hin.

»Ich habe die Tür des Maschinenraums entriegelt, damit die Kerle sie nicht aufsprengen müssen«, hörte sie Petras Stimme aus dem Knopf im Ohr dringen. »Sie gehen jetzt hinein. Du kannst gleich deine Gaspatronen öffnen. Nein, Vorsicht! Zwei bleiben vor der Tür stehen. Die musst du vorher ausschalten.«

Henriette nickte mit angespannter Miene und entschied sich wieder für die Gasdruckpistole. Wenn sie mit der MP5 schoss, machte sie zu viel Lärm und lockte die anderen Piraten aus dem Maschinenraum. Noch einmal atmete sie tief durch, dann hängte sie sich die Maschinenpistole auf den Rücken. Die Gaspistole steckte sie so ein, dass sie diese leicht ziehen konnte, und kletterte lautlos die Treppe hoch. Da sie den Kopf nicht aus dem Schacht stecken wollte, überprüfte sie die Lage mit Hilfe eines kleinen Spiegels.

Die beiden Wachen standen mit angeschlagenen MPs vor dem Zugang des Maschinenraums. Drinnen verhandelten der Kapitän, sein Ingenieur und der Anführer der Piraten lautstark über die effektivste Methode, den Antrieb zu zerstören.

Henriette musste handeln. Sie steckte den Spiegel weg, zog die Pistole und schob sich aus der Öffnung. Der erste Pirat wurde von dem Giftpfeil getroffen, bevor er sie überhaupt bemerkte, und brach nach Luft ringend zusammen. Sein Kumpan starrte ihn an und bot Henriette ein leichtes Ziel. Als ihre Giftkapsel einschlug, bemerkte er die Angreiferin und brachte seine MP in Anschlag. Doch er fand nicht mehr die Kraft, abzudrücken.

Da sich beide Piraten nicht mehr rührten, schwang Henriette sich aus dem Schacht, rannte zu der Abdeckplatte, riss sie herunter und legte die Ventile beider Gaspatronen um. Das Betäubungsgas schoss zischend in die Leitung, und gleichzeitig ließ Petra die Tür des Maschinenraums zuschlagen.

ELF

Als der Bordingenieur sein ureigenes Reich betrat, waren die Anzeigen zu seiner Überraschung alle tot. Trotzdem arbeiteten die Generatoren und der Antrieb seinem Gehör nach auf voller Leistung.

Hanif, der von Maschinen weniger verstand als er, stieß ihn zum Steuerpult. »Abschalten!«, befahl er.

Der Ingenieur drehte sich ratlos zu ihm um. »Das würde ich ja gerne tun! Aber Sie sehen selbst: Die Kontrollen funktionieren nicht.«

»Wie kann das sein?«, fragte Ganswig entsetzt.

»Wenn ich das wüsste, könnte ich die Anlagen auch außer Betrieb setzen«, antwortete der Ingenieur. Er sah sich um und schüttelte den Kopf. »Da geht gar nichts! Man müsste schon die Turbinen sprengen.«

»Dann veranlassen Sie das!«, flehte der Kapitän.

»Das müssen schon die Herren hier tun. Vorne ist die Luke mit der Leiter, die direkt zu den Antriebsaggregaten führt. Sie sollten allerdings nicht zu viel Sprengstoff nehmen, sonst schlägt die Welle lose, und wir bekommen Wasser ins Schiff. Dann spielen wir Titanic!«

»Lassen Sie Ihre unpassenden Witze!«, fuhr Ganswig ihn an.

»Wo muss gesprengt werden?«, wollte Hanif wissen.

Der Ingenieur machte eine wegwerfende Handbewegung. »Das ist gleich. Sie müssen nur dafür sorgen, dass alle drei Turbinen ihren Geist aufgeben. Solange noch eine funktioniert, fahren wir weiter.«

Auf Hanifs Befehl öffneten zwei seiner Leute die Luke und stiegen hinab. Unten empfing sie eine Dunkelheit, die von den Taschenlampen kaum durchdrungen wurde. Die Piraten schluckten, als sie vor der ersten Turbine standen, die ihnen so riesig erschien, dass sie sich kaum vorstellen konnten, sie mit einer Sprengladung zu zerstören.

»Was sollen wir tun?«, fragte einer. »Wir haben nur noch eine einzige Panzerfaust bei uns.«

»Stimmt nicht! Fayiz und seine Leute haben fünf Stück geholt«, mischte sich einer von oben ein.

»Haben wir freien Sprengstoff?« Noch während er es fragte, ärgerte Hanif sich darüber. Als Anführer hätte er dies wissen müssen.

Sein Stellvertreter verzog das Gesicht und schüttelte den Kopf. »Nein! Wir haben zwar ein paar Ladungen an verschiedenen Stellen des Schiffes angebracht. Aber die jetzt zu suchen und auszubauen dauert zu lange.«

»Dann müssen die Panzerfäuste reichen!« Das sind mindestens drei weitere Kämpfer, die dabei draufgehen, dachte Hanif. Das würde man seiner schlechten Planung und Führung zuschreiben und ihn dafür verantwortlich machen. Aber von diesen Bedenken durfte er sich nicht beeinflussen lassen. Wenn die *Lady of the Sea* entkam und Hilfe durch die Kriegsschiffe der multinationalen Flotte erhielt, war er ein toter Mann.

»Drei Freiwillige!«, rief er und sah zufrieden, dass sich genug Männer meldeten, um ein Dutzend Panzerfäuste abschießen zu können.

Während Hanif drei von ihnen auswählte, die den Antrieb zerstören sollten, wich der Bordingenieur immer weiter in Richtung eines unscheinbaren Knopfes zurück, mit dem man die Schnellauslösung der Löschanlage betätigen konnte. Diese war nicht auf Strom aus den Schiffsgeneratoren angewiesen, sondern verfügte über eine eigene Energieversorgung in Form einer Brennstoffzelle. Da er niemals schnell genug den Raum würde verlassen können, würde er auf diese Weise Selbstmord begehen. Das war ihm klar, doch er konnte den Gedanken nicht ertragen, dass die Schiffsmaschinen, die seiner Verantwortung unterstanden, von den Piraten zerstört wurden. Außerdem würde sein Opfer es jenen Unbekannten, die die Kontrolle über das Schiff übernommen hatten, ermöglichen, die *Lady* in die Nähe der eigenen Kriegsschiffe zu lenken. So erhielten diese eine Chance, die meisten Passagiere und Besatzungsmitglieder an Bord zu retten.

Mit einem verächtlichen Blick streifte er den Kapitän. Ganswig hatte das Kommando auf diesem Schiff nur seiner guten Verbindungen zu den Spitzen der Reederei wegen erhalten. Dabei war der Mann schon immer ein Schleimer ohne Rückgrat gewesen. Es war bedauerlich, dass die Piraten nicht den Kapitän anstelle von Stefan Magnus erschossen hatten. Er sagte sich, dass anderenfalls der Erste Offizier hier unten hätte sterben müssen, und streckte die Hand nach dem Löschknopf aus.

Hinter ihm sanken die ersten Piraten bewusstlos zu Boden, und auch Hanif taumelte bereits durch den Raum. Da drang das betäubende Gas in die Lungen des Ingenieurs. Er spürte, wie er erschlaffte, und schaltete noch im Fallen die Löschanlage ein.

Ein schrilles Pfeifen ertönte, als das Kohlendioxid aus Dutzenden von Düsen in den Raum drang und den Sauerstoff der Luft verdrängte. Der Kapitän vernahm es noch und schrie voller Entsetzen auf. Dann wirkte Henriettes Betäubungsgas auch bei ihm, und er bekam nicht mehr mit, wie er erstickte.

ZWÖLF

Henriette hörte ein wütendes »Scheiße!« im Kopfhörer. »Was ist passiert?«

»Dieser Idiot von einem Ingenieur hat die Löschanlage ausgelöst. Jetzt gehen alle im Maschinenraum hops!«

Petra fluchte, brach aber mitten im Wort ab. »Torsten meldet sich! Sie sind bereits in Sichtweite. Er schätzt, dass sie in spätestens einer halben Stunde an Bord kommen können, wenn die bösen Buben sie nicht daran hindern.«

»Was soll ich tun?«, fragte Henriette und verdrängte die Sterbenden im Maschinenraum aus ihren Gedanken. Wenigstens hatte sie diese Menschen nicht selbst umgebracht.

»Torsten dürfte ein wenig Unterstützung nötig haben, denn

es befinden sich immer noch um die zwanzig Schurken an Deck«, erklärte Petra mit gepresster Stimme. »Außerdem wird es bald hell sein.«

Henriette hatte zwar keine Ahnung, warum ihre Kollegin das als Problem ansah, nickte aber, weil sie annahm, dass Petra sie auf dem Schirm hatte. »Ich schleiche nach oben. Warne mich, wenn du unterwegs Piraten entdeckst.« In dieser Hinsicht vertraute sie ihrer Kollegin mehr als Evelyne. Zu ihrer Beruhigung erklärte Petra sich dazu bereit, schaltete aber zwischendurch immer wieder den Radarschirm ein. Die acht Boote, mit denen Torsten und seine Begleiter aus Laasqoray geflohen waren, zeichneten sich als schwacher, in die Länge gezogener Fleck auf ihrem Bildschirm ab. Gleichzeitig entdeckte sie ein weiteres Signal, das sich rasch näherte. Wer auch immer das war, kam von hoher See aus auf die *Lady* zu. Es konnte sich um ein großes Mutterschiff der Piraten handeln, aber auch um eine Fregatte der multinationalen Flotte.

Petra hoffte auf Letzteres und suchte mit ihrem Funkgerät sämtliche internationalen Frequenzen ab.

DREIZEHN

Dietrich von Tarow zog den Riemen seines Helms fest und überprüfte noch einmal seine MP. Seine Männer waren genauso kampfbereit wie er, und das galt auch für die zwanzig französischen Fremdenlegionäre, mit denen sie die *Lady of the Sea* stürmen würden.

Im Gegensatz zu den sechs Deutschen, deren Uniformen und Ausrüstung während des vergeblichen Angriffs auf die *Caroline* und die anschließende Flucht gelitten hatten, sahen die Franzosen so aus, als wären sie soeben einem Schaufenster entstiegen. Dietrich machte jedoch nicht den Fehler, die

Männer deswegen zu unterschätzen. Im Ernstfall würden diese nicht weniger hart kämpfen als er und seine Leute.

»Sind Sie bereit, Leutnant Muguet?«, fragte er den Offizier der Legionäre.

»Sind wir!« Stolz klang aus der Stimme des Franzosen. Zwar musste er sich Dietrichs Kommando unterstellen, weil dieser Major war und sie ein deutsches Schiff befreien sollten, doch ebenso wie seine Männer hatte er sich vorgenommen, den Deutschen zu zeigen, wie man einen solchen Auftrag richtig erledigte.

»Wie lange dauert es noch, bis wir die *Lady* erreicht haben?«, fragte Fahrner.

Dietrich warf einen kurzen Blick in die Kommandozentrale und gab die Frage weiter.

»Etwa zwanzig Minuten. Allerdings melden unsere Hubschrauber, dass sich acht Piratenboote unserem Ziel nähern. Wir haben ihnen den Befehl erteilt, diese Boote abzudrängen und notfalls zu zerstören«, meldete einer der Offiziere.

Dietrich nickte angespannt. Acht Boote, das konnten bis zu zweihundert an die Zähne bewaffnete Banditen sein, gegen die sie mit sechsundzwanzig Leuten stehen würden.

»Wir ziehen die Sache trotzdem durch«, sagte er sich.

Da zupfte Fahrner ihn am Ärmel. »Herr Major, was machen wir mit der?«

Dietrich drehte sich um und sah Jamanah, die sich wie selbstverständlich zu der Gruppe gesellt hatte und ihre Kalaschnikow nachlud.

»Du bleibst hier! Verstanden?«, fuhr er die Somali an.

So viel Deutsch verstand Jamanah inzwischen, daher schüttelte sie energisch den Kopf und ließ einen zornigen Wortschwall auf ihn herabprasseln. Dabei klopfte sie mit einer heftigen Gebärde auf den Kolben ihrer Waffe.

Ein Fremdenlegionär, der in Djibouti ein wenig Somali gelernt hatte, legte Dietrich die Hand auf die Schulter. »Die

Frau quatscht etwas von Blutrache und Ähnlichem. Ich denke, die lässt sich nicht aufhalten, sondern springt notfalls über Bord und schwimmt zur *Lady* hinüber.«

So leicht wollte Dietrich nicht aufgeben. Er ging zu Jamanah und sah sie mit strengem Blick an. »Es ist zu gefährlich! Du könntest getötet werden.«

Der Fremdenlegionär übersetzte seine Worte und auch Jamanahs Antwort. »Sie sagt, diese Leute da drüben haben ihre Eltern und ihre Geschwister umgebracht, und schließlich sei die Gefahr für Sie selbst nicht geringer, denn auch Sie können getötet werden. Zudem meint sie, es wäre zu Ihrem Vorteil, wenn Sie jemand bei sich haben, der versteht, was die Feinde sich zurufen.«

»Das wäre natürlich gut – wenn sie es uns übersetzen könnte. Aber so viel Deutsch hat sie bis jetzt nicht gelernt«, wandte Fahrner trocken ein. Ebenso wie die anderen amüsierte er sich über ihren Von, der im Dienst eisenhart sein konnte, aber von diesem hochgewachsenen, dunkelhäutigen Mädchen mit Leichtigkeit um den Finger gewickelt wurde.

Dietrich begriff, dass er Jamanah einsperren müsste, um zu verhindern, dass sie mitkam, und war kurz davor, es auch zu tun.

Da rief der Funker aufgeregt: »Unsere Hubschrauber melden, auf den acht Booten befinden sich Frauen und Kinder – und zwar Europäer! Auch die meisten Männer sind weiß!«

»Funken Sie sie an!«, forderte Dietrich ihn auf. »Vielleicht handelt es sich um eine Sondereinheit, die die an Land gebrachten Geiseln befreit hat. Ich glaube nicht, dass unsere Leute sich nur die *Lady* unter den Nagel gerissen und die restlichen Gefangenen in den Händen der Piraten gelassen haben.«

»Meinen Sie wirklich? Das wäre wohl das tollste Stück, das ich in meiner Karriere erlebt habe!«, stieß der französische Leutnant hervor.

Im nächsten Moment fing der Funker ein Signal auf. Zuerst wurde er ärgerlich, da er sich gestört fühlte, keuchte dann aber vor Überraschung auf.

»Es ist Torsten Renk! Er sagt, er habe die an Land gebrachten Geiseln befreit!«

»Renk, dieser Teufelskerl! Dem traue ich es zu.« Leutnant Muguet grinste über das ganze Gesicht, während Dietrich daran dachte, dass seine Schwester Henriette auch nicht weit sein konnte.

»Renk, warten Sie, bis unsere Leute an Bord der *Lady* gegangen sind und das Schiff vom Feind geräumt haben«, gab der Funker im Namen seines Kommandanten durch.

»Negativ! Sie werden jeden Mann brauchen, um das Schiff zu entern. Außerdem haben wir zusammen mit den Booten panzerbrechende Raketen und mehrere schwere Maschinengewehre erbeutet, die von Nutzen sein könnten!«

Obwohl Torstens Renks Stimme durch die Funkwiedergabe verzerrt wurde, spürte Dietrich die Anspannung des Agenten. Diese griff nun, als er an Deck stieg, auch auf ihn selbst über. Jamanah und die anderen schienen dies als Signal aufzufassen und folgten ihm. In der Ferne konnten sie bereits die *Lady of the Sea* erkennen, die schnurgerade auf sie zufuhr. Die flachen Boote wurden von den hohen Wellen verdeckt.

»Wie haben Sie die Sache geplant?«, fragte Dietrich Leutnant Muguet.

»Das werden Sie gleich sehen!« Der Mann wies auf die beiden Hubschrauber, die sich nun in schnellem Flug der *Lady* näherten.

Den Helikoptern schlug Abwehrfeuer aus einem halben Dutzend Maschinengewehren entgegen. Gleichzeitig zischten mehrere Raketen auf sie zu.

»So wird das nichts!«, kommentierte Fahrner, als die Hubschrauber durch das feindliche Feuer gezwungen wurden abzudrehen. Beide schossen noch jeweils zwei Raketen auf das

Oberdeck des Kreuzfahrtschiffes ab, aber sie verfehlten die Abwehrstellungen der Feinde.

»Sieht aus, als würde es eine verdammt harte Sache werden!«, rief der Leutnant und grinste dabei, als wäre ihm das gerade recht.

Inzwischen hatte Dietrich die ersten Boote entdeckt. Im Bug des vordersten stand eine winzige Gestalt und winkte den Piraten an Deck der *Lady* zu.

VIERZEHN

Torsten Renk kniff die Lippen zusammen, um nicht zu fluchen, als die Hubschrauber der *Surcouf* zum Rückzug gezwungen wurden.

»Hast du gesehen, von wo aus die Banditen geschossen haben?«, fragte er Hans Borchart.

»Jawohl! Hier sind auch die entsprechenden Gegenmittel!« Hans hob eine der Raketen auf, die von einem einzigen Mann abgeschossen werden konnte.

»Über wie viele von den Dingern verfügen wir?«

»Genug, um die *Lady* in einen Schweizer Käse zu verwandeln. Ich schätze, sechs Raketen dürften genügen, um den Kerlen einzuheizen.« Obwohl Hans durch die fehlende Hand behindert wurde, wollte er einer der Schützen sein. Auch Torsten nahm eine Rakete zur Hand, ebenso Omar Schmitt und seine beiden Untergebenen.

»Einer fehlt noch«, sagte Torsten.

Da meldete sich der NVA-Major a. D. Erlmann. »Wenn Sie gestatten, mache ich mit!«

»Sehr gut!« Während Torsten zufrieden nickte, unterwies Hans den Exmajor in der Handhabung der Waffe und zeigte ihm die Stelle, auf die er sie abschießen sollte.

»Dort ist eines der MG-Nester. Wenn Sie das erwischen, ist es schon die halbe Miete!«

»Wohl nicht ganz. Aber ich werde mein Bestes geben!« Erlmann wollte bereits die Rakete schultern, doch Torsten hielt ihn auf. »Noch nicht! Sonst werden die Brüder womöglich noch aufmerksam. Kauert euch alle hin und haltet die Gesichter unten. Nur die drei Somalis und Hans, der wie einer von ihnen aussieht, sollen sich offen zeigen.«

Er stieß hart die Luft aus und wandte sich an Hans. »Ich würde am liebsten die Frauen und Kinder und den größten Teil der Passagiere zurücklassen, doch wenn wir jetzt anfangen umzuladen, warnen wir die Kerle.«

»Dafür geht auch die See zu hoch«, stellte sein Kollege fest.

»Ich hätte bereits an Land daran denken müssen!« Torsten zwang sich, den Kopf zu senken, um ebenfalls nicht aufzufallen.

Leutnant Tamid aber sprang am Bug hin und her, fuchtelte mit beiden Armen und rief den Piraten an Bord, so laut er konnte, zu, dass sie gleich an Bord kommen würden.

»Wie weit ist es noch?«, wollte Torsten wissen.

Der junge Somali schätzte die Strecke ab und klopfte ihm auf die Schulter. »Noch zehn Sekunden, dann sollten wir gemeinsam schießen.«

»Kennt jeder sein Ziel?«

Während die anderen nickten, begann Torsten rückwärts zu zählen. Die letzten drei Zahlen sprach er laut aus. Bei null riss er die Abschussvorrichtung hoch, visierte das MG-Nest kurz an und zündete die Rakete.

Fast gleichzeitig zischten fünf weitere Geschosse auf die *Lady* zu und schlugen zwei Sekunden später an Deck ein. Das Dröhnen der Explosionen hallte über die See, Trümmerteile und Menschen flogen durch die Luft, und dann war das Boot so nahe am Schiff, dass sie die Hakenseile hochschießen konnten.

»Die Bewaffneten kommen mit mir, die anderen steuern die Boote außer Schussweite! Passt auf, dass ihr nicht der *Surcouf* vor den Bug fahrt«, rief Torsten, packte das Seil und kletterte als Erster an Bord.

Die von einem Raketentreffer zerfetzten Reste der oberen Bordwand behinderten ihn, und als er sich endlich festhalten und an Bord ziehen konnte, tauchte vor ihm ein Pirat in einem Morgenmantel auf, der das Emblem der *Lady of the Sea* trug. Der Mann stieß einen Schrei aus und begann zu feuern.

Torsten warf sich nach vorne und spürte, wie etwas heiß über seine Schulter schrammte. Gleichzeitig verhedderte sich seine Waffe in den Trümmerteilen.

Jetzt ist es aus, schoss es ihm durch den Kopf. Da kippte der Pirat auf einmal nach vorne und klatschte zu Boden. Hinter ihm tauchte eine zierliche, schwarz gekleidete Gestalt auf und lächelte ihn an. »Willkommen an Bord, Torsten! Schön, dass du dich an dem Spaß beteiligen willst. Für mich allein sind es doch ein paar Banditen zu viel.«

»Henriette!« Torsten raffte sich auf und musste an sich halten, um seine Kollegin nicht zu umarmen. »Danke!«, sagte er stattdessen und wollte an ihr vorbei in das Schiffsinnere steigen.

»Nicht so schnell«, rief Henriette ihm nach. »Du solltest deinen Knopf im Ohr anschalten, damit Petra dir sagen kann, wo du den Rausschmeißer spielen sollst.«

Torsten holte dies nach und wies die Männer, die ihm gefolgt waren, an, in seiner Nähe zu bleiben. »Das gilt vor allem für dich und deine Leute«, rief er Omar Schmitt zu. »Unsere französischen Freunde sind gleich hier, und ihr wollt doch nicht, dass sie euch für die anderen halten.«

»Natürlich nicht!« Omar Schmitt lachte kurz und feuerte gleichzeitig auf einen Piraten, der ein Deck höher den Kopf zu weit vorgestreckt hatte.

»Wie gehen wir vor?«, fragte er dann.

Torsten blickte nach draußen. Dort fuhren die erbeuteten Boote mit Höchstgeschwindigkeit davon. Zufrieden sah er, dass sie einen Zickzackkurs steuerten, der es den Piraten schwer machte, sie unter Feuer zu nehmen. Bei den meisten saßen nun Frauen am Ruder, denn die tatkräftigsten Männer hatten sich nicht davon abhalten lassen, mit an Bord der *Lady* zu steigen. Da Torsten keine Zivilisten opfern wollte, wies er die ehemaligen Geiseln an, unter dem Kommando von Hans, der es auf eine ihm unbegreifliche Weise geschafft hatte, ebenfalls an Bord zu klettern, die erste freigekämpfte Sektion des Schiffes zu sichern. Er selbst drang mit Henriette und einigen Männern aus von Tarows Truppe in das Innere der *Lady* ein.

FÜNFZEHN

Aus der Entfernung hatte die *Lady of the Sea* noch imposant gewirkt. Doch als die *Surcouf* sich dem Kreuzfahrtschiff näherte, waren die Zerstörungen an Bord deutlich zu erkennen. Der größte Teil der Panoramascheiben war von den Piraten zerschossen worden oder durch die Explosionen zu Bruch gegangen. An jenen Stellen, an denen die Raketen aus den erbeuteten Booten eingeschlagen hatten, ragten Trümmerteile in die Luft, und aus mehreren Öffnungen drang dunkler Rauch.

»Sieht so aus, als hätte der interessanteste Teil der Party bereits ohne uns stattgefunden«, knurrte Fahrner enttäuscht.

»Wir sind eher die Putzkolonne. Haltet eure Eimer und Besen bereit!« Dietrich von Tarow lachte hart auf. Zwar spürte er die übliche Anspannung wie vor jedem Einsatz, doch anders als bei ihrer Aktion gegen die *Caroline* rechnete er nun mit einem vollen Erfolg.

Während er und seine Männer in die Schlauchboote der

Surcouf stiegen und losfuhren, sah Dietrich die Hubschrauber zurückkehren und die letzten Piraten auf dem Oberdeck mit Maschinengewehren beharken. Eine einzelne Rakete flog ihnen noch entgegen, wurde aber von einem Abwehrgeschoss getroffen und explodierte in der Luft.

»Gleich sind wir da!«, rief ihm der Leutnant zu.

Dietrich richtete seine Waffe auf das Schiff. Doch es ließ sich kein einziger Pirat sehen. Stattdessen schwenkte jemand einen Lappen, der einmal ein weißes Hemd gewesen sein konnte, und rief ihnen auf Deutsch zu: »Hier könnt ihr anlegen!«

»Was will der Kerl?«, fragte Leutnant Muguet misstrauisch.

»Es scheint einer der Burschen zu sein, die sich den Kasten geangelt haben«, antwortete Dietrich und brüllte dann nach oben. »Wer sind Sie?«

»Major Erlmann. Ich habe mich mit einigen befreiten Geiseln hier verschanzt!«

»Ein deutscher Offizier«, meldete Dietrich dem Franzosen, während Fahrner und ein weiterer Soldat ihre G22-Scharfschützengewehre bereithielten, um den Legionären notfalls Feuerschutz zu geben.

Das erwies sich jedoch als unnötig. Die beiden Bootsführer konnten neben der *Lady* anlegen. Mehrere Fremdenlegionäre schossen ihre Seilharpunen ab, und Dietrich kletterte als Erster zu Erlmann und dessen Leuten hoch. Oben sah er sich einem älteren Herrn in fleckigen Bermudashorts gegenüber, der eben sein ebenso schmutziges Hemd wieder anzog.

»Schön, Sie zu sehen. Jetzt fühlen wir uns besser«, sagte er in unzweifelhaft sächsischem Tonfall.

»Sie sind Major Erlmann?«, fragte Dietrich verblüfft.

Der andere nickte mit einem wehmütigen Lächeln. »Ja, aber in einer anderen Zeit und einer anderen Armee als der Ihren.«

»NVA! Nun, jetzt gehören Sie zu uns.« Dietrich reichte

dem alten Herrn die Hand und wies mit der anderen auf das Schiff. »Wo brennt es noch?«

»Weiter vorne haben sich etliche Piraten in der Küche verschanzt. Ohne Handgranaten ist da nichts zu machen.«

»Wir haben genug dabei!« Dietrich übersetzte Erlmanns Bericht für die Franzosen.

»Die Kerle holen wir uns!« Bevor Dietrich noch etwas sagen konnte, stürmten die Fremdenlegionäre los.

Wenig später hallte das Tackern ihrer MPs durch das Schiff. Bevor Dietrich und seine Männer eingreifen konnten, kehrte Leutnant Muguet zurück und salutierte übertrieben zackig.

»Melde gehorsamst, Feind niedergekämpft und Küche eingenommen!« Sein Gesichtsausdruck besagte jedoch: »Na, ihr Deutschen, jetzt haben wir euch gezeigt, wie wir das machen.«

Fahrner räusperte sich verärgert und wollte etwas sagen. Dann aber nahm er eine Bewegung wahr, riss sein G22 hoch und gab mehrere Schüsse ab. Keine zwanzig Meter weiter vorne stürzten zwei Piraten herunter, die den Niedergang vom nächsthöheren Deck hatten hinabschleichen wollen.

»Ich glaube, jetzt sind wir quitt«, meinte er grinsend und drang dann, jede Deckung ausnützend, tiefer in das Schiff ein.

Dietrich wechselte einen kurzen Blick mit seinen übrigen Männern, überholte Fahrner und stieg vorsichtig ein Deck tiefer. Als er kurz zurückblickte, sah er Jamanah direkt hinter sich, die so angespannt wirkte wie ein Raubtier vor dem Sprung.

SECHZEHN

Petras Alarmruf gellte so laut aus dem Kopfhörer, dass Torsten Renk diesen im Reflex herauszog. »Was ist denn los?«, fragte er sie.

»Auf meinem Deck sind Piraten aufgetaucht. Völlig durchgeknallt! Sie schießen in alle Räume, reißen sämtliche Wartungsluken und Schotten auf und werfen Handgranaten hinein. Bald werden sie hier sein! Wenn sie meinen Laptop treffen, kann ich das Schiff nicht mehr steuern! Dann rast es führerlos nach Norden, bis es irgendwo an der Küste des Jemen aufläuft und scheitert.«

Typisch Petra, sich mehr Sorgen um ihr Gerät als um sich selbst zu machen, durchfuhr es Torsten. Er begriff aber, dass sie schnell handeln mussten, und forderte sie auf, ihm den schnellsten Weg zu weisen.

»Tu ich! Ich mache euch die Türen auf. Folgt den hell erleuchteten Korridoren!« Noch während Petra antwortete, huschten ihre Finger über die Tastatur. Dabei schwitzte sie vor Angst, denn die Schüsse und Explosionen kamen immer näher.

»Beeilt euch!«, rief sie und versuchte dann, Evelyne Wide zu beruhigen, die am ganzen Körper zitterte. »Keine Sorge! Torsten kommt rechtzeitig. Das hat er bis jetzt immer getan.«

»Und wenn nicht?«, fragte die Reporterin, die sich bereits von Kugeln durchbohrt und von Handgranaten zerrissen sah.

»Er kommt«, behauptete Petra und forderte Evelyne auf, Kontakt mit ihrem Sender aufzunehmen.

»Die interessieren sich sicher für das, was um uns herum los ist«, setzte sie mit gezwungenem Grinsen hinzu. Ihr ging es gar nicht darum, die Presse zu informieren, sondern sie wollte Evelyne beschäftigen, damit diese sie nicht länger mit ihrem Gewinsel nervös machte.

Unterdessen rannte Torsten durch das Schiff, als gäbe es keinen einzigen Gegner, der auf ihn schießen konnte. Henriette, Omar Schmitt und seine beiden Männer vermochten kaum mit ihm Schritt zu halten.

Einmal begegnete ihnen ein Pirat, der gerade aus einer aufgesprengten Tür treten wollte. Ein kurzer Feuerstoß trieb ihn zurück, und als der Mann das nächste Mal hinausschaute, rannten Torsten und seine Begleiter bereits zwei Decks tiefer durch die Gänge.

»Noch eins nach unten!«, rief Henriette, die als Einzige mit dem Plan des Schiffes vertraut war.

Torsten wurde langsamer und wies sie und die anderen an, hinter ihm zu bleiben. »Petra! Wie sieht es aus?«, fragte er.

»Wir leben noch. Aber die Kerle sind gleich da!« Diesmal flüsterte sie, als befürchtete sie, die Piraten könnten sie draußen hören.

Torsten hielt sich nicht mehr mit Nachfragen auf, sondern trat zu dem Niedergang, der ihn in die Nähe von Petras Versteck führte, und stieg so leise wie möglich die Metall-Leiter hinab. Vor ihm erklangen Schüsse und laute Stimmen, die wie die von Betrunkenen klangen.

»Die Kerle müssen noch etwas anderes intus haben als Katkraut«, flüsterte er Henriette zu, die über ihm auf einer Stufe kauerte, um ihm Feuerschutz zu geben.

»Wahrscheinlich Haschisch! Petra und ich haben gesehen, wie sich einige der Kerle das Zeug reingezogen haben«, antwortete sie leise.

Torsten nickte kurz und schlich weiter, bis er die Männer vor sich sah. Sie waren zu sechst und steckten in einer eigenartigen Mischung aus eigenen und erbeuteten Kleidungsstücken. Offensichtlich waren sie dabei, jeden Winkel auf diesem Deck zu durchsuchen, denn sie rissen nicht nur Reparaturluken, sondern auch die festgeschraubten Abdeckplatten der Versorgungsschächte auf. Auf diesem Weg würden sie früher oder später den Zugang zu dem Versteck seiner Kolleginnen finden.

Da Torsten nicht genau wusste, wo dieses lag, galt es, sofort zu handeln. Ein Feuerstoß seiner MP5 riss drei der Kerle von den Füßen. Die anderen versuchten noch zurückzuschießen, doch sie fielen Henriettes und Omar Schmitts Kugeln zum Opfer.

Als auch der letzte Pirat am Boden lag und sich nicht mehr rührte, gab Torsten Entwarnung. »Alles erledigt, Petra. Ich hoffe, du bist nicht nervös geworden!«

Petra kicherte. »Ich nicht, aber …«

Sie schenkte Evelyne Wide einen kritischen Blick. Diese erlebte gerade das große Abenteuer, das sie sich als Reporterin gewünscht hatte. Doch ihr schien es wenig zu gefallen, dass sie die eigene Haut riskieren musste.

Petra hatte sich inzwischen gefasst und kommentierte das Geschehen an Bord. »Es sind französische Legionäre an Bord gekommen, zusammen mit ein paar Deutschen. Insgesamt etwa fünfundzwanzig Mann. Das ist nicht viel, könnte aber reichen, wenn die Piraten keine Verstärkung erhalten. Deswegen will ich das Schiff auch nicht stoppen. Ich habe einige Radarreflexe auf dem Schirm. Es könnten Schnellboote aus Laasqoray und Durduri sein.«

»Aus Laasqoray sicher nicht. Die haben wir erledigt«, sagte Torsten und forderte sie auf, ihm zu sagen, wo sie zuerst eingreifen sollten.

»Eine Gruppe Piraten hat sich Zugang zum Salon verschafft, in dem sich fast fünfhundert Geiseln aufhalten, und will die Leute erschießen!« Bei den letzten Worten klang Panik in Petras Stimme auf.

»Zeig uns den Weg!«, rief Torsten.

»Das schafft ihr nicht rechtzeitig. Da müsstet ihr schon den Versorgungsschacht hochklettern, doch das kann höchstens Henriette.«

»Wo ist der Schacht?«, fragte ihre Kollegin sofort.

»Da vorne! Wo das große P draufsteht!«

Im nächsten Moment rannte Henriette zu der Stelle, riss die Abdeckplatte auf und schlüpfte hinein.

Torsten sah, wie sie schlangengleich höher glitt, und meldete sich dann wieder bei Petra. »Zeig uns trotzdem den Weg. Könnte ja sein, dass unser Küken Hilfe braucht.«

»Küken!« Petra lachte kurz auf. »Torsten, unser Küken, wie du sie nennst, hat hier an Bord Stücke geliefert, die ich nicht einmal dir zutraue. Aber macht euch auf den Weg und dost unterwegs die Kerle ein, die zwei Decks höher herumirren. Ich habe dort eine hübsche Kammer entdeckt, in die ihr sie einsperren könnt.«

»Die sollten wir gleich erschießen.« Torsten wollte keine Zeit verschwenden, die ihm an anderer Stelle fehlen mochte.

»Die Kerle haben ihre Munition verballert und auch keine Handgranaten bei sich. Nun sind sie dabei, von großen Helden zu kleinen Würstchen zu schrumpfen. Sie jetzt noch umzubringen wäre nicht fair!«

»So kann auch nur Petra reden«, sagte Torsten kopfschüttelnd zu Omar Schmitt und rannte los.

SIEBZEHN

Der Schacht war höllisch eng, und Henriette stieß immer wieder gegen vorspringende Rohre und Kabelhalterungen. Zum Glück war der Mikrofaserstoff ihres Dresses so zäh, dass er nicht zerriss. Aber sie würde etliche blaue Flecken und Abschürfungen davontragen. Doch das war ein geringer Preis dafür, möglicherweise etlichen Menschen das Leben zu retten.

»Gleich bist du am Ziel«, vernahm sie Petras Stimme im Ohr.

Henriette sah sich angespannt um. Direkt über ihr befand sich die Abdeckplatte, durch die sie in den Raum mit den Geiseln gelangen konnte. Sie streckte die rechte Hand aus, um sie aufzustoßen, zuckte aber zurück. Auf diese Weise würde sie zu viel Zeit brauchen, um schussbereit zu werden. Daher kletterte sie höher, stieß die Platte mit beiden Beinen aus ihrer Halterung und sprang hinterher.

Schüsse schlugen über ihr ein. Da rollte Henriette bereits über den Boden, sah vor sich die panikerfüllten Geiseln und zwischen ihnen eine Handvoll Piraten, die sich zu ihrem Leidwesen im Raum verteilt hatten.

Henriette blieb in Bewegung und gab nur dann kurze Feuerstöße ab, wenn sie freies Schussfeld hatte. Wie gut sie traf, konnte sie nicht erkennen, aber da ihr die Kugeln ihrer Gegner nicht mehr um die Ohren pfiffen, schien ihr Feuer wirkungsvoll zu sein. Die Gegenwehr der Piraten ebbte rasch ab und verstummte dann ganz. Das geschah keinen Augenblick zu früh, denn sie hatte die dreißig Patronen ihrer MP verschossen und musste zu ihrer Gasdruckpistole greifen.

Die benötigte sie jedoch nicht mehr. Ihre Gegner waren entweder tot oder kampfunfähig. Zwar versuchte einer von ihnen noch, eine Handgranate zu zünden und in ihre Richtung zu rollen, doch das Metallei rutschte ihm aus der kraftlos gewordenen Hand und explodierte direkt neben ihm.

Damit war es vorbei. Henriette lehnte sich schwer atmend gegen die Wand. Nie zuvor in ihrem Leben hatte sie sich so erschöpft und ausgelaugt gefühlt wie in diesem Augenblick.

Ein Geräusch an der Eingangstür, das sogar das Jammern der Verletzten übertönte, ließ sie herumfahren. Sie hörte französische Rufe, erinnerte sich an die *Surcouf* und antwortete, so laut sie konnte, in derselben Sprache. »Hier ist alles gesichert, *mes amis*!«

Gleichzeitig öffnete Petra von ihrem Laptop aus die Tür, und Henriette sah sich einer gemischten Gruppe von Fremdenlegionären und Bundeswehrsoldaten gegenüber. Der Hüne, der sie anführte, kam ihr vertraut vor. Dennoch dauerte es einige Sekunden, bis sie ihren ältesten Bruder erkannte.

»Dietrich!«, jubelte sie, doch ihre Stimme klang dünn vor Erschöpfung.

»Henriette!« Dietrich von Tarow konnte es nicht fassen. Er trat auf seine Schwester zu und riss sie in die Arme. »Mein

Gott, bin ich froh, dich gesund und munter wiederzusehen! Ich habe mir solche Sorgen um dich gemacht.«

»Dabei hattest du wahrscheinlich den härteren Job als ich. Mir ist fast das Herz stehengeblieben, als ich hörte, dass euer Angriff auf die *Caroline* gescheitert ist.« Henriette schniefte und kämpfte gegen die Tränen an, die in ihr aufsteigen wollten.

Da tauchte eine baumlange, aber offensichtlich weibliche Gestalt mit dunkelbrauner Hautfarbe, die in zusammengewürfelten Militärklamotten steckte, neben Dietrich auf und starrte sie bitterböse an.

Verwirrt löste Henriette sich von ihrem Bruder. »Wer ist das?«

Dietrich sah sich kurz um und grinste ein wenig kläglich. »Das ist Jamanah. Sie stammt aus Somalia, musst du wissen.«

»Das ist offensichtlich.« Henriette betrachtete die junge Frau, die sie um mehr als einen Kopf überragte, sich aber trotz ihrer Länge so geschmeidig bewegte wie eine Raubkatze. Ihr Gesicht war recht hübsch, und Henriette beschlich der Verdacht, dass ihr Bruder an dieser Frau Gefallen gefunden hatte. Auf jeden Fall wirkte Jamanah noch exotischer als sie selbst oder ihre Mutter.

»Wer ist die Kleine?«, fragte der französische Leutnant und deutete auf Henriette.

»Meine Schwester«, antwortete dieser.

»Die ist wohl ein wenig aus der Art geschlagen! Vielleicht aber auch nicht …« Muguet wies auf die niedergeschossenen Piraten. »Sie sollten Ihrem Fundstück hier sagen, dass die Kleine mit Ihnen verwandt ist! Sonst erschießt sie sie noch.«

Während die übrigen Soldaten den Raum sicherten oder sich der verletzten Geiseln annahmen, übersetzte der Legionär, der Somali konnte, Jamanah Dietrichs Erklärung. Sofort entspannte sich die Miene der jungen Somali, und sie musterte Henriette neugierig. Die Schwester des großen Kriegers war ebenfalls eine Frau, die sich nicht scheute, in den Kampf zu ziehen.

Mit einem schüchternen Lächeln sprach sie Henriette an. »Du bist sehr tapfer!«

Der Legionär übersetzte und brachte Henriette damit in Verlegenheit. »Ich weiß nicht, ob das Tapferkeit ist. Im Grunde war einfach nur zu viel los, als dass ich Angst hätte haben können.«

»Jetzt mach dich nicht kleiner, als du ohnehin schon bist«, befahl Dietrich ihr. »Immerhin hast du mit deinen Kameraden die *Lady of the Sea* freigekämpft.«

Henriette gluckste. »Kameraden ist gut! Wir waren zu zweit. Du wirst Petra bald kennenlernen.«

»Sagt bloß, ihr habt dieses Riesenschiff nur zu zweit unter eure Kontrolle gebracht!« Dietrich konnte es nicht fassen, und auch Leutnant Muguet schüttelte zweifelnd den Kopf. Doch bevor sie weiter darüber reden konnten, meldete sich Petra über die Lautsprecher.

»He, Leute, vor lauter Wiedersehensfreude habt ihr ganz vergessen, dass sich noch einige böse Buben auf der *Lady* herumtreiben. Es wäre nett, wenn ihr euch um die kümmern könntet. Da sie keinen Anführer mehr haben und ziemlich versprengt sind, ergeben sie sich vielleicht sogar. Es müsste sie jemand in ihrer Sprache ansprechen können!«

Als Dietrich auf den Legionär zeigte, der Somali konnte, wehrte dieser mit beiden Händen ab. »So gut beherrsche ich die Sprache nicht. Sie würden mich für einen Ausländer halten und mir nicht trauen.«

»Vielleicht könnten Torstens somalische Begleiter …«, begann Henriette, stockte dann und sah Jamanah an. »Wie wäre es mit ihr? Eine Frauenstimme schafft auf alle Fälle mehr Vertrauen als die eines Mannes.«

»Eine gute Idee«, befand Petra über Funk.

Dietrich wiegte unschlüssig den Kopf. »Jamanah spricht

weder Deutsch noch Französisch. Wie sollen wir ihr beibringen, was sie sagen soll?«

»Das könnte ich übernehmen«, bot der Legionär an und wandte sich an die Somali.

Jamanah hörte ihm schweigend zu und zeigte dann die Zähne wie ein gereizter Hund. Viel lieber hätte sie die überlebenden Piraten umgebracht. Da sie jedoch spürte, dass Dietrich viel an der Sache lag, nickte sie. »Ich tue es!«

»Sehr gut«, lobte Petra sie, als sie die Übersetzung hörte. »Ich schalte sämtliche Lautsprecher im Schiff ein. Jamanah muss nur in Henriettes Funkmikrophon sprechen, dann können alle sie hören.«

Henriette nahm das Band ab, an dem das winzige Mikro und ihr Ohrhörer befestigt waren, und legte es Jamanah an. »Du musst langsam und deutlich sprechen«, erklärte sie ihr anschließend.

Die Somali lauschte der Übersetzung, machte eine zustimmende Geste und setzte zu ihrer Rede an. »Somalische Kämpfer! Krieger der Warsangeli, Dulbahante und Majerten, hört mich an! Legt eure Waffen nieder und ergebt euch den Soldaten aus Deutschland und Frankreich. Sie werden euch ehrenhaft behandeln.« Jamanah fügte noch einige Sätze hinzu, von denen sie hoffte, sie könnten die an Bord befindlichen Piraten zum Aufgeben bewegen, und wollte dann Mikro und Ohrhörer wieder zurückgeben. Doch da hielt Henriette ihre Hände fest.

»Du musst diese Ansprache alle fünf Minuten wiederholen, damit die Kerle begreifen, dass wir es ernst meinen.«

Jamanah blickte den Legionär an, der ihre Sprache radebrechte, und als dieser ihr erklärt hatte, was sie tun sollte, lächelte sie und wiederholte ihren Spruch.

»Sie macht ihre Sache wirklich gut«, bekräftigte Petra ihr Lob und lachte wie befreit auf. »So, Sportsfreunde, jetzt werde ich mal unserem großen Guru Bescheid geben, dass wir die *Lady of the Sea* erfolgreich zurückgeklaut haben.«

»Vergiss dabei aber nicht zu sagen, dass wir anderen auch dabei gewesen sind«, antwortete Torsten, der eben in den Salon kam, gereizt.

Er hatte gemeinsam mit den drei verbündeten Somalis unterwegs mehrere Piraten aufgelesen, die keinen Sinn mehr darin gesehen hatten, weiterzukämpfen, und kam sich nun so vor, als wäre er wirklich nur noch zum Aufräumen abkommandiert worden, während die beiden Frauen die Sache fast ganz allein geschaukelt hatten.

ACHTZEHN

Franz Xaver Wagner schien neben dem eingeschalteten Funkgerät gewartet zu haben, denn er meldete sich sofort, und seine Fragen prasselten wie Hagel auf Petra nieder. »Was ist? Habt ihr das Schiff? Ist es Renk und Borchart gelungen, die Geiseln an Land zu befreien?«

Die Computerspezialistin blickte feixend in die Kamera des Laptops. »Natürlich haben wir das Schiff und die Geiseln! Haben Sie etwa daran gezweifelt?«

Es gelang ihr, beleidigt zu klingen. Dann wurde sie schlagartig ernst. »Es gab leider Opfer unter der Mannschaft und etliche verletzte Passagiere. Aber im Großen und Ganzen sind wir gut davongekommen. Allerdings haben unsere Freunde von der anderen Seite beide Steuerräume des Schiffes in Schrott verwandelt. Ich werde den Kasten von hier aus steuern müssen, bis der Abschleppwagen kommt.«

»Hier gibt es keinen Abschleppwagen!«, schnauzte Wagner sie an. »Sie werden die *Lady of the Sea* selbst nach Djibouti bringen müssen. Nein! Besser nach Berbera. In Djibouti laufen mir zu viele Journalisten herum. Auch können wir uns von Berbera aus besser um die *Caroline* kümmern. Unsere Bundeswehrfreunde von den Spezialkräften wollen es nämlich noch einmal versuchen. Sie, Frau von Tarow, Renk und Borchart werden ihnen dabei assistieren.«

Petra stöhnte entsetzt auf. »Heißt das etwa, ich darf noch nicht nach Hause? Nach alledem, was ich bereits geleistet habe?«

»Zu meinem größten Bedauern: nein! Und jetzt erstatten Sie endlich Meldung, wie es sich gehört!« Für Augenblicke fiel Wagner in seinen Militärjargon zurück.

Petra salutierte betont linkisch. »Jawohl, Herr Major, Bericht folgt sofort!« Während sie den Verlauf der Rückeroberung schilderte, konstatierte sie zufrieden, dass ihr Vorgesetzter sie kein einziges Mal unterbrach. Zwar strich sie ihre eigenen Verdienste kräftig heraus, vergaß aber nicht, auch die Leistungen von Henriette, Torsten und den anderen Beteiligten zu würdigen.

Wagner nickte ein paarmal und verzog das Gesicht, als er vom Tod des Kapitäns, des Ersten Offiziers und des Bordingenieurs hörte. Am Ende sagte er, dass er trotz der Opfer auf eigener Seite zufrieden sei.

»Noch zufriedener werde ich allerdings sein, wenn wir die *Caroline* zurückgeholt haben. Das muss innerhalb der nächsten Tage geschehen. Am liebsten würde ich Sie und die anderen ja mit einem Hubschrauber von der *Lady* holen lassen«, setzte er nachdenklich hinzu.

»Dann brauchen Sie aber jemanden, der den Kasten hier mit einem Joystick steuern kann. Das ist die einzige Möglichkeit, die uns noch bleibt. Das Schiff ist ziemlich im Eimer. Unsere somalischen Freunde haben sich einen Spaß daraus gemacht, so viel wie möglich zu zerstören. Ich bin schon froh, dass der Kasten überhaupt noch schwimmt.«

Petra stöhnte übertrieben und erklärte, dass sie wieder auf das Radar umschalten müsse. »Im Moment fahre ich blind. Wenn mir irgendetwas vor den Bug kommt, wird es gerammt, ganz gleich, ob es sich um ein Fischerboot, ein Kriegsschiff oder ein Felsenriff handelt!«

»Dann tun Sie das und geben Sie mir Renk oder Frau von Tarow«, bellte Wagner sie an.

»Bedauere, aber die sind gerade damit beschäftigt, die überlebenden Piraten zu überreden, die Waffen zu strecken. Und damit tschüs bis zum nächsten Mal!« Petra schaltete die Verbindung ab und widmete sich wieder der Steuerung. Das Schiff machte derzeit fünfzehn Knoten, und sie rechnete ungeduldig aus, wie lange es brauchen würde, bis sie Berbera erreicht hätten.

NEUNZEHN

Jamanahs beschwörender Appell an die noch an Bord befindlichen Piraten verfing. Immer mehr Somalis sahen die Sinnlosigkeit ihres Kampfes ein und ergaben sich. Es kostete Torsten, Dietrich von Tarow und die Franzosen allerdings einige Mühe, die Männer, die nun eher verschreckten Kaninchen als grimmigen Löwen glichen, vor dem Zorn der Passagiere zu schützen. Diese waren nicht nur empört über die Behandlung, die die Piraten ihnen hatten angedeihen lassen, sondern fanden auch ihre Kabinen ausgeplündert und verwüstet vor.

Bei einem Gefangenen wurde besonders viel Beutegut gefunden. Die Fremdenlegionäre nahmen ihm alles ab und behandelten ihn dabei so rau, dass Torsten eingreifen wollte.

Da fasste Hans Borchart ihn am Arm. »Lass sie! Das ist gespielt. Der Mann ist Jabir, der französische Spion an der Piratenküste.«

Als wolle er Hans' Aussage bekräftigen, zwinkerte Jabir diesem kurz zu und jammerte dann zum Steinerweichen über die Grobheit der Franzosen. Insgeheim rieb er sich jedoch die Hände. Viele gefangene Piraten hatten mit angesehen, wie er hier behandelt wurde, und das würde ihm bei seiner weiteren Arbeit in Somalia helfen. Zwar würden die Legionäre die Kerle freilassen müssen, damit er in das Land zurückkehren konnte. Doch das erschien sowohl ihm wie auch dem Kommandanten der *Surcouf* als das kleinere Übel. Die Kerle in Europa vor Gericht zu bringen würde diesen nur den Nimbus von Märtyrern verleihen. Zu Hause hingegen konnten sie erzählen, mit welcher Entschiedenheit die weißen Männer ihre Schiffe verteidigten.

Torsten las Jabir dessen Gedanken von der Stirn ab und nickte Hans und Henriette zufrieden zu. »Leute, wir haben unseren Job erledigt.«

»Ich bin froh, dass es vorbei ist. Zu viele Menschen sind dabei ums Leben gekommen!« Henriette schüttelte sich bei der Erinnerung an die Piraten, die sie selbst getötet hatte.

Torsten legte ihr die Hand auf die Schulter und zwang sich ein Lächeln auf die Lippen. »Es war ein elender Job, vor allem, wenn man sieht, wie jene leben, die sich die Fahrt auf einem Luxuskreuzer leisten können, und wie die Menschen in diesem geschundenen Land hausen müssen. Mir ist hier in Somalia klar geworden, warum viele Einheimische zu Piraten geworden sind.«

»Siehst du das nicht zu idealistisch von deren Seite aus, Torsten?«, fragte Henriette leise.

»Wenn ich die Motive der Menschen auf der anderen Seite ergründen soll, muss ich mich in sie hineinversetzen können. Das ist wichtig in unserem Job. Genau genommen sind wir genauso arme Würstchen wie die Kerle, die wir gefangen haben. Sie erledigen die Drecksarbeit für ihre Bosse, wir die für die unseren. Aber jetzt komm! Ich habe Durst und hoffe, wir finden auf diesem Kahn noch eine Wasserflasche, die nicht für Zielübungen verwendet worden ist.«

Damit brachte er Henriette zum Schmunzeln.

Während sie wie altgediente Söldner mit ihren Waffen in den Händen durch das Schiff gingen, trafen sie auf den Bundestagsabgeordneten Dunkhase. »Diese Misthunde gehören alle an die Wand gestellt. Unsere Kabine sieht aus wie ein Schweinestall. Sogar hineingeschissen haben die!«

»Dann nehmen Sie gefälligst einen Besen und eine Schaufel zur Hand und räumen es weg!«, antwortete Torsten kurz angebunden und ließ den Mann stehen.

Die Abgeordnete Blauert gesellte sich kopfschüttelnd zu Henriette und Torsten. »Eigentlich darf ich es ja nicht sagen, weil Dunkhase meiner Partei angehört. Aber mir kommt es so vor, als hätten die Piraten die richtige Kabine als Toilette benützt. Bei den meisten anderen haben sie keine solche Sauerei veranstaltet. Doch jetzt möchte ich Ihnen allen danken. Sobald wir an Land sind, wird sich nicht nur die Presse auf uns stürzen, und dann kann ich es wahrscheinlich nicht mehr tun.«

»Für Sie und viele andere an Bord haben wir es gerne getan, Frau Abgeordnete. Dafür nehmen wir auch den einen oder anderen Stinkstiefel in Kauf!« Torsten reichte der Frau die Hand.

Diese ergriff sie, hielt sie für einen Augenblick fest, dann wandte sie sich Henriette zu und umarmte diese.

Unterdessen waren ihr Mann sowie Charlotte und Jürgen Weigelt herangekommen. Letzterer sah Torsten grinsend an. »Ich hoffe, Sie meinen mit dem Stinkstiefel nicht mich!«

»Sicher nicht«, antwortete Torsten und musste nun auch Weigelts Hand schütteln.

Seine Frau schloss ihn in die Arme und drückte ihn fest. »Danke!«

Ihr Mann räusperte sich. »Du wirst mich auf meine alten Tage doch nicht eifersüchtig machen wollen?«

Charlotte Weigelt drückte Torsten noch einen Kuss auf die Wange und ließ ihn dann los. »Wenn ich dreißig Jahre jünger wäre, könnte ich es mir überlegen. Aber jetzt muss ich mich halt mit dir zufriedengeben.«

»Du … Ich …!«, rief Weigelt aus, doch seine Frau entwaffnete ihn, indem sie ihn umarmte und küsste.

»Wenigstens ein paar Leute, die normal reagieren«, murmelte Torsten und sah dann ein weiteres Paar vor sich. Die Frau kannte er. Es war Maggie Dometer, eine der reichsten Frauen der Republik. Auch der Mann in ihrer Begleitung kam ihm bekannt vor. Dennoch dauerte es ein paar Sekunden, bis er begriff, wer es war.

»Sven, altes Haus! Ich hatte ganz vergessen, dass du ebenfalls auf diesem Kasten bist.«

»Die Reederei hat mich quasi als Pausenclown eingestellt, damit ich dem Publikum von meinen goldenen Tagen als Bundesligaspieler erzähle. Immerhin habe ich es zu zwei Berufungen ins Nationalteam gebracht, nur leider wurde ich nie eingesetzt!«

Bis zu dem Überfall auf die *Lady* hatte diese Tatsache Sven Kunath auf der Seele gebrannt. Doch in den schrecklichen Tagen in der Gewalt der Piraten war ihm klar geworden, dass im Leben andere Werte zählten. Hätte er nicht die Verantwortung für Maggie übernommen, wäre er in den schlimmen Stunden und Tagen an Bord wahrscheinlich durchgedreht. Er wusste, dass die Frau für seine Fürsorge dankbar war, wollte aber keine Rechte für sich daraus ableiten. Stattdessen würde er das Angebot annehmen, ihren Heimatverein zu trainieren. Sollte die gegenseitige Sympathie bestehen bleiben, konnte vielleicht mehr daraus werden.

Torsten spürte, dass sein alter Freund endlich erwachsen geworden war, und grinste anerkennend. »Ich habe gehört, dass du bei den Leuten, die mit dir eingesperrt waren, eine Panik verhindert hast. Damit hast du vielen das Leben gerettet!«

Maggies Gesicht glühte vor Stolz, als sie das Lob vernahm, und sie fasste Svens Hand. »Herr Kunath hat den anderen und mir nicht nur das Leben gerettet, sondern mich auch vor diesen schrecklichen Banditen beschützt.«

»Das glaube ich gerne. Aber jetzt entschuldigen Sie uns bitte! Wir haben noch zu tun.« Damit fasste Torsten Henriette unter und verschwand mit ihr im Bauch des Schiffes.

»Was haben wir noch zu tun?«, fragte diese.

»Zum Beispiel eine Flasche Wasser suchen. Wie ich vorhin schon sagte: Ich habe Durst!«

ZWANZIG

Die *Lady of the Sea* brauchte etwas mehr als siebenundzwanzig Stunden, um Berbera zu erreichen. Da das riesige Schiff nur mit Petras Joystick gesteuert werden konnte, richtete Dietrich von Tarow einen Posten auf dem Oberdeck und einen am Bug ein, die per Funk durchgeben mussten, wie die Lage um das Schiff herum war.

Außer Petra war nur noch Henriette in der Lage, den Joystick zu bedienen. Als Torsten es einmal versuchte, fuhr er einen Schlängelkurs, von dem Petra behauptete, er würde damit sogar das Schiff zum Spucken bringen.

Während der Fahrt redete Dunkhase auf die anderen Passagiere ein und forderte als Vorsitzender irgendeines Ausschusses im Bundestag die Kommandogewalt über das Schiff. Als Torsten und Dietrich von Tarow ihm dies verweigerten, wurde er ausfällig und drohte ihnen nachhaltige Konsequenzen an.

Schließlich wurde es Torsten zu viel. »Wenn Sie nicht umgehend den Mund halten und damit aufhören, die anderen Passagiere aufzuhetzen, lasse ich Sie in Ihrer Kabine einsperren.«

»Wir haben ein Recht, die Bestrafung der Banditen zu fordern«, fuhr der Mann auf.

»Es ist ein Unterschied, ob man eine gerechte Strafe fordert oder Lynchjustiz. Und jetzt schieben Sie ab! Wenn Sie es noch nicht begriffen haben sollten: Das Schiff steht unter militärischem Befehl. Als ranghöchster Offizier führt Capitaine Rouvier von der *Surcouf* das Kommando.«

Torsten hoffte, den Mann auf diese Weise loszuwerden, doch der Abgeordnete forderte nun vehement, mit Fregattenkapitän Rouvier zu sprechen.

»Wenn Sie darauf bestehen! Hans, sorge dafür, dass der Herr Angeordnete Dunkhase auf die *Surcouf* gebracht wird«, antwortete Torsten.

Dunkhase blies sich noch mehr auf. »Der Kapitän soll gefälligst hierherkommen!«

»Ich glaube kaum, dass er dafür Zeit hat. Na los, Hans!«

Torstens Kollege gab ein paar Fremdenlegionären einen kurzen Wink, und ehe Dunkhase sich's versah, fand er sich auf einem kleinen, schwankenden Schlauchboot wieder, dessen Steuermann sich einen Spaß daraus machte, die Wellen so zu schneiden, dass sie steil emporgehoben wurden und dann wieder in die Wellentäler klatschten.

Bereits auf halber Strecke opferte der Abgeordnete alles, was er in den Stunden nach der Befreiung gegessen hatte, den Fischen, und als er auf der *Surcouf* ankam, flehte er nur noch nach dem Bordarzt. Dieser befand sich allerdings längst auf der *Lady*, um dort die Verletzten zu behandeln. Ein auf der *Surcouf* zurückgebliebener Sanitäter wies ihn in das Krankenrevier ein, wo Dunkhase deutlich besser versorgt wurde als die Geiseln, die an Bord der *Lady of the Sea* hatten bleiben müssen. Dieser im Vergleich zu den letzten Tagen auf der *Lady* paradiesische Zustand endete jedoch rasch, als der Abgeordnete vehement forderte, mit Capitaine Rouvier zu sprechen.

Dieser hörte ihm genau zwei Minuten zu und ließ ihn dann ohne jeden weiteren Kommentar zurück auf die *Lady* schaffen.

EINUNDZWANZIG

Die Einfahrt in den Hafen von Berbera war eine diffizile Angelegenheit, die Petra viel Gefühl in den Fingerspitzen und etliche Liter Schweiß abforderte. Doch nach einer halben Stunde, die ihr mindestens so lang wie ein Tag vorkam, lag die *Lady of the Sea* an der Mole, und einheimische Arbeiter befestigten die Taue.

Während Petra aufatmend ihren Laptop ausschaltete und die Verbindung zum Schiff kappte, stürmte Franz Xaver Wagner als Erster an Bord. Er war von Djibouti mit einem Hubschrauber hierhergeflogen worden und sah nun fassungslos auf das demolierte Schiff.

»Das muss ja ein harter Kampf gewesen sein«, sagte er zu Torsten Renk, der ihn an der Gangway empfing.

»Ich bin nur für die Raketeneinschläge zuständig, durch die wir die schweren Waffen unserer Gegner ausgeschaltet haben. Den Rest haben die Piraten ruiniert«, antwortete Torsten achselzuckend.

»Waren die Kerle besoffen?«

»Ganz nüchtern waren sie sicher nicht. Die hatten einiges an Kat und Haschisch intus. Das meiste ist aber zu Bruch gegangen, als sie nach den Leuten gesucht haben, die ihnen das Schiff unter dem Hintern weggezogen und in Fahrt gesetzt hatten.« Torsten erstattete nun offiziell Bericht über seine Aktion in Laasqoray und auf der *Lady*, und Henriette fügte ihre und Petras Aktionen hinzu.

Nachdem er sich ihre Ausführungen angehört hatte, fragte Wagner sich im Stillen, ob die Befreiung des Schiffes und der Geiseln seiner exakten Planung oder einigen Dutzend Überstunden schiebenden Schutzengeln zu verdanken war.

»Ich bin jedenfalls froh, die *Lady* dank Ihres Einsatzes wieder in unserer Hand zu wissen. Damit haben Sie den Piraten das Hauptdruckmittel unter dem Hintern weggezogen. Aber der Job ist noch nicht vollständig erledigt. Wir müssen den Kerlen auch noch die *Caroline* abnehmen«, sagte er mit düsterer Stimme.

Torsten lachte hart auf. »Das dürfte nach dem Streich, den wir den Kerlen gespielt haben, nicht gerade einfach sein!«

»Das weiß ich selbst. Trotzdem muss es uns gelingen. Sie und das gesamte Team, aber auch Major von Tarow und seine Männer gehen jetzt von Bord. Ich habe ein Quartier für Sie vorbereiten lassen. Richten Sie sich darauf ein, innerhalb von vierundzwanzig Stunden loszuschlagen.«

»Was ist mit den Leuten an Bord? Viele von ihnen sind krank und müssen dringend in ein Spital.«

»Um die werden sich andere kümmern!«

Wagner wies auf einige weiß gekleidete Gestalten, die gerade an Bord kamen. Unter ihnen war Dr. Kainz, die von den Behörden Somalilands aus dem Lager bei Xagal geholt worden war, um die medizinische Versorgung der Geiseln zu übernehmen.

Die Ärztin wunderte sich, sowohl Renk wie auch Major von Tarow auf dem Schiff zu sehen, grüßte beide kurz und fragte sie, wo es am meisten brennen würde. »Einige Geiseln und mehr als zwanzig Besatzungsmitglieder wurden durch Schüsse verletzt. Doch die meisten sind einfach nur erschöpft, leiden noch stark unter Wassermangel und haben Verdauungsstörungen«, erklärte Torsten. »Das Problem ist, dass die Krankenstation dieses Schiffes vollkommen zerstört ist. Wir konnten daher nur das Verbandsmaterial verwenden und jene Medikamente verabreichen, die uns der Bordarzt der *Surcouf* zur Verfügung gestellt hat. Es hat lediglich für die dringlichsten Fälle gereicht.«

»Die Behörden haben die größten Hotels hier in Berbera geräumt, um Platz für die befreiten Geiseln zu schaffen. Daher können wir alle an Land unterbringen. Außerdem wurde genug medizinisches Personal in Marsch gesetzt, gleichgültig, ob es andernorts abgeht oder nicht.« Frau Dr. Kainz seufzte, als sie an ihre Patienten in Xagal dachte, die während ihrer Abwesenheit nur von ihrem Assistenten betreut wurden.

Mit einem bitteren Lächeln sah sie Torsten an. »Die Regierung von Somaliland nutzt die Vorgänge um das Kreuzfahrtschiff als großen Propagandacoup. Die Welt soll sie als die Guten ansehen und ihren Staat endlich anerkennen. Daher tun sie alles, um den befreiten Geiseln zu helfen. Jetzt zeigen Sie mir endlich, wo Sie die Verletzten untergebracht haben.«

»Das kann einer von von Tarows Männern übernehmen. Ich brauche Renk hier«, erklärte Wagner schroff.

Dietrich hatte seine Worte vernommen und befahl Fahrner, die Ärztin in das notdürftig hergerichtete Lazarett zu führen. Er selbst gesellte sich zu Wagner und Torsten. »Ich danke Ihnen, dass Sie mir und meinen Leuten die Chance geben, die Scharte vom letzten Mal wieder auszuwetzen. Diesmal holen wir uns die *Caroline*, und wenn es mit dem Teufel zugehen sollte.«

»Vielleicht werden Sie sich wünschen, Sie hätten es nur mit dem Teufel zu tun. Aber darüber reden wir später. Holen Sie jetzt Ihre Sachen! Sie auch, Renk! Sie sorgen dafür, dass unsere beiden Amazonen mit von der Partie sind. Die brauchen wir wahrscheinlich, und wenn es nur zum Denken ist.«

»Etwas, was Sie mir anscheinend nicht zutrauen«, gab Torsten bissig zurück und verschwand, bevor Wagner darauf antworten konnte.

Ein Deck tiefer sah er sich Omar Schmitts Stellvertreter Al Huseyin gegenüber. Der Somali machte einen verwirrten Eindruck, als er Torsten ansprach. »Wie haben Sie das gemacht? Und warum haben Sie mich nicht darüber informiert? Ich hätte dafür sorgen können, dass Sie sofort Hilfe erhalten. Nun mussten die Vorbereitungen hier in Berbera viel zu überstürzt getroffen werden.« Al Huseyins Stimme klang gepresst und wie in unterdrückter Wut ausgestoßen.

Torsten erinnerte sich an den Verdacht, den Dietrich von Tarow geäußert hatte. Nach dessen Ansicht musste jemand die Piraten vor dem nächtlichen Angriff von See aus gewarnt haben, sodass diese gut vorbereitet gewesen waren. Sollte Al Huseyin der Verräter gewesen sein? Im ersten Augenblick wies er den Verdacht zurück, da Omar Schmitt dem Mann vorbehaltlos vertraute. Doch er wurde, wie Wagner ständig betonte, in seinem Job nicht fürs Glauben, sondern fürs Wissen bezahlt, und daher musterte er den somaliländischen Offizier scharf.

»Die Entscheidung für diesen Einsatz ist kurzfristig gefallen. Selbst ich war nicht eingeweiht«, erklärte er ihm. »Die Haltung dieser Piraten hat unserem Oberkommando keine andere Wahl gelassen. Wir sollten froh sein, dass die Aktion *Lady* so glimpflich abgelaufen ist. Die Banditen haben über fünfzig Mann verloren, noch einmal zwanzig sind verwundet und die meisten davon durch ihre eigene Schuld!« Torsten redete bewusst verächtlich über den Feind und stellte fest, dass Al Huseyins Augen zornig aufflammten.

Der Somali öffnete auch schon den Mund, um etwas zu entgegnen, würgte dann aber ein »Wenn Sie es sagen!« hervor und ging weiter, um Omar Schmitt zu suchen.

Torsten sah ihm nach und fragte sich, was er tun konnte, um den Mann als Verräter zu entlarven. Dann erinnerte er sich an Wagners Befehl, Henriette und Petra zu holen, und setzte seinen Weg fort. Eins aber war ihm klar: In die Planung, wie sie die *Caroline* befreien wollten, durfte Al Huseyin nicht eingeweiht werden.

ZWEIUNDZWANZIG

Einige Stunden später befanden sich Wagners Mannschaft und einige andere Mitglieder des Einsatzkommandos in einem Gästehaus der Regierung von Somaliland.

Schon ein kurzer Überblick verriet Torsten, dass die meisten Räume verwanzt waren. Daher zwinkerte er den anderen zu.

»Ungezieferalarm!«

»Was sagen Sie da?«, fragte Fahrner begriffsstutzig und sah sich angeekelt um.

»Schalten Sie Ihr Gehirn ein und halten Sie erst einmal den Mund. Dann müsste Ihnen dämmern, wovon ich rede.« Torsten warf ihm einen warnenden Blick zu, schenkte sich eine eisgekühlte Cola ein und trank sie genussvoll. »Jetzt freue ich mich erst einmal auf unseren Heimaturlaub. Den haben wir uns doch verdient! Nicht wahr, Herr Wagner?«, sagte er dann mit lauter Stimme.

Jetzt begriff auch Fahrner, was gemeint war, und schlug sich mit der Rechten auf den Hintern, dass es nur so klatschte.

Damit irritierte er Wagner. »Was ist denn jetzt los?«

»Ich habe eben eine Wanze zerquetscht.« Fahrner grinste übermütig, während Dietrich von Tarow die Augen verdrehte. Die Angewohnheit zu schlechten Scherzen würde Fahrner wohl nie aufgeben.

Aber seine Bemerkung bewirkte, dass jeder begriff, was los war. Torsten, der sich vorstellen konnte, wer hinter der Verwanzung des Gebäudes steckte, machte sich daran, in einem der Zimmer alle Geräte aufzuspüren und zu entfernen. »So, ab jetzt können wir offen reden. Sprecht aber nicht zu laut, sonst hört man es über die Mikros in den anderen Räumen.«

»Und warum machen Sie nicht auch denen den Garaus?«, wollte Fahrner wissen.

»Weil ich ehrlich gesagt etwas anderes zu tun habe, als im

ganzen Haus auf Wanzenjagd zu gehen. Unser Einsatz muss so schnell wie möglich erfolgen.« Torsten durchquerte den Raum, machte vor der Wand wieder kehrt und blieb schließlich vor Wagner stehen. »Haben Sie schon einen Plan?«

»Bis jetzt noch nicht. Das Oberkommando will die Sache genauso durchziehen wie beim letzten Mal: Angriff bei Nacht mit Schlauchbooten. Die Herren dort sind der Überzeugung, das würden die Piraten nicht erwarten. Da bin ich mir nicht so sicher.«

»Ich auch nicht«, erklärte Torsten. »Außerdem befürchtet Major von Tarow eine undichte Stelle – und ich ebenfalls!«

»Es gibt einen Verräter?« Wagner sah mehr empört als entsetzt aus. Dann wurde seine Miene hart. »Trotzdem müssen wir die *Caroline* heraushauen, koste es, was es wolle.«

»Wenn Sie die Rechnung bezahlen!« Petra hatte nur einen Scherz machen wollen, um die spannungsgeladene Atmosphäre im Raum aufzulockern, fand sich aber im Kreuzfeuer missbilligender Blicke wieder.

»Ich meine ja nur«, maulte sie und setzte sich beleidigt auf einen Stuhl.

Wagner kaute immer noch auf Torstens Worten herum. »Wer, meinen Sie, soll die Aktion an die Piraten verraten haben?«

»Das möchte ich so lange für mich behalten, bis ich den Kerl entlarvt habe. Bis dahin sollten wir sehr sparsam mit Auskünften umgehen.«

Dietrich von Tarow schob sich nach vorne. »Wenn Sie es wissen, teilen Sie es mir als Erstem mit. Ich habe mit dem Schwein noch eine Rechnung offen!«

Jamanah, die sich wie meist in seiner Nähe aufhielt, folgte ihm und klopfte auf ihre Kalaschnikow. Viel hatte sie zwar nicht verstanden, aber sie begriff, dass Dietrich sehr zornig auf jemanden war. Derjenige musste auch mit ihr rechnen, denn jeder, der ihren großen Freund bedrohte, war ihr Feind.

Wagner musterte sie mit schief gehaltenem Kopf. »Wer hat eigentlich die da mit hierhergebracht?«

»Sie gehört zu unserem … äh, Major, der sie irgendwo in der Wüste aufgelesen hat«, erklärte Fahrner, der sich gerade noch den Spitznamen »Von« für Dietrich verkneifen konnte.

»Sie sollte nicht hier sein«, brummte Wagner.

Doch niemand teilte seine Meinung. Von Tarows Männer hatten Jamanah bereits im Kampf erlebt, und Henriette und Torsten waren ihr dankbar, dass sie viele der Piraten auf der *Lady* dazu gebracht hatte, aufzugeben.

»Jamanah ist, wenn Sie so wollen, meine Übersetzerin ins Somalische«, versuchte Dietrich, die Anwesenheit der jungen Frau zu erklären.

»Nicht dass sie die Verräterin ist«, murmelte Wagner.

»Kaum! Die Kerle auf der anderen Seite haben schließlich ihre ganze Familie ausgerottet.« Dietrichs Ärger wuchs, und er wünschte die ganze Geheimdienstmannschaft zum Kuckuck, ausgenommen vielleicht seine Schwester. Der Job, wie er die Befreiung der *Caroline* für sich nannte, wurde am besten durch eine Sondereinheit der KSK erledigt. Leute wie Wagner oder Renk verkomplizierten alles nur.

Wagner winkte ab. »Wir sollten uns weniger auf einen möglichen Verräter konzentrieren als uns um unsere Aufgabe kümmern. Am späten Nachmittag werden wir mit Hubschraubern ausgeflogen, und zwar zu dem französischen Flugzeugträger *Tonnerre*. Der befindet sich zum Glück bereits in diesem Seegebiet. Von der *Tonnerre* aus starten wir unseren Angriff auf die *Caroline*. Wie, das werden Sie auf dem Flugzeugträger erfahren.«

Während Wagner sprach, schweifte Henriettes Blick ziellos durch den Raum. Plötzlich glaubte sie am Fenster einen Schatten zu sehen und wollte schon aufstehen und nachschauen. Da fielen Petras und ihr Name.

»Frau Waitl und Frau von Tarow werden zusammen mit

Herrn Borchart hierbleiben und später über Djibouti nach Deutschland zurückfliegen.«

»Aber ich will nicht einfach nach Hause, sondern mithelfen, die *Caroline* zu befreien!«, rief Henriette empört aus.

»Sie haben schon genug geleistet und eine Pause verdient«, erklärte Wagner.

»Torsten und mein Bruder machen auch keine Pause.«

Henriette ballte die Fäuste, doch Dietrich wandte sich ebenfalls gegen sie. »Herr Wagner hat recht! Das ist kein Job für eine Frau. Außerdem könntest du mir einen großen Gefallen tun und auf Jamanah aufpassen. Sie muss ebenfalls hierbleiben.«

»Seit wann können Sie zaubern, Herr Major?«, fragte Fahrner feixend. Er hatte die junge Somali inzwischen allzu gut kennengelernt. Selbst seinem Vorgesetzten würde es niemals gelingen, Jamanah zum Hierbleiben zu überreden.

Henriette spürte, dass sie gegen Windmühlen ankämpfte, aber sie war nicht bereit, so einfach aufzugeben. Doch welche Argumente sie auch brachte, gegen ihren Bruder und Wagner kam sie nicht an. Sie war schon froh, dass Torsten sich aus der Diskussion heraushielt, denn sonst hätte sie ihm einiges an den Kopf geworfen.

Schließlich stand sie erbost auf, sah Petra und Jamanah an und meinte: »Gehen wir! Hier kann man uns ja doch nicht brauchen.«

Während Petra sich erhob und ihr zur Tür folgte, blieb Jamanah steif neben Dietrich stehen. Selbst als er ihr mit scharfen Worten und Gesten deutlich machte, dass sie bei seiner Schwester und deren Kollegin bleiben sollte, schüttelte sie den Kopf und deutete auf ihre Kalaschnikow. »Ich Feinde töten!«

»Warum musst du nur so stur sein wie ein Esel?«, stöhnte Dietrich. »Die Sache wird hart, und ich will nicht, dass dir etwas passiert!«

»Lassen Sie es gut sein, Herr Major. In ihrem Kopf hat

nichts anderes Platz als das Verlangen nach Rache. Wenn Sie sie hier zurücklassen, macht sie sich allein auf den Weg, so viele Feinde ihres Stammes niederzumetzeln, wie sie erwischen kann.«

Zu seinem Leidwesen musste Dietrich Fahrner recht geben. Auch wenn Jamanah sich sonst als gelehrig erwies, war sie in dieser Hinsicht völlig uneinsichtig.

»Also gut, ich nehme dich mit. Aber nur bis auf das Schiff, verstanden?«

Jamanah begriff, dass er nachgab, und lächelte zufrieden.

Fahrner hingegen sagte sich, dass sie mit dem Schiff sehr wahrscheinlich die *Caroline* meinte, und nicht wie sein Major die *Tonnerre*.

DREIUNDZWANZIG

Frau Dr. Kainz sehnte sich in ihr Hospitalzelt bei Xagal zurück. Dort wurde sie zwar auch von Patienten überrannt, doch wenigstens ließen sich die Menschen dort behandeln, ohne jeden ihrer Schritte zu hinterfragen. Hier aber wollte jeder der Erste sein, um den sie sich kümmern sollte, und dazu auch noch stundenlang mit ihr reden. Sie verstand die befreiten Geiseln, doch sie war eine schlichte Allgemeinmedizinerin und keine ausgebildete Psychologin, die helfen konnte, die Schrecken der Geiselhaft zu verarbeiten. Außerdem hatte sie zu viel zu tun, um sich jedem Einzelnen länger als ein paar Minuten widmen zu können.

Ihr jetziger Patient aber schlug alle anderen Passagiere um Längen. Es handelte sich um das Mitglied des Deutschen Bundestags Dunkhase. Ein anderer Mann hatte ihn kurz zuvor noch als elenden Simulanten beschimpft, doch Dr. Kainz war anderer Meinung. Irgendeine Krankheit steckte in dem

Mann, wahrscheinlich eine Infektion, das sagte ihr ihre Erfahrung. Doch was es war, hatte sie noch nicht herausgefunden.

»Sorgen Sie dafür, dass ich umgehend nach Deutschland ausgeflogen werde! Als Bundestagsabgeordnetem und Mitglied mehrerer wichtiger Ausschüsse steht mir das zu«, erklärte er ihr eben mit matter Stimme.

»Tut mir leid, aber das steht nicht in meiner Macht«, antwortete sie.

Dunkhase gab nicht auf. »Dann rufen Sie den Botschafter an. Er muss das veranlassen!«

»Die Republik Somaliland ist von der Bundesrepublik Deutschland bisher nicht offiziell anerkannt worden. Daher gibt es hier keinen deutschen Botschafter und auch keinen Konsul. Ich selbst bin Angehörige einer nichtstaatlichen Hilfsorganisation und habe keine Möglichkeit, Ihnen zu helfen. Außerdem muss ich mich um meine restlichen Patienten kümmern. Es waren immerhin mehr als zweieinhalbtausend Menschen auf der *Lady of the Sea*, und von denen sind viele krank.«

»Aber ich bin Bundestagsabgeordneter!«

Dr. Kainz maß den Kranken mit einem tadelnden Blick. »Das ist Frau Blauert auch, und die Dame macht keinen solchen Wirbel um diese Tatsache, obwohl sie ebenfalls medizinischer Betreuung bedarf.«

Anja Kainz begriff, dass Dunkhase nicht zu einem Ende kommen würde, und verließ das Zimmer. Draußen hörte sie ihn noch schimpfen. In Stress-Situationen, dachte sie, zeigen die Menschen ihr wahres Gesicht. Viele wachsen dabei über sich hinaus, andere hingegen …

Sie konnte den Gedanken nicht fertig spinnen, denn in dem Augenblick trat eine dunkelhäutige französische Krankenschwester auf sie zu.

»Entschuldigen Sie, Frau Doktor. Aber ich war eben bei den gefangenen Piraten. Ein paar von ihnen geht es sehr schlecht. Dabei sind sie nicht einmal verletzt.«

»Ich komme!« Als Dr. Kainz der Schwester folgte, war ihr klar, dass sie an diesem Tag wohl wieder eine Aufputschpille benötigen würde.

Die verletzten und die kranken Piraten waren in einem Haus untergebracht, dessen Fenster so klein waren, dass selbst ein Kind nicht hindurchschlüpfen konnte. Von den Männern, die hier auf einfachen Decken auf dem Boden lagen, wäre jedoch ohnehin keiner in der Lage gewesen, zu fliehen.

Als die Ärztin eintrat, musterte sie als Erstes die Verbände, die von den Krankenschwestern und Pflegern angelegt worden waren. Hier gab es nichts zu beanstanden. Sorge bereiteten ihr allerdings die drei Männer, die in einer Ecke lagen und mit fiebrig glänzenden Augen an die Decke starrten. Sie waren so apathisch, dass sie nicht einmal merkten, wie Dr. Kainz sich neben sie kniete und sie untersuchte.

»Das sieht nicht gut aus«, flüsterte die Ärztin und blickte vorwurfsvoll zu der Krankenschwester auf, die sie geholt hatte. »Das hätten Sie mir längst melden müssen!«

»Verzeihen Sie, aber ich habe erst vorhin meine Schicht begonnen. Der Kollege, den ich abgelöst habe, hat die drei nicht so beachtet, weil sie nicht verletzt waren, sondern die Verbände der anderen gewechselt«, verteidigte sie sich.

»Ist schon gut! Ich bin nur ein wenig gereizt, weil so viel zu tun ist.«

»Sie machen Ihre Sache sehr gut, Frau Doktor. Mein Chef auf der *Surcouf* meinte schon, wenn Sie einen neuen Job suchen, könnten Sie jederzeit als Bordärztin bei der französischen Marine beginnen. Aber was haben die drei da? Gestern sah es noch nicht so schlimm aus. Da vermuteten wir, sie hätten sich nur eine Bronchitis eingefangen.«

»Eine Bronchitis ist das mit Sicherheit nicht! Ich muss ein paar Tests machen. Wenn mein Verdacht sich bestätigt, werden wir alle, die auf dem Kreuzfahrtschiff waren, unter Quarantäne stellen müssen.«

Frau Dr. Kainz betete, dass sie unrecht hatte. Doch wenn das Krankheitsbild ihrer Vermutung entsprach, würde sie sich in eine Gegend wünschen, in der alle nötigen Arzneien in ausreichender Menge vorhanden waren. Mit einer heftigen Bewegung, die ihre Niedergeschlagenheit vertreiben sollte, wandte sie sich an die Krankenschwester. »Diese drei Männer müssen sofort isoliert werden, ebenso der Abgeordnete Dunkhase. Bei den übrigen Geiseln und dem Befreiungsteam müssen Tests zeigen, ob sich auch diese angesteckt haben.«

»Was befürchten Sie?«

»Lungenpest! Haben diese Leute hier abgehustet?«

Die Krankenschwester nickte. »Ja, deswegen bin ich ja auf sie aufmerksam geworden. Es war schlimm. Ich dachte, sie ersticken. Zum Glück ist es jetzt erst einmal vorbei.«

»War das ausgehustete Sekret dunkel und vielleicht sogar blutig?«

Erneut nickte die Pflegerin. »*Oui*, ziemlich.«

»Haben Sie es abgewischt?«

»*Oui.*«

»Dann stehen auch Sie vorerst unter Quarantäne. Sorgen Sie dafür, dass alle in einen gesonderten Raum kommen. Ich sehe unterdessen nach, welche Medikamente ich auftreiben kann. Wenn Ihr Chef welche aus Djibouti und anderen Orten besorgen könnte, wäre ich sehr dankbar. Wir werden in den nächsten Tagen sehr viele Antibiotika brauchen und noch mehr Glück. Wenn sich mehr Leute angesteckt haben, kommt es hier zur Katastrophe.«

»*Oui!* Oder besser: *Non!*«

Der Krankenschwester war der Schreck in die Glieder gefahren. Dennoch ging sie routiniert an die Aufgabe, die Frau Dr. Kainz ihr übertragen hatte. Die Ärztin eilte unterdessen in die winzige Kammer, die als Labor diente, und war nun dankbar für die medizinischen Geräte, die ihr der Kapitän der *Surcouf* zur Verfügung gestellt hatte.

Zu ihrem Bedauern hatte sie sich nicht geirrt. Die drei Somalis waren an Lungenpest erkrankt, und auch in Dunkhases Blutbild konnte sie den entsprechenden Erreger nachweisen. Als sie ihr eigenes Blut untersuchte, atmete sie erst einmal auf. Bis jetzt hatte sie sich nicht angesteckt. Trotzdem spritzte sie sich eine volle Dosis Antibiotika und zog mehrere Spritzen für die bereits Erkrankten auf. Dabei erinnerte sie sich, dass die Truppe, die die *Lady* befreit hatte, weggebracht worden war, und redete so lange auf einen somaliländischen Sicherheitsbeamten ein, bis er ihr eine Telefonverbindung mit Major von Tarow verschaffte.

VIERUNDZWANZIG

Franz Xaver Wagner musterte die Ärztin fassungslos, während sein Kopf die Farbe einer überreifen Tomate annahm. »Sie sind verrückt!«, stieß er mühsam beherrscht hervor. »Sie können uns nicht einfach unter Quarantäne stellen. Auf uns wartet ein höllischer Job!«

»Wenn Sie krank sind, können Sie keinen Job machen. Verstehen Sie doch! Einige Leute an Bord der *Lady of the Sea* sind an Lungenpest erkrankt. Wir müssen alles tun, um die Ausbreitung der Seuche zu verhindern.« Frau Dr. Kainz nahm sich vor, nicht weniger stur zu sein als der Mann vor ihr. Schließlich war die Sache im wahrsten Sinne des Wortes todernst.

»Verdammt und zugenäht! Können Sie nichts dagegen tun?« Wagner starrte sie so durchdringend an, dass die Ärztin den Kopf senkte.

»Ich tue mein Möglichstes! Die erkrankten Patienten habe ich bereits isolieren lassen. Inzwischen werden die übrigen Geiseln und Entführer untersucht, ob sie sich bereits angesteckt haben.«

»Dann sehen Sie sich mein Team und mich an. Wenn keiner von uns erkrankt ist, können wir heute Abend losfliegen. Es ist noch ein weiteres Schiff in der Gewalt dieser Schurken, und das werden wir uns morgen Nacht zurückholen. Weder Sie noch sonst wer kann uns daran hindern!«

»Höchstens die Lungenpest!« Frau Dr. Kainz ärgerte sich, dass sie sich mit diesem Büffel herumschlagen musste. Er würde, das war ihr klar geworden, seinen Plan nicht aufgeben, selbst wenn er die Hälfte seiner Leute krank hier zurücklassen musste.

Trotzdem versuchte sie noch einmal, ihm Vernunft zu predigen. »Hören Sie: Die Lungenpest ist eine Seuche mit hoher Todesrate. Wenn die sich ausbreitet, werden viele Menschen sterben. Ich muss darauf bestehen, dass Sie in Quarantäne bleiben.«

Wagner schüttelte den Kopf. »Das geht nicht! Ich rufe jetzt meine Leute zusammen, und Sie geben jedem eine Spritze gegen diese Krankheit. Das muss reichen.«

»Das reicht eben nicht!« Nach den vielen Patienten, die Dr. Kainz heute schon behandelt hatte, fühlte sie sich müde und ausgelaugt. Am liebsten hätte sie losgeheult.

Nimm dich zusammen, schimpfte sie mit sich selbst und sah dann Wagner so streng an, wie sie es vermochte. »Ich werde Ihre Leute untersuchen. Zeigt allerdings ein Einziger von ihnen Symptome der Lungenpest, bleiben Sie hier, verstanden? Notfalls werde ich dafür den Präsidenten dieses Landes bemühen! Er wird eine Ausbreitung der Seuche ganz sicher verhindern wollen.«

»Die Kranken können hierbleiben. Doch die Gesunden werden gehen!« Das war das äußerste Zugeständnis, zu dem Wagner sich herabließ. Um zu zeigen, dass dies sein letztes Wort war, drehte er der Ärztin den Rücken zu und rief nach Renk und den anderen Leuten seiner Truppe.

Fünf Minuten später drängten sich über dreißig Männer und drei Frauen in dem Besprechungsraum, den Torsten entwanzt hatte. Doch bevor auch nur einer den Mund für eine Frage aufmachen konnte, hob Wagner die Hand. »Das hier ist eine Routineuntersuchung. Es gibt ein paar Krankheitsfälle unter den Leuten, die an Bord der *Lady* gewesen sind, und jetzt will Dr. Kainz nachsehen, ob sich jemand von uns angesteckt hat.« In seiner Stimme schwang eine Warnung für die Ärztin mit, die Situation nicht zu dramatisieren.

Dies hatte Dr. Kainz auch nicht vor. Sie packte alles aus, was für die Untersuchung notwendig war, und begann, Blutproben zu nehmen und zu untersuchen. Zu ihrer Erleichterung war bei keinem der Lungenpesterreger zu finden. Dennoch wäre es dringend nötig gewesen, sie ein paar Tage in Quarantäne zu stecken. Aber ihr fehlten die Mittel, diese Maßnahme durchzusetzen.

»Ich werde jedem von Ihnen eine Dosis Antibiotika spritzen und kann dann nur …«

»Jetzt fangen Sie schon an! Die Hubschrauber kommen bald, um uns abzuholen. Bis dahin sollten Sie fertig sein«, unterbrach Wagner, um zu verhindern, dass sie noch einmal auf die Quarantäne zu sprechen kam.

»Gut! Sie müssen mir aber versprechen, sich von anderen Menschen fernzuhalten. Kein Händeschütteln, keine Küsschen …«

Fahrner unterbrach sie lachend. »Liebe Frau Doktor, wir wollen mit den Entführern der *Caroline* nicht knutschen, sondern sie bekämpfen.«

Dr. Kainz beachtete den Soldaten nicht, sondern funkelte Wagner an. »Ich hoffe, Sie wissen, was Sie tun! Verdammt, Ihretwegen riskiere ich meine Zulassung als Ärztin.«

»Keine Sorge, die behalten Sie!« Wagner fühlte sich zwar nicht gerade wohl in seiner Haut, tat aber alles, um zuversichtlich zu erscheinen. Ein großer Stein war ihm allerdings bereits vom Herzen gefallen. Keiner seiner Leute war bis jetzt erkrankt, und er hoffte, dass dies auch so blieb.

»Und jetzt werden sich die Ersten in einer Reihe aufstellen und die Hosen runterlassen!« Frau Dr. Kainz wollte die Sache so rasch wie möglich hinter sich bringen, damit sie wieder zu den anderen Patienten zurückkehren konnte.

Natürlich hatten mittlerweile alle begriffen, dass die Sache nicht so harmlos war, wie Wagner sie darstellen wollte. Da jeder Einzelne aber selbst mit dem Kopf unter dem Arm noch mitgemacht hätte, verdrängten sie jegliche Unsicherheit und stellten sich wie gefordert auf. Dann musste so mancher, der sich für einen harten Soldaten gehalten hatte, die Zähne zusammenbeißen, als die Ärztin ihm die Spritze ins Sitzfleisch trieb. Im Gegensatz zu ihren einheimischen Patienten, die sie mit sehr viel Verständnis und Zartgefühl behandelte, tat Dr. Kainz sich bei diesen Leuten keinen Zwang an. Die Männer wollen es nicht anders, sagte sie sich, als sie Wagner die Spritze setzte.

Dieser stöhnte vor Schmerz auf, als ihm die Nadel in den Gesäßmuskel fuhr, und meinte danach: »Jetzt verstehe ich, weshalb man Sie nach Afrika geschickt hat. Ihr Ahnherr war sicher der berüchtigte Doktor Eisenbart.«

»Wenn Sie meinen«, gab Dr. Kainz zurück und widmete sich dem nächsten Patienten.

Wagner trieb sie zur Eile an. »Die Frauen und Hans Borchart können Sie zuletzt spritzen. Die kommen nicht mit. Für die anderen gilt: Wir brechen auf, sobald der Letzte seine Spritze erhalten hat.«

Alle waren froh, als sie die Spritzenaktion überstanden hatten. Die Ersten verließen bereits den Raum, als Jamanah Dietrich am Ärmel zupfte. Im Gegensatz zu ihm war sie noch nicht behandelt worden, hatte aber von dem Somali sprechenden Fremdenlegionär erfahren, dass nur Personen an der Aktion teilnehmen durften, die vorher von der Ärztin gestochen worden waren.

Um Dietrich klarzumachen, was sie wollte, deutete sie zuerst auf die Ärztin, dann auf seinen und zuletzt auf ihren Hintern.

»Ich sagte ja, die werden Sie nicht los, Herr Major«, warf Fahrner mit einem schiefen Grinsen ein, bevor auch er den Raum verließ. Er hinkte ein wenig und sagte zu einem Kameraden, dass er froh sei, dass diese rabiate Ärztin nicht zum medizinischen Stab der Bundeswehr gehörte.

»Die Frau wäre für mich ein Grund, die Knarre an die Wand zu hängen und Zivilist zu werden«, setzte er hinzu und probierte dann aus, ob es mit dem Gehen besser wurde.

Im Behandlungszimmer waren außer Dietrich nur noch Dr. Kainz, Hans und die drei Frauen zurückgeblieben. Ersterer überlegte kurz und sah dann die Ärztin an. »Ich wäre Ihnen dankbar, wenn Sie jetzt Jamanah behandeln könnten.«

»Ich gebe allen Frauen Antibiotika. Aber ich will keine Mannsleute dabeihaben«, antwortete Dr. Kainz.

Hans verließ sofort das Zimmer, und Dietrich wollte ebenfalls gehen, doch Jamanah hielt ihn fest.

»Sie hat anscheinend Angst, du könntest dich in die Büsche schlagen und sie hierlassen«, sagte Henriette in bissigem Spott.

Tatsächlich schien Jamanah genau das zu befürchten. Dietrich versuchte ihr klarzumachen, dass er vor der Tür auf sie warten würde, doch sie schüttelte entschlossen den Kopf. Gleichzeitig krallte sie die Rechte fest in den Stoff seines Kampfanzugs.

Dr. Kainz beobachtete das Spiel der beiden mit einer Mischung aus Belustigung und Neid. Dabei wusste sie selbst nicht, wem sie den Vorzug geben würde, dem muskulösen Hünen oder der schlanken, hochgewachsenen Frau mit den exotischen Gesichtszügen. Dann winkte sie innerlich ab und versuchte zu lächeln.

»Sagen Sie Ihrer Freundin, sie soll die Hose herabziehen. So kann ich ihr keine Spritze setzen.«

Da Jamanah nicht daran dachte, Dietrich loszulassen, warf dieser seiner Schwester einen hilfesuchenden Blick zu. »Könntest du?«

Henriette war noch nicht darüber hinweggekommen, dass Jamanah mitgehen durfte und sie nicht. Aber sie sagte sich, dass die Somali von ihrer Herkunft und ihrer Kultur her ein weitaus stärkeres Motiv hatte, in den Kampf zu ziehen. Zudem hatte sie selbst bereits zeigen dürfen, was sie konnte. Mit einem raschen Griff löste sie Jamanahs Gürtel und zog ihr die Hose ein Stück über den Hintern.

»So ist es gut«, fand die Ärztin und setzte die Spritze.

Jamanah wartete darauf, dass sie Schmerzen empfand, so wie sie es von den Gesichtern der Männer abgelesen hatte, doch außer einem leichten Brennen spürte sie nichts. Kaum war die Ärztin fertig, zog sie die Hose wieder hoch, schloss sie und funkelte Dietrich auffordernd an.

Dieser hatte einen kurzen Blick auf ihre Kehrseite werfen können und atmete ein wenig schneller. Jamanah war wirklich eine attraktive Frau, und er wünschte sich, sie einmal in Kleidern zu sehen, die ihrem Geschlecht angemessener waren als ausgebeulte Militärklamotten. Um auf andere Gedanken zu kommen, öffnete er die Tür und gab Jamanah den Wink, mit ihm zu kommen.

FÜNFUNDZWANZIG

Henriette öffnete ihre Hose und zog sie so weit herunter, dass Dr. Kainz ihr die Spritze setzen konnte. Auch sie wunderte sich, dass die Männer die Gesichter verzerrt hatten, denn sie spürte nur einen leichten Pikser und einen gewissen Druck unter der Haut.

»Irgendwie sind die Herren der Schöpfung auch nicht mehr

das, was sie einmal waren«, meinte sie spöttisch zu Petra, die großen Respekt vor der Spritze zu haben schien.

»Ich habe sie so behandelt, wie sie es verdienen. Bei einem so dicken Fell muss man schon kräftig zustechen«, antwortete Dr. Kainz fröhlich.

»Also, ich habe ein ganz zartes Fell«, sagte Petra eindringlich, während sie zögernd die Hose nach unten streifte.

»Keine Sorge, so schlimm wird es nicht!« Während Dr. Kainz die Spritze ansetzte, hörten die drei von draußen das Geräusch von Hubschrauberpropellern.

»Da fliegen sie«, fauchte Henriette.

Petra hingegen atmete auf. »Ich bin froh, dass ich nicht dabei sein muss. Mir hat die Sache mit der *Lady* gereicht. Meinetwegen könnte es sofort nach Hause gehen.«

»Vorher möchte ich Sie beide noch einmal gründlich untersuchen«, erklärte die Ärztin und fragte, ob es hier irgendwo ein Bett gäbe, das sie dafür verwenden könnte.

»In dem Zimmer, das man uns zugeteilt hat, stehen ein paar Pritschen. Bequem sind die aber nicht gerade und verdammt schmal dazu. Wenn ich mich darauf lege, habe ich bei jeder Bewegung Angst, herunterzufallen«, erklärte Petra mit einem missmutigen Schnauben.

Sie folgte Henriette und Dr. Kainz in jenen Raum und sah dann zu, wie ihre Kollegin förmlich auf den Kopf gestellt wurde. Schließlich atmete die Ärztin erleichtert auf. »Sie sind kerngesund und fit. Trotzdem sollten Sie und Ihre Kollegin hier unter sich bleiben. Ich glaube zwar nicht, dass Sie ansteckend sind, aber ich will nichts riskieren.«

»Beschaffen Sie mir ein Buch, damit ich etwas zu lesen habe?«, fragte Henriette.

»Wir haben doch beide unsere Laptops dabei. Da kann ich dir was aus dem Internet herunterladen«, bot Petra an, konnte ihre Freundin aber nicht aufmuntern.

Nun war sie an der Reihe. Dr. Kainz wiegte missbilligend

den Kopf, als sie die stattliche Speckschicht sah, die sich um Petras Bauch und Rücken spannte.

»Sie sollten etwas mehr auf Ihr Gewicht achten«, sagte sie spitz.

Petra lächelte verlegen. »Das würde ich ja gerne, aber wenn ich zu hungern anfange, funktioniert mein Gehirn nicht mehr, und das kann ich mir nicht leisten.«

Der Ärztin war anzusehen, dass sie das als Ausrede ansah. Doch als sie Petra weiter untersuchte, zog sie die Augenbrauen zusammen und setzte das Stethoskop schließlich direkt auf deren Bauch. »Sie sind schwanger!«

Dieser Gedanke war Petra bereits bei Henriettes Bemerkung über ihre Essgewohnheiten gekommen, aber in der Aufregung der letzten Tage hatte sie ihn verdrängt. Was wird Torsten dazu sagen?, fuhr es ihr durch den Kopf. Er muss doch annehmen, ich hätte es darauf angelegt. Apathisch ließ sie den Rest der Untersuchung über sich ergehen und nahm die Ratschläge, die ihr Dr. Kainz erteilte, seufzend hin.

Diese rieb sich müde über die Augen. »Ich werde Sie jetzt wieder verlassen, um nach meinen anderen Patienten zu sehen. Morgen schaue ich wieder vorbei. Zu Ihrer Beruhigung kann ich Ihnen sagen, dass die Spritze, die ich Ihnen vorhin gesetzt habe, keine schädlichen Auswirkungen auf Ihr Baby hat.« Mit diesen Worten verließ sie das Zimmer.

Bis jetzt hatte Henriette sich zurückgehalten. Jetzt aber fasste sie Petras Hand. »Du bekommst ein Baby? Das ist ja herrlich!«

Ihre Kollegin sah so aus, als hätte sich ein Abgrund vor ihr aufgetan.

»Das war ein Unfall«, sagte sie tonlos und meinte damit ebenso die Nächte auf Mallorca wie den Autounfall, den Torsten im Emsland verursacht hatte. Ohne diesen Zwischenfall wären sie sich niemals so nahe gekommen wie in dem gemeinsamen Urlaub, den Wagner Torsten aufgezwungen hatte.

Dann aber straffte sie die Schultern und strich sich über

ihren Leib. »Wenigstens wird mein Genie an die nächste Generation weitervererbt.«

Henriette nickte lächelnd. »Ich finde es schön. Wer ist eigentlich der Vater?«

»Das«, antwortete Petra, »möchte ich für mich behalten.«

»Ist ja auch nicht so wichtig! Aber wir müssen wirklich zusehen, dass du bald nach Hause kommst. Das heiße Klima bekommt dir nicht besonders.«

»Ich werde froh sein, wieder auf meinem Bürostuhl an meinem Schreibtisch zu sitzen, und werde mir solche Aktionen, wie wir sie hinter uns haben, zukünftig nur in Hollywoodfilmen anschauen.« Petra angelte sich eine Coladose, riss sie auf und begann genussvoll zu trinken.

»Vorsicht, da ist Koffein drin! Das könnte deinem Baby schaden«, mahnte Henriette.

»Das ist meine erste heute. Die muss es aushalten.« Für sich beschloss Petra trotzdem, in den nächsten Monaten etwas gesünder zu leben. Ihre Schwangerschaft lag ihr schon schwer genug im Magen. Sie musste mit Torsten reden, bevor er von anderer Seite erfuhr, dass sie ein Kind erwartete. Daher fasste sie Henriette am Arm und sah sie beschwörend an.

»Das ist unser Geheimnis, verstanden? Du sagst es niemandem.«

»Wenn du meinst«, antwortete Henriette zögernd, sagte sich dann aber, dass ihre Kollegin sicher gute Gründe dafür hatte. Auch galten ihre Gedanken wieder mehr ihrem Bruder, Torsten und den anderen, die auf dem Weg zur *Tonnerre* waren, um den entscheidenden Schlag gegen die *Caroline* zu führen.

»Hoffentlich geht alles gut«, sagte sie seufzend.

»Das hoffe ich auch!« Erst als sie es gesagt hatte, merkte Petra, dass Henriette damit nicht ihre Schwangerschaft gemeint hatte, sondern den Angriff auf das von den Piraten gekaperte Frachtschiff.

»Hoffentlich geht wirklich alles gut. Weißt du was? Wir gehen hinüber in den Besprechungsraum. Wegen der Insekten, meine ich.«

Henriette nickte. Bis auf den einen Raum waren alle anderen immer noch mit Abhöranlagen versehen. Da konnte ein falsches Wort bereits zu viel sein. Immerhin hatte Torsten erklärt, dass es einen Verräter gab.

SIEBTER TEIL

DIE CAROLINE

EINS

Sayyida bedachte den Mann, der ihr vom Bildschirm ihres Laptops entgegensah, mit einem giftigen Blick. »Warum hast du Sohn einer Hündin mich nicht gewarnt? So konnten diese elenden Ungläubigen das Schiff in ihre Gewalt bringen und meine Krieger töten!«

Ihr Gesprächspartner schluckte, um seine trockene Kehle zu befeuchten. »Es tut mir leid, Sultana. Aber die Fremden hatten mich nicht in ihre Pläne eingeweiht. Es gab keinen einzigen Hinweis darauf, dass sie versuchen würden, die *Lady of the Sea* zu erobern. Doch ich habe neue Nachrichten!«

»Sprich!« Erwartungsvoll beugte Sayyida sich vor. Sie wusste, dass sie umgehend Erfolge brauchte, um ihre Gefolgschaft bei der Stange zu halten. Der Warsangeli-Anführer Diya Baqi Majid hatte den Verlust der *Lady of the Sea* bereits bissig kommentiert, und für ihren Schwager Abdullah Abu Na'im war es ebenfalls gesünder, wenn er ihr in den nächsten Wochen nicht unter die Augen trat.

»Die Deutschen werden versuchen, den Frachter zurückzuholen, und zwar morgen Nacht. Auch dieses Mal kommen sie mit Booten über die See, und zwar zusammen mit französischen Fremdenlegionären. Sie sind zu jedem Risiko bereit, und es wird nicht leicht sein, sie niederzukämpfen.«

»Lass das meine Sorge sein«, antwortete Sayyida hochmütig und sah ihren Zuträger scharf an. »Wage es nicht noch einmal, zu versagen! Deine Dummheit hat mich sehr viel gekostet, und es wird schwer sein, über diese Verluste hinwegzukommen. Ich brauche einen Sieg, und zwar nicht nur über ein paar Schweinefleisch fressende Barbaren, sondern auch hier im Land. Sobald die Waffen der *Caroline* an meine Krieger verteilt sind, werde ich die Großoffensive gegen Somaliland befehlen. Die Provinzen Sanaag, Sool und Togdheer müssen innerhalb weniger Tage in meiner Hand sein. Hast du verstanden?«

Der Mann nickte und wagte es sogar, der aufgebrachten Frau einen Rat zu geben. »Du solltest nicht an der Küste angreifen, Sultana. General Mahsin hat dort starke Truppenverbände zusammengezogen, mit denen er in die Berge vorstoßen und Cheerigaabo erobern will. Damit bietet er dir jedoch die Chance, weiter im Süden vorzugehen. Die Grenzen dort sind schwach besetzt, und ich kann dir die Pläne der Minenfelder übermitteln.«

Der Rat ihres Zuträgers war klug, das wusste Sultana Sayyida. Doch wenn sie Somaliland erobern wollte, durfte sie auf keinen Fall dessen stärkster Armee aus dem Weg gehen und die feindlichen Truppen in ihren Rücken kommen lassen.

»Schicke mir die Pläne als Mail-Anhang«, sagte sie und legte sich in Gedanken die nächsten Schritte zurecht.

ZWEI

Torsten Renk und die anderen Mitglieder der Teams, die die *Lady of the Sea* freigekämpft hatten, wurden an Bord der *Tonnerre* in einem Raum isoliert, der dem Geruch nach frisch desinfiziert war, und dann vom Bordarzt auf Herz und Nieren geprüft. Wie Dr. Kainz fand auch er keine Anzeichen einer Krankheit oder gar Seuche. Allerdings bekam jeder von ihnen drei Spritzen, die noch Stunden später brannten, und musste ein Desinfektionsbad über sich ergehen lassen. Erst dann durften sie sich zu den Soldaten gesellen, die mit ihnen die *Caroline* kapern sollten.

Aus Dietrich von Tarows Kompanie stießen dreißig Mann

zu ihnen, die sich freiwillig gemeldet hatten. Die Männer waren neugierig darauf, zu hören, was ihr Major und dessen fünf Begleiter an Land erlebt hatten. Vor allem aber wunderten sie sich über Jamanah, die sich angesichts so vieler Fremder noch enger an Dietrich hielt als sonst.

»Die hat unser Von sich eingefangen«, flüsterte Fahrner seinen Kameraden zu. »Aber Vorsicht! Die Frau legt jeden um, der ihr zu nahe kommt, ohne mit der Wimper zu zucken. Von der könnt ihr Schlammrutscher euch noch eine Scheibe abschneiden.«

»Jetzt gib nicht so an!«, wies ihn ein Feldwebel zurecht. »Mit einer Frau wird unsereins ja wohl noch fertig.«

»Ich würde dir nicht raten, es zu probieren. Die hat ganz allein und nur mit einer alten Kalaschnikow vier gut bewaffnete Milizionäre überrumpelt und später sogar dem Von und mir das Leben gerettet. Wenn ihr sie ärgert, bekommt ihr es mit mir zu tun, nicht nur mit unserem Häuptling. Kennt ihr übrigens seine Schwester?«

Allgemeines Kopfschütteln. Fahrner grinste und begann zu erzählen, wie Henriette und Petra allein die *Lady of the Sea* unter ihre Kontrolle gebracht hatten. »Die eine ist ein Pummel, der hundert Meter nicht unter dreißig Sekunden läuft – falls sie nicht unterwegs schon einen Herzinfarkt erleidet –, aber ein Ass am Computer. Dafür ist die Schwester des Majors eine geballte Ladung Supersprengstoff. Die hat ganz allein über fünfzig Piraten erledigt. Bei der kommt selbst unser Von nicht mehr mit – und das will was heißen.«

Unterdessen wurde Dietrich auf die Gruppe um Fahrner aufmerksam und kam näher. »Was ist denn hier los?«

»Nichts, Herr Major. Fahrner hält mal wieder seine Märchenstunde.« Der Soldat grinste und reichte Dietrich eine kleine Metallflasche.

»Wollen Sie einen Schluck guten Korn? Ist noch von zu Hause. Hier in der Gegend kriegt man ja kaum etwas.«

Dietrich nahm das Fläschchen und trank einen kleinen Schluck. »Danke! Und jetzt sollten wir uns hinlegen. Oder wollt ihr, wenn wir losfahren, in den Booten einschlafen?«

»Er ist immer noch der Alte«, raunte einer der Soldaten Fahrner zu, ohne die Lippen zu bewegen.

»Nicht ganz«, antwortete Fahrner feixend. »Jetzt ist er noch viel besser.«

In den Ohren seiner Kameraden klang das wie eine Drohung, und Torsten, der als frischer Rekrut seine Grundausbildung unter Dietrich von Tarow durchlitten hatte, lachte in sich hinein. Wie es aussah, hatte Henriettes Bruder sich seit jener Zeit um keinen Deut geändert. Er konnte froh sein, dass er den Auftrag, die *Caroline* zurückzuholen, gemeinsam mit Männern unternahm, die Dietrich von Tarow ausgebildet hatte.

Schlechter als die Fremdenlegionäre, die ihnen helfen sollten, waren sie jedenfalls nicht, nur nicht so übertrieben von sich eingenommen. Unter sich bezeichneten die Franzosen die amerikanischen Green Berets und SEALs nur als Milchbubis. Wie sie ihre deutschen Kollegen insgeheim nannten, wollte Torsten diesen lieber nicht verraten, da es sonst unweigerlich zu einer Schlägerei kommen würde.

Einige Fremdenlegionäre kannte er aus früheren Einsätzen und wusste, dass er sich hundertprozentig auf sie verlassen konnte. Die Männer waren ebenfalls neugierig und wollten von ihren Kameraden, die auf der *Lady* im Einsatz gewesen waren, erfahren, wie die Sache dort gelaufen war. Daher war an Schlafen vorerst nicht zu denken. Torsten gesellte sich zu Dietrich von Tarow, lehnte sich mit dem Rücken gegen die Wand und bat den Major, ihm noch einmal genau zu erzählen, wie dessen Aktion gegen die *Caroline* gelaufen war. Irgendwie, hoffte er, würde er herausfinden, auf welche Weise sie einer möglichen Falle entgehen und die Sache mit Erfolg durchziehen konnten.

DREI

Nachdem Wagner mit Torsten, Dietrich von Tarow und dessen Begleiterin sowie den zwanzig Fremdenlegionären das Haus verlassen hatte, langweilten Henriette und Petra sich. Über ihr Baby wollte Petra nicht reden, nicht zuletzt, weil sich zumeist Hans Borchart bei ihnen aufhielt. Er hatte zwar von Wagner seine Prothesen wiederbekommen, war aber sichtlich frustriert, weil dieser ihn ebenso wie die beiden Frauen zurückgelassen hatte.

»Wenn etwas schiefgeht, werde ich mir bis ans Ende meines Lebens Vorwürfe machen, weil ich nicht dabei gewesen bin«, wiederholte er am Morgen des entscheidenden Tages zum hundertsten Mal – zumindest schien es Henriette so.

»Was soll schon schiefgehen? Zusammen mit Torsten und den anderen holt unser Guru die *Caroline* in null Komma nichts zurück«, antwortete Petra bissig.

»Da bin ich mir nicht sicher. Ich habe ein schlechtes Gefühl bei der Sache.« Hans stieß einen knurrenden Laut aus.

Was Petra ihm antwortete, hörte Henriette nicht mehr. Sie starrte aus dem Fenster, obwohl der Ausblick eher eintönig war, und wünschte sich, ebenfalls bei ihrem Bruder und Torsten zu sein. Da fiel ihr ein kleiner schwarzer Punkt in der unteren linken Ecke der Glasscheibe auf. Er war nicht ganz so groß wie der Nagel ihres kleinen Fingers und hätte ein Insekt sein können, das im Flug gegen die Scheibe geprallt und dort hängen geblieben war.

Henriettes Misstrauen war jedoch erwacht, und sie trat näher. Als sie das Fenster öffnete und sich den Fleck genauer ansah, erstarrte sie für einen Moment. Dann machte sie Petra und Hans mit Zeichen darauf aufmerksam, zu ihr zu kommen.

»Was ist …?«, fragte Hans, brach aber ab, als Henriette mit dem Zeigefinger mehrmals den Mund berührte.

Kaum waren die anderen bei ihr, zeigte Henriette auf einen kleinen, auf das Fensterglas geklebten Knopf, an dem ein dünner Draht befestigt war, der eng an der Hauswand entlanggging und so, wie es aussah, in einem nahe gelegenen Haus verschwand.

»Was machen wir jetzt?«, fragte Hans in Gebärdensprache.

»Ich will an die frische Luft!« Petra stöhnte und bat Henriette, sie zu stützen. »Mir ist es hier viel zu heiß! Ich möchte nach Hause«, setzte sie mit weinerlicher Stimme hinzu. Doch kaum waren sie im Freien und weit genug von dem eben entdeckten Abhörmikrophon entfernt, sah sie die beiden besorgt an. »Kann mir einer sagen, wer das getan hat?«

»Hoffentlich war es nicht der Verräter, von dem Torsten und Henriettes Bruder gesprochen haben!«, sagte Hans.

Henriette erinnerte sich an den Schatten, den sie am Vortag gesehen hatte, und überlegte, ob Wagner seinen Plan vorher oder danach erläutert hatte. Genau wusste sie es nicht mehr, und das machte ihr Sorgen.

»Es kann nur der Verräter gewesen sein. Der Kerl muss gemerkt haben, dass Torsten die Mikrophone im Besprechungsraum entdeckt und unschädlich gemacht hat, und hat dann dieses Ding an die Fensterscheibe geklebt.«

»Aber dann wissen die Piraten, dass Torsten und die anderen heute Nacht kommen werden!«, rief Petra aus.

»Wir müssen sie warnen!« Hans wollte schon ins Haus zurück, doch da hielt Henriette ihn auf.

»Das hat keinen Zweck! Unsere Leute werden es trotzdem versuchen. Satellitenaufnahmen haben gezeigt, dass die Schurken dabei sind, den Frachter zu entladen. Hätte die Reederei nicht aus Geldgier andere Container auf die mit den Waffen gestellt, hätten die Banditen ihre Beute wahrscheinlich schon an Land geschafft. So aber müssen sie erst einmal die hinderlichen Container wegräumen, und das kostet Zeit.«

»Irgendetwas müssen wir tun! Wir können unsere Freunde doch nicht in ihr Verderben rennen lassen«, rief Hans aus.

»Das will ich auch nicht«, erklärte Henriette. »Aber dafür brauchen wir einen schlüssigen und vor allem durchführbaren Plan. Wie beim letzten Mal werden die Piraten den Angriff unserer Freunde von See aus erwarten. Das muss Petra per Mail an Torsten weitergeben. Wir können nur hoffen, dass er noch rechtzeitig in seine Mailbox schaut. Für unsere kleinen Funkgeräte ist die Entfernung zu groß, und über den Laptop mit ihm sprechen sollten wir hier auch nicht, denn mit modernem Equipment könnte der Verräter die Sendung auf eine so kurze Entfernung auffangen.«

Petra sah sie empört an. »Aber wir können doch nicht nur eine Mail schicken und dann die Hände in den Schoß legen.«

»Das habe ich auch nicht vor. Ich werde dafür sorgen, dass die Piraten abgelenkt werden. Doch dafür brauche ich einen Hubschrauber oder ein Flugzeug.«

Während Henriette überlegte, wie sie an ein Fluggerät kommen könnte, tippte Petra sich an die Stirn. »Du kannst ja in den nächsten Supermarkt gehen. Vielleicht verkaufen sie dir dort einen Düsenjäger!«

Henriette lachte hell auf. »Den bekomme ich schon noch, glaub mir! Wer ist eigentlich der Typ, der sich hier um uns kümmern soll?«

»Ein gewisser Al Huseyin, der Stellvertreter von Omar Schmitt und genau der Mann, auf den die meisten Verdachtsmomente zutreffen«, erklärte ihr Hans.

»Also heißt es: Nichts anmerken lassen!«, erklärte Henriette und forderte die beiden auf, wieder ins Haus zurückzukehren.

Kaum waren sie in ihrem Zimmer, holte sie sich die letzte Cola, teilte diese mit Petra und wog dann die leere Dose in der Hand. »Das ist ein Grund, mit Al Huseyin zu sprechen.«

Sie verließ erneut das Haus und schlenderte zu dem Gebäude, in dem Omar Schmitts Stellvertreter das Büro eingerichtet hatte. Als sie eintrat, setzte der Mann rasch einen Kopfhörer ab und beschäftigte sich intensiv mit einigen Plänen, die vor ihm auf dem Schreibtisch lagen. Die Ausrüstung seines Büros war ausgezeichnet, das sah Henriette auf den ersten Blick. Al Huseyin verfügte über einen hochmodernen Laptop, der für Satellitenempfang ausgerüstet war, einen Scanner und etliches weiteres elektronisches Gerät.

Erst als sie sich räusperte, sah der Mann auf. »Ah, Frau von Tarow. Was kann ich für Sie tun?«, fragte er freundlich.

Henriette atmete tief durch. »Wissen Sie, Herr Al Huseyin. Jetzt, da die anderen weg sind, wird es mir hier langweilig. Ich würde mich gerne ein wenig in Ihrem Land umsehen, am liebsten auf einem Flughafen. Ich bin Pilotin, müssen Sie wissen. Vielleicht könnte ich mich sogar mit den Piloten Ihrer Luftwaffe austauschen.«

»Wir haben keine Luftwaffe«, erklärte Al Huseyin.

»Auch keine Flugzeuge?«

»Doch, ein paar Transportmaschinen für den Flugverkehr im Inland und mehrere alte Hubschrauber, aber sicher nichts, was Sie interessieren würde.« Der Somali wandte sich wieder seinen Plänen zu, doch so leicht gab Henriette nicht auf.

»Haben Sie denn gar keine Kampfflugzeuge?«

Al Huseyin schien die Fragerei lästig zu werden, denn er wurde zunehmend unfreundlich. »Nur eine reparaturbedürftige MIG-17. Aber die kriegt niemand mehr in die Luft.« Henriette merkte, dass der Mann kurz davor war, sie zum Gehen aufzufordern, und stellte die ihr wichtigste Frage. »Dürfte ich mir die MIG einmal ansehen? Ich interessiere mich sehr für die Geschichte der Kampfflugzeuge.«

»Sie steht in einer Halle am Flughafen. Wir hatten schon überlegt, sie an ein Land zu verkaufen, das noch Ersatzteile dafür hat. Aber so ein altes Ding will keiner mehr.« Al Huseyin fand, dass es die einfachste Art war, die lästige Deutsche loszuwerden, und deutete auf einen Geländewagen, der draußen geparkt stand.

»Wenn Sie damit fahren können, schauen Sie doch mal zum Flughafen und sehen sich das Wrack an.«

»Brauche ich da nicht einen entsprechenden Ausweis?«

Al Huseyin seufzte. »Ich schreibe Ihnen einen Zettel. Legen Sie aber eine Zehndollarnote hinzu. Die hilft Ihnen mehr als meine Unterschrift.«

»Herzlichen Dank!« Henriette wartete, bis Al Huseyin ihr die Bescheinigung ausgestellt hatte, nahm diese entgegen und hielt ihm dann die leere Coladose unter die Nase.

»Könnten Sie für ein bisschen Nachschub sorgen?«

»Hierher oder zum Flughafen?«, fragte der Mann.

»Hierher! So lange werden wir uns sicher nicht am Flughafen aufhalten«, antwortete Henriette fröhlich und verabschiedete sich.

VIER

Während Torsten Renk und die anderen Männer, die die *Caroline* befreien sollten, den Tag auf der *Tonnerre* hinter sich brachten und dabei schliefen oder Karten spielten, bereitete Sayyida in Laasqoray ihre Falle vor.

Henriette wusste zwar nichts von dieser Frau und ihren Möglichkeiten, aber sie war sich nach dem Gespräch mit Al Huseyin sicher, dass ihr Bruder und ihre Kameraden auch diesmal erwartet wurden. Daher überredete sie Petra und Hans, mit ihr zum Flughafen von Berbera zu fahren. Ihr Ziel war eine abseits gelegene Halle, in der neben einem Haufen Schrott auch die MIG-17 abgestellt war.

Henriettes erster Eindruck von dem Flugzeug brachte sie ein paar Atemzüge lang dazu, ihr Vorhaben aufzugeben. Die

Maschine wirkte ziemlich verbeult. Auch hatte man einzelne Teile ausgebaut, die nun auf dem Boden lagen.

Petra schüttelte bedauernd den Kopf. »Die ist wirklich nicht mehr zu gebrauchen. Ich werde jetzt Torsten anfunken. Hier kann uns der Schweinekerl, der uns die Wanze in den Pelz gesetzt hat, nicht mehr zuhören.«

»Tu das! Wenn unsere Leute gewarnt sind, können sie den Spieß umdrehen und den Gegner ausmanövrieren!« Henriette hoffte, dass Petras Bericht ihren Freunden beim Angriff auf das Frachtschiff helfen würde, aber ihr war klar, dass es einen blutigen Kampf mit schweren Verlusten geben würde. Den wollte sie ihrem Bruder und Torsten ersparen. Daher ging sie um das Kampfflugzeug herum, kletterte auf die Tragfläche und starrte in die Kanzel. Als sie hinabsprang, landete sie genau neben Hans Borchart.

»Es ist jetzt zehn Uhr hiesiger Zeit. Um dreiundzwanzig Uhr brechen unsere Leute von der *Tonnerre* auf und greifen kurz nach Mitternacht an. Damit haben wir zwölf Stunden, um etwas ausrichten zu können.«

Hans stieß die Luft aus den Lungen. »Dieses Wrack kriegst du niemals in die Luft. Außerdem brauchen wir den größten Teil der Zeit, um hier aufzuräumen.«

Auf Henriettes Gesicht machte sich ein entschlossener Zug breit. »Nicht ganz! Unser Freund Al Huseyin hat mich darauf aufmerksam gemacht, dass ein Zehndollarschein hier mehr ausrichtet als eine Bescheinigung mit seiner Unterschrift. Also holen wir uns Hilfe vom Flughafenpersonal.« Henriette zog ihre Geldbörse und leerte sie aus.

»Wie viel Geld habt ihr dabei?«, fragte sie die anderen.

»Dollars habe ich keine, aber dafür einiges an Djibouti-Francs, weil ich ja in der Stadt einkaufen war«, erklärte Hans und rückte die Scheine heraus.

Petra wand sich wie ein Wurm. Die beiden anderen wussten, dass sie von Natur aus sparsam, um nicht zu sagen arg geizig war, und ließen nicht locker. Schließlich reichte Petra ihnen einige Dollarnoten und mehrere kleine Euroscheine.

»Aber die kriege ich aus unserer Abteilungskasse zurück«, sagte sie mit erhobenem Zeigefinger.

»Wir werden den Antrag bei unserem großen Guru stellen.« Henriette zählte kurz die Scheine durch und eilte nach draußen. Nach zehn Minuten hatte sie ein Dutzend Helfer angeworben, die sich mit Begeisterung daranmachten, in der Halle aufzuräumen.

Bereits eine halbe Stunde später stand die MIG-17 frei, und die ausgebauten Teile lagen auf einer Werkbank daneben. Eine weitere Spende sorgte dafür, dass mehrere Einheimische ihnen Werkzeug brachten.

Petra schnaubte zwar beim Anblick der nicht gerade neuen Sachen, doch Hans schnappte sich sofort einen Schraubenschlüssel und begann, an dem Flugzeug herumzuschrauben.

»Mach nichts kaputt!«, fuhr Petra ihn an.

Grinsend drehte Hans sich zu ihr um. »Ich denke nicht daran. Aber du könntest mir helfen, indem du das Internet nach den Bauplänen dieses Vogels durchforstest. Vielleicht kriegen wir auf diese Weise heraus, was ihm fehlt.«

»Wie der Kasten aussieht, ist das eine ganze Menge!« Petra klang ätzend, schaltete aber ihren Laptop ein und konnte schon nach wenigen Minuten die Pläne der ersten Bauteile ausdrucken.

Unterdessen war Henriette in das Cockpit der Maschine gestiegen und überprüfte die Kontrollen. Die Batterie war leer und schon stark angeschlagen, doch den hilfsbereiten Somalis gelang es, ihr ein kräftiges Ladegerät zu besorgen und es auch anzuschließen. Während Henriette weiter nach beschädigten Teilen suchte, fasste sie zum ersten Mal wieder Mut. Ihre Freunde waren gewarnt, sie selbst arbeitete mit Petras und Hans' Hilfe daran, die alte MIG wieder instand zu setzen, und Al Huseyin saß ahnungslos in seinem Büro.

Nicht einmal Hans' Einwand, dass er ein paar Teile mit den primitiven Mitteln, die ihnen hier zur Verfügung standen, selbst würde herstellen müssen, konnte ihren Eifer bremsen. Ein Problem aber erschien fast unlösbar. Sie war zwar sicher, dass es ihr gelang, Treibstoff aufzutreiben und den Vogel in die Luft zu bringen. Aber sie fand keine Lösung, wie sie die Magazine der Bordwaffen auffüllen konnte. Wenn es nicht anders ging, würde sie unbewaffnet aufsteigen, um die Piraten an Bord der *Caroline* durch Scheinangriffe zu verwirren. Wenn es ihr gelang, damit auch nur einem Einzigen ihrer Leute das Leben zu retten, hatte sich die Arbeit gelohnt.

»He, seht mal! Da sind ja Teile einer anderen MIG!«

Hans' Ausruf riss Henriette aus ihren Überlegungen heraus. Tatsächlich blitzten unter dem Schrott, den die Somalis weggeräumt hatten, die Überreste einer zweiten MIG-17 hervor. Sie eilte hin und klopfte sich gegen die Stirn. Unter den Aggregaten lagen auch jene wichtigen Teile, die ihrer Maschine fehlten. Selbst die Techniker aus Somaliland hätten den Vogel mit dem entsprechenden Wissen reparieren können.

»Danke, Hans! Damit kriegen wir das Ding ganz sicher in die Luft!« Henriette atmete auf und arbeitete beschwingt weiter.

»Nur gut, dass es sich um ein russisches Flugzeug handelt. Das kann sogar ein technisch halbwegs begabter Mensch wie ich reparieren. Bei einem alten Amivogel würde ich eher dumm aus der Wäsche schauen.« Hans nahm grinsend einen Schraubenschlüssel und öffnete die Triebwerksabdeckung.

»Das Ding muss auch mal sauber gemacht werden«, meinte er und entfernte ein Vogelnest aus dem Lufteinsaugstutzen.

Petra kicherte, meldete dann aber, dass sie Torsten am anderen Ende der Leitung hätte.

»Schönen Gruß! Und sag ihm, dass wir alles tun, um ihn und die anderen zu unterstützen. Teil ihm auch mit, dass wir Al Huseyin für den Verräter halten, der eine Wanze von außen ans Fenster des Besprechungsraums geklebt hat. Die Piraten wissen höchstwahrscheinlich, dass heute Nacht der entscheidende Schlag erfolgen soll«, rief Henriette, ohne in ihrer Arbeit innezuhalten.

»Mach ich!« Petra wandte sich wieder Torstens Konterfei auf dem Bildschirm zu und erklärte ihm, was sich inzwischen ereignet hatte.

FÜNF

Torsten wurde von dem Summton seines Laptops geweckt. Noch ein wenig zerknittert klappte er ihn auf und sah Petras Gesicht auf dem Bildschirm.

»Was gibt es?«, knurrte er sie an.

»Zum Beispiel ein Abhörmikro, das Henriette draußen am Fenster des Raumes entdeckt hat, in dem wir die Aktion gegen die *Caroline* beraten haben.« In Petras Stimme schwang Zufriedenheit mit. Sie liebte es, mehr zu wissen als andere und dieses Wissen tröpfchenweise preiszugeben.

Torsten fluchte. »Da bin ich anscheinend nicht sorgfältig genug gewesen.«

»Negativ, großer Krieger! Henriette ist überzeugt, dass der Verräter das Mikro erst nach deiner Suchaktion angebracht hat. Er dürfte seine Anlage ausprobiert und gemerkt haben, dass ausgerechnet die Mikros in dem für ihn interessantesten Raum tot waren.«

»Trotzdem hätte ich aufpassen müssen!«

»Es waren auch andere dort, zum Bleistift unser großer Guru mit seinen gefühlten zweitausend Jahren Erfahrung. Also mach dich locker! Auf jeden Fall wissen die Kerle auf der anderen Seite, dass ihr kommt. Aber da das auch euch nun klar ist, gibt es euch einen gewissen Vorsprung. Wir arbeiten mittlerweile daran, den zu vergrößern.«

»Macht keinen Unsinn!«, entfuhr es Torsten.

Er erntete einen bitterbösen Blick von Petra, die sich entschloss, ihm vorerst nichts von dem Flugzeug und Henriettes Plänen zu verraten. Stattdessen kam sie auf Al Huseyin zu sprechen, der ihrer Ansicht nach als Einziger für die Installation der Wanzen in Frage kam und damit der Verräter sein musste.

»Nachdem er von der Befreiung der *Lady* erfahren hatte, ist ihm genug Zeit geblieben, das Haus, in dem wir untergebracht werden sollten, zu verwanzen. Außerdem war er neben dir und Omar Schmitt der Einzige in ganz Somalia, der wusste, wann Henriettes Bruder mit seiner Kompanie die *Caroline* angreifen sollte«, erklärte sie in ihrem gewohnt oberlehrerhaften Ton.

»Aber wie hätte er das an die Piraten weitergeben können? Seine Funksprüche wären doch aufgefangen worden.« Obwohl Torsten Al Huseyin ebenfalls in Verdacht hatte, legte er Wert auf konkretere Informationen und hoffte, diese aus seiner Kollegin herauskitzeln zu können.

Petra lehnte sich etwas zurück, als sähe sie von oben auf ihn herab. »Auf die gleiche Weise, in der ich mit dir Kontakt halte, nämlich über einen Laptop mit Satellitenantenne. Henriette hat herausgefunden, dass er so eine Ausrüstung besitzt. Verbindungen dieser Art kann man nur anmessen, wenn das entsprechende Gerät ganz in der Nähe steht oder direkt zwischen Computer und Satellit sitzt beziehungsweise fliegt. Unsere Verbündeten in Somaliland haben nicht einmal eine Luftwaffe, geschweige denn das technische und logistische Knowhow für eine effiziente Überwachung. Spitzenmäßig ausgerüstete Leute – das sieht man an uns – können hier ohne Probleme geheimen Kontakt halten.«

»Entschuldige! Ich melde mich gleich wieder. Omar muss mir rasch ein paar Fragen beantworten.« Torsten stellte den Laptop beiseite und weckte den Halbsomali, der sich ihnen ebenso angeschlossen hatte wie Tamid und dessen Kollege, der an der Aktion auf dem Kreuzfahrtschiff teilgenommen hatte.

»Ist es so weit?« Omar wollte aufspringen, doch Torsten hielt ihn zurück.

»Ich will Sie nur etwas fragen. Wie gut sind die Computer, mit denen Sie und Ihre Leute arbeiten?«

Omar kniff verblüfft die Augen zusammen. »Warum wollen Sie denn das wissen? So gut wie Sie und Ihre famose Petra sind wir natürlich nicht ausgerüstet. Wir besitzen zwei Laptops, die über Äthiopien eingeschmuggelt worden sind, doch die sind bis jetzt nicht einmal internetfähig. Al Huseyin wollte zwar daran arbeiten, konnte aber die entsprechenden Teile noch nicht besorgen.«

»Was sind das für Geräte?«, fragte Torsten.

Nach einer kurzen Besinnungspause nannte Omar die Marke.

Torsten kehrte zu seinem Laptop zurück. »Hallo, Petra, bist du noch da?«

»Natürlich. Zurzeit habe ich ja nichts anderes zu tun, als mit dir zu ratschen. Also, was gibt es?«

»Kannst du Henriette fragen, von welchem Hersteller Al Huseyins Laptop stammt?«

Petra wandte sich zu ihrer Kollegin um und gab Torstens Frage weiter. Zuerst wollte Henriette schon sagen, dass sie nicht darauf geachtet habe, dann aber zeigte sie auf Petras Gerät. »Es war das gleiche Logo wie auf deinem. Ich habe es nicht ganz gesehen, aber die letzten drei Buchstaben stimmen überein. Außerdem hatte er so einen Sendeblock angesteckt wie du.«

»Hast du gehört, Torsten?«, fragte Petra.

Dieser nickte. »Ja! Laut Omar ist es keines der Geräte, die sie sich besorgt haben. Wie es aussieht, kocht Al Huseyin tatsächlich sein eigenes Süppchen.«

Torsten hatte es kaum gesagt, da packte Omar ihn an der Schulter und schüttelte ihn. »Wenn das stimmt, was Ihre Kollegin sagt, ist das eine Katastrophe. Bei Al Huseyin laufen alle unsere militärischen Verbindungsstränge zusammen. Er kann dem Feind auf den Mann genau sagen, wie viele unserer Truppen an welcher Stelle stehen. Außerdem kennt er als Einziger sämtliche Pläne unserer Minenfelder. Scheiße! Dabei wurde mir der Mann als absolut zuverlässig empfohlen. Mit den Informationen war es diesen Blutsäufern möglich, zu unseren Grenzdörfern durchzudringen. Wenn ich zurückkomme, mache ich Salami aus dem Kerl!«

»Zuerst einmal müssen wir zurückkommen!« Torsten löste Omars Hand von seiner Schulter und nahm noch einmal Verbindung zu Petra auf. Ihm ging es nun darum, die neuesten Bilder von Laasqoray zu erhalten, die von Satelliten und Aufklärungsdrohnen geschossen worden waren. Als das Gewünschte auf seinem Bildschirm stand, bereitete ihm das, was er erkennen konnte, mehr Zahnschmerzen, als wenn eine ganze Division auf sie warten würde.

SECHS

Sayyida stand am Bug des Schlauchboots und blickte auf die näher kommende *Caroline*. Anders als sonst trug sie kein bodenlanges rotes Kleid, sondern den gleichen gefleckten Tarnanzug wie die Männer ihrer Miliz. Ihr Haar hatte sie unter ein rotes Barett gestopft, in ihrem Gürtel steckte eine Pistole, und über der linken Schulter hing eine Cobray M-11, die sie sehr kriegerisch aussehen ließ.

Neben ihr stand ihr Sohn Sayyid, dem sie ebenfalls einen Kampfanzug angezogen und ein rotes Barett aufgesetzt hatte. Obwohl auch er mit einer Pistole und einer Cobray-MP bewaffnet war, wirkte der Achtjährige eher verschreckt denn unternehmungslustig.

Auch Sayyidas Leibwächterinnen hatten ihre Kleider mit Militäranzügen vertauscht und trugen ihre Waffen offen. Auf Barette hatten sie allerdings verzichtet und sich stattdessen Kopftücher umgebunden, die nur die Gesichter frei ließen. Die Frauen sahen nicht weniger entschlossen aus als ihre Anführerin, denn ihnen war bewusst, dass diese Nacht über ihr Schicksal entscheiden würde. Nur wenn es ihnen gelang, die Deutschen und ihre französischen Verbündeten zurückzuschlagen, würde Sayyida ihre Herrschaft über den mittleren Norden Somalias behaupten und ausbauen können. An die Möglichkeit einer Niederlage mochten weder die Anführerin noch ihre Frauengarde denken, und die Krieger, die mit etlichen Schlauchbooten auf die *Caroline* übergesetzt wurden, freuten sich offensichtlich auf den Kampf.

Als Sayyida den Containerfrachter erreichte, galt ihr erster Blick den bereits getroffenen Abwehrmaßnahmen. »Sind genügend Mann an Bord, und reicht die Bewaffnung aus?«, fragte sie Abt al Latif, den sie nach Hanifs Tod zu ihrem neuen Stellvertreter hatte machen müssen.

Der Freischärler nickte beinahe übermütig. »Wir haben etliche Mörser, schwere MGs und Maschinenkanonen aufgebaut und genügend Handgranaten verteilt, um eine ganze Armee zurückschlagen zu können.«

»Und was ist, wenn der Feind nicht mit Booten, sondern mit Hubschraubern kommt?«, fragte Sultana Sayyida scharf.

Zur Antwort zeigte der Mann auf mehrere Raketenstellungen, die auf die See hin ausgerichtet worden waren. »Der Angriff auf das Passagierschiff hat gezeigt, dass wir die Hubschrauber zurückschlagen können. Hätten die deutschen Soldaten, die die an Land gebrachten Geiseln befreit haben, nicht unsere Leute an Bord des Kreuzfahrtschiffes überrascht und die meisten Abwehrstellungen durch Raketenbeschuss ausgeschaltet, wäre es dem Feind niemals gelungen, das Schiff unter Kontrolle zu bringen.«

»Der Feind hat die *Lady* auf unerklärliche Weise dazu gebracht, loszufahren. Also muss auch Hexerei im Spiel gewesen sein!« Obwohl Sayyida modernste Geräte wie Laptops mit Satellitenantennen verwendete, verspürte sie Angst vor jenen Dingen, die sie sich nicht erklären konnte.

»Könnten die Angreifer auch diesem Schiff hier ihren Willen aufzwingen?«, fragte sie daher.

Ihr Stellvertreter schüttelte den Kopf. »Nein! Nachdem wir erfahren haben, was mit der *Lady of the Sea* passiert ist, haben wir die Antriebsaggregate und sämtliche Generatoren bis auf einen zerstört. Den letzten brauchen wir jedoch für die Suchscheinwerfer.« Abt al Latifs Gesicht nahm einen ängstlichen Ausdruck an, denn unter den vernichteten Maschinen waren auch jene Geräte gewesen, die den Strom für die Ladekräne des Schiffes erzeugt hatten, und ohne die war es ihnen nicht möglich, die Container von Bord zu schaffen. Daher würde ihnen nichts anderes übrigbleiben, als diese aufzuschneiden und den Inhalt stückweise an Land zu bringen. Ein paar Container waren auf seinen Befehl bereits geöffnet worden, um mit den darin enthaltenen Waffen und der Munition die Abwehr zu verstärken.

Zu seiner Erleichterung dachte Sultana Sayyida nicht über die defekten Generatoren nach, sondern musterte ihre Krieger mit einem zufriedenen Blick. Sie hatte über fünfhundert Mann auf dem Schiff und darum herum zusammengezogen. Außerdem befanden sich mehr als zweihundert Frauen und Kinder an Bord, die den Bewaffneten als menschliche Schutzschilde dienen würden.

»Der Feind kann kommen«, sagte sie. »Wir werden diese Ungläubigen in die tiefste Dschehenna schicken.«

»Das werden wir!«, versprach ihr Stellvertreter inbrünstig.

Genau wie seiner Herrin war Abt al Latif klar, dass sich in dieser Nacht etliche Ferngläser auf dieses Schiff richten würden. Sogar Diya Baqi Majid, ihr unzuverlässiger Verbündeter, war nach Laasqoray gekommen, um mit eigenen Augen zu sehen, wie Sayyida und ihre Dulbahante-Miliz sich gegen die deutschen Soldaten behaupten würden.

SIEBEN

Um siebzehn Uhr konnte Henriette die elektrische Anlage der MIG testen. Sofort brannten ein paar Sicherungen durch, und der Geruch verschmorter Kabel stieg ihr in die Nase. Mit einem nicht gerade druckreifen Kommentar schaltete sie alles wieder ab und machte sich auf die Fehlersuche.

»Petra, ich brauche unbedingt einen Schaltplan für das Cockpit«, rief sie ihrer Kollegin zu. »Außerdem müssen die kaputten Sicherungen überbrückt werden. Wir haben keinen Ersatz.«

»Das mache ich schon«, erklärte Hans und half ihr, die Abdeckung der Cockpitanzeigen abzuschrauben.

»Uns bleibt nicht mehr viel Zeit!« Henriette fauchte wie eine gereizte Katze, doch da legte Hans ihr den künstlichen Arm auf die Schulter.

»Du darfst dich nicht selbst unter Druck setzen. Wenn es klappt, klappt es, und wenn nicht, haben wir wenigstens alles versucht, was in unserer Macht stand.«

»Hier ist der Plan.« Petra reichte ihnen mehrere Blätter Papier hoch.

»Danke!« Henriette nahm diese entgegen und verfolgte die Drähte und ihre Anschlüsse.

»Ah, hier ist ein Fehler! Da hat vor Jahren ein Mechaniker zwei Drähte miteinander verwechselt.« Erleichtert, weil sie die Quelle für die Kurzschlüsse so rasch entdeckt hatte, tauschte Henriette die Drähte aus und wollte die Abdeckung wieder befestigen.

»Prüfe lieber auch die anderen Leitungen«, riet Hans ihr.

»Wenn es noch einen Fehler gibt, musst du die Platte wieder abschrauben und verlierst Zeit.«

Henriette nickte ihm dankbar zu und suchte weiter. Tatsächlich fand sie eine weitere Stelle, an der ein schlecht ausgebildeter oder uninteressierter Techniker mehrere Drähte falsch angeschlossen hatte.

»Bei der Bundeswehr würde so einer wegen Sabotage vor Gericht gestellt«, erklärte sie kopfschüttelnd.

»Wir sind hier aber nicht bei der Bundeswehr, sondern in einem Land, das es laut UNO-Satzung gar nicht gibt und das keine eigene Luftwaffe hat. Die Mechaniker hier können einen defekten Lastwagen, der bei uns längst in der Schrottpresse gelandet wäre, zum Fahren bringen und sind auch sonst nicht auf den Kopf gefallen. Doch um ein Flugzeug wie das hier zu reparieren, braucht man eine Ausbildung, die in diesem Land keiner hat.« Hans wollte Henriette, die vor Nervosität immer mehr durchzudrehen schien, beruhigen, wurde aber von ihr angeraunzt.

»Wir haben ja auch keine Ausbildung für diesen uralten Kasten!«

»Du bist Pilotin und hast ein technisches Studium absolviert, Petra hat ein Diplom in Maschinenbau, und ich bin ausgebildeter Elektroniker und Mechaniker. Allein würde es wahrscheinlich keiner von uns schaffen, aber gemeinsam …« Hans ignorierte das beleidigte Schnauben Petras, die sich und ihre Talente nicht richtig gewürdigt sah, »… aber gemeinsam sind wir dazu in der Lage.«

»Das hilft uns auch nicht viel, wenn wir keine Munition für diesen Kasten kriegen«, wandte Petra ein.

Hans nickte und arbeitete noch ein paar Minuten weiter. Dann legte er den Schraubenschlüssel beiseite und wischte sich seine Hand und die Handprothese ab. »Ich glaube, ich kann euch jetzt für ein paar Minuten allein lassen. Gebt mir noch ein paar Scheine!«

Während Henriette eine Fünfzigeuronote opferte, kämpfte

Petra mit sich, ob sie einen Zwanziger aus ihrem Portemonnaie nehmen sollte, rang sich schließlich aber dazu durch.

»Versaufe nicht alles«, rief sie Hans hinterher, als dieser sich der Tür der Halle zuwandte.

»Ich glaube kaum, dass es in den umliegenden Garküchen alkoholische Getränke gibt. Außerdem bin ich auf etwas Schärferes aus.« Damit verschwand Hans und ließ die beiden Frauen allein zurück.

»Männer!, sage ich da bloß. Wenn es ernst wird, ziehen sie Leine.« Petra schimpfte noch eine Weile, besorgte aber unverdrossen weitere Informationen, mit denen Henriette die elektrischen Anlagen des Kampfflugzeugs wieder auf Vordermann bringen konnte.

Es dauerte fast eine Stunde, bis Hans zurückkehrte. Sowohl Henriette wie auch Petra lagen bereits einige bissige Worte auf der Zunge. Die unterblieben jedoch, als sie die sechs Somalis sahen, die mehrere Kisten mit Munition herbeischlepppten. Sie stellten ihre Last in der Halle ab, grinsten Hans noch einmal an und gingen zufrieden davon.

»Na, was sagt ihr? Habe ich das nicht gut gemacht?«, fragte Hans.

Henriette sprang vom Flugzeug und öffnete die erste Munitionskiste. »Tatsächlich, das ist Kaliber 37! Damit kann ich den Piraten einheizen.«

Sie klang so kriegerisch, dass Petra sie erstaunt ansah. »Man könnte fast denken, du freust dich darauf, andere Menschen zu töten!«

Über Henriettes Gesicht huschte ein Schatten. »Darauf freue ich mich bestimmt nicht. Aber ich bin froh, dass ich unsere Freunde jetzt wirkungsvoll unterstützen kann.«

»Wenn du dieses Ding hier in die Luft bekommst, heißt das. Noch hast du das Triebwerk nicht getestet«, schränkte Hans ein. Doch ebenso wie Henriette und Petra wollte auch er nicht an ein Scheitern glauben.

ACHT

»Es ist doch seltsam, wie die Zeit dahinkriecht, wenn man auf einen Einsatz wartet.« Dietrich von Tarows Stimme klang düster.

Torsten nickte, obwohl er die Wartezeit besser ertrug. Er konnte Henriettes Bruder verstehen. Dietrich ging offensichtlich der gescheiterte Angriff nicht aus dem Kopf, und er hatte Angst, dieser würde ebenfalls misslingen.

»Es sind ja nur noch drei Stunden. Dann können wir endlich in die Boote steigen«, sagte Torsten, um ihn zu beruhigen.

»Dann dauert es noch über eine Stunde, bis wir vor Ort sind. Und was dann kommt, wird hart!«

Dietrich wusste selbst, dass er mutlos klang. »Ich fürchte weniger, dass wir keinen Erfolg haben«, setzte er hinzu. »Aber nachdem wir die *Lady of the Sea* zurückgeholt haben, sind die Kerle auf der anderen Seite vorgewarnt. Dieses Gesindel verschanzt sich gerne hinter Frauen und Kindern. Also werden wir auch Unschuldige töten müssen, wenn wir das Schiff zurückholen wollen. Das macht mir einen Knoten im Magen.«

Torsten nickte nachdenklich. »Mir geht es nicht anders. Aber wir haben diese Entwicklung vorausgesehen und sind entsprechend vorbereitet. Wenn alles so klappt, wie wir annehmen, wird es kaum Opfer unter den Zivilisten geben!«

»Aber auf die weiche Methode riskieren wir, dass mehr von unseren Leuten fallen, als nötig wäre.« Dietrichs Blick galt weniger seinen Männern und den Fremdenlegionären als Jamanah, die wie stets in seiner Nähe saß und so gelassen wirkte, als läge ein Besuch bei Freunden vor ihr. Nur die Kalaschnikow, die frisch geputzt und mit vollem Magazin neben ihr lag, verriet, dass auch sie auf das Kommende vorbereitet war.

Sie sagte etwas, das der französische Fremdenlegionär mit »Heute ist die Nacht der Rache!« übersetzte.

Dietrich ahnte, was in Jamanah vorging. Die junge Frau dachte an ihre Eltern und Geschwister, die von feindlichen Freischärlern ermordet worden waren. Da die Gefangenen, die auf der *Lady* gemacht worden waren, mit den Mordbrennern im Bunde waren und teilweise sogar zu dieser Bande gehört hatten, war Jamanah ganz begierig darauf, in den Kampf zu ziehen. Sie hatte Dietrich die Sultana Sayyida beschrieben, die Anführerin der Banditen, welche sie als Blutsäuferin bezeichnete. Erst wenn diese Frau tot war, würde sie die Waffe aus der Hand legen und ein friedliches Leben beginnen.

Aber was für eine erbärmliche Existenz würde sie führen müssen?, fragte Dietrich sich. Zu ihren Leuten konnte sie nicht zurückkehren, und an anderen Orten in Somaliland würde sie betteln und vielleicht sogar als Prostituierte arbeiten müssen, um nicht zu verhungern.

Das wollte er ihr ersparen. Deshalb hatte er beschlossen, einen Asylantrag für sie zu stellen und dafür zu sorgen, dass sie nach Deutschland gebracht wurde. Und auch dort durfte er sie auf keinen Fall sich selbst überlassen, sondern musste weiterhin die Verantwortung für sie übernehmen und sich um sie kümmern, bis sie ihr Leben in die eigene Hand nehmen konnte.

Torsten beobachtete, wie die Gedanken des Majors abglitten und sein Gesicht sich entspannte. Das war schon mal positiv, sagte er sich und ließ den Blick schweifen. Die Fremdenlegionäre lagen scheinbar völlig gelassen an Deck, hatten das Käppi über das Gesicht geschoben und schliefen. Oder sie taten zumindest so. Weiter vorne hatte Fahrner sich von einem Franzosen Schuhcreme und Bürste besorgt und putzte seine Stiefel.

»Ich will einen guten Eindruck machen«, sagte er grinsend, als er merkte, dass Torsten ihm zusah.

Auch das ist eine Methode, seine Nervosität zu bekämpfen, dachte dieser und musterte seine eigenen Stiefel. Die hatten es dringend nötig, wieder einmal geputzt zu werden.

»Wenn Sie fertig sind, Herr Fahrner, können Sie das Putzzeug mir geben. Wir sollten unsere speziellen Freunde wirklich nicht mit schmutzigen Schuhen besuchen.«

NEUN

Die Nervosität an Bord des Frachters äußerte sich in einem nicht enden wollenden Gemurmel, das bis in den Raum drang, in dem Sayyida mit ihrem Sohn und ihrer Frauengarde Quartier bezogen hatte. Draußen wurde es dunkel, und am Himmel glomm bereits der Abendstern als kleiner Lichtpunkt auf. Bald würden die Feinde in die Boote steigen.

Sayyida versuchte zu schätzen, wie lange die Angreifer brauchen würden. Gerne hätte sie gewusst, wo sich der französische Hubschrauberträger befand, von dem aus sie starten sollten. Doch den Männern an der Radaranlage, die Abdullah Abu Na'im ihr besorgt hatte, war es bisher nicht gelungen, die *Tonnerre* ausfindig zu machen.

»Also haben die Ungläubigen einen längeren Weg als beim letzten Mal«, sagte sie leise.

Eigentlich waren ihre Worte nur für sie selbst bestimmt, doch ihr Sohn fuhr erschrocken auf. »Wann kommen die bösen Männer, Mama?«

»Bald, mein kleiner Held, bald!«, antwortete Sayyida.

»Ich werde sie alle kaputtmachen!« Der Junge packte seine MP und tat so, als wolle er schießen. Mehrere der Leibwächterinnen duckten sich oder gingen hinter Schränken in Deckung. Doch als der kleine Sayyid den Abzugshahn drückte und sich nichts tat, begriffen sie, dass seine Waffe gesichert war.

»So ist es richtig, mein tapferer Held«, lobte Sayyida den Jungen. Dann stand sie von Nervosität getrieben auf und verließ die Kabine. Vier Leibwächterinnen folgten ihr, während die anderen bei ihrem Sohn blieben.

An Deck gingen die Vorbereitungen für die Verteidigung des Frachters gut voran. Abt al Latif leuchtete Sayyida den Weg mit einer starken Taschenlampe aus. Im Widerschein des Lichts konnte sie sein zufriedenes Grinsen sehen und ärgerte sich über ihn. Es wäre fatal, wenn ausgerechnet der Kommandant ihrer Truppen den Feind unterschätzte.

»Wie weit seid ihr?«, fragte sie.

»Fast fertig! Wir haben genug MGs und Maschinenkanonen aufgebaut, um eine ganze Flotte versenken zu können. Außerdem habe ich an Land zwei Flugabwehrstellungen und weitere schwere Maschinenkanonen aufstellen lassen, mit denen wir die See und den dazugehörigen Luftraum um uns herum unter Feuer nehmen können. Zu jeder dieser Stellungen gehört auch ein starker Suchscheinwerfer. Drei weitere haben wir hier an Bord. Eine Stunde vor dem erwarteten Angriff werden wir die Schutznetze gegen Entertruppen auslegen. Vorerst würden sie die Arbeit an Bord behindern.«

Der Mann hat an alles gedacht!, durchfuhr es Sayyida. Sie hätte erleichtert sein können, doch gerade die Umsicht, die ihr Stellvertreter bewiesen hatte, bereitete ihr Sorgen. Was war, wenn ihre Krieger ihn als den wahren Sieger über die Ungläubigen ansehen würden? Immerhin war er ein entfernter Cousin von ihr und damit ein möglicher Rivale um die Macht.

»Sehr gut, Abt al Latif! Ich bin sehr zufrieden mit dir.« Es fiel Sayyida schwer, ihn zu loben. Nun bedauerte sie, dass Hanif auf dem Kreuzfahrtschiff umgekommen war. Auf ihn hatte sie sich felsenfest verlassen können. Doch auf Abt al Latifs Loyalität durfte sie nicht zählen.

Ihr blieb die Hoffnung, dass er im Kampf mit den Ungläubigen fiel. Vielleicht, so sagte sie sich, sollte sie nachhelfen. Mit einem Lächeln, das verbindlicher wirkte als noch eben, wollte sie sich von ihrem Stellvertreter verabschieden, als dieser noch auf einen Punkt zu sprechen kam, der ihm auf der Seele brannte. »Beim ersten Angriff auf die *Caroline* konnten wir den Feind mit unseren Schnellbooten in die Zange nehmen. Die meisten aber haben wir verloren, als die Deutschen ihre Geiseln in Laasqoray befreiten. Jetzt stehen uns nur noch vier Boote zur Verfügung. Um trotzdem von See aus Unterstützung zu erhalten, habe ich zwei motorisierte Dhaus herbeischaffen und bewaffnen lassen, die nun in unserer Nähe ankern. Mit ihren Holzrümpfen laufen sie zwar Gefahr, in Brand geschossen zu werden, aber ich rechne mit dem Überraschungseffekt ihres ersten Feuerschlags. Wenn der Feind kommt, wird er von allen Seiten eingedeckt. Die Deutschen werden scheitern, so wie sie schon einmal gescheitert sind!«

Ohne es zu wissen, stellte Abt al Latif sich damit selbst das Todesurteil aus. Einen Mann mit seinen Fähigkeiten als Anführer durfte Sayyida nicht neben sich dulden.

Es gelang ihr jedoch, ihre Gefühle zu verbergen. Nach einem freundlichen Gruß kehrte sie in ihre Kabine zurück, reichte dort ihren Sohn an eine ihrer Leibwächterinnen weiter und schaltete ihren Laptop ein, um Kontakt mit ihrem Mittelsmann im Zentrum der Feinde aufzunehmen.

ZEHN

Inzwischen waren auch die Treibstofftanks gefüllt, und so gelang es Henriette gegen neunzehn Uhr, das Triebwerk der MIG anlaufen zu lassen. Sie erinnerte sich nur mit Grausen daran, wie die Somalis den Sprit in Eimern, Plastikschüsseln und anderen unbrauchbaren Gefäßen hereingebracht und dabei etliches verschüttet hatten. Zwar war es Hans gelungen, den Boden aufzuwischen, doch noch immer hing der Geruch des Treibstoffs in der Luft und reizte die Schleimhäute.

Das Geräusch, mit dem der ins Triebwerk einströmende Treibstoff verpuffte, anstatt richtig zu zünden, zwang Henriettes Gedanken wieder in die Gegenwart. Sie erhöhte die Treibstoffzufuhr und schaltete erneut die Zündung ein.

Diesmal klappte es. Ein Feuerstrahl schoss aus der Heckdüse, und die Maschine bewegte sich trotz der Bremsblöcke ein Stück nach vorne. Rasch schaltete Henriette das Triebwerk ab und reckte Petra und Hans den erhobenen Daumen hin.

»Es klappt. So kriege ich den Vogel bis zu den Sternen!«

»Sind die nicht ein bisschen arg weit weg?«, fragte Hans schmunzelnd.

»Sagen wir, ich bin froh, wenn ich die Hälfte der angegebenen Dienstgipfelhöhe erreiche. Andererseits brauche ich das gar nicht, denn ich werde die feindlichen Stellungen im Tiefflug angreifen.«

»Pass auf, dass du nicht die *Caroline* in Brand schießt. Die hat einige Sächelchen geladen, die leicht hochgehen können«, warnte Hans sie.

Henriette winkte lachend ab. »Keine Sorge! Ich werde achtgeben. Aber jetzt müssen wir uns um die Bewaffnung kümmern. Wenn wir die Kanonen nicht putzen, fliegt mir der ganze Vogel um die Ohren.«

»Und das wollen wir doch nicht«, erklärte Hans und begann, das Rohr der 37-Millimeter-Nudelman auszubauen, während Henriette sich der ersten der beiden NR23-Maschinenkanonen zuwandte.

Petra säuberte unterdessen die Magazinkästen, die anscheinend Generationen von Wüstenmäusen Quartier geboten hatten, und füllte sie auf. Als sie damit fertig war, sah sie zu Henriette hoch, die eben mit der zweiten NR23 beschäftigt war.

»Du weißt hoffentlich, dass du insgesamt nur zweihundert Patronen an Bord hast. Wenn die verschossen sind, ist Feierabend.«

»Ich habe oft genug im Kampfsimulator gesessen, um mich

darauf einstellen zu können.« In Henriettes Stimme schwang Unmut. Bei der Luftwaffe hatte man sie zwar Kampfeinsätze trainieren lassen, aber nie als Kampffliegerin eingesetzt.

Ein Somali, der fröhlich lachend eintrat, forderte ihre Aufmerksamkeit. »Madam, ich gefunden, was du brauchen!« Sein Englisch klang etwas gewöhnungsbedürftig, war aber verständlich.

Noch während Henriette sich fragte, was er wollte, brachten mehrere Flughafenarbeiter zwei längliche Gegenstände herein, die sie als leichte Fliegerbomben identifizierte. Die Männer gingen damit um, als hätten sie es mit Holzklötzen zu tun.

»Vorsicht, nicht fallen lassen!«, schrie Henriette, als zwei der Träger ihre Bombe gerade loslassen wollten. Auf ihre Warnung setzten die Männer ihre Fracht sachte ab und freuten sich über die Geldscheine, die Hans ihnen reichte.

»Jetzt bin ich pleite«, sagte er seufzend zu seinen Kolleginnen.

Henriette, der der Schreck noch in den Knochen steckte, atmete hörbar auf. »Mir reicht's! Für heute habe ich genug Überraschungen erlebt«, rief sie theatralisch aus, obwohl sie wusste, dass die eigentlichen Überraschungen noch vor ihnen lagen.

»Ich habe Hunger«, stöhnte Petra auf einmal. »Ich brauche dringend etwas zu essen, sonst schaltet mein Gehirn ab.«

»Eine kleine Pause wäre nicht schlecht«, stimmte Hans ihr zu. »Wisst ihr was, ich schau mal nach, ob ich etwas organisieren kann. Dass es hier Pizzen gibt, glaube ich jedoch nicht!«

»Notfalls reicht ein Fladenbrot! Na ja – besser drei oder vier!« Petra seufzte und sah dann Henriette zu, die eben die Bombenschlösser reinigte.

Da drehte ihre Kollegin sich lächelnd zu ihr um. »Wenn Al Huseyin ein richtiger Geheimdienstmann wäre, hätte er unsere Aktivitäten hier am Flughafen längst mitbekommen. Seine

Aufmerksamkeit gilt wahrscheinlich nur den beiden Schiffen, die die Hauptrolle in dem Drama spielen, in dem ich ebenfalls mitmischen will!«

ELF

Omar Schmitt ruckte unruhig hin und her und stieß dann Torsten an. »Wenn Al Huseyin uns tatsächlich verraten hat, laufen wir genau in die Falle hinein, die man uns stellen wird. Sollten wir ihm nicht mitteilen, dass die Aktion um vierundzwanzig Stunden verschoben worden ist? Er würde dann unsere Feinde informieren, und wir könnten sie vielleicht doch überraschen.«

Torsten schüttelte den Kopf. »Unser Gegner hat seine Vorbereitungen bereits getroffen. Um ihn doch noch überraschen zu können, hätten wir die Radaranlage in Laasqoray zerstören müssen. Die Befreiung der Geiseln war jedoch wichtiger. Nein, wir greifen an. Aber ich werde Wagner vorschlagen, die Aktion um eine oder zwei Stunden zu verschieben. Wenn die Kerle länger warten müssen, als sie annehmen, werden sie unaufmerksam. Das können wir ausnützen.«

»Kein schlechter Gedanke, Renk!«, meldete sich Wagner. »So werden wir es machen. Sollen die Piraten doch zwei Stunden lang Fingernägel kauen, weil wir nicht kommen. Nehmen Sie mit Frau Waitl Kontakt auf! Sie sagte etwas von einem geplanten Ablenkungsmanöver. Das muss zeitlich auf uns abgestimmt werden.«

Torsten kratzte sich nachdenklich im Genick. »So ganz verstehe ich das nicht. Wie können Petra und die anderen etwas von einer solchen Aktion wissen und wir nicht?«

»Sie kennen doch die Kommunikationskanäle. Würden die so laufen, wie sie sollten, wären Major von Tarow und seine

Einheit nicht in jene Scheiße geritten worden, in der wir etliche gute Männer verloren haben. Wahrscheinlich will sich irgendein karrieregeiler Bursche profilieren. Ach ja, bevor ich es vergesse: Man hat mir vorhin mitgeteilt, dass in Djibouti ein starker Trupp der GSG 9 eingetroffen ist, um unseren Job zu erledigen, falls wir ihn versaubeuteln sollten.«

»Das meinen Sie doch nicht im Ernst!«, rief Fahrner empört. »Wir holen uns die *Caroline*, und wenn wir sie schwimmend hinter uns herziehen müssen.«

»Etwas anderes wird uns nicht übrigbleiben. Oder glauben Sie, die Piraten hätten nach den Erfahrungen mit der *Lady of the Sea* den Antrieb der *Caroline* funktionstüchtig gelassen?« Torstens Blick musterte den vorlauten Soldaten mit hochgezogenen Augenbrauen, während Wagner die Mundwinkel nach unten zog.

»Wir werden auf jeden Fall genug Seile mitnehmen, um die *Caroline* mit unseren Booten abschleppen zu können. Mehr als vier, fünf Knoten werden wir nicht schaffen, aber dafür haben wir dann jedes Piratenboot zwischen Laasqoray und Qandala am Hals. Ich schätze, das Schiff zu holen wird leichter sein, als es zu behalten.«

»Was ich an Ihnen wirklich zu schätzen beginne, Herr Wagner, ist Ihr überschäumender Optimismus«, antwortete Fahrner. »Wenn wir den Kasten erst einmal haben, werden uns die Hubschrauber der *Tonnerre* Feuerschutz geben. Apropos: Helfen die uns auch beim Angriff?«

»Sie werden in der Nähe sein und eingreifen, falls sie es für nötig halten. Allerdings geht die Liebe unserer französischen Freunde nicht so weit, dass sie unseretwegen ein Dutzend Hubschrauber verlieren wollen. Den Hauptjob, das sollte euch allen klar sein, haben wir zu erledigen. Seien wir froh, dass uns die Franzosen mit ihren Fremdenlegionären unterstützen!«

Fahrner schüttelte in gespielter Verzweiflung den Kopf. »Typisch Militär! Das technische Material ist mehr wert als der Mensch. Ersteres muss man teuer ersetzen, während Soldaten von selbst nachwachsen.«

Ein paar lachten, doch die meisten blieben ernst. Zwei Stunden später aufzubrechen bedeutete auch für sie zwei Stunden, die sie länger ihren Zweifeln und Befürchtungen ausgeliefert sein würden.

Torsten hätte ihnen das gerne erspart. Doch um die eigenen Verluste so gering wie möglich zu halten, war es nötig, den Feind zu täuschen. Ein Blick auf die Uhr zeigte ihm, dass sie noch geraume Zeit auf ihren Einsatz warten mussten. Daher befolgte er Wagners Anweisung, mit Petra Kontakt aufzunehmen.

Als diese sich meldete, sah sie verschwitzt aus und hatte einen großen Ölfleck auf der Nase. »Was gibt es?«, fragte sie in einem Ton, als störe er sie bei einer wichtigen Arbeit.

»Nur eine Info weitergeben. Wir greifen zwei Stunden später an als geplant, um den Gegner zu verwirren. Gibt es neue Fotoaufnahmen von unseren Drohnen?«

»Ja, haben wir! Unsere Leute lassen die Geräte sehr hoch fliegen, damit sie nicht bemerkt werden, aber die Aufnahmen sind ausgezeichnet. Die Brüder rüsten auf, als stünde ihnen eine ganze Invasionsarmee gegenüber.«

Während sie berichtete, übermittelte Petra die Fotos und machte Torsten auf die Abwehrstellungen an Land und die beiden etwa fünfzehn Meter langen Holzschiffe aufmerksam, die zu beiden Seiten der *Caroline* verankert waren.

»Wie du siehst, wird es haarig für euch werden. Ich drücke euch die Daumen, dass es klappt.« Für einen Augenblick dachte Petra daran, dass Torsten vielleicht nicht mehr von diesem Auftrag zurückkehren würde. In dem Fall würde ihr Kind niemals seinen Vater kennenlernen. Der Gedanke stimmte sie traurig, und sie wünschte, sie könnte es Torsten sagen. Doch um ihn herum hörten andere mit, und sie wollte auch nicht, dass er mit einer moralischen Last in den Kampf zog.

»Macht es gut und kommt gesund zurück!«, sagte sie deshalb nur und kappte die Verbindung.

Als sie zu Henriette und Hans hinüberschaute, spürte sie, wie ihr die Tränen über die Wangen liefen. Dumme Kuh!, schimpfte sie sich. Torsten schafft das schon. Bis jetzt ist er noch jedes Mal dem Tod von der Schaufel gesprungen.

»Gibt es was Neues?«, fragte Henriette.

Petra nickte. »Ja! Die Aktion ist um zwei Stunden verschoben worden.«

»Sehr schön! Dann haben wir mehr Zeit, diesen Vogel einsatzfähig zu machen.« Henriette nickte erleichtert, denn nun konnte sie auch noch die letzten Schwachstellen der MIG ausmerzen. »Hast du Torsten gesagt, was ich vorhabe?«

»Nein, noch nicht. Das melde ich eine Viertelstunde, bevor sie aufbrechen«, antwortete Petra.

Henriette zog die Stirn in Falten. »Ist das nicht zu spät? Nicht dass sie mich mit dem Feind verwechseln und vom Himmel holen!«

»Entschuldige, daran habe ich nicht gedacht. Ich melde es sofort weiter.« Petra schaltete wieder auf die Satellitenverbindung zu Torstens Laptop um und wartete, bis er sich meldete.

»Gibt es noch etwas?«, fragte Torsten, kaum dass er Petras Gesicht auf dem Bildschirm sah.

»Ich soll dir nur sagen, dass ihr Unterstützung von Land aus bekommen werdet!«

»Will General Mahsin etwa doch Laasqoray angreifen?« Torsten wunderte sich, denn dies hätte den Informationen, die er von Dietrich von Tarow erhalten hatte, widersprochen.

»Nein, das nicht. Aber wir haben hier in Berbera ein Kampfflugzeug entdeckt und in Gang setzen können.«

»Und wer soll das fliegen?« Zwar hatte Torsten bereits einen Verdacht, doch er wollte es von Petra hören.

Diese klang nun etwas kleinlaut. »Henriette. Sie ist doch Pilotin.«

»Und Al Huseyin hat euch ganz gemütlich dabei zugesehen?«, fragte Torsten spitz.

»Der weiß nichts davon. Wir haben uns heimlich verdrückt. Mit dem Vogel kann Henriette die Piraten überraschen und euch helfen. Sie meint nur, ihr sollt aufpassen, dass ihr die MIG-17 nicht vom Himmel holt.« Bei den letzten Worten gelang Petra doch wieder ein Lächeln.

Torsten blickte kopfschüttelnd ihr Konterfei auf dem Bildschirm an. »Ihr wisst schon, dass ihr verrückt seid? Die Sache wird verdammt gefährlich. Henriette sollte sich heraushalten!«

»Herr Renk, Sie haben anscheinend vergessen, dass wir beide den gleichen Job machen!« Henriette ärgerte sich über Torstens Bemerkung und machte ihm das klar, indem sie das steife Sie verwendete, anstatt ihn wie sonst zu duzen.

»Außerdem geht es mir um meinen Bruder. Jede Hilfe, die ich euch geben kann, kann sein Überleben sichern. Merken Sie sich das, Herr Kollege!«, setzte sie hinzu und wandte sich beleidigt ab.

»Weißt du, dass du manchmal ein ganz schöner Affe sein kannst, Torsten?« Petra reihte sich ansatzlos in die Riege der sich missachtet fühlenden Frauen ein und machte ihm klar, dass schließlich Henriette und sie die *Lady of the Sea* in ihre Gewalt gebracht hatten.

Zuletzt hob Torsten abwehrend die Hände. »Okay, okay! Ich gebe ja schon auf. Sage Henriette bitte, sie soll vorsichtig sein.«

»Das ist sie sicher! Aber ihr solltet ebenfalls auf euch aufpassen. Nimm den Computer mit, wenn ihr aufbrecht. Diese Verbindung ist sicherer als Funk.«

»Erwarte aber nicht, dass ich dir live vom Kampfgeschehen berichte«, gab Torsten spöttisch zurück und klappte seinen Laptop zu. Dann wandte er sich an Dietrich, der mit Jamanah in seiner Nähe saß. »Sie haben mein Mitgefühl, Major.«

»Wieso?« Dietrich hatte Jamanah eben die Namen einiger

Ausrüstungsgegenstände auf Deutsch beigebracht und dabei Torstens Unterhaltung mit Petra nicht mitbekommen.

»Wegen Ihrer Schwester! So eine Nervensäge habe ich noch nicht erlebt. Jetzt will sie mit einem Kampfflugzeug aufsteigen und uns bei unserem Angriff unterstützen!«

Dietrich riss es herum. »Was sagen Sie da?«

»Henriette will einen Ablenkungsangriff fliegen, während wir die *Caroline* entern. Hoffen wir, dass sie nicht das erste Opfer dieses Kampfes sein wird.«

Dietrich starrte ihn fassungslos an. »Ist sie denn verrückt geworden? Sie hätten ihr das ausreden müssen!«

»Wenn Sie mir sagen, wie das geht, werde ich es das nächste Mal tun«, antwortete Torsten bissig.

»Meine Schwester hat leider ihren eigenen Kopf!« Dietrich stöhnte und dachte daran, dass Henriette in der Hinsicht Jamanah ziemlich ähnlich war. Beide ließen sich nichts sagen, wenn sie sich einmal zu etwas entschlossen hatten. Er ballte die Rechte zur Faust und drohte in die Richtung, in der er ihr Ziel wusste. »Wenn meiner Schwester etwas zustößt, werden die Entführer der *Caroline* es bereuen!«

»Das werden sie«, antwortete Torsten leise und dachte an die mutige junge Frau, die bereit war, ihr Leben aufs Spiel zu setzen, um das ihrer Freunde zu bewahren.

ZWÖLF

Dietrich von Tarow blickte auf seine Uhr und sah dem Sekundenzeiger zu, der sich der vollen Minute näherte. Kaum war dies geschehen, hallte seine Stimme auf.

»Achtung, Ausrüstung kontrollieren!«

Die Männer seiner Kompanie und die einer Einheit, welche zur Verstärkung eingeflogen worden war, sowie mehr als hundert Fremdenlegionäre, die bisher träge an Deck der *Tonnerre* herumgesessen hatten, sprangen wie von einer Feder geschnellt auf und überprüften Waffen, Funkgeräte, Nachtsichtbrillen und Helmscheinwerfer. Nicht wenige zogen noch einmal ihre Kampfmesser, putzten sie an den Ärmeln ab und steckten sie wieder in die Scheiden.

»Alles klar, Herr Major!«, meldete Fahrner.

»Und wie steht es mit Ihnen?«, fragte Dietrich die Gruppe um Torsten und Wagner, zu der neben Omar Schmitt und seinen beiden Somalis mehrere GSG-9-Männer mit ihrer speziellen Ausrüstung gehörten.

»Bei uns ist alles in Ordnung«, sagte ein Mann, der einen riesigen Rucksack bei sich trug.

Dietrichs Blick traf Jamanah. Die junge Frau lächelte ihn an. »Ich fertig!«

»Du hast das ›bin‹ vergessen. Es heißt ›Ich bin fertig‹«, korrigierte Dietrich sie. Dann sah er noch einmal auf seine Armbanduhr. »In drei Minuten werden die Boote ausgesetzt. Wir steigen wie vorgesehen an Bord. Als Erstes werden die MGs besetzt. Danach macht ihr die Raketen fertig. Wir brechen auf, wenn wir vollkommen kampfbereit sind.«

Sofort traten die Legionäre in Zweierreihen an. Da die Aktion von einem französischen Schiff aus gestartet wurde, hatten die Franzosen sich ausbedungen, als Erste in die Boote zu steigen. Auch hatten sie Dietrich klargemacht, dass die Legionäre als Erste angreifen wollten. Seine Leute waren davon nicht gerade begeistert, aber ihre Befindlichkeiten zählten in diesem Fall weniger als die ihrer Verbündeten.

Matrosen der *Tonnerre* legten Kletternetze aus, mit deren Hilfe die Truppe das Schiff verlassen würde, und die ersten Schlauchboote wurden von Deck gelassen. Sie waren etwa so groß wie jene, mit denen Dietrich von Tarow den ersten Angriff auf die *Caroline* gestartet hatte, verfügten aber nicht über einen Elektroantrieb. Dafür waren sie über neunzig Stundenkilometer schnell und würden ihr Ziel in weniger als zwei Stunden erreichen. Zwar hätte die *Tonnerre* die Entfernung zwischen sich und Laasqoray verringern können, doch dann wäre sie vom Radar der Piraten erfasst worden.

»Gut, dass die See heute recht ruhig ist. Dann kotzen die Männer unterwegs weniger«, spottete Fahrner.

Der Mann kann es nicht lassen, fuhr es Dietrich durch den Kopf. Doch Fahrner wirkte wie ein Ventil, das immer dann Luft abließ, wenn die Spannung zu groß zu werden drohte. Auch jetzt lachten einige, und das war gut.

Nachdem die Legionäre ihre Boote bestiegen hatten, war Dietrich von Tarows Mannschaft an der Reihe. Schwer bepackt kletterten die Männer die Netze hinab und sammelten sich in ihrem Boot. Jamanah hielt sich wie immer an Dietrichs Seite, während Fahrner sich ans Steuer setzte und dabei in einer Weise grinste, dass die Zähne im Schein der Bordscheinwerfer der *Tonnerre* wie Elfenbein aufblitzten.

»Diesmal geht es den Schweinen an den Kragen!«, rief er seinem Major zu.

Dietrich blickte zu dem nächsten Boot hinüber, in dem neben Torsten, Wagner und den Männern aus Somaliland auch die Spezialisten der GSG 9 Platz nahmen. Fünf deutsche Soldaten und fünf Fremdenlegionäre folgten ihnen, um die Kommunikationswege so kurz wie möglich zu halten. Immerhin war Wagner der Kommandant dieser Aktion. Dietrich war ihm bisher noch nie während eines Einsatzes begegnet, aber er hatte schon einiges über ihn gehört. Es erleichterte ihn, diesen alten Wolf bei sich zu wissen. Fast noch gefährlicher erschien ihm der Tiger an dessen Seite, wie er Torsten für sich nannte. Einen Augenblick lang dachte er daran, dass er diesem nach dem Scheitern ihres ersten Angriffs auf die *Caroline* die Schuld daran gegeben hatte. Mittlerweile wusste er es besser. Wenn Torsten und Wagner keinen Weg fanden, die *Caroline* zurückzuholen, würde es auch ihm nicht gelingen.

»Waffen befehlsgemäß einsatzbereit!«

Die Meldung beendete Dietrichs Gedankengang, und er nickte dem Sprecher zu. »Sehr gut! Sobald alle Boote diese Meldung abgegeben haben, legen wir ab. Wir fahren in Kiellinie und orientieren uns jeweils an dem Boot vor uns. Abstand fünfzig Meter, verstanden?«

»Jawohl, Herr Major!«

Ein Boot nach dem anderen meldete sich einsatzbereit, und das erste löste sich nun von der *Tonnerre*. Das nächste folgte, und kurz darauf war Dietrichs Boot an der Reihe. Sechs Boote waren mit Franzosen besetzt, sechs mit deutschen Soldaten und eines mit Wagner, Renk und den Spezialisten. Ein weiteres Boot fuhr zwar mit, sollte aber nicht mit in die Kampfhandlungen eingreifen, sondern die Kommunikation mit der *Tonnerre* und deren Kampfhubschraubern aufrechterhalten. Dietrich hätte allerdings keinen einzigen Somaliland-Schilling dagegen gewettet, dass dieses Boot nur dazu diente, die Zahl auf vierzehn Boote zu erhöhen, um die Unglückszahl Dreizehn zu vermeiden. Sein Boot trug die Nummer sieben, und das nahm er als gutes Omen.

Das führende Boot erhöhte die Geschwindigkeit und raste nun über die fast spiegelglatte See. Die anderen folgten im befohlenen Abstand und bildeten eine Linie von gut siebenhundert Metern, welche auf die noch hinter dem Horizont verborgene Küste zuhielt.

Der Mond schien etwas zu hell für Dietrichs Geschmack, sorgte aber mit den Sternen am Himmel für eine eindrucksvolle Atmosphäre.

Fahrner schien ähnlich zu empfinden, denn er schnalzte genießerisch mit der Zunge. »Was für ein herrlicher Ausflug, Jungs! So was wird euch auf der Nord- oder Ostsee nicht geboten. Und das Beste ist, ihr habt euch nicht einmal eine Fahrkarte kaufen müssen.«

Erneut lachten einige Soldaten. Auch Dietrich schmunzelte. Die Motivation der Männer war gut. Dazu trug nicht zuletzt die geglückte Aktion gegen die *Lady of the Sea* bei. Sie hatten den Piraten erfolgreich die Zähne gezeigt, und nun würden sie ihr Meisterstück abliefern.

Wie aufs Stichwort begannen die Legionäre auf den vor ihnen fahrenden Booten zu singen. Es klang tatsächlich so, als befänden die Männer sich auf einer vergnüglichen Kahnpartie.

»Die Brüder sind ja in bester Stimmung«, frotzelte Fahrner. »Was meint ihr, Leute? Sollen wir nicht auch ein bisschen singen? Sonst meinen diese Jacques und Jeans noch, es hätte uns vor Angst die Stimme verschlagen!«

Dietrich verdrehte die Augen, als Fahrner mit ebenso lauter wie misstönender Stimme ein Lied anstimmte und die Soldaten an Bord seines und der anderen von Deutschen besetzten Boote darin einfielen.

»Was ist, Herr Major, wollen Sie nicht auch einstimmen?«, fragte Fahrner grinsend.

Da es auch die anderen forderten, blieb Dietrich nichts anderes übrig, als mitzusingen. Er sah dabei Jamanah an, deren Gesicht im Schein des Mondes beinahe golden leuchtete, und spürte, dass sie sich über das Verhalten der Soldaten gleichermaßen wunderte und amüsierte. Angst hatte sie nicht, und wenn doch, musste sie diese nicht durch Lautstärke übertönen.

DREIZEHN

Die Somalis, die Henriette, Petra und Hans den ganzen Tag über geholfen hatten, schoben die MIG-17 hinaus auf das Flugfeld und verabschiedeten sich winkend.

Henriette atmete tief durch und versuchte sich zu orientieren, wo das Haus lag, in dem sie einquartiert worden waren.

Direkt daneben hatte Al Huseyin sein Büro eingerichtet, und sie wollte nicht in diese Richtung starten. Der Mann sollte bis zuletzt nicht erfahren, dass es ihr und ihren Freunden gelungen war, das alte Kampfflugzeug wieder in Gang zu setzen.

Entschlossen startete sie das Triebwerk, lenkte die Maschine noch in eine Kurve und schob dann den Gashebel nach vorne. Die MIG rollte an und wurde immer schneller. Während Henriette auf den Augenblick wartete, an dem sie die Maschine hochziehen konnte, sprang das Funkgerät an, und jemand im Tower wünschte ihr einen guten Flug.

»Danke!« Mehr wagte sie nicht zu sagen, da sie Angst hatte, Al Huseyin könne doch noch von ihrer Aktion erfahren. Der Belag der Landebahn war holprig, doch die MIG zog schnurgerade ihre Bahn. Zu ihrer Zeit war sie eines der besten Kampfflugzeuge der Welt gewesen, und sie wurde immer noch in einigen Ländern als Schulungsmaschine verwendet. Doch wohl zum ersten Mal seit mehr als einem Jahrzehnt würde eine MIG-17 einen Kampfeinsatz fliegen.

Henriette spürte, wie die Maschine sich langsam vom Boden löste, und zog den Steuerknüppel auf sich zu. »Sie fliegt!«, rief sie begeistert.

Bis zuletzt hatte sie Angst gehabt, das Flugzeug nicht in die Luft zu bringen. Doch sie gewann rasch an Höhe und richtete die Maschine nach Osten aus. Vor ihr lagen etwa dreihundertsechzig Kilometer Luftlinie, und sie wollte diese Strecke in etwa einer halben Stunde zurücklegen.

Zunächst flog Henriette in sicherem Abstand zum Boden. Zwar befand sie sich noch über Somaliland und würde eher ungläubiges Staunen erregen, als beschossen zu werden, aber der Gedanke brachte sie trotzdem dazu, noch ein wenig an Höhe zu gewinnen. Die Frontlinie zwischen Somaliland und den feindlichen Milizen war hart umkämpft, und sie wollte nichts riskieren.

VIERZEHN

Auf den Booten war es still geworden. Selbst Gebete wurden nur noch in Gedanken gesprochen. Alle fieberten dem entscheidenden Augenblick entgegen. Torsten blickte auf die Leuchtanzeige seiner Uhr und hob die Hand.

»Noch fünfzehn Minuten«, sagte er leise. Seine Angabe wurde von Boot zu Boot weitergegeben. Im Kommunikationsboot sprach der Funker in sein Gerät, um die *Tonnerre* und die Hubschrauber zu informieren. Obwohl diese nicht direkt in die Kämpfe eingreifen sollten, hatten sie eine Aufgabe zu erfüllen, die für den Erfolg der Aktion wichtig war.

Wagner tippte Torsten an. »Die Boote sollen sich verteilen!«

Torsten gab den Befehl weiter. Seine Anspannung stieg mit jeder Minute. Am Horizont zeichnete sich bereits die Küste ab, und er brauchte keinen Kompass mehr, um sagen zu können, wo Laasqoray lag. Noch einmal blickte er auf seinen Laptop.

Auf dem Bildschirm leuchtete ein Satz auf: »Henriette ist in der Luft!«

Er atmete tief durch und wünschte seiner Kollegin viel Glück. Wie sie etwas erreichen wollte, war ihm jedoch schleierhaft, denn jeder der zehn Tiger-Hubschrauber der französischen Marine, die sie unterstützen sollten, war besser bewaffnet als der alte Kasten, den sie flog. Er schob diesen Gedanken wieder beiseite und konzentrierte sich auf seine Aufgabe.

»Gasmasken auf!«, wies er die Männer an. Dann galt es erneut, zu warten. Doch Torsten wusste ebenso wie alle anderen an Bord der vierzehn Boote, dass sie in einen Höllenschlund hineinsteuerten.

FÜNFZEHN

Der Junge war eingeschlafen. Auch Sayyida kämpfte gegen die Müdigkeit und verfluchte im Stillen die Deutschen, die bereits vor zwei Stunden hätten angreifen sollen. Doch von denen war weder etwas zu sehen noch zu hören. Als sie ihren Laptop einschaltete und Kontakt zu ihrem Zuträger in Somaliland aufnahm, konnte der Mann ihr nicht sagen, weshalb der Angriff verschoben worden war.

»Vielleicht haben sie ihre Ausrüstung nicht schnell genug erhalten und dadurch den Angriff um einen Tag verschieben müssen. Sobald ich mehr weiß, melde ich es dir«, erklärte er nervös.

»Du solltest es jetzt wissen«, zischte Sayyida ihn an. »Erinnere dich: Du hast schon einmal versagt. Ein zweites Mal dulde ich das nicht.«

»Ich stecke nicht in den Köpfen dieser Deutschen«, antwortete der Mann verärgert. »Nach meinen Informationen wollten sie kurz nach Mitternacht vor Ort sein. Jetzt muss ich sehen, wie ich Näheres erfahre. Ich kann nicht einfach mit der *Tonnerre* Kontakt aufnehmen, ohne Verdacht zu erregen. Es ist Funkstille befohlen worden, und ich muss warten, bis sich dieses elende Halbblut bei mir meldet.« Al Huseyin überlegte, ob er die zurückgebliebenen Deutschen fragen sollte. Allerdings glaubte er nicht, dass die beiden Frauen und der Krüppel in die Pläne eingeweiht waren. Zudem bestand die Gefahr, dass sie sich über sein Interesse wundern und es vielleicht trotz des Funkverbots an ihre Leute und an diesen unsäglichen Omar Schmitt weitergeben würden.

Sayyida musterte den Mann und fragte sich, ob er gerade dabei war, sie zu verraten. Doch den Preis, den sie ihm geboten hatte, würde ihm in ganz Somaliland niemand zahlen. Er hätte ihr Gouverneur in der wichtigen Provinz Galbeed werden können und damit einer ihrer mächtigsten Gefolgsmänner im neuen Sultanat Somalia. Das allerdings hatte er sich bereits durch den Verlust der *Lady of the Sea* verscherzt. War ihm das klar, und versuchte er sich deswegen wieder seinen bisherigen Anführern anzudienen?

Das glaubte sie ausschließen zu können. Sein Hass auf den Offizier, der in einem fremden Land aufgewachsen war und den man ihm trotzdem vor die Nase gesetzt hatte, war zu groß. Mittlerweile konnte sie sich vorstellen, warum Al Huseyin nicht auf diese Stelle befördert worden war. Er konnte zwar Befehle befolgen, doch wenn er selbständig handeln musste, bekam er Probleme. Da sein Ehrgeiz seine Fähigkeiten weit überstieg, war es ihr im Handumdrehen gelungen, ihn auf ihre Seite zu ziehen. Mit einem spöttischen Lächeln dachte sie daran, dass die meisten ihrer Erfolge, die sie gegen Somaliland errungen hatte, auf seinen Informationen beruhten. So weit hatte er ihr gute Dienste geleistet. Doch das wog sein Versagen nicht auf.

»Beeile dich! Ich muss wissen, wann die Deutschen kommen«, sagte sie und lehnte sich zurück, ohne die Verbindung zu beenden.

Es war ihr, als stände sie plötzlich auf schwankendem Boden. Bis jetzt hatte sie jedes Mal, wenn es kritisch wurde, bestimmen können, wie es weiterging. Nun aber musste sie auf die Entscheidungen anderer warten, und das fiel ihr schwer.

Mit einer übertrieben energischen Geste wandte sie sich an ihre Leibwächterinnen. »Sind unsere Männer noch auf ihren Posten, Muna?«

»Das sind sie, Sultana. Aber sie fragen sich, ob sie wirklich bis zum Morgen wachen sollen. Einige von ihnen glauben nicht mehr daran, dass die Deutschen heute noch kommen.«

Bevor Sayyida etwas darauf sagen konnte, hörte sie ein leichtes Brummen in der Luft, das rasch lauter wurde. »Ist das Antwort genug?«, fragte sie bissig und stürmte an Deck.

Dort war das Brummen noch deutlicher zu hören. Alle

Krieger und die meisten Frauen und Kinder starrten nach Norden. Erregte Stimmen klangen auf, und jemand rief, die Deutschen würden das Risiko scheuen, das Schiff zu stürmen, und es stattdessen aus der Luft vernichten.

Sayyida dachte an Kapitän Wang und die überlebenden Matrosen der *Caroline*, aber auch an die verletzten deutschen Soldaten, die ihre Männer aus dem Wasser geholt hatten. Einige von ihnen waren noch an Bord. Würde die deutsche Regierung diese Menschen opfern? Das konnte sie sich nicht vorstellen. Dennoch blieb eine gewisse Unsicherheit zurück. Immerhin hatten die Deutschen auch im Fall der *Lady of the Sea* anders gehandelt, als zu erwarten gewesen war.

»Nehmt eure Positionen ein!«, schrie sie die Männer an. »Schießt, sobald ihr ein Ziel seht!«

Abt al Latif tauchte neben ihr auf und rief: »Das sind Hubschrauber! Und zwar eine ganze Menge. Diesmal kommen sie nicht mit Booten, sondern aus der Luft.«

»Dann empfangt sie entsprechend! Wozu habe ich euch all diese Waffen besorgt?« Sayyida versetzte ihm einen Stoß und entsicherte ihre MP, als stände der Feind bereits auf dem Schiff.

Nur mit Mühe gelang es Abt al Latif, die Krieger wieder auf ihre Stationen zu schicken. Alle erinnerten sich daran, dass ihre Anführerin erklärt hatte, die Deutschen griffen erneut mit Booten an. Die zu bekämpfen waren sie gewohnt. Aber das, was sich ihnen jetzt näherte, war unerwartet und dadurch erschreckend.

»Sie werden es nicht schaffen, Sayyida«, erklärte Abt al Latif mit blitzenden Augen. Dann herrschte er seine Männer an: »Legt die Schutznetze auch über die Container aus, damit die Feinde sich darin verfangen, wenn sie aus ihren Hubschraubern springen!«

»Ihr solltet sie besser gleich in der Luft ausschalten!«, schlug Sayyida vor.

»Sobald wir sie sehen, nehmen wir sie unter Feuer!«

Ihr Unteranführer wollte sich abwenden, doch da packte Sayyida ihn und zeigte nach Norden. »Dort sind sie!«

Ebenso wie ihr Untergebener starrte sie auf die lange Reihe von Hubschraubern, die aus dem nächtlichen Himmel auftauchten. Der Feind hatte es nicht einmal für nötig erachtet, seine Positionslichter zu löschen.

»Schießt!«, kreischte Sayyida.

»Sie sind noch zu weit weg«, brüllte Abt al Latif.

Einer seiner Männer schien anderer Ansicht zu sein, denn er schoss eine SA-16-Rakete ab. Von seinem glühenden Schweif getrieben raste das Geschoss den Hubschraubern entgegen. Als alle an Deck schon glaubten, es würde die Feinde erreichen, erlosch sein Feuerstrahl, und die Rakete klatschte weit vor den Hubschraubern ins Wasser.

Diese verteilten sich nun und bildeten einen gut zwei Kilometer durchmessenden Halbkreis, der sich um die *Caroline* zusammenzog.

Schießt doch!, dachte Sayyida entsetzt. Schießt doch endlich!

Das 23-Millimeter-Geschütz auf einer der Dhaus begann zu feuern, doch seine Bedienungsmannschaft zielte so schlecht, dass sich die Leuchtspurmunition im Nachthimmel verlor.

Plötzlich zuckten bei den Hubschraubern Feuerblitze auf, und Sayyida sah, wie Raketen auf die *Caroline* zurasten. »Sie wollen das Schiff doch versenken!«, rief sie und wartete auf den ersten Einschlag im Rumpf.

Stattdessen behielten die Raketen ihre Höhe bei und explodierten gut zweihundert Meter über dem Frachter. Die Druckwellen warfen etliche Männer und die meisten Frauen und Kinder an Deck um. Doch alle erhoben sich wieder, starrten einander an und wunderten sich, dass sie unversehrt geblieben waren.

Noch während Sayyida sich fragte, was das sollte, gellte ein Schrei über das Schiff. »Boote! Sie kommen mit Booten!«

Sayyida stürzte zur Bordwand und starrte mit weit aufgerissenen Augen auf das gut ein Dutzend Schlauchboote, die unbemerkt näher gekommen waren und nun aus allen Rohren feuerten.

»Die Hubschrauber sind ein Ablenkungsmanöver gewesen, und wir sind darauf hereingefallen!« Sayyida stiegen vor Wut die Tränen in die Augen, und sie feuerte ihre MP auf das vorderste Boot ab. Doch gerade, als auch die schweren MGs und die Maschinenkanonen ihr Ziel erfasst hatten, erstrahlte der Himmel über dem Schiff in einem blendend weißen Licht. Sayyida erinnerte sich nun an die mehr als einhundert Sonnenbrillen, die sie als Schutz gegen Blendgranaten hatte verteilen lassen. An die hatte auch Abt al Latif nicht gedacht.

SECHZEHN

Trotz der Schutzbrille musste Torsten die Augen abwenden, so hell strahlte das Licht der Blendladung. Wer keine Schutzbrille trug – und das nahm Torsten von den meisten Piraten an –, würde einige Minuten brauchen, bis er wieder sehen konnte.

»Setzt ihnen noch eine drüber«, rief er dem GSG-9-Mann zu, der die Spezialraketen bediente.

Sofort zuckte ein weiterer Flammenschweif auf die *Caroline* zu und verwandelte sich knapp über dem Schiff in eine künstliche Sonne.

»Und jetzt das Reizgas!«

Der Mann nickte und feuerte rasch hintereinander zwei Raketen ab, von denen eine am Bug und die andere direkt vor den Heckaufbauten explodierte.

»Wie steht der Wind?«, wollte Wagner wissen.

»Bestens!« Torsten nahm nun selbst eine Rakete auf die Schulter, zielte und schoss sie ab. Zufrieden sah er, wie sie einen der oberen Container durchschlug und das darauf stehende Maschinengewehr der Piraten im gleichen Moment durch die Luft wirbelte.

»Passen Sie auf, dass Sie nicht den ganzen Kasten hochjagen!« Wagner schauderte es bei dem Gedanken, eine verirrte Rakete könnte einen der mit Munition beladenen Container treffen.

Nun griffen die Fremdenlegionäre ein. Ein Teil von ihnen feuerte nach oben, um die Verteidiger von der Bordwand zu vertreiben. Andere richteten Flammenwerfer auf die Abwehrnetze und verbrannten diese zu Asche, um sich den Weg an Bord zu bahnen. Raketen mit Enterdraggen schossen hoch und fielen auf die Container und das Vorschiff nieder. Zwei, drei konnten die Piraten, die ihre Augen und Nasen noch rechtzeitig geschützt hatten, wieder über Bord werfen. Die anderen Seile aber verhakten sich an Verstrebungen und Containern. Nun kletterten die ersten Legionäre im Feuerschutz ihrer Kameraden nach oben.

»Die Franzmänner können das gut«, knurrte Fahrner, den es in den Fingern zwickte, ebenfalls an Bord zu stürmen.

»Wir können das noch besser!«, gab Dietrich von Tarow zurück und jagte einen Enterdraggen nach oben. Drei weitere wurden von seinen Männern abgeschossen. Alle vier verfingen sich zwischen den Containern, und die Männer begannen zu klettern. Aus den Augenwinkeln nahm Dietrich wahr, dass Jamanah ihm dichtauf folgte. Stures Weibsstück, dachte er. Dann pfiffen die ersten Kugeln um ihn herum, und er vergaß alles andere bis auf den Feind.

Auch Torsten konnte es kaum erwarten, an Bord zu steigen, doch seine Aufgabe war es, vorerst im Boot zu bleiben und die eigenen Leute durch Blendbomben und Reizgasgranaten zu unterstützen. Außerdem musste er die beiden alten Holzschiffe im Auge behalten und die Schlauchboote, die sich mit hoher Geschwindigkeit näherten.

»Sagt den Hubschraubern, sie sollen uns die Piratenschnellboote vom Hals halten«, funkte Torsten zum Kommunikationsboot hinüber.

Kurz darauf näherten sich drei Hubschrauber und feuerten ihre SNEB-Raketen auf die Boote ab. Doch im selben Augenblick wurden sie sowohl von den beiden Dhaus wie auch von den Stellungen an Land mit Maschinenkanonen und Luftabwehrraketen beharkt.

Torsten sah, wie der vorderste Hubschrauber getroffen wurde und förmlich zerplatzte, während die beiden anderen versuchten, sich mit halsbrecherischen Manövern zu retten.

Er stieß eine Verwünschung aus. »Die Kerle haben sich verflucht gut vorbereitet!«, rief er Wagner durch das infernalische Krachen der Waffen und das Geschrei der Kämpfenden zu. Im nächsten Augenblick wurden von Land aus weitere Luftabwehrraketen abgeschossen und rasten auf die Hubschrauberflotte zu.

»Verdammt! Die Schweine verwenden die Systeme, die sie auf der *Caroline* gefunden haben!« Noch während Wagner fluchte, nahm die leichte Artillerie der Freischärler ihre Boote ins Visier – und sie zielten gut.

»Die Hubschrauber müssen die Stellungen an Land angreifen«, schrie Torsten ins Mikrophon. »Wenn wir zu viele Boote verlieren, können wir die *Caroline* nicht mehr abschleppen.«

Doch sein Appell war vergebens. Die Hubschrauber setzten sich, von den Abwehrraketen der Feinde gehetzt, immer weiter ab. Keine der Maschinen bekam die Chance, wieder in den Kampf einzugreifen.

»Wir brauchen mehr Hubschrauber, sonst hauen die Kerle uns in die Pfanne«, funkte er das Kommunikationsboot an.

»Wir geben es weiter! Doch selbst wenn die *Tonnerre* weitere Helikopter schickt, dauert es eine halbe Stunde, bis die hier sind«, kam es zurück.

»So lange halten wir nicht durch!«, schrie Torsten in sein Mikrophon.

Unterdessen hatte Wagner das MG des Bootes gepackt und feuerte auf eine der Stellungen an Land. Doch jede Salve, die er abgab, wurde zehnfach erwidert. Ein weiteres Boot wurde getroffen, und dann schossen sich die Piraten auf die Soldaten ein, die versuchten, die *Caroline* zu entern.

Torsten sah, wie der Angriff an Schwung verlor und die ersten Fremdenlegionäre wieder von Bord getrieben wurden. Rasch schoss er mehrere Blendgranaten ab. Doch die Piraten hatten sich nun geschützt.

»Scheiße! So geht es nicht. Ich muss an Bord«, rief er Wagner zu und packte das nächste Seil.

SIEBZEHN

Nach knapp einer halben Stunde bockte das Triebwerk. Henriette durchfuhr es siedend heiß. Mit zusammengebissenen Zähnen regulierte sie Kerosin- und Luftzufuhr und versuchte alles, um die Maschine wieder zum Laufen zu bringen. Etliche Herzschläge lang sah sie sich abstürzen. Obwohl sie den in einem Winkel der Halle gefundenen Fallschirm kontrolliert hatte, vertraute sie ihm nicht. Zudem würde sie in einem Gebiet landen, das in feindlicher Hand war. Mit einem Rettungstrupp oder Hubschrauber, der sie wieder herausholte, brauchte sie nicht zu rechnen.

Plötzlich lief das Triebwerk wieder rund, und sie atmete auf. Während sie die MIG hochzog, blickte sie auf die Uhr. Den Leuchtziffern zufolge musste der Angriff auf die *Caroline* bereits in vollem Gang sein.

Henriette versuchte, sich zu orientieren, und entdeckte im Nordosten ein mehrfaches Aufblitzen, als würden dort Geschütze abgefeuert. Also war sie dem Kampfschauplatz näher, als sie erwartet hatte. Aufatmend schaltete sie ihren Funkempfänger ein und vernahm wütende Rufe. Wie es aussah, steckten ihre Freunde in Schwierigkeiten.

»Hier Adler eins. Können Sie mir Daten übermitteln?«, meldete sie sich.

»Henriette?« Es war Torsten.

Er lebt noch, dachte sie aufatmend. »Ja, ich bin es. Wo drückt euch der Schuh?«

»Wir haben es mit zwei Stellungen mit leichter Artillerie an Land zu tun sowie mit zwei Holzschiffen, die uns und unsere Boote unter Feuer nehmen. Kannst du gegen die vorgehen?«

»Wo sind die Landstellungen? Ah, ich sehe Mündungsfeuer! Um die kümmere ich mich sofort.« Henriette stieg höher und richtete die Spitze ihrer MIG auf die erste Geschützstellung. Als das Fadenkreuz auf dem Mündungsblitzen der leichten Geschütze lag, gab sie eine erste Salve aus ihrer N37 ab. Ob sie traf, konnte sie nicht sagen, doch Sekunden später raste sie über den Feind hinweg und klinkte eine Bombe aus.

»Bitte explodiere!«, flehte sie, während das stählerne Ei nach unten taumelte. Sie hatte jedoch keine Zeit, sich länger damit zu befassen, denn vor ihr tauchte die zweite Feuerstellung auf. Deren Männer hatten sie mittlerweile bemerkt und zielten mit Luftabwehrraketen auf sie. Im Reflex drückte Henriette den Feuerknopf und schoss mit allen drei Maschinenwaffen. Das Flugzeug erbebte, und sie hatte schon Angst, es würde auseinanderbrechen. Doch die MIG-17 hielt durch, und unter ihr gab es eine Explosion, die alles taghell erleuchtete.

Als Henriette über die Schulter zurückschaute, sah sie Trümmerteile durch die Luft fliegen und stieß einen Jubelschrei aus.

»Gut gemacht!«, vernahm sie Torstens Stimme im Kopfhörer und lächelte. Doch noch war ihr Job nicht erledigt. Sie zwang die MIG in eine enge Kurve und griff die erste Landstellung noch einmal an. Diesmal drückte sie den Vogel so tief, dass sein Bauch beinahe über den Boden schrammte, um den vor ihr aufsteigenden Flugabwehrraketen zu entgehen.

Henriette sah die glühenden Schweife über sich hinwegziehen und in der Ferne verschwinden und stieß einen weiteren Kriegsruf aus. Dann war sie über der Stellung und ließ die zweite Bombe fallen. Diesmal traf sie besser. Der Knall, mit dem die aufgestapelte Munition der Freischärler hinter ihr hochging, ließ die MIG vibrieren.

»Die Brüder machen euch keine Kopfschmerzen mehr«, rief sie übermütig ins Mikrophon und zog die MIG im Tiefflug aufs Meer hinaus. Sie dankte Gott für die ruhige See, denn jede etwas höhere Welle hätte ihr Ende bedeutet. Erneut rasten ihr Flugabwehrraketen entgegen, verfehlten sie jedoch und verloren sich in der Ferne. Eine einzige versuchte noch zu wenden, geriet dabei jedoch aus der Balance und schlug klatschend ins Wasser.

Der Rumpf der Dhau geriet ins Fadenkreuz, und Henriette drückte sämtliche Feuerknöpfe. Die 37- und 23-Millimeter-Geschosse ihrer Bordwaffen zerschlugen die hölzernen Planken und trafen die Munitionsvorräte an Bord. Mit einem gewaltigen Grollen ging das Schiff in die Luft, was Henriette zu einem abrupten Kurswechsel zwang. Dann steuerte sie die MIG in einer engen Kurve auf das zweite Holzschiff zu. Dessen Besatzung feuerte mit allem auf sie, was sich an Bord befand.

»Da komme ich nie durch«, schoss es ihr noch durch den Kopf. Doch im selben Moment explodierte die Dhau mit einem gewaltigen Lichtblitz, und Henriette sah von der anderen Seite drei Hubschrauber auftauchen, die ihr Ablenkungsmanöver ausgenutzt hatten, um ebenfalls einzugreifen. Kaum war die Dhau versenkt, machten sie Jagd auf die Gummiboote der Piraten.

Auch Henriette wollte dies tun, doch ein Blick auf die Treibstoffanzeige hielt sie davon ab. Obwohl ihr Kampfeinsatz nur wenige Minuten gedauert hatte, hatte sie den größten Teil ihres Sprits verbraucht. Ob sie mit dem Rest noch nach Berbera zurückkommen würde, konnte sie nicht abschätzen. Doch wenn sie aussteigen musste, wollte sie das in einer Gegend tun, die von Verbündeten kontrolliert wurde.

»Hallo, Torsten«, rief sie ihren Kollegen. »Ich melde mich ab. Viel Erfolg!«

»Danke! Du hast uns sehr geholfen.«

Torsten sah noch, wie die MIG eine Schleife zog und nach Westen entschwand.

ACHTZEHN

Torsten stand auf einem Container der *Caroline* und versuchte, sich einen Überblick zu verschaffen. Die Piraten feuerten aus jeder Deckung heraus auf die Fremdenlegionäre und Bundeswehrsoldaten und trieben diesen ihre lebenden Schutzschilde entgegen. Immer noch geblendet vom Licht der Blendgranaten, stolperten Frauen und Kinder in die Reizgasschwaden und brachen darin würgend und heulend zusammen.

»Die legen uns einen Kotzteppich, damit wir darauf ausrutschen. So etwas nennt man chemische Kampfführung«, stieß Fahrner aus, der für einen Moment neben Torsten auftauchte.

»Halten Sie den Mund!« Bevor Torsten noch mehr sagen konnte, verschwand Fahrner wieder. Ein Trupp Freischärler quoll aus den Tiefen des Schiffes heraus, die Augen mit Sonnenbrillen geschützt und Tücher um den Mund gewickelt. Sie beharkten die Legionäre und die deutschen Soldaten mit Dauerfeuer und drängten sie bis an den Rand der äußersten Container zurück.

Torsten hatte ein Sturmgewehr mit Treibsätzen geladen und schoss Reizgasgranaten direkt in die angreifenden Feinde. Dagegen halfen auch die Tücher vor dem Mund nicht mehr. Etliche Freischärler sanken stöhnend und würgend zu Boden, doch aus dem Vorschiff drangen weitere und schossen ohne Rücksicht auf die Frauen und Kinder, die sich zwischen ihnen und den Angreifern befanden.

Eine Hand auf seiner Schulter ließ Torsten herumfahren. Es war Dietrich von Tarow, den er nur anhand des aufgenähten Namens auf dessen Uniform erkannte, da Schutzbrille und Gasmaske sein Gesicht verdeckten.

»Heizen Sie den Brüdern weiter mit Reizgas und Blendgranaten ein. Die ums Gesicht gewickelten Tücher schützen nicht lange, und ihre Brillen sind schlechter als die unseren.«

Torsten nickte und schob ein frisches Magazin mit Treibmunition in sein Gewehr. »Jetzt holen wir uns die Kerle!«, rief er Dietrich von Tarow zu und feuerte die nächste Reizgasgranate direkt in eine Luke hinein.

NEUNZEHN

Zuerst hatte Jamanah sich eng an Dietrich gehalten. Nun aber sah sie vor den Heckaufbauten des Schiffes eine Gestalt in einem gefleckten Kampfanzug auftauchen. Das Gesicht wurde durch eine Sonnenbrille und ein um den Mund geschlungenes Tuch verdeckt. Doch die langen, schwarz glänzenden Haare, die aus dem Barett quollen und bis fast auf die Hüften fielen, verrieten Jamanah, dass es sich um die Frau handeln musste, die ihre Familie ausgerottet und sie selbst ihren Schurken vorgeworfen hatte.

»Sultana Sayyida«, murmelte sie hasserfüllt. So hatte sich diese Teufelin damals genannt.

Jamanah schlich auf dem schmalen Steg außen an den Containern vorbei Richtung Heck und ignorierte dabei die Piraten, die sich mit allen Kräften gegen die Angreifer stemmten. Die Schutzbrille behinderte sie, und so schob sie diese nach oben. Gerne hätte sie auch die Gasmaske abgelegt, doch der Anblick der erbrechenden Frauen und Kinder sowie der Piraten, die das Reizgas eingeatmet hatten, hielt sie davon ab.

Als Jamanah die Stelle erreichte, an der sie Sayyida gesehen hatte, war die Frau verschwunden. Dafür tauchten mehrere Fremdenlegionäre auf, die in die Heckaufbauten eindringen wollten, aber sofort unter Beschuss genommen wurden.

»Verdammt, das sind Frauen!«, brüllte einer der Soldaten verblüfft, als eine der Verteidigerinnen getroffen zusammenbrach.

Da um diesen Eingang erbittert gekämpft wurde, suchte Jamanah nach einer anderen Möglichkeit, ins Innere des Schiffes zu gelangen, und sah sich auf einmal einem mit Schutzbrille und Gasmaske ausgerüsteten Freischärler gegenüber, dessen MP auf sie zielte. Sie riss noch ihre Kalaschnikow hoch, wusste aber, dass sie zu langsam sein würde.

Da klangen neben ihr Schüsse auf, und Abt al Latif, der sich bereits Hoffnungen gemacht hatte, der neue Anführer der Miliz zu werden, wurde von den Einschlägen mehrere Schritte nach hinten geschleudert, stürzte gegen die Wand des Heckaufbaus und rutschte herunter. Dabei verlor er seine Schutzbrille, und die Gasmaske verrutschte. Im Licht der Scheinwerfer, die das Schiff fast taghell erleuchteten, erkannte Jamanah den zweiten Mann, der sie vergewaltigt hatte, und eine Welle des Triumphs jagte durch ihren Körper.

Sie drehte sich um und sah, dass Dietrich geschossen hatte. Doch sie war so erschüttert, dass sie nur »Danke!« sagen konnte. Das Wissen, dass die Blutsäuferin noch lebte, trieb sie weiter, und so drang sie durch ein offen stehendes Schott in den Heckaufbau ein.

Dietrich folgte ihr und fasste sie an der Schulter. »Du musst deine Schutzbrille aufsetzen! Wie willst du sonst etwas erkennen können?« Er griff selbst zu, klappte die dunklen Gläser hoch und schaltete den Restlichtverstärker ein.

»Geht es?«

Verwundert nickte Jamanah. Das Bild, das sie nun sah, wirkte seltsam fahl, war aber so deutlich, dass sie jede Stufe der Treppe vor ihr erkennen konnte. Sie nahm auch drei Piraten wahr, die von oben kamen und unschlüssig zu sein schienen, ob sie kämpfen oder sich verstecken sollten. Als sie Jamanah und Dietrich entdeckten, entschieden sie sich, die Eindringlinge anzugreifen. Doch bevor sie schießen konnten, trafen Dietrichs Kugeln.

Jamanah nickte dem hünenhaften Mann dankbar zu und schlich weiter. Da vernahm sie erneut Schüsse und die Todesschreie von Frauen. Wie es aussah, nahmen die Fremdenlegionäre wenig Rücksicht auf das Geschlecht der Verteidiger. Wer auf sie schoss, wurde bekämpft.

Kurz darauf erreichten Jamanah und Dietrich die erste von Sayyidas Leibwächterinnen. Sie lag verkrümmt im Gang, und eine Blutspur zeigte, dass sie sich bis hierher geschleppt hatte und an dieser Stelle zusammengebrochen war.

Jamanah blickte ohne Bedauern auf sie herab. Diese Frauen hatten ebenso wie die Banditen in Sayyidas Diensten auf ihre Leute geschossen, und das hier war die gerechte Strafe.

»Nach unten!«, sagte sie zu Dietrich, nachdem sie die oberen Kabinen durchsucht und einen Blick in die jetzt leere Brücke geworfen hatten. Angespannt gingen sie weiter. Als sie tiefer ins Heck des Schiffes eindrangen, blieben die Geräusche des Kampfes hinter ihnen zurück. Die Piraten und Freischärler, die nicht tot oder dem Reizgas zum Opfer gefallen waren, verteidigten sich zwischen den Containern. In dem Gang, den sie nun inspizierten, war niemand zu sehen. Trotzdem blieb Dietrich vorsichtig und bremste Jamanah mehrmals, als diese zu ungestüm vordringen wollte.

Sie erreichten eine Kabine, deren Tür weit offen stand. Da Dietrich eine Falle vermutete, warf er eine leere Patronenhülse hinein. Es rührte sich jedoch nichts, und so steckte er den Kopf hinein.

»Leer«, sagte er zu Jamanah. Diese kam an seine Seite und musterte die Kabine. Es sah aus, als hätte jemand in aller Eile einige Gegenstände mitgenommen. So entdeckten sie die Tasche eines Laptops ohne das dazugehörige Gerät. In einer Ecke lagen Kinderkleidung und eine Decke.

Jamanah entblößte ihre Zähne zu einem freudlosen Grinsen. »Sultana Sayyida! Sie war hier.«

»Und wo kann sie jetzt sein?«, fragte Dietrich, den diese angebliche Anführerin der Freischärler weit weniger interessierte als deren Krieger. Er wollte Jamanah schon den Vorschlag machen, wieder nach oben zu gehen und die Piraten von hinten anzugreifen. Doch die junge Somali hatte ihre Fährte aufgenommen und ließ sich nicht mehr bremsen. Ohne auf Dietrich zu achten, ging sie weiter und stieg den nächsten Niedergang hinab.

Überall erwarteten sie Spuren der Vernachlässigung und absichtlicher Zerstörung, und als Dietrich seine Gasmaske kurz anhob, stank es erbärmlich nach Exkrementen. Stöhnend setzte er die Maske wieder auf und bedeutete Jamanah, ihre keinesfalls abzunehmen.

Seine Begleiterin missachtete jedoch seinen Rat und hob ebenfalls kurz die Gasmaske an. Das Reizgas, das bis hierher gedrungen war, brannte in Mund und Nase, doch über all dem Gestank nahm sie jenen Parfümgeruch war, der sich in jener schrecklichen Nacht, in der ihr Dorf brannte, in ihrer Erinnerung festgesetzt hatte.

ZWANZIG

Hatte es zunächst so ausgesehen, als gelänge es ihren Leuten, die Angreifer zurückzuschlagen, so schwang das Pendel herum, als ein Kampfflugzeug förmlich aus dem Nichts erschien und die Artilleriestellungen an Land und eine der Dhaus zerstörte. Sayyida konnte nur hilflos zusehen und Abt al Latif verfluchen, weil er nicht mit einem Luftangriff von Land her gerechnet hatte.

Schon bald aber begriff sie, dass es nun nicht mehr um ihre Macht ging, sondern um das nackte Leben. Selbst wenn sie ihre Waffe fortwarf und sich ergab, würden Kapitän Wang und seine überlebenden Besatzungsmitglieder sie als jene Frau identifizieren können, die mit ihren Begleiterinnen die *Caroline* gekapert und den Befehl gegeben hatte, die Hälfte der Matrosen zu erschießen.

Es gab nur noch eine Chance für sie: Sie musste die verbliebenen Besatzungsmitglieder der *Caroline* töten. Dann konnte sie sich als eine der Frauen ausgeben, die von den Piraten an Bord gebracht und gezwungen worden waren, als lebender Schutzschild zu dienen. Von diesem Gedanken angetrieben ließ sie das Deck und ihre kämpfenden Gefolgsleute zurück. In ihrer Kabine angekommen, befahl sie ihrer weiblichen Leibgarde, ebenfalls in das Gefecht einzugreifen. Zwar würden die Frauen sterben, aber sie verschafften ihr die Zeit, die sie brauchte, um ihre Pläne in die Tat umzusetzen.

Kaum waren die Kämpferinnen gegangen, griff Sayyida nach ihrem Laptop und einem der tragbaren Halogenscheinwerfer. Dann nahm sie ihren Sohn auf den Arm und verließ die Kabine. Als sie tiefer in das Schiff hinabstieg, rümpfte sie die Nase, denn der hier herrschende Gestank raubte ihr fast den Atem.

Der Junge wachte auf und begann zu weinen.

»Sei still!«, herrschte Sayyida ihn an. Dabei fiel ihr auf,

dass sie einen Fehler gemacht hatte. Im Vorgefühl des nahen Sieges hatte sie ihren Sohn in einen extra für ihn genähten Kampfanzug gesteckt und auch selbst einen angezogen. In dieser Kleidung würden die Feinde sie für eine der weiblichen Kämpferinnen halten und erschießen oder gefangen nehmen.

Wütend, dass sie so leichtsinnig gewesen war, ging sie weiter und erreichte den Lagerraum, in dem die restliche Besatzung der *Caroline* und mehrere verletzte Soldaten des zerstörten Bootes gefangen gehalten wurden. Als sie die Tür aufstieß und den Lichtkegel der Lampe in den Raum richtete, blickte sie auf die Elendsgestalten hinab, die mit Stricken im hinteren Teil an der Wand festgebunden waren und in ihrem eigenen Schmutz lagen. Sie lachte höhnisch auf. Selbst wenn die Feinde das Schiff erobern sollten, würden sie diese Männer nicht mehr retten können.

»Du wolltest die Ungläubigen erschießen, mein Sohn. Hier hast du die Gelegenheit dazu!« Sayyida stellte die Lampe auf den Boden, setzte den Jungen ab und entsicherte seine MP.

Ihr Sohn richtete die Waffe in den Raum und drückte ab.

Als die Kugeln hoch in der Wand einschlugen, versetzte Sayyida ihm einen Schlag. »Du musst auf die Männer zielen, Sayyid! Töte sie!«

»So wie du und deine Männer meine Familie getötet haben«, klang es da hinter ihr auf.

Sayyida prallte herum und sah einen großen, wuchtig gebauten Europäer sowie eine schlanke, ungewöhnlich hochgewachsene Frau ihres eigenen Volkes vor sich. Eine ferne Erinnerung glomm in ihr auf. »Du bist das lange Mädchen, dem ich das Leben geschenkt habe.«

»Du hast mich deinen Schurken überlassen!« Jamanah musterte sie hasserfüllt und hob die Waffe.

»Nein! Du darfst mich nicht erschießen. Ich ergebe mich«, kreischte Sayyida und versetzte ihrem Sohn einen Stoß mit dem Knie.

Statt auf die beiden neu aufgetauchten Feinde zu schießen, starrte das Kind sie jedoch nur verwirrt an.

Als Sayyida sah, wie Jamanahs Zeigefinger sich um den Abzugshahn krümmte, packte sie ihren Sohn und schleuderte ihn der Angreiferin entgegen. Mit der anderen Hand riss sie ihre Cobray M-11 hoch und drückte ab.

Sie traf den Oberschenkel des Mannes und sah ihn einknicken. Doch als sie die Waffe herumzog, um auch die Frau auszuschalten, geriet ihr Sohn in die Schussbahn, und sie sah die Kugeln in seinen Rücken einschlagen. Ihr Mund öffnete sich zum Entsetzensschrei. Im gleichen Moment feuerte Jamanah ihre Kalaschnikow ab. Sayyida erbebte unter den Treffern und sank wie in Zeitlupe zu Boden.

Jamanah schoss das gesamte Magazin auf ihre Feindin ab und starrte dann auf die Leiche der Frau, die ihr Leben zerstört hatte. Seltsamerweise fühlte sie weder Erleichterung noch Triumph, sondern nur eine tiefe Leere. Sie hatte ihre Familie gerächt, doch das, was geschehen war, ließ sich weder rückgängig machen noch aus ihrem Kopf verbannen.

Müde wandte sie sich zu Dietrich um. Dieser saß auf dem Boden und wickelte ein Tuch um seinen verletzten Oberschenkel. Mit schmerzverzerrter Miene sah er zu ihr auf. »Du bist wieder in Führung gegangen, denn heute hast du mir zum zweiten Mal das Leben gerettet.«

Inzwischen konnte Jamanah genug Deutsch, um seine Worte zu verstehen. »Ich froh, du leben!«, antwortete sie.

Dann starrte sie auf Sayyida und das tote Kind, die beide verkrümmt am Boden lagen, und ließ ihre Kalaschnikow fallen, als wäre diese glühend heiß geworden. Obwohl ihr eigener kleiner Bruder von Sayyidas Leuten umgebracht worden war, empfand sie diesen Preis als viel zu hoch.

»Ich nie mehr töten!« Sie sank in die Knie und brach in haltloses Schluchzen aus.

Mühsam kroch Dietrich zu ihr hin und fasste nach ihrer

Rechten. »Du musst auch nicht mehr töten! Bald wirst du ein neues Leben beginnen, fern von hier in meiner Heimat!«

Auch wenn Jamanah nicht alles verstand, so fühlte sie sich durch seine Nähe getröstet. Ein paar Augenblicke lang saß sie an ihn gelehnt, während ihr Geist endgültig von ihren Toten Abschied nahm. Dann raffte sie sich auf und richtete die Lampe auf seine Verletzung. Die Wunde blutete noch immer stark. Daher legte sie den provisorischen Verband neu an. Sie war gerade damit fertig, als Geräusche hinter ihr aufklangen. Rasch griff sie nach Dietrichs Waffe und drückte ihm diese in die Hand. Dieser ließ die MP jedoch sofort wieder sinken und winkte Torsten, Omar Schmitt und Fahrner, die an der Spitze mehrerer Soldaten heranstürmten, zu sich.

»Wie steht es oben?«

»Wir haben die meisten Piraten niedergekämpft. Den Rest holen wir uns mit Reizgas«, antwortete Torsten, entdeckte dann Sayyidas Laptop auf dem Boden und hob ihn auf. Als er den Bildschirm hochklappte, sah er in Al Huseyins Gesicht.

»Ich glaube, das ist Ihr Job«, sagte er und reichte Omar den Laptop.

Der Halbsomali starrte auf den Bildschirm, als könne er es nicht glauben. »Warum hast du das getan?«, fragte er. »Du bist doch ein echter Isaaq!«

Al Huseyin schüttelte den Kopf. »Meine Mutter war eine Dulbahante. Um es genau zu sagen, eine Tante zweiten Grades von Sayyida. Das hatte früher für mich keine Bedeutung. Aber als du, ein europäisches Halbblut, mir vor die Nase gesetzt wurdest, habe ich mich der Sippe meiner Mutter erinnert. Ich hätte hoch steigen können, doch durch deine Schuld und die der verdammten Deutschen ist es misslungen.«

»Sie sollten die Schuld nicht bei anderen suchen, sondern bei sich selbst«, sagte Torsten über Omars Schulter hinweg.

Al Huseyin machte eine wegwerfende Handbewegung. »Wer schuld ist, interessiert nicht mehr. Es ist vorbei!«

»Das ist es«, erklärte Omar Schmitt mit harter Stimme. »Trotzdem gebe ich dir eine Chance. Wenn du verschwunden bist, wenn ich zurückkehre, kannst du weiterleben. Wenn nicht, wirst du sterben!« Er erhielt keine Antwort mehr, Al Huseyin hatte die Verbindung unterbrochen.

Omar schaltete den Laptop ab und blickte Torsten zweifelnd an. »Ich hoffe, er nimmt sich meinen Rat zu Herzen und flieht. Ich würde ihn ungern töten. Doch wenn es sein muss, tue ich es!«

Fahrner war auf die apathisch daliegenden Gefangenen zugetreten und starrte entsetzt auf die schmutzigen Männer hinab, deren Wunden mit schmierigen Lappen verbunden worden waren. »Das waren keine Menschen, sondern Teufel!«

»Sie war die Teufelin!«, rief Dietrich und zeigte auf die tote Sayyida. »Erinnert euch an die Berichte von der *Lady of the Sea*. Sie muss die Frau sein, die das Kreuzfahrtschiff hat kapern lassen.«

»Sie hat auch mein Schiff gekapert«, meldete sich jetzt Kapitän Wang mit zitternder Stimme, »und die Hälfte meiner Mannschaft erschossen! Mein Erster Offizier Arroso und zwei weitere Männer sind während der Gefangenschaft umgekommen.«

Einer der gefangenen Bundeswehrsoldaten stützte sich auf die Ellenbogen. »He, Fahrner! Bist du es wirklich?«

Dann entdeckte er Dietrich von Tarow und stieß einen Jubelruf aus. »Herr Major! Wir wussten, Sie würden uns nicht im Stich lassen!«

»Nur ruhig Blut, Jungs! Wir holen euch gleich hier heraus. Oben muss nur noch der Pulverdampf abziehen.« Trotz seiner Schmerzen begann Dietrich zu lachen und forderte dann Torsten und Jamanah auf, ihm auf die Beine zu helfen.

Torsten schüttelte den Kopf. »Sie gehören genau wie die armen Hunde hier auf eine Trage! Das werde ich als Erstes veranlassen, sobald ich oben bin. Keine Sorge, falls es kracht!

Dann haben wir die Ankerkette gesprengt und den Kasten in Schlepp genommen. Wenn wir zögern, glauben die Piraten der somalischen See wirklich noch, sie könnten die *Caroline* ein zweites Mal kapern!« Torsten klopfte Dietrich kurz auf die Schulter und verließ eilig den Raum.

Jamanah aber blieb bei dem Verletzten, und ihre Gegenwart war Dietrich tausendmal lieber.

EINUNDZWANZIG

Als Torsten den Soldaten Bescheid gesagt hatte, die nun als Sanitäter tätig wurden, und an Deck stieg, empfing ihn eine beklemmende Stille. Es fiel kein Schuss mehr, und die Frauen und Kinder drängten sich ängstlich in den leergeräumten Containern. Ihren Mienen nach schienen sie sich zu wundern, dass sie noch lebten. Auch Sayyidas Piraten hatten es vielfach vorgezogen, die Waffen zu strecken. Andere waren, von den Reizgasen überwältigt, den Angreifern in die Hände gefallen und gefangen genommen worden. Trotzdem hatten die somalischen Freischärler einen hohen Blutzoll zahlen müssen. Fremdenlegionäre sammelten die Leichen ein und legten sie auf das Vordeck. Auch einige der ihren waren gefallen und andere ebenso wie mehrere deutsche Soldaten verwundet worden.

»Es ist besser abgelaufen, als ich angenommen habe!« Wagners Stimme brachte Torsten dazu, sich umzusehen.

»Wie viele hat es erwischt?«

»Vier Legionäre! Insgesamt haben wir fünfundzwanzig Verletzte. Keiner davon schwebt in Lebensgefahr. Von den Piraten hat beinahe ein Viertel nicht überlebt, ein weiteres Viertel ist verwundet, und der Rest hat sich die Seele aus dem Leib gekotzt. Leider sind auch acht Frauen und vier Kinder umgekommen, die meisten durch Beschuss ihrer eigenen Leute. Die Kerle konnten zwar nicht mehr richtig sehen, haben aber auf alles geballert, was sich bewegte.« Wagner winkte mit einer verächtlichen Handbewegung ab und wies zum Bug. Dort wurden eben mehrere Leinen befestigt, mit denen die *Caroline* abgeschleppt werden sollte.

»Sechs unserer Boote sind zerstört oder so beschädigt worden, dass wir sie nicht mehr brauchen können. Hoffen wir, dass die restlichen ausreichen, diesen Kasten vom Fleck zu bewegen.«

»Was ist mit dem Anker?«

»Wie erwartet müssen wir die Ankerkette sprengen. Das Schiff hier ist nur noch eine schwimmende Hülle, Renk. Diese Brüder haben praktisch alles zerstört bis auf den Rumpf.« Wagners letzter Satz wurde ihm durch einen scharfen Knall von den Lippen gerissen. Ein Rasseln ertönte, und dann sahen er und Torsten, wie die Ankerkette im Wasser versank.

»Jetzt geht es heimwärts«, sagte Wagner erleichtert.

»Zuerst müssen wir das Schiff nach Berbera schaffen. Hoffentlich haben die Franzosen ein paar Notpumpen an Bord der *Tonnerre*, denn der Kielraum ist schon voll Wasser gelaufen. So, wie es jetzt aussieht, bekommt die *Caroline* bei stärkerer See Schlagseite und säuft ab. Das wäre schade, denn die meisten unserer Container sind noch verschlossen und verplombt. Ein paar haben die Piraten zwar geknackt und ausgeleert, aber die Verluste werden unsere Freunde von Somaliland verschmerzen.«

Torsten wollte sich abwenden, um das Schiff selbst zu kontrollieren, da hörte er von Land das Knattern von Schüssen.

»Was ist da los?«, rief er und lief zum Heck. Noch war es Nacht, und so konnten sie die Mündungsblitze der Gewehre und MGs sehen, die in Laasqoray abgefeuert wurden.

»Zielen die auf uns?«, fragte Wagner erschrocken. Dann sah er genauer hin und gab sich selbst die Antwort. »Die schießen ja aufeinander!«

»Da wittert wohl eine Gruppe, die bis jetzt stillhalten musste, Oberwasser. Na ja, das kann uns gleichgültig sein!« Mit einem Achselzucken stieß Torsten sich von dem Stück unbeschädigter Bordwand ab und sah auf einmal Tamid vor sich. Der Somali grinste über das ganze Gesicht, als er einen militärischen Gruß andeutete.

»Wir haben einen Funkspruch hereinbekommen. Der Warsangeli-Warlord Diya Baqi Majid fragt an, ob wir Hilfe benötigen. Außerdem bittet er uns, die Frauen und Kinder freizulassen. Die seien den Banditen nicht freiwillig aufs Schiff gefolgt.«

Wagner blieb stehen und schüttelte den Kopf. »Haben Sie so eine Frechheit schon erlebt, Renk? Der Kerl gehört zu den erbittertsten Feinden von Somaliland und will jetzt mit uns anbandeln.«

»Das ist Somalia!«, antwortete Tamid mit einem hintergründigen Lächeln. »Da kann der, der gestern noch dein Feind war, heute dein Freund sein.«

»Oder umgekehrt«, knurrte Wagner.

»Auch das! Aber wenigstens wissen wir, dass Diya Baqi Majid zu Verhandlungen bereit ist. Nachdem seine Miliz aus Maydh vertrieben worden ist, besteht kein dringender Grund mehr, ihn zu bekämpfen. Ich würde vorschlagen, Sie überlassen ihm die Frauen. Das stärkt sein Ansehen bei seinen Leuten und zeigt uns gleichzeitig als großmütige Sieger.«

Wagner wandte sich an Torsten. »Was meinen Sie dazu, Renk?«

»Nach den Erfahrungen, die ich in Somalia gesammelt habe, würde ich Herrn Tamid zustimmen. Was wollen wir mit all den Frauen und Kindern an Bord?«

»Stimmt! Uns genügen die gefangenen Piraten. Also gut, Herr Tamid, melden Sie diesem Diaprojektor, dass er die Frauen abholen kann. Es darf aber immer nur ein Boot an der *Caroline* anlegen, und wir stoppen deswegen nicht. Verstanden?«

Während Tamid lachend verschwand, legte Wagner den Arm um Torsten. »Ich bin froh, dass es so abgelaufen ist. Verdammt froh!«

Torsten nickte nachdenklich. »Ich auch! Allerdings mache ich mir Sorgen um Henriette. Hoffentlich ist sie gut nach Berbera zurückgekommen!«

ZWEIUNDZWANZIG

Henriette hatte ein wenig mehr als den halben Rückweg geschafft, als die Schwierigkeiten überhandnahmen. Das Triebwerk stotterte und verlor an Leistung. Gleichzeitig sackte die Maschine mehrere hundert Meter ab und ließ sich nur noch mit Mühe beherrschen.

»Komm, Schätzchen! Lass mich jetzt nicht im Stich«, flehte Henriette, während sie den Steuerknüppel mit einer Hand festhielt und mit der anderen einige Knöpfe drückte. Vorsichtig erhöhte sie die Treibstoffzufuhr und hörte aufatmend, dass das Triebwerk gleichmäßiger lief.

Dieses Spiel wiederholte sich in den nächsten zehn Minuten mehrmals. Die Geschwindigkeit der MIG verringerte sich immer weiter, und Henriette sah die Maschine bereits abschmieren. Da tauchten die Lichter von Berbera in der Ferne auf und wiesen ihr den Weg. Bei ihrem Start hatte sie die Stadt in weitem Bogen umgangen, um Al Huseyin nicht auf sich aufmerksam zu machen. Das konnte sie sich nun nicht mehr erlauben. Sie überflog die Häuser in weniger als hundert Meter Höhe und weckte mit dem röhrenden Triebwerk alle Menschen im Umkreis.

Wo der Flughafen lag, sah sie mehrere Scheinwerfer aufflammen und hielt darauf zu. Mit einem Mal setzte das Triebwerk ganz aus, und sie segelte wie ein Drachenflieger durch die Luft. Zum Glück funktionierten Höhen- und Seitenruder noch. Allerdings wusste sie nicht, ob ihre Geschwindigkeit ausreichte, die Landebahn zu erreichen.

»Komm, altes Mädchen! Sei brav! Du schaffst es«, beschwor sie die MIG. Gefährlich tief überflog sie mehrere Häuser, die dicht am Flughafen standen. Dann sah sie die Betonpiste direkt vor sich und setzte auf. Die Maschine ruckte und versuchte nach links auszubrechen. Mit aller Kraft hielt Henriette dagegen und stemmte gleichzeitig die Füße gegen die Bremspedale.

Einige bange Augenblicke sah es so aus, als würde die MIG in eine Halle rasen, sie kam aber kaum eine Handbreit davor zum Stehen. Henriette starrte auf die Wellblechwand vor ihr und versuchte, ihr rasendes Herz zu beruhigen.

Als sie sich endlich gefasst hatte, öffnete sie das Plexiglasverdeck und stieß einen Jubelruf aus.

Leute rannten auf sie zu. Sie erkannte etliche der Somalis, die ihr geholfen hatten, die Maschine wieder in Gang zu bringen. Hinter ihnen walzte Petra her, und dieser folgte Hans, dem das Gehen nach dem langen Tag offensichtlich Schmerzen bereitete. Dennoch strahlte er über das ganze Gesicht.

»Du hast es geschafft!«, schrie Petra, so laut sie konnte. »Torsten und die anderen konnten die *Caroline* übernehmen. Sie ist bereits auf dem Weg hierher. Mein Gott, werden er und dein Bruder sich freuen, wenn sie hören, dass du heil zurückgekommen bist!« Noch im Laufen klappte Petra den Laptop auf und stellte die Verbindung zu Torsten her.

Henriette zog sich aus der Pilotenkanzel und kletterte zu Boden. Die Erde schwankte unter ihren Füßen, und sie war froh, sich an Hans festhalten zu können.

»Puh! Das war schon eine coole Sache. Ich weiß aber nicht, ob ich das noch ein zweites Mal riskieren würde. Habt ihr etwas zu trinken für mich?«

Der abrupte Themenwechsel verwirrte Petra und Hans,

doch einer der Einheimischen hielt ihr eine Blechtasse mit Kaffee hin. Das Getränk war so stark gezuckert, dass Henriette glaubte, heißen, nach Kaffeepulver schmeckenden Sirup zu trinken. Doch es schmeckte, und sie leerte die Tasse in einem Zug. Als sie diese wieder ihrem Besitzer zurückgab, entdeckte sie einen Mann, der einsam und allein etwa hundert Meter entfernt am Rand der Landebahn stand. Für einige schier endlos erscheinende Augenblicke sahen sie sich an, dann wandte der Mann sich um, ging zu einem Geländewagen, der wenige Schritte hinter ihm stand, und fuhr davon.

Auch Petra war auf den Mann aufmerksam geworden und stieß ärgerlich die Luft aus den Lungen. »Das war doch Al Huseyin! Schade, dass wir den Kerl nicht verhaften lassen können.«

Henriette zuckte mit den Achseln. »Wir haben sowohl die *Lady of the Sea* wie auch die *Caroline* zurückgeholt. Das dürfte Al Huseyin nicht erwartet haben. Jetzt ist er hier in Somaliland als Verräter entlarvt, und zu seinen Freunden kann er auch nicht gehen, weil die ihm den Verlust der beiden Schiffe und ihre Toten ankreiden werden. Damit ist der Mann auf ganzer Linie gescheitert. Im Grunde kann er einem leidtun.«

»Mir nicht!«, schnaubte Petra. »Wäre dieser Kerl nicht gewesen, hätten wir unser schönes neues Hauptquartier nicht verlassen und nach Afrika kommen müssen. Ich bin jedenfalls froh, dass wir bald nach Hause zurückfliegen können.«

»Ich auch«, sagte Henriette und drehte sich noch einmal zu der alten MIG-17 um. Sie würde sich noch lange an den Aufenthalt in Somaliland und diesen Flug erinnern, und das wollte sie um keinen Preis missen.

DREIUNDZWANZIG

Die Fahrt nach Berbera ging ohne größere Probleme vonstatten. Eskortiert von der *Sachsen* unter Kapitän Diezmann wurde die *Caroline* in gemütlichem Tempo geschleppt. Da man die somalischen Frauen und Kinder freigelassen und die gefangenen Piraten auf die *Tonnerre* gebracht hatte, waren die Verhältnisse an Bord nicht allzu beengt. Die Verletzten hatte man ebenfalls versorgt und mit den Transporthubschraubern der *Tonnerre* nach Berbera gebracht. Dort sollte Frau Dr. Kainz sich ihrer annehmen. Nach Djibouti wollte man sie erst bringen, wenn der Verdacht auf Lungenpest ausgeräumt war.

Zu den Ausgeflogenen gehörte auch Dietrich von Tarow. Diesem war es gelungen, Jamanah mitzunehmen. Sie saß nun in dem provisorischen Hospital an seinem Bett und verließ diesen Platz nur kurze Zeit, um in Petras und Henriettes Zimmer etwas zu schlafen. Auch Henriette besuchte ihren Bruder recht häufig, aber an diesem Tag stand sie am Hafen, um die Ankunft der *Caroline* mitzuerleben.

Die Regierung von Somaliland hatte dem Containerfrachter mehrere Schiffe entgegengeschickt, die beim Schleppen halfen. Trotzdem war es ein hartes Stück Arbeit, das Wrack in den Hafen zu ziehen und an einer abgelegenen Mole anzulanden.

Tausende von Menschen beobachteten das Schauspiel und jubelten, als Omar Schmitt, Tamid und deren Kamerad als Erste das Schiff verließen. Henriette interessierte sich weniger für die drei Somalis als für Torsten und Wagner. Als die beiden den Laufsteg betraten, um an Land zu gehen, zwängte sie sich zu ihnen durch.

»Hi! Schön, Sie beide zu sehen!«, grüßte sie lachend.

»Schön, dich gesund und munter wiederzusehen. Dein Flug

war eine heiße Sache. Wenn nur die Hälfte von dem stimmt, was Petra bei unserer letzten Kontaktaufnahme erzählt hat, müsst ihr die MIG-17 aus Schrottteilen zusammengebaut und zum Fliegen gebracht haben«, antwortete Torsten.

Am liebsten hätte er seine Kollegin in die Arme geschlossen, aber er wollte die Gefühle der Einheimischen nicht verletzen und begnügte sich damit, Henriette die Hand zu schütteln. »Wie geht es deinem Bruder?«

»Ganz gut, sagt Frau Dr. Kainz. Er muss in Deutschland noch einmal operiert werden, aber sie meint, er würde das Bein danach wieder voll belasten können. Ihn wird es freuen, denn er ist mit Leib und Seele Soldat. Allerdings habe ich ihn noch nie so zufrieden erlebt wie jetzt. Wahrscheinlich ist es ihm sogar recht, dass er genug Zeit hat, Jamanah Deutsch zu lehren. Er will sie mitnehmen und einen Asylantrag für sie stellen. Aber Petra hat ihrerseits vor, den beiden zu helfen.« Henriette zwinkerte Torsten kurz zu und grinste.

Da Torsten Petra kannte, sagte er sich, dass Dietrich von Tarow eine große Überraschung bevorstehen dürfte. Doch das war im Augenblick nicht wichtig.

»Schön, wieder bei euch zu sein«, sagte er zu Petra und Hans, die auf ihn zukamen. Während Hans ihm lachend auf die Schulter klopfte, sah Petra mit blitzenden Augen zu ihm auf.

»Na, ist dein männliches Selbstwertgefühl wiederhergestellt, weil ihr die *Caroline* ohne Henriette und mich gekapert habt? Aber ganz ohne unsere Unterstützung hättet ihr es nicht geschafft. Henriette ist schon ein tolles Mädchen, findest du nicht auch?«

»Das ist sie! Aber du bist auch nicht ohne, und das ist gut so. Wenn wir etwas erreichen wollen, muss jeder sein Bestes geben.«

»Du solltest Politiker werden, Torsten, denn du kannst genauso schwafeln wie die. Wenn ich da an diesen Dunkhase denke! Als Gefangener hat der Kerl als Erster die Nerven verloren, doch in seinen Interviews mit den Fernsehsendern war er der einzige Mensch an Bord, der noch seinen Verstand behalten hat. Er hatte sogar die Frechheit, zu behaupten, er hätte euren Angriff auf die *Lady* angeführt.« Petra schüttelte sich bei der Erinnerung an den Bundestagsabgeordneten mit seinem anpassungsfähigen Erinnerungsvermögen.

Torsten sah sie verwundert an. »Ist Dunkhase schon wieder auf den Beinen? Ich dachte, den hätte die Lungenpest erwischt!«

»Er wurde früh genug behandelt. Außerdem hat man aus Deutschland sofort eine Sondermaschine mit den nötigen Medikamenten geschickt. Ich will mich darüber auch nicht beschweren, denn es hatten auch andere etwas davon. Frau Dr. Kainz konnte sogar die erkrankten Piraten retten. Übrigens will sie euch noch einmal untersuchen. Wenn keiner von euch erkrankt ist, kann sie die Quarantäne, an die sich ohnehin keiner gehalten hat, auch offiziell aufheben.«

»Wir haben alle, die krank waren, hierhergeschickt. Vielleicht sollte man einen Arzt nach Laasqoray senden. Immerhin kamen die infizierten Piraten von dort.«

Torsten nahm sich vor, den entsprechenden Vorschlag einzureichen. Wie er Frau Dr. Kainz einschätzte, würde sie dazu bereit sein. Vielleicht, sagte er sich, war dies eine Möglichkeit, den Leuten an dieser Küste zu zeigen, dass Europäer nicht nur Menschen waren, die ihre Seegebiete leerfischten und deren Schiffe sie entführen konnten, sondern die auch Freunde sein konnten. Doch das war eine Sache, die langsam wachsen musste. Jetzt sah er sich erst einmal nach Omar Schmitt und dessen Begleitern um, wunderte sich aber nicht, als er diese nirgends mehr entdeckte.

VIERUNDZWANZIG

Omar Schmitt stieg aus dem Auto und musterte das Gebäude, in dem ihre hiesigen Büros untergebracht waren. Alles sah aus wie immer. Nachdenklich ging er auf den Eingang zu und wollte eben die Tür öffnen, als Tamid ihn an der Schulter packte und festhielt.

»Sie sollten nicht als Erster hineingehen. Auch wenn der Verräter geflohen sein sollte, kann er ein böses Geschenk hinterlassen haben!«

»Dann werde ich es entschärfen! Oder glauben Sie, ich bin so feige, dass ich meine Untergebenen in eine Gefahr schicke, der ich selbst aus dem Weg gehen will?« Omar klang verärgert.

Sein zweiter Begleiter glaubte, hinter einem Fenster einen Schatten bemerkt zu haben. »Tamid hat recht! Ich misstraue dem Verräter. Unser Volk braucht Sie! Wir haben gesehen, was Männer wie Torsten Renk und Dietrich von Tarow zu leisten vermögen. Aber auch wir sind gut, denn wir haben von Ihnen gelernt. Lassen Sie uns das bitte zeigen!«

Es klang so eindringlich, dass Omar nachgab. »Also gut! Gebt aber acht und berührt nichts, verstanden?«

Seine Untergebenen wechselten einen kurzen Blick. Daraufhin öffnete Tamid vorsichtig die Tür und trat ein. Da der Vorraum nur ein paar kleine Fenster hatte, musste er seine Taschenlampe einschalten. In deren Licht waren weder ein dünner Draht als Auslöser für eine Falle noch etwas anderes Verdächtiges zu erkennen.

Nach einem gepressten Atemzug ging Tamid weiter. Omar und sein Kollege folgten ihm. Beide hielten ihre Waffen schussbereit.

Der erste Raum war leer, ebenso der zweite. Nun näherten sie sich dem Büro, in dem Henriettes Bericht zufolge Al

Huseyin gesessen hatte. Als Tamid die Hand nach der Tür ausstreckte, fand er diese nur angelehnt. Kurz entschlossen stieß er sie auf, sah einen Schatten, der sich bewegte, und hechtete in den Raum.

Das Tackern einer MP klang auf, und Tamid spürte, wie es heiß über seinen Rücken zog. Dann hörte er eine zweite Waffe knattern und richtete sich auf. Al Huseyin saß an seinem Schreibtisch und hielt seine MP noch in der Hand. Auf seiner Brust waren etliche Einschläge zu sehen. Blut rann ihm aus dem Mundwinkel über das Kinn und färbte den Kragen seines weißen Hemdes. Aber er lebte noch und versuchte die Waffe zu heben. Seine Hände gehorchten ihm jedoch nicht mehr.

Mit einem Schritt war Tamid bei ihm und entriss ihm die MP.

Al Huseyin aber starrte Omar Schmitt an. »Sie … sind doch … der bessere Mann … von uns beiden«, sagte er mit stockender Stimme. »Ich … wollte Sie … mitnehmen, aber …«

Er bäumte sich auf und rutschte von seinem Stuhl.

Omar blickte kopfschüttelnd auf ihn hinab. »Warum musste es so weit kommen?«

Er bekam keine Antwort mehr, denn der Tod hatte Al Huseyin verstummen lassen.

FÜNFUNDZWANZIG

Die Sonne schien warm auf die große Villa herab und versprach einen lauen Sommerabend. Concepción von Tarow war froh darüber, denn sie liebte die Terrasse. Hier draußen hatten sie viel Platz zum Feiern, und Gründe dafür gab es in ihren Augen genug. Immerhin waren ihr Stiefsohn und ihre Tochter lebend von ihrem letzten Einsatz zurückgekehrt. Henriette wies nicht einmal eine Schramme auf, und Dietrichs Verletzung heilte gut. Er würde bald wieder zu seiner Einheit zurückkehren können. Allerdings hoffte Concepción, dass kein weiterer blutiger Kampf vor ihren Kindern lag. Die Nachrichtensendungen, die sie über die Entführungen der *Lady of the Sea* und der *Caroline* verfolgt hatte, hatten ihr ein erschreckendes Maß an Brutalität und Gewalt vermittelt.

»Hallo, Mama, du bist ja schon fleißig«, rief Henriette, die aus dem Haus trat und einen Stapel Teller mitbrachte. Zum Ärger ihrer Mutter trug sie auch an diesem Tag Jeans und T-Shirt.

»Wenn unsere Gäste kommen, solltest du etwas Kleidsameres anziehen, Cory!«, sagte sie tadelnd.

Henriette Corazón von Tarow lächelte. »Natürlich, Mama! Doch jetzt lass dir helfen.«

»Ich weiß nicht, wie ich den Tisch schmücken soll. Rosen sind vielleicht ein wenig zu gemütvoll. Wie wäre es mit Nelken?«, fragte die Mutter.

Um Henriettes Mundwinkel zuckte es verdächtig. »Aber Mama, wir haben doch Soldaten zu Besuch, auch wenn unsere Abteilung mittlerweile einem zivilen Ministerium unterstellt ist. Um richtig zu dekorieren, bräuchtest du schon die Nachbildungen von Handgranaten oder eine kleine Kanone!«

Concepción von Tarow atmete auf. »Ich wusste doch, warum ich die Kanone mit der Cognacflasche nicht weiterverschenkt habe. Jetzt können wir sie brauchen. Los, Kind, hol sie!«

»Ich bin schon unterwegs!« Henriette biss sich auf die Zunge, um nicht in lautes Gelächter auszubrechen. Sie hatte einen Witz machen wollen, doch ihre Mutter hatte sie wieder einmal falsch verstanden. Jetzt fragte sie sich, was Torsten und die anderen zu einer Schmucklafette mit einer Cognacflasche als Kanonenrohr sagen würden.

Lächelnd holte sie die Cognac-Kanone und wollte wieder auf die Terrasse treten, als ein Auto vor dem Haus hielt. Henriette ging zur Tür. Es waren ihr Vater und Dietrich, der von seiner täglichen Rehastunde kam. Erfreut bemerkte sie, dass er diesmal auf den Stock verzichten konnte, den er bisher benötigt hatte. Hinter Dietrich stieg eine elegante Erscheinung in einem dunkelroten Kostüm aus dem Auto. Es war Jamanah in der Kleidung, die Henriettes Mutter ihr aufgenötigt hatte.

Als die drei Henriette erblickten, zeigte ihr Vater auf die Flaschenkanone. »Was willst du denn mit diesem entsetzlichen Ding?«

»Mama will den Tisch auf der Terrasse etwas kriegerisch dekorieren«, antwortete Henriette kichernd.

In dem Augenblick schlug Jamanah die Hände vors Gesicht. »Oh Gott, ich hatte versprochen, bei den Vorbereitungen zu helfen. Deine Mama wird sehr böse auf mich sein!« Sie sprach mittlerweile ein beinahe akzentfreies Deutsch, das sie sowohl Dietrich wie auch dessen Stiefmutter zu verdanken hatte.

»Keine Sorge! Du bist früh genug zurückgekommen. Vielleicht könntest du die Gläser hinausbringen«, antwortete Henriette.

»Ich eile!« Jamanah sauste ins Haus. Henriette folgte ihr etwas langsamer, während Vater und Sohn noch draußen auf dem Vorplatz blieben. Sie hatten ebenfalls ein Auto kommen hören und blickten nun die Straße entlang, die zur Villa führte.

»Fahrner!«, stöhnte Dietrich, als er den aufgemotzten Mittelklassewagen in knalligem Rot erkannte. Dieser schoss in einem Höllentempo heran, bremste dann abrupt und blieb keine zwanzig Zentimeter hinter General von Tarows Auto stehen.

»Das war eine Punktlandung«, rief Fahrner, während er sich aus seinem Wagen schälte.

Dietrich achtete jedoch mehr auf die blasse Gestalt auf dem Beifahrersitz. »Freut mich, dass Sie wieder auf den Beinen sind, Leutnant. Es sah ja eine Zeit lang nicht gut aus.«

Grapengeter verließ etwas linkisch den Wagen und streckte

Dietrich die Hand entgegen. »Herr Major, ich werde Ihnen nie vergessen, dass Sie mich damals mitgeschleppt haben, obwohl ich Ihnen und den anderen Kameraden nur ein Klotz am Bein gewesen bin. Ohne Sie wäre ich nicht mehr zurückgekommen!«

»Jetzt machen Sie mal halblang. Es war doch selbstverständlich, dass wir Sie nicht im Stich gelassen haben.« Dietrich drückte die Hand des Leutnants und forderte ihn und Fahrner auf, mit auf die Terrasse zu kommen.

»Wollen Sie ein Bier oder was anderes?«, fragte er, während sie um das Haus herumgingen.

»Ich glaube, Limonade ist besser für mich«, antwortete Grapengeter.

Fahrner grinste breit. »Für mich kann es ruhig Bier sein. Sie haben doch gesagt, dass wir bei Ihnen übernachten können. Daher brauche ich mich heute nicht mehr hinters Steuer zu setzen.«

»Sie können so viel Bier trinken, wie Sie wollen. Hauptsache, Sie stehen morgen früh wieder auf den eigenen Beinen!« Dietrich lachte und sagte sich, dass er sich ebenfalls ein Bier genehmigen würde. Allerdings nicht mehr, denn der Alkohol vertrug sich nicht mit den Medikamenten, die er wegen seiner Verletzung noch einnehmen musste.

»Sind die anderen schon da?«, fragte er Henriette, die noch darüber nachsann, wo sie die Cognac-Kanone aufstellen sollte.

»Herr Fahrner und Herr Grapengeter sind die Ersten«, erklärte sie und beschloss, das Ding genau in die Mitte des Tisches zu platzieren.

SECHSUNDZWANZIG

Eine halbe Stunde später erschien Franz Xaver Wagner mit Petra und Hans Borchart. Torsten folgte ihnen in einem eigenen Wagen. Henriette führte die Gäste auf die Terrasse und sorgte dafür, dass sie etwas zu trinken erhielten. Dabei warf sie Petra einen kurzen Blick zu. Ihre Kollegin hatte noch einige Kilo zugenommen und wirkte kurzatmig, schien aber bester Dinge. Im Gegensatz zu ihr hatte Torsten an Gewicht verloren und war so braun gebrannt, wie es nur die Sonne Afrikas vermochte. Er war erst vor zwei Tagen aus Somaliland zurückgekehrt und hatte Mühe, sich in dieser Runde zurechtzufinden.

»Gab es Probleme?«, fragte Henriette ihn.

Torsten schüttelte den Kopf. »Wie kommst du darauf? Ich habe die letzten Wochen nur Schulungen abgehalten und Omar und seinen Leuten geholfen, einige Minenfelder abzubauen.«

»Mir würde das Probleme machen«, mischte sich Fahrner ein und bat um das nächste Bier. »Heute kann ich es mir erlauben. Hier ist nämlich keiner, der mir auf die Schnauze haut, wenn ich mal ausfällig werde!«

»Doch, ich!«, gab Grapengeter gut gelaunt zurück. Er war lange genug im Krankenhaus gewesen, um einen Nachmittag unter Freunden genießen zu können.

Fahrner achtete nicht auf ihn, denn er wollte mehr über Renks Aufenthalt in Somaliland wissen. »Was gibt es Neues? Kloppen sich die Schwarzen immer noch?«

Einige tadelnde Blicke ließen ihn schrumpfen. »Es war doch nicht abwertend gemeint«, maulte er.

»Es kommt nicht darauf an, wie Sie es meinen, sondern wie andere es auffassen könnten«, konterte Dietrich mit leichter Schärfe und sah Jamanah an. Diese lächelte jedoch nur, als nähme sie Fahrner nicht ernst. Ihre Miene verriet, dass sie sich sehr für das interessierte, was im Land ihrer Geburt geschah.

»Schicken die Dulbahante immer noch ihre Todesschwadronen aus, oder haben sie ihre Angriffe gegen die Isaaq eingestellt?«

»Nach Sayyidas Tod gab es keinen Überfall dieser Art mehr. Die letzten Kämpfe haben alle Beteiligten so erschöpft, dass sie vorerst einen Waffenstillstand schließen mussten. Der Warlord Diya Baqi Majid hat sich unter Wahrung gewisser Sonderrechte Somaliland angeschlossen und weiß die meisten Warsangeli hinter sich. Bei den Dulbahante ist Sayyidas Vater Wafal Saifullah als Stammesführer gestürzt worden. Es wird noch einige Zeit vergehen, bis sich dort eine neue Struktur etabliert hat. Derweil kontrolliert Somaliland das Gebiet. Allerdings erhebt auch Puntland Ansprüche. Nur sind sich die Majerten nicht einig, wer von ihnen der Anführer sein soll. Vorerst werden deren Streitigkeiten noch mit Worten ausgefochten, und Petras Berechnungen zufolge dürfte das noch eine Weile so bleiben.

Da die Isaaq nun die Waffen besitzen, die an Bord der *Caroline* nach Somaliland geschafft worden sind, riskieren die anderen Stämme nicht, sie anzugreifen. Sie selbst sind klug genug, sich auf ihr Stammesgebiet zu beschränken und den Warsangeli und den Dulbahante eine gewisse Autonomie zu lassen. Das ist vor allem Omar Schmitt zu verdanken – oder Omar Salil, wie er sich in Afrika nennt. Er hat sich bei den dortigen Bonzen den Mund fusselig geredet, sodass die Kerle nicht übermütig geworden sind oder ihren Rachegelüsten freien Lauf gelassen haben.«

»Sie sollten Ihre Verdienste nicht unter den Teppich kehren«, sagte Wagner und fuhr zu den anderen gewandt fort: »Herr Renk hat nicht nur die neu aufgestellte somaliländische Antiterroreinheit trainiert, sondern auch viele Gespräche mit hohen Militärs und Regierungsmitgliedern geführt. Die einzige Gefahr, die wir jetzt noch sehen, besteht in den islamistischen Milizen. Doch mit der Antiterroreinheit und den Waffen, die sie von uns erhalten haben, wird sich Somaliland auch gegen diese behaupten können.«

»Wie hat eigentlich die Weltöffentlichkeit die Tatsache aufgenommen, dass Deutschland Somaliland Waffen geliefert hat? Wir haben doch gegen das Waffenembargo verstoßen«, fragte General von Tarow neugierig. Obwohl er jede Information über die Aktionen gegen die *Lady of the Sea* und die *Caroline* gesammelt hatte, war von diesen Waffenlieferungen zu seiner Verwunderung nie die Rede gewesen.

Wagner grinste. »Das hätte uns wirklich in Teufels Küche bringen können. Aber wir hatten vorgebaut. Laut den Frachtpapieren waren die Container auf der *Caroline* für Neuseeland bestimmt. Das war mit unseren Verbündeten so abgesprochen, denn die wissen genau wie wir, dass sich die Islamisten ganz Somalia holen, wenn Somaliland fällt. Den Rest hat Frau Waitl übernommen. Sie konnte den saudi-arabischen Geschäftsmann Abdullah Abu Na'im als Waffenschmuggler entlarven, der seinen Schwiegervater Wafal Saifullah bei der Eroberung von Somaliland unterstützen wollte. Außerdem hat sie ein paar Daten in den Computern der Reederei dahingehend geändert, dass sie uns in einem besseren Licht erscheinen lassen, als wir es wahrscheinlich verdienen.«

»Frau Waitl kann mit ihrem Computer einiges anstellen«, warf Dietrich von Tarow leicht säuerlich ein. »Wenn ich da an die Sache mit Jamanah denke! Als ich beim deutschen Geschäftsträger in Djibouti für sie einen Asylantrag für Deutschland ausstellen lassen wollte, wurde mir ein Kuvert mit einem auf sie ausgestellten Pass sowie der Einbürgerungsurkunde übergeben. Diese hatte der Bundespräsident eigenhändig unterschrieben!«

Obwohl Dietrich froh war, dass Jamanah ein wochen- oder monatelanger Aufenthalt in einem der Auffanglager erspart geblieben war, kam er mit Petras eigenwilligem Umgang mit

Vorschriften nicht zurecht. Bevor er jedoch noch mehr sagen wollte, legte sein Vater ihm die Hand auf die Schulter.

»Nimm es als Dank des Vaterlands für einen tapferen Soldaten. Immerhin hast du mitgeholfen, dass die Kanzlerin wieder einmal gut dastehen konnte.«

»Genau, das haben wir. Prost, Kameraden!«

Fahrners Trinkspruch löste die leichte Verstimmung, die sich eingeschlichen hatte, und alle stießen miteinander an, auch wenn sie wie Concepción von Tarow, Petra und Jamanah nur Fruchtsaft tranken.

Als Torsten sein Glas wieder abgestellt hatte, sah er Wagner neugierig an. »Wie hat denn die deutsche Öffentlichkeit auf die Befreiung der beiden Schiffe reagiert? Unten in Somaliland habe ich kaum etwas mitbekommen.«

»Die Leute waren sehr erleichtert, und in den Nachrichten wurden die Aktionen auch ungewöhnlich wohlwollend dargestellt«, erklärte Wagner.

Bevor er weitersprechen konnte, ergriff Henriette das Wort. »Evelyne Wide war nach ihrer Rückkehr eine der gefragtesten Gesprächspartnerinnen für Fernsehen und Presse und hat uns sehr gelobt. Von der Abgeordneten Sandra Blauert haben wir ein persönliches Dankschreiben erhalten sowie einen ganzen Karton Porzellanfiguren aus einer Porzellanfabrik in ihrem Wahlkreis. Es kann sich jeder hier am Tisch so ein Ding mitnehmen.«

Henriettes respektloser Tonfall rief den Tadel ihrer Mutter hervor. »Aber Cory! Das war doch eine sehr noble Geste. Über die geht man nicht so flapsig hinweg.«

»Ich meine ja nur, dass gestandene Soldaten sich nicht unbedingt eine Ballettänzerin aus Porzellan in den Spind stellen wollen«, erklärte Henriette und sah kichernd, wie Fahrner sich bei dieser Vorstellung schüttelte.

»Ein Bierkrug aus Porzellan wäre mir lieber«, stieß er hervor.

»Sie bekommen einen von mir, Herr Fahrner!« Dietrich klopfte seinem Untergebenen gönnerhaft auf die Schulter und zwinkerte Torsten zu. »Der Bundestagsabgeordnete Dunkhase hat übrigens den Passagier Weigelt verklagt, weil dieser ihn in einem Artikel für eine österreichische Militärzeitschrift durchgängig als Abgeordneter Angsthase bezeichnet hat. Seine Chancen stehen nicht gut, da Dunkhase inzwischen auch von ein paar anderen Passagieren sein Fett abbekommen hat, so zum Beispiel von dem ehemaligen NVA-Major Erlmann, der für seinen Einsatz übrigens den Rang eines Oberstleutnants der Bundeswehr mit der entsprechenden Pension erhalten hat.«

»Weiß man etwas von Sven – ich meine von dem Passagier Kunath?«, fragte Torsten.

»Der hat als Spielertrainer der TUS Weggenwehe die ersten drei Spiele hintereinander gewonnen. Seine Mannschaft gilt bereits jetzt als Aufstiegskandidat. Und er selbst scheint auch einer zu sein, denn in einigen Frauenzeitschriften wird bereits gemunkelt, dass Maggie Dometer und er ein Paar wären. Sogar von Hochzeit ist die Rede. Übrigens hat auch Sven Kunath in einem Interview Dunkhase der Lüge bezichtigt. Wie es aussieht, ist die politische Karriere des Herrn Abgeordneten beendet. Es warten da nämlich noch ein paar vertuschte Skandale aus früheren Zeiten darauf, aufgedeckt zu werden!«

Bei den letzten Worten lächelte Petra spitzbübisch, und Torsten begriff, dass sie bei der Suche nach diesen Skandalen mitgeholfen haben musste. Trotzdem hatte er wenig Lust, sich weiter mit Dunkhase zu beschäftigen, sondern sah zu, wie die Frau des Generals mit Jamanahs Hilfe den Tisch deckte.

»Ihr Findling scheint sich ja schon sehr heimisch zu fühlen, Major«, meinte er zu Dietrich.

Dieser wurde gegen seinen Willen rot. »Jamanah ist eine wunderbare Frau. Ich … wir … haben schon daran gedacht, zu heiraten.«

Jamanah blieb einen Augenblick versonnen stehen. Es war

ein weiter, von Trauer gezeichneter Weg von ihrem Dorf bis nach Westfalen gewesen. Doch hier in der ruhigen und gelassenen Atmosphäre hatte sie wieder zu sich gefunden und ihre Gefühle für diesen großen Mann wachsen sehen. Sie hatte Dietrich als entschlossenen Krieger erlebt, aber auch eine Sanftheit bei ihm entdeckt, die sie an ihren Vater erinnerte.

»Ja«, sagte sie. »Dietrich und ich werden heiraten. Ich bin sehr glücklich, ihn getroffen zu haben.«

»Obwohl er dir bei eurer ersten Begegnung gleich das Auto geklaut hat?« Auch diesen schlechten Witz konnte sich Fahrner nicht verkneifen.

Die anderen lachten dennoch, und Henriette lächelte Torsten an. »Ich bin froh, dass Dietrich Jamanah mitgebracht hat. Jetzt hat Mama endlich wieder jemanden, den sie bemuttern kann, und das verschafft mir ein wenig mehr Freiheit.«

Kaum hatte sie das gesagt, runzelte Concepción von Tarow die Stirn. »Cory, du hast ja noch immer Jeans und T-Shirt an. Was sollen unsere Gäste von dir denken? Und wo ist übrigens Michael? Er sollte doch längst hier sein.«

»Michael, der Ungezogene, macht wieder einmal seinem Beinamen alle Ehre«, kommentierte Dietrich das Fehlen seines jüngeren Bruders.

Henriette lachte darüber, verstummte aber, als ihre Mutter sie strafend ansah. »Nicht dass ihm etwas passiert ist. Ich werde ihn gleich auf dem Handy anrufen.«

Mit diesen Worten verließ Concepción von Tarow die Runde und ging ins Haus. Jamanah reichte Fahrner ein frisches Bier, da sein Glas schon wieder leer war, und Torsten fragte, ob es in absehbarer Zeit wieder einen Auftrag für ihn gäbe.

»Sie meinen für uns, Herr Kollege«, wandte Henriette spöttisch ein. »Aber wenn, dann hätte ich gerne eine Gegend, in der es nicht ganz so heiß ist wie in Somalia.«

»Gegen angenehmere Temperaturen hätte ich auch nichts einzuwenden«, stimmte Torsten ihr zu.

Derweil saß Petra sinnend auf ihrem Stuhl, nuckelte an ihrem Fruchtsaft und dachte daran, dass ihre Schwangerschaft bald so weit fortgeschritten sein würde, dass sie nicht mehr tun konnte, als in ihrem hübschen Hauptquartier bei München am Computer zu sitzen. Bis jetzt hatte sie diese Tatsache für sich behalten, nahm sich aber vor, spätestens am nächsten Tag mit Torsten zu reden.